外遇中國

——「中國域外漢文小説 國際學術研討會」論文集

國立中正大學中文系
語言與文學研究中心 主編

指導單位：蔣經國國際學術交流基金會

贊助單位：行政院國家科學委員會
行政院教育部顧問室
中華發展基金管理委員會
上海商銀文教基金會

序(一)

　　中正大學中文系所創立至今，已滿十二個年頭。在所有系所同仁的共同努力下，無論在教學上、在學術研究上，都奠立了良好的基礎。我們壯盛的師資隊伍，不但在國內學術界每個領域有出色的表現，更有餘力進軍國際，在世界漢學研究中，佔有一席之地。宏觀遠大的國際觀，正是成立十二年的中正大學中文系所當前的重點構思。而代表這方面一連串努力的表徵之一，就是民國九十年二月舉辦的「中國域外漢文小說國際學術研討會」。這次研討會不但包含了海峽兩岸的學者，也包含了日本、韓國、越南，這個漢文化圈的主要國家的學者，甚至還有來自歐洲的漢學家。因此，在有限的資源下，能達到這樣的規模，的確是十分不容易的。在會議討論中，各地學者充分作了交流，積極有效地提升了中國域外漢文小說研究的廣度和深度，這對未來持續的開展，提供了很好的條件。將來，中正大學中文系所還會繼續朝著國際學術交流的方向邁進。這次研討會論文的結集出版，是個重要的里程碑。

　　從研討會的籌備，到論文的結集，整個過程就是一項艱巨的大工程，它的成功，固然是全體系所同仁團結無間、一心一德所促成，然而其中肩負著主要任務，貢獻最多的靈魂人物，那就是深受學生愛戴的陳益源老師了。我們可以說，要是沒有益源老師的居中奔走、辛勤策劃，恐怕研討會不會辦得這麼出色，論文集也就不知

道何時能夠順利出版。因此，我們很樂意，也應該藉此表達對益源
老師的敬意和謝意。

竺家寧　謹序

民國九十年七月

序(二)

　　域外漢文小說的存在至少已有數百年的歷史，而其吸引中外學
者的注意不過是近二、三十年的事。

　　所謂域外漢文小說是指在中國疆域之外，各國（主要是日本、韓
國、越南）人士以漢文撰寫的小說。它們包含神話傳說、歷史演
義、傳奇筆記、寓言笑話等具有情節、人物及個性描寫的古典文學
作品。不僅蘊含豐富的思想內涵、多元的藝術技巧，而且充分表現
該民族的風土人情與精神特質，透顯東亞漢文化圈血肉相連的文化
特色，可說是人類共同的文化寶藏。可惜幾百年來，它們散佈在世
界不同地區，遠在千里之外，視小說為稗官野史的中國傳統學者，
固然無緣認識其價值，就連近在咫尺的當地士紳也因為語言文字的
遞嬗、民族意識的高漲等因素，而未能給予應有的重視。職是之
故，這些作品往往隨著時間的流逝，而逐漸為人們所淡忘，走上塵
封、殘缺，甚至散佚的命運，這是多麼令人扼腕的事啊！

　　幸而，近二、三十年來，一些有識之士充分體認到這批文化遺
產的重要性及其面臨的危機。韓、日、越本國學者的省思與努力固
不待言，即以臺灣而論，《韓國漢文小說全集》九冊、《越南漢文
小說叢刊》第一輯七冊、第二輯五冊陸續出版；中、韓、法三方合
作的「朝鮮漢文小說之研究及出版計畫」，中、日、法三方合作的
「日本漢文小說研究計畫」相繼展開；一九九八年「韓國漢文小說

學術研討會」、一九九九年「域外漢文小說國際學術研討會」接連舉辦；許多單篇論文及學位論文先後問世。諸如此類在在顯示：臺灣已成爲域外漢文小說研究的一個重鎭，域外漢文小說的研究已逐漸受到相關各國的重視。在研究的過程中，也讓參與者深深體會到：學術界跨國界的通力合作是何等重要；而資料的整理出版、研究論文的寫作、學術研討會的舉辦都是息息相關，應該不斷積極推動的。

個人對域外漢文小說的研究純屬外行，三年前由於承乏中正大學文學院及語言與文學研究中心的緣故，參與了蔣經國國際學術交流基金會補助的「中日法合作研究日本漢文小說研究計畫」。在提供行政支援的過程中，我深深感受到整個工作團隊（日本的內山知也教授、法國的陳慶浩教授、臺灣的王三慶、王國良、鄭阿財、陳益源教授）的工作熱誠與學術苦心。前年六月東吳大學舉辦「域外漢文小說國際學術研討會」時，我們全體計畫成員都與會，因而順便舉行了一次工作會報，會中一致決議：在推廣計畫之餘，應該謀求舉辦一次研討會的可能性，這就是此次「外遇中國──中國域外漢文小說國際學術研討會」的緣起。而我們爲這次研討會所訂的副標題「外遇中國」，意指「在中國境域之外，與中國相遇」，正是展現我們所追求的「學術無國界」、「四海一家」的精神。

中正大學地處偏遠，人力不夠充沛，加上近年經費籌措的困難，由中文系與語文中心合辦國際學術研討會實非易事。很感謝中文系前、後主任謝海平、竺家寧教授的鼎力支持，全體同仁、同學的通力合作，以及國家科學委員會、教育部顧問室、中華發展基金管理委員會、上海商業銀行文教基金會的經費補助，還有越、韓、

日、法及海峽兩岸學者的熱心參與，終於使得這次研討會突破種種
主客觀的困難，在二〇〇一年二月二十三、二十四日順利舉行，圓
滿落幕。

　　現在集結在此的二十一篇會議論文及綜合座談紀錄，是域外漢
文小說研究的一座重要里程碑：它不僅忠實記錄了這次研討會的實
況，保存了海內外學者的研究成果，更蘊藏了我們對域外漢文小說
研究前景的無限期望，希望它的問世，能吸引更多有志之士對域外
漢文小說的注意與投入。最後，臺灣學生書局繼《越南漢文小說叢
刊》一、二輯出版之後，純粹站在支持學術研究的立場，樂意出版
這一本論文集，也是值得我們在此特別感謝的。

二〇〇一年七月十日　　**莊雅州**
謹序於中正大學語言與文學研究中心

外遇中國
——「中國域外漢文小說國際學術研討會」論文集

目　錄

古本漢文小說辨識初探

法國國家科研中心
陳慶浩

【摘要】

　　古本漢文小說是指在二十世紀前，產生於中國的漢文小說，以及朝鮮、日本和越南的全部漢文小說。但由於彼此資訊的隔絕及其他種種原因，某些小說的國別有混淆的情況。本文就㈠中朝漢文小說之混淆，㈡假托中國人作的日本漢文小說，㈢越南抄本《嶺南逸史》等三個部分介紹各國漢文小說的誤認的情況並討論其辨識的問題，〈餘論〉則指出中朝日越漢文小說資料多，涉及範圍廣，需各國學者通力合作，方能有全面和正確的了解。並呼籲以漢文小說的合作研究爲起點，推動其他各項漢字文化的整體研究，促進漢字文化圈各國間彼此的了解。期望在廿一世紀，東方各國在共同文化的基礎上，以歐洲成功的經驗，建立一個和平、自由、民主和繁榮的東亞聯盟。

　　古本漢文小說是指在二十世紀前，產生於中國的漢文小說，以及朝鮮、日本和越南的全部漢文小說。中、朝、日、越諸國，在歷史上有過一個相當長共用漢字的時期，形成一個漢字文化圈。但由

於彼此資訊的隔絕及其他種種原因，某些漢籍的國別有混淆的情況。本文擬介紹漢文小說的誤認的情況並討論其辨識的問題。由於涉及的是整個漢字文化區，缺乏必要的漢文小說資料及研究資訊，只能就所掌握極有限的資料來探討。以下將分別談各國出現的情況。

中朝漢文小說之混淆

歷史上，中國人對域外漢文獻重視不夠。中國漢文獻的外流較回輸的多。回輸的首先是中國古佚漢籍，其次才是域外各國的經史醫學漢籍；文學方面亦只有漢詩文，幾乎沒有漢文小說的。八十年代，中國大陸開放，古小說研究亦得到蓬勃的發展，《明清小說論叢・第三輯》，即設「孤本小說選載」專欄，刊載原藏北京圖書館的朝鮮抄本《南征記》，當作古佚的中國小說❶。同輯發表〈《南征記》的發現與評價〉一文，認為「《南征記》是明末至乾嘉時期中國人創作的可能性很大。」❷也在這一輯上，有〈未見著錄之中國小說十種提要〉一文，《九雲夢》列名其中❸。《南征記》又稱《謝氏南征記》，和《九雲夢》都是十七世紀朝鮮著名文人金萬重（一六三七～一六九二）創作的小說。金萬重字重叔，號西浦，出身

---

❶ 《南征記（上）》，載《明清小說論叢》，第三輯，一九八五年六月，頁二四四～三〇三。

❷ 朱眉叔：〈《南征記》的發現與評價〉，載《明清小說論叢》，第三輯，一九八五年六月，頁三〇四～三一三。

❸ 吳敢、鄧瑞瓊：〈未見著錄之中國小說十種提要〉，載《明清小說論叢》，第三輯，一九八五年六月，頁二一七～二三四。

於官宦及書香世家。二十八歲中進士，官至大提學。當時朝廷黨爭激烈，他受排斥，先後被流放到嶺海和南海，終於南海謫所。他以諺文著《南征記》，其堂孫金春澤（一六七○～一七一七）編譯爲漢文。金春澤《北軒集》曰：「……語言文字以教人，自六經然爾。聖人既遠，作者間出，少醇多疵。至稗官小說，非荒誕則浮靡。其可以敦民彝、俾世教者，惟《南征記》乎！《記》本我西浦先生所作。……然先生之作之以諺，蓋欲使閭巷婦女，皆得以諷誦觀感，固也非偶然者。而顧無以列於諸子，余嘗病焉。會謫居無事，以文字翻出一通。又不自揆，頗增刪而整釐之。……」❹對《南征記》爲西浦（金萬重號）之作品，及其爲何編譯，如何編譯交代甚清楚。《九雲夢》亦有漢諺兩種版本，據丁奎福教授研究，原著應爲漢文本，後來才譯爲諺文，與《南征記》之先有諺文本，後來才有漢文本正相反。❺

　　《紅白花傳》是另一部被大陸學者誤認爲中國書的朝鮮漢文小說，被收入《珍本禁毀小說大觀》和《中國小說總目提要》中❻，

---

❹　金春澤：《北軒集》，卷十六·二五，〈散稿〉。轉引自柳鐸一：《韓國古小說批評資料集成》，漢城，亞細亞文化社，一九九五年，頁一○○。

❺　參丁奎福：《九雲夢原典의研究》，漢城，一志社，一九八一年，初版二刷。

❻　蕭相愷：《珍本禁毀小說大觀》，鄭州，中州古籍出版社，一九九二年第一版，頁二四五～二五○；江蘇社會科學院明清小說研究中心編，《中國小說總目提要》，北京，中國文聯出版社，一九九○年，頁三○一～三○三。

韓國學者朴在淵、崔溶澈等已爲文辨明此事❼，今不贅。此外還有
七十年代在韓國嶺南大學中央圖書館汶波文庫發現的漢文小說《九
雲記》，此書究竟是朝鮮人還是中國人的作品，韓國的學者有不同
的意見。《九雲記》於九十年代傳入中國，中國社會科學院文學研
究所研究員劉世德於「'93 中國古代小說國際研討會」（北京）發表
了《論九雲記》❽一文，力主此書爲中國人的作品；又以江淇爲筆
名，出版了校點本《九雲記》❾。他對《九雲記》的研究，引起中
國古小說研究界的重視。張俊並將《九雲記》，寫入《清代小說
史》中。❿一九九七年出版的《韓國藏中國稀見珍本小說》⓫第三
卷亦收入此書。筆者曾作〈《九雲記》之研究及其作者問題〉論
文，「就作品本身不規範的詞句（不合文法、虛詞代詞及詞意之誤用、
文言白話不分）、稱謂的混亂、制度地理風俗及其他等項」，去判定
《九雲記》不是以漢語爲母語的人所能作出的。文章又指出：

---

❼　朴在淵：〈《紅白花傳》은中國小說이아니다──《紅白花傳》並不是中
　　國小說〉，載《中國小說研究會報》，第九號，一九九二年三月，頁一二
　　～一五；崔溶澈：〈韓國漢文小說《紅白花傳》的版本流傳〉，見『韓國
　　漢文小說學術研討會』論文，臺北，一九九八年六月十二～十三日。

❽　劉世德：〈論《九雲記》〉，見'93 中國古代小說國際研討會學術委員會
　　編，《'93 中國古代小說國際研討會論文集》，北京，開明出版社，一九
　　九六年，頁三九一～～四一四。此文又附於江蘇古籍版《九雲記》後，頁
　　三一八～三五一。以下引文據《九雲記》的附錄。

❾　江淇校點：《九雲記》，南京，江蘇古籍出版社，一九九四年。

❿　張俊：《清代小說史》，杭州，浙江古籍出版社，一九九六年，頁三〇
　　六。

⓫　中國吉林大學東北亞研究院、韓國鮮文大中文系協編：《韓國藏中國稀見
　　珍本小說》，北京，中國大百科全書出版社，一九九七年。

以《謝氏南征記》和《紅白花傳》這兩部文言小說爲例，即使我們沒有這兩種書的資料，就文本上即可發現文法的問題、用詞的問題，特別是語氣語不自然，即可提醒我們的注意。《謝氏南征記》第一回有「小的四寸妹，以謝給事宅婢子，乳養其處子，故熟聞其賢矣」一句。「四寸妹」是一個中國漢語沒有的詞，是「朝鮮對親屬關係的一種表示法。四寸表示堂房關係。四寸妹即堂妹。」⓬這就給我們判定此爲朝鮮漢文小說可靠的根據。《紅白花傳》亦如此，第五回有「大簇子一張，捲置其傍」之句。「簇子」爲朝鮮特有漢詞，指細竹織畫軸。若加上其他語言問題，我們就就可判定此書爲朝鮮小說而不致誤判爲中國古佚小說了。⓭

八十年代，臺北中國文化大學教授金榮華在韓國漢城中央圖書館發現的漢文小說抄本《啖蔗》究竟是朝鮮漢文小說還是中國小說曾在臺灣引起爭論，但就目前研究的成果看來，還沒有足夠的資料可以判定這是朝鮮人的作品。此問題仍有待作更深入的研究。⓮

⓬　引自章旭昇校註本：《謝氏南征記》，鄭州，中州古籍出版社，一九八七年，頁五三。

⓭　陳慶浩：〈《九雲記》之研究及其作者問題〉，載《文學絲路——中華文化與世界漢文學論文集》，臺北，世界華文作家協會編印，一九九八年，頁七五～九一。

⓮　此問題可參：《啖蔗》，臺北·福記文化圖書公司影印，一九八四年。
　　金榮華：〈《啖蔗》辨瑣〉，《大陸雜誌》第七十四卷第四期，一九八七年四月，頁一～五。
　　金榮華：〈《啖蔗》續辨〉，《漢學研究》第六卷第二期，一九八八年十

　　此外還可提到的是洪興全子貳的《繪圖中東大戰演義》（又稱
《說倭傳》），三十三回，光緒二十六（一九○○）年仲春月香港中
華印務總局刊本，次年又有上海刊本，皆石印巾箱本，分訂四冊。
又有二卷二十四回石印本。三十三回本後經刪節，收入《中日戰爭
文學集》及《中日甲午戰爭文學集》❶。楊家駱據刪節本再版❻。
此書敘述光緒二十年（一八九四）六月朝鮮「東學黨揭竿起亂」，
導致中國、日本出兵，引發甲午戰爭。中國戰敗，簽訂馬關條約，
賠償日本軍費，割讓臺灣澎湖給日本。臺灣民眾宣告獨立，因得不
到支持，終爲日本佔領。書至光緒二十二（一八九六）年六月中日
簽訂和約結束。阿英在〈中日戰爭文學論〉中，謂「小說方面比較
可稱的，有洪興全（子貳）《中東大戰演義》三十三回。光緒二十
六年（一九○○）香港中華印務總局刊。按興全爲太平天國洪仁玕

二月，頁三五五～六九。

王國良：〈韓國抄本漢文小說集《啖蔗》考辨〉，《漢學研究》第六卷第
一期，一九八八年六月，頁二四三～二四八。

陳妙如：《啖蔗研究》，臺灣中國文化大學中文研究所博士論文，一九八
八年。

魏子雲：〈「三言兩拍」是《啖蔗》原本？〉臺灣，《大華晚報》，一九
八六年十二月十四日。

閔寬東：《中國古典小說在韓國之傳播》，上海，學林出版社，一九八八
年，頁二八四～二九九、三二三～三二四。

❶　阿英編：《中日戰爭文學集》，上海，北新書局，一九三八年；《中日甲
午戰爭文學集》，北京，中華書局，一九五八年。

❻　《中東大戰演義》，臺北，世界書局，一九七五。此書前有楊家駱序並附
有關參考資料，如阿英的〈中日甲午戰爭書錄〉等，但由於當日臺灣禁大
陸書，避提阿英之名。

之子，此書理應爲反滿之作，乃結束處竟有擁清之嫌，很出意外。」接著較詳細介紹此書內容，末謂此書「結束得非常傷感，亦可見作者在中日戰爭失敗以後的情緒。此書作爲文學作品看，並不十分成功，特別是寫和議的部分，從第十九回至二十二回，簡直毫無小說意味。第二十及第二十一回書，寫的只是抄錄李鴻章和伊藤博文、陸奧宗光三人的五次對話，一問一答，甚至沒有一句動作的描寫。而且這對話又極冗長，兩回書竟佔了一冊，合全書四分之一的地位。二十三回以後，自臺灣戰爭開始，以至終結，這十多回書，寫得較爲精彩，相當的令人感憤。」❿阿英《小說三談·國難小說叢話》中有專節談論此書曰：「洪子貳之《中東大戰演義》，余已數數論及，作爲僅有的關於甲午（一八九四）中日戰爭說部記載而加以強調則可，作爲藝術作品看，實鮮有可取處。」⓱此書向來被認爲晚清小說，楊家駱亦同意阿英以洪興全爲太平天國干王洪仁玕（一八二二～一八六四）之子的說法，並謂「興全以太平遺裔，匿居香港，書中竟擁戴清朝，殊不可解，然其傷時愛國，故觸處皆是。」⓲說《中東大戰演義》作者洪興全是洪仁玕之子，除了因姓名相同外，並沒有別的根據。洪仁玕於一八六四年一〇月爲清軍所俘，翌月殉難。而《中東大戰演義》中表示擁戴清朝和對鎮壓太平天國的劊子手李鴻章（一八二三～一九〇一）的崇敬正可反證出此洪

❿ 阿英編：《中日戰爭文學集》，上海，北新書局，一九三八年。轉引自張靜廬輯註：《中國近代出版史料二編》，上海，群聯出版社，一九五四年，頁二〇七、二一〇。

⓱ 阿英：《小說三談》，上海，上海古籍出版社，一九七九年，頁三～四。

⓲ 見註⓰楊家駱〈重印《中東大戰演義》序〉，頁一～三。

興全不可能是洪仁玕之子。《中國所藏高麗古籍綜錄》著錄此書之
二卷本及四卷本，標明藏吉林圖書館。在洪興全名前標明「朝」
字。❷據了解，編者未見此書，此條乃據吉林圖書館提供的目錄抄
入者。未知吉林圖書館又有何根據指洪興全為朝鮮人？我閱讀此
書，亦傾向認為此書為朝鮮人的作品。洪興全子貳的序言中提及小
說虛實之論❷，謂「然事既有聞於前，凡有一點能為中國掩羞者，
無論事之是否出於虛，猶欲刊載留存於後，此我國臣民之常情也」
云云，似非中國人卻又甚愛中國者之口吻。正文亦如此，很能反映
當日韓國人的心態。又書中述及韓國事甚細，第五回〈毀王宮韓君
被捉，焚禁地世子出奔〉，對韓王太子閔蕊流亡上海，後到北京，
不為禮部接納，又流亡至神戶八田郎酒店暫居。「世子自到神戶，
每日以筆墨生涯餬口。直至光緒廿二年七月，中日修好，和約告
成，世子方回韓國。返國之後，因出亡時曾欠下八田郎酒店費用，
不下千兩。後經駐韓領事討收，世子遷居避債。此是後話。」❷此
類細節，恐非中國人所能知。如書為韓國人所作，則甚自然。故
《中東大戰演義》之作者是誰？此書是否韓國漢文小說？仍有待作

---

❷　黃建國、金初昇主編：《中國所藏高麗古籍綜錄》，上海，漢語大辭典出
　　版社，一九九八年，頁二一六。

❷　〈《中東大戰演義》序〉謂：「從來創說者，事貴出乎實，不宜盡出乎
　　虛；然實中之虛，也不可無也。苟事事皆實，則必出於平庸，無以動談諧
　　者一時之聽；事事皆虛，則必誕妄，無以服稽古者之心。」按此處實錄自
　　康熙甲子（一六八四）金豐〈《新鎸精忠演義說本岳王全傳》序〉：「從
　　來創說者不宜盡出於虛，而也不必盡由於實。苟事事皆虛則過於誕妄，而
　　無以服考古之心；事事皆實則失於平庸，無以動一時之聽。」

❷　同註❻，頁二○～二一。

更深入研究也。

　　越南漢文小說，寫的都是發生於越南的故事。日本漢文小說，
除了個別假托中國人著的作品外，亦多寫日本的故事。而朝鮮漢文
小說則多以中國爲背景。這是造成中朝漢文小說易被誤認的重要原
因。韓國精神文化研究院編的《韓國古小說目錄》中，著錄藏漢城
中央圖書館，署「菉秋編次」的抄本《秘本風流才子白玉梨》。其
實這是清初菉荻散人編次的小說《玉嬌梨》，寫金陵才子蘇友白和
才女白紅玉（曾一度改名吳無嬌）及其表妹盧夢梨之戀愛波折，並終
成夫婦的故事。書爲中國小說而非韓國小說。又韓國文化精神研究
院樂善齋文庫有抄本朝文小說《聘聘傳》，過去一直被視爲朝鮮小
說。近年經研究，知是據李楨（一三七六～一四五一）的《剪燈餘
話·賈雲華還魂記》編譯而成的。㉓聘聘乃賈雲華之小名。

假托中國人作的日本漢文小說

　　日本內閣文庫，藏有漢文小說《忠臣庫》，書分三冊，共十
回。此書扉頁分三欄，右欄標「鴻濛陳人重譯海外奇譚」，中欄大
字標書名「忠臣庫」，左欄下方標「觀成堂繡梓」，其上則有小字
四行曰：「此書清人譯我邦俗院本者，近海舶載來，不亦珍異乎。
是以請一先生傍附國訓以命梓公世，冀備君子閑燕之覽采云爾。」
正文前爲「忠臣庫題辭」：「鴻濛子嘗閱市獲奇書，題曰《忠臣
庫》。披之，則稗史之筆蹟，而錄海外報讎之事，謂好事家譯異域

㉓　參陳益源：《元明中篇傳奇小說研究》，香港，學峰文化事業公司，一九
　　九七年，頁六〇。

之俳優戲書也。惜哉其文鄙俚錯誤，有不可讀者。是以追卓老《水
滸》之跡，潤色訂補，以備遊宴之譚柄焉耳。乾隆五十九年正月上
元，鴻濛陳人誌。」書末版權頁標明：「懶所先生訓點。文化十二
年乙亥五月吉日，東都書林·兩國吉川町山田佐助、湖東與兵
衛」。以上資料顯示此爲日本人加訓點重印的中國小說。扉頁除小
字四行爲再版者按語外，其他應爲原書版式，「觀成堂」爲中國出
版者。「忠臣庫題辭」亦爲原書所有，作於乾隆五十九年（一七九
四），乃鴻濛陳人據「好事家」所譯日本俳優戲書而潤色訂補者。
日本版則刊於文化十二年（一八一五），及後又有文政三年（一八二
〇）、文政八年（一八二五）、天保七年（一八三六）及明治八年（一
八七五）等多種刊本❷。文政三年本書前增添了「鵬齋老人」的
「海外奇談序」，明治本書名改作《日本忠臣庫》。中國學者介紹
此書曰：「一七九四年（清乾隆五十九年、日本寬政六年）鴻濛陳人漢
譯日本《假名手本忠臣藏》，題名《海外奇談》，共十回。這是中
國文壇漢譯日本戲劇小說的肇始。」又進一步評論曰：

> 鴻濛陳人漢譯《忠臣藏》故事爲《海外奇談》，所本即是淨
> 琉璃《假名手本忠臣藏》，並參照青山光延《日本四十七俠
> 士傳》。原作在藝術形式上屬「淨琉璃」，這是江戶時代興

---

❷　參杉村英治：〈《海外奇談》——漢譯假名手本《忠臣藏》〉，《龜田鵬
齋の世界》，東京，三樹書房，昭和六十年（一九八五），頁一八九～一
九〇。文政三年本資料參下文介紹。文政八年本出版者爲「玉山堂山城屋
佐兵衛」。明治八年本出版者爲「種玉堂河內屋文助及寶文閣小林新兵
衛」。

起一種表演藝術。它採用木偶傀儡，配以彈奏三味線來演唱表演，是日本戲劇舞臺上沿襲至今的「文樂」的前身。鴻濛陳人在翻譯《忠臣藏》故事時，捨棄了「淨琉璃」的藝術形式，演義而爲章回體小說。這是中國古代文壇第一次用漢語編譯日本古代戲劇和小說作品。當然，由於受十八世紀時代欣賞條件的限制，鴻濛陳人在編譯作品時，未能隨之把淨琉璃這種藝術形式介紹到中國來，不能不說是一件憾事。但編譯者畢竟尊重中國傳統的欣賞心理，采用這一時代爲讀者所喜聞樂見的藝術形式來安排故事情節，這對於推動日本古代文學在中國的傳播，是一種有意義的嘗試。㉕

日本和中國的大部分書目，都將《海外奇談——忠臣庫》當作中國人翻譯的日本漢文小說，日本學者鎌田重雄亦作如是觀。㉖其實，《海外奇談——忠臣庫》是日本人假中國人名義制作的一部漢文小說，所謂「鴻濛陳人」、「觀成堂」云云，都是子虛烏有的假名。扉頁重版者的說明和〈題辭〉，更是爲了掩人耳目的製作。〈題辭〉所用的漢文已是半通不通之間，正文更是不堪卒讀。只要翻閱一回，就可知這不是中國人可能寫出來的。這書和《九雲記》有異曲同工之「妙」。《九雲記》還沒有假造中國人作的證據來，此書則煞有其事，打扮成中國人的著作。但這兩本書都一樣，只要

㉕ 嚴紹璗：《中日古代文學關係史稿》，香港，中華書局香港分局。長沙，湖南文藝出版社，一九八七年，頁三一九～三二一。

㉖ 參鎌田重雄：〈《海外奇談》について〉。

不存成見，只需讀過一遍，從常識上就可判定出那是外國人的作品。早在一九四〇年，日本學者石崎又造在他所著的《在近世日本支那俗語文學史》中即曾介紹《海外奇談～忠臣庫》，指出此書是由當日流行的偶戲劇本《假名手本忠臣藏》編譯爲漢文章回小說的。他大概根據文政三年本鵬齋老人序，推測此書可能爲龜田鵬齋（一七五二～一八二六）所作❷。按龜田鵬齋爲江戶人，名長興，字遲龍，號鵬齋，通稱文左衛門，爲日本著名經學家。著述甚多，有《江戶通志》、《莊子獨了》、《大學辨解》、《中庸辨義》、《老莊捃解》、《鵬齋詩抄》、《鵬齋文抄》等。龜田鵬齋研究專家杉村英治在〈《海外奇談》——漢譯假名手本《忠臣藏》〉一文中指出，日本早稻田大學圖書館藏有《忠臣藏演義》十回，是周文次右衛門的稿本。這個稿本是《海外奇談——忠臣庫》的底本，但刊印時曾經修訂。龜田鵬齋自然不可能是《假名手本忠臣藏》的漢譯者，說他是托名鴻濛陳人的修訂者，亦有待證實。杉村英治考出周文次右衛門（？～一八二六）是長崎的世襲譯官，其先祖周辰官（？～一六八三）爲福建泉州人，於正保元年（一六四四）乘廣東船抵長崎，後任譯官。❷

一九八四年中國學者朱眉叔發表了〈從《忠臣庫》談到中國通俗小說對日本的影響〉❷，首先在中國大陸介紹並研究《忠臣庫》一書。他所見到的書，是「文政三年庚辰三月」由「京都書肆·出

---

❷　參石崎又造：《近世日本に於ける支那俗語文學史》，東京，弘文堂書房，昭和十五年（一九四〇），第五章第五節，頁三七八～三八五。

❷　參註❷。

❷　載《明清小説論叢》，第三輯，一九八五年六月，頁八九～一一四。

雲寺文治郎，大阪書肆・松村九兵衛，東都書肆・山田佐助，前川
六佐衛門」聯合出版的，較內閣文庫藏本遲出版五年。其中「山田
佐助」，亦爲內閣文庫藏本的出版者。據朱眉叔描述，此書「分上
中下三冊，封面題『海外奇談』，扉頁分左中右三欄，右上題『清
鴻濛陳人重譯』，中欄題『海外奇談』，左下署刊刻書肆名『文會
堂、崇文堂』」左上四行小字，除「請」作「清」外，與上引文字
相同。朱眉叔認爲從出版說明和序中出現的破綻及彼此的矛盾，很
難說這是中國人的作品。他指出此書「最大的破綻還是在語言運用
上暴露了很多問題」，「由於沒有充分了解漢語詞語的含義和習慣
用法，有很多地方措詞不當。」「有些語句顯然不是國產，而是日
本式語法結構。」「最爲突出的是語句生硬，甚至語意不明。……
有的可以揣摩出意思，有的則百思沒解。」他最後的結論是：「從
全書看來，詞匯相當豐富，但卻寫了不少糊塗話，這是在我們最拙
劣的小說中也不會出現的現象。……《忠臣庫》只能是日人假托之
作。」⑩

　　日本人假托中國人作的漢文小說，《海外奇談——忠臣庫》不
是唯一的例子，更早的有《阿姑麻傳》。《阿姑麻傳》乃日本松貫
四和吉田角丸所作的偶戲劇本《戀娘昔八丈》的漢譯，有安永六年
（一七七七）大阪屋喜右衛門刊黃表紙小本，署「清・無量軒翻
譯」。前有〈自敘〉：

　　　　《阿姑麻傳》者，東方雜劇歌也。余於日本崎陽之客館，得

---

⑩　同上，頁九五～九七。

雜劇歌一本而閱之，皆蕃字不可識也。故就古人質之小得解，解則孝貞忠信皆有焉。以爲勸善懲惡，戲以中國之言翻譯之。始欲專每句譯之而不及，終譯大較耳。傍附蕃字，即如原文矣。是以語意不貫，風格不調，牽合附會亦多，覽者恕之。于時乾隆肆拾壹年（一七七六）丙申季春。廣臺無量軒識。

按〈自敘〉以外國人口氣書寫，又用清朝年號，欲坐實譯者爲清人也。書末有「門人新案痴子」跋，謂「清德隆盛，治教休明」云云，亦署乾隆年號。石崎又造引三田村鳶魚言，謂此書實是著名文學家太田南畝（一七四九～一八二三）的戲作。❸此書後亦收入太田南畝的著作集《蜀山人全集》第二卷中。❷

除了《阿姑麻傳》和《海外奇談——忠臣庫》外，我所收集到的日本人假托中國人所作的小說還有《春夢瑣言》和《花影隔簾錄》。這兩種書已收入《思無邪匯寶》中。今節錄兩書之〈出版說明〉供參考。

《春夢瑣言》爲豔情傳奇小說，不著撰人。書前有沃焦山人序，署「崇禎丁丑春二月援筆於胥江客舍」。沃焦山人無考。據序，彼因愛此書之「筆骨縱橫，辭理條達，爲之序評

---

❸　參註❷，頁三七九～三八○。

❷　《新百家說林·蜀山人全集》，東京，吉川弘文館，明治四十年（一九六五）。

批圈」云云。今此書只存日本傳抄本，未見「評」，或於傳抄時佚去，甚可惜也。序又謂：「或曰：是記嘉靖朝南寧侯妻之弟私丁陵圉事，內監胡永禧所作也，未知果然乎否？」此書過去未見中國記錄，惟存日本抄本。五十年代高羅佩據日本抄本排印二百部，分贈世界各地漢學圖書館。

唐・張鷟（約六五八～七三〇）《遊仙窟》自宋代以來，未見著錄，學者以爲此書早已佚去。目前見之《遊仙窟》，乃晚清由日本引渡回國者。然《春夢瑣言》之故事架構，實自《遊仙窟》來，應無疑義。沃焦山人敘謂「蓋世有張文成者，所著《遊仙窟》，其書極淫褻之事，亦往往有詩，其詞尤寢不足見。至寫媾合之態，不過爲脈張氣怒，頃刻數接之數字，頓覺無味。」則作者序者皆熟讀《遊仙窟》可知。高羅佩敍因推出明末《遊仙窟》仍未佚去之結論，亦是合理。然除《春夢瑣言》受直接影響外，宋以來專門收集唐人小說之類書如《太平廣記》等，皆未涉及。且《遊仙窟》之題材文體，最投合明清豔情小說作者及讀者之趣味，而竟未有別書提及，且亦未見收入通俗類書中，甚不可解。《春夢瑣言》文字大致清通，然造句遣辭，又常有不合習慣生澀者。如敍之「且載篇什許多」，「乃是有唐朝諸家餘韻」。正文中「及長，白晢秀目，姿貌姣麗，口多微辭，賦詩善書，及他歌嘯琴碁百技之流，莫不曉通。」「此里之女子以姿色稱者，罔不悉寄情仲璉。然仲璉無一所勾引也。及歲二十有五，未踐煙花之衢。」「房櫳窗戶，極悉華麗。」「然不見

一人男子。」「恭拜，謝見留之辱。」「簡裏固無一人丈
夫。」「帳屏几床之類，無一所見。」「仲璉恍惚如被掠奪
者。」至於女陰及媾合之描寫，所用文字如「池」，「毛下
鼻稜微下壓水道口，似括白縐囊。兩肉翼間猶疊紅綃，漸泃
及谷道。」皆與明末豔情小說文字大不相同。或可懷疑此爲
日本漢學高手者所造，仍露域外漢文之若干特色：文言白話
詞混用，文法受本民族語言影響，未盡規範之類。此問題仍
有待深入研究。**③**

　　《春夢瑣言》是我所見第一部日人假托的漢文小說，此〈出版
說明〉寫於多年前，當時對此一奇特現象甚以爲異，故有猶疑之
辭。現在我們發現這種情形在日本漢文小說中並不罕見，可用更肯
定的語氣了。日本白木直也有〈評《春夢瑣言》〉一文，評介高羅
佩重印的這本書，和高羅佩一樣，將此書視爲在日本發現的中國古
佚小說。**③**

　　《花影隔簾錄》又稱《抱影隔簾錄》，分爲四部分：第一部分
爲《花影隔簾錄》，署「錢塘韓景致瑜樓撰」。第二、三、四部分
皆題爲《抱影隔簾錄》；第二部分署「錢塘陳景戲春翁閱」，第三
部分署「錢塘王隆愁痴人補閱」，第四部分署「錢塘魏素珠吹簫嫗
訂閱」。此書現存日本名古屋鬼磨子書房影印本，收於摑可磨慟主

---

③　〈《春夢瑣言》出版說明〉，載陳慶浩、王秋桂主編：《思無邪匯寶》，
　　臺北，臺灣大英百科股份有限公司出版，第廿四冊，頁三四三～三四六。
③　載《支那學研究》，第七期，一九五一年。

編之《豔文學叢書》（名古屋，一九七八）中，書名爲《抱影隔簾錄》。此書第一部分《花影隔簾錄》，據日本刊本影印，上有訓讀符號。此部分用文言寫，每頁十行，行二十一字，計八頁，故事未完。第二、三、四部分皆爲手抄影印本，比較揖可磨慟手寫的〈《豔文學叢書》贅言〉筆跡，《抱影隔簾錄》抄者可能爲此人。抄本未註明出處，抄者漢文程度較低，錯、白、俗字滿目，辨識爲艱，難以卒讀。此三部分女主角及部分人物，雖同《花影隔簾錄》，唯故事不相接續，文字全不相同，可知非同一人手筆。《抱影隔簾錄》語言在文白之間，文理半通不通，用辭習慣又多不同，此種情形觸目皆是，不勝枚舉。只需讀一頁書，即可知非以漢語爲母語者手筆，可定爲日人所寫程度極差之漢文，和臭味重。估計《花影隔簾錄》故事頗得彼邦部分人士之喜愛而不獲全帙，有若干人分頭續貂之作。各部分貌似連續，而重疊正多，因此故也。此書末有跋，署「光緒己卯（一八七九）年仲秋錢塘溪衙梓于自跋」，此跋語亦在半通不通之間，估計仍爲續書者之傑作。其所謂「錢塘」某某云云，亦爲假托。

　　《花影隔簾錄》除上收之日本刊本影印本外，又見日本枕史氏（足立敬亭）之《滿娛樂散雲史》（抄本，原高羅佩藏，現存荷蘭萊敦大學漢學院圖書館）中，可與此本相校。《滿娛樂散雲史》前有日本小揚仙（岡田篁石）序，署「陽曆二月十四日，即陰曆辛酉正月人日夜閱了之於殘燈耿耿之處」，知此書成於一九二一年前。其《花影隔簾錄》部分計十頁，首行書「花影隔簾」，次行稍下署「錢塘韓景致瑜樓撰」，第三行起正文。正文頁十二行，行二十字。此抄本文字與日刊本稍有不同，或另有來源，非據日刊本抄也，故用爲參

校本。

又《花影隔簾錄》第一部文字雖較其他三部通暢，然其用詞習慣罕見，及其敘述之方式幼稚。如謂「家累千金，婢僕數百」，「生著赤霜袍，戴白接羅」，又謂「香蘭娥眉顫颳，玉肢顫搖不持，精液如湯，自含花中湧出，流溢雪膚間。生亦神快意活，不覺失聲吾死矣，一泄如灑」云云，皆甚特別也。至玉鏡之待二十二歲之德潛，德潛與香蘭之交往，實同兒戲，其不合情理處一望即知，更不一一。故此部分是否即爲中國人著作，亦有待研究也。❸

就目前看來，這也是日人假托中國人寫的漢文小說，如《春夢瑣言》一類。大致域外人寫漢文，除個別特殊情況外，寫文言文較通順，寫白話文則問題甚多，此書三部份文體不同，文言部份較通順可解，白話部分幾乎難以卒讀。《花影隔簾錄》原本，仍有待收集也。

中國亦有假借日本人名寫小說的，所見有《遼東鶴唳記》一種。此書計四編，十六回，寫一九〇四至一九〇五年於中國東北之日俄戰爭。光緒三十年（一九〇四）坊刊本，四冊一函，有圖十二幅。書末謂「續編嗣出」而實未見，爲未完之作也。書署「日本東京田太郎著」，而每編正文前皆題「氣凌霄漢者評話」。首〈《遼天鶴唳記》敘〉云：

---

❸ 〈《花影隔簾錄》出版説明〉，載陳慶浩、王秋桂主編：《思無邪匯寶外編·東方豔情小說珍本》，臺北，臺灣大英百科股份有限公司出版，第一冊，頁二三七～～二四〇。

東三省者，我中國之東三省也。俄人佔之，我不敢討；日人
攻之，我不敢助；英美法德鷹瞵鶚視，環之伺之，我且趑趄
囁嚅，瞻顧踟躕，而不敢有所表達。……日本者，我東亞鄰
近之邦也，懷輔車相依之誼，抱脣亡齒寒之懼。庚子以後，
中國危迫益急，日本時時以忠告道我政府，奈我政府不能盡
行其言也。茲者：日俄兩國，戰釁既開，結局尚難測度。日
勝也，中國猶可爲也；俄勝也，中國之害，不知伊于胡底
耳。……吾願國民切勿以日本之戰勝而有所恃也。當思權重
自立，蹶然奮興，俾我黃帝子孫，同胞四萬萬眾，各盡個人
之天職，庶乎國脈以存；不然，苟且如故，其不爲波蘭、印
度之續也幾希矣！甲辰冬月，賈生書於趙家乾淨室。

據此序及各編題名，可知「田太郎」云云只是假借。日俄之戰，作
者偏向日方，遂署日本人名？還是有別的緣故？然作者爲中國人，
亦毫不掩飾也。

越南抄本《嶺南逸史》

中國學術界，除了有限的越南文學史專家外，對越南漢文小說
可說是一無所知的。❸似乎亦沒有誤認的情況。倒是在越南，出現
過將中國小說假冒爲越南小說的事。

---

❸ 鄭永常專研越南漢文學的著作《漢文學在安南的興替》，臺北，臺灣商務
印書館，一九八七年，所提及的越南漢文小說只有《嶺南摭怪》及《越甸
幽靈集》兩種，頁一二六～一三〇。

《嶺南逸史》抄本，三卷三冊，計二十四回，藏河內漢喃研究院圖書館藏。封面標明「山南天長墨鄉藏本」。首〈《嶺南逸史》序〉曰：

> 《說文》：「史，記事者也。」有國史，有野史。國史載累朝實錄，貼（贍）而不穢，詳而有體，尚矣。野史記委巷賢奸，山林伏莽，自古昔（漢唐）以來，代有其書，大抵皆朽套（腐）之談，荒唐之說居多。求其一一（二）標奇新領異。據絕人奇變不窮。抑也新之至焉者乎！
>
> 余生逢盛世，托陰金枝，嫻習詩書，稍有天性。故實學之上，遍覽外（海）外奇傳，餘若蠻音猺語，哩呢喁折諸文字，亦頗曉焉。當其途之名公巨卿，賢人君子，每笑其迂。而余也不敢與之角，堅其忍耐，貞其衡採，自以為牢不可破之志矣。庚辰十月【本朝仁宗紹寶二年，天朝大元至元十七年】，國中有事，沱江土酋長頭目角密來侵。詔下，未有能通蠻語者來，諭以歸化。舉朝相將，難有其人。以故余得以應選。於爰仗天威，齎明旨，來諭以順。密見余似彼言語，諳彼風俗，加之以有肫誠忠義之概，遂率眾來降。事平。余以李信之道，待物接人，故能與密往來岩峒巢穴之中。諸土酋峒長亦相率歸順。口談鼻飲，終日不暇。又奉詔班師前之日，角密值席以餞。酒間，嶧山峒長麻君文概【俗名芒聆，目半開也】，出五代祖文高所撰書一帙見贈。余授之而覽，其字支離，其語呢哩。窮究之，則其文之曲折，事之奇異，有不可勝數。乃知其事之主務者，是峰州青山城郡桃花村黃

瓊，奉父命往從化州訪親一事。余喜之，如得重寶，於焉攜
以歸，譯以字，顏曰《嶺南逸史》云。

夫文章之道，貴乎變化，變則生，生則常新而可久。
《逸史》者離奇怪變，蓋不知其幾千萬狀也。即女子也，而
英雄、而忠孝、而雄談驚座，計智聽者。然而不近人情，莫
能徵信，識者笑之。安得如《逸史》者之千變萬化，而無後
事荒唐也。使其付之梨棗，傳之其人，知必有以吾言爲不謬
者。故序之。時皇越興隆五年歲丁巳臘月吉日，國親昭文王
日熮題於王邸之西軒。**㊲**

接下爲〈《嶺南逸史》凡例〉，〈目錄〉，正文署「沱江嶧山峒士
麻文高著」，「親王昭文日熮譯」，「懷文侯國瓚校正」，「升菴
張漢超奉評」。按陳日熮（一二五四～一三三〇）爲越南陳太宗第六
子，聖宗之弟，封昭文王。日熮自幼習讀經史，通漢語及諸族語，
以博學稱。猶精音樂，善作歌曲。陳國瓚（一二六八～？）爲陳朝宗
室，封懷文侯。張漢超（？～一三四五）字升甫，又字升庵，爲越南
陳朝著名文學家，官至翰林學士。三人都是越南陳朝著名的人物。
按〈《嶺南逸史》序〉寫於興隆五年（一二九七）**㊳**，據序，紹寶二
年（一二八〇），原書作者麻文高五世孫文慨贈予陳日熮，日熮譯
爲漢文。《大越史記全書》紹寶二年（元至元十七年，一二八〇）記：

㊲ 按原文錯漏甚多，今於（）號中稍爲校讀。又原書有插入正文中的雙行批
註，則以【】號標出。

㊳ 興隆五年應爲丁酉，興隆無丁巳年，「巳」或誤書。

沱江道鄭角密叛，命昭文王日燏諭降之。時日燏領沱江道，
密及所屬同軍至，鄭角密使人詣營致款曰：「密不敢違命，
倘恩主以單騎來，則密降矣。」日燏從之，以五六小童同
行。軍士止之。日燏曰：「彼若背我，則朝廷猶有他王
來。」及至砦，蠻人列圍數十重，並提刀鎗內向。日燏直入
登砦。密延坐。日燏通諸國語，各諳其俗。與密手食鼻飲，
蠻人大喜。日燏還營，密率家屬詣營降，眾皆悅服，不遺一
鏃而沱江平。**㊴**

則〈《嶺南逸史》序〉所記鄭角密事，亦為史實。《嶺南逸史》原
書寫於十二世紀，漢譯書則完成於十三世紀末。此序有不能通讀
處，或為抄錄的錯誤。但十三世紀在越南出現這樣成熟的章回小說
則不能無疑。漢文章回小說最早在中國出現，要到十七世紀才有如
《嶺南逸史》般的形式。而且在越南歷史記載中，從未言及陳日燏
有《嶺南逸史》一書，此書是廿世紀初才出現的。中國亦有花溪逸
士的《嶺南逸史》一書，作者黃巖，字耐庵，號花溪逸士，廣東嘉
應州（今梅縣）桃源堡人，乾嘉時代醫師。除小說《嶺南逸史》
外，著有《醫學精要》、《眼科纂要》等書。比較中越兩種《嶺南
逸史》，可發現越南抄本乃由中國刊本改裝。抄本〈序〉增入陳日
燏、麻文高一段故事，其他則抄自中國刊本之西園老人〈序〉，但

㊴ 陳荊和編校：《（校合本）大越史記全書》，東京大學東洋文化研究所，
昭和五十九年（一九八四），上中下三冊；上冊，頁三五三～三五四。又
陳日燏生平可參頁四一三～四一五。

抄錄錯漏，又刪節及顛倒錯亂，致不能通讀。但比對之下，還可看到致誤之由。中國刊本〈凡例〉五則，其一爲：「是編悉依《霍山老人雜錄》、《聖山外紀》、《廣東新語》及《赤雅外志》、永安、羅定省府諸志考定，間有一二年月不符者，因事要成片段，不得不略爲組織。」越南抄本作「是編悉依舊編譯出，間有一二不符者，不得不略爲組織。」可見是爲了泯滅引書痕跡，使人知道原本來源及時代而刪削的。其第四、第五條抄錄不愼併合爲一，其他文字大致相同。兩本回目亦極少不同。正文除第一回說明故事發生年代地點，刊本爲「話說神宗萬曆年間，廣東省潮州府程鄉縣」云云，抄本改爲「話說本國前朝李仁宗太寧二年癸丑（屬天朝宋神宗熙寧六年），駱城峰州府治鶴山青水郡程鄉」，其他文字亦多照樣抄錄，少有更改。此書出現後不久，即在當日越南的同時用越、漢、法三種文字出版的《南風》雜誌連載八期。後來該誌又發表了〈《嶺南逸史》疑案〉一文，指出此書爲來源可疑。這本書有一九六八年越文翻譯本，譯者仍以此書爲麻文高的著作。《越南漢喃書目提要》著錄此書，但指爲根據同名中國小說僞造的書。❹僞造此書者對中越兩國歷史甚嫻熟，也是知識中人也。

---

❹　《南風》第四八、四九、五二、五三、五六、五七、五八期連載，第五三
　　期刊出〈《嶺南逸史》疑案〉一文。我沒看過以上各期雜誌，對實際情況
　　仍不了解，有待補充修正。
　　Di Sàn Hàn Nôm Việt Nam thu mục dề yếu（《越南漢喃書目提要》三
　　冊），河內，Nhà Xuất Bản Khoa Học Xà Hội 出版，一九九三年；《嶺南
　　逸史》編號爲 2014，見第二冊，頁二〇八～二〇九。

餘　論

　　以上只就所掌握到有限的資料和訊息談各國漢文小說辨識的問題。資料掌握不全，如越南抄本《嶺南逸史》，雖看到微捲，亦沒能通讀全書，與中國刊本《嶺南逸史》作更深入的比較。且沒有讀到《南風》雜誌上相關文字，也難作正確的評論。這都有待以後作進一步的研究。中朝日越漢文小說資料多，涉及範圍廣，需各國學者通力合作，方能有全面和正確的了解，本次會議正是爲這一目的而召開的。以漢文小說的合作研究爲起點，推動其他各項漢字文化的整體研究，促進漢字文化圈各國間彼此的了解。期望在廿一世紀，東方各國在共同文化的基礎上，以歐洲成功的經驗，建立一個和平、自由、民主和繁榮的東亞聯盟。

佛教文學與韓國漢文小說
——以「龜兔故事」爲例

中正大學中文系
鄭阿財

【摘要】

　　佛教文學隨著佛經的漢譯傳入中土，也隨著漢譯佛典的流傳而傳入比鄰的韓國；佛教文學的内容、題材與文學形式也影響韓國的文學作品。特別是漢文作品，不論在詩歌、散文、小說或民間說話，處處可見佛教思想、題材、手法的展現。韓國漢文小說汲取佛教本生、因緣、譬喻等佛教故事養分而滋生創作的作品，也甚有可觀。本文擬以韓國漢文小說《龜兔說話》、《兔先生傳》、《兔公傳》……等一類作品爲例，探討佛教文學與韓國漢文小說之發展。

一、前言

　　傳統漢文學與漢文化的研究，均以中國漢文文獻作爲主要依據，而與中國毗鄰，長久以來一直與中國文化聲氣相迎的韓國，受

到中國文化的霑溉最爲深遠，且與漢文化、漢文學的關係也最爲密切。

　　韓國曾長期使用漢字，因此也創作了大量的漢文作品。舉凡：歷史、詩、文、筆記、小說、公私文書等，種類繁多。這些漢文作品蘊藏著無數的寶貴資料，無疑是研究漢文化與漢文學的一片大好園地，更是研究漢文學者極需開拓的新領域。近些年來，漢學研究日益精深，研究範圍也日見擴大。對於韓國的漢文獻也頗有留意者，無論在韓國本身，或日本，及中國，均有不少學者從事這方面的整理與研究。其中在域外漢文小說中韓國漢文小說的數量最多，近二、三十年來，從事整理的，在韓國便有：尹榮玉編著《韓國漢文小說》（漢城，榮文社，一九六三年）；國語國文學會編《漢文小說選》（漢城，大提閣，一九七六年）；李家源編著《麗韓傳奇》（漢城，友一出版社，一九八一年）；黃淳九編《漢國漢文小說選》（漢城，白山社，一九九七年）……等。然而大規模的整理與編印，則首推一九八〇年臺灣中國文化大學與韓國精神文化院共同發行的《漢國漢文小說全集》。這是由林明德教授主編，全書九冊，計收錄長篇小說十餘部，短篇小說一百四十餘部，總計約二百四十餘萬字。雖尚未能將韓國漢文小說網羅殆盡，然內容已不可不謂相當可觀。近期陳慶浩、王國良等主持之中、韓、法「朝鮮漢文小說之研究及出版計畫」，所蒐輯之數量，則更加龐大。

　　在研究方面的重點與特色，主要除個別作品的形成與版本的探究、文本的校錄等基礎文獻的整理與研究外，大都集中在小說類型與特色的分析、故事情節的研析以及與中國小說關係等方面之探討。至於佛教文學與韓國漢文小說的關係則尟有論及。

　　事實上，佛教文學隨著漢譯佛典的傳入韓國；佛教文學的內容與形式也影響到韓國的文學作品。特別是漢文作品，不論在詩歌、散文、小說…等方面，處處可見佛教思想、題材、手法的展現。而韓國漢文小說中汲取本生、因緣、譬喻等佛教故事的文學養分而滋生的作品，也頗有可觀。本文擬以有關「龜兔故事」的韓國漢文小說爲例，對佛教文學與韓國漢文小說之關係進行探討。

二、佛教文學與中韓小說

　　「佛教文學」一詞，歷來界定不一。有採廣義的：將佛教經典中具有文學意味的經典均視爲佛教文學；也有採狹義的，認爲：眞正的佛教文學應當是將自己對佛教教理的心得、體驗及信仰，有意識地從事文學創作，化爲文學作品來表達。以爲經典是用來闡明教理的，因此將之排除在佛教文學之外。❶本文所指的「佛教文學」蓋採取廣義的說法。

　　這些佛教文學，對於中國小說與韓國漢文小說的影響極大。其中又以本生故事更是突出而明顯。按：本生，是巴利文 Jataka 的意譯，音譯爲陀伽。是釋迦牟尼佛前世或爲國王、婆羅門、商人……等，或爲象、猴……等動物時，修行輪迴的故事。古代印度相信輪迴轉生，今世行爲的善惡就決定了他們轉生的好壞，如此因果輪迴，永無止息。釋迦牟尼在成佛以前，只是一位菩薩，他還跳不出輪迴，必須經過無數次的修行轉生，才能成佛；佛教徒根據這種轉

---

❶　各家觀點參見丁敏：〈當代中國佛教文學研究初步評介以臺灣地區爲主〉，佛學研究中心學報第二期，一九七七年七月，頁二三三～二八〇。

世輪迴的觀念，創造出描寫佛陀前世功德的故事，稱之爲「佛本生故事」。

　　雖然「佛本生故事」講述的都是佛陀前生的故事，但實際上絕大部份是流行於古印度的民間故事、神話、寓言、童話、短篇奇聞軼事、笑話等等，佛教徒採集後加以改造。這些寓意深遠、家喻戶曉且深入人心的故事，被假託爲釋迦牟尼在成佛之前無數次輪迴轉生的經歷，其目的在作爲宣傳佛教教義，最遲在西元前三世紀，佛教徒已開始編纂本生故事。現存南傳巴利文佛典裡有完整的《佛本生故事》，共有五四七則故事。這部經在我國南齊時可能翻譯，後來亡佚了。北傳漢譯佛典裡，本生故事主要散見於《六度集經》、《生經》、《菩薩經》、《菩薩本緣經》、《菩薩本生鬘論》、《撰集百緣經》、《賢愚因緣經》、《雜寶藏經》、《根本說一切有部毘奈耶》……等。

　　許多經典中的故事，以今天的眼光來看，撇開故事前後的說教部份，毫無疑問的就是一則則膾炙人口的寓言。這些精采的故事，隨著佛經的翻譯與流傳，在中國文人社會快速傳播開來，從魏晉六朝以來即爲中國小說注入了新鮮的養分，增添了繁盛的枝葉。無論在體裁、結構、故事來源、藝術構思和思想傾向等方向，都有著相當程度的影響。其中最爲直接的，當推志怪小說。不少作品在題材上摹仿、借鏡於佛經的故事；有的在藝術的構思上受到佛經的啓發；有些直接襲用整個佛經故事；有些故事的基本結構不變，只將其中的人物、環境本土化；有的移植翻版後，又將故事加以中國化。例如：大家所熟知的晉・荀氏《靈鬼志》中的「外國道人」，及梁・吳均《續齊諧記》中的「陽羨鵝籠書生」，便是極爲鮮明而

膾炙人口的例子。這篇六朝志怪小說中的名篇，故事開篇就說「有
道人外國來」，可見這顯然爲外來的故事。詳究本源，蓋來自吳・
康僧會譯的《舊雜譬喻經》第十八則，只要持與比對，便可得知
《靈鬼志》的「外國道人」故事是從「梵志吐壺」演化而來，只是
「梵志」變成了能吞刀吐火及吐金銀、珠玉的「外國道人」而已。
其後《續齊諧記》的「陽羨鵝籠書生」故事，也是取源《雜譬喻
經》「梵志吐壺」，不過既不稱「梵志」，也不稱「外國道人」，
而是改稱爲漢土的「陽羨書生」。同時，故事情節也更形生動曲
折，富有情趣：書生吐出一女，女又吐出一男，男又吐出一女。由
三人增加爲四人，描寫也更爲細緻。整個故事已經完全的中國化，
絲毫看不出外來的痕跡。

又如：宋・劉義慶《宣驗記》中「鸚鵡救火」的故事，同樣故
事也出現在劉敬叔的《異苑》中，也是源自吳・康僧會譯的《舊雜
譬喻經》第二十三則，只是《宣驗記》、《異苑》，在文字上作了
一些潤飾而已。❷

上述二例都是中國小說研究者，甚至比較文學研究者所津津樂
道的例子。

作爲中國毗鄰的韓國，深受漢文化的習染與霑漑既深且久，對
於這些引人入勝的佛教文學，自然也免不了在漢譯佛典流通的同
時，從中大量汲取文學養分，爲韓國文學發展注入新血。韓國漢文
小說中也在在呈現出與佛教文學的密切關係。關於這點，學者也偶

---

❷ 參見拙文〈佛教與六朝志怪小說〉，《法光》二七期，一九九一年十二
月。

有論及，如丁奎福對朝鮮時代金萬重所著的《九雲夢》有過深入的研究，便以爲：《九雲夢》固然深受中國的《枕中記》、《南柯太守傳》……等一類唐人傳奇的影響，然此一幻夢結構故事，細溯其源，實發源自北魏・吉迦夜、曇曜所譯《雜寶藏經》的〈沙羅那比丘〉。❸

又如朝鮮朝時代金在堉所作的韓國漢文小說《六美堂記》，又名《普陀奇聞》，上下二卷十六回。內容雖爲韓國本國的故事，然其中有關新羅太子簫仙離家出海求靈筍，其兄弟世徵爲奪靈筍，將其毒瞎，漂流海中，後因吹簫得與唐皇玉星公主成爲知音，終得雙眼復明……等故事情節，實借鏡於佛典中膾炙人口的「善友入海求寶」的故事。這些情節也見於西晉・竺法護譯的《生經》卷第一的《墮珠著海中經》、後魏・曇學、威德譯的《賢愚經》卷九「善事太子入海品」及失譯人的《大方便佛報恩經》中。

三、韓國漢文小說中的「龜兔故事」

韓國漢文小說除前舉《九雲夢》、《六美堂記》等長篇小說，部份故事情節直接或間接地受到佛教文學的影響外，其實在漢文小說佔有相當份量與地位的短篇寓言小說中，也頗有直接受到佛教文學影響的作品。韓國文學發展中，寓言小說與擬人傳記的寫作風氣是極其盛行的。只是自來學者大多用心於這些作品與中國唐、宋寓

---

❸　參見丁奎福：〈東方文化的再起與東方文學的相關性〉，載《文學絲路——中華文化與世界漢文學論文集》，臺北，世界華文作家協會編印，一九九八年，頁二六～三三。

言的比較。韋旭昇〈韓國漢文文學史敘事方法芻議〉一文中便說：

> 又如帶有寓言性質的借物喻人的「傳記」，最早出自中國唐
> 代韓愈的筆下的是《毛穎傳》，寫毛筆。此後柳宗元也曾寫
> 過《蝜蝂傳》（寫蟲），司空圖寫了以銅鏡爲擬人對象的
> 《容成侯傳》，蘇軾寫了以餅爲對象的《溫陶君傳》，秦觀
> 寫了以酒爲對象的《清和先生傳》等等。這種寓言式的擬人
> 傳記在中國並沒有很大發展。可是韓國文人把這種寫法接過
> 去後，卻大加發展。以漢文寫成這類擬人傳記約有高麗時代
> 的李椿、李允甫、李奎報、李穀等人，他們是此類作品的首
> 批作者，作品有李奎報以酒擬人的《麴先生傳》、以龜擬人
> 的《清江使者傳》、李允甫以蟹擬人的《無腸公子傳》、林
> 椿的《麴醇傳》（酒）、《孔大傳》（金錢）、李穀的《竹夫
> 人傳》（竹夫人）、僧人息影庵的《丁侍者傳》（手杖）等
> 等。爾後到朝鮮王朝時期此類作品陸續出現，……品種之
> 多，數量之眾，作品創作延續時間之長，都超過了擬人傳記
> 的故鄉——中國。❹

　　不但如此，較諸比擬人傳記更具小說性質的寓言，在韓國的發
展也早。朝鮮時代的文學家們在寓言方面已多所表現。如金富軾

---

❹　韋旭昇：〈韓國漢文文學史敘事方法芻議〉，載《文學絲路——中華文化
　　與世界漢文學論文集》，臺北，世界華文作家協會編印，一九九八年，頁
　　五〇。

《三國史記》中的「龜兔寓言」、薛聰的《花王戒》以及此後林悌的《花史》、《鼠獄說》，乃至《野公雞傳》、《鼠同知傳》、《蟾蜍傳》等等，其中有的是漢文，有的是韓文。在這些寓言小說中，最具代表性，流行最廣，異本也多，且與佛教文學關係密切的則當推「龜兔故事」了。

　　林明德主編的《韓國漢文小說全集》卷六「擬人、諷刺類」中，即收錄有《兔公傳》及《兔先生傳》等二篇短篇的韓國漢文小說。

　　《兔公傳》，篇幅約長七千字。全文以文言寫作，蓋為傳奇體。故事大要說：

　　東海龍王有病，百藥無效。有一道士進言需得兔肝服用，方能有回春的希望。此時群臣無策，只有鱉主簿自願為龍王到人間求取兔肝。鱉主簿向鹿請問而得以見兔公。與兔公談論天下山水之勝，極言龍宮之美與人間之險，兔公乃與之同往龍宮。到達龍宮之後始知龍王有意取其肝，於是以巧言說之而得免於殺身之禍，回歸山林。龍王又致書玉皇言己命將絕，玉皇遂召見龍王及兔公，使兩人分別說理，順應天命，遂使雷公送兔公回山，龍王終無法取得兔肝，痛哭而歸。❺

　　《兔先生傳》也是以文言寫作的傳奇體。篇幅較《兔公傳》略長，全文約九千字。故事大要說：古秦時北海龍王廣澤病入膏肓，道士為其說藥病相剋之道，並言兔肝能治其病。鱉主簿自願為龍王

---

❺　林明德主編：《韓國漢文小說全集》，卷六「擬人、諷刺類」，臺北，中國文化大學出版部，一九八○年五月，頁五九～六八。

到人間取兔肝，見兔而與其交談攀交情，比較年齡之長與人間水國
之美。鱉主簿更爲兔極言人間八難，欲誘使兔隨之入水國食長生不
老之藥，兔雖覺不妥但終被鱉之巧言利誘，兩人同往龍宮。兔至龍
宮才知自己已入鱉所設的陷阱，遂以三寸之舌對龍王巧言說理，使
龍王認爲兔肝治病無效，龍王遂不殺兔而待之爲上賓，兔得以重回
人間，鱉才知反被兔所誆騙。❻

　　這二篇漢文小說，題材、情節大致相同，只是內容敷陳鋪敍，
詳略有異，各有所偏而已。《兔公傳》中極力用典舖寫山水之樂，
末段說理議論生死天命之道，溶入時人思想是其主要特色。而《兔
先生傳》則是多引用中國歷史人物典故鋪敍並多引經典名句，首段
極言藥理與病理以及五行相剋之道，中段引中國地名山水之美，且
多議論，蓋爲文人炫耀才學的表現。

　　這樣的故事題材，在韓國民間故事及中國東北朝鮮族的民間故
事中均非常廣泛的流傳。不僅傳播在廣大民眾的口耳之間，同時更
有文人進行改寫創作的短篇小說的流行。據今所得知文獻所載，有
韓文小說本，也有漢文小說本，且有多種不同本子。除上面提到的
《韓國漢文小說全集》所收錄的二種外，在一九八三年韓國精神文
化院所編的《韓國古小說目錄》中尙注錄有：國立中央圖書館藏漢
文本《兔公辭》寫本一冊；金東旭藏韓文本《兔公傳》寫本一冊❼。

---

❻　同上註，頁六九～八二。

❼　《韓國古小說目錄》：「《兔公辭》，寫本（漢文），一冊，
　　23×16.3cm。原本所藏：國立中央圖書館；《兔公傳》寫本（國文）一
　　冊，附《玉屑和答》。原本所藏：金旭東」，韓國精神文化院所，一九八
　　三年，頁一○四。

在劉守華的〈一個故事的豐富變異性——「猴子和烏龜」故事的比較研究〉一文根據裴永鎮整理《金德順故事集》的整理附記說：「（它）在朝鮮族群眾中流傳很廣，有文人們根據民間故事記錄、改寫的《狡兔傳》、《兔生員傳》、《鱉主簿傳》、《兔鱉傳》等多種書面本子。」❽而韋旭昇的《朝鮮文學史》也提到：「這個古老的寓言在人民群眾中廣泛流傳，大約到十八世紀被敷衍鋪陳爲小說，到十九世紀，出現了申在孝的說唱脚本《兔鱉歌》、李善友的《水宮歌》，在十九世紀末至二十世紀初還產生了《兔鱉山水錄》、《兔生員傳》、《兔之肝》、《鱉主簿傳》等異本。」❾

　　事實上，有關「龜兔故事」在韓國，不論是韓文小說、漢文小說，還是說唱脚本（phansori），改寫鋪敘之風均極爲風行。之所以如此，固然因爲故事生動有趣，諷刺性高，同時也與文人深受唐人傳奇、明人小說影響極深有關。此外，高麗時期史家金富軾（一〇七五～一一五一）所編的正史《三國史記》也具有相當的影響。《三國史記》卷四十一・列傳第一〈金庾信傳〉上載有關於「龜兔故事」的記述說：

　　　　王怒囚之，欲戮未果，春秋以青布三百步，密贈王之寵臣先道解，道解以饌具，來相飲酒，酣戲語曰：子亦嘗聞兔之說

❽　劉守華：〈一個故事的豐富變異性——『猴子和烏龜』故事的比較研究〉，原載《思想戰線》，一九八五年，收入《民間故事的比較研究》，中國民間文藝出版社，一九八六年，頁一八〇～一八一。

❾　見韋旭昇：《朝鮮文學史》，北京大學出版社，一九八六年十月，頁三四六。

乎！昔東海龍女病心，醫言：「得兔肝合藥，則可療也。」
然海中無兔，不奈之何。有一龜曰龍王言：「吾能得之。」
遂登陸。見兔言：「海中有一島，清泉白石，茂林佳果，寒
暑不能到，鷹隼不能侵，爾若得至，可以安居無患。」因負
兔背上，游行二三里許，龜顧謂兔曰：「今龍女被病，須兔
肝爲藥，故不憚勞，負爾來耳。」兔曰：「噫！吾神明之
後，能出五臟，洗而納之。日者，少覺心煩，遂出肝心洗
之，暫置巖石之底。聞爾甘言徑來，肝尚在彼，何不迴歸取
肝，則汝得所求，吾雖無肝，尚活，豈不兩相宜哉！」龜信
之而還。纔上岸，兔脫入草中，謂龜曰：「愚哉汝也，豈有
無肝而生者乎！」龜憫默而退。

　　此說話是新羅金春秋爲了向百濟報仇，乃向高句麗請求援兵，
反爲高句麗寶藏王所覊留，遂以青布三百步賄賂寶藏王寵臣先道
解。此一故事便是先道解對春秋所說。金春秋瞭解故事的意義，就
像兔子一樣，欺騙了高句麗寶藏王，而得以脫險。

　　此段史書中，有關「龜兔故事」的記載，一般稱之爲「龜兔說
話」或「龜兔寓言」。雖然篇幅短小，僅約二百字左右，內容也簡
單，但基本情節完整，語言鍊達，風格頗似漢譯佛典。所記故事梗
概及情節，均與前述韓國漢文小說《兔公傳》、《兔先生傳》基本
相同。然重要的是金富軾《三國史記》的這段記載，當是此類小說
與說唱（phansori）鋪陳之所本。

　　裴永鎭以爲《狡兔傳》、《兔生員傳》、《鱉主簿傳》、《兔
鱉傳》等是文人們根據民間故事記錄、改寫的，並認爲這一故事最

遲在十六世紀前就已經流傳了。❿若據《三國史記》的記載，則當
可更進一步的說：「最遲在七世紀前就已經流傳了。」

四、佛教文學中的「龜兔故事」

　　金富軾《三國史記》「金庾信傳」中記載了先道解所舉的「龜
兔故事」，可見此一故事早在西元七世紀時已在韓國流傳開來，而
且顯然不是先道解所杜撰。雖然內容簡短，且較諸佛典有些許改
變，但仍不難推知當是從漢譯佛典中借用過來的。文人言政論事，
每好傍引典據，雜敘故實，以資證佐，史書載錄，不可枚舉。其所
援引非惟正經、正史，佛典、道書亦在擷取之列。韓國自古即深受
漢文化的習染，此一史事不難推知，蓋為先道解閱讀漢譯佛典後，
從中汲取佛典故實，加以改變而舉以為談資。因此〈金庾信傳〉中
有關「龜兔故事」的題材，進一步追溯源頭，當是來自佛教經典。

　　考漢譯佛典中，吳·康僧會譯的《六度集經》卷四，西晉·竺
法護譯的《生經》卷一，隋·闍那崛多譯《佛本行集經》卷三十一
所載的佛本生故事中都有類似的故事，內容情節都相差不多。《六
度集經》卷四第三十六則云：

　　鱉妻有疾。思食獼猴肝，雄行求焉。睹獼猴下飲，鱉曰：
　　「爾嘗睹樂乎？」答曰：「未也。」曰：「吾舍有妙藥。爾
　　欲觀乎？」曰：「然。」鱉曰：「爾昇吾背，將爾觀矣。」

---

❿　見裴永鎮：《朝鮮族民間故事講述家金德順故事集》「整理附記」，上海
　　文藝出版社，一九八三年六月，頁三九七。

昇背隨焉。半溪鱉曰：「吾妻食爾肝，水中何樂之有乎。」
獼猴心愕然，曰：「夫戒，守善之常也。權，濟難之大
矣。」曰：「爾不早云，吾以肝懸彼樹上。」鱉信而還，獼
猴上岸曰：「死鱉虫，豈有腹中肝而當懸樹者乎？」⓫

《六度集經》的這則故事，主要說：鱉因妻生病，欲食獼猴
肝。於是以到水府觀賞「妙藥」爲由，誘騙獼猴子入海，途中鱉向
獼猴道出實情。獼猴急中生智，以肝懸挂在樹爲借口，而得以回
岸。

《生經》卷第一〈佛說鱉獼猴經第十〉云：

> 乃住過去無數劫時，有一獼猴王，處在林樹，食果飮水，時
> 念一切蚑行喘息，人物之類，皆欲令度使至無爲。時與一鱉
> 以爲知友，親親相敬，初不相忤。鱉數往來，到獼猴所，飮
> 食言談，說正義理；其婦見之，數出不在。謂之於外淫蕩不
> 節，即問夫婿：「卿數出爲何所至湊？將無於外放逸無
> 道。」其夫答曰：「吾與獼猴，結爲親友，聰明智慧，又曉
> 義理，出輒往造，共論經法；但說快事，無他放逸。」其婦
> 不信，謂爲不然。又瞋獼猴誘恤我夫，數令出入，當圖殺
> 之，吾夫乃休。因便佯病，因劣著床，其婿瞻勞。醫藥療
> 治，竟不肯差。謂其夫言：「何須老勞意損其醫藥，吾病甚
> 重。當得卿所親獼猴之肝，吾乃活耳！」其夫答曰：「是吾

親友，寄身託命，終不相疑，云何相圖，用以活卿耶！」其婦答曰：「今爲夫婦，同共一體，不念相濟，反爲獼猴，誠非誼理？」其夫逼婦，又敬重之，往請獼猴：「吾數往來，到君所頓，仁不枉屈詣我家門，今欲相請到舍小食。」獼猴答曰：「吾處陸地，卿在水中，安得相從？」其鱉答曰：「吾當負卿，方可任儀。」彌猴便從，負到中道，謂獼猴言：「仁欲知不，所以相請，吾婦病困，欲得仁肝服食除病。」獼猴報曰：「卿何以故？不早相語，吾肝樹挂不齊持來，便還取肝。」乃相從耳，便還樹上，跳踉歡喜。時鱉問曰：「卿當齊肝，來到我家，反更上樹，跳踉踊躍，爲何所施？」獼猴答曰：「天下至愚，無過於卿！何所有肝而挂在樹，共爲親友，寄身託命，而還相圖，欲危我命，從今已往，各自別行。」⑫

　　在《生經》中的故事大要是：鱉與獼猴爲好朋友，因而引起鱉妻的不快，乃佯稱生病，需獼猴肝醫治。鱉受逼，乃假意請獼猴到家小食，騙獼猴子上路。至海上，鱉道出實情，獼猴大驚，急中生智，乃說掛肝樹上，未曾持來，促鱉送其回岸取肝，回岸後即與鱉絕交。《生經》中《佛說鱉獼猴經》的這則故事，在南朝梁·僧旻與寶唱編纂的《經律異相》一書中也曾加以改編。

　　《佛本行集經》卷第三十一〈昔與魔競品第三十四〉云：

---

⑫　見《大正藏》三冊本緣部，No.一五四，頁七六 c～七七 a。

　　爾時佛告諸比丘言：我念往昔，於大海中，有一大虯。其虯有婦，身正懷妊，忽然思欲獼猴心食。以是因緣，其身羸瘦，痿黃宛轉，戰栗不安。時彼特虯，見婦身體如是羸瘦，無有顏色。見已問言：「賢善仁者，汝何所患？欲思何食？我不聞汝從我索食，何故如是？」對其特虯默然不報。其夫復問：「汝今何故，不向我道？」婦報夫言：「汝若能與我隨心願，我當說之，若不能者，我何假說。」夫復答言：「汝但說看，若可得理，我當方便，會覓令得。」婦即語言：「我今意思獼猴心食，汝能得不？」夫即報言：「汝所須者，此事甚難。所以者何？我居止在大海水中，獼猴乃在山林樹上，何由可得？」婦言：「奈何！我今意思如此之食，若不能得如是物者，此胎必墮，我身不久，恐取命終。」是時其夫復語婦言：「賢善仁者，汝且容忍，我今求去。若成此事，深不可言，則我與汝，並皆慶快。」爾時彼虯，即從海出，至於岸上。

　　去岸不遠，有一大樹，名優曇婆羅。時彼樹有一大獼猴，在於樹頭，取果子食。是時彼虯，既見獼猴在樹上，坐食於樹子，見已漸漸到於樹下。到已，即便共相慰喻，以美語言，問訊獼猴：「善哉善哉，婆私師叱，在此樹上，作於何事，不甚辛勤受苦惱耶？求食易得，無疲倦不？」獼猴報言：「如是仁者，我今不大受於苦惱。」虯復重更語獼猴言：「汝在此處，何所食啖？」獼猴報言：「我在優曇婆羅樹上，食啖其子。」是時虯復語獼猴言：「我今見汝，甚大歡喜，遍滿身體，不能自勝。我欲將汝作於善友，共相愛

敬。汝取我語，何須住此，又復此樹子少無多，云何乃能此
處？願樂，汝可下來，隨逐於我，我當將汝渡海彼岸，別有
大林，種種諸樹：花果豐饒。所謂淹婆果、閻浮果、梨拘闍
果、頗那婆果、鎮頭迦果、無量樹等。」獼猴問言：「我今
云何得至彼處？海水深廣，甚難越渡，我當云何堪能浮
渡？」是時彼虬，報獼猴言：「我背負汝，將渡彼岸，汝今
但當從樹下來，騎我背上。」

　　爾時獼猴，心無定故，狹劣愚癡，少見少知。聞亂美
言，心生歡喜，從樹而下。上虬背上，欲隨虬去。其虬內
心，生如是念：「善哉善哉，我願已成。」即欲相將至自居
處，身及獼猴，俱沒於水。是時獼猴，問彼虬言：「善友何
故忽沒於水？」虬即報言：「汝不知也。」獼猴問言：「其
事云何？欲何所爲？」虬即報言：「我婦懷妊，彼如是思欲
汝心食，以是因緣，我將汝來。」爾時獼猴，作如是念：
「嗚呼！我今甚不吉利，自取磨滅。嗚呼！我今作何方便，
而得免此急速厄難，不失身命！」復如是念：「我須誑
虬。」作是念已，而語虬言：「仁者善友，我心留在優曇婆
羅樹上寄著，不持將行。仁者當時，云何依實不語我知：今
須汝心。我於當時，即將相隨。善友還回，放我取心，得已
還來。」爾時彼虬，聞於獼猴如是語已二俱還出。獼猴見
虬，欲出水岸。是時獼猴，努力奮迅，捷疾跳躑，出大筋
力，從虬背上跳下，上彼優曇婆羅大樹之上。其虬在下，少
時停待，見彼獼猴，淹遲不下，而語之言：「親密善友，汝
速下來，共汝相隨，至於我家。」獼猴嘿然，不肯下樹。求

見獼猴，經久不下，而說偈言：

　　善友獼猴得心已，願從樹上速下來，

　　我當送汝至彼林，多饒種種諸果處。

爾時獼猴，作是思惟：「此虬無智。」如是念已，即向彼虬，而說偈言：

　　汝虬計校雖能寬，而心智慮甚狹劣，

　　汝但審諦自思忖，一切眾類誰無心。

　　彼林雖復子豐饒，及諸庵羅等妙果，

　　我今意實不在彼，寧自食此優曇婆。⓭

　　《佛本行集經》中的這則故事，篇幅長達一千多字，較之《六度集經》、《生經》作了相當的擴充。角色也略有改變，《六度集經》及《生經》中作「鼈與獼猴」，《佛本行集經》則作「虬與獼猴」。故事大要說：虬婦懷妊，思食猴心，於是雄虬以海之彼岸花果豐饒為誘，誆騙獼猴子上其背前去。待獼猴上背後，雄虬便沒入水中。獼猴頓覺有異，質問游向彼岸為何沒入水中。海虬向獼猴道出實情，獼猴聽說，急中生智，乃以心挂樹上，須回岸上拿取為由，獼猴遂逃回樹上不復下來。海虬見獼猴不復下來，便再以彼岸有豐富的水果為誘，然獼猴終不為所動。

　　《六度集經》、《生經》中的「鼈與獼猴」，及《佛本行集經》中「虬與獼猴」都是佛陀應用擬人化的故事來為弟子宣說過去生中的因緣；或舉以為例，以說明佛理，揭示教義。這三則故事，

⓭　見《大正藏》三冊本緣部，No.一九〇，頁七九八 b～七九九 a。

基本情節可以說是大抵一致，同出一源。蓋佛陀說法因時、地、對象不同，自有繁簡之別，而結集、翻譯也造成角色的更易。南傳佛教巴利文的本生故事有情節相同的故事「鱷魚本生」，即因環境不同、角色不同而作「鱷魚與猴子」❹。

此外，佛陀說法因應聽者，所舉故事每多採自民間，上舉《六度集經》，《生經》，及《佛本行集經》的故書也見於印度民間故事集《五卷書》❺的第四卷「已經得到的東西的喪失」篇中「猴子與海怪」❻的故事，比對內容情節，明顯的與漢譯佛經中的「虬與獼猴」、「鱉與獼猴」以及南傳佛教巴利文的本生故事中「鱷魚本生」同出一源。

五、「龜兔故事」的相關文學

林辰在〈由借鑒到創新──初識韓國漢文小說〉一文中說：「摹仿與借鑒，含義不同，這是用不著解釋的。反映在具體的文學作品上，摹仿與借鑒的區別，則在於『似』與『似而不是』」❼佛經傳入中國的積極影響之一便是提供中國小說豐富的摹仿與借鑒。經由漢譯佛典的傳入韓國與中國小說的流傳，同樣的也為韓國小

---

❹ 見郭良鋆、黃寶生編譯：《佛本生故事》，臺北，漢欣文化公司，一九八七年五月，頁一三一～一三三。

❺ 《五卷書》是笈多王朝時期（公元三～六世紀）編成的一本寓言故事集。傳說為了教育國王的三個兒子，命毘濕奴舍哩曼編輯的。

❻ 見季羨林譯：《五卷書》，臺北，丹青圖書公司，一九八三年三月，頁四一二～四二○。

❼ 見林辰：〈由借鑒到創新──初識韓國漢文小說〉，載《域外漢文小說國際學術研討會論文集》，臺北，東吳大學，一九九九年九月，頁一七九。

說，包含韓文與漢文的創作提供了莫大的借鑒。而後來的說唱文學
（phansori），也作出了更大的敷演，甚至民間口傳文學更是大肆
渲染。

在韓國有關「龜兔故事」的文學相當風行，有口傳的民間故
事，更有書面的文學作品。除了前面論及的漢文小說《兔公傳》、
《兔先生傳》外，尚有漢文的《兔鱉傳》（金東旭藏）、《兔公
辭》（中央圖書館藏）；韓文的《鱉主簿傳》（高麗大學、中央圖書館
藏）、《鱉主傳》（趙東一藏），《兔公傳》（高麗大學藏）；漢文韓
文混用的《鱉主簿傳》（漢城大學、中央圖書館藏）。另外還有韓國說
唱腳本（phansori）韓文的《兔鱉歌》（顏珍燮藏）、漢文韓文混用
的《水宮歌》（漢城大學、中央圖書館藏）。

印度佛經在漢譯時，有不少經過譯者的再創作，有意無意間融
入了許多漢族的生活與思想感情。同樣的，韓國小說在文人的關注
下，向佛教文學與中國小說進行摹仿與借鑒的同時，自然也多方的
吸取改寫，以適應本國的環境。因此許多故事情節雖源自佛典，仿
自唐人傳奇，明清小說，然更有其「似而不是」之處。

「龜兔故事」這一類型的故事，最早見於西元前三世紀成書的
印度巴利文《佛本生故事》，也見於成書於西元前一世紀的印度民
間故事集《五卷書》。另一方面透過佛教經典的傳播，展開它們強
而有勁的影響力。經由南傳佛教傳向東南亞、印尼、馬來西亞、柬
埔寨等地，經由北傳佛教，傳入中國，並通過漢譯佛典傳入韓國、
日本。

自三國後即有先後通過各種漢譯佛經將此類型故事傳到中國。
至今仍在各地流佈，如漢族的《猴子與烏龜》（吉林）、《海母承

相》（福建）、《猴子和鱉打老庚》（陝西）、《樹梢猴心》（山西），蒙古族的《烏龜和猴子》，藏族的《猴子和烏龜》、《猴子和蛙》，朝鮮族的《兔子和烏龜》，鄂溫克族的《旺巴和毛尼奧》❶。

雖然各國、各族或各地多可見有此一故事的流傳，但整體而論，均不像韓國從西元七世紀開始流傳，或者說十二世紀初金富軾《三國史記》流傳以來，便在廣大民間與文人雅士廣泛傳佈。因而有各種文類、版本，可說是多樣多姿。大約到十八世紀更有敷衍鋪陳爲小說，甚至有引入歌場說唱愉人的，而十九世紀❶，乃出現有申在孝的說唱腳本（phansori）《兔鱉歌》、李善友的《水宮歌》❷等。即使在中國也未見有此一故事題材的小說或說唱的出現，可見韓國文士與民眾對此一題材可說是情有獨鍾。

韓國小說或說唱的角色，從《三國史記》作「龜兔」到「鱉兔」，角色中的「龜」與「鱉」爲同類，基本上與《六度集經》及《生經》所作「鱉」無甚差異。而《三國史記》以後韓國所有故事出現的，不論是龍王愛女生病、龍王害病，顯然是與《佛本行集經》中的「虯」有關。蓋漢字「虯」又作「蚪」，乃古代傳說中無角的龍，因此衍生出龍王的角色是不難理解的。劉守華以爲：漢族、蒙古族、藏族的故事，主要背景在山地，重心表現猴子，可以

❶ 參見《中國傳說故事大辭典》，北京，中國文聯出版社，一九九二年。

❶ phansori《兔鱉歌》最初唱者是朝鮮朝宋興祿和廉秀達。其生存年代約在十八世紀末、十九世紀初。

❷ 裴永鎮整理：《朝鮮族民間故事講述家金德順故事集》，上海文藝出版社，一九八三年，頁三九七～三九八。提及有：《狡兔傳》、《鱉主簿傳》、《兔鱉傳》、等多種書面字本。

稱爲「山地型」；福建漢族的《海母丞相》，朝鮮族的《兔子和烏
龜》，日本的《猴子的鮮肝》主要背景在海洋，著重表現水族生
活，可以叫做「海洋型」❷。至於另一重要角色，佛經中均作「獼
猴」，而韓國所有的包括《三國史記》，均作「兔子」。顯然是因
地制宜，作的適切改變。

　　韓國漢文小說《兔公傳》、《兔先生傳》的故事，基本上承襲
了《三國史記》「龜兔」寓言的情節，而更進一步的加以渲染。在
人物的動作、語言及背景等方面的描寫細節上更趨複雜化，細膩
化。使整個故事骨架生肌長肉，血脈活絡，以致篇幅劇增。尤其作
者在深受唐人傳奇與明人小說的影響下，藉著這個擬人虛構的故事
框架，將個人對於漢詩、漢文、儒家典故、聖賢名言等盡情的展
現。如：歌曰：「滄浪之水清兮，可以濯吾纓；滄浪之水濁兮，可
以濯吾足」、古人有言：「獨樂樂與眾樂樂孰樂？」、詩曰：「得
人者興，失人者亡。」、詩云：「他人有心，予忖度之。」、兔公
作歌曰：「風蕭蕭兮，江水寒，兔公一去不復還。」……等。篇中
駢語、儷句、書、判、散筆相雜，足見作者不單只是襲用、摹擬
「龜兔寓言」而已，實際上，則是藉題發揮。如：《兔公傳》中兔
公的羅列萬壽山之風光與鱉主簿之鋪張龍宮水府。其情形宛如司馬
相如〈子虛賦〉中子虛先生與烏有先生之對話；班孟堅〈兩都賦〉
裡東都客與西都客之競誇。眞可謂鋪張揚厲，極盡賣弄之能事。如
《兔公傳》云：

---

❷　同註❿。

兔公油然曰：吾當試言之，君其側耳聽之。萬壽山天下之名
區也，千峰競秀，萬壑爭流，萬壽山之面目也；若夫奇花瑤
草，紅綠於層岩，珍禽異獸，遊戲於叢林，黃花赤葉若展錦
繡之障，蒼松白雲如在水晶之宮，此乃山間之四時也；惟江
上之清風與山間之明月，耳得之而爲聲，目寓之而成色，碧
桃紅杏，山菜野疏，取之無禁，用之不竭，飢則飽，飽則
臥，千山萬水，任意行樂，而千歲厭世去而上仙，乘彼白雲
至于帝鄉，與天地同終始者，此乃兔先生之樂其樂也，萬水
風光，大略如斯。不可口舌形容，願聞水府之風樂。」主簿
聽罷，拍手大笑曰：「誰謂萬壽山風景天下絕勝者？比之水
府則坐井觀天，滄海一粟，令人掩耳不足聽也，僕口吃不能
言，然略陳其概，願先生憑几耳聽。掛龍骨而爲樑，瑞氣翻
空，綷魚鱗而作尾，靈光耀口，琉璃柱、琥珀礎、珊瑚鉤、
水晶簾，鎖窗啓而海色在戶，繡闥開而雲彩臨軒。龍文席、
虎文席、白玉榻、黃金榻，仙人仙女羅列於左右，珍羞玉食
堆積於前後，天妃捧玉盤、王母調金鼎、三神山、不老草、
廣沃殿、千年桃、五雲玲瓏、眾樂畢陳，朝游於洞庭之湖，
暮歸於瀟湘之浦，四海八荒，瞬息往來。況此吾王聖明，百
靈仰德，萬族歸仁，鎮東海八千餘里，垂名後世億萬年，豈
不樂哉！豈不美哉！」

又韓國漢文小說《兔公傳》、《兔先生傳》，內容所敘述的乃
兔公的傳奇，兔先生的傳奇，也就是說，傳奇故事的主角是「兔
公」、「兔先生」。題名背後的意思分明對故事中兔子的機智具有

讚美的意涵。這從小說內容也可得到印證。如：《兔公傳》：「兔先生之面謾一龍，無愧諸葛亮之說群儒。」將之與《三國演義》中舌戰群儒的諸葛孔明相比，則其稱許兔先生之機智明矣。

五、後語

佛教經典乃爲佛陀說法的記錄，也就是佛教傳播教義的文字記錄。佛陀本人是位傑出的佈道者，是非常富有文學才能的。他悟道後努力不懈地宣傳教義，擴大影響。佛陀傳教看對象、講方法，不斷提高說法的藝術，往往吸收故事性極強的民間故事以作爲說法之利器。因此佛經中特別是本緣部的經典，幾乎成了佛教故事的淵藪。所以當佛經傳入中國後，佛經中所保存的印度寓言故事，也就成爲對中國文學的積極影響之一。這些豐富的故事題材爲中國小說創作注入了新鮮血液。同時，佛經譯成漢文時，有不少是再創作，融入了漢族的生活和思想感情。

隨著漢譯佛典及中國小說的傳播，進入鄰近的韓國，這些充滿異國風味的新奇故事，不但引起信徒的興趣，更引起文人的關注而紛紛加以吸取改寫。韓國漢文小說中的「龜兔」寓言，正是其中的一個例子。印度民間故事中「獼猴與海怪」的故事，爲佛陀採來作爲說法之用而略加改易，經由佛教的流傳，漢譯佛典吳·康僧會《六度集經》、西晉·竺法護《生經》中的「鱉與獼猴」；隋·闍那崛多《佛本行集經》中的「虯與獼猴」，均是此一故事的繼承變易。韓國漢文史書《三國史記》所載七世紀時先道解所舉的「龜兔」寓言，分明是這些漢譯佛典故事的襲用，只是佛典中的獼猴被改換成兔子。漢文小說中的《兔公傳》、《兔先生傳》，乃至民間

故事與說唱（phansori）的故事情節被渲染得更形複雜而多姿，雖基本情節未必直接襲用佛典，然無疑是本之於《三國史記》而加以敷演鋪敍的，詳溯其本源，當亦是源於佛典。其他韓國漢文小說，不論題材、情節、思想內容，若能細爲推究，當可對佛教與韓國漢文小說之關係有一更爲清晰的輪廓。此則有待日後進一步的努力。

試探出處論和寓言小說的關係

韓國檀國大學韓文系
尹柱弼

【摘要】

　　本稿試探了寓言小說的重要主題──士出處論之一，即固窮論和其變貌。在漢文文明圈裡，固窮論是古代知識人的處世觀之一。他們覺得出世則應兼善治民，處家則獨善固執。這種處世觀是士大夫的謀生方法。於是，寓言常常以出處論為重要主題。其中，固窮論將固窮視為士固有之條件狀況，而且可使知識人追求真正任務的邏輯。唐韓愈的〈送窮文〉是為五個窮鬼送行的故事，但結果沒有送成，卻請鬼坐上位。之所以如此，是因為故事的主人公已經認識到窮鬼才使自己成為真正的知識人。簡言之，送窮故事中尋找出了固窮之意義。這是作家善於逆說和滑稽美學的成果。

　　在韓國，許多古代漢文作家接受了〈送窮文〉的成果。其中，高麗時代李奎報的〈驅詩魔文〉和朝鮮時代鄭道傳的〈謝魑魅文〉最為有名。前者說「詩窮詩人」是因為詩魔作祟。於是，列出其罪行。然而，最後還是承認詩魔的功勞，請他們坐上座。後者，作家在謫居荒遐，欲逐奇怪的魑魅魍魎。結果，

最後還是承認他們，並感謝他們的厚誼。朝鮮時代申光漢的〈書齋夜會錄〉，既繼承傳統又超越其傳統價值。這是四個朋友與主人相會的故事。起初，不明其來歷的主人了解到四個朋友是使用已久的文房四寶精靈時，他寫祭文獻給他們，並將之埋在地裡。當晚，夢中出現四個朋友向他道謝，說主人還能享受四十多年的文筆生活。作家被驅逐在政界之外時，寫了這作品。然而，他不完全同意「士固窮論」，抱有士固有文筆生活的希望。他接受許多寓言寫作方法，樹立士林派樂觀主義。這是很好的對照！有方外人氣質的作家如林悌等創作了不少寓言小說。其中，大部份作品都批評現實政治和性理學理念，表現出了所謂現世無道的季世論。

一、前言

每個人的生活方式因人而異，但從總體而言，可謂時代決定人類的生活方式。分析古代知識分子，他們似乎認為世俗俗不可耐，不應涉足，從而忘卻自己在世俗上的任務。從現代人的角度看，這無非出於名分論思維。

那麼，對世事不聞不問之際，他們會做什麼？這並非是簡單的問題。對於現代人來說，研究閑逸之法，絕非易事。在他們聽來，要求他們在家裡閑著不工作等於讓自己墮落。然而，被稱之為「士（儒生）」的古代知識分子樹立了深思閑逸之法的傳統。尖端科技系統代人工作，人類的勞動時間逐漸縮短，失業率隨之升高的高科技時代，我們應該學習他們的智慧。

「出處論」該詞彙具體表現了古代知識分子的生活方式。其適用範圍因人而異，但其大前提是治世出仕、亂世居家。因此，可以說出處論是在儒生支撐社會無形價值的時代的獨特處世觀。

寓言是古代人間接表示自己觀點的主要寫作方式。寓言的主題與古代知識分子的世界觀有密不可分的關係。並且，出處論是將他們的世界觀適用於生活現場的時候具體提出的論點。因此，該論點勢必是寓言的重要主題之一。要不要出仕？有別於奸臣的出仕名分是什麼？若不圖明哲保身，不問世事的名分又何在？寓言通常是間接回答這種疑問的思維工具。

爲察看出處論的具體發展情況，本篇論文將要選擇「士固窮論」追溯其由來與意義。此外，還分析以寓言方式處理固窮論論點的韓愈的〈送窮文〉，察看韓國古代知識分子的接受趨勢和其變化。最後，還察看與韓愈的成果有競爭意識的申光漢的〈書齋夜會錄〉，分析在這些作品中固窮論的變化以及寓言寫作方式的變化適用。

二、固窮論的由來和意義

固窮論的由來可以追溯到孔子。孔子的徒弟證言孔子克服了固執。但，孔子並不憎恨有用的固執❶。孔子警惕當代文明的奢侈風潮。孔子認爲禮應保持適中，過度消費和奢侈的流行會危害人類本性。因此，他選擇了固守之策❷。這是子思子曾經說過的「擇善而

---

❶　《論語・子罕篇》：「子絕四：毋意、毋必、毋固、毋我。」
❷　《論語・述而》：「子曰：『奢則不孫，儉則固，與其不孫也，寧固。』」

固執者」的典型例子。

這並非是隨之應變的說法。在歷史上，懷才不遇的人物難以兼顧兩個極端而走上善的道路。在此，我們應該果敢承認理論與現實的差距。我們有必要注意歷史與理念的妥協。

孔子也是懷才不遇的人。明知執政者所要的答覆，卻生硬地回答自己沒有學到。徒弟們為之心焦，終於有人在路上因饑餓生病無法起身。豪邁坦率的子路說了一句❸。

「君子亦有窮乎？」
「君子固窮，小人窮斯濫矣！」

固窮，何謂「固」？孔子在巧妙避開正題。子路所問的「君子」是有位之人的意思。然而，孔子故意對比作為有德之人的君子和作為無德之人的小人。有德不一定有位，子路明知現實，不會問這個。孔子故意迴避理解子路說氣話的意思，死板板地反芻君子的原意。由此看出，知識人應該有德，有德應該接受君子固有的貧困之看法。反之，受人支配的人不會有德，沒有德就會在困苦時不知所措，惟恐為所欲為。

我們無從得知子路多麼理解孔子的話。但可以推測，在那種緊急情況下，不易接受孔子的觀點。對此，後代的陶淵明吟詠儒生的不幸時，如下明確解釋。

---

❸ 《論語·衛靈公》。

「寧固窮以濟意，不委曲而累己」❹

　　若在太平盛世，君子的這種固有面貌可視爲不幸。然而，有志者必受挫折，此乃天經地義。通常，知識人「本來」與時代不和。這裡有可以視爲固執的「乾脆」情緒。在徒弟看來，孔子的境界裡消逝的四個性情，重新出現在陶淵明身上。

　　沒有固執、刻意的意圖、自我意識，則克服困苦是一般人難以達到的境地。孔子雖然懷才不遇，但始終不屈服於有權勢力的排斥，堅持自己的主張。單靠固執，是無法做到這一點的。在不幸中能發現高貴的精神，並將之傳給後世的熱情，才使之成爲可能。陶淵明是以自己的方式來呼應此的文人。

　　在〈擬古〉詩中，陶淵明如下描寫知識人。

　　　「東方有一士，被服常不完。三旬九遇食，十年著一冠。辛苦無此比，常有好容顏。」❺

這是以幾個人物爲模型的假想主人公。這裡複疊了《莊子》、《漢詩外傳》、《說苑》等裡面的歷代高士的面貌。此外，還受到了前輩作家阮籍和左思描寫的知識人形象的影響。蘇東坡認爲描寫了淵明自己。反正，多種形象加在一起，出現了寄托作家理想的存在

---

❹　陶潛：〈感士不遇賦〉，《陶淵明集》卷五，北京，中華書局，一九九五年，頁一四八「寧固窮以濟意，不委曲而累己。」

❺　《古文眞寶·前集》。

❻。陶淵明拜訪這個人，說希望到歲寒爲止與他一起生活。然而，「歲寒」已屬於陶淵明的生活之中。只是，跟誰一起渡過歲寒時節成爲重要問題而已。通過其假想世界，陶淵明回顧古今人物，確認固窮精神，肯定在漢文文明圈裡綿綿不斷傳下來的知識人形象。

朝鮮後期的知識分子李瀷將陶淵明的〈擬古詩〉改編爲〈東方一士傳〉。在短篇傳記裡，從三個角度接近這位知識人。

第一段很短，其內容是客觀地將東方一士描述成一個實際歷史人物。然而，這是毫無歷史證據的。所以，我們可以從第一段了解到此傳記是不是事實是無關緊要的。

主題出現在第二段。單看東方一士個人，他是懂得苦中作樂、自得其樂之人。可謂眞正體現了固窮精神。他竟爲陶淵明演奏悲哀埋怨的玄鶴琴曲子，嘆息他的處境。這是自相矛盾的。自己體現固窮精神，又何以無法以固窮精神對待慕名而來的淵明？對此，作者作如下說明。

「淵明，遂有周旋歲寒之願，微此，後人何從而窺其淺深？」❼

「哀怨的感情」轉爲「歲寒的意志」，這是作家的獨創解釋。將知識人的固窮視爲一種精神遺產，並形成共同意識，才出現了這種變

---

❻　李華：《陶淵明新論》，北京，師範學院出版社，一九九二年，頁一四〇。

❼　李瀷：〈東方一士傳〉，《星湖全集》卷六八「淵明，遂有周旋歲寒之願，微此，後人何從而窺其淺深。」

化。因此，這裡的「後人」是包括作家自己在內的朝鮮知識人，
「其精神」可以擴大到漢文明圈的普遍美德，即以精神克服並接
受困苦。雖有哀怨之心，但默默忍耐寒冷的天氣，修養內心、積德
的過程引發了「後人」的積極參與。

在第三段，說「士（知識人）出生於天下」，值得注意。這句
話，一語道破地表現出了知識人追求一個普遍性的事實。陶淵明和
李漵證明時間、空間距離無法阻礙紐帶感的形成。

三、韓愈的〈送窮文〉和其在韓國的接受

㈠寫寓言的方法和固窮論主題

唐朝韓愈通過〈鱷魚文〉、〈送窮文〉、〈毛穎傳〉等作品實
驗了寫寓言的方式。他們借用既有的祭文、送序、傳記的形式，卻
無視文學習慣。在他的文集裡，這些作品均被分類爲「雜文」，可
見編纂者也隱然地承認寓言作品之共同點❸。

其中，〈送窮文〉是假設爲窮鬼送行的情況，敘述其過程的作
品。通過與窮鬼的對話，表露出自己的困境和雄心，純屬虛構。在
這一點，被評爲充分體現寓言寫法的佳作。

該作品也不其來無源。按照唐朝風俗，每逢正月最後一天，在
小巷祭祀掃貧，該作品的開頭部份設定了這種情況。此外，漢朝的
前輩作家楊雄創作了寓言作品〈逐貧賦〉。內容是爲了掃貧與窮鬼
對話，卻爲之說服，甚爾承認貧困的功勞。在內容結構方面，是可

---

❸　吳孟復：《唐宋古文八家概述》，合肥，安徽教育出版社一九八五年，頁
三六。

供參考的部份。

〈送窮文〉的獨創性出現在各個部份。首先，對話非常自然。窮鬼耍貧嘴，而主人始終語言彬彬有禮，不失權威莊重的儀態。窮鬼與主人比智慧，充滿滑稽緊張氣氛。

窮鬼和主人對話的主要內容是窮困對人的影響。主人將之分爲五種類型，即智窮、學窮、文窮、命窮、交窮。總而言之，這些窮困可謂是忽視實際效用卻執著於原則和義氣的結果。對此，窮鬼提出反論。批評主人對困苦的看法無疑是「小黠大癡」。此外，還訓誡追求永遠乃是君子之心，和時代相悖方能與天融爲一體。主人當然接受這種看法。結果，氣勢雄偉開展的送窮次序，得出了固窮的結論。

(二)韓國的反模倣趨勢

在韓國，受韓愈的〈送窮文〉影響的作家數不勝數。每個時代，都有作家借用〈送窮文〉的寓言寫作方式敘述他們的問題。堪稱，「代不乏人」。其中，最有名的早期作品是李奎報的〈驅詩魔文〉和鄭道傳的〈謝魑魅文〉。

〈驅詩魔文〉是高麗時代的有名詩人深思作家自己的作品。何謂詩人？他們做什麼？寫詩，這個行爲對詩人有什麼好處？詩人的不幸有什麼價值？無法一一回答這種接連不斷的問題時，寓言寫作是一種效果顯著的解決方法。

敘述者「我」和詩魔就詩和詩人展開討論。首先，「我」列出了詩魔的種種罪行。其一，自命不凡、夜郎自大。其二，竊窺神聖的領域。其三，欲言世間的千姿百態。其四，執著於辨明各種人間事情的是非。其五，平地風波、阻礙和平等等。這與〈送窮文〉窮

鬼的五種分類相似。然而，「我」最後還暴露了歷代詩人的不幸一生。並且，說自己也列入其中。證明詩使詩人困窮的「詩窮詩人」的詩讖論。

當然，詩魔對此持反對態度。力說自己和主人從出生的那天起一直在一起，長大以後也一樣在一起，共同創作了詩人名滿天下的今天。對此，主人表示承認，並重新接受了詩魔。

〈謝魑魅文〉是作家流放到南方時，寫自己處境的作品。作為新進儒學者，欲在高麗末朝廷裡實現自己的理想，而竟受到挫折。在人煙稀少的窮鄉僻壤，舉目望去皆是魑魅魍魎。它們或和被流放到此地的陌生人搭話，或自己竊竊私語。

敘述者「先生」嫌魑魅魍魎煩，一乾二淨地趕走它們。當晚，魑魅魍魎出現在「先生」的夢裡，理論它們是否真的有害於人。其內容也可概括為五個。其一，城裡人「先生」來了它們這兒。其二，先生自己不照顧自己，竟在太平盛世被流放到此地。其三，自以為是，而無法言明其理。其四，在偏僻的村落能夠與先生這樣不平凡的人物相會，甚為欣幸。其五，先生是無法與老百姓相處的知識人，但它們歡迎與之相伴。

先生耳聞此話，深為慚愧，感謝魑魅魍魎的厚意。於是，寫一篇表示感謝的文章獻給它們，發誓人生在世自己不再追求什麼。然而，這不是自暴自棄的厭世主義，而是知識人重新回味固窮，決定過充實的新生活。

此外，屬於同類的作品有崔演的〈逐詩魔〉、林悌的〈送懶文〉、林象元的〈誚影文〉、吳道一的〈逐病文〉、張混的〈送痘神文〉等。朝鮮時代流行的《詳說古文真寶大全》裡載有〈送窮

文〉，才使這種受容趨勢持續下去。當然，〈送窮文〉本身具有的寓言寫作魅力才是眞正的推動力量。

四、申光漢的〈書齋夜會錄〉的變貌和意義

〈書齋夜會錄〉的主人公是知識人。作品裡只說「有一士夫」，沒有寫明姓名。他雖然被驅逐，過著貧窮落破的生活，但氣象非凡。他在「達山村」建立書齋，過著與書作伴的生活。有一天晚上，寫了一篇「數年離開鳳樓，愁不遇美人」的詩，忽然聽到了怪異的聲音。這就是導入部份。

接著是在書齋裡與四個朋友相會的故事。本來，他們似乎物怪，互相說了奇怪的話。竊窺他們的主人了解到他們之後，他們各自介紹了自己的來歷。主人採用了〈自敍〉形式，四個朋友採用了〈假傳〉形式。此外，他們還組織詩會。四個朋友都回去之後，主人睡不成眠，推測他們的眞面目。這是敍述部份。

搜查他們的形跡之後，終於完全明白。他們原本是自己使用已久的文房四寶。於是，他以本想用於覆蓋漿缸的紙，包裹毛筆、墨、硯來埋在地裡，並寫了稱頌與他們的友誼的祭文。當晚，他們出現在夢裡道謝，說他還能活四十年。這是總結部份。

這種作品結構類似於「夢遊錄」。雖在入夢和夢醒之間沒有明確的界線，但以書齋爲中心來看，有相會前和相會後的現實之分。將異界的假想體驗放在現實狀況的相框方式很類似。然而，不完全屬於「夢遊錄」。實際相會的內容——對話和詩會採用假傳方式介紹了文房四寶的來歷。此外，還插入了主人告白自己來歷的內容。高麗時代的息影庵曾經通過〈丁侍子傳〉實驗過該方式。稱之爲

「精靈系假傳」❾。但，因混用了「夢遊錄」和假傳方式，在此可稱之爲「假傳體式夢遊錄」。

然而，細看實際作品，可發現作家對韓愈的〈送窮文〉和〈毛穎傳〉的強烈競爭意識。主人公——士夫努力把握四個朋友的來歷之際，用下文請他們出來。

> 「子之朋儔，不三不六，謂二豎則多二，謂五鬼則少一。子
> 非困我者，又非窮我者。既得子情，敢隱子形？今也無奴星
> 縛草之送，有上客盧左之迎。」❿

這是以〈送窮文〉爲前提的對話。提起〈送窮文〉的五個窮鬼和生病時出現的二豎子，玩數字遊戲。此外，還說窮道困。這些全出自意識到〈送窮文〉的考量。此外，還摘要了〈送窮文〉的主人本來叫奴星準備草船送窮鬼，結果卻請他們爲上客的內容。

但是，這不是單純模仿。因爲，事先明確表示文房四寶所象徵的寫作行爲並非是帶來窮困的鬼魔。這不僅是〈送窮文〉，也是李奎報的〈驅詩魔文〉的反意模倣。模倣拓展批評領域，搞活合理實驗，從而有效突出作家的思想。有鑒於此，這與現代文學的 parody 精神相同。

---

❾ 金鉉龍：〈釋息影菴的正體和他的文學〉，《國語國文學》八九期，漢城，國語國文學會，一九八三年，頁一〇一。金鉉龍：〈假傳體小說的兩個類型〉，《古小說研究論叢（茶谷李樹鳳教授還曆紀念論叢）》，大田，一九八八年，頁二三四～二三五參考。

❿ 韓國高麗大學校晚松文庫所藏，《企齋記異》張一七。

因此，他們的相會與忠實接受〈送窮文〉影響的作品不同，不假裝爭論，而採用了承認對方的處境，尊重對方來歷的友好對話方式。不僅如此，還偶爾提起與韓愈對立的唐朝李觀的故事，辨明韓愈〈毛穎傳〉內容的是非。李觀是夭折的天才文人，韓愈也承認其才華和人品。《新唐書》介紹了有關他的人們的說法，即如果他能像韓愈一樣長壽，有可能改變後代的評價。他借埋硯故事，稱頌不幸文學家的創作活動。此外，還通過毛筆，如下批評〈毛穎傳〉。

> 唐韓愈云：「見絕於孔子」者，是厚誣吾祖。戰國時有毛遂，請處囊中；漢世有毛萇，著詩傳。此吾正派，而韓愈恃其文華，鑿空駕虛，牽合附會，以亂毛氏之宗。所謂毛穎者何人也？有虞氏南巡狩，崩於蒼梧。蓋二妃從焉，泣血不及，沈於湘江。二妃之後，散處楚地，遂爲管氏，十五代祖，娶以爲配。自是，非管氏不娶，猶曰必齊之姜也。韓愈云：「封於管城」者，亦傳之妄也❶。

這無疑是對在〈毛穎傳〉裡，忽視毛氏系派中被封爲毛地的姬姓，重視被逮捕後忠於秦始皇的中山地方的毛穎族屬表示不滿。因此，採用湘江二妃故事，設定管氏，並將之與毛氏聯系。二妃是忠節的象徵，韓國古典作家所崇尚愛用的作品素材。

受韓國前輩作家的實驗刺激，出現了這種作品。如上所述，息影庵的作品和稍早於申光漢的士林派泰斗金馹孫的〈管處士墓地

---

❶　同冊，張二〇～二一。

銘〉似乎產生了直接影響。當然，不可忽視士林派進入中央政界時，文筆行為成為自豪根據的當代社會氣氛。

作家雖被驅逐於政界之外，但無法放棄捲土重來之心。堅信挫折是一時的，道理總會得以恢復，從而堅持樂觀論。文筆生活是維持這種觀點的原動力。該作品中表露出了這種信賴。文房四寶精靈保證主人公還能活四十多年，這就是期待晚年也能享受文筆生活的表現。

五、結語

固窮論是古代漢文文明圈知識人的獨特處世觀之一。寓言作品有效反映他們的世界觀，固窮論也成了重要主題。

其由來開始在孔子，體現在陶淵明身上。朝鮮知識人李瀷寫〈東方一士傳〉，表示對陶淵明一生的認同。

唐朝韓愈的〈送窮文〉是以固窮論為主題的寓言傑作。通過送窮這反語的設定，反證固窮精神。高麗時代李奎報的〈驅詩魔文〉和朝鮮時代鄭道傳的〈謝魑魅文〉是韓國受之影響的代表作。引起社會物議的貧窮詩人，試圖政治改革被流放的受挫的知識人，他們從固窮精神找到了自己。

反之，朝鮮時代申光漢的〈書齋夜會錄〉是與韓愈的成果競爭的作品。通過〈送窮文〉和〈毛穎傳〉的反意模倣，批判繼承之。在形式方面，試圖混用夢遊錄和假傳體。在主題方面，表示對文筆生活的自負和期待，認為現實的挫折是短暫的。堅持了否定固窮論，堅信道理恢復的樂觀的世界觀。

這是很好的對照。朝鮮時代有方外人氣質的作家，例如林悌寫

了不少寓言小說。大部份作品都批評現實政治和性理學理念。表現
了所謂現世無道的「季世論」。他們一方面努力在作品中反映對知
識人文筆生活的自己的立場和看法，另一方面還批評時代或努力對
時代抱有期待。無論如何，認真省察退出繁華世間以後的生活，這
一點與現代人迥然不同。

新羅崔致遠生平著述
及其漢文小說《雙女墳記》
的創作與流傳

上海師大文學所
李時人

【摘要】

　　新羅崔致遠（八五七～？）。是對中國與朝鮮半島文化交流作出傑出貢獻的人物。其從十二歲渡海留學唐土，十八歲考中進士，二十歲起獲委宣州溧水縣尉三年，又入淮南節度使、諸道行營兵馬都統高駢揚州幕，任館驛巡官、都統巡官四年。二十八歲歸新羅後，又在新羅王朝任官十餘載。其在唐土即以善文辭稱，故高駢曾「專委筆硯」，歸新羅後又繼續從事漢語寫作數十年，有大量漢語著述傳世。後世朝鮮半島的學人皆尊其爲東國漢語文學之宗祖，中國古代則將其視爲新羅流寓唐土的最重要作家。本文在前人研究的基礎上，比較全面地考察了崔致遠的生平著述。最後論述崔致遠漢文小說《雙女墳記》的創作與流傳，認爲這篇小說是其年輕時在唐土的創作，爲崔致遠最具代表性的文學作品。

　　崔致遠（八五七～？）是對中國與朝鮮半島文化交流作出傑出貢獻的人物。唐懿宗時，十二歲的新羅少年崔致遠渡海赴唐土留學，十八歲考中進士，二十歲起獲委宣州溧縣尉三年，後又入淮南節度使、諸道行營兵馬都統高駢揚州幕，先後任館驛巡官、都統巡官職務四年。二十八歲時以唐使節身份歸新羅，拜侍讀兼翰林學士、守兵部侍郎、知瑞書監，僅一年多，因遭疑忌，出爲太山郡、富城郡太守六年。復被召入朝，任「阿飡」六年。四十二歲被免官，後終老於山林。

　　崔致遠雖然不是朝鮮半島高麗王朝以前留學中國的第一人，卻是在漢語寫作方面取得成績最大、對後世影響亦最大的一位。其在唐土即以善文辭稱，故高駢曾「專委筆硯」。其《桂苑筆耕集》二十卷，主要收其在高駢幕府中所作詩文，爲朝鮮半島現存最早的一部個人詩文集。回新羅後又繼續從事漢語寫作數十年，有大量著述流傳。故後世朝鮮半島的學人皆尊其爲東國漢語文學之宗。李氏朝鮮時徐有榘〈校印《桂苑筆耕集》序〉云：「我東詩文集之秪今傳者，不得不以是集爲開山鼻祖，是亦東方藝苑之本始也。」❶近世

---

❶　朝鮮徐有榘於純祖李玜三十四年（行清年號，道光十四年，公元一八三四年）以活字排印之《桂苑筆耕集》是目前中國所傳各種版本的《桂苑筆耕集》之祖本。其卷首除徐有榘序外，另有洪奭周（一七七四～一八四二）〈校印《桂苑筆耕集》序〉和崔致遠〈《桂苑筆耕》序〉。本文所引《桂苑筆耕集》爲韓國成均館大學《崔文昌侯全集》（漢城，一九七二年）影印徐有榘之原刊本，下引僅註卷數及篇名。《崔文昌侯全集》還收有《孤雲先生文集》三卷、《孤雲先生續集》及《孤雲先生事跡》（〈史傳〉，〈家乘、年表〉，〈祠堂、致祭文、祝文、告由文〉，《遺墟碑志》），均爲影印舊刊。

如一九四八年初版、一九九二年修訂的趙潤濟著《韓國文學史》亦有如下論斷：

> 崔致遠甚得後世韓國學者尊崇，一致公認他是韓國漢文文學的宗祖。但是，實際上韓國漢文學此前已有，只不過是到崔致遠這裡才完全形成。自崔致遠以後，漢文文學開始大規模發展，它對韓國的國文文學產生了巨大的影響，這尤其值得我們注意❷。

在中國，崔致遠一直被視為新羅流寓作家。宋代歐陽修、宋祁等修《新唐書》，曾在〈藝文志〉中著錄了崔致遠《桂苑筆耕集》二十卷、《四六》一卷。一九三四年出版的譚正璧撰《中國文學家大辭典》和一九九二年出版的周祖譔主編《中國文學家大辭典·唐代卷》等皆收有〈崔致遠〉條目。

崔致遠一生生活於新羅和唐土兩地，其著述除《桂苑筆耕集》完整傳世，餘則散於中國和朝鮮半島。以往中國學人對崔致遠著述的了解，曾僅限於《桂苑筆耕集》。至清陸心源編《唐文拾遺》輯錄其文，始於《桂苑筆耕集》之外的朝鮮半島古代漢籍《東國通鑒》等輯出佚文四篇❸。近年又有一些有關論著提及崔致遠散見於

---

❷　（韓國）趙潤濟：《韓國文學史》，張璉瑰據韓國探求堂一九九二年版譯，中國社會科學文獻出版社，一九九八年五月，頁五〇。

❸　陸心源：《唐文拾遺》，卷三四至卷四三輯錄崔致遠《桂苑筆耕集》所收之文，卷四三最後輯錄崔致遠〈上太師侍中書〉，註出《東國通鑒》；卷四四輯錄〈有唐新羅國故智異山雙谿寺教諡真鑒禪師碑銘並序〉、〈有唐

《東文選》等古籍中的佚詩❹。但崔致遠還有數量不少的著述，比如崔致遠後裔崔國述所輯之《孤雲先生文集》三卷及佚名輯《孤雲先生續集》一卷──其中多崔致遠歸新羅以後的作品，亦收有《桂苑筆耕集》之外在唐時的作品──就很少有中國學人注意到❺。因此，中國有關文史工具書對崔致遠的介紹，以及一些有關論文對崔致遠生平著述的論述就難免出現各種疏誤。

幾年前，我編纂《全唐五代小說》時，曾輯錄了南宋張敦頤《六朝事跡編類》卷下〈雙女墓〉條所引唐代文言小說《雙女墳記》的節文。當時雖然是作爲佚名作品輯錄的，但我頗疑這篇小說的原作者就是崔致遠，所以作了一條比較長的箋文加以說明❻。最

新羅國故兩朝國師教諡大朗慧和尚自月葆光之塔碑銘並序〉、〈大唐新羅國故鳳巖山寺教諡智證大師寂照之塔碑銘並序〉，未註出處。見上海古籍出版社影印《全唐文》附《唐文拾遺》。

❹ 何鳴雁：〈新羅詩人崔致遠〉，《社會科學戰線》一九八四年四期。金東勛：〈晚唐著名詩人崔致遠〉，《中央民族學院學報》，一九八五年一期。陳尚君曾將兩文所列崔致遠不見於《桂苑筆耕集》之詩二十餘首輯入《全唐詩續拾》卷三六（中華書局，一九九二年版，《全唐詩補編》，頁一二四二～一二四六）。另，（日本）上毛河世寧《全唐詩逸》卷中輯有崔致遠詩一首，逸句七聯（見中華書局一九六○年四月排印本《全唐詩》附錄，頁一○一九三）。

❺ 《孤雲先生集》三卷，崔致遠後裔崔國述編。首有自署「後孫國述」所作〈《孤雲先生文集》編輯序〉，署「時游蒙赤奮若（乙丑年）林鍾月（六月）金藏之日」。序文內有「生於千載之後」語。又有〈《孤雲先生文集》重刊序〉，署「丙寅六月下浣後學光州盧相稷」。《孤雲先生續集》一卷，無序跋。

❻ 李時人編校：《全唐五代小說》，卷七一，陝西人民出版社，一九九八年九月版，頁一九七八～一九七九。

近，我有機會作進一步的考察，發現這篇漢文小說確實可以肯定是崔致遠年輕時在唐土的創作。全文尚比較完整地保存在李氏朝鮮時期的漢籍中。而這篇《雙女墳記》原作於唐土，應是崔致遠最具代表性的文學作品。

本文旨在在前人研究的基礎上，比較全面地考察崔致遠的生平著述，最後論述崔致遠《雙女墳記》的創作與流傳。

一、生平事跡考略

中國文化很早就傳入朝鮮半島，並長時期保持著對朝鮮半島文化全面深刻的影響。據載，公元六世紀，新羅眞興王和高句麗嬰陽王時，已經開始學習中國，分別用漢字記錄本國的歷史。「三國時代」的百濟亦有《古記》。十世紀王氏高麗代興，仿宋朝置編修官修實錄。仁宗王構時又命金富軾（一〇七五～一一五二）仿中國的《史記》，編修紀傳體的史書《三國史記》五十卷，是爲朝鮮半島現存的最早史書。《三國史記》卷四六（列傳第六）有〈崔致遠傳〉：

> 崔致遠，字孤雲，或云海雲，王京沙梁部人也。史傳泯滅，不知其世系。致遠少精敏好學，至年十二，將隨海舶入唐求學，其父謂曰：「十年不第，即非吾子也。行矣勉之。」致遠至唐追師，學問無怠，乾符元年甲午，禮部侍郎裴瓚下一舉及第。調授宣州溧水縣尉，考績爲承務郎、侍御史內供奉，賜紫、金魚袋。時黃巢叛，高駢爲諸道行營兵馬都統以討之，辟致遠爲從事，以委書記之任。其表狀書啓，傳之至

今。及年二十八歲，有歸寧之志。僖宗知之，光啓元年，使將詔書來聘，留爲侍讀兼翰林學士，守兵部侍郎、知瑞書監事。致遠自以西學多所得，及來將行己志，而衰季多疑忌，不能容，出爲太山郡太守。唐昭宗景福二年，納旌節使兵部侍郎金處誨沒於海，即差橻城郡太守金峻爲告奏使。時致遠爲富城郡太守，祗召爲賀正使。以比歲飢荒，因之盜賊交午，道梗不果行。其後致遠亦嘗奉使如唐，但不知其歲月耳。故其文集有〈上太師侍中狀〉云：「……（略）此所謂太師侍中，姓名亦不可知矣。致遠自西事大唐，東歸故國，皆遭亂世。屯邅蹇連，動輒得咎。自傷不偶，無復仕進意，道遙自放山林之下、江海之濱。營臺謝，植松竹，枕藉書史，嘯詠風月。若慶州南山、剛州冰山、陝州青凉寺、智異山雙谿寺、合浦縣別墅，此皆遊焉之所。最後，帶家隱伽耶山海印寺，與母兄浮圖賢俊及定玄師結爲道友，棲遲偃仰，以終老焉。始西遊時，與江東詩人羅隱相知。隱負才自高，不輕許可人，示致遠所制歌詩五軸。又與同年顧雲友善。將歸，顧雲以詩送別，略云：「我聞海上三金鼇，金鼇頭戴山高高。山之上兮珠宮貝闕黃金殿；山之下兮千里萬里之洪濤。傍邊一點雞林碧，鼇山孕秀生奇特。十二乘船渡海來，文章感動中華國。十八橫行戰詞苑，一箭射穿金門策。……」《新唐書・藝文志》云：「崔致遠《四六集》一卷、《桂苑筆耕》二十卷」注云：「崔致遠，高麗人，賓貢及第，爲高駢從事。」其名聞上國如此。又有文集三十卷，行於世。初我太祖作興，致遠知非常人，必受命開國，因致

書問，有「雞林黃葉、鵠嶺青松」之句。其門人等至國初來朝，仕至達官者非一。顯宗在位，爲致遠密贊祖業，功不可忘，下教贈內史令，至十四歲太平三年癸亥二月，贈諡文昌侯❼。

　　本篇是後人所寫的第一篇崔致遠傳記，又載於史書，故後世多沿其說。然金富軾時代已距崔致遠二百餘年，隔朝異代，世事變遷，材料泯沒。所以這篇傳記雖然大體寫出了崔致遠的生平經歷，但其中多處語焉不詳，亦有一些模糊不清，或與其他載籍抵牾的地方。需要進一步考察、辯析和說明。

　　出生、籍里、家世、字號　崔致遠於唐僖宗乾符元年（八七四）十八歲時在唐土考中進士。其〈《桂苑筆耕》序〉中言：「自年十二離家西泛……觀光六年，題名榜尾。」據此，其入唐時間當在新羅景文王金膺廉八年（行唐年號，懿宗咸通九年，公元八六八年）。以此上推，其生年當是新羅憲安王元年（行唐年號，宣宗大中十一年，公元八五七年）。

　　《三國史記·崔致遠傳》謂其爲「王京沙梁郡人」。徐友榘〈校印《桂苑筆耕集》序〉謂其爲「湖南之沃溝人。」這兩種說法有很大的不同。新羅統一後分全國爲九州，下設一一七個郡，首都金城位於慶州，稱王京。崔致遠〈上太師侍中書〉曾言：「伏聞東海之外有三國，其名馬韓、卞韓、辰韓。馬韓則高麗，卞韓則百

---

❼　（朝鮮）金富軾：《三國史記》，卷四六（列傳第六），韓國精神文化研究院，一九七九年校勘本，頁四四一～四四四。

濟，辰韓則新羅也。」（《孤雲先生文集》卷一）則新羅是辰韓所建立的國家。據《三國史記·新羅本紀》記載，古代辰韓土地上有六個村落，一爲閼川楊山村（後稱及梁部、中興部），二爲突山高墟村（後稱沙梁部、南山部）……新羅初建時，據說即以這六村爲中心，改稱六部，六村的貴族也就構成了統治新羅的貴族階層。新羅貴族分聖骨、眞骨、六頭品、五頭品、四頭品五個身份等級，不同等級的貴族擔任官職是有限制的。新羅貴族官分十七等❽，屬於「聖骨」等級的貴族可以直到繼承王位，「眞骨」可以擔任從第五品位的「大阿飡」到最高品位的「伊伐飡」官職。從崔致遠後來被眞聖女主封爲第六品位的「阿飡」官職，可知他應出身於新羅「六頭品」等級的貴族家庭，屬慶州人無疑。慶州在東海岸的慶尙北道。「湖南」指的是西海岸的全羅道（全羅南道、全羅北道），「沃溝」爲郡名，屬全羅北道，其原爲「馬韓」之地。兩者相距甚遠，不知徐有榘何有此說？

　　新羅國都金城有嵩福寺，爲景文王金膺廉（公元八六一～八七四年在位）嗣位之初時所建。崔致遠在其所撰〈大嵩福寺碑銘並序〉中曾提到其父肩逸在「先朝結構之初」，任從事於都城（《孤雲先生文集》卷三）。《孤雲先生事跡》引《家乘》云崔致遠「父諱肩逸」，或因此而來。金東勛在〈晚唐著名詩人崔致遠〉一文中說：

---

❽　據《三國史記·職官上》，新羅官分十七等，分別名爲：伊伐飡、伊飡、迎飡、波珍飡、大阿飡、阿飡、一吉飡、沙飡、級伐飡、大奈麻、奈麻、大舍、小舍、吉士、大鳥、小鳥和造位。

「他的父親崔沖，曾作過新羅文昌令。」則未詳所據❾。

　　《三國史記·崔致遠傳》云：「崔致遠，字孤雲，或云海雲。」然徐有榘〈校印《桂苑筆耕集》序〉則曰：「公名致遠，字海夫，孤雲其號也。」按古人取名取字的一般規律，似以字海夫，號孤雲爲合理。疑《三國史記》之「海雲」爲「海夫」之誤。除了號「孤雲」外，崔致遠還曾別署「桂苑行人」和「桑丘使者」。《孤雲先生續集》所收〈上宰國戚大臣等奉爲獻康大王結華嚴經社願文〉結末署「中和二年桂苑行人崔致遠撰」，〈大華嚴宗佛國寺毘盧遮那文殊普賢像讚並序〉結尾署「光啓丁未正月八日桂苑行人崔致遠撰」；又，〈王妃金氏爲考繡釋迦如來像幡讚並序〉結末署「桑丘使者崔致遠」。可證。

　　入唐、科考及任溧水縣尉　崔致遠於唐懿宗咸通九年（八六八）入唐，在唐學習六年，僖宗乾符元年（八七四）考中進士。這一科的主考官是禮部侍郎裴瓚，崔致遠一直與其保持著良好的關係❿。

────────────────

❾　金東勛：〈晚唐著名詩人崔致遠〉，《中央民族學院學報》一九八五年第一期。按：高麗實行科舉制後，有崔沖（九八四～一○六八），爲穆宗時狀元，以立私學著名，被稱爲「海東孔子」，然已晚於崔致遠百年。

❿　從目前掌握的材料看，崔致遠在唐交往的人中間，以裴瓚、高駢和顧雲三人最爲重要。裴瓚是其恩師，高駢爲其恩主，顧雲則是同年兼同事。裴瓚，字公器，江南吳人。咸通十四年（八七三）冬禮部侍郎，次年（乾符元年）春主持進士試，七月外放爲潭州刺史、湖南觀察使。崔致遠在乾符三年（八七六）冬獲委溧水尉，由長安赴任曾取道湖南謁見裴瓚。廣明元年（八八○）冬裴瓚奉詔回洛陽，因洛陽已被黃巢攻陷而滯留襄陽。裴瓚再從弟裴璙攜家人三十餘口從江南往襄州裴瓚處，中途遇盜，阻於滁州，曾向崔致遠求援。崔致遠向高駢上書，請求高駢在河道稅收處（「盧壽管內場院或堰埭」）中給裴璙之弟裴璋一個散職，支些俸祿養家，以便

《三國史記·崔致遠傳》於「乾符元年甲午，禮部侍郎裴瓚下一舉及第」下緊接：「調授宣州溧水縣尉，考績爲承務郎、侍御史內供奉，賜紫、金魚袋。」給人的感覺似乎是崔致遠上第後即任溧水縣尉，任滿後「考績爲承務郎、侍御史、內供奉，賜紫、金魚袋。」後世朝鮮半島高麗、朝鮮時代人在敘述崔致遠事跡時往往是這樣理解的。但實際情況不可能是這樣。

崔致遠〈《桂苑筆耕》序〉自述其在唐行跡，在「觀光六年，金名榜尾」後云：「尋以浪跡東都，筆作飯囊……而後調授宣州溧水尉……」又，崔致遠乾符六年冬（八七九）所作〈初投太尉啓〉自述云：「自十二則別雞林，至二十得遷鶯谷，方接青衿之侶，旋從黃授之官。」（《桂苑筆耕集》卷一七）因知其十八歲中進士，二十歲任溧水尉，期間實有兩年時間。這兩年崔致遠主要居於東都洛陽，即所謂「浪跡東都，筆作飯囊」。崔致遠之所以兩年以後才被委官，是因爲唐代進士及第只是取得「出身」，即任官的資格，但還不能算入仕，要授官還須經過吏部的考選，即所謂「釋褐試」。「釋褐試」一般在春暮舉行，由吏部員外郎主持。估計崔致遠是參

裴璩去襄陽迎接裴瓚（《桂苑筆耕集》卷一八〈與恩門裴秀才求事啓〉）。後來裴瓚到揚州曾到崔致遠居所與之見面（《桂苑筆耕集》卷一四〈謝降顧狀〉），崔致遠尚有詩奉和裴瓚（《桂苑筆耕集》卷二○〈奉和座主尚書避難過維揚寵示三絕句〉）。裴瓚隱居楚州和任官河南時，崔致遠亦一直與其有書信聯繫（《桂苑筆耕集》卷一九〈濟源別紙〉、〈上座主尚書別紙〉、〈迎楚州行李別紙〉等）。中和三年（八八三）後，裴瓚還朝爲吏部侍郎，旋遷禮部尚書。崔致遠回新羅當年，還代新羅國王代擬了一封給裴瓚的信，爲當年崔致遠考中進士事向其表示特別的感謝（《孤雲先生文集》卷一〈與禮部裴尚書狀〉）。

加了乾符三年（八七六）春的吏部試後被委官的❶。

乾符三年冬，崔致遠到宣州溧水縣上任。唐制，縣分上、中、下三等，溧水縣爲上縣。上縣設縣尉兩人，官階從九品上（《新唐書》卷四四〈職官志〉）。唐朝實行錢本位的幣制，晚唐時，上縣縣尉的月俸是錢二萬，即二十貫（《新唐書》卷五五〈食貨志〉），另外還有其他一些雖不見於法令而被視爲正當的收入，故崔致遠自稱「祿厚官閑」，並自詡「仕優則學」，不廢寫作（〈《桂苑筆耕》序〉）。

乾符六年（八七九）冬，崔致遠溧水縣尉任滿卸任，未有新的任命，因準備參加吏部的「宏詞」科考試，以謀出路。此即其〈初投太尉啓〉中所言的「乍離一尉，欲應三篇」（《桂苑筆耕集》卷一七）。後其致高駢的〈長啓〉亦言及：「前年冬罷離末尉，望應宏詞，計決居山，暫爲隱退。」（《桂苑筆耕集》卷一八）恰本年十月，高駢因與黃巢作戰的戰功，由鎮海軍節度便升任淮南道節度副大使、知節度事並兼鹽鐵轉運使❷。崔致遠得以就近改爲向高駢投

---

❶ 「釋褐試」又稱「關試」，因經過考試即可入仕做官，脱去平民的粗麻布衣（褐衣）而得名。考試内容爲試判兩節，即試作兩篇判獄訟的「判詞」。參見傅璇琮：《唐代科舉與文學》，陝西人民出版社，一九八六年十月版，頁四一九。

❷ 高駢（八二一～八八七），字千里，幽州（今北京）人。南平郡王高崇文孫，世爲禁軍將領。少習武，亦好文學，多與儒士交游。大中時爲靈州大都督府左司馬，咸通時授秦州刺史兼防禦使。僖宗時任劍南西川節度使等要職。至乾符六年朝廷任其爲淮南節度副大使、知節度事兼鹽鐵轉運使，又授其爲諸道兵馬都統，令其率軍討伐黃巢。然駢擁兵自重，逗撓不行，朝廷因削其兵權和財權，而加其侍中銜，封渤海郡王。駢上書抵毀朝廷，後又篤於神仙，致使部下多叛離，光啓三年（八八七）爲部將畢師鐸囚殺。駢「好爲詩，雅有奇藻」，亦善書法。有集散扶，《全唐詩》卷五九八編

啓獻詩，希望能從幕府求前程。

崔致遠溧水尉任滿，不可能因考績而獲「承務郎、侍御史內供奉，賜紫、金魚袋」。唐制，「承務郎」爲唐文職散官名，從八品下；「侍御史」官階爲從六品下（《舊唐書》卷四二〈職官一〉）。「侍御史內供奉」表示是定額以外的人員，帶有「同侍御史」官階的意思。而「賜紫、金魚袋」是唐代三品以上的服飾（《舊唐書》卷四五〈輿服〉）。儘管晚唐官銜品階和章服賞賜比較濫，但這些也不可能是一個縣尉通過考績所能獲得的。實際上這些都是崔致遠在入高駢幕府高駢爲其陸續奏請的。

在高駢幕府　溧水距淮南節度治所揚州很近，所以乾符六年冬崔致遠卸溧水尉後，得以很快進入了高駢幕府。在此之前，崔致遠的進士同年顧雲已加入高駢幕府，故崔致遠入幕當與顧雲有一定關係❸。但從《桂苑筆耕集》所保存下來的有關材料看，有一個「客將」在這其中亦起了重要作用。他不僅指點了崔致遠，也向高駢作

其詩爲一卷；《全唐文》卷八〇二錄其文五篇，《唐文拾遺》又收其文三篇。生平事跡見兩《唐書》本傳。

❸　顧雲，字垂象，一字士龍，池州秋浦（今安徽貴池）人。出身鹽商家庭，與杜荀鶴、殷文圭、鄭谷、羅隱等交往。初舉進士不第，乾符元年（八七四）與崔致遠同榜進士，授秘書省校書郎，後入高駢幕府，任行營都招討判官、節度支使等。光啓三年（八八七）高駢爲部將畢師鐸所殺，雲退居霅州。大順時，宰相杜讓能薦入朝，任太常博士，與盧知猷、陸希聲等分修宣、懿、僖三朝實錄，書成，加虞部員外郎。乾寧初卒。著述多散鐵。《全唐詩》卷三六錄其詩一卷，《全唐詩補遺·續拾》補收二卷。又，存文二十三篇，《全唐文》編爲一卷。從《三國史記·崔致遠傳》所摘顧雲贈崔致遠詩及崔致遠〈和顧雲支使暮春即事〉等材料，可以看出兩人不僅有同年之誼，而且相互推崇，關係十分好。

了某種程度的推薦，崔氏所投獻的書啓和詩文也是他代爲遞呈的。至三四年後，崔致遠欲歸新羅，亦先與這位「客將」商量，說明這位「客將」其時還在高駢帳下（《桂苑筆耕集》卷一九〈與客將書〉）。所謂「客將」應該指的是出身外蕃的軍官。《桂苑筆耕集》卷一四「舉牒」有〈客將哥舒璋兼充樂營使〉，這位幫助崔致遠的客將很可能就是這位哥舒璋❶。

　　經由這位客將，崔致遠向高駢遞呈了一封書啓，簡敘自己的經歷，並附上了五篇文章以及一百首七言詩（《桂苑筆耕集》卷一七〈初投太尉啓〉）。高駢在收到崔致遠的書啓和詩文後，對其有所餽贈，因此崔致遠再呈上一封長信，表示感謝和投效的意願（《桂苑筆耕》卷一七〈再獻啓〉）。接著又呈上歌詠高駢事功的七言絕句三十首（《桂苑筆耕》卷一七〈獻詩啓〉）。高駢於是同意崔致遠入幕，並委任其爲「署充館驛巡官」。崔致遠的從八品下的「承務郎」官

---

❶　頃接臺灣中正大學陳益源教授寄贈金榮華〈崔致遠在唐事跡考〉一文（載《中韓交通史事論叢》，臺灣，福記文化圖書有限公司，一九八五年九月版，頁三～四五）復印件。該文對崔致遠在唐事跡考證甚詳，惟其中談及「客將」時說：「這位及時指點了崔氏的人姓甚名誰？來自何國？如今已無從考知；只曉得他不是新羅人，當時應當是高駢麾下的一員武將。他不僅指點了崔氏，也向高駢作了某種程度的推薦，崔氏所投獻的書啓和詩篇就是他代爲遞呈的。」因《桂苑筆耕集》卷一四「舉牒」有〈客將哥舒璋兼充樂營使〉。我估計高駢帳下的客將就是這位哥舒璋。其姓「哥舒」，應爲唐時突厥突騎施哥舒部落人。該族當時有名者有玄宗時河西節度使、封西平郡王的哥舒翰。哥舒翰在「安史之亂」時領兵迎敵，兵敗被俘降，後爲安祿山之子安慶緒所殺。後其子哥舒曜德宗時東都、汝州行營節度使，遷河南尹，貞元初召入爲鴻臚卿，終右驍衛上將軍；又一子哥舒晃代宗時爲循州刺史，曾舉兵造反，佔據廣州十年，被殺於泔溪。

銜應是這時取得的❺。

第二年，僖宗改元廣明元年（八八○）。三月，朝廷加授高駢「諸道兵馬行營都統」（《舊唐書》卷一九下〈僖宗本紀〉），命其出征黃巢。高駢率軍隊進駐東塘（今江蘇揚州市東），作出進兵的姿態，但很快又回軍。由於帳下諸郎官對崔致遠的贊揚，夏天，高駢將崔致遠的「署充館驛巡官」改為「署館驛巡官」（《桂苑筆耕集》卷一八〈謝改職狀〉）。由於各藩鎮擁兵自保，這一年黃巢軍北上，渡過長江，十一月破洛陽，十二月進入京城長安，唐僖宗出奔四川。

廣明二年（八八一）三月，僖宗下詔加高駢檢校太尉，兼東面都統、京西、京北神策諸道兵馬等使，促其出師。崔致遠代高駢寫了〈謝加太尉表〉（《桂苑筆耕集》卷二）。五月，高駢再次集結舟師於東塘，聲言要出兵西討黃巢。軍隊駐紮東塘達百餘日，在這期間，高駢向朝廷保薦顧雲為觀察支使，留守後方（《桂苑筆耕集》卷六〈請轉官從事狀——某官顧雲〉），而將崔致遠升為都統巡官，負責隨軍文書等事。大概在此時高駢為崔致遠奏請了「殿中侍御史內供奉」的官銜品階，還為崔致遠奏請了章服，使崔致遠以從七品上的官階，能穿四品的緋服和佩掛銀魚袋❻。巡官在幕府中的職位雖然

---

❺　「館驛巡官」是節度使衙門的文職官員，「署充館驛巡官」意為編外人員，或一種臨時差遣。後來高駢改崔致遠為「署館驛巡官」，去掉一個「充」字即成正式編制。節度使幕府官為了明確職級，需要帶上郎官或御史銜，一般應在授其官時同時授與。「承務郎」為從八品下的文職散官，館驛巡官即相當於此官階。

❻　《桂苑筆耕集》卷一八〈長啓〉云：「某東海一布衣也，頃者萬里辭家，十年觀國，本望止於榜尾科第，江淮一縣令耳。前年冬罷離末尉，望應宏詞，計決居山，暫為隱退，學期至海，更自琢磨，俱緣祿俸無餘，書糧不

不是很高，其上尚有副便、判官、支使、掌書記、推官等，但崔致遠自己感覺升遷太快，故上書辭讓❶。當然後來還是接受了這一職務。

　　高駢大軍雖駐東塘而不前進，引起朝廷和周圍諸鎮的疑忌，僖宗下詔高駢，令其回保淮南。高駢接到詔書後仍作出出兵的姿態，命崔致遠代他寫了一篇〈檄黃巢書〉（《桂苑筆耕集》卷一一）。可是待七月八日〈檄黃巢書〉發布，僖宗七月十一日的另一道詔書亦已下達，告訴他各地軍隊已圍攻黃巢，勝利在望，令其不必出兵❶。朝廷加銜高駢爲侍中，封勃海郡王（《舊唐書》卷一四九下〈高駢傳〉），但罷免了他的都統和鹽鐵轉運使的職務，取消了他指揮諸道兵馬的權力和財權，而改命王鐸爲都統（《舊唐書》僖宗本紀）。此時的高駢一方面上書對朝廷表示不滿，另一方面又上書建議出奔四川的僖宗來江淮，崔致遠爲其代寫了〈請巡幸江淮表〉（《桂苑筆耕集》卷二）。

濟，輒攝勃帝，來掃膚門。豈料太尉相公，迥垂獎憐，便署職秩。……某自江外一上縣尉，便授内殿憲秩，又兼章綬。且見聖朝簪裙，烜赫子弟，出身入仕，二三十年猶掛藍袍，未趨蓮幕者多矣，況如某異域之士乎？昔有一日九遷，無以及斯榮盛。」按：唐垂拱年間改殿中侍御史爲從七品上（《舊唐書》卷四二〈職官一〉）唐制，「三品以上服紫，五品以下服緋，七品服綠」又，三品以上金魚袋，五品以上銀魚袋，開元以後恩賜緋、紫服例兼賜魚袋，謂之「章服」（《舊唐書》卷四五〈輿服〉）。

❶　《桂苑筆耕集》卷一八〈長啓〉，實專爲表示辭讓而作。

❶　《桂苑筆耕集》卷一一〈答襄陽郡將軍書〉載有這兩道詔書。實際上當時唐軍並未形成必勝之勢，只是因爲朝廷不滿高駢擁兵不進要削其兵權的託詞。

中和二年（八八二），官軍與黃巢軍互有勝負。五月，高駢見僖宗不來江淮，又主動駐軍東塘，並移書鄰軍，要他們共同勤王，崔致遠代高駢寫了〈告報諸道徵會軍兵書〉（《桂苑筆耕集》卷一一）。中和三年（八八三），高駢再次命崔致遠代其寫表，請僖宗來江淮（《桂苑筆耕集》卷二〈請巡幸第二表〉），仍未被採納。四月官軍收復京師，高駢感到自己十分被動，於是上表請辭去各項職務，以試探朝廷的態度。崔致遠代其寫了〈讓官請致仕表〉（《桂苑筆耕集》卷二）。

中和四年（八八四）六月，黃巢被殲，崔致遠代高駢作了〈賀殺黃巢表〉（《桂苑筆耕集》卷一）。此時的高駢已經感覺到前路渺茫，並因此意志消沉，溺於仙道。作爲高駢「專委筆硯」的幕僚，崔致遠審時度勢，知道自己在唐帝國已經不可能再有作爲，於是想到了歸國。崔致遠先將自己的想法告訴了當初推薦自己的「客將」（《桂苑筆耕集》卷一九〈與客將書〉），然後向高駢提出，得到同意（《桂苑筆耕集》卷二○〈謝許歸謹啓〉）。

崔致遠在唐土實際上一直與新羅保持著聯繫，或許因爲崔致遠的關係，新羅與淮南藩鎮還建立了某種特殊的關係❶。在崔致遠要求請假回國的時候，正有新羅入淮南使金仁圭在淮南，崔致遠的堂

---

❶　《桂苑筆耕集》卷一一所載書啓有〈新羅探候使朴仁範員外〉，知中和二年（八八二）左右新羅曾派朴仁範以探候使名義來淮南。後中和四年（八八四）又有新羅入淮南使金仁圭至淮南，崔致遠的堂弟亦以新羅入淮南使錄事身份到淮南。又《孤雲先生續集》所收崔致遠〈上宰國戚大臣等奉爲獻康大王結華嚴經社願文〉所署時間爲「中和二年」，其時崔致遠尚未回新羅，是在淮南高駢幕中所作。

弟崔栖遠也以新羅入淮南使錄事的名義來到淮南，因此頗疑崔致遠決定回國與他們有一定關係。中和四年（八八四）八月下旬，崔致遠已經離職（《桂苑筆耕集》卷二〇〈謝再送月錢料狀〉），高駢送了二十萬錢（兩百貫）作爲行裝費（《桂苑筆耕集》卷二〇〈謝行裝錢狀〉），並爲其準備了專船。經崔致遠向高駢請求，金仁圭和崔栖遠得搭乘崔致遠的船一起回新羅，高駢還贈送了崔栖遠一筆錢❷⓪。

崔致遠十月由揚州啓程。其〈石峰〉詩序記云：「中和甲辰年冬十月，奉使東泛，泊舟於大珠山下。」（《桂苑筆耕集》卷二〇）據崔致遠沿途寫給高駢的書信，崔致遠的專船是由揚州沿大運河北上，至楚州山陽（今江蘇淮安），順淮河入海（《桂苑筆耕集》卷二〇〈楚州張尚書水郭相迎因以詩謝〉），沿海岸北行過大珠山（今山東膠南），抵登州乳山（今山東文登縣西南）。此時已是隆冬，難以渡海，於是崔致遠寫信給高駢，請求來年「春日載陽」時再起程（《桂苑筆耕集》卷二〇〈太尉別紙五首〉）。

中和五年（八八五）正月初，崔致遠在登州作了一篇〈祭巇山神文〉，所具官銜是「淮南入新羅兼送國信等使、前都統巡官、承務郎、殿中侍御史內供奉、賜緋、（銀）魚袋」（《桂苑筆耕集》卷二〇〈太尉別紙五首〉）。至三月回到了新羅（《三國史記·憲康王本紀》）。

次年，新羅憲康王十二年（八八六），崔致遠向憲康王呈送了《桂苑筆耕集》二十卷，所署的時間是「中和六年正月」。實際上中和五年三月，僖宗已改元「光啓」。由〈《桂苑筆耕》序〉所署

---

❷⓪　見《桂苑筆耕集》卷二〈上太尉別紙〉、卷二〇〈謝賜弟栖遠錢狀〉等。

時間，知崔致遠在登州起程時尚不知道改元的消息。不過，值得注意的是崔致遠〈《桂苑筆耕》序〉具銜已與〈祭巉山神文〉不同。其官銜是「淮南入本國兼送詔書等使、前都統巡官、承務郎、侍御史內供奉、賜紫、金魚袋」。其中改「兼送國信等使」爲「兼送詔書等使」，「殿中侍御史內供奉」已升爲「侍御史內供奉」，改「賜緋、魚袋」爲「賜紫、金魚袋」❹。這種改變使崔致遠由藩鎮信使升爲送詔書的國使，官階亦大大提高了。估計這是中和五年正月至三月間崔致遠在登州，東渡船起航前所得到的恩榮，當是高駢爲其特別奏請而來的。

歸於新羅　唐僖宗中和五年（即光啓元年，公元八八五年）三月，崔致遠以唐使節身份回到新羅。《三國史記·崔致遠傳》記云：「光啓元年，使將詔書來聘，留爲侍讀兼翰林學士、守兵部侍郎、知瑞書監事。」《東史綱目》五上乙巳憲康王十一年三月條所記同。

離開藩鎮割據、戰亂頻仍的中國，崔致遠回到同樣處於衰世的新羅。《三國史記·崔致遠傳》記其歸新羅後，「自以西學多所得，及來將行己志，而衰季多疑忌，不能容，出爲太山郡太守」。而至唐昭宗景福二年（八九三年），新羅眞聖女主召崔致遠爲入唐賀正使，崔致遠已在富城郡太守任上。《孤雲先生事跡》引《家乘》記云：憲康王「十二年丙午（唐僖宗光啓二年）七月王薨，朝廷多疑忌，出爲太山郡太守。」言其歸新羅次年，憲康王薨後即被貶

---

❹　殿中侍御史官階爲從七品上，侍御史爲從六品下（《舊唐書》卷四二〈職官一〉）。

謫。然《孤雲先生集》卷一有〈謝賜詔書兩函表〉，是唐光啓二年（八八六）崔致遠爲在位僅一年的定康王金晃所作，因知其被貶太山郡似應在定康王即位以後，或是在定康王卒後眞聖女主上臺時。

再檢《孤雲先生續集》，有〈王妃金氏爲先考及亡兄追福施穀願文〉結尾署「中和丁未年暢月（十一月）富城太守崔致遠」。「中和丁未」爲唐僖宗光啓三年（八八七）。因知崔致遠被謫爲太山郡太守後很快即轉任富城太守，在太山郡任上可能還不到一年。

崔致遠任地方官五六年，直至眞聖女主七年（唐昭宗景福二年，公元八九三年）才將其從富城郡太守任上召回爲入唐賀正使，又因道路梗阻未能成行。大概崔致遠也因此被留在朝中。時新羅朝政紊亂，時局動盪不安。次年二月，崔致遠進〈時務策〉十餘條，以圖振興，眞聖女主「嘉納之」，並「拜致遠爲阿飧」❷。目前尙不知崔致遠所進〈時務策〉到底提了些什麼建議，是否得到實行，但崔致遠在朝任官則直到孝恭王金嶢二年（行唐年號，唐昭宗乾寧五年，公元八九八年），達五、六年。

《孤雲先生文集》卷一有〈新羅賀正表〉、〈讓位表〉、〈起居表〉、〈謝嗣位表〉、〈謝恩表〉、〈謝不許北國居上表〉、〈謝賜詔書兩函表〉及〈遣宿衛學生首領等入朝狀〉、〈奏請宿衛學生還蕃狀〉等，皆爲其代新羅國王所作。其中除〈謝賜詔書兩函表〉是唐光啓二年（八八六）爲在位僅一年的定康王金晃所作，其

---

❷ 見《三國史記》卷一一〈眞聖王本紀〉記載。又，〈孤雲先生事跡〉引《輿地勝覽》：「上書莊在慶州金鰲山北蚊川上，眞聖主八年，先生上書陳時務十餘條，此其地也。州人今建屋守護。」

餘大多是這五、六年間崔致遠代金聖女主及孝恭王所作；〈新羅賀正表〉爲代眞聖女主作，賀唐昭宗李曄改元景福，時爲景福二年（八九三）眞聖女主召崔致遠爲入朝賀正使時，雖然此次因道梗不果行，但卻留下了這篇〈賀正表〉。〈讓位表〉爲金聖女主於唐乾寧四年（八九七）六月一日讓位於王太子金嶢一事，因慶賀使崔元入唐所附的奏表。〈謝嗣位表〉、〈謝恩表〉、〈謝不許北國居上表〉等皆爲代孝恭王金嶢所作。孝恭王元年（行唐年號，唐昭宗乾寧四年，公元八九七年），唐昭宗因新羅賀正使崔元回國，追贈新羅兩位已故國王官銜。《東史綱目》五下有記載：孝恭王元年「秋七月，唐冊封景文王、憲康王，王遣便入朝。先是，眞聖具表請追贈前王，至是，慶賀使判官崔元還，詔贈景文王爲太師，憲康王爲太傅，各賜官告一通。王遣使謝恩，崔致遠制表。」

但到了孝恭王二年（行唐年號，昭宗光化元年，公元八九八年），崔致遠不知何故被免官。《東史綱目》五下戊午孝恭王二年：「阿飡崔致遠有罪免。」一般認爲崔致遠四十二歲起即開始隱居山林，大概因此而來。因爲這一年崔致遠正好四十二歲。被免官後，崔致遠退居伽耶山等地。

再登唐土　崔致遠回新羅後確實曾爲使再登唐土。《三國史記·崔致遠傳》記其在眞聖女主七年（八九三）奉召爲入唐賀正便，但因途多盜賊，「道梗不果行」。後又言，「其後亦嘗奉使入唐，但不知其歲月耳。」

檢崔致遠曾寫過一篇〈大唐新羅國故曦陽山風巖寺教諡智證大師寂照之塔碑銘並序〉（即〈風巖寺智證大師寂照塔碑〉），結末所署的官銜爲「入朝賀正兼延奉皇花等使、朝請大夫、前守兵部侍郎、

充瑞書院學士、賜紫、金魚袋臣崔致遠奉教撰」㉓。崔致遠還曾撰有〈唐大薦福寺故寺主翻經大德法藏和尚傳〉,其結末所署官銜爲:「海東新羅國侍講兼翰林學士、承務郎、前守兵部侍郎、權知瑞書監事、賜紫、金魚袋。」㉔兩相比較,〈智證碑〉所署官銜明顯高於〈法藏傳〉。按唐制,「承務郎」爲從八品下階文散官,「朝請大夫」從五品上階文散官(《舊唐書》卷四二〈職官一〉),因此,「入朝賀正兼延奉皇花等使、朝請大夫」應是崔致遠充當入唐賀正便時所得的新官銜。現在還不知道這一新的官銜是崔致遠眞聖女主七年(八九三)被召爲賀正使時所得,還是此後再次使唐時所得?亦不清楚崔致遠是何時撰寫這篇碑文的。估計崔致遠不管何時獲此官銜,其再次奉召使唐也是這個官銜。

崔致遠第二次入唐,在景福二年(八九三)眞聖女主召其爲入朝賀正使而因道梗不果行之後,或在其孝恭王二年(八九八)被罷官以後,而且確實登上了唐土。此有其〈上太師侍中狀〉爲證。《三國史記·崔致遠傳》引有這篇〈上太師侍中狀〉,並言:「此所謂太師侍中,姓名亦不可知也。」〈上太師侍中狀〉是崔致遠登上唐土以後爲請求某一位「太師侍中」的幫助而寫的,其文在簡述高麗、百濟、新羅與唐王朝關係的歷史,特別強調了新羅與唐王朝

㉓　《智證碑》現存於慶尚北道聞慶郡加恩西院北里風嚴寺,立碑年代是新羅景明王朴升英八年(九二四)。碑文見於《韓國金石全文》,漢城,亞細亞文化社,一九八四年,上冊頁二四六～二五六。《孤雲先生文集》卷三及《唐文拾遺》卷四四所錄,皆無具銜。

㉔　《法藏傳》見《孤雲先生續集》,又見《華嚴經師子章校釋附錄》,中華書局,一九八三年版。

的往來以後寫道：

> 今某儒林末學，海外凡材，謬奉表章，來朝樂土，凡有誠
> 懇，禮合披陳。伏見元和十二年，本國王子金張廉，風飄至
> 明州下岸，浙東某官，發送入京。中和二年，入朝使金直
> 諒，爲叛臣作亂，道路不通，遂於楚州下岸，邐迤至揚州，
> 得知聖駕幸蜀，高太尉差都頭張儉，監押送至西川。以前事
> 例分明，伏乞太師侍中，俯降臺恩，特賜水陸券牒，令所在
> 供給舟舡、熟食及長行驢馬草料，並差軍將，監送至駕前。
>
> （《三國史記·崔致遠傳引》，又見《孤雲先生文集》卷一）

由此可知，這位「太師侍中」實際是掛「太師侍中」銜的一位沿海
地方長官。崔致遠之所以寫信給他，是希望他「俯降臺恩，特賜水
陸券牒，令所在供給舟舡、熟食及長行驢馬草料，並差軍將，監送
至駕前」。

　　唐時東部沿海很多港口有新羅商船出入。但新羅使節來唐，則
規定要在登州（今山東蓬萊）登陸，然後從青州（今山東益都）經袞州
等地前往長安。登州原屬青密節度使（駐青州）管領。上元二年（七
六一）合平盧節度便與青密節度使，置「平盧淄青節度便」，仍駐
青州。平盧淄青節度便自永泰元年（七六五）起「兼押新羅、渤海
兩蕃使」，負責處理唐與新羅、渤海關係以及接待兩國使者，故登
州城內特設有新羅館、渤海館。但從這段文字看，崔致遠一行此次
所至的口岸不太可能是平盧淄青節度使所轄地方。因爲護送新羅使
者到朝廷是平盧淄青節度使職責所在，無須特別請求。而崔致遠書

中特別舉元和十二年和中和二年故事,也說明崔致遠一行此次不是按常規在登州上岸,而是在登州以外的地方,所以才要求對方援例照辦。再說,從唐朝滅亡的天祐四年(九〇七)往上推到景福二年,即眞聖女主七年(八九三),十餘年間先後擔任平廬淄青節度使的王敬武、王師範、王重師、韓建四人,無一人有「太師侍中」的官銜❷。

唐時,因爲政治或自然的原因,新羅使節在登州以外的淮南和兩浙一帶港口上岸,原有先例。從崔致遠〈上太師侍中狀〉看,崔致遠此行也是因遇到一些特殊情況才不得不在登州以外的港口上岸。問題在於什麼時間,在哪個港口登陸?已有學者對這兩個問題進行了專門的研究。金榮華先生認爲時間是天復二年(九〇二)或三年(九〇三),地點在淮南,「太師侍中」指的是當時的淮南節

---

❷　王敬武,初事平廬節度使安師儒,中和二年(八八二)驅逐師儒,自任留後,官終校檢太尉、同中書門下平章事,見兩《唐書》本傳。王師範,龍繼元年(八八九)繼其父敬武爲平廬留後,校檢尚書、御史大夫,累加官至校檢太傅、同平章事、上柱國,封瑯邪郡公。天祐二年(九〇五)徙河陽節度使(見《舊唐書》卷二〇上〈昭宗紀〉、卷二一〈哀帝紀〉)。王重師,文德至乾寧年間(八八八～八九七)朱全忠曾奏授校檢右僕射,尋授校檢司空,天祐二年任平廬留後、校檢司徒。天祐中徙雍州節度使,如同平章事(見《舊五代史》卷一九《王重師傳》)。韓建,光啓二年(八八六)任華州節度使,曾累加校檢太尉、平章事,乾寧三年(八九六)兼中書令;光化元年(八九八)守太傅、中書令,封許國公。天祐三年(九〇六)六月接王重師任平廬節度使。朱全忠代唐,徵爲司徒、平章事,充諸道鹽鐵轉運使(見《舊五代史》卷一五〈韓建傳〉)。

度副大使、知節度事楊行密❷；樊文禮、梁太濟先生認爲時間應是天祐元年（九○四）至唐朝滅亡的天祐四年（九○七）之間，地點在兩浙，「太師侍中」指的是當時的浙西節度使錢鏐❷。兩種說法都提出了理由，不過都屬於難以確定的推論，還有待於進一步的確證。

但不管是在淮南上岸，還是在兩浙登陸，崔致遠這次重登唐土，大概都是一次暗淡的行程。目前還沒有發現中國和朝鮮半島有什麼材料記載了崔致遠這次入唐的結果。很有可能崔致遠這次重登唐土的時間正是唐王朝滅亡的前夕，因此那位「太尉侍中」或許沒有給與他什麼幫助，或許後來事情的發展已經根本用不著再去覲見大唐皇帝了。

晚年及身後 崔致遠再登唐土，可以說親眼目睹了輝煌的大唐帝國的最後日落西山，當時的新羅王朝亦已處於風雨飄搖之中。因此，再次回歸新羅以後，崔致遠或許仍然在朝一段時日，但不會有所作爲。目前我們所能見到他最後一篇有年月的作品是〈新羅壽昌郡護國城八角燈樓記〉（《孤雲先生集》卷三），首句稱「天祐五年戊辰冬十月」。「天祐」是唐哀帝李祝的年號，實際上「天祐」並無「五年」，是年已是梁太祖朱晃開平二年（九○八），而前一年新羅即已改行後梁年號。這說明崔致遠或許已經不在朝了。

---

❷　金榮華：〈崔致遠在唐事跡考〉，載《中韓交通史事論叢》，臺灣，福記文化圖書有限公司，一九八五年九月版，頁三～四五。

❷　樊文禮、梁太濟：〈崔致遠再次踏上唐土的時間和地點〉，《韓國研究第四輯》（金健人主編），學苑出版社，二○○○年三月版，頁九六～一○九。

《三國史記·崔致遠傳》謂崔致遠晚年以爲高麗太祖王建必受命開國，「因致書問，有『雞林黃葉、鵠嶺青松』之句」。似乎只是一種傳聞，或者爲高麗時人所造作。又傳說新羅敬順王二年（行後唐年號，明宗天成元年，公元九二八年），崔致遠曾代王建作〈檄甄萱書〉，則更無可能。因爲是年王建已開國十一年，《三國史記》也僅言「其門人等至國初來朝，仕至達官者非一」，未說崔致遠有投奔新朝之事。不過在高麗王朝，崔致遠確實受到封贈。高麗顯宗十一年（行宋年號，天福四年，公元一○二○年）追贈其爲「內史令，從祖先聖廟庭」；十四年（行契丹年號，太平三年，公元一○二三年）「贈諡文昌侯」。不過那已是崔致遠身後近百年的事了。後來李氏朝鮮亦多次表彰崔致遠，並免其後裔兵役（《孤雲先生遺事》引《家乘》）。

崔致遠最後不知所終。《三國史記·崔致遠傳》記其晚年隱居山林之下、江海之濱。或與事實出入不大。傳說朝鮮半島各地留有不少崔致遠的遺跡，如慶尙道伽耶山中的上書莊、讀書堂，慶尙道咸陽郡的學士樓，陝川郡海印寺洞（紅流洞）的題詩石、吟風瀨、筆泚岩；全羅道南原府異智山的斷俗寺、青鶴洞等❷❽。雖然無以考訂其實，卻表明了後世朝鮮半島人民對崔致遠的尊崇與懷念。

二、著述考略

崔致遠回到新羅以後，將自己在高騈幕中所寫的詩文編成《桂

---

❷❽ 《叢書集成》初編本（佚名）《朝鮮志》卷上。〈孤雲先生遺事〉引《輿地勝覽略》另有伽耶山致遠村等記載。

苑筆耕集》二十卷，並作了〈進詩賦表狀等集狀〉（即徐有榘刊活字
本《桂苑筆耕集》卷首〈《桂苑筆耕》序〉），其中介紹了自己的經歷和
著述情況：

> 臣自十二離家西泛。……觀光六年，金名榜尾。此時諷詠情
> 性，寓物名篇，曰賦曰詩，幾溢箱篋。但以童子篆刻，壯夫
> 所漸。及忝得魚，皆爲棄物。尋以浪跡東都，筆作飯囊，遂
> 有賦五首、詩一百首、雜詩賦三十首，共成三篇。而後調授
> 宣州溧水尉，祿厚官閒，飽食終日。仕優則學，免擲寸陰。
> 公私所爲，有集五卷。益勵爲山之志，爰標「覆簣」之名。
> 地號中山，遂冠其首。及罷微秩，從職淮南。蒙高侍中專委
> 筆硯，軍書幅至，竭力抵當，四年用心，萬有餘首。然淘之
> 汰之，十無一二。敢比披沙見寶，初勝毀瓦畫墁。遂勒成
> 《桂苑集》二十卷。

據此，知崔致遠留學期間，詩賦習作幾溢箱篋，然皆爲其所棄；至
中進士後在東都兩年，曾有今體賦一卷五首、五七言詩一卷一百
首、雜詩賦一卷三十首；在溧水時又有《中山覆簣集》五卷，亦皆
散佚。崔致遠在淮南幕四年，詩文共有萬餘首（篇），然「淘之汰
之，十無一二」，編成《桂苑筆耕集》二十卷。

　　《三國史記·崔致遠傳》記崔致遠「又有文集三十卷行於
世」，今已不傳。朝鮮半島古代漢籍《三國史記》、《東文選》、
《東國通鑑》等皆收有崔致遠佚文。後崔國述輯爲《孤雲先生集》
三卷，又有佚名編《孤雲先生續集》一卷，將這些佚文收羅在一

起。崔國述於《孤雲先生集》目錄後著錄崔致遠「集外書目」有：

> 《桂苑筆耕》二十卷、《經學對仗》三卷——右既有成秩，
> 今不復編。
> 《中山覆簣集》五卷、《私試時體賦》五首一卷、《五七言
> 時體詩》一百首一卷、《雜詩賦》三十首一卷、《四六集》
> 一卷、《東國輿地說》《古今年代曆》、《上時務書》、元
> 集三十卷——右並有題目而不得其文。未能入編。

《經學對仗》，未見，疑非崔致遠著述。《古今年代曆》則或記爲
《帝王年代曆》，與《四六》、《東國輿地說》、《上時務書》等
皆不傳。根據目前所掌握的材料，崔致遠現存著述主要收於《桂苑
筆耕集》、崔國述輯《孤雲先生集》和佚名輯《孤雲先生續集》
中，估計在古代朝鮮半島的漢籍裡還有一些佚文有待發現，有些篇
目還須要據其他載籍或碑銘等進行校勘。

　　現存《桂苑筆耕集》有多種版本，然以徐有榘活字本爲最早的
善本❷。檢查所收篇目數量爲四二○首（篇）：

---

❷ 國內有十餘家圖書館藏有《桂苑筆耕集》的刊本、鈔本，其中有數家所藏
爲（朝鮮）徐有榘刊本或覆刊本，《中國古籍善本書目·集部》（上海古
籍出版社一九九六年十二月版）著錄了其中三種清鈔本。通行的《四部叢
刊初編》本（一九二六年，商務印書館）爲上海涵芬樓借印無錫孫氏朝鮮
舊刊本；《叢書集成初編》本係據清道光二十九年（一八四九）潘仕成所
刊《海上仙館叢書》本排印，多有脫誤。

卷一表十首，卷二表十首，卷三奏狀十首，卷四奏狀十首，卷五奏狀十首，卷六堂狀十首，卷七別紙二十首，卷八別紙二十首，卷九別紙二十首，卷一十別紙二十首，卷十一檄書四首、書六首，卷十二委曲二十首，卷十三舉牒二十五首，卷十四舉牒二十五首，卷十五齋詞十五首，卷十六祭文、書、疏、記十首，卷十七啓、狀十首附詩三十首，卷十八書狀、啓二十五首，卷十九狀、啓、別紙、雜書二十首，卷二十啓、狀、別紙、祭文十首詩三十首。

《孤雲先生集》三卷、《孤雲先生續集》一卷所收篇目計有八十首（篇）：

《孤雲先生集》卷一賦一首、詩三十二首、表七首、狀六首、啓一首、記三首，卷二碑二首，卷三碑二首、贊二首。

《孤雲先生續集》詩十二百、序一首、記一首、贊四首、願文七首、傳一首。

《孤雲先生集》和《孤雲先生續集》所收作品並不完全是歸新羅所作，至少其中有如下的一些作品原作於唐土：

《孤雲先生文集》：〈江南女〉、〈饒州鄱陽亭〉、〈山陽與鄉友話別〉、〈長安旅舍與於慎微長官接鄰〉、〈贈雲門蘭若智光上人〉、〈登潤州慈和寺上房〉、〈秋日再經盱

> 眙縣寄李長官〉、〈贈吳進士巒歸江
> 南〉、〈暮春即事和顧雲支使〉、〈和
> 張進士喬村居病中見寄〉、〈姑蘇臺
> （殘句）〉、〈上襄陽李相公讓館給
> 啓〉。

《孤雲先生續集》：〈和李展長官冬日遊山寺〉、〈汴河懷
> 古〉、〈辛丑年寄進士吳瞻〉、〈和顧
> 雲支使暮春即事〉（現《孤雲先生文集》重
> 複）

　　僅據《桂苑筆群集》、《孤雲先生集》和《孤雲先生續集》統
計，崔致遠現存詩文己有五○○（篇），扣除重複的《和顧雲支使
暮春即事》，尚有四九九首（篇）。如加上其他佚文，則超過五百
篇，在朝鮮半島高麗朝以前的漢語作家中，其傳世著述數量無疑是
最多的。這些著述對朝鮮半島的漢文寫作以及漢語文學的發展所產
生的巨大影響，歷代朝鮮半島的學人們顯然有遠比我們更爲深刻的
認識。而由於崔致遠長期流寓中國，其傳世著述以作於唐土者爲
多，因此他的著述似亦應引起我們的足夠重視。

　　以往由於《桂苑筆耕集》等崔致遠的著述在中國長期不傳，所
以歷代中國學人無法對其加以研究和利用❸。自清末《桂苑筆耕

---

❸　除《新唐書·藝文志》外，《崇文總目》亦曾著錄《桂苑筆耕集》，說明
　　北宋館閣中應有此書，但司馬光、范祖禹在洛陽修《資治通鑑》，《考
　　異》中卻未提此書隻字片言。宋以後世公私書目則均無此書的記載。

集》從朝鮮傳入以後，已經逐漸引起中國學人的注意。如本世紀四十年代陳寅恪先生在《韋莊（秦婦吟）校箋》中就曾說：「崔致遠《桂苑筆耕集》代高駢所作書牒，關於汴路區域徐州時溥、泗州于濤之兵爭及運道阻塞之紀載甚多，俱兩《唐書》及《通鑑》等所未詳，實爲最佳史料。」❸近年來，頗有一些學者以《桂苑筆耕集》爲史料來研究晚唐史實和藩鎮情況❸，也有學者據之考察晚唐應用文的文體❸。

當然，相比較而言，崔致遠現存著述中以應用文字較多，詩賦等文學作品在名家倍出的唐土並不顯得特別出類，所以中國學人從文學角度重視崔致遠者不多。崔致遠創作的漢文小說《雙女墳記》更是長期被埋沒和忽視。

三、漢文小說《雙女墳記》的創作與流傳

由於古代朝鮮半島與中國大陸的特殊關係，所以每個歷史時期都有大量的中國書籍傳入。大約十二世紀時，北宋太宗太平興國年間編纂的《太平廣記》已經傳入當時的李氏朝鮮。李氏朝鮮世祖八

---

❸ 引自陳寅恪：《寒柳堂集》（《陳寅恪文集》之一），上海古籍出版社，一九八〇年六月版，頁一一七。

❸ 楊渭生：〈崔致遠與《桂苑筆耕集》〉，《韓國研究》第二輯，杭州大學出版社，一九九五年七月版，頁一～一三頁。陳志堅：〈《桂苑筆耕集》的史料價值試析〉，《韓國研究》第三輯，杭州市出版社，一九九六年十二月版，頁六四～七九。

❸ 梁玉濟：〈「別紙」、「委曲」及其他——《桂苑筆耕集》部分文體淺說〉，《第二屆韓國傳統文化學術研討會論文集——韓國傳統文化・歷史卷》（黃時鑒主編），學苑出版社，二〇〇〇年十月版，頁一六～三一。

年（行明年號，天順六年，公元一四六二年），成仁（一四二一～一四八四）編輯了《太平廣記》的節縮本《太平廣記詳節》五十卷，加上從其他朝鮮漢籍中輯錄的五十卷，刊成一百卷的《太平通載》。《太平通載》卷六八收有一篇〈崔致遠〉，全文如下：

　　崔致遠，字孤雲，年十二西學於唐。乾符甲午，學士裴瓚掌試，一舉登魁科，調授溧水縣尉。嘗避縣南界招賢館，館前岡有古冢，號雙女墳，古今名賢遊覽之所。致遠題詩石門曰：

「誰家二女此遺墳？寂寂泉扃幾怨春。形影空留溪畔月，姓名難問冢頭塵。芳情倘許通幽夢，永夜何妨慰旅人？孤館若逢雲雨會，與君繼賦洛川神。」

　　題罷到館。是時月自風清，杖藜徐步，忽睹一女，姿容綽約，手操紅袋，就前曰：「八娘子、九娘子傳語秀才，朝來特勞玉趾，兼賜瓊章，各有酬答，謹令奉呈。」公回顧驚惶，再問，「何姓娘子？」女曰：「朝間拂石題詩處，即二娘所居也。」公乃悟。見第一袋，是八娘子奉酬秀才，其詞曰：

「幽墳離恨寄孤墳，桃臉柳眉猶帶春。鶴駕難尋三島路，鳳釵空墮九泉塵。當時在世常羞客，今日含嬌未識人。深愧詩詞知妾意，一回延首一傷神。」

　　次見第二袋，是九娘子，其詞曰：

「往來誰顧路傍墳，鸞鏡鴛衾盡惹塵。一死一生天上命，花開花落世間春。每希秦女能拋俗，不學任姬愛媚人。欲薦襄

王雲雨夢，千思萬憶損精神。」

又書於後幅曰：

「莫怪藏名姓，孤魂畏俗人。欲將心事說，能許暫相親。」

公既見芳詞，頗有喜色，乃問其女名字，曰：「翠襟」。公悅而挑之，翠襟怒曰：「秀才合與回書，空欲累人。致遠乃作詩付翠襟曰：

「偶把狂詞題古墳，豈期仙女問風塵？翠襟猶帶瓊花艷，紅袖應含玉樹春。偏隱姓名寄俗客，巧裁八字惱詩人。斷腸唯願陪歡笑，祝禱千靈與萬神。」

繼書末幅云：

「青鳥無端報事由，暫時相憶淚雙流。今宵若不逢仙質，拼卻殘生入地求。」

翠襟得詩還，迅如飆逝。致遠獨立哀吟，久無來耗，乃詠短歌。

向畢，香氣忽來。良久，二女齊至。正是一雙明玉，兩朵瑞蓮。致遠驚喜如夢，拜云：「致遠海島微生，風塵末吏，豈期仙侶猥顧風流？輒有戲言，便垂芳躅。」二女微笑無言。致遠作詩曰：

「芳宵幸得暫相親，何事無言對暮春？將謂得知秦室婦，不知原是息夫人。」

於是紫裙者恚曰：「始欲笑言，便蒙輕蔑。息媯曾從二婿，賤妾未事一夫。」公言：「夫人不言，言必有中。」二女皆笑。致遠乃問曰：「娘子居在何方？族序是誰？」紫裙者隕淚曰：「兒與小妹，溧水縣楚城鄉張氏之二女也。先父不爲

縣吏，獨佔鄉豪，富似銅山，侈同金谷。及姊年十八，妹年
十六，父母論嫁，阿奴則定婚鹽商，小妹則許嫁茗估。姊妹
每說移天，未滿於心。鬱結難伸，遽至夭亡。所冀仁賢，勿
萌猜嫌。」致遠曰：「玉音昭然，豈有猜慮？」乃問二女：
「寄墳已久，去館非遙，如有英雄相遇，何以示現美談」紅
袖者曰：「往來者皆是鄙夫，今幸遇秀才，氣秀鰲山，可以
談玄玄之理。」致遠將進酒，謂二女曰：「不知俗中之味，
可獻物外之人乎？」紫裙者曰：「不食不飲，無飢無渴，然
幸接瓊姿，得逢瓊液，豈敢辭違？」於是飲酒各賦詩，皆是
清絕不世之句。

　　是時明月如晝，清風似秋，其姊改令曰：「便將月爲
題，以風爲韻。」於是致遠作起聯曰：「金波滿目泛長空，
千里愁心處處同。」八娘曰：「輪影動無迷舊路，桂花開不
待春風。」九娘曰：「圓輝漸皎三更外，離思偏傷一望
中。」致遠曰：「練色舒時分錦帳，珪模映處透珠櫳。」八
娘曰：「人間遠別腸堪斷，泉下孤眠恨無窮？」九娘曰：
「每羞嫦娥多計較，能拋香閤到仙宮。」

　　公嘆訝尤甚，乃曰：「此時無笙歌奏於前，能事末能畢
矣。」於是紅袖乃顧婢翠襟，而謂致遠曰：「絲不如竹，竹
不如肉，此婢善歌。」乃命〈訴衷情〉詞。翠襟斂衽一歌，
清雅絕世。

　　於是三人半酣，致遠乃挑二女曰：「嘗聞盧充逐獵，忽
遇良姻；阮肇尋仙，得逢嘉配，芳情若許，姻好可成。」二
女皆諾曰：「虞帝爲君，雙雙在御；周良作將，兩兩相隨，

彼昔猶然，今胡不爾？」致遠喜出望外，乃相與排三淨枕，展一新衿。三人同衿，繾綣之情，不可具談。致遠戲二女曰：「不向閨中作黃公之子婿，翻來冢側夾陳氏之女奴，未測何緣，得逢此會？」女兄作詩曰：「聞語知君不是賢，應緣慣與女奴眠。」弟應聲續尾曰：「無端嫁得風狂漢，強被輕言辱地仙。」公答爲詩曰：

「五百年來始遇賢，且歡今夜得雙眠。芳心莫怪親狂客，曾向春風占謫仙。」

小頃，月落雞鳴，二女皆驚，謂公曰：「樂極悲來，離長會促，是人世貴賤同傷。況乃存沒異途，升沉殊路？每慚白晝，虛擲芳時，只應拜一夜之歡，從此作千年之恨。始喜同衾之有幸，遽嗟破鏡之無期。」二女各贈詩曰：

「星斗初回更漏闌，欲言離緒淚闌幹。從茲更結幹年恨，無計重尋五夜歡。」又曰：

「斜月照窗紅臉冷，曉風飄袖翠眉攢。辭君步步偏腸斷，雨散人歸入夢難。」致遠見詩，不覺垂淚。二女謂致遠曰：「倘或他時重經此處，修掃荒冢。」言訖即滅。

明旦，致遠歸冢邊，徬徨嘯詠，感嘆尤甚，作長歌自慰曰：

「草暗塵昏雙女墳，古來名跡竟誰聞？唯傷廣野千秋月，空鎖巫山兩片雲。自恨雄才爲遠吏，偶來孤館尋幽邃。戲將詞句向門題，感得仙姿侵夜至。紅錦袖，紫羅裙，坐來蘭麝逼人薰。翠眉丹頰皆超俗，飲態詩情又出群。對殘花，傾美酒，雙雙妙舞呈纖手。狂心已亂不知羞，芳意試看相許否？

美人顏色久低迷，半含笑態半含啼。面熱自然心似火，臉紅
寧假醉如泥。歌艷歌，打懽合，芳宵良會應前定。纔聞謝女
啓清談，又見班姬抽雅詠。情深意密始求婚，正是艷陽桃李
辰。明月倍添衾枕恩，香風偏惹綺羅身。綺羅身，衾枕恩，
幽懽未已離愁至。數聲餘歌斷孤魂，一點寒燈照雙淚。曉天
鶯鶴各西東，獨坐思量疑夢中。沉思疑夢又非夢，愁對朝雲
歸碧空。匹馬長嘶望行路，狂生猶再尋遺墓。不逢羅襪步芳
塵，但見花枝泣朝露。腸欲斷，首頻回，泉戶寂寥誰爲開。
頓轡望時無限淚，垂鞭吟處有餘哀。暮春風，暮春日，柳花
撩亂迎風疾。常將旅恩怨韶光，況是離情念芳質。人間事，
愁殺人，始聞達路又迷津。草沒銅臺千古恨，花開金谷一朝
春。阮肇劉晨是凡物，秦皇漢帝非仙骨。當時嘉會杳難追，
後代遺名徒可悲。悠然來，忽然去，是知風雨無常主。我來
此地逢雙女，遙似襄王夢雲雨。大丈夫，大丈夫！壯氣須除
兒女恨，莫將心事戀妖狐。」

　　後致遠擢第東還，路上歌詩曰：「浮世榮華夢中夢，白
雲深處好安身。」乃退而常住，尋僧於山林江海，結小齋，
築石臺，耽翫文書，嘯詠風月，消遙偃仰於其間。南山清涼
寺、合浦縣月影臺、智異山雙谿寺、石南寺、墨泉石臺種牡丹，
至今猶存，皆其遊歷也。最後隱於伽倻山海印寺，與兄大德
賢俊、南岳師定玄，探賾經論，遊心沖漠，以終老焉❸。

---

❸　《太平通載》一百卷，或云八十卷，據說今在朝鮮半島已無完袟。或云僅
　　存十餘卷。李仁榮在《〈太平通載〉殘卷小考》（《震檀學報》第十二

　　據《太平通載》編者注，本篇原出《新羅殊異傳》。《殊異
傳》是新羅末年或高麗初的一本漢籍，原書已佚，僅有若干篇佚文
存於《太平通載》、《大東樂府群玉》等李氏朝鮮時代的漢籍中
㉟。關於《殊異傳》的編撰者，歷來有崔致遠和朴寅亮二說，又有
金陟明補作說㊱。然對於《太平通載》所引的這篇〈崔致遠〉，不
少學者傾向於非崔致遠所作。如韓國學者趙潤濟先生儘管對〈崔致

　　卷，一九四○）考殘本二冊，存卷六八至七○、卷九六至一○○，計八
　　卷。請友人遍查原書不得，此據之轉引。

㉟　據韓國一些著述介紹，除《太平通載》卷六八所收〈崔致遠〉外，《殊異
　　傳》還存有如下佚文：〈圓光法師傳〉（《海東高僧傳》、《三國遺
　　事》），〈阿道傳〉（《海東高僧傳》），〈脫解〉（《三國史節要》卷
　　二），〈花王〉（《三國史節要》卷八），〈延烏郎細烏女〉（《筆苑雜
　　記》卷二），〈寶開〉（《太平通載》卷二○），〈首插石楠〉《大東樂
　　府群玉》卷八），〈竹筒美女〉（《大東樂府群玉》卷九），〈老翁化
　　狗〉（《大東樂府群玉》卷一二），〈仙女紅袋〉（《大東樂府群玉》卷
　　一五），〈虎願〉（《大東樂府群玉》卷一五），〈心火燒塔〉（《大東
　　樂府群玉》卷二○）。各書所引，或註為《殊異傳》，或註為「古本《殊
　　異傳》」，或註為《新羅殊異傳》。

㊱　成任：《太平通載》、權文海：《大東樂府群玉》、金烋：《海東文獻總
　　目錄》、朴榮大：《增補文獻備考》謂《殊異傳》為崔致遠編撰；高麗僧
　　覺訓：《海東高僧傳》則謂朴寅亮編撰。參見（韓）趙潤濟：《韓國文
　　學史》，張璉瑰據韓國探求堂一九九二年版譯，中國社會科學文獻出版社
　　一九九八年五月版，頁六五。按：朴寅亮（？～一○九六）是高麗朝著名
　　的文臣，字代天，號小華。高麗文宗朝文科及第，歷任要職，官至參知政
　　事，文宗王徽三十四年(一○八○)以禮部侍郎身份同金覲出使宋朝，宋人
　　盛讚二人之詩，將二人詩作刊印成《小華集》。撰有史書《古今錄》等。
　　高麗詩人李奎報（一一六八～一二四一）稱：「我東之以詩鳴於中國，自
　　三子始。」「《白雲小說》」「三子」即指崔致遠、朴仁範和朴寅亮。

遠〉評價很高，但認爲本篇「只不過是藉崔致遠之名演繹出一段文學作品而已」，並認定其是高麗時代的作品：

> 顯然，這篇〈崔致遠〉不是一篇口頭傳述的故事，而是某一特定作者的創作。即使它不是朴寅亮的作品，也不可能是古代口傳下來的傳說，而是高麗時代的作品，具體時代定爲朴寅亮時代較爲穩妥❸。

將〈崔致遠〉產生的時代定爲高麗時代，也就是說根本沒有考慮崔致遠是其作者。其他一些韓國學者，也多認爲其作於高麗初期。中國學者韋旭升先生在《朝鮮文學史》一書中不僅不同意這篇作品是崔致遠所作，甚至不認爲它本來就是一篇完整的敘事作品，其中的長詩僅僅是爲了配合傳奇故事而由後人創作的❸。

韋旭升先生在《朝鮮文學史》中稱本篇爲〈仙女紅袋〉，另稱長詩爲《雙女冢》，而不提《太平通載》中的〈崔致遠〉，不知何故？因爲所謂〈仙女紅袋〉實爲另一本朝鮮漢籍《大東韻府群玉》引用《殊異傳》中同一篇文章所列的條目名稱。該條全文如下：

> 崔致遠西遊，嘗遊招賢館，前岡有古冢，號雙女墳，致遠題詩石門云云。忽睹一女，手操紅袋，就前曰：「八娘、九娘

---

❸ （韓國）趙潤濟：《韓國文學史》，張璉瑰據韓國探求堂一九九二年版譯，中國社會科學文獻出版社，一九九八年五月版，頁六三～六四。

❸ 韋旭升：《朝鮮文學史》，北京大學出版社，一九八六年十月版，頁六七～六八。

各有酬答，謹令奉呈。」公回顧驚惶，問：「何姓娘子？」
曰：「朝間拂石題詩，即二娘所居也。」公見第一袋，是八
娘奉酬，第二袋，是九娘奉酬，又書放後幅曰：「莫怪藏名
姓，孤魂畏俗人。欲將心事説，能許暫相親。」公既見芳
詞，頗有喜色，乃問其女名字，曰「翠襟」。公乃作詩付翠
襟云云。又書末幅云：「青鳥無端報事由，暫時相憶淚雙
流。今宵若不逢仙質，判卻殘生入地求。」翠襟得詩，迅如
飆逝。公獨立哀吟，良久，香乞忽來，二女齊至。正是一雙
明玉，兩朵瑞蓮。公驚拜云：「海島微生，風塵末吏，豈期
仙侶猥顧凡流？」乃問曰：「娘子居何方？族序是誰？」紫
裙者隕淚曰：「兒與小妹，乃張氏之二女也。先父富似銅
山，侈同金谷。姊年十八，妹年十六，父母論嫁，阿姊則定
婚鹽商，小妹則許嫁茗估。每説移天，未滿於心。鬱結難
伸，遽至夭亡。今幸遇秀才，氣秀鼇山，可以話玄玄之
理。」是夕明月如晝，清風似秋，將月爲題，以風爲韻。公
作起聯云：「金波滿目泛長空，千里愁心處處同。」八娘繼
曰：「輪影動無迷舊路，桂花開不待春風。」九娘又繼曰：
「圓輝漸皎三更外，離思偏傷一望中。」云云。竟不知所
去。（《新羅殊異傳》）[39]

《大東樂府群玉》是權文海於李氏朝鮮宣祖二十二年（行明年號，萬

[39]　（朝鮮）權文海：《大東樂府群玉》卷一五，清嘉慶三年（一七八九）朝
　　　鮮刻本。

曆十二年，公元一五八九年）所編，是一本按韻目編排的辭書，類似於
中國的《佩文韻府》，供文人作詩文時查找詞藻所用，故其不過取
文中「仙女紅袋」一詞作爲詞目，「仙女紅袋」並不是原文的題
目。如果我們將其所引的文字與上引《太平通載》卷六八〈崔致
遠〉對照，不難看出兩者確實同出一源。只不過《大東樂府群玉》
所引的文字比較簡略，或者說不過是一種摘錄。

　　《太平通載》所引〈崔致遠〉有詩作十餘首，特別是最後一首
長歌長達六十餘句，按趙潤濟先生說「作爲口頭傳述的稗說是不可
想像的，它必然是某一文人的戲作」⑩。這無疑是一個切中肯綮的
看法。而如果確是這樣，照我看來，這一作者恐怕只能是崔致遠。

　　所以這樣說的第一條理由是：這篇小說不僅在朝鮮半島流傳，
在中國亦很早就有所流傳。中國南宋高宗紹興時張敦頤撰《六朝事
跡編類》卷下「墳陵門」第十三「雙女墓」曾引有《雙女墳記》：

> 有雞林人崔致遠者，唐乾符中補溧水尉，嘗憩於招賢館，前
> 岡有冢號曰「雙女墳」，詢其事跡，莫有知者，因爲詩以弔
> 之。是夜感二女至，稱謝曰：「兒本宣城郡開化縣馬陽鄉張
> 氏二女。少親筆硯，長負才情，不意爲父母匹於鹽商小豎，
> 以此憤志而終，天寶六年同葬於此。」宴語至曉而別。在溧
> 水縣南一百一十里。⑪

---

⑩　同註㊲。

⑪　張敦頤：《六朝事跡類編》，《叢書集成》初編本。按：張敦頤，字養
　　正，南宋歙州婺源人。高宗紹興八年（一一三八）進士，初爲南劍州教
　　授，後歷知舒、衡二州。撰有《柳集音辨》、《衡陽圖志》等書。

後寶祐時馬光祖、周應谷纂修《景定建康志》卷四十三《風土志二·古陵諸墓》及元張鉉纂修《至正金陵新志》卷二十二下〈古跡志〉皆有有「雙女墳」，亦皆引《雙女墳記》，文字與《六朝事跡編類》只有極小的差異，顯然源於《六朝事跡類編》❷。

《六朝事跡類編》明確指出所引係一篇名爲《雙女墳記》的文章。儘管所摘引的文字極爲簡略，但其所敍故事的框架、情節進程以及地點、人物，與《殊異傳》中的〈崔致遠〉都有著密合對應的關係──特別是其中「有雞林人崔致遠，唐乾符中補溧水尉」，以及二女自稱張氏二女，「爲父母匹於鹽商小豎，以此憤恚而終」等語──證明這篇《雙女墳記》的節錄與〈崔致遠〉應出於一篇文章。雖然節錄極爲簡略，中間亦有傳鈔中的訛誤，但卻無可懷疑地保留了這篇小說《雙女墳記》的原名。

如果說此篇不是崔致遠在唐土時所作，且流傳於唐土，而是崔致遠身後近一個世紀的高麗朴寅亮時代的人所作，又傳到中國，且在中國造成相當的影響，幾乎是難以想像的事。

第二條理由是：《雙女墳記》是一篇典型的唐代「文人短篇小說」，非長期濡染唐代的「士風」與「文風」者所不能爲。

正如趙潤濟先生所言「〈崔致遠〉已經是一篇完全的傳奇小說，同後代出現的《金鰲新話》相比毫不遜色。」❸唐代文人小說

---

❷ 《景定建康志》係寶祐五年（一二五七）馬光祖任建康留守時，請於朝，屬幕僚周應和撰，景定元年（一二六〇）年完成。北京，中華書局，《宋元方志叢刊》第二冊景印。元張鉉纂修《至正金陵新志》，北京，中華書局，《宋元方志叢刊》第二冊景印。

❸ 同註❸。

被後人稱爲「傳奇」，這一概念的提出和爲人們所接受，本身已說明唐代文人小說確實是中國文學史上一個特殊的文學現象。值得特別注意的是，唐代文人小說作者多爲當時科舉選官制度下的讀書士子，亦以同樣的人群作爲接受的對象。唐代的科舉選官制度造就了一大批不同於往古的讀書士子，他們在思想精神上異於以往爲禮法所拘的世族文人；以詩賦爲考試內容，導致了當時普遍的騈麗華艷文風；而因爲科考、游宦而長期留滯他鄉，則造成了這些讀書士子挾妓邀游、詩酒放浪的風習。所有這些原因造就了唐代文人小說一種屬於時代的、特殊的精神內容和美學風貌。

唐代文人小說不僅「敘述宛轉，文辭華艷」（魯迅《中國小說史略》第八篇），「著文章之美，傳要眇之情」（唐沈既濟《任氏傳》），而且往往對男女情愛、仙道鬼神等種種不拘於禮法的內容無所規避，因而是那個時代讀書士子的精神活動的一種表現。隨著時代的變遷，唐代文人小說所表達的生活和精神內容已很難爲後世文人所理解，所以有「唐士大夫多浮薄輕佻，所作小說無非奇詭妖艷之事」的批評（清錢大昕《十駕齋養心錄》卷一八）。崔致遠長期生活於唐土，其創作自然受到這種普遍的「士風」和「文風」的影響，後世朝鮮半島的文人對此亦並非沒有微詞。如許筠（一五六九～一六一八）《惺叟詩話》中說：「崔孤雲學士之詩，在唐末，亦鄭谷、韓偓之流，卒佻淺不厚。」朴寅亮時代的朝鮮半島文人，實在很難作出如《雙女墳記》這種在他們看來幾乎是怪誕不經內容的小說。

《雙女墳記》文詞華麗，詩文參差交錯，呈現出比較典型的唐代文人小說的格局和風範。其主體部分混然天成，詩文之間存在著

不可分割的有機聯繫，不可能是先有傳說故事的框架，然後又加以
增飾的。既便是文末以長詩配文，也是唐人小說中「詩」與「文」
相輔相成的特殊範式。不僅長詩內容與前文妙合無垠，就其詩的內
容與格調亦非後世高麗文人所能配加。只有小說的開頭和結尾部分
才明顯看出後人改動的痕跡。特別是小說的結尾敘及崔致遠歸新羅
後隱居終老一段，與《三國史記·崔致遠傳》所述同出一轍，顯然
是後人對崔致遠隱居生活的補述。其中「後致遠擢第東還」一句明
顯是這種鑲接的痕跡。

　　《雙女墳記》無論是內容和形式都深受張文成《游仙窟》的影
響。頗疑這篇小說原來亦是第一人稱敘事。假若我們去掉本文的開
頭、結尾一些很可能是後人添加的一些文字，改小說敘事爲第一人
稱，或許整篇小說會更顯得文理暢達、風神流動。

　　《雙女墳記》所敘故事發生的時間爲崔致遠任溧水縣尉時，其
創作則應是其入高駢幕府以後。中晚唐的藩鎮幕府不僅爲當時的士
子們提供了一條政治和生活的出路，也使文人們因此獲得了一個展
示才華的空間，在某種意義上，中晚唐藩鎮幕府甚至可以說當時文
學創作的一個溫床。更何況高駢在當時的節度使中以喜文學稱，而
且對文人往往愛護有如。崔致遠入幕以前，高駢任西州節度使時曾
舉薦爲其掌書記的裴鉶爲節度副使，與崔致遠同時而稍早入幕的顧
雲，工筆札，有史才，亦被擢爲節度支使，皆爲明證。尤其值得注
意的是，裴鉶恰是晚唐小說的代表作、著名短篇小說集《傳奇》一
書的作者㊹。崔致遠在高駢幕時，晚唐時另一位小說家高彥休被委

㊹　裴鉶。《全唐文》卷八〇五收其咸通九年（八六六）任高駢掌書記所作

爲鹽鐵巡官，與崔致遠爲同僚，其收有不少小說的文集《闕史》亦作於高駢幕中❹。唐人小說不少發端於當時的「文人沙龍」。或許，正是高駢幕府的這樣一種創作氛圍才誘發了崔致遠的《雙女墳記》創作。離開唐土以後，崔致遠何以能找到這種創作氛圍。

崔致遠在高駢幕中創作了《雙女墳記》，後來，既將其帶回新羅，亦有抄件留在了唐土，這就是爲什麼中國和新羅後來都有這篇小說流傳的原因。

〈天威徑新鑿海派碑〉，小傳謂其後官成度節度副使。《唐詩紀事》卷六七記其乾符五年（八七八）以御史大夫爲成都節度副使，作《石室詩》。後不知所終。所著小說集《傳奇》三卷，現存三十四篇。參見李時人：《全唐五代小說》卷六三，陝西人民出版社，一九九八年九月版，頁一七四二。

❹ 高彥休（八五四～？），號參寥子。自言乾符元年（八八四）進士，後入高駢幕。崔致遠《桂苑筆耕集》卷四代高駢所作〈奏請從事狀〉之一，即爲其請官的奏狀。狀中稱其爲「攝鹽鐵判官、朝議郎、守京兆府咸陽尉、柱國」。其所著《闕史》三卷傳於後世。參見李時人：《全唐五代小說》卷七五，陝西人民出版社，一九九八年九月版，頁二〇六六。

《新羅殊異傳》考

南開大學中文系
李劍國

【摘要】

　　本論文主要考證《新羅殊異傳》的作者問題、成書過程和時間、版本流傳、佚文等問題，最重要的觀點是：⑴《新羅殊異傳》中的〈雙女墳記〉確實出自崔致遠之手，它創作于崔致遠在中國從事淮南節度使高駢幕府之時，曾以單篇作品在中國流傳，後來才收入《新羅殊異傳》。⑵《新羅殊異傳》創作于崔致遠返回新羅之後，約在眞聖王三年到七年間（八八九～八九三）。崔本佚文可以確定十二篇，存疑八篇，凡二十篇。⑶高麗朴寅亮也仿效崔書作《新羅殊異傳》，是爲朴本，佚文可考者三事。金陟明改作崔本，可考者改二篇，增一篇。⑷在流傳中形成崔本、朴本、金本、朴金合編本等不同版本。

一、關於《新羅殊異傳》及其作者的古文獻記錄

　　海東古文獻記及《新羅殊異傳》者頗多，論者經常引述的有如下資料：

1.高麗僧覺訓《海東高僧傳》（一二一五）❶：

(1)按朴寅亮《殊異傳》云……。（卷一〈釋阿道傳〉）

(2)今按國史及《殊異傳》，分之二傳……。（卷一〈釋法空傳〉）

2.高麗僧一然（一二〇六～一二八九）《三國遺事》❷：

(1)又東京安逸戶長貞孝家在古本《殊異傳》載〈圓光法師傳〉曰……（卷四〈義解第五·圓光西學〉）

(2)如上唐鄉二傳之文，但姓氏之朴薛、出家之東西，如二人焉。不敢詳定，故兩存之。然彼諸傳記，皆無鵲岬璃目與

---

❶ 據韓國乙酉文化社一九七五年影印鈔本。《海東高僧傳》卷一論云：「都算佛入滅至今乙亥二千一百六十四年，滅後一千十四年入後漢，至今一千一百五十一年，自順道入高句麗至今八百四十四年矣。」按《三國史記》卷一八〈高句麗本紀〉載：小歐林王「二年夏六月，秦王符堅遣使及浮屠順道送佛教經文。」此佛法入高句麗之始。下推八百四十四年，正爲乙亥年，亦即高麗高宗二年（一二一五）。論又云佛以穆王壬申二月十五日入滅雙林，自高宗二年乙亥前推二千一百六十四年，亦正當壬申年。唯云：「入後漢至今一千一百五十一年」不確，時爲東漢明帝永平八年（六五年），非論所云永平十二年（七九年，一本作十三年）。《大正新修大藏經》、《新訂三國遺事》推定爲一二一五年撰。

❷ 坪井九馬三、日下寬校訂：《三國遺事》，韓國明文堂一九九三年影印明治三十五年（一九〇二）年排印本。據崔南善考證，一然在七十至七十六歲（一二七五～一二八一）間撰成《三國遺事》，見《三國遺事解題·撰成年代》，《新訂三國遺事》，三中堂書店，昭和十八年（一九四三）。

雲門之事，而鄉人金陟明，謬以街巷之説潤文作〈光師傳〉，濫記雲門開山祖寶壤師之事跡，合爲一傳。後撰《海東僧傳》者，承誤而錄之。故時人多惑之，因辨於此，不加減一字，載二傳之文詳矣。（同上）

(3)後人改作《新羅異傳》，濫記鵲塔璃目之事於〈圓光傳〉中，系犬城事於〈毗盧傳〉。（卷四〈義解第五·寶壤梨木〉）

3.高麗李承休《帝王韻紀》（一二八七）❸卷下〈東國君王開國年代序〉：

> 謹據國史，旁採各本紀與夫《殊異記》所載，參諸堯舜已來經傳子史，去浮辭，取正理，張其事而詠之，以明興亡年代。

4.朝鮮成任（一四二一～一四八四）《太平通載》殘卷❹：

---

　　(1)出《新羅殊異傳》。（卷二〇〈寶開〉末注）

　　(2)出《新羅殊異傳》。（卷六八〈崔致遠〉末注）

5.朝鮮徐居正（一四二〇～一四八八）《筆苑雜記》❺卷二：

　　日本國大內殿以其先世出自我國，向慕之誠，異於尋常。予
　　嘗通考前史，未知出處。但《新羅殊異傳》云……

6.徐居正《四佳集·文集》❻卷二〈伽也山蘇利庵重創記〉：

　　陝之名山曰伽倻……古有大伽藍，曰蘇利，《新羅殊異傳》
　　所記第一毗婆尸佛始創，羅代九聖人住處者也。

7.徐居正、盧思慎等《三國史節要》（一四七六）❼：

　　(1)臣等本乏三長之才，何能仰稱睿旨。第取舊史及史略，兼
　　　採《遺事》、《殊異傳》，作長編。（徐居正〈三國史節要序〉）

　　(2)《殊異傳》：龍城國王妃生人卵……。（卷二新羅脫解王元年
　　　注）

---

❺　據朝鮮成化二十三年（一四八七）年刻本。

❻　據《韓國文集叢刊》影印本。

❼　據亞細亞文化社一九七三年影印本。《三國史節要》卷前有盧思慎等〈三
　　國史節要箋〉及徐居正〈三國史節要序〉，均作於成化十二年（一四七
　　六）。

(3)《殊異傳》：唐太宗以牧丹子並畫花遺之……。 （卷八新羅
善德王元年注）

8.朝鮮權文海（一五三四～一五九一）《大東韻府群玉》（一五八
九）❽：

(1)《新羅殊異傳》，崔致遠撰。 （〈纂輯書籍目錄·東國諸書〉）
(2)《殊異傳》 （卷八〈首插石枏〉末注）
(3)《殊異傳》 （卷九〈竹筒美女〉末注）
(4)《殊異傳》 （卷一二〈老翁化狗〉末注）
(5)《殊異傳》 （卷一五〈虎願〉末注）
(6)《新羅殊異傳》 （卷一五〈仙女紅袋〉末注）
(7)《殊異傳》 （卷二〇〈心火繞塔〉末注）

9.朝鮮金烋《東海文獻總錄》（一六三七）目錄卷·史記傳：

《新羅殊異傳》，崔致遠所撰。

10.朝鮮李德懋（一七四一～一七九三）《青莊館全書》❾卷五四
〈盎葉記一·東國史〉：

---

❽ 據朝鮮正祖二十二年（一七九八）丁範祖序刻本。《大東韻府群玉》完成
　 於李朝宣祖二十二年（一五八九），參見金乾坤：〈《新羅殊異傳》의作
　 者와著作背景〉，《精神文化研究》第三四號，一九八八年，註腳16。
❾ 據韓國民族文化促進會，一九八三年版。

《新羅殊異傳》，崔致遠著。

11.朴容大等《增補文獻備考》（一九〇八）❿卷二四六〈藝文考五〉雜纂類：

《新羅殊異傳》，文昌侯崔致遠撰。

以上十一書，前八書所載均爲原始資料，末三書時代很晚，其時《新羅殊異傳》當已失傳❶，金烋等人未必能親見其書，他們對《新羅殊異傳》的著錄，必是依據《大東韻府群玉》，故而沒有什麼參考價值。而此前各書，多有異辭。書名有《殊異傳》、《新羅殊異傳》、《新羅異傳》及古本《殊異傳》之別，作者有朴寅亮、崔致遠之異，且又有金陟明改作之說。

金陟明改作看來是確定無疑的，問題主要出在原作者是誰之上。分析以上資料，可以提出以下問題：

1.《新羅殊異傳》或《殊異傳》究竟是朴作還是崔作？覺訓和權文海的說法哪個對？是不是必有一誤？

2.如果都錯的話，那麼作者應當是什麼人？

---

❿　《增補文獻備考》卷首有朴容大等隆熙二年（一九〇八）〈進增補文獻備考表〉。據韓國東國文化社一九五七年影印本。

❶　研究者認爲《新羅殊異傳》壬申（一五九二）倭亂後失傳，參見李仁榮：〈太平通載殘卷小考〉、池浚模：〈《新羅殊異傳》研究〉，《語文學》第三五輯，一九七六年。權文海卒於壬申倭亂前一年，尚可得見原書，故在《大東韻府群玉》中多有引用。權文海之後則不見書記錄。

3.如果都對的話，那麼朴寅亮和崔致遠各自與《殊異傳》存在著什麼關係？

4.與上一問題相聯繫，究竟是只有一種《新羅殊異傳》還是有兩種，甚至有幾種？也就是說《殊異傳》是一部書還是不同的兩部書，抑或有第三種第四種同名書？書名應當是怎樣的？

5.如果是存在著崔、朴兩種同名書的話，那麼金陟明所改作的是崔本還是朴本？

6.從覺訓以來諸人所見到的《殊異傳》版本各自是什麼樣的形態？

二、韓國學者的種種不同看法

在對《新羅殊異傳》的研究中首要的問題是作者問題。由於文獻在記錄中提到崔致遠、朴寅亮、金陟明三人，使得這一問題複雜化。研究者的努力方向，便是要從對文獻記錄可靠程度的證明中，從對佚文內證的分析中，從對崔致遠、朴寅亮的文學經歷和文學背景與《新羅殊異傳》的吻合程度的探求中，尋找出接近事實的答案。韓國學者對此已作過長時期的努力，但迄今仍無一致的結論，各家的看法相差很大。六○年代崔康賢、七○年池浚模、八○年代金乾坤、九○年代김일렬等人在各自的論文中都曾介紹過各家觀點⑫，當然他們也都提出自己的意見。這裏根據上述諸人的論文及筆

---

⑫　崔康賢：〈《新羅殊異傳》小考——主로그名稱과著者에關하여〉，《國語國文學》第二五號，一九六二年；〈《新羅殊異傳》小考（續）——主로그逸文을中心하여〉，《國語國文學》第二六號，一九六三年。池浚模：〈《新羅殊異傳》研究〉，《語文學》第三五輯，一九七六年。金乾

者所見其他論著把各種看法概述如下：

1. 崔致遠說

據崔康賢介紹，金思燁定爲崔致遠作⓭，所據爲權文海《大東韻府群玉》。金氏援引崔南善《新訂三國遺事·解題·僧傳》的說法——覺訓《海東高僧傳》「文勝事鮮」，記事簡略粗疏，因而認爲朴寅亮之說不可靠。金思燁之說很有代表性，有的學者也持此說，如이헌홍在論述〈崔致遠傳〉時認爲《新羅殊異傳》可能是崔致遠作，而且在崔致遠獻給高駢的「雜篇章五軸」中可能包括《新羅殊異傳》在內⓮。

2. 朴寅亮說

這一派意見以李仁榮爲代表，他在〈太平通載殘卷小考〉中闡述了自己觀點。認爲《新羅殊異傳》中的〈崔致遠〉是以崔致遠爲題材的說話，而說話、傳說很少採用作者自述的方式。權文海見書中有崔致遠事，遂誤認爲崔致遠撰。他根據「現存最古文獻」《海東高僧傳》斷爲高麗初人朴寅亮撰。此後崔常壽《國文學辭典》（東星文化社）、《大百科事典》（學園社）、趙潤濟《國文學史》（東國文化社，一九五四）以及김갑복、장덕순、김동욱、이경우、정준민諸家均持朴作說⓯。

坤：〈《新羅殊異傳》의作者와著作背景〉，《精神文化研究》第三四號，一九八八年。김일렬〈《殊異傳》의성격과그소설사걱맥락〉，《古小説史의諸問題》，集文堂，一九九三年。

⓭　《改稿國文學史》，正音社。

⓮　所謂向高駢獻詩文自薦之說實際出於金乾坤論文，見下。

⓯　參見崔康賢、金乾坤論文。

3.作者不能確定說

崔南善在《新訂三國遺事・附錄・新羅殊異傳（佚文）》解題中認爲覺訓和權文海的不同說法不知道哪個是對的，但他又說如果是朴作的話也是以新羅時期的材料爲依據❶。車溶柱《韓國漢文學史》認爲覺訓比朴寅亮晚五十餘年，因此朴寅亮作的說法相當可靠，但在沒有新的資料加以證實前還是不能成爲定論。權文海可能看到過《新羅殊異傳》，但〈仙女紅袋〉說話爲崔致遠事，作者自述其事不大可能，所以不能確定爲崔致遠作❷。車氏見解顯然傾向於朴作，又採取謹愼態度，認爲作者、時代不能確定❸。김일렬也認爲作者待考。

4.無名氏說或作者不詳說

這一派懷疑或乾脆否定《海東高僧傳》和《大東韻府群玉》的說法，而提出無名氏作和作者不詳的觀點。早在三○年代日人今西龍就認爲第三者失名氏作於新羅滅亡後至高麗中葉❹。後來申基亨〈殊異傳小考〉❺也主失名氏說，他的論述是「仙女紅袋」說話不可能是自敍傳，因此不可能出自崔手，而朴寅亮所著爲《古今

---

❶ 崔南善說法含混不清，故而池浚模〈《新羅殊異傳》研究〉引述崔南善之說以爲他認爲崔致遠作，朴寅亮補，金乾坤則以爲崔南善主崔致遠說。

❷ 車溶柱在《古小說論考・雙女墳說話研究》（啓明大學校出版部，一九八五年）亦認爲權文海將〈仙女紅袋〉誤斷爲崔致遠的自敍傳，錯誤地判斷爲崔致遠作，襲用了李仁榮之說。

❸ 《韓國漢文學史》，景仁文化社，一九九五年，頁九四～九六。

❹ 《新羅史研究・新羅殊異傳及其逸文》，近澤書店，一九三三年。轉引自崔康賢論文。

❺ 載中央大學校《文耕》第二輯。轉引自崔康賢論文。

錄》十卷，《高麗史》本傳只有這一書，所以也不可能是朴作。崔
康賢〈新羅殊異傳小考〉也認爲朴、崔之說均有疑問，所持理由全
同金思燁、李仁榮。他又補充說，《海東高僧傳》所云「朴寅亮
《殊異傳》」，可能是《古今錄》之誤；或者是覺訓因朴寅亮是名
人而託名朴作。

　　5.崔致遠原作朴寅亮增補金陟明改撰說

　　徐首生認爲崔致遠作，朴寅亮潤色加工增補刪正❷，池浚模認
爲崔致遠原著，朴寅亮增補，金陟明改撰，二者說法相近。《韓國
古小說論》也認爲可能是崔作，朴、金增補❷。

　　6.眞本異本說

　　崔康賢認爲一然所見古本《殊異傳》是眞本，不知作者，眞
本佚文只存〈圓光法師傳〉。其餘各家所見之本均爲異本，異本乃
金陟明改作本，就是說其餘佚文均出於金氏異本。

　　7.崔朴各有《殊異傳》說

　　金乾坤認爲《新羅殊異傳》是崔致遠作，用來投獻高騈，自
薦求官。朴寅亮也作有《殊異傳》，但不是增補崔書。朴氏《殊異
傳》是傳記體，而且取材於他人之作，「述而不作」，因此與崔書
不同。他又認爲金陟明只改作了《新羅殊異傳》中的〈圓光法師
傳〉等個別篇章，崔康賢的異本之說、池浚模的改撰之說均爲誇大

---

❷　〈東國文宗崔孤雲의文學〉，《語文學》第一、二輯，一九五八年。轉引
　　自崔康賢論文。
❷　韓國古小說研究會編，亞細亞文化社，一九九一年，見原書頁二二。

的說法。李家源《韓國文學史》❷也分列崔致遠《殊異傳》、朴寅亮《殊異傳》二書,不過他將〈崔致遠〉一篇歸於朴書,與金乾坤歸於崔書不同。

　　8.多種《殊異傳》說

　　曹壽鶴認爲《殊異傳》不只一種,有古本《殊異傳》（佚名《新羅殊異傳》）、崔致遠《新羅殊異傳》、朴寅亮《殊異傳》、金陟明改作《殊異傳》及別本《殊異傳》等❷。這一看法與前一種看法持同樣的思路而趨於極端,即把古文獻上所記載引述的《殊異傳》都視爲獨立之作,它們之間的聯繫僅只是書名相同。按照這種看法,在韓國漢文學史曾出現過一個漫長的《殊異傳》系列。

三、基本思路和基本觀點

　　在對《新羅殊異傳》或《殊異傳》的作者的不同記載中,以朴寅亮說早出,崔致遠說最晚,相差三百多年。二者都是孤證,沒有別的記載加以證實,一然、李承休,成任、徐居正等都沒有提到作者。朴寅亮說出於高麗中期,去羅末不足三百年,而朴寅亮爲高麗前期重臣,官終右僕射參知政事。它卒於肅宗元年（一〇九六）,下距覺訓撰《海東高僧傳》（一二一五）凡一百二十年,時間相隔不算太久。而且《海東高僧傳》是現存最古的文獻之一,作者

---

❷　普成文化社,一九九二年版。所引該書論點見頁六九、頁一〇三～一〇四。池浚模據一九六一年版本引述李家源論點,說李氏認爲崔致遠作、朴寅亮增補,與此不同。

❷　曹壽鶴之說見於김일렬引用,出〈수이전의저술자및문체고〉一文,載〈영남어문학〉,영남어문학회,一九九〇年。

覺訓可以看到許多羅麗文獻，因此朴寅亮之說就具有了較大的可能性。論者或據崔南善「文勝事鮮」之評，懷疑《海東高僧傳》的可靠性。但《海東高僧傳》引書甚多，他皆無疑而何得獨疑於此？或又謂「朴寅亮《殊異傳》」乃「朴寅亮《古今錄》」之誤，也難成立。《古今錄》原書不存，觀其名不類記傳之書，而《海東高僧傳》所引卻是阿道異事。《高麗史》卷九五〈朴寅亮傳〉云「寅亮文詞雅麗，南北朝告奏表狀皆出其手，嘗撰《古今錄》十卷藏秘府」，其中未提到《殊異傳》。這也不能成爲力證，因爲正史傳記漏載傳主著作，這在中國和韓國都是十分常見的事情。舉例說《三國史記》崔致遠本傳就只記載《四六集》一卷、《桂苑筆耕》二十卷，而未載《經學隊仗》、《東國輿地說》、《古今年代曆》等書㉕。

　權文海雖爲十六世紀後半葉人，去羅末六百數十年，但他「博極群書，而尤留意東事，網羅遺失」㉖，所著《大東韻府群玉》，引東國諸書一百七十四種。在〈纂輯書籍目錄〉中所列諸書作者，均鑿然無誤，其注《新羅殊異傳》撰人爲崔致遠，亦必有據。崔致遠是韓國漢文學之祖，歷代備受推崇，權文海斷不會將作者有疑問的書貿然歸於崔致遠名下。因此權文海之說有較大的可靠性。有些研究者認爲，權文海之所以定爲崔致遠作，是據〈仙女紅袋〉而作出的誤斷，這是沒有根據的推測。有人甚至還認爲，權文海未必親見《新羅殊異傳》，〈仙女紅袋〉不過是轉抄《太平通

㉕　崔致遠著作目錄見崔國述輯《孤雲先生文集目錄·卷外述目》，凡十一種。

㉖　《大東韻府群玉》附洪汝河〈海東雜錄跋〉。

載》所引〈崔致遠〉而作了删節❷。那意思是既然《太平通載》沒
有署明《新羅殊異傳》作者，而權文海也沒有看到過《新羅殊異
傳》，那麼所謂崔致遠撰的著錄當然是權文海想當然的臆測或誤認
了。但是應當看到，《大東韻府群玉》所引《新羅殊異傳》的佚
文，除〈仙女紅袋〉見於《太平通載》外，你無法證明其餘五條也
轉引自《太平通載》。再者，《大東韻府群玉・纂輯書籍目錄》同
時著錄崔致遠《新羅殊異傳》和成任《太平通載》。倘若未見《新
羅殊異傳》而僅據《太平通載》轉引，那何必要並列二書？何必不
在引文下徑注《太平通載》而要注《殊異傳》和《新羅殊異傳》？
《大東韻府群玉》凡引《太平通載》二十處❷，引《殊異傳》和
《新羅殊異傳》六處，分明是各據其書，懷疑權文海沒有看到《新
羅殊異傳》實在沒有多少道理。

　　而且，即便不作這樣的分析，在無法證實前人記載不確的情
況下（迄今為止，無人能提出有說服力的證據），也只能相信覺訓和權
文海的記載。因此，問題的要害不是在企圖證明孰是孰非，非得在
朴崔二人之間擇取一人，也不是力圖證明二者皆非，否定崔朴的著
作權，再尋找出第三者，而是要對這兩歧之說作出最為合理，最具
可能性的解釋。

　　一些學者正持這一思路，但所作出的解釋全然不同，有的提
出崔致遠編著、朴寅亮增補、金陟明改撰的論斷，有的則認為有不
同的兩種《殊異傳》，分別為崔致遠、朴寅亮撰，甚至還有三種、

---

❷　李仁榮已有此疑，崔康賢和車溶柱〈雙女墳說話研究〉均持這種觀點。
❷　參見李来宗：〈《太平通載》一考〉。

四種或更多的《殊異傳》。

前一種說法描述的是這樣一種版本演變過程，即崔氏原書在朴、金的增補和改作中積累和變異的單線過程：

崔本→（崔書＋朴增）本→（崔書＋朴增＋金改）本

第二種說法是一種崔朴二書獨立流傳的複線過程：

崔本→

朴本→

第三種說法是數種同名書的多線流傳過程：

古本→

崔本→

朴本→

金本→

別本→

……

對原書的增補擴大在古文獻中固然是常見現象，如李荇等人所撰《東國輿地勝覽》便是增補徐居正等人的《東國輿地勝覽》而成。但這種現象一般限於某些特殊類型的書，在文言小說集的創作中則為罕見。而且考察《殊異傳》全部佚文，實在找不出朴增補崔書的蛛絲馬跡。而第三種說法，無疑是面對種種文獻記載採取了消極態度，省事倒是省事，但幾乎沒有解決什麼問題。

筆者基本贊同第二種說法，即把《新羅殊異傳》看作是由崔致遠、朴寅亮先後各自撰寫的同名書，此間不存在後者在前者基礎上加以增補的密切關係。此外除金陟明改作本曾流傳於世外，不存在其他人所作的同名書，只有不同版本而已。

　　在中國古代文言小說史上經常出現異書而同名的現象。例如
在東晉南朝時期，相繼有孔約《志怪》、曹毗《志怪》、祖臺之
《志怪》、殖氏《志怪》出現，數書而用一名。繼東晉干寶《搜神
記》之後，又有唐人句道興《搜神記》及宋元明人《搜神總記》、
《搜神廣記》、《搜神記》。劉宋時郭季產《集異記》，至唐又有
兩種同名書，分出薛用弱、陸勳之手。與此相類似，有些同名書則
加「續」字之類以相區別，如劉宋陶潛《續搜神記》、張演《續觀
世音應驗記》、齊陸杲《續觀世音應驗記》、梁吳均《續齊諧
記》，唐李復言《續玄怪錄》、林登及宋李石《續博物志》等等。
這種有趣的同名現象乃是一種心理學中的「劇場效應」和名人名作
效應。

　　朴寅亮續崔致遠作《新羅殊異傳》正可作如是觀，雖說志怪
傳奇之作到唐末已經歷了漫長的歷史過程，但在羅麗時代仍屬新鮮
事物。崔致遠在唐人志怪傳奇影響下創作了古韓歷史上第一部志怪
傳奇小說集，出於名人效應，朴寅亮也仿作《新羅殊異傳》，實在
是順理成章的事情。

　　不過筆者在仔細分析上述資料時發現事情還不這麼簡單，按
照崔朴二本並存並傳的思路不能解決全部問題，實際上的文本和版
本形態還要複雜些。分析《海東高僧傳》和《三國遺事》提供的資
料，探求隱伏在其間的事實真相成為最頭痛的問題。為克服種種矛
盾，不能不從版本的多元化現象上考慮，於是筆者又進而作出這樣
一種推斷，即在流傳中不僅出現過崔朴兩種文本和金陟明改本，還
曾有合編本。

　　這也是中國古小說曾出現過的現象。例如晚唐牛僧孺作《玄

怪錄》十卷，李復言作《續玄怪錄》十卷，二書在宋代曾合爲一編，結果在有的版本中李書書名、撰人都脫去，遂誤入牛書，成爲一書，造成混亂❷。

古書流傳是一個較複雜的過程，什麼情況都可發生。《新羅殊異傳》既然作者、書名及篇目、內容呈混亂狀態，就不能不從文本、版本角度探尋其演變過程。而這一過程又不是單線條的，既有甲變乙，乙變丙的動態變化，也有靜態的延伸，因而在同一時間內可以有不同文本和版本存在，此即文本版本的多元現象。

到此筆者可以就上述問題提出如下基本觀點：

(1)新羅崔致遠在唐人小說的影響下創作了《新羅殊異傳》，是爲崔本。

(2)高麗初朴寅亮模仿崔書作《新羅殊異傳》，是爲朴本。

(3)其後高麗金陟明增改崔本，是爲金本。

(4)金本和朴本在高麗朝曾合編爲一書，是爲合編本。

以上只是就作者和文本版本問題提出基本看法，以下對上述諸本分別加以論述。

四、崔本考

㈠〈崔致遠〉作者爲崔致遠考

權文海《大東韻府群玉》引崔致遠《新羅殊異傳》六事，卷一五〈仙女紅袋〉即《太平通載》卷六八所引《新羅殊異傳》之

---

❷　詳見拙著《唐五代志怪傳奇敘錄》二書敘錄，南開大學出版社一九九三年版，下冊頁六一〇～六二三，頁七〇二～七〇三。

〈崔致遠〉，後者是全文，前者因出於類書，爲體例所限，作了較大刪削。

從任何意義上說《崔致遠》一篇都是最重要的，它不僅是書中最富文采篇幅漫長的作品，不僅因所敘爲崔致遠異聞而倍受關注，而且研究者對於《新羅殊異傳》作者的不同看法經常由此篇生出。

〈崔致遠〉最後一段「後致遠擢第」云云，其中若「至今猶存」，「以終老焉」諸語，明顯不是崔致遠本人口吻。所以崔康賢認定此篇不是眞本《新羅殊異傳》中的內容，而屬金陟明異本，異本出現於崔致遠仙化之後。而斷定此篇屬朴氏《殊異傳》或朴補者，亦未始不出於同樣的考慮。但細讀全文，這節文字與前文不相連屬，有拼接的明顯痕跡。開篇已明述「一舉登魁課，調授溧水縣尉」，乃乾符甲午後事，這裏卻又說「後致遠擢第」，敘事次序錯亂。因此這一節文字斷非原篇所有，乃後人據他書妄增。這一點留待下文討論。

剩下的問題是像這種「崔致遠，字孤雲」的第三人稱敘事口氣能不能成爲崔致遠本人的自述體式。答案是肯定的。徵之唐人傳奇，凡自述體傳奇有兩種方式：一種是用第一人稱「余」或其他同義字，例如：

> 僕從汧隴，奉使河源。……余乃端仰一心，潔齋三日。（張鷟《遊仙窟》）
>
> 至元和八年，余罷江西從事，扁舟東下……（李公佐《謝小娥傳》）

一種是自呼姓名，使用第三人稱形式的自述方式，著名傳奇作家沈亞之的小說便是如此：

> 元和十年，沈亞之以記室從隴西公軍涇州。（《沈下賢文集》
> 卷四〈異夢錄〉）
> 大和初，沈亞之將之邠，出長安城，客橐泉邸舍。（同上〈秦
> 夢記〉）

顯然，崔致遠自述奇遇，採用了沈亞之那樣的自述方式。而且由於《太平通載》是仿照《太平廣記》編撰的小說類書，而《太平廣記》爲使讀者閱讀方便，引文常改第一人稱爲第三人稱❸⓪，因此也不排除崔致遠此篇原文也用第一人稱「余」的可能。

用自述體寫作者的奇異經歷，本是唐人慣用手法，崔致遠自敘夜遇女鬼正是唐人家數。但奇怪的是，許多學者卻不明白這一點，認定崔致遠不可能採用「自敘傳」的方式寫這種浪漫的「說話」，因而《新羅殊異傳》也就不可能出自崔致遠筆下。自李仁榮提出這種對唐人小說十分隔膜的門外漢之見後，竟有眾多學者響應，殊爲怪事。有些學者把〈崔致遠〉一篇斷爲朴寅亮增補或出自朴寅亮《殊異傳》❸⓵，大抵也出於同樣的理由。對這種不正確的看法，實在大有糾正的必要。

---

❸⓪　例如王度《古鏡記》，據《太平御覽》卷九一二所引，原文用「余」自
　　敘，但《太平廣記》卷二三〇所引，一律改爲「王度」、「度」。同類例
　　證甚多。

❸⓵　見池浚模：〈《新羅殊異傳》研究〉、李家源：《韓國漢文學史》。

　　〈崔致遠〉一篇出於崔致遠之手，徵之作品本身，也可尋找出若干內證。〈崔致遠〉全篇使用大量儷句，和《桂苑筆耕集》文風全同。這一點已為研究者注意到，不必細說。尚須說明的是以儷語入小說，恰也是一些晚唐小說家喜用的敘事方式，如與崔致遠同時的裴鉶，其傳奇集《傳奇》一書便多見駢辭儷語，而其源頭則可上溯至初唐張鷟《遊仙窟》。裴鉶《傳奇》流傳當代，可以推測崔致遠傳奇的文風或許受了裴鉶影響，甚至他創作傳奇的動機也和裴鉶不無關係——這一點下文再談。

　　有的研究者還將〈崔致遠〉中詩歌用韻及用語與崔致遠詩歌作了比較，認為小說中詩歌多用真韻，韻字為春、塵、人、神，而致遠詩多首亦喜用真部韻字。另外還對比了許多類似詞語㉜。這種對照無疑是有意義的，其前提是每個作家都有自己獨特的辭彙庫和修辭習慣。依照這一思路，我們還可將作品中其他用語與致遠文章對照一下，可以發現驚人的一致性：

　　1.致遠海島微生，風塵末吏，豈期仙侶，猥顧凡流。
　　——豈料司空相公，俯念海人，久為塵吏。（《桂苑筆耕集》㉝
　　卷一七〈謝生料狀〉）
　　伏以某塵中走吏，海外腐儒。（同上〈謝令從軍狀〉）
　　自慙跡在塵吏，忽訝身為水仙。（同上〈謝借舫子狀〉）
　　如某者輟耕海上之田，來泣塵中之路。（同上〈謝許奏薦狀〉）

㉜　金乾坤：〈《新羅殊異傳》의作者와著作背景〉。
㉝　據《韓國文集叢刊》一九九〇年影印徐有榘刊活字本。

雖榮擺脫於風塵，倍報汗漬於門館。（卷一八〈長啓〉）

若今某塵玷恩知，尸素□位。（同上）

某未遂山棲，尚從塵役。（卷一九〈謝降顧狀〉）

某腐芥無依，斷蓬自役，長走而未離塵土，獨行而轉困路
歧。（同上〈與客將書〉）

某遠離海島，旅宦江皋。（同上〈答裴拙庶子書〉）

雖尋海島以榮歸。（卷二〇〈謝許歸覲啓〉）

俯顧微流，仰窺尊念。（同上〈上太尉別紙〉）

今某儒門末學，海外凡材。（《三國史記》⑭卷四六〈崔致遠
傳〉引〈上太師侍中狀〉）

2. 偶把狂詞題古墳，豈期仙女問風塵。

無端嫁得風狂漢，強破輕言辱地仙。

芳心莫怪親狂客，曾向春風占謫仙。

狂心已亂不知羞，芳意試看相許否。

匹馬長斯問行路，狂生猶再尋遺墓。

——昨者不慚狷者，輒效狂生。（《耕苑筆耕集》卷一七〈謝
職狀〉）

想田夫醉舞之場，起海客狂歌之興。（卷一八〈謝社日酒肉
狀〉）

3. 正是一雙明玉，兩朵瑞蓮。

——千堆翠錦，一朵青蓮。（《桂苑筆耕集》卷一八〈物狀〉）

---

⑭　據李丙燾校勘本，乙酉文化社，一九八〇年。

兩朵霜蓮，金鈴激松澗之風。（《孤雲先生文集》㉟卷三〈大嵩

福寺碑銘並序〉）

4.不向閨中，作黃公之子婿。

——欲效黃公之多讓，又恐失時。（《桂苑筆耕集》卷一七

〈謝許奏薦狀〉）

　　或許這四組詞語對照較之金乾坤所舉韻字及一般性詞語更能
說明問題。第三組皆以蓮朵為喻。崔致遠喜用「朵」字，詩中亦有
例證，本集卷二〇〈行次山陽〉：「三朵仙山目畔橫。」〈石
峰〉：「海日初開一朵蓮。」皆以狀山。第四組則為用典。黃公典
出《尹文子·大道》所載齊有黃公好謙卑，常謙詞毀其二女不美之
事。此典唐人很少用，較為冷僻，而崔致遠竟用二次。前兩組對照
詞語尤能說明問題，它們在顯示作者身份、性格和心理狀態上兩相
吻合。第一組詞語不單單是謙詞，它們反映著作為異邦人的崔致遠
在心所嚮往的唐朝居官時的特殊心理；第二組詞語則又反映著少年
得意的崔致遠的另一面狂放性格。在這兩點上，小說中崔致遠的心
理特徵和崔致遠文章中的心理特徵完全相通，絕不可能出自兩人之
手。

㈡〈崔致遠〉原題為〈雙女墳記〉考

　　從〈崔致遠〉一篇實亦可窺知這篇傳奇的創作時間，即崔致
遠年輕之時，而且在二十九歲歸國之前。唐代士子性喜自述豔遇以
自娛自炫，並藉以自逞才藻，年輕的崔致遠亦未能免俗。崔致遠及

㉟　據《韓國文集叢刊》一九九〇年影印崔國述輯刊本。

第數年後調授溧水縣尉，而所寫雙女墳恰在溧水。事實上溧水縣確有雙女墳。這裏該提出南宋張敦頤《六朝事迹編類》及所引〈雙女墳記〉了。這一條材料對於研究崔致遠的自述體傳奇及《新羅殊異傳》極有價值，筆者看到，韓國不少學者已在論文中引用過這條材料，但似乎並未予以足夠的重視**36**。

張敦頤是南宋初年人，紹興三十年庚辰（一一六〇）寫成《六朝事迹編類》一書**37**，凡二卷。書中所記是建康府**38**地區的風土古跡、歷史遺聞。溧水縣是建康府屬縣，在建康南。卷下有〈雙女墓〉一則，文云：

> 〈雙女墳記〉曰：有雞林人崔致遠者，唐乾符中補溧水尉。
> 嘗憩於招賢館，前崗有塚，號曰雙女墳。詢其來跡，莫有知
> 者，因爲詩以弔之，是夜感二女至，稱謝曰：「兒本宣城郡
> 開化縣馬陽鄉張氏二女。少親筆硯，長負才情，不意爲父母
> 匹于鹽商小豎，以此憤恚而終，天寶六年同葬於此。」宴語
> 至曉而別。在溧水縣南一百一十里。

---

36 崔康賢〈《新羅殊異傳》小考（續）〉認爲〈雙女墳記〉是對〈崔致遠傳〉的演義改題。金乾坤〈《新羅殊異傳》의作者와著作背景〉引임형긔、정준민的說法，二人認爲高麗時代文人把〈雙女墳記〉改成〈崔致遠〉，而金氏本人則認爲《新羅殊異傳·崔致遠》在中國流傳，好事者傳播這一故事，〈雙女墳記〉便是根據民間流傳的崔致遠故事寫成的，但何時何人作不清楚。

37 見自序。

38 建康府即今南京市。北宋原稱江寧府，轄五縣，建炎三年（一一二九年）改建康府。見《宋史·地理志四》。

　　末尾「在溧水縣南一百一十里」，是張敦頤之語，指明雙女墓之所在位置。南宋周應合《景定建康志》卷一六〈疆域志二・鋪驛〉載：「招賢驛在溧水縣南一百一十里。」又卷四三〈風土志二・諸墓〉云：「雙女墳在溧水縣南一百一十里。」〈考證〉引〈雙女墳記〉曰，全同張書。元代張鉉《至大金陵新志》卷一二下〈古蹟志下・陵墓〉亦有雙女墳，下引〈雙女墳記〉，文句亦同，末注云：「墳在溧水州南一百一十里廢招賢館側。」《建康志》、《金陵新志》二書所記，皆本《六朝事迹編類》。

　　可見，崔致遠住在溧水縣南百餘里的招賢館（館即驛館，招待往來賓客之所）時，遊覽了館舍附近的雙女墳，後來便生出奇思異想，而虛構出自己豔遇張氏二女鬼的傳奇故事。

　　張敦頤所引述的〈雙女墳記〉，寥寥百餘字，顯然是撮述大意。這篇記究竟是什麼性質的作品？《景定建康志》卷三三〈文籍志一・石刻〉中著錄了〈雙女墳記〉，以爲是墓前石刻。但如前所言，《景定建康志》關於雙女墓的記載採自《六朝事迹編類》，周應合併非曾寓目此記。《六朝事迹類編》卷下碑刻門著錄了許多碑刻，中亦有在溧水者，但並無〈雙女墳記〉，說明周應合純屬臆度。比較〈雙女墳記〉和〈崔致遠〉，雖然〈雙女墳記〉僅爲粗陳梗概，不是原文，更不是全文，但可以發現，除由於諸多原因造成的一些差異外，二者所記內容相同，若干詞語亦相合之處，甚至也有駢語（「少親筆硯，長負才情」），這就使人不能不懷疑，〈雙女墳記〉是不是就是崔致遠的傳奇作品？

　　筆者相信崔致遠所作正是〈雙女墳記〉，〈雙女墳記〉乃是崔致遠傳奇的原題。二者的重要差異之一，是〈雙女墳記〉稱「兒

本宣城郡開化縣馬陽鄉張氏二女」，與《太平通載》本「兒與小妹
溧水縣楚城鄉張氏之二女也」不合。但恰恰是「宣城郡開化縣」一
語暴露出了問題的癥結。考《舊唐書·地理志三·江南西道》，宣
州爲隋宣城郡，武德三年（六二○）置宣州，九年（六二六）溧水由
揚州改屬宣州，天寶元年（七四二）宣州改宣城郡，乾元元年（七五
八）複爲宣州，溧水改屬昇州，上元二年（七六一）昇州廢，溧水還
屬宣州。崔致遠爲溧水縣尉時，溧水仍屬宣州，到光啓三年（八八
七）復置昇州時，溧水才歸屬昇州。而宣城郡（即宣州）並無開化
縣，整個唐代也無此縣。開化縣是宋代衢州的屬縣，《元豐九域
志》卷五載，衢州轄五縣，乾德四年（九六六）分嘗山縣置開化
場，太平興國六年（九八一）升爲縣。〈雙女墳記〉明謂二女天寶
六年同葬於宣城郡，事又在溧水縣，何以又稱「宣城郡開化縣」？
因此原文必是「宣城郡溧水縣」，在北宋流傳過程中訛爲開化縣。
至於「天寶六年同葬於此」一句，當係〈雙女墳記〉原有，二女卒
於天寶六年，時宣州正稱宣城郡。《太平通載》本無此句，疑傳本
脫去。在紫裙者的對話中「遽至夭亡」以下似應有「天寶六年同葬
於此」一句，所以崔致遠在問話中才有「寄墳已久」之語。事實上
古書在流傳中經常形成不同版本，同時經常發生脫衍錯訛現象，不
被人重視的小說尤其如此。舉例說，唐傳奇《長恨歌傳》所存《太
平廣記》本、《文苑英華》本、《麗情集》三本，文句有很大出入
❸。因此可以推測，〈雙女墳記〉和《新羅殊異傳》中的同一作品
在各自流傳過程中形成相互不同的版本，並各自都漸次出現了文字

---

❸　參見拙著《唐五代志怪傳奇敘錄》上冊，頁三二七～三二九。

的脫訛。二者的全部差異都應作這樣的解釋。事實上《太平通載》本〈崔致遠〉和《大東韻府群玉》本〈仙女紅袋〉本也有一些差別。

《六朝事迹類編》引稱〈雙女墳記〉，不舉書名。按照古人引文習慣，若引用文字屬書中某篇，或兼舉書名篇名，或獨舉書名，一般並不舍書名而單出篇名。其稱引〈雙女墳記〉者，當是此記單行，並不屬於何書。這就是說張敦頤所見到的並非《新羅殊異傳》而是單篇〈雙女墳記〉。由此可以推斷，崔致遠在歸國前只作有〈雙女墳記〉一篇，並流傳至宋代。這一判斷還可以從如下事實得到證實：

1. 《大東韻府群玉》所引六篇佚文，除〈仙女紅袋〉（即〈崔致遠〉，亦即〈雙女墳記〉）事在唐朝外，餘皆爲新羅古事。崔致遠十二歲即赴唐求學，二十九歲歸雞林，留唐十七年，不大容易掌握如此多的新羅掌故。

2. 崔致遠歸國後於中和六年（八八六）向新羅王所進二十八卷著作，只包括私試今體賦五首一卷、五言七言今體詩共一百首一卷、雜詩賦共三十首一卷、《中山覆簣集》一部五卷、《桂苑筆耕集》一部二十卷⑩，中間並無《新羅殊異傳》。

因此結論應當是崔致遠在返回新羅後才搜集材料寫作《新羅

---

⑩　見崔致遠：〈桂苑筆耕序〉。

殊異傳》，並把在中國已經寫成的〈雙女墳記〉收入書中。

　　這裏有三點說明。一是先以單篇行世嗣後再載入小說集中，這種情況在晚唐並不罕見。裴鉶《傳奇》中的〈虯髯客傳〉、〈鄭德璘傳〉，皇甫枚《三水小牘》中的〈非煙傳〉都先曾以單篇行世❹。二是由於〈雙女墳記〉爲傳奇體，而《新羅殊異傳》中的其他作品多爲志怪體，因而篇幅不一，甚至相差十分懸殊，很不相稱。其實唐人小說集除《傳奇》等少數小說集純爲傳奇體外，大多是志怪傳奇二體並存，只不過是各有側重而已。三是《新羅殊異傳》既題爲〈雙女墳記〉，何以《太平通載》題作〈崔致遠〉？這其實是成任的改題。《太平廣記》正是如此，載文常以人名爲題，如王度《古鏡記》即改題爲《王度》。

(三)〈雙女墳記〉作於淮南幕考

　　崔致遠在唐作〈雙女墳記〉，是在什麼時候？有必要先考察崔致遠在唐近二十年的經歷。下邊是筆者據《桂苑筆耕集》等原始資料編纂的年譜要略：

懿宗 咸通九年戊子（八六八）	十二歲。奉父命乘船渡海入唐求學。 〈桂苑筆耕序〉：「臣年十二，離家西泛。」
僖宗 乾符元年甲午（八七四）	十八歲。禮部侍郎知貢舉裴瓚下進士及第。與顧雲同年。 〈桂苑筆耕序〉：「觀光六年，金名榜尾。」 《三國史記》本傳載顧雲贈別詩「十二乘船渡海來，文章感動中華國，十八橫行戰詞苑，一箭射破金門策。」
乾符二年乙未（八七五）	十九歲。東遊洛陽。 〈桂苑筆耕序〉：「尋以浪跡東都」。

---

❹　詳見拙著《唐五代志怪傳奇敍錄》各傳敍錄。

乾符三年丙申（八七六）	二十歲。七月，以禮部侍郎裴瓚爲檢校左散騎常侍、潭州刺史、御史大夫、湖南觀察使。（《舊唐書·僖宗紀》）冬，入裴瓚幕，此入宦之始。 本集卷一八〈前湖南觀察巡官裴璩啓〉：「某去乾符三年冬，到湖南起居座主侍郎」。 本集卷一七〈初投獻太尉啓〉：「自十二則別雞林，至二十得遷鶯谷。」
乾符五年戊戌（八七八）	二十二歲。調宣州溧水縣尉。 〈桂苑筆耕序〉：「爾後調授宣州溧水縣尉。」 本集卷一八〈長啓〉：「十年觀國，本望止於榜尾科第，江淮一縣令（按：縣尉之訛）耳。」又〈初投縣太尉啓〉：「方接青襟之侶，旋從黃綬之官。」
乾符六年乙亥（八七九）	二十三歲，在溧水尉任。冬十月，高駢爲淮南節度使。（《舊唐書》本傳及〈僖宗紀〉）
廣明元年庚子（八八〇）	二十四歲。在溧水尉任。三月，授高駢諸道兵馬行營都統。（《舊唐書·僖宗紀》）夏，黃巢軍由采石渡江，高駢令出軍，旋止。（《舊唐書》本傳）十二月，僖宗出幸興元，黃巢入京師。（《舊唐書·僖宗紀》）
中和元年辛丑（八八一）	二十五歲。罷溧水縣尉。欲山樓隱讀，應博學宏詞科，因書糧不濟，經元郎中舉薦，入高駢幕，任館驛巡官。僖宗奔蜀，促高駢討黃巢，駢大閱軍師（《舊唐書》本傳），七月代作〈檄黃巢書〉。 〈桂苑筆耕序〉：「及罷微秩，從職淮南。」 〈長啓〉：「前年冬，罷離末尉，望應宏詞。計決居山，暫爲退學，學期至海，更自琢磨。俱緣祿俸無餘，書糧不濟，輒攜勃燉，來歸膚門。豈料太尉相公迴垂獎憐，便署職秩。跡趨鄭驛，身寓陶窗。」又「某伏自前年，得在門下。」 本集卷一七〈謝職狀〉：「某今月二十五日，優承公牒特賜充署館驛巡官，恩充臺階，光生旅舍。」

	本集卷一九〈謝元郎中書〉：「伏自去年刺謁燕臺，職叨鄭驛。皆蒙郎中推心獎念，假力薦揚。」 本集卷一一〈檄黃巢書〉：「廣明二年七月八日❷，諸道都統檢校太尉某告黃巢。」
中和二年壬寅（八八二）	二十六歲。五月，高駢奉命封黃巢出兵東塘（《舊唐書》本傳）。隨軍行，授殿中侍禦史內衛，轉任都統巡官。駢在東塘凡百日，後還廣陵。僖宗知其無赴難意，罷駢使務（本傳）。 〈長啓〉：「去年中夏，伏遇出師。忽賜招呼，猥加驅策，許隨龍旆。……某自江外一上縣尉，便授內殿憲秩，又兼章紱。……昨蒙恩慈，特賜轉職，……其如都統巡官，須選人才稱職。……竊聆太尉相公去年夏於東塘顧某之時，諸郎官同力薦揚，和之如響，遂沾厚遇，遽切殊榮。」 〈謝元郎中書〉：「伏蒙太尉相公特賜轉職，不任歡慶。」
中和三年癸卯（八八三）	二十七歲。改署館驛巡官。四月，收復京城。（《舊唐書·僖宗紀》） 本集卷一八〈謝改職狀〉：「某伏蒙仁恩，特賜公牒，改署館驛巡官。」
中和四年甲辰（八八四）	二十八歲。堂弟崔栖遠以新羅國入淮海使錄事職名持家信迎接東歸。十月，以淮南入新羅兼送國信等史乘船東泛，與新羅入淮南使金仁圭同行。遇大風泊於海渚。 本集卷二〇〈謝許歸覲啓〉：「伏緣某自年十二離家，今已二九（按：當爲八字）載矣。」卷二〇〈謝賜弟栖遠錢狀〉：「某堂弟栖遠比將家信，迎接東歸。遂假新羅國入淮海使錄事職名，獲詣雄藩，將歸故國。」卷二〇〈祭

---

❷ 《舊唐書·僖宗紀》載：七月丁巳，改廣明二年爲中和元年。是年七月丁未朔，丁巳乃十一日。七月八日尚未改年號。

	嵬山文〉：「新羅國入淮南使、檢校倉部員外郎、守翰林郎、賜緋銀魚袋金仁圭，淮南入新羅兼送國信等使、前都統巡官、承務郎、殿中侍御史內供奉、賜緋魚袋崔致遠等……」卷二〇〈石峰〉注：「中和甲辰年冬十月，奉使東泛，泊舟於大珠山下。」 〈家乘〉（《孤雲先生文集》卷前〈孤雲先生事跡〉）：「有年狀曰：巫峽重峰之歲，絲入中原；銀河列宿之年，錦還東土。」❸ 〈桂苑筆耕序〉：「蒙高侍中專委筆硯，軍書輻至，竭力抵當，四年用心，萬有餘首。」
光啓元年乙巳（八八五）	二十九歲。春，抵新羅國。 〈祭嵬山文〉：「一昨雖迎端月，猶懵俊風。」 本集卷二〇〈酬楊贍秀才送別〉：「海槎雖定隔年回。」 同卷〈和友人除夜見寄〉：「幸得東風已迎路，好花時節到雞林。」

　　考察崔致遠行年，他在兩個時期有可能創作〈雙女墳記〉。一個是任職溧水縣尉的三四年間，一個是在高駢淮南幕。崔致遠在溧水「祿厚官閒，飽食終日，仕優則學，免擲寸陰，公私所為，有集五卷」，即《中山覆簣集》（〈桂苑筆耕序〉），自然有可能寫下〈雙女墳記〉。但更可能作於淮南幕。因為高駢素好鬼神仙靈之事，尤其是中和二年被削去兵權之後，更是「托求神仙，屏絕戎政」，「日以神仙為事」（《舊唐書》本傳）。崔致遠對高駢的知遇之恩一直深銘於懷，不免生諛媚之意，這在文章中頗有表現，例如中和三年所作〈獻生日物狀〉，儼然奉高駢為仙真，極盡頌諛之能事。高駢鎮西川時，裴鉶為其從事，曾著《傳奇》，多言神仙道術

---

❸　李仁老《破閑集》卷中引此句二句云：「又東還，公亦自序云。」

㊹。崔致遠撰作〈雙女墳記〉，應當說也有著裴鉶那樣的用心，即
投高駢之好。而且崔致遠在高駢幕很可能讀過《傳奇》，恐怕是技
癢而有意效之。〈雙女墳記〉張氏二女係女鬼，但崔致遠卻以仙女
寫之，遇鬼宛如遇仙，這也和高駢好仙有關。

㈣《新羅殊異傳》成書時間考

崔致遠在二十九歲回國前只寫下〈雙女墳記〉，並未著手寫
《新羅殊異傳》，是回新羅後才開始寫的。金乾坤〈《新羅殊異
傳》의作者와著作背景〉一文卻認爲《新羅殊異傳》是崔致遠投獻
淮南節度使高駢的自薦求官之作。金乾坤依據的背景材料是唐代舉
子盛行以傳奇溫卷的風氣，即向有司或達官投獻傳奇作品以求獎
掖，並舉高駢幕客裴鉶向高駢投獻《傳奇》爲例，以證明崔致遠也
是如此。崔致遠在中和元年（八八一）罷職溧水後本想隱讀應博學
宏詞科，但因生計問題經元郎中推薦入高駢幕。他在〈初投獻太尉
啓〉中說：「謹錄所業雜篇章五軸兼陳情七言長句詩一百篇，齋沐
上獻」，不久又獻〈紀德詩〉三十首（〈獻詩啓〉）。金氏認爲《新
羅殊異傳》可能就是包含在雜篇章五軸中，後來이헌홍在〈崔致遠
傳의구조와소설사적의의〉㊺一文中也承襲了金乾坤上述論點。

中晚唐確實流行以詩文行卷和溫卷，但謂以傳奇小說溫卷，
裴鉶《傳奇》乃溫卷之作，這種說法實在是宋人的臆測，早已被研
究者否定㊻，所以所謂崔致遠投獻《新羅殊異傳》也就成爲不根之

㊹ 詳見拙著《唐五代志怪傳奇敘錄》中《傳奇》敘錄。

㊺ 見이헌홍：〈고건소설의이해〉，문학라비평사，一九九一年。

㊻ 參見拙著《唐五代志怪傳奇敘錄》上冊頁一〇～一一及下冊《傳奇》敘
錄。

談。而且，崔致遠投高出於元郎中舉薦，也非「自薦」。入淮南幕後他投獻的是詩文，這是爲了使高駢瞭解他的文才，和舉子用於科舉的行卷是兩碼事。崔致遠所獻雜篇章五軸不可能是小說集，是一部分沒有結集的文章的統稱。他在回國後進呈新羅王的作品中有「雜詩賦三十首」，也用「雜」字相稱，指的也是《中山覆簣集》和《桂苑筆耕集》之外的而與「私試今體賦」及「五言七言今體詩」有別的不易歸類的散篇零章，當是古體詩賦之類。與此相較，所謂「雜篇章」也是不同於七言長句一百篇的散篇零章。而如果有《新羅殊異傳》，自成一書，斷不可稱作「雜篇章」。而且「篇章」之謂指的是詩文，唐人觀念以小說爲史筆，屬傳記一類，萬不能稱作「篇章」，只能稱作「雜傳記」[47]。

　　崔致遠在溧水作《中山覆簣集》五卷，〈桂苑筆耕序〉云「公私所爲，有集五卷，益勵爲山之志，標覆簣之名，地號中山，遂冠其首」，由此觀之，也是詩文集，因公私而作。金乾坤又以爲《新羅殊異傳》即在其中，或者是《中山覆簣集》的另一個筆寫本，這種說法難以成立。

　　總之如上節所述，崔致遠不可能在唐已寫出《新羅殊異傳》，只寫出〈雙女墳記〉一篇傳奇，回國後才有寫《新羅殊異傳》之舉。那麼崔致遠歸新羅後何時撰成《新羅殊異傳》？

　　這裏須先考察一下兩個情況，一個是崔致遠的卒年，一個是《新羅殊異傳》的佚文最晚的記事。

---

[47]　《太平廣記》有「雜傳記」一門，收錄唐人傳奇十三篇。《新唐書·藝文志》亦有雜傳記一類。

　　崔致遠卒年不詳，《三國史記》本傳只說唐昭宗景福二年（八九三）爲宣城郡太守，祇召爲賀正使，其後嘗奉使如唐，但不知其歲月。此後無復仕進意，逍遙自放，終老於伽耶山海印寺。而〈新羅本紀〉載眞聖王八年（八九四）春二月崔致遠進時務一十餘條，王喜納之，拜致遠爲阿飡。崔致遠後裔崔國述輯《孤雲先生文集》三卷，前有《孤雲先生事跡》，中之〈家乘〉載致遠行年，也只言「眞聖王七年甲寅（按：下注唐昭宗乾寧元年，實爲眞聖王八年）爲富城郡太守，祇召爲賀正使，以道多盜賊不果行。二月進時務十餘條，主嘉納之，以爲阿飡。自傷遭値亂世，不復仕進，自放於山林之間，惟以嘯詠爲事」。盧相稷〈清道影堂記〉述崔致遠生平事跡，又謂「又出守天嶺、義昌等郡，尋挈妻子入伽耶山以終，此則先生顚末之載史牒者也」。徐有榘〈校印桂苑筆耕集序〉則云：「眞聖時挈家入江陽郡伽耶山以終焉，葬在湖西之鴻山。或謂公羽化者，妄也。」以爲崔致遠在眞聖王時隱伽耶山。

　　今考《孤雲先生文集》，〈善安住院壁記〉作於唐光化三年（九〇〇），當新羅孝恭王四年。〈新羅壽昌郡護國城八角燈樓記〉作於天佑五年戊辰（九〇八），亦即唐亡第二年、後梁開平二年，當新羅孝恭王十二年。則知崔致遠之卒在此後。《三國史記》本傳載：

　　　　初，我太祖作興，致遠知非常人，必受命開國，因致書問，
　　　　有「雞林黃葉，鵠嶺青松」之句。其門人等至國初來朝，仕
　　　　至達官者非一。

據《三國史記·新羅本紀》，新羅景明王二年（九一八）泰封主弓裔麾下推王建爲主，是爲高麗太祖，是則景明王代致遠猶在世。敬順王九年（九三五），降太祖，新羅亡。此年崔致遠若在世已七十九歲（生於八五七年）。觀《三國史記》本傳載門人國初來朝入仕，未言致遠，頗疑時已下世，故而門人離散來朝，致遠之卒似在羅亡之前。崔康賢〈《新羅殊異傳》小考〉之〈崔致遠略譜〉，引用高麗大學金春東《韓國漢文學史講義錄》及青丘大學（即嶺南大學）崔海鍾《韓國漢文學史》之說，以爲致遠卒時九十五歲，高麗光宗二年（九五一）仙化，不知根據是什麼。徐有榘已謂「或謂公羽化者妄也」，所謂九十五歲仙化，殆爲傳聞不根之言。

《新羅殊異傳》佚文，〈虎願寺〉事在元聖王代（七八五～七八九）。〈處容郎〉很可能也出崔書，事在憲康王代（八七五～八八五），這是年代最晚的故事。而在憲康王末年，崔致遠回國。

以上兩個情況幾乎沒有解決什麼問題，因爲從憲康末到羅亡整整五十年。在這四五十年中崔致遠任何時候都可以寫作《新羅殊異傳》。

這裏仍須將崔致遠回國後的經歷作一簡譜：

憲康王十一年乙巳（八八五）	二十九歲。三月歸自唐。（《三國史記·新羅本紀十一》）留爲侍讀、兼翰林學士、守兵部侍郎、知瑞書監。（《三國史記》本傳、《三國史節要》卷一三）奉教撰〈智證和尚碑銘〉。（《孤雲先生文集》卷三）
定康王元年丙午（八八六）	三十歲。正月進所著雜詩賦及表奏集二十八卷。（〈桂苑筆耕序〉）奉教撰〈眞監和尚碑

	銘〉、〈華嚴佛國寺繡釋迦如來像幡贊〉。（《孤雲先生文集》卷二、卷三）
眞聖王元年丁未（八八七）	三十一歲。奉教撰〈大嵩福寺碑銘〉。（《孤雲先生文集》卷三）
眞聖王二年戊申（八八八）	三十二歲。奉教撰〈無染和尚碑銘〉。（《孤雲先生文集》卷二）
眞聖王七年癸丑（八九三）	三十七歲。以富城郡太守祗召爲賀正使，因盜賊梗道不果行。（《三國史記》本傳）
眞聖王八年甲寅（八九四）	三十八歲。二月進時務使一十餘條，嘉納之，拜爲阿飡。（《三國史記·新羅本紀十一》、《三國史節要》卷一四）
孝恭王元年丁巳（八九七）	四十一歲。六月眞聖王禪位於太子嶢。（《三國史記·新羅本紀十一》）代作〈讓位表〉、〈謝嗣位表〉。（《孤雲先生文集》卷一）
孝恭王二年戊午（八九八）	四十二歲。代作〈謝恩表〉、〈謝不許北國居上表〉，撰〈新羅伽倻山海印寺結界場記〉。（《孤雲先生文集》卷一）
孝恭王三年己未（八九九）	四十三歲。撰〈善安住院壁記〉。（《孤雲先生文集》卷一）
孝恭王十二年戊辰（九〇八）	五十二歲。撰〈新羅壽昌郡護國城八角燈樓記〉。（《孤雲先生文集》卷三）

    《三國史記》本傳載，崔致遠歸國任翰林學士等，「而衰季多疑忌，不能容，出爲太山郡太守」[48]，具體時間不詳，估計在眞

---

[48] 徐有榘〈校印桂苑筆耕序〉云「出爲武城太守」。《新增東國輿地勝覽》卷三四〈泰仁縣〉：「太山郡，本百濟大尸山郡，新羅改太山。……仁義縣本百濟賓屈縣（一云賦城），新羅改爲武城，爲太山郡領縣。」知武城太守即太山郡太守。

聖王二年後。眞聖王七年前，由太山郡移富城郡。八年拜阿飡，官秩六等，是眞骨（王族）之外官員的最高品位❹，等級較郡太守爲高❺，可見又受到重用。大約從孝恭王後期（在位十五年）開始便退出仕途，悠遊山水了。

崔致遠歸國後的三四年間及眞聖王八年到孝恭王三四年的數年間，這兩個時期崔致遠在朝居官，執掌文翰之任，朝務繁忙且躊躇滿志，未必有閒心閒暇撰作《新羅殊異傳》。他作《殊異傳》最有可能在兩個時期，一是自朝中出爲郡太守之時，二是在退出仕途逍遙自放之時。二者以前一種可能最大。池浚模認爲作於隱居之後恐非如此。因爲須考慮這樣的情況，就是崔致遠歸國前不久寫出〈雙女墳記〉作爲傳奇創作的嘗試，他不會把這種興趣的再度萌發往後推得太久，而且晚唐小說創作的興盛局面留給他的深刻印象此時也不會很快淡化下去。而到孝恭王以後，距返國至少已二十年以上，這一切當已大大弱化。所以可以推測，《新羅殊異傳》的寫作大約在眞聖王三年（八八九）到七年（八九三）的五年間。此時他被排斥在朝外，恰好利用比較充裕的時間搜集素材撰寫小說，以排遣鬱悶。

㈤崔本書名佚文考

《大東韻府群玉》引用書目著錄崔致遠《新羅殊異傳》，所引佚文〈仙女紅袋〉標作《新羅殊異傳》，《太平通載》所引二篇

---

❹　見《三國史記·職官上》。新羅官秩共十七等，前五等皆眞骨受之。

❺　《三國史記·職官下·外官》載，郡太守，「位自舍知至重阿飡爲之」。舍知爲十三等。

亦爲《新羅殊異傳》。《三國遺事》稱作《殊異傳》，又稱《新羅
異傳》。可見《新羅殊異傳》確爲原題，《殊異傳》、《新羅異
傳》皆爲省稱。崔致遠久居中國，仿中國志怪傳奇之書而作《殊異
傳》，一則因所記爲新羅異事，且事出新羅，二則爲和中國同類書
相區別，故而冠以「新羅」二字。論者或謂原題《殊異傳》，「新
羅」二字乃後人所加❺，或謂原題《殊異傳》，朴寅亮爲了與自己
的《殊異傳》相區別加「新羅」二字❺，未必如此。

至於「殊異」二字，源於《詩經·魏風·汾沮洳》：「美無
度，殊異乎公路。」後漢徐淑〈報秦嘉書〉亦云：「鏡有文彩之
麗，釵有殊異之觀。」又韓愈〈感二鳥賦〉：「惟進退之殊異，增
余懷之耿耿。」殊訓爲極，甚，殊異即特異、卓異之謂。唐人小說
有《獨異志》、《卓異記》，《殊異傳》亦正此意，不過「異」字
主要是指奇異、怪異，與唐人小說之《廣異記》、《集異記》、
《博異志》、《纂異記》、《異聞集》、《錄異記》等含義同。

崔本佚文可考者十二篇，出於六書：

1. 《大東韻府群玉》引六篇，全係節引，依韻字立題，皆非原
   題。卷一五〈仙女紅袋〉全文見於《太平通載》。

   (1)〈首插石枏〉（卷八）　今擬題〈石枏枝〉。

   (2)〈竹筒美女〉（卷九）

   (3)〈老翁化狗〉（卷一二）

   (4)〈虎願〉（卷一五）　《三國遺事》卷五〈金現感虎〉載

❺　李仁榮：〈太平通載殘卷小考〉。

❺　李家源：《韓國漢文學史》頁六九、一〇三。

此事，文詳，當採自崔書。末云：「現臨卒，深感前事之
異，乃筆成傳。」似致遠據金現自述所記。今擬題〈虎願
寺〉。

(5)〈心火繞（燒）塔〉（卷二〇）　據《三國遺事》卷四〈二
惠同塵〉，「繞」字當作「燒」。今擬題〈火鬼〉。

2.《太平通載》引二篇，〈崔致遠〉亦見《大東韻府群玉》，
知《太平通載》所引《新羅殊異傳》爲崔本。引文當係全
文。

(6)〈寶開〉（卷二〇）　《三國遺事》卷三〈敏藏寺〉採此
事，文字多有改動。

(7)〈崔致遠〉（卷六八）　末節爲金陟明所增，詳下文。原
題〈雙女墳記〉。

3.《筆苑雜記》引一篇，題《新羅殊異傳》，爲新羅古傳說，
當出崔書。

(8)〈迎烏細烏〉（卷二）　《三國遺事》卷一亦載，文較
詳，當採崔書。唯作延烏郎、細烏女，《三國史節要》卷
二引《遺事》作迎烏❸、細烏，實亦《新羅殊異傳》之
文。

4.《四佳集》引一篇，題《新羅殊異傳》。

(9)〈蘇利伽藍〉（《文集》卷二〈伽倻山蘇利庵重創記〉）　末
引原文，只云「（伽倻山）古有大伽藍，曰蘇利，《新羅

---

❸　按：高麗熙宗（一二〇四～一二一一在位）諱韺，故一然避諱改迎爲延，
迎、延同義。

殊異傳》所記第一毗婆尸佛始創，羅代九聖人住處者
也。」

5.《三國史節要》引二篇，均題《殊異傳》，而《筆苑雜記》、
《四佳集》、《三國史節要》並出徐居正，知為《新羅殊異
傳》省稱。事為新羅古傳說，當出崔書。

⑽〈脫解〉（卷二）　《三國遺事》卷一亦載此事，文詳，
但與此頗異，當別有所本，非採崔書。《三國史記》卷一
所載亦有不同。

⑾〈善德王〉（卷八）　《三國遺事》卷一亦載，善德王凡
三事，疑皆出崔書。《三國史記》卷五隻載牡丹花事，情
事有異。

6.長貞孝家在（按：家在即家藏）古本《殊異傳》載〈圓光法師
傳〉」。按《三國遺事》注文用「古本」一語凡有十處，
如：

古本云建虎元年，又云建元三年等，皆誤。（卷一〈赫居世
王〉）
古本云壬寅年至者謬矣。（卷一〈第四脫解王〉）
古本云十一年己亥，誤矣。（卷一〈桃花女　鼻荊郎〉）
古本云百濟，誤矣。（卷一〈金庾信〉）
古本載梵日事在前，相曉二師在後。（卷三〈洛山二大聖〉）
古本作孫舜。（卷五〈孫順埋兒〉）

這裏的「古本」和一然也常使用的「古記」、「古傳」不同，「古

記」、「古傳」泛言古傳記，沒有對比含義，而「古本」則是指與
今本相對比的記載同一事實的古代文本或同一文本的古代版本。
「古本」大抵是指新羅的古文本或古版本，一然記敘上述新羅遺事
所據爲晚出文本或版本，與古本對照發現異文異辭或古本錯誤時，
便在注中注出。準此，所謂「古本」《殊異傳》即是指新羅本《殊
異傳》，也就是崔本。同卷〈寶壤梨木〉所云《新羅異傳》，即是
古本。亦即崔本《新羅殊異傳》，只是有意省去「殊」字，正如書
中《海東高僧傳》稱作《僧傳》、《高僧傳》一樣。與崔本《新羅
殊異傳》並傳者，還有金陟明改作本，金本晚出，且與崔本不同，
所以僧然特別標明「古本」以別之。

　　(12)〈圓光法師傳〉（卷四）　一然云「不加減一字」，所引
乃原文，題爲原題。此傳曾被金陟明增改，詳下文。

　　崔本佚文可考者如上。《三國遺事》中尚有二事爲崔致遠所
記，頗疑皆在《新羅殊異傳》中，今附下列爲疑目：

　　(1)〈射琴匣〉　卷一〈太宗春秋公〉「正月午忌日」注：
「見上射琴匣事，乃崔致遠之說。」事見於同卷此前〈射琴匣〉，
乃毗處王（注：一作炤知王）十年異事，與《新羅殊異傳》內容相
合。徐居正《三國史節要》卷五「新羅王炤智王十年」亦載此事，
所記內容有《三國遺事》所無者。《三國史節要》序稱「兼採《遺
事》、《殊異傳》」，此事蓋採自《新羅殊異傳》而非《三國遺
事》。

　　(2)〈義湘傳〉　卷四〈義湘傳教〉記法師義湘與元曉道出遼
東被邊戍所囚，注：「事在崔侯本傳及曉師行狀等。」下敘義湘入
唐，創浮石寺、傳教諸事。按云：「餘如崔侯所撰本傳。」崔侯即

崔致遠，高麗朝顯宗贈諡文昌侯（《三國史記》本傳）。但《遺事》中崔致遠〈義湘傳〉未有引文。卷三〈前後所將舍利〉「相傳云：昔義湘法師入唐」云云，乃義湘入唐到終南山智儼處與宣律師請帝釋宮佛牙事，又〈洛山二大聖〉「昔義湘法師始自唐來還」云云，乃義湘見觀音眞身事，未知是否即〈義湘傳〉中事。佚文僅見《海東高僧傳》卷二〈釋安含傳〉云：「崔致遠所撰〈義相傳〉云：『相眞平建福四十二年受生，是年東方聖人安弘法師與西國三三藏漢僧二人至自唐。』」下有注文。宋釋贊寧《宋高僧傳》卷四亦有〈唐新羅國義湘傳〉。

另外，《三國遺事》卷一〈桃花娘　鼻荊郎〉、卷二〈處容郎〉亦疑爲崔本佚文。前條云桃花娘之子鼻荊可以率鬼，時人作詞，「鄉俗帖此詞以辟鬼」，後條云處容妻爲疫神所犯，處容退而不責，疫神受到感動，發誓以後見到所畫處容圖像便不入其門，「因此國人門帖處容之形，以辟邪進慶」。這和〈火鬼〉所云「時俗帖此詞（指咒詞）於門壁，以鎮火災」如出一轍。又卷五〈郁面婢念佛西昇〉引「鄉中古傳」，中云「時有天唱於空」，又同卷〈大城孝二世父母〉引「古鄉傳」，中云「有天唱云」，皆與〈虎願寺〉之「時有天唱」用語相同，疑此「古鄉傳」、「鄉中古傳」即一然所見「古本」《殊異傳》。《三國遺事》所載新羅異事極多，取自崔致遠《新羅殊異傳》者肯定還有不少。

一然同時人李承休作《帝王韻紀·東國君王開國年代》，序稱「謹據國史旁採各本紀與夫《殊異傳》所載」。其紀新羅云：

新羅始祖赫居世，所出不是人間系。有卵降自蒼蒼來，其大

如瓢紅縷繫。筒中長生因姓朴，此豈非爲天所啓？漢宣五年
元甲子，開國辰韓定疆界。風淳俗美都局平，聖君賢相臨相
繼。義皇上世何以加，朝野肅穆無欺弊。士女熙熙分路行，
行不齎糧門不閉。花朝月夕攜手遊，別曲歌詞隨意製。或感
鳩（按：疑當作鵲）林或金櫃，昔氏金氏相承遞。二十九代春
秋王，請兵於唐平麗濟。庾信金公是功臣，得妙兵書精虎
（武）藝。文章何人動中華？清河致遠方延譽。釋焉元曉與
相師，心與古佛相符契。弘儒薛侯製吏書，俗言鄉語通科
肆。聖賢雜還來贊襄，蠢蠢黔蒼皆踐禮。瓜綿椒遠業將衰，
裔萱向主行狂吠。群情洶洶未知歸，金傅大王能遠計。後唐
末帝清泰二，乙末仲冬朝我陛。妻以長主封尚父，衣冠亦使
朝聯袂。……

　　新羅紀的取材應當主要是《三國史記·新羅本紀》❸，此外便
是《殊異傳》了。觀其敘赫居世云「有卵降自蒼蒼來，其大如瓢紅
縷繫，筒中長生因姓朴」，與金氏〈新羅本紀〉事有不同，頗疑出
自《殊異傳》。又云「釋焉元曉與相師，心與古佛相符契」，相師
即義湘法師，可證崔致遠〈義湘傳〉極可能在《殊異傳》中；且又
可能還有〈元曉傳〉，《三國遺事》卷四〈元曉不羈〉所引「鄉傳
所記有一二段異事」，殆即出《殊異傳》。
　　這樣《新羅殊異傳》佚文疑目尙可列出如下六事：

---

❸　《高麗史》卷九八〈金富軾傳〉：「（仁宗）二十三年（一一四五），上
　　所撰新羅高句麗百濟三國史。」

　　⑶〈鼻荊郎〉

　　⑷〈處容郎〉

　　⑸〈郁面婢〉

　　⑹〈大城〉

　　⑺〈赫居世〉

　　⑻〈元曉傳〉

　　總凡八事。

　　總之崔致遠《新羅殊異傳》內容相當豐富，《三國遺事》等書引用崔書者估計還會有許多。例如崔南善輯《新羅殊異傳》逸文十事，附〈新羅古事逸文〉二則，一爲印觀事，一爲白雲事，出《三國史節要》卷四、卷六。故事風格極似崔書。所以徐首生〈東國文宗崔孤雲의文學〉將此二則輯爲《新羅殊異傳》佚文。事雖不妥，但也說明《三國遺事》、《三國史節要》等書特別是《三國遺事》中所記的諸多異事，肯定還有崔書其他佚文在。現在所輯得二十則佚文（包括未能確認的疑目）只是一部分。

五、朴本考

　　朴寅亮是繼崔致遠之後生活於高麗朝前期的又一著名作家，《高麗史》本傳稱其「文詞雅麗」，曾撰《古今錄》十卷。朴本《殊異傳》僅見於覺訓《海東高僧傳》。卷一〈釋阿道傳〉云「若按朴寅亮《殊異傳》云……」。所引爲阿道事，略云阿道父魏人崛摩，奉使高麗（按：即高句麗）私通高道寧，道寧生阿道。阿道五歲依母教爲僧。十六入魏覲父，投玄彰和尚受業，十九歲歸。母諭往新羅傳玄旨。言爾後有護法明王大興佛事。時當味鄒王，師請行竺

教未果，至有將殺之者，退隱逃害於續村毛祿家。三年後治癒成國
宮主疾病，王許創寺於天鏡林。後又於三川歧立永興寺依往。味鄒
王崩，後嗣王不敬浮屠，師還於續村，自入墓示滅。末云：「後二
百餘年，原宗果興像教，皆如道寧所言。自味鄒至法興，凡十一王
矣。」

　　按阿道事新羅時期頗多流傳，《海東高僧傳·釋阿道傳》即
又引「古記」、高得相《詩史》及註之說。而其敘阿道凡此均以按
語出之，正傳所敘則未注明所據。金富軾《三國史記》卷四〈新羅
本紀第四〉法興王十五年「初訥祗王時」云云，敘沙門墨胡子及毗
處王時阿道（原注：一作我道）和尚事，文句興《海東高僧傳》大
同。《三國史記》末注：

　　　　此據金大問《雞林雜傳》所記書之，爽韓奈麻金用行所撰
　　　　《我道和尚碑》所錄殊異。

　　是知覺訓所敘實採金大問《雞林雜傳》㊺。一然《三國遺事》
卷三〈阿道基羅〉（注：一作我道，又阿頭）略引〈新羅本紀第四〉
所云，下又引《我道本碑》，事與朴寅亮《殊異傳》全同，而文句
稍詳之，是知朴氏所敘實本金用行《我道和尚碑》。

　　金用行不詳何人，當生活在法興王（五一四～五四〇）之後。

㊺　《三國史記》卷六〈薛聰傳〉附：「金大問，本新羅貴門子弟。聖德王三
　　年（七〇四）爲漢山州都督。作傳記若干卷，其《高僧傳》、《花苑世
　　記》、《樂本》、《漢山記》猶存。」李德懋《青莊館全書》卷五四〈盎
　　葉記·東國史〉：「《雞林雜傳》，新羅金大問著，不傳。」

《三國史記》稱「奭韓奈麻」、「奭韓」二字疑有訛；奈麻則新羅官秩之稱。《三國史記·職官上》載，「新羅第三儒理王九年設位十七等，「十日大奈麻（或云大奈末），自重奈麻至九重奈麻；十一日奈麻（或云奈末），自重奈麻至七重奈麻」。又據〈色服志〉，法興王制，大奈麻、奈麻屬五頭品，服青，相當於唐代的六七品官。

《海東高僧傳》卷一〈釋法空傳〉載新羅法興王（名原宗）興佛事，言原宗每欲興佛法，大臣諫之。十六年有內史舍人朴厭髑（注：或云異次頓，或云居次頓）年二十六，為助王實現洪願，隕命興法。二十一年，原宗立精舍遜位為僧，改名法空，諡曰法興。末云：

> 按《阿道碑》，法興王出法名法雲，字法空。今按國史及《殊異傳》分立二傳，諸好古者請詳撿焉。

按〈釋法空傳〉之下為〈釋法雲傳〉，法雲乃法興王弟之子真興王，即位後奉佛，末年祝髮為僧，自號法雲。《阿道碑》稱法興王出家後名法雲，與真興王法名同，易混為一人。《三國遺事》卷三〈原宗興法〉云：「前王（指法興王）姓金氏，出家法雲，字法空。」即用《阿道碑》說。注又云：「僧傳與諸說亦以王妃出家名法雲，又真興王為法雲，又以為真興之妃名法雲，頗多疑混。」所以覺訓便根據國史（按：即金富軾《三國史記》，詳下）和《殊異傳》的說法，分立法空、法雲二傳。——這就是覺訓前所云云所包含的意思。

　　可見朴本《殊異傳》尚有〈法空傳〉和〈法雲傳〉。但《海
東高僧傳》所敍二傳，雜取諸書，欲分辨出何出朴書，頗爲不易。

　　先看〈法空傳〉。法興王興法及朴厭髑隕命事又見於以下諸
書：

1. 《三國史記》卷四〈法興王〉。隕身者作近臣異次頓
　（注：或云處道）。據末注，此採自金大問《雞林雜傳》。

2. 《三國遺事》卷二〈原宗興法　厭髑滅身〉引元和十二年
　南澗寺沙門一念撰〈髑香墳禮佛結社文〉。作舍人朴厭
　髑。

3. 同上書引「鄉傳」。（正文引一處，注文引三處。）

4. 同上書引「僧傳」。（注文引二處。）

5. 同上書注文引金用行撰《阿道碑》：「舍人時年二十六，
　父吉升，祖功漢，曾祖乞解大王。」

　　按「僧傳」即覺訓《海東高僧傳》❺❻。覺訓敍朴厭髑事，下注
「按國史及古諸傳商量而述」。「國史」即金富軾《三國史記》，
因爲文句多有相合。「古諸傳」中自然有《殊異傳》。但《三國遺

---

❺❻　《三國遺事》「眞興大王即位五年甲子造大興輪寺」注云：「僧傳云七年
　　誤」，即《海東高僧傳・釋法雲傳》之「七年興輪寺成」；「出家法雲字
　　法空」注云：「僧傳與諸說亦以王妃出家名法雲，又眞興王爲法雲」，下
　　句亦本〈釋法雲傳〉。《三國遺事》所引《僧傳》、《高僧傳》、《海東
　　僧傳》，均指覺訓《海東高僧傳》。參見崔南善《新訂三國遺事・解題・
　　僧傳》。

事》所引「鄉傳」四段文字均不見於覺訓所敘，沙門一念所撰文亦無一相合。但有與金用行《阿道碑》相合者，即所云「有內史舍人朴厭髑年二十六」。金用行《阿（我）道和尚碑》主要敘阿道事，下及法興王、朴厭髑事。朴寅亮作〈阿道傳〉即採金用行《阿道碑》，那麼其作〈法空傳〉亦必採金氏此碑。只是朴傳、金碑原文均不存，已無從詳究。

再說〈法雲傳〉。覺訓所敘大都取《三國史記》卷四〈新羅本紀·眞興王〉及卷四七〈金歆運傳論〉❺。只有如下三節不見《三國史記》，當在朴氏《殊異傳》中。

1. （眞興王）克寬克仁，敬事而信，聞喜若驚，除惡務本。
2. （黃龍寺丈六像）或傳阿育王所泛船載黃金至絲浦，輸入而鑄焉。（語在〈慈藏傳〉。）
3. （法雲）受持禁戒，三業清淨，遂以終焉。

以上第二段文字末所云「語在〈慈藏傳〉」，但《海東高僧傳》並無此傳，唯卷一論中云「自爾圓光、慈藏之徒西入傳法」，蓋今本脫去此傳❺。黃金鑄像事《三國遺事》卷三〈皇龍寺丈六〉

❺〈法興傳〉云：「……此蓋王化之方便也。自原郎至羅末凡二百餘人，其中四仙最賢，且（具）如〈本紀〉中。」此節乃抄《三國史記·金歆運傳論》：「三代花郎，無慮二百餘人，而芳名美事，具如傳記。」而有訛誤，又用金大問《花郎世紀》之說。

❺今本《海東高僧傳》只有〈流通篇〉二卷，〈流通篇〉是首篇，以下當有其他諸篇，可見今本只是殘本，不是全佚。崔南善《三國遺事解題·僧傳》云朝鮮光文會原藏《海東高僧傳》二十卷。

載之，一然所敘蓋本《海東高僧傳》之佚傳〈慈藏轉〉❺，而〈慈藏傳〉敘鑄黃龍寺丈六像，除採《三國史記·眞興王》外，當亦據朴氏《殊異傳·法空傳》。

朴寅亮所作〈法空傳〉述及建寺、鑄像、修史、花郎等等，原文當較長，〈阿道傳〉、〈法空傳〉當亦如此。覺訓《海東高僧傳》在引錄時均作了節略。

朴本佚文只此三事。由於《海東高僧傳》只採僧事，所以三事均爲僧傳。原書題材當較廣泛，金乾坤僅據現存佚文判定它的性質，認爲是傳記之書並不穩妥。三事均爲新羅事，可能朴寅亮此書本爲續補崔致遠《新羅殊異傳》之遺而作，所以所載全爲新羅事。然則其書名當亦襲崔書，名《新羅殊異傳》，《海東高僧傳》稱作《殊異傳》是省稱。

六、金本考

金陟明改作《新羅殊異傳》見於僧一然《三國遺事》記載：

> 唐《續高僧傳》第十三卷載：「新羅皇龍寺釋圓光，俗姓朴氏……」又東京安逸戶長貞孝家在古本《殊異傳》載〈圓光法師傳〉曰：「法師俗姓薛氏，王京人也。……」……據如上唐鄉二傳之文，但姓氏之朴薛，出家之東西，如二人焉。不敢詳定，故兩存之。然彼諸傳記，皆

---

❺ 《三國遺事》卷三〈皇龍寺九層塔〉、卷四〈慈藏定律〉當亦有採自〈慈藏傳〉者。

無鵲岬璃目與雲門之事，而鄉人金陟明謬以街巷之說潤文作
〈光師傳〉，濫記雲門開山祖寶壤師之事迹，合爲一傳。後
撰《海東僧傳》者，承誤而錄之，故時人多惑之。因辨於
此，不加減一字，載二傳之文詳矣。（卷四〈圓光西學〉）

《釋寶壤傳》，不載鄉井氏族。……師之行狀，古傳不
載。諺云與石崛備虛師（一作毗虛）爲昆弟，奉聖、石崛、雲
門三寺，連峰櫛比，交相往還爾。後人改作《新羅異傳》，
濫記鵲塔璃目之事於〈圓光傳〉中，系犬城事於〈毗虛
傳〉。既謬矣，又作《海東僧傳》者，從而潤文，使寶壤無
傳，而疑誤後人，誣妄幾何！（卷四〈寶壤梨木〉）

「古本」《殊異傳》即《新羅（殊）異傳》，「後人」即「鄉
人金陟明」。一然指出，古本《新羅殊異傳》中摻入寶壤事。覺訓
《海東高僧傳》中的〈圓光傳〉便是採錄金改本又「從而潤文」
的。細讀《海東高僧傳》卷二〈釋圓光傳〉，會發現所記事跡有三
個來源：

㈠《續高僧傳》。主要部分是「遊歷講肆，領牒微言」至
「有　放還」，「師往來累稔」至「仰若能仁」，「師行虛閑」至
「垂範後代」，「後國王染患」至末「擲於塋外」這四段。

㈡《三國史記》。取入〈新羅本紀〉眞平王十一年、二十二
年、三十年、三十五年及〈貴山傳〉五段記載。

㈢《殊異傳》。其餘部分取此書。

對照古本《殊異傳》，《海東高僧傳》主要有以下文字不見
古本：

1. 俄見海中異人出拜，請曰：「願師爲我創寺，常講眞詮，令弟子得勝報也。」師領之。

2. 神曰：「吾固不離扶擁。且師與海龍結創寺約，其龍今亦偕來。」師問之曰：「何處爲可？」神曰：「於彼雲門山，當有群鵲啄地，即其處也。」詰朝師與神、龍偕歸，果見其地。即崛（按：當爲掘），有石塔存焉，便創伽藍，額曰「雲門」而住之，神又不捨冥衛。

3. 西海龍女常隨聽講，適有大旱，師曰：「汝幸雨境內。」對曰：「上帝不許，我若謾雨，必獲罪於天，無所禱也。」師曰：「吾力能免矣。」俄而南山朝隮，崇朝而雨。時天雷震，即欲罰之。龍告急，師匿龍於講床下講經。天使來告曰：「予受上帝命，師爲逋逃者主，苹（按：當爲卒字之訛）不得成命，奈何？」師指庭中梨木曰：「彼變爲此樹，汝當擊之。」遂震梨而去。龍乃出禮，謝以其木代己受罰，引手撫之，其樹即蘇。

以上諸事都是金陟明所作《新羅殊異傳》中所增添的內容。而這些內容都是見於《三國遺事》卷四〈寶壤梨木〉所載：

> 祖師智識（上文云寶壤）大國傳法來還，次西海中，龍邀入宮中念經，施全羅袈裟一領，兼施一子璃目，爲侍奉而追之，囑曰：「於時三國擾動，未有歸依佛法之君王。若與吾子歸本國鵲岬，創寺而居，可以避賊。抑亦不數年內，必有護法賢君，出定三國矣。」言訖，相別而來還。及至茲洞，忽有

老僧，自稱圓光，抱印櫃而出，授之而沒。於是壤師將興廢寺，而登北嶺望之，庭有五層黃塔，下來尋之則無跡。再陟望之，有群鵲啄地，乃思海龍鵲岬之言。尋掘之，果有遺塼無數。聚而蘊崇之，塔成而無遺塼，知是前代伽藍墟也。畢創寺而住焉，因名鵲岬寺。未幾太祖統一三國，聞師至此創院而居，乃合五岬田束五百結納寺。以清泰四年丁酉，賜額曰雲門禪寺，以奉袈裟之靈蔭。璃目常在寺側小潭，陰騭法化。忽一年亢旱，田蔬焦槁。壤勅璃目行雨，一境告足。天帝將誅不識，璃目告急於師，師藏於床下。俄有天使到庭，請出璃目。師指庭前梨木，乃震之而上天。梨木萎摧，龍撫之即蘇。（一云師咒之而生。）

這段文字不像是引述前文所云《釋寶壤傳》，似引自「清道郡司籍」。《釋寶壤傳》不詳為何，後云「師之行狀，古傳不載」，當為晚近人所作。金陟明改作〈圓光傳〉當然不是依據《釋寶壤傳》或清道郡司籍，因為二者載事有很大出入。他依據的是另一種材料，乃圓光事而非寶壤事。這倒不是「濫記」，只是傳聞異辭而已。

一然又云「系犬城事於〈毗虛傳〉」。依一然所掌握的材料，犬城事亦為寶壤事，而金陟明也「濫記」在〈毗虛傳〉中。一然敘犬城事云：

初，師入唐迴，先止於推火之奉聖寺。適太祖東征至清道境，山賊嘯聚於犬城（有山岑臨水峭立，今俗惡其名，改雲犬城），

驕傲不格。太祖至於山下，問師以易制之述（按：疑當作術），師答曰：「夫犬之爲物，司夜而不司畫，守前而志其後，宜以畫擊其北。」祖從之，果敗降，太祖嘉乃神謀，歲給近縣租五十碩，以供香火。

〈毗虛傳〉出自誰手？是崔本原有還是出於朴本，抑或金陟明自作？一然所見古本《殊異傳》即崔本已如前言。據一然所述，毗虛（一作備虛）與寶壤爲昆弟，分住石崛、雲門二寺，「交相往還」。而寶壤是高麗太祖朝人，一然所引清道郡司籍中天福八年癸卯（九四三）「柱貼公文」中有「寶壤和尙」。時新羅已亡八年，因此〈毗虛傳〉當不出崔書。此傳當爲金陟明自撰，因寶壤、毗虛爲昆弟，事易相淆，所以他作的〈毗虛傳〉中亦有犬城事。

這樣說來，金陟明不僅重新改寫了崔致遠《新羅殊異傳》中的〈圓光法師傳〉，還加寫進去〈毗虛傳〉。所謂「改作」，實際上是既有修改也有增補之意。

金陟明既修改了崔本，那麼《太平通載》所引《新羅殊異傳·崔致遠》中末節文字，也必爲金氏所增。茲將這段文字引錄如下：

> 後致遠擢第東還，路上歌詩云：「浮世榮華夢中夢，白雲深處好安身。」乃退而長往。尋僧於山林江海，結小齋，絕石臺，耽玩文書，嘯詠風月，逍遙偃仰於其間。南山清涼寺、合浦縣月影臺、智理（異）山雙溪寺、石南寺、墨泉石臺，種牡丹，至今猶存，皆其遊曆也。最後隱於伽耶山海印寺，

與兄大德賢俊、南岳師定玄，探賾經論，遊心沖漠，以終老
焉。

「路上歌詩」云云不知所出，其餘內容正如有的學者所指出
的，取自金富軾《三國史記》卷四六〈崔致遠傳〉**❻**，現亦引錄於
下以資參照：

致遠自西事大唐，東歸故國，皆遭亂世。迍邅蹇連，動輒得
咎，自傷不遇，無復仕進意。逍遙自放，山林之下，江海之
濱，營臺榭，植松竹，枕藉書史，嘯詠風月。若慶州南山、
剛州氷山、陝州清涼寺、智異山雙溪寺、合浦縣別墅，此皆
遊焉之所。最後帶家隱伽耶山海印寺，與母兄浮圖賢俊及定
玄師，結為道友，棲遲偃仰，以終老焉。

文中加點的詞語均與前相合，足見末段乃據此而寫。

金富軾仁宗二十三年（一一四五）進《三國史記》，而覺訓高
宗二年（一二一五）撰《海東高僧傳》引有金改本《殊異傳》之
〈圓光法師傳〉，然則金改本在一一四五年後至一二一五年前已經
行世。他改作《新羅殊異傳》是在十二世紀後半葉或十三世紀初。

金陟明身世無考，一然稱金陟明為「鄉人」。「鄉人」絕非
同鄉之謂。有人認為「鄉」與「京」對稱，金陟明是一然同鄉，同
為慶山人；而一然俗名金見明，故又推測金陟明係一然遠族同輩

❻ 見金乾坤：〈《新羅殊異傳》의作者와著作背景〉。

⑥。此說大謬。一然（一二〇六～一二八九）十三世紀人，末期撰成
《三國遺事》，其時去金陟明已遠百年左右，何能爲同輩族兄弟？

其實在《三國遺事》中，諸如鄉人、鄉記、鄉傳、鄉諺、鄉
言、鄉歌或單言鄉字，大都是在同中國有關事物的對舉中出現的，
以鄉對中國而言。在〈圓光西學〉中所稱「如上唐鄉二傳」，唐傳
指《唐高僧傳》，鄉傳即指《新羅殊異傳》。此類例證比比皆是，
不妨再舉幾例：

> 鄉記云軍十二萬二千七百十一人，舡一千九百隻，而唐
> 史不詳言之。（卷一〈太宗春秋公〉注）

> 按唐史不言其所以死，但書云卒，何耶？爲復諱之耶？
> 鄉諺之無據耶？……以此知鄉傳無據。（卷二〈孝昭王代〉注）

> 後有崛山祖師梵日，大和年中入唐，到明州開國寺，有
> 一沙彌截左耳，在眾僧之末，與師言曰：「吾亦鄉人也，家
> 在溟州界翼嶺縣德耆坊。……」（卷三〈洛山二大聖〉）

一然這一用語習慣來源於崔致遠，致遠文集亦多用鄉字表示
新羅，如：

> 昨以鄉使金仁圭員外已臨去路……（《桂苑筆耕集》卷二〇
> 〈太尉別紙〉）

> 粵有鄉僧道義，先訪道於華夏……義公先歸故國，禪師

---

⑥　見池浚模：〈《新羅殊異傳》研究〉。

即入終南。（同上書卷二〈眞監和尚碑銘並序〉）

　　遂於咸通六年天子使攝御史中丞胡歸厚，以我鄉人前進
士裴匡，腰魚頂豸爲輔行。（《孤雲先生文集》卷三〈大嵩福寺碑
銘並序〉）

　　竊思西宮日，攬柳氏子珪錄東國事之筆，所述政條，莫
非王道；今讀鄉史，完是聖祖大王朝事迹⋯⋯（同上）

　　可見一然筆下的「鄉人」之謂其實就是「國人」之謂，具體
說就是高麗人，正如崔致遠筆下的「鄉人」指新羅一樣。因此，
把「鄉人」釋爲「草野隱逸」的「布衣」[62]——以鄉爲鄉村之謂—
—也不對，雖然說金陟明有可能是布衣之士[63]。

七、《新羅殊異傳》文本版本形態關係流傳考

　　《新羅殊異傳》之所以在古人記載中呈現出不同的狀態，是
因爲他們所見的文本或版本各有不同。從已掌握的資料來看，古代
見到《新羅殊異傳》的有六個人（除開作者）：覺訓、一然、李承
休、成任、徐居正（按：盧思愼等不計）、權文海。那麼他們看到的
《新羅殊異傳》是怎樣的呢？

覺訓所見本

書名：《殊異傳》

---

[62]　見崔康賢：〈新羅殊異傳小考〉。崔氏已正確地指出「鄉人」指東人、新
　　羅人、高麗人，但又別生異解，遂墮望文生義之塗。

[63]　金乾坤也不同意池浚模、崔康賢的「同鄉」、「布衣」之說，指出鄉人是
　　和唐人相對，是對新羅人、高麗人的稱呼。

撰人：朴寅亮

篇目：⑴〈阿到傳〉

　　　⑵〈法空傳〉

　　　⑶〈法雲傳〉

　　從表面看覺訓所見本是朴寅亮撰本（朴本）。但上邊我們分析到，覺訓《海東高僧傳》中的〈圓光傳〉實際採錄了金陟明改作的〈圓光傳〉的內容，於是問題就不這麼簡單。可以作出這一推斷，即覺訓所見本實際是朴本和金陟明所改崔本（金本）的合編本。由於年代久遠，崔書作者題署和自序（如果有自序的話）脫去，而只剩朴寅亮自序或題署，覺訓遂斷爲朴寅亮作。

一然所見本

　1.古本（即崔本）

書名：《殊異傳》

撰人：無

篇目：〈圓光法師傳〉

　2.金陟明改作本（即金改崔本）

書名：《新羅（殊）異傳》

撰人：金陟明

篇目：⑴〈圓光法師傳〉（改作）

　　　⑵〈毗虛傳〉（增作）

　　一然所見古本未言撰人，但改作本卻明謂金陟明改作，意金改本必有金氏序跋可證，故一然言之鑿鑿。

李承休所見本

書名：《殊異傳》

撰人：無

篇目：(1)〈赫居世〉（？）

　　　(2)〈義湘傳〉（？）

　　　(3)〈元曉傳〉（？）

李承休《帝王韻紀》注文未引《殊異傳》，但推斷似有上述內容，其紀新羅古事所據之《殊異傳》，當為崔本。

成任所見本

書名：《新羅殊異傳》

撰人：無

篇目：(1)〈寶開〉

　　　(2)〈崔致遠〉（金陟明改作）

此本乃金改崔本。

徐居正所見本

書名：《新羅殊異傳》

撰人：無

篇目：(1)〈延烏細烏〉

　　　(2)〈脫解〉

　　　(3)〈善德王〉

　　　(4)〈蘇利伽藍〉

此本當為崔氏原本。

權文海所見本

書名：《新羅殊異傳》

撰人：崔致遠

篇目：〈仙女紅袋〉等六篇

〈仙女紅袋〉即〈崔致遠〉，但《大東韻府群玉》引文止於「竟不知所去」。《韻府群玉》不引全文，刪略甚劇，連篇末崔致遠所作長歌也略而不引，所以不能判定原篇一準是崔本原文，不過權氏所見本的面目十分清楚，斷爲崔氏原本也並無不妥。

以上諸本凡有四種：崔本、朴本、金改崔本（金本）、金本朴本合編本（合編本）。四本關係及流傳圖示如下：

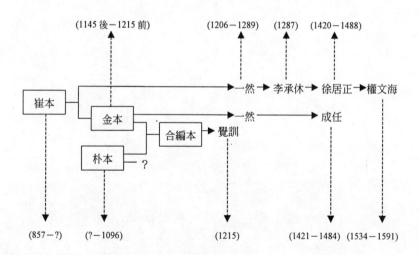

　　這裏還須對崔康賢、金乾坤的見解作些辨析。從版本角度講，不論金陟明對《新羅殊異傳》改動有多大，但一經改動便形成一個與古本或真本不同的新版本，所以崔康賢稱爲異本並無不當，非如金乾坤批評的，是誇大的說法。問題的癥結是如何判定覺訓以降諸人所見《新羅殊異傳》的版本形態。崔康賢認爲除一然所見古本是真本《新羅殊異傳》外，其餘諸人所見均爲金陟明改作的異本。真本在一然後已經失傳。這一說法過於武斷，徐居正、權文海所見本沒有證據可證明不是真本。如果認爲異本一出真本就必然失傳，這種想法十分荒唐。事實上當《新羅殊異傳》形成不同文本和版本時，完全有可能同時流傳，而在流傳中自然可能會有某些版本散失，但並不一準是古本散失。

【附錄】

《新羅殊異傳》各本現在存共十六篇佚文，加疑目八篇，共二十四篇❻，其中五篇正文全缺。茲列表如下（疑目加＊號）：

序號	篇　　名	存佚	出　　處	崔本	朴本	金本
1	雙女墳記（崔致遠、仙女紅袋）	存	太平通載、大東韻府群玉	0		0改
2	寶開	存	太平通載	0		
3	石枏枝（首插石枏）	存	大東韻府群玉	0		
4	竹筒美女	存	大東韻府群玉	0		
5	老翁化狗	存	大東韻府群玉	0		
6	虎願寺（虎願）	存	大東韻府群玉	0		
7	火鬼（心火燒塔）	存	大東韻府群玉	0		
8	迎烏細烏	存	筆苑雜記	0		
9	蘇利伽藍	缺	四佳集	0		
10	脫解	存	三國史節要	0		
11	善德王	存	三國史節要	0		
12	圓光法師傳	存	三國遺事	0		0改
13	＊射琴匣	存	三國遺事、三國史節要	0		
14	＊義湘傳（義相傳）	存	三國遺事、海東高僧傳	0		

❻ 徐首生〈東國文宗崔孤雲의文學〉認爲《三國史節要》卷六新羅眞興王二十七年「白雲之戀史」與卷四新羅儒理王十五年「印觀賜爵」亦爲《新羅殊異傳》佚文。但這僅是猜測，沒有任何證據。崔康賢〈《新羅殊異傳》小考〉已指出其誤。崔南善《新訂三國遺事·附錄》將此二事作爲〈新羅古事佚文〉附在〈新羅殊異傳（佚文）〉之後。又池浚模〈《新羅殊異傳》研究〉據《三國遺事》卷四〈寶壤梨木〉輯〈釋寶壤傳〉，亦係臆度。不過他又說〈釋寶壤傳〉是否包含在原本《新羅殊異傳》中不清楚。

15	*鼻荊郎	存	三國遺事	0		
16	*處容郎	存	三國遺事	0		
17	*郁面婢	存	三國遺事	0		
18	*大城	存	三國遺事	0		
19	*元曉傳	存	三國遺事、帝王韻紀	0		
20	*赫居世	缺	帝王韻紀	0		
21	阿道傳	存	海東高僧傳		0	
22	法空傳	缺	海東高僧傳		0	
23	法雲傳	缺	海東高僧傳		0	
24	毗虛傳	缺	三國遺事			0 增

【參考文獻】

1. 崔南善：《新訂三國遺事》，韓國，三中堂書店，昭和十八年（一九四三）。

2. 車溶柱：《古小說論考》，韓國大邱，啓明大學校出版部，一九八五年。

3. 車溶柱：《韓國漢文學史》，韓國，景仁文化社，一九九五年。

4. 韓國古小說研究會：《韓國古小說論》，韓國，亞細亞文化社，一九九一年。

5. 李家源：《韓國漢文學史》，韓國，普成文化社，一九九二年。

6. 李劍國：《唐五代志怪傳奇敘錄》，天津，南開大學出版社，一九九三年。

7. 李仁榮：〈太平通載殘卷小考〉，韓國，《震檀學報》第十二卷，一九四〇年。

8. 崔康賢：〈新羅殊異傳小考——主로그名稱과著者에關하여〉，

韓國，《國語國文學》第二五號，一九六二年。

9.崔康賢：〈新羅殊異傳小考(續)——主로그逸文을中心하여〉，
韓國，《國語國文學》第二六號，一九六三年。

10.池浚模：〈《新羅殊異傳》研究〉，韓國，《語文學》第三五
輯，一九七六年。

11.金乾坤：〈《新羅殊異傳》의作者와著作背景〉，韓國，《精神
文化研究》第三四號，一九八八年。

12.김일랟：〈수이전의저술자및문체고〉，韓國《명남어문학》，
명남어문학회，一九九○年。

13.이헌홍：〈崔致遠傳의구조와소설사적익익〉이헌홍《고전소설
의이해》，韓國，문학과비평사，一九九一年。

14.김일렬：〈《殊異傳》書의성격그소설사적맥락〉김일렬《古小
說史의諸問題》，韓國，集文堂，一九九三年。

15.李來宗：〈《太平通載》一考〉，韓國，《大東漢文學》第六
輯，一九九四年。

新發現的《金鰲新話》朝鮮刻本

韓國高麗大學中文系
崔溶澈

【摘要】

朝鮮初期金時習的《金鰲新話》，一直被認爲在韓國小說史上最早的傳奇小說集。不過在韓國的古典文獻中一向沒有發現此書在朝鮮刊行的記錄。但最近筆者在中國大連圖書館發現了尹春年編輯的朝鮮木刻本《金鰲新話》，就引起了國內外學界的注目。

朝鮮刊本《金鰲新話》，現存本爲單卷重新裝訂，封面沒有書籤與書名。目前的保存狀態較良好，但原書的第一頁與最後一頁已經沒有，現存版本的第一頁是原書的第二頁，早期的藏書印章也在此頁落款，可知原書的首尾頁的脫落時間應該是很早，可能就是流傳到日本的時候。

原書卷首有尹春年的〈梅月堂先生傳〉，版心上段寫「金鰲集」，首頁共有五枚藏書印，「旅大市圖書館所藏善本」兩枚，「栗田萬次郎所藏」方印，「養安院藏書」楷書長方印，以及香爐模型的印章（中有「羢安」兩個字）等。養安院藏書的主人是日本文祿、慶長年間的曲直瀨正琳，是一位著名的藏書

家。由此可知，朝鮮刻本《金鰲新話》的早期所藏人就是日本曲直瀨正琳。

據考察此書在壬辰倭亂期間流傳到日本，由曲直瀨正琳收藏，大約到了明治年間被分散。再經栗田萬次郎的手，最後收藏於大谷光瑞的寫字臺文庫，流傳到中國大連。

朝鮮刻本《金鰲新話》的發現，使我們能夠重新認識此書的編輯人，也可能即為本書的刊行者尹春年在文學史上的重要地位。他是明宗年間文化界的重要領導者，出版界的積極實踐者。目前終於出現了朝鮮刻本，因此我們可以更清楚地認識《金鰲新話》版本發展史的來龍去脈。目前所看到的《金鰲新話》版本一共有六種之多，但根據具體的文字比勘，可知朝鮮刻本確是其他版本的祖本。

一、《金鰲新話》的創作與國內外傳播

朝鮮初期出現的金時習的《金鰲新話》，在文學史上成為韓國小說史上最早的傳奇小說集。不過此書在作者生前一直沒有刊行流傳，後來被迷失，傳到日本之後出版了訓點本，但在韓國的古典文獻中一向沒有發現此書在朝鮮的流傳或刊行的記錄，

作者金時習（一四三五～一四九三），字悅卿，號清寒子、梅月堂、東峰山人。他從小被稱為天才神童，五歲已大通文理，能文作詩，很有期望。不過在他二十餘歲時發生首陽大君篡奪王位的事件，他不滿當時政情，就拋棄科舉考試，出家為僧。他在三十一歲時，到慶州（新羅古都）隱居南山（一名金鰲山）腳下。他在這裏大約

住了六年左右，寫了詩文集《遊金鰲錄》以及傳奇小說《金鰲新話》一書。金鰲指慶州南山金鰲峰，或直指南山。

明初瞿佑的《剪燈新話》與李禎的《剪燈餘話》，在世宗年間已經流傳到朝鮮❶。金時習也很欣賞《剪燈新話》，留下了一篇長詩〈題剪燈新話後〉，吐露了他對此書的欣賞，又介紹了作品的故事與思想。由此可知《剪燈新話》對金時習創作《金鰲新話》所起的影響不少。當然《金鰲新話》的素材來自朝鮮獨有的歷史地理，應該不能否認它是朝鮮文學發展的一個獨特的成就。

在壬辰倭亂（一五九二）之前，朝鮮文人仍然提及此書，如金安老（一四八一～一五三七），李退溪（一五〇一～一五七〇），權文海（一五三四～一五九一）等❷。但戰爭之後，此書在朝鮮的流傳已經很少。到了朝鮮後期，《金鰲新話》成爲更罕見的作品，很少被人們提及。但此書傳到日本之後，曾出版過幾次，流傳比較廣泛，一九二七年崔南善入手日本明治本《金鰲新話》介紹給國內之後，此書才受到學界的重視。金臺俊在《朝鮮小說史》中，評價《金鰲新話》爲朝鮮傳奇文學的白眉作品，詳細論述作者與創作過程、作品考據等問題。但對此書的版本，他說：

> 但《金鰲新話》的傳本極爲罕見，在朝鮮幾乎成爲逸書，幸而傳到日本，以謄本秘藏四百餘年❸，一八八四年在東京由

---

❶ 世宗朝編纂的《龍飛御天歌》的註釋中含有一段《剪燈餘話》的故事。

❷ 權文海《大東韻府群玉》（完成於一五八九年）中云：「金鰲山在東都，金東峰嘗住此山，效《剪燈新話》，著《金鰲新話》數卷。」

❸ 明治本中李樹廷跋文云：「惟《金鰲新話》只有謄本。」李樹廷又說「此

三島中洲、依田百川等人出版。（《朝鮮小說史》校注本頁六十）

他所謂謄本（抄本）之說，來自明治刊本的李樹廷跋文「惟
《金鰲新話》只有謄本」之句。日本有幾種刻本流傳，但國內一直
沒有出現早期的版本或其他有關文獻記載，因此學界即認爲此書可
能沒有刊行過，以抄本的形式流傳。

但最近筆者在中國大連圖書館發現了尹春年編輯的朝鮮木刻本
《金鰲新話》，遂引起了國內外學界的注目，曾向學界報告幾次
❹，尤其尹春年爲朝鮮刻本《金鰲新話》前編輯與刊行人的事實引
起學者們的強烈注意❺，大連圖書館除了朝鮮刻本《金鰲新話》之
外，還藏有日本萬治本（一六六〇）《金鰲新話》、日本慶安元年

書爲日本大冢氏所藏已二百二十餘年，書之古可知矣。」是否抄本，沒說
清楚。實際上從承應本（一六五三年）或萬治本（一六六〇年）算起正是
二百二十餘年，也可能指道春訓點本。

❹ 筆者發現朝鮮木板本《金鰲新話》的消息，一九九九年九月二十二日漢城
主要報紙上報導，報告文首先發表於《中國小說研究會報》第三九號，一
九九九年九月，論文〈《金鰲新話》朝鮮刻本發掘與版本考察〉，發表於
《民族文化研究》第三二號，一九九九年十二月。

❺ 筆者在東方文學比較研究會發表時（一九九九年十月二十九日），在日本
的韓國學者邊恩田教授專程從日本來漢城參加會議，後來撰寫〈朝鮮刻本
《金鰲新話》發掘報告的介紹與成立年代〉（日文）一文，發表於日本
《朝鮮學報》第一七四輯，二〇〇〇年一月。她曾撰寫〈從《剪燈新話》
與《金鰲新話》到《淨瑠璃物語》〉（《同志社國文學》，第三九號、四
四號），早已注意到尹春年刊行《金鰲新話》的可能性。沈慶昊教授新著
《梅月堂金時習〈金鰲新話〉》（弘益出版社，二〇〇〇年七月）全文介
紹朝鮮刻本與尹春年生平，安大會先生論著《尹春年與詩話文話》（召命
出版社，二〇〇一年一月）書中更詳細論述尹春年的著述與出版的成果。

（一六四八）重刻朝鮮本《剪燈新話句解》等，筆者在一九九九年七月訪問大連圖書館，親眼調查確認此書之後，同年十一月再度訪問調查，確認此書爲朝鮮明宗年間尹春年編輯以及由他刊行的唯一的朝鮮刻本。

二、《金鰲新話》朝鮮刻本的版本概況

朝鮮刊本《金鰲新話》，現存本爲單卷重新裝訂，封面沒有書簽與書名。裝訂時期不清楚，可能是收藏於大連圖書館之後，重新整理時做的。外廓封面用鋼筆寫「梅月堂金鰲新話，一函，一冊，登記番號 240789」。目前的保存狀態比較良好，但原書的第一頁與最後一頁已經沒有，現存版本的第一頁是原書的第二頁，早期的藏書印章也在此頁上落款，可知原書的首尾頁的落頁時間應該是很早，可能在從朝鮮流傳到日本的時候（十六世紀末葉），就已經遺落了。

此書長 20 公分，高 31.5 公分，是有四個針孔的線裝本❻。本文內廓長 16 公分，高 23.5 公分，四周雙邊，大黑口上下內向魚尾，每行有縱線，每半葉十行，每行十八字，是木板印刷本❼。原書的本文前有〈梅月堂先生傳〉二葉，本文五十葉，共有五十二葉，若包括已經落張的前後二葉，此書原來的分量應該是五十四葉或更多。版心上段寫「金鰲集」，下段寫頁碼。現存本的首頁共有

---

❻　朝鮮古書是通常有五個針孔的線裝本，此書曾在日本或中國重新裝訂，可能改做四針孔裝訂。

❼　字體非常類似再鑄甲寅字，與宣祖年間刊行的《梅月堂集》相似，但這的確是木板本。

五枚藏書印，上段與中央有大型「旅大市圖書館所藏善本」❽之印，下面小型「栗田萬次郎所藏」，再下面有長方型「養安院藏書」楷書印章，最下段有香爐模型的印章中有「羖安」兩個字。

養安院藏書的主人是日本文祿（一五九二～一五九五）、慶長（一五九六～一六一四）年間的曲直瀨正琳，是一位著名的藏書家。由此可知，朝鮮刻本《金鰲新話》的早期所藏人就是日本曲直瀨正琳。具體的傳播經路，下面再談。

現存本首頁以「其號曰清寒子，曰東峰，曰碧山清隱，曰贅世翁，曰梅月堂……」開始，版心頁碼爲「二」，文章末尾有「梅月堂先生傳終」，可知此文就是〈梅月堂先生傳〉。由於原書的封面，扉頁以及卷首文章等全部落頁，不能考證此書的正確出版年份以及其他出版事項。但〈梅月堂先生傳〉的原文在宣祖年間刊行的《梅月堂集》和尹春年的文集《學音稿》中均被收錄，可以互證這是刊行《金鰲新話》的時候尹春年所寫的。尤其是《學音稿》收錄的文章，題名做〈梅月堂序〉，可知當時尹春年以這篇文章來代替《金鰲新話》的序文。後來李栗谷也寫〈金時習傳〉，收錄於《梅月堂集》。

第三葉，收錄此書的作品目錄而並無其他文字，只寫五篇作品的題目，如：

萬福寺摴蒱記／李生窺牆傳／醉遊浮碧亭記／南炎浮州志／

---

❽　旅大市爲大連與旅順之合稱，自一九四六年到一九八一年之間使用的行政名稱，現在屬於中國遼寧省大連市。

龍宮赴宴錄

　　這樣的作品目錄，爲其他日本刊本上所沒有，是朝鮮刻本唯一的形式。本文上段題名「梅月堂金鰲新話」，第二行下端有編輯人名字「坡平後學尹春年編輯」。這是朝鮮刻本最獨特的標誌。第三行有「萬福寺樗蒱記」的篇名。尹春年是編輯人，也是刊行此書的人。他是中宗年間當過高官的高級文人，他個人非常推崇金時習的人品和文學成就。

　　作品的本文，第一行隔了兩格之後寫了題目，詩詞等韻文，只隔一格❾，最後作品〈龍宮赴宴錄〉結束之後，以〈書甲集後〉的題目之下收錄作者自作詩二首，這與日本刻本相同。其詩如下：

　　矮屋青氈暖有餘，滿窗梅影月明初，挑燈永夜焚香坐，閒著人間不見書。

　　玉堂揮翰已無心，端坐松窗夜正深，香罐銅瓶烏几淨，風流奇語細搜尋。

　　但日本刻本到此爲止，再沒有其他文字，而朝鮮刻本還有收錄一段〈後志〉那就如下：

---

❾　宣祖年間出版的《梅月堂集》的格式也是每頁 10 行，每行 18 字，與朝鮮刻本《金鰲新話》相同，但本文上段隔了兩個空格，只要碰到國王廟號（如英廟、世祖）或相關的字（如上字），才從第一格開始，而《金鰲新話》卻隔了一個空格，因此兩書同時收錄〈梅月堂先生傳〉一文，雖然字體相似，而每行起首字不一樣。

自居金鰲不愛遠遊，因之中寒疾病相連，但優遊海濱，放曠郊塵，探梅問竹，常以吟醉自（以下缺頁）

原來這篇文章的後半部，我們在《梅月堂集》卷十二〈遊金鰲錄〉的最後部分可以找到。現在引用全文如下：

自居金鰲不愛遠遊，因之中寒疾病相連，但優遊海濱，放曠郊塵，探梅問竹，常以吟醉自娛。辛卯（一四七一）春因請入京，壬辰（一四七二）秋隱城東瀑泉精舍，卜築終年云，癸巳（一四七三）春志。

宣祖年間（一五八三）受王命重新刊行《梅月堂集》時，就採用了《金鰲新話》收錄的〈梅月堂先生傳〉和〈遊金鰲錄〉的這個部分。

至於朝鮮刻本《金鰲新話》的刊行時期，可能是尹春年在任朝廷的藝文館提學、校書館提調等官職時，也就是明宗初年（一五四六）到尹春年被罷職（一五六五）之前的二十年間❿。

朝鮮刻本《金鰲新話》的文字，絕大部分和日本刊本相似，由此可見日本刊本的原來底本一定是這個朝鮮刻本。不過部分的文字還是有一點的差異，有一些不同的文字，對照如下：

---

❿ 尹春年刊行的年份沒有確鑿的證據，只能根據尹春年的活動時期，大略推算為明宗元年到尹春年失權年度之間（一五四六～一五六五）。但應找更具體的證據，縮小可能年限。邊恩田教授根據具體情況認為出版的上限年度可能提早到尹春年二十歲的一五三三年，下限年度為一五四九年或一五五二年。

頁碼：朝鮮（尹春年本）		/日本（承應、萬治本）			/日本（明治本）	
〈萬福寺樗蒲記〉						
1 前 3	摴蒱	1 前 2	樗蒲	卷之上 1 前 3	樗蒲	
1 前 7	可憐	1 前 6	可隣		1 前 8	可憐
1 後 4	摴蒱	1 後 2	樗蒲		1 後 5	樗蒲
1 後 5	羙女	1 後 4	美女		1 後 7	美女
1 後 9	仙姝	1 後 7	仙姝		2 前 1	仙姝
2 前 2	烽燧	1 後 10	烽燧		2 前 5	烽燧
2 後 3	挨出	2 前 10	挨出		2 前 7	突出
2 後 9	窻阿	2 後 5	窻阿		3 前 4	窻柯
3 後 2	睌山	3 前 7	晚山		3 後 8	晚山
4 前 9	厭浥行露	4 前 2	於邑行路		4 後 7	於邑行路
5 前 3	妖弱	5 前 4	妖弱		6 前 3	妖弱
5 前 9	摽梅	4 後 10	摽梅		5 後 9	標梅
6 前 5	啼了	5 後 6	鳴了		6 後 6	鳴了
6 前 5	啼了	5 後 6	鳴丫		6 後 6	鳴丫
6 前 8	一段	5 後 9	一段		6 前 9	一段
9 後 10	別㨾	6 後 1	別樣		7 後 1	別樣
7 前 10	荅云	6 後 10	荅曰		8 前 3	答曰
7 後 7	撼彼	7 前 6	撼彼		8 後 1	撼派
7 後 10	奄棄	7 前 9	掩棄		8 後 4	掩棄
8 後 1	之洞	7 後 9	之間		9 前 7	之間
9 前 2	燈香	8？9	燈香		9 後 10	燒香
9 後 7	清淳	9 前 2	清淳		10 後 6	清淳
10 前 5	惚恍	9 前 9	恍惚		11 前 5	恍惚
〈李生窺牆傳〉						
11 前 3	支頤	10 前 6	支頤		12 前 6	支頤
11 前 3	但快快	10 後 1	但快快		12 後 2	但快快
11 後 3	紅粉	10 後 5	紅紛		12 後 7	紅粉
11 後 4	繽紛	10 後 5	繽粉		12 後 7	繽粉

頁碼：朝鮮（尹春年本）		／日本（承應、萬治本）		／日本（明治本）	
12 前 6	枝間	11 前 7	枝間	13 前 10	枝間
14 後 7	開遍	13 後 3	開徧	16 前 4	開徧
14 後 10	棟花	13 後 6	棟花	16 前 7	棟花
17 前 5	娼兒	15 後 9	娼兒	18 後 5	媎兒
17 後 10	一介	16 後 2	一人	19 後 1	一人
20 前 2	敘情	18 前 10	釵情	21 後 8	敘情
21 前 4	李郎	19 前 10	李即	23 前 3	李郎
21 前 6	但妾	19 後 2	但妾	23 前 7	但妾
〈醉遊浮碧亭記〉					
25 前 1	依俙	22 後 5	依稀	27 前 6	依稀
25 前 1	練裙	22 後 6	練裙	27 前 6	練裙
25 前 5	晴嵐	22 後 9	晴風	27 前 10	晴嵐
25 後 5	揔是	23 前 6	惣是	27 後 10	惣是
26 前 10	狼狽	23 後 8	狼籍	28 後 5	狼籍
26 後 6	三島	24 前 4	三鳥	29 前 3	三島
27 前 3	不可勝言	24 前 10	不勝可言	29 前 10	不勝可言
27 前 7	敘情	24 後 4	釵情	29 後 5	敘情
27 後 6	依俙	25 前 2	依稀	30 前 1	依稀
28 前 8	警啼	25 後 2	警啼	30 後 9	驚啼
〈南炎浮州志〉					
31 後 4	喙牙	28 後 3	啄牙	卷之下 3 前 1	喙牙
31 後 5	凍裂	28 後 4	凍烈	3 前 3	凍烈
37 前 1	以齊不齊	33 前 10	以齋不齋	9 前 2	以齋不齋
37 前 1	而致其齊	33 前 10	而致其齋	9 前 2	而致其齋
37 前 6	可聞	33 後 4	可問	9 前 8	可問
37 前 8	曰我	33 後 6	我曰	9 前 10	曰我
〈龍宮赴宴錄〉					
40 前 6	伍頭	36 前 9	伍頭	12 後 5	低頭
40 後 8	左右	36 後 9	左右	13 前 9	在右

頁碼：朝鮮（尹春年本）		／日本（承應、萬治本）		／日本（明治本）	
41 後 7	蒨葱	37 後 7	青葱	14 前 10	青葱
42 前 5	徑轉	38 前 3	征轉	14 後 8	征轉
43 前 4	有祚	39 前 2	有祚	16 前 1	有祥
43 後 2	飄飄	39 前 9	飄飄	16 前 9	瓢瓢
43 後 7	製新	39 後 3	製新	16 後 5	製新
44 前 3	響激濤	39 前 9	響激濤	17 前 2	響激波濤
46 前 2	以介	41 後 4	以个	19 前 4	以介
46 前 10	筆刀	42 前 1	筆刀	19 後 3	筆力
47 後 9	悤忙	43 前 5	悤忙	21 前 5	忽忙
48 前 4	氤氲	43 前 10	煙熅	21 後 1	煙熅
48 後 1	膚果	43 後 6	膚果	21 後 9	雪果
50 後 8	烏几	45 後 9	烏几	24 後 2	鳥凡

※頁碼指第幾頁前後面第幾行，朝鮮刻本（大連本），萬治本、明治本（亞細
　亞文化社影印本）

　　經過以上三種版本的文字校勘結果，知道這三種版本文字基本
相同，而個別的文字差異或是異體字，或是排印上的錯誤，或是對
原書錯字著意修改。羡女與美女是異體字，木字邊的字與才字邊的
字也經常混用。有些字從承應本開始修改，明治本從之，有些字朝
鮮本與承應本是一樣的，而明治本則不同。目前已經收集了各種版
本，將來可以整理出更完整的校勘本。

　　據考察，筆者認為，現存日本的道春訓點木（承應本）的底本
應該就是這個朝鮮刻本，或至少採用了朝鮮刻本系統的版本，這是
非常肯定的。現存道春訓點本沒有〈梅月堂先生傳〉與〈後記〉文
字，可以推測，在它採用的朝鮮刻本中這一部分已經殘缺，因此才
沒有收錄。

三、《金鰲新話》編輯人尹春年的生平

　　尹春年（一五一四～一五六七）爲坡平人，字彥久，號滄州、學音、無心道人，一五三四年文科及第，甲子士禍（一五四五）時參加改革派，明宗（在位一五四六～一五六七）年間曾任過校書館提調、藝文館提學、大司諫、大司憲、吏曹判書、禮曹判書等高職❶，一五五八年曾以冬至奏請使身分赴過燕京❷。他在明宗年間得到當時掌權人尹元衡的全力支持，二十餘年以文化界的代表人物自負。他素來對金時習極爲推崇，認爲金時習爲朝鮮的孔子❸，因此，爲收集、整理、刊行梅月堂詩文而付出了極大努力❹，在編輯及刊行《金鰲新話》、《剪燈新話句解》時也直接參與。

　　明宗年間刊行的《剪燈新話句解》卷首題「瞿佑宗吉著，滄州訂正，垂胡子集釋」。根據《剪燈新話句解》末尾收錄林芑〈剪燈

---

❶ 尹春年自己署名的，有如〈詩法源流〉跋文（一五五二）中所提的通政大夫與大司諫，〈《剪燈新話》句解〉跋文（一五六四）中所題的正憲大夫、刑曹判書、藝文館提學等職位。

❷ 尹春年《學音稿》戊午年（一五五八）條有〈赴京同行軸記〉，文中記載當時來往中國北京的經過留下圖畫，還有紀錄譯官張漢傑、畫師咸潤德之名。

❸ 尹春年以金時習比喻聖人（孔子），見於《學音稿》〈答鍾城令淑玉書·辛亥〉中。尹春年聽到有人批評他的觀點，他就說：「年之以金悅卿爲近於聖人者，抑有説焉。非以其跡，以其心耳。」

❹ 李栗谷〈金時習傳〉云：「所著詩文散失十不能存一，李耔、朴詳、尹春年先後裒集印行於世云。」

新話句解跋〉與尹春年〈題註解剪燈新話後〉❻，一五四七年尹春年與林芑同時開始從事句解工作，後來尹春年擔任外職，林芑一個人完成注釋工作，尹春年的跋文寫於嘉靖甲子年（一五六四），當時他的職位是「正憲大夫刑曹判書兼藝文館提學」。

朝鮮刻本《金鰲新話》卷首收錄尹春年的〈梅月堂先生傳〉，首頁下段題爲「坡平後學尹春年編輯」。明宗年間尹春年以王命收集金時習詩文，刊行了《梅月堂集》（已失傳），由此可見，與此同時尹春年也收集和編輯了《金鰲新話》，而這方面的工作一直沒有被發現。尹春年能夠擺脫當時傳統儒家的嚴肅思想，保持比較開放的思想，尊崇儒佛仙三教思想混在一起的金時習的思想傾向，這是十分可貴。尹春年對通俗文學也有關心，在刊行《剪燈新話句解》與《金鰲新話》等傳奇小說時作了很大的努力。

尹春年的著述有文集《學音稿》（抄本一冊，共六十九張），現藏於日本天理圖書館今西龍文庫，韓國國立中央圖書館也藏有其影印本❻。《學音稿》收錄他的詩文，文中多談詩歌聲律學，如〈詩歌一指序〉、〈詩法源流序〉、〈文荃序〉、〈秋堂小錄〉等。還收錄有關金時習的〈遊關西關東錄序〉（己亥年秋，一五五一）與

---

❻ 尹春年〈題注解《剪燈新話》後〉一文，其他版本中未見，只見於日本內閣文庫本林羅山記錄。日本文人林羅山雖然寫到：「壬寅（一六〇二）之冬十月初五於族軒燈下而終朱墨之點書生林信勝識之」，但他所引用的尹春年跋文來自何處，還沒有找到具體資料。奎章閣本中有林芑〈《剪燈新話》句解跋〉，但仍缺少尹春年此文。

❻ 抄本《學音稿》扉頁內面有正祖三年（己亥，一七七九）所記的彊山硯樵評文。這是朝鮮後期著名的「四家詩人」之一的李書九（一七五四～一八二五）的藏書紀錄。

〈梅月堂序〉（年份不詳）。除了自己的文集之外，他還刊行了四種中國詩話，如《文荃》、《文斷》、《詩法源流》、《詩歌一指》，其中《詩法源流》附錄〈詩法源流體意聲三字註解〉一文，表露自己的具體想法。《詩法源流》首尾均有尹春年的序文與跋文，《剪燈新話句解》也有他的跋文。如今朝鮮刻本《金鰲新話》卷首收錄的〈梅月堂先生傳〉，也算是一篇序文（《學音稿》中稱爲〈梅月堂序〉），那麼《金鰲新話》卷末可能也有跋文或後記，比較詳細說明《金鰲新話》的出版經過，但可惜這個部分早已被遺落，目前不能確認。

四、《金鰲新話》的藏書印章與藏書家

大連圖書館的前身爲日本南滿洲鐵道株式會社大連圖書館，當時日本以滿洲國的財政爲基礎，收集中國全域的寶貴資料，設置滿蒙文庫、猶太文庫以及遠東文庫等分類。在中國文學力面，大連圖書館以收藏大量的明清小說而馳名，明清小說大部分屬於大谷光瑞的寫字臺文庫。二十世紀八十年代以來，瀋陽春風文藝出版社長期刊行明末清初才子佳人小說，大部分就是來自大谷文庫，這是眾所知道的事實❶。

大谷光瑞（一八七六～一九四八）是日本淨土眞宗本願寺第二十二世住持，法名鏡如，曾留學於英國與法國，也是精通植物學、博物學、亞細亞地理學等的探險家。他對中國文化很有興趣，收集了

---

❶　關於大谷文庫，可參考《大谷本明清小說敘錄》，大連出版社，一九九五年，卷首〈前言〉（王若代表執筆）。

大量的中國圖書，後來由於種種原因，他把藏書捐贈給大連圖書館，設立大谷文庫。大連圖書館有關人士證實，朝鮮刊本《金鰲新語》也屬於大谷文庫，而目前的本子上卻沒有大谷光瑞的藏書印。不過大谷藏書中，除了包括日本刊本一七○餘種，日本漢文寫本二十五種，以及多量的佛教書籍之外，還包含罕見的明清小說一五○種，他親自收集《金鰲新話》的可能性是有的。尤其是他的藏書中有日本萬治本《金鰲新話》，其首頁有橢圓型「寫字臺之藏書」之印，他不會不知道朝鮮小說《金鰲新話》的寶貴價值。

此書在朝鮮明宗年間經由尹春年之手被刊行之後，流傳到日本，再經過種種曲折，過了四百五十多年之後，竟然在中國大陸出現，它本身的流傳過程也是富於傳奇性的。我們有責任考察具體的流傳過程。

現存朝鮮刻本《金鰲新話》的最早藏書印爲「羖安」與「養安院藏書」兩方印，都是日本著名藏書家曲直瀨正琳的[18]。曲直獺正琳（一五六五～一六一一），號養庵、玉翁等，文祿、慶長年間的醫生。他曾經治好浮田秀家夫人的病，因而得到大量的書籍。這是浮田秀家（或宇喜多秀家）侵攻朝鮮時所掠奪的大量朝鮮刊本圖書中的一部分，也就是壬辰倭亂（一五九二～一五九七）時被掠奪的圖書。這些圖書大部分是中宗、明宗年間刊行的木板或活字印刷的善本書，我們認爲尹春年刊行的《金鰲新話》與《剪燈新話句解》等作

---

[18] 朴現圭在〈關於中國大連圖書館所藏朝鮮刊本《金鰲新話》藏書印的見解〉一文中提到養安院藏書的流傳過程，《中國小說研究會報》第三九號，一九九九年九月。

品，就在這一段時間被流傳到日本。

曲直瀨正琳在他的藏書上用了「養安院藏書」之印，也用「羏安」兩個字，羏是養的古字。朝鮮刻本《金鰲新話》首頁有長方型的「養安院藏書」之印，下段還有香爐型的藏書印，香爐上所刻的字，就是「羏安」兩個字。據說現藏於臺灣故宮博物院與北京大學圖書館的原養安院藏書朝鮮圖書也是中宗年間以後壬辰倭亂以前刊行的書。還有一枚藏書印是「栗田萬次郎」，但目前還不知道其為何人。

此書在壬辰倭亂期間流傳到日本，由曲直瀨正琳收藏，大約到了明治年間被分散。據說臺灣故宮博物院的養安院藏書，是清末的楊守敬到日本的時候收集的，北京大學所藏的養安院藏書，也是清末以使臣身分去日本的李盛鐸所收集的。可見養安院藏書到了明治年間已經大部分被分散，而《金鰲新話》即經一位「栗田萬次郎」的手，再收藏於大谷光瑞的寫字臺文庫，流傳到中國大連。目前尚未考察清楚栗田萬次郎的身分，而且它屬於大谷文庫藏書的確鑿證據還沒有出現❶。這些問題需要將來繼續考察研究。

五、《金鰲新話》朝鮮刻本的發現意義

朝鮮刻本《金鰲新話》的發現，使我們能夠重新認識此書的編輯人，也可能即為本書的刊行者尹春年在文學史上的重要地位。他

---

❶ 大谷光瑞的「寫字臺藏書」之印，通常在藏書扉葉內面，《金鰲新話》封面已經脫落，或重新裝訂時被遺落。因此也有可能於此時脫落原來的藏書印。

是明宗年間文化界的重要領導者，出版界的積極實踐者，曾經主張設置書籍鋪（書店）的先進人物❷。從他所做的種種工作來看，他對朝鮮文學的廣泛傳播做出了不可低估的貢獻。這些在以前的研究中，並未給予應有的重視。如果今後，我們能夠對其人其文進行深入、細緻的研究，或許對朝鮮文學各方面的探討都將有所很大的幫助。

現在發現了朝鮮刻本，因此我們可以更清楚地認識《金鰲新話》版本發展史的來龍去脈。目前所看到的《金鰲新話》版本一共有六種之多，其中朝鮮約有木刻本與抄寫本等兩種，日本有訓點本三種與序跋本一種等刻本四種。

目前考察，朝鮮刻本包含五篇傳奇小說作品，金時習的原作究竟寫了多少篇，仍然是一個謎，尹春年得到的《金鰲新話》究竟有多少篇，也不清楚。朝鮮刻本末葉有「書甲集後」字樣，也有可能當時還有原稿，來不及刊行。但後來傳本，都沒有超過這個五篇，由此可見朝鮮刻本的確是其他所有版本的祖本。

朝鮮抄寫本現存的只有兩篇，即〈萬福寺摴蒲記〉與〈李生窺牆傳〉。這兩篇都收錄於金集（一五七四～一六五六）的《愼獨齋傳奇小說集》❷中。

---

❷　《朝鮮王朝實錄》明宗六年五月二十六日，尹春年以司憲府掌令的身分建議設置書籍鋪，以便書籍的自由買賣。但史臣對他的建議保持極爲批評的態度。

❷　此書一九五二年鄭炳昱教授發現，最近由鄭學成教授以「（愼獨齋手澤本傳奇集）十七世紀漢文小說集」之名，翻譯及原文校勘出版，附錄影印原書，三經（音譯）出版社，二〇〇〇年九月。

　　日本最早的刻本是道春訓點的承應本（一六五三）。道春訓點本是日本著名文人林羅山（一五八三～一六五七）所作，他原名信勝，字子信，號羅山，出家爲僧之後，改稱道春。他曾經以德川家康的顧問身分大力幫助幕府創業，又與朝鮮文人姜沆有過學問交流，受學朱子學與朝鮮性理學，對日本儒學的發展起了很大的作用。他曾經對朝鮮刊行的《棠陰比事》加以訓點本❷，並刻印出版，而他對朝鮮文學最大貢獻便是刻印了《金鰲新話》，而他的訓點本，按照它的出版年份，被稱爲承應本（一六五三），卷末有刊記「承應二年仲春，崑山館道可處士刊行」❷。七年之後，還出現了改刻本，就按照出版年份，被稱爲萬治本（一六六〇），本文印刷形式與承應本完全一樣，最後刊記改刊「萬治三曆仲夏吉旦」❷。再過十三年，又出現了覆刻本（後刷本），就是寬文本（一六七三），本文與卷末刊記與萬治本全相同，而最後封面內頁有「寬文十三丑年仲春福森兵左衛門板行」之文字❷。這三種版本，基本上

---

❷　參照日本平凡社翻譯本《棠陰比事》解題。法國東方學者 Maurice Courant（一八六五～一九三五），《朝鮮書誌》（Bibliographie Correenne）引用《故事撮要》記錄，說務安曾刊行《棠陰比事》。

❷　此本藏於日本內閣文庫，丁奎福教授曾入手，發表於高麗大學《人文論集》第二四集，一九七九年，卷首收錄丁奎福〈《金鰲新話》內閣文庫本解題〉一文。

❷　此本藏於日本早稻田大學，中國大連大谷文庫等，漢城亞細亞文化社影印本《金鰲新話》（一九七三年）說明是萬治本，實際上是寬文本。

❷　此本藏於日本天理大學，日本《朝鮮學報》第一一二輯（一九八四年）公開收錄，卷首有大谷森繁〈天理大圖書館本《金鰲新話》解題〉一文，漢城亞細亞文化社影印本《金鰲新話》收錄此本。

同樣文字，出版年份就不同。

　　道春訓點本出現以後，再過兩百多年的明治十七年（一八八四），日本與朝鮮的一些文人在日本東京共同刊行《序跋批評金鰲新話》，可稱序跋本或明治本，據依田百川的序文，此本的底本是大塚君彥家藏二百餘年的書，因此又稱大塚本。此書卷首還收錄〈梅月堂小傳〉，未署撰者而可能出於朝鮮文人與李樹廷或李景弼之手，至於內容卻與尹春年的〈梅月堂先生傳〉不同。本文上段有評語，文中有傍點與句讀，卷末有朝鮮人李樹廷㉖與日本人蒲生重章的〈跋文〉㉗。此書廣爲流傳，當年崔南善所介紹的版本也是這個本子㉘。

　　此次朝鮮刻本的發現，證明了道春訓點本所採用之底本的確是來自朝鮮的刻本，使我們對《金鰲新話》的傳播過程有了一個明晰的了解，更使我們認識到朝鮮刻本在保存和傳播古代文學遺產方面的功績，對於《金鰲新話》的研究校勘也有十分現實的意義。

㉖　李樹廷（一八四二～一八八六），一八八二年以修信史朴泳孝的隨行員東渡日本。留日時受到日本人津田仙的影響，成爲基督徒，朝鮮最早的聖經由他翻譯行世。他還對當時國際情勢與學術潮流比較熟悉，如〈跋文〉中提到的《九雲夢》評點本在中國出現的事（「《九雲夢》向爲清人某所評點成十卷印行於世」）。

㉗　此本有序跋文之外，本文上段有日人小野湖山、三島中洲、長梅外，朝鮮李樹廷、李景弼的評語。此書藏於日本各圖書館、韓國中央圖書館、高麗大學六堂文庫等。漢城亞細亞文化社影印本《金鰲新話》也收錄此本。

㉘　崔南善（一八九〇～一九五七）〈《金鰲新話》解題〉與原文，發表於《啓明》第一九號，一九二七年。

【附表】：《金鰲新話》版本一覽表

1.〈朝鮮木板本〉，尹春年編輯，木版本《梅月堂金鰲新話》（約一五四六～一五六五），原書爲日本曲直瀨正琳養安院藏書，現藏於大連圖書館大谷文庫，卷首：〈梅月堂先生傳〉（尹春年），目次，本文半葉10行 18 字，版心「金鰲集」。現存卷首三葉與本文五十一葉，此書封面及首尾各葉殘缺。

2.〈朝鮮筆寫本〉，收錄於金集（一五七四～一六五六）的《愼獨齋傳奇小說集》，現存〈萬福寺摴蒱記〉、〈李生窺牆傳〉等二篇，部分文字有些出入，鄭炳昱教授發現。

3.〈日本訓點本〉，道春訓點，《梅月堂金鰲新話》（承應本，一六五三），刊記：「承應二年仲春，崑山館道可處士刊行」，版心「梅金鰲」，半葉10行20字。道春爲林羅山。現藏於日本內閣文庫

4.〈日本改刻本〉，道春訓點，《梅月堂金鰲新話》（萬治本，一六六〇），刊記：「萬治三曆仲夏吉旦」，版心「梅金鰲」，半葉 10 行 20字。現藏於早稻田大學、大連圖書館、美國哈佛大學。

5.〈日本後刷本〉，道春訓點，《梅月堂金鰲新話》（寬文本，一六七三），刊記：「萬治三曆仲夏吉旦」，末葉另外刊記「寬文十三丑年仲春，福三兵左衛門板行」，版心「梅金鰲」，半葉10行20字，現藏於日本天理大學。

6.〈日本序跋本〉，大塚家藏刊本，《序跋批評朝鮮金時習著金鰲新話》（明治本，一八八四），東京李月堂藏梓，刊記：「大日本明治十有七甲申歲初秋」，序跋批評參與的日本文人爲三島中洲、依田百川、蒲生重章、所野湖山、長梅外、谷彥等六人，朝鮮文人則李樹廷、李景弼等二人。版心「金鰲新話卷之上」，「金鰲新話卷之下」，上段評語，半葉10行16字，現藏於日本各地及韓國國立中央圖書館。

朝鮮刻本金鰲新話書影

書影 1 尹春年〈梅月堂先生傳〉　　書影 2 尹春年〈梅月堂先生傳〉

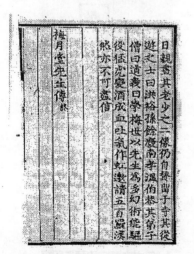

書影 3 尹春年〈梅月堂先生傳〉

書影 4 金鰲新話目錄五篇題名

書影 5　本文開頭尹春年編輯署名　　　書影 6　現存本末葉作家後志

書影 7　現存本
卷首的藏書印

書影 8　養安院藏書印
日本內閣文庫藏書印譜

《企齋記異》 考略

文化大學中文系
李進益

【摘要】

本論文主要針對韓國漢文小說《企齋記異》一書的版本，以及此書與中國古典小說之關係加以探討，同時參考相關論著，重新給予此書評價。

一

　　韓國學者將其古代小說依敘事語言以及敘事方法分為「漢文小說」與「國文小說」兩大類，其中「漢文小說」又細分為二：以中國小說作為創作模仿的典範，或是以接近中國小說形式來寫作的作品都稱為「中國的漢文小說」，金時習（一四三五～一四九三）《金鰲新話》、林悌（一五四九～一五八七）《愁城志》、《花史》等均屬之，當然，未被提及的申光漢（一四八四～一五五五）《企齋記異》一書亦在這個範疇之內；另外一種反映韓國社會的小說，以朴趾源（一七三七～一八〇五）為主的韓國式白話小說作品，則稱之為

「韓國的漢文小說」❶。

　　《企齋記異》一書共收四篇漢文寫成的文言短篇小說,據車溶柱之言,可以得知此部小說集的〈安憑夢遊錄〉和〈崔生遇眞記〉兩篇作品早爲學界所知,不過另外兩文〈書齋夜會錄〉和〈何生奇遇傳〉則因《企齋記異》一書被發現後,才被學界所重視❷。正因全書原貌久未見,《企齋記異》現存三種版本之一的韓國高麗大學抄寫本,目前僅存三篇,缺〈何生奇遇傳〉❸,或可推知《企齋記異》一書曾經在傳抄過程以單篇或多篇方式流播,因此,才會造成有三篇的抄本出現,當然,也有可能是被遺失掉其中篇章而不得不如此傳抄。

　　申光漢所寫《企齋記異》小說集,被視爲是繼金時習之後相當重要的的一位文學家。車溶柱特別從韓國古小說發展的角度給予極高的評價,他說:

> 近來發現的《企齋記異》,對於這些作品仍未有具體的研究,僅止於介紹程度而已。此部作品的質量水平重要,著作時期也十分重要。以《企齋記異》在小說史上的地位來說,申光漢是一位出色的作家,在小說史中,他比林悌、權韠、許筠來得早,可填補梅月堂、金時習以後的空白。因此,在文

---

❶　黃浿江:〈古小說的概念〉,收入韓國古小說研究會編《韓國古小說論》,漢城,亞細亞文化社,一九九八年,六刷,頁五～一〇。

❷　車溶柱:《韓國漢文小說》,漢城,亞細亞文化社,一九九七年八月,一版三刷,頁一四六～一四七。

❸　申光漢:《企齋記異》,一冊抄本,年代不詳,韓國高麗大學藏。

學史上他是一位重要的文學家，所以應當給予重新評價❹。

申光漢字時晦，號企齋，中宗時及第，曾歷任大司成、左右贊成、吏曹判書，兩館大提學等官職，並受封爲靈城院君。由於他在任官時與趙城祖等人往來甚密，以致於被扯進「己卯士禍」事件而遭受官職剝奪。不過，終因長期對於文學的喜好，而於晚年寫成《企齋記異》，爲韓國古代小說添加光彩的一頁。

《企齋記異》一書約成於明嘉靖三十二年（一五五三），此點可由刻本跋文題署得知，文中稱作者爲「企齋相公」❺，共收四篇漢文小說。今所見此書版本計有刻本一種及抄本兩種。刻本無封面，後有跋文，每葉九行十六字，不分卷回，現藏韓國中央圖書館。抄本一爲日本天理大學今西龍教授舊藏，封面題爲《企齋記》，每葉九行十八字，無序跋，不分卷回❻。另一部抄本爲韓國高麗大學藏，存三篇，篇次與他本不同，而且缺〈何生奇遇傳〉，無序，每葉十行十五字，最後一葉題有「乙酉仲秋永平梁園玩荷亭膽書」，此行字爲後人添寫，未見他本。

上述三種版本以刻本較爲完善，若將刻本參校抄本，則會發現刻本除了〈崔生遇眞記〉一處「長往」訛作「長王」外，罕見抄本系統常見的脫訛現象，如日本天理大學抄本〈安憑夢遊錄〉一文即有多處誤抄或脫字：「出席」誤爲「正席」、「臙脂落」句脫漏

❹　同註❷，頁一四七～一四八。
❺　申光漢：《企齋記異》，一冊，刻本，明嘉靖三十二年（一五五三），韓國中央圖書館藏。
❻　申光漢：《企齋記異》，一冊，抄本，年代不詳，日本天理大學今西龍舊藏。

「落」、「恨不忘」脫漏「恨」；〈書齋夜會錄〉一文則自「受形」以下至「作冢之榮」，共計脫漏三百二十三字，另外一部抄本也從「里衣」以下缺了四十三字。高麗大學抄本到處可見脫訛，尤其是〈崔生遇眞記〉一文自「之中」以下至「抵城」止，共缺三百零五字，顯然抄寫過程不很嚴謹，何況又缺少〈何生奇遇傳〉。

二

《企齋記異》一書的內容有人與花妖的愛情題材，人與異類的婚姻題材，求仙奇遇題材及擬人幻想的題材，可說是極盡文人遊戲筆墨之能事。以下先就此書各篇內容及價值加以敘述。

首先，〈安憑夢遊錄〉列於篇首，而且也被視爲韓國夢幻夢遊類小說的翹楚❼，本文由於具有以夢爲素材的獨特性質，因而韓國古小說史將這類以夢幻爲題材的作品統稱爲「夢遊錄系小說」❽。儘管金時習《金鰲新話》也有篇章描寫夢境，然而經由學者周密地檢討，發現它與通稱爲夢遊錄系小說有些不同，所以車溶柱將〈安憑夢遊錄〉置於夢遊錄系小說初期作品之一❾。就目前所見《韓國漢文小說全集》卷三即收錄包含上述兩書有關作品在內共十七篇夢

---

❼　林明德主編《韓國漢文小說全集》卷三《夢幻夢遊類》第一篇所錄文章即爲此篇，不過本套全集作品均未註明所據底本以及藏書出處，此篇〈安憑夢遊錄〉正好有書影，據書影可知爲高麗大學抄本，此文校點有些誤植和脫漏情形，如「王望見謂坐客曰」，脫「坐」字，「亦未升堂」訛作「亦床」，「中有蓮池，靑錢始浮」誤作「中有蓮，地靑錢始浮」等。見《夢幻夢遊類》，臺北，中國文化學院，一九八〇年五月，頁三～一一。

❽　車溶柱，同註❷，頁一四八。

❾　同註❽。

遊小說，其中，要以沈義（一四七五～？）寫於一五二九年的〈大觀
齋夢遊錄〉作品最早冠以「夢遊錄」爲題，當然，沈義在文中提及
崔致遠、金時習等人，此點可理解爲沈義受崔、金等文人的影響，
再者，金時習〈南炎浮志州〉及〈龍宮赴宴錄〉均以夢幻手法寫
作，所以《金鰲新話》雖然沒有題爲夢遊錄，其實仍可視爲與夢遊
錄相同類型的小說，車溶柱之說或可值得商榷。

〈安憑夢遊錄〉寫一位落第書生在南山別業後花園過著悠閒生
活，一日，夢見到了一處桃李繽紛的洞口，進入洞內，在別有洞天
的奇異世界裡，他享受了豐富的饗宴，坐客有君王、李夫人、徂徠
先生、首陽處士及東籬隱逸等人，宴後離去前，在門外邂逅一位晚
到的美人對他悲嘆一己的淒涼身世，話未講完，突然一陣雷聲驚醒
夢中人。安憑醒後，隨即至花園查看，果然看到一株牡丹被風雨吹
落地上，而且他發現夢中所見群芳幻化而成的人物與花園遍植李、
桃、竹、梅、芍藥等相似。可知此文是將後花園群花擬爲人物，虛
構出一個夢幻空間，最後以美人泣訴，隱含作者對世事的評騭，或
可說成是作者對於當時所處時空的一種不滿，不過全文結尾這一段
情節所佔比重不甚大，因而被學者評爲「反正本作品結構好，文章
也洗練，但是主題不分明是一缺點」❿。

此篇幻想之作運用了花妖幻化成美人，竹菊象徵隱士和清高之
士，隱含作者自命不凡，不肯與世俗同流，藝術手法高超絕妙，同
時，文中插入大量辭賦，除了炫耀才華，亦達到了舖排誇張，體物
言志的作用。儘管主題無法清楚爲人所知，就夢遊小說而言，花園

---

❿　同註❷，頁一五〇～一五一。

即夢世界,夢中花園繽紛多彩,人物形象鮮明,而且以「我」的第一人稱敘述結構謹嚴,「我」的奇幻經歷說來情感真摯,確是難得佳作。

第二篇作品〈書齋夜會錄〉則以文房四寶為題,將四者幻化成人,栩栩如生,維妙維肖,而且頗具新鮮感,此作含有藉四物不為所重以抒發一己鬱結愁腸的企圖。韓愈也有〈毛穎傳〉,就不知兩者有無關連。

第三篇〈崔生會真記〉,敘述崔生經過龍湫洞窟,進入水府與龍王和神仙見面的故事,其中龍王擺下盛宴相待,龍王並請崔生詠詩,崔生作了「龍宮會真詩三十韻」,情文並茂,甚受贊賞,文中詩歌很能見出作者才情洋溢,詩文根柢豐厚。此文與金時習〈龍宮赴宴錄〉頗有異曲同工之妙,但是求仙藥的過程,以及與神仙十年後重逢於蓬萊仙島的情節安排,曲折生波,勝過金時習一籌。

六朝志怪小說即出現許多神仙的故事如〈劉晨阮肇〉、〈袁相根碩〉均是,而唐傳奇小說也有相同類型作品如〈杜子春〉及〈裴航〉,至於水府龍宮的題材,較為人所知則為〈柳毅傳〉。〈崔生遇真記〉可說是雜揉了志怪題材,出之以傳奇筆法,與前述〈安憑夢遊錄〉同為幻想奇文。

第四篇〈何生奇遇傳〉題材則近似六朝志怪小說,文中敘述有位何姓書生,苦讀多年卻未能金榜題名,於是前往駱駝橋傍卜師處占卜禍福。卜師告訴何生「富貴公所自有」,但今日占得不吉「明夷之家人」一卦,解厄之道只有速往南門走,日暮才可返家,如依此言則可避凶迎福。何生果於當日夜晚在南門外某宅遇見一位佳人,一夜歡謔,極盡繾綣。天曉之際,佳人哭向何生說她非生人,

實是侍中之女，唯死葬已三日，因有宿緣而得以邂逅相會。佳人要
何生帶著陪葬物之一「金尺」至市中寺廟前的下馬石上，屆時會有
人前來相認。何生依言，不料被侍中家中女婢看見後，被疑爲盜掘
陪葬物的犯人。經過追問之後，真相大白，侍中女兒也突然在開棺
後復生。侍中嫌棄何生出身低落，不願將女兒許配給何生，侍中女
兒得知父母反對，憂傷終日成疾，最後侍中接受女兒意見，讓何生
與女兒成婚，兩人過著榮華富貴的美滿生活。情節安排巧妙，熱戀
男女追求愛情自由的主題鮮明，人物性格及形象清晰，辭藻洗練，
爲一不可多得佳作。

三

申光漢《企齋記異》一書既晚於《金鰲新話》，也晚於沈義之
作，從夢遊題材之運用而言，此種以虛幻遊戲筆墨的藝術手法，情
節撲朔迷離，引人入勝，既可自陳高義，寄託理想，抒發胸中塊
壘，又可免於招致政治立場相左的異己攻擊，可謂妙處甚多。因而
申光漢之作與前者應有相當程度的關連⓫。晚於申光漢的另一位知
名小說作家林悌（一五四九～一五八七）也寫了〈元生夢遊錄〉，他
則於作品中發憤言志，已不再只是藉著花叢下南柯一夢般發發晦澀
難解的牢騷而已。〈元生夢遊錄〉除了沿襲申光漢在前述作品中所
用的虛幻夢境的浪漫手法，敘述主角元子虛夢見五位忠臣義士，慷

⓫　蘇在英認爲《企齋記異》比金時習作品晚約九十年，可能有受到金氏作品
　　的影響，特別是在短篇體裁方面來說，前者沿襲了後者，見〈古小說發展
　　史〉，收入《韓國古小說論》，前引書，頁二六。

慨陳言，然而仍免不了有亡國哀嘆，元子虛醒後將夢境說與友人
聽，友人聞而痛曰：

> 大抵自古昔以來，主暗臣昏，卒至顛覆者多矣。今觀其主，
> 想必賢明之主也，其六人者，亦皆忠義之士。安有如此等臣
> 輔，如此等明主，而敗亡之禍，若是其慘酷者乎？嗚呼！勢
> 使然也，則不可不歸之於天⓬。

此文被認為是以幻想的夢遊手法來寫嚴酷的現實問題，亦即以虛構
的情節隱約影射韓國朝鮮朝第六代端宗事件⓭，因而林悌藉小說人
物發出哭天搶地之哀嚎，悲嘆為何明主仍會有「敗亡之禍」，顯然
夢遊錄系列小說到了林悌手上，已經翻轉出兼具浪漫與寫實的雙重
意義，比申光漢的小說要更具現實意味。

上述林悌、沈義及申光漢等人的夢遊小說皆與金時習《金鰲新
話》有密切關連，除了學者指出在短篇體裁的沿襲外，筆者認為應
該從另一個角度來看中國古典小說對韓國漢文小說演變的影響。

一如中國古典小說的遞嬗，韓國古小說也有它自己特殊的演
進，其中，漢文小說與中國古典小說更有密不可分的關係。韓國古
小說大約是由早期神話時期的一些「說話」故事開始，經過了漫長
的演進，十一世紀後，則以詩話及野談類的小說為主要形式，然後
才出現較為人熟知的「殊異傳」系列小說，同時期亦有另一種擬人

⓬　同註⓱，頁一一六。
⓭　同註❶，頁八，另可參見車溶柱，前引書，頁一六七。

傳記體的「假傳體」小說，上述至十五世紀金時習《金鰲新話》出現之前的小說發展被史家視爲萌芽期，《金鰲新話》與《企齋記異》的問世則標誌著韓國古代小說已經發展至成熟的階段，蘇在英稱這時期（朝鮮前期，約十五至十六世紀）爲「眞正的小說時代來臨」⑭。而且中國古典小說流傳至朝鮮半島並對其創作產生前所未有的影響⑮，韓國傑出的古典小說作品如柳夢寅（一五五九～一六二三）《於于野談》、林悌的作品、權韠（一五六九～一六一二）諸多擬人化作品〈酒肆丈人傳〉、〈郭索傳〉及與愛情有關的〈周生傳〉、〈章敬天傳〉均產生於此時期。之後，小說大家金萬重（一六三七～一六九二）《九雲夢》等作品出現，韓國古小說則已進入了興盛期。

　　從各種文獻資料的記載，十五世紀可說是韓國古小說由只具雛型的階段轉而變爲已有中國唐傳奇式的小說形式，也有些作品則較傾向志怪式的殘叢瑣言。不管是以「志」、「傳」、命名，或是以「叢話」、「野談」爲題，其實，內容部分除了雜有文人逸事或者街談巷尾異聞奇說，大都是文人刻意作奇，欲以虛構小說抒發其於現實世界無法完成的理想，以及寄託個人懷抱，至於藉著小說作品發洩鬱悶憤恨之情者也不在少數。以金時習爲討論研究的論文，一致指出《金鰲新話》是受到《剪燈新話》的影響而寫成的⑯，《企齋記異》雖然尚未被系統地分析，但是從所收四篇故事的敘事方

---

⑭　同註⑪。

⑮　中國古典小說在韓國流播以及產生影響，參見閔寬東：《中國古典小說在韓國之傳播》，上海，學林出版社，一九九八年十月。第三、五、六章值得參考。

⑯　同上，頁三六七～三六八；頁三七三～三七四。

式，夢遊及人與異類相戀題材，文中大量運用中國文學典故，特別是穿插許多自作詩文，都可以看出此書與唐傳奇有關[17]。

唐傳奇作品多以「傳」或「記」作爲篇名，這種體例也許可上溯自史傳，不過就小說演變而言，六朝志怪罕見單篇作品冠以「傳」和「記」。再者，唐傳奇多有使用詩賦代替敘述語言，或作爲對小說景物的摹寫，或對人物心理情感的描繪，也有用作評論，也有當作情節推展。明瞿佑《剪燈新話》創作時代雖離唐代已隔數百年，然而從小說史的源流發展來看，無論在形式體裁、敘事方式，《剪燈新話》仍可視爲模擬唐代傳奇小說筆法而創作的[18]。因此，《企齋記異》一書既有受到《金鰲新話》的影響，同時也有接受自唐傳奇作品的影響，無論是在體裁、篇名和敘事手法方面，均可看到唐傳奇的影子。

至於題材方面，唐傳奇小說有沿襲或運用六朝志怪，敘事方式講究奇特，可說唐傳奇源於志怪，兩者之間最大不同點，應是唐傳奇文人抒情言志較爲濃厚些，鋪采摛文，體物寫志的駢辭儷句較富詩意。《企齋記異》也有這種取材自志怪題材，而以傳奇手法書寫的篇章，〈何生奇遇傳〉即爲一例。

〈何生奇遇傳〉的結構是具有某種類型，亦即人與鬼相逢相

---

[17] 關於唐傳奇與朝鮮短篇小說的比較研究，可參看成潤淑：《唐傳奇與朝鮮短篇小說之比較研究》，臺北，中國文化大學中國文學研究所博士論文，一九九○年十二月。不過，受限於資料不足，以致未能論及《企齋記異》。

[18] 此點引自石昌渝：《中國小說源流論》，北京，三聯書店，一九九五年十月二刷，頁一九五～二○○。

戀，最後因爲墓中葬品而得以成婚。這種人與異類婚姻的志怪題材，《金鰲新話》所錄〈萬福寺樗蒲記〉即屬之，而且，更早的志怪類小說集《新羅殊異傳》收有〈雙女墳記〉⑲及〈石枏枝〉兩篇小說與〈何生奇遇傳〉的結構相似，有人認爲《殊異傳》這兩篇小說即是〈何生奇遇傳〉的源頭⑳。

〈雙女墳記〉雖見於《新羅殊異傳》，然而李劍國根據南宋張敦頤《六朝事釋編類》卷下〈雙女墓〉引用唐傳奇〈雙女墳記〉，加以論證爲：「此記述崔致遠遇女鬼異聞，疑爲唐末人所作。㉑」

六朝志怪小說現存此類作品不少，如《搜神後記・李仲文女》、《列異傳・談生》、《搜神記・紫玉》、《博物志・漢家宮人》，且均可見於《太平廣記》，而《太平廣記》廣收六朝志怪及唐傳奇小說又爲小說創作者提供了題材及仿效對象。《太平廣記》傳入韓國，並對韓國古小說創作起了一定程度的影響㉒，六朝志怪及唐傳奇小說因而得以廣爲韓國文學作家所熟知且加以運用在寫作漢文小說上。因此，與其說《新羅殊異傳》爲〈何生奇遇傳〉所仿效，不如說是中國古典小說，特別是志怪與傳奇，起了作用來得恰當。

---

⑲ 李劍國、崔桓：《〈新羅殊異傳〉輯校和譯註》，大邱，嶺南大學出版部，一九九八年十二月。頁一三～二三。

⑳ 同註❷，頁一五三～一五四。

㉑ 李劍國：《唐五代志怪傳奇敍錄》，下冊，天津，南開大學出版社，一九九八年九月，頁九〇九。

㉒ 《太平廣記》對韓國古小說創作的影響，可參看丁奎福〈古小說與中國小說〉，同註❶，頁三一五～三二二。

四

由上述可知《企齋記異》與中國古典小說關係密切。韓國古小說在《金鰲新話》及《企齋記異》產生之後,小說體裁已趨完備,敘事手法也轉向純熟境地,情節巧構,人物鮮活,從各種角度來說,十六世紀的漢文小說集的確已經成熟地展現出近代小說的樣式,小說書寫模式已告確立。

另一種篇幅較少,集子中雜有詩文評論或像中國詩話性質的雜記、叢話或野談,也在十五、六世紀呈現蓬勃發展,如徐居正(一四二〇～一四八八)《筆苑雜記》、魚叔權(生卒年不詳,約十五世紀)《稗官雜記》、李陸(一四三八～一四九八)《青坡劇談》、成俔(一四三九～一五〇四)《慵齋叢話》等書均為代表性作品。其中,成俔的作品被視為質量均為一時之選的佳作。這類作品其實就像是中國古代的筆記小說,亦即以漢魏六朝的志人志怪小說為主的筆記小說,再加上野史稗官式的筆記小說,既重殘叢小語的簡短故事,兼收史料和人物逸聞。雖然全書並未以虛構之筆為之,處處可見志怪題材或志人小說,因此,從韓國古小說發展史及研究來說,漢文小說與自成一格的「野談」類筆記小說是相輔相成,不可偏廢㉓,這也是日後探討韓國漢文小說時所需重視的課題之一。

㉓ 韓國古小說以「野談」為名的作品不少,因而引起研究者以「漢文短篇小說」之名加以編輯成書,然而日本學者野崎充彥認為過度重視重新評價野談的小說價值,「反而恐會招來貶低野談形成的動力」,因此,他認為對野談這種獨特性的文學作品給予積極評價。見野崎氏編著:《青邱野談》,東京,平凡社,二〇〇〇年五月,頁三〇三～三〇四。野崎氏的說法有欠周延,他未能將野談類作品放置於志怪等筆記小說的系統內加以考查。

《玉樓夢》的主題與花意象

彰化師大國文系
林明德

【摘要】

在韓國漢文小説史上，《玉樓夢》是相當特殊的小説，該書共有六十四回，約四十萬字，其「浩瀚的構想，細密的表現」，在李朝時代的傳奇小説裡，不可不謂罕見的鉅著。

經過多次閱讀，我們逐漸發現，《玉樓夢》更是一部典型的中國才學小説，作者誇示過人的才氣與廣博的學識，匯合中國傳統經史子集、詩詞歌賦、傳奇話本小説、兵法戰略天文、樂論飲食、藻鑑命相於一書，並且意匠經營，內聚多元的主題，締造豐繁的內涵。

過去，有關《玉樓夢》的研究，往往點到為止，不夠深化，類似韋旭昇〈《玉樓夢》——朝鮮古典文學中的《戰爭與和平》〉，較為全面性的論述，並不多見。就我們的瞭解，《玉樓夢》的研究空間，無限寬廣，揭開《玉樓夢》的奧秘，仍然有待大家去探索。

本文就是一種嘗試，針對該書的類型主題與花意象，提供個人的一些看法。

一、前言

　　在韓國漢文小說史上，《玉樓夢》是相當特殊的小說，該書共有六十四回，約四十萬字，其「浩瀚的構想，細密的表現」❶，在李朝時代的傳奇小說裡，不可不謂罕見的鉅著。

　　經過多次閱讀，我們逐漸發現，《玉樓夢》更是一部典型的中國才學小說，作者誇示過人的才氣與廣博的學識，匯合中國傳統經史子集、詩詞歌賦、傳奇話本小說、兵法戰略天文、樂論飲食、藻鑑命相於一書，並且意匠經營，內聚多元的主題，締造豐繁的內涵。

　　過去，有關《玉樓夢》的研究，往往點到為止，不夠深化，類似韋旭昇〈《玉樓夢》——朝鮮古典文學中的《戰爭與和平》〉❷，較為全面性的論述，並不多見。就我們的瞭解，《玉樓夢》的研究空間，無限寬廣，揭開《玉樓夢》的奧秘，仍然有待大家去探索。

　　本文就是一種嘗試，針對該書的類型主題與花意象，提供個人的一些看法。

二、《玉樓夢》的作者與時代

　　關於《玉樓夢》作者，歷來相當糾葛。金臺俊《朝鮮小說史》（昭和八年，一九三三）最早指出：「《玉樓夢》是《九雲夢》之下的作品。」並且認為《玉樓夢》是《九雲夢》的翻版；作者是顯、肅宗年間的南益薰（一六三八～一六九三），或者洪進士某。他從

---

❶　見閔丙秀：《韓國小說發展史——上》。
❷　見韋旭昇整理、翻譯：《玉樓夢·序言》，北岳文藝出版社。

《玉樓夢》序文「快讀我玉蓮子之《玉樓夢》一篇」注意到與標題近似的《玉蓮夢》，再從《玉蓮夢》開頭「祖父潭樵公遺稿」，大膽地認定玉蓮子、南潭樵、南益薰爲同一人，後來又修正玉蓮子就是南永魯（一八一〇～一八五七）。金臺俊雖將人物往後推到南永魯身上，但時代並未移動，仍在顯、肅宗朝。

金臺俊的看法引起許多學者的駁斥，如：

㈠具濟均〈透過《玉樓夢》所見小說史的問題點〉一文以爲玉蓮子不是南永魯。

㈡金起東〈李朝時代小說論〉一文以爲：《玉樓夢》不是《玉蓮夢》的翻版；應該是《玉蓮夢》是《玉樓夢》的翻版。

㈢以現代語譯《玉樓夢》的金丘庸在「世界文藝講座」的《玉樓夢》解說云：許蘭雪軒的詩與《玉樓夢》文體互相比較，也許《玉樓夢》的作者就是許蘭雪軒。

閔丙秀曾歸納出四點意見，加以辯證，即：

⑴南益薰、洪進士某之說毫無根據。

⑵南永魯之說。將《玉蓮夢》的作者認定爲潭樵公、南永魯，與《玉樓夢》的作者爲同一人，差強人意，理由不充分。比較兩者的內容，大致一樣，不過，《玉蓮夢》把《玉樓夢》簡化了，所以說，《玉蓮夢》是《玉樓夢》的翻版。

⑶玉蓮子說。根據《玉樓夢》序文「快讀我玉蓮子之《玉樓夢》一篇」斷定玉蓮子是《玉樓夢》的作者，並沒有具體的說明。具濟均以爲《玉樓夢》是《九雲夢》的翻版，所以，作者不能先於肅宗時代。

⑷許蘭雪軒。《玉樓夢》第三十一回有「明末」，可以確定許

蘭雪軒爲宣祖時代（明神宗，一五七三～一六〇八）人。但這個時代不可能產生此等作品。因爲有關明代一些時代概念，必須寫於明亡之後；《蘭雪軒集》的詩雜入許多中國詩，所以《玉樓夢》出現的詩是否是她的，很值得商榷。

至於《玉樓夢》的著作時期，因爲《玉樓夢》的形式與《九雲夢》相似，所以，許多學者以爲《玉樓夢》是《九雲夢》的仿作。閔丙秀也提出反證：

⑴《玉樓夢》是深受《水滸傳》、《三國演義》這些中國奇書的影響。

⑵《玉樓夢》的內容一半屬於軍談、韓國傳奇小說——深受《水滸傳》、《三國演義》影響——的軍談小說，這些作品產生的時代是在宣、仁以後，肅宗以前，所以《玉樓夢》的時代應該如此認定。

不過，根據車溶柱教授的考證，作者南永魯的說法較爲可信。設若如此，則其年代爲一八一〇～一八五七之間。較之曹雪芹（一七一六～一七六三）約晚九十年以上，距離《紅樓夢》之刊行（乾隆五十七、八年，一七九二～一七九三），也在四、五十年之譜。

三、《玉樓夢》的主題探索

《玉樓夢》的主題豐繁多元、歷來的詮釋紛紜、莫衷一是。我們願意指出，文學是有機的結構，文本所釋放出來的訊息，可能是多重的，小說既是文學的一環，自不能例外。因此，替小說的主題歸納類型，恐怕是件相當不容易的事，所謂「橫看成嶺側成峰，遠近高低各不同。」結論可想而知。不過，爲了方便討論，我們認爲

進行歸納、分析，是有其必要的。

《玉樓夢》到底屬於何種類型，這恐怕是研究的先決條件，有待進一步的說明：

(1)趙潤濟《韓國文學史》，將「玉樓夢」歸於以命運來支配人生的奇逢或奇緣小說類。包括《月峰山記》、《江陵秋月》、《明沙十里》、《林花鄭延》、《玉樓夢》、《玉蓮夢》、《玉麟夢》等。

(2)閔丙秀《韓國小說發達史》，「漢文小說」則歸於指導者的類型，是典型的以貴族理想的生活內涵爲題材的作品，《玉樓夢》、《九雲夢》即是。他特別標出「夢字小說」以容納《玉樓夢》與《玉麟夢》等深受《水滸傳》、《三國演義》的影響，又以廣闊的中國大陸爲舞臺的作品。

(3)林明德《韓國漢文小說全集》歸之於夢幻、愛情類。

(4)韓旭昇〈《玉樓夢》──朝鮮古典文學中的《戰爭與和平》〉指出，它是朝鮮當時多種小說的集大成，既是愛情小說，也含有戰爭、神魔、倫理與愛國的成份。

下面，我們擬根據文本❸，以《玉樓夢》解《玉樓夢》，推出看法。

根據《玉樓夢》的題材特質，顯然是屬於「才子佳人」（而且是兩代）型的小說。怎見得？這可從作者多次強調「才子佳人」去推敲：

(1)第五回〈競渡戲蕩子起風波，錢塘湖諸妓泣落花〉：「黃判

---

❸　本文所引錄文本，均根據前揭書。

史傾大白飲十餘杯，醉興陶陶，撫紅娘之肩而笑曰：『人生百年，如彼流水，豈較區區心懷？黃汝玉乃風流男子，江南紅乃絕代佳人。才子佳人，同覽景色，江上相逢，豪快風情，豈不謂天賜之緣？』」雖屬反諷，卻反襯昌曲、紅娘的另一面訊息。

⑵第八回〈五更碧城吹玉笛，十年青樓驚紅點〉：「翰林倚欄而嘆曰：『江水東流，月色西轉，自古以來才子佳人之上此亭者，不知幾人。至今蹤跡，更無向問處。但空山白猿，竹林杜鵑，嘲古今之興亡而已。浮世人生，豈不可憐哉？』」

⑶第四十六回〈眾香閣燕王主宴，梅花院諸娘結義〉：「壓江亭宴席上，以歌舞定佳約；月下男服，以詩律和答。殷勤之情，無窮之韻，使聞者消魂斷腸。此豈非才子佳人之所願？吾之所願，不過於此！」

⑷第五十六回〈五仙庵諸娘弄仙跡，紫蓋峰兩王觀日出〉：「虢貴妃舉玉手，指石壁而謂蓮淑人及鐵貴妃曰：『處處題名，間間詩句，難記才子佳人之許多姓名，其中必有驚人詩句，吾欲前往一觀。』」又：「自古英雄豪傑與才子佳人，生長於此中，泯滅於此中，其哀樂之情何可盡論？」

⑸第五十九回〈楊尚書擊毬斬董紅，孫先生東床迎佳婿〉：「元帥紅袍，抱木雕雁，郡主鳳冠繡衫，行醮禮，威儀堂堂，眞君子淑女，英雄佳人！」

⑹第六十回〈雪中梅餞春會玉娘，霍尚書乘醉打青樓〉：「梅娘大喜，以酒饌款待，告以與楊生所視之事。兩人歎曰：『吾平日爲梅娘而痛恨霍尚書之鄙陋，今日梅娘與楊生眞可謂才子佳人之相逢！』」

(7)第六十四回〈鸞城府哪吒請謁，白玉樓菩薩說夢〉：「吾聞之：碧城仙抱琴於月下，彈鳳凰曲，不能抑花柳風情，引誘一時過客，終感藻鑒不明，有追悔之心，因而固執，不許同枕。若不然，則才子佳人數日相從，豈可相安無事？」

自古謫客多有風流人物，例如：白樂天之於琵琶女，蘇東坡之於春夢婆。何況楊昌曲與二妻三妾的愛情之旅，在天上，五位星精結緣於文昌星，大醉白玉樓，謫降人間，更續情緣，演一齣才子佳人的愛情故事，歷經一場春夢，重返天上。

在人間，楊昌曲是位才子，允文允武，十六歲對策紫宸殿，拜翰林學士，出將入相，南征北伐，功名顯赫，富貴榮華，卻在二十六歲之年，功成名遂之際，辭別名利紅塵，退隱聚星洞。他與五位女性的愛情之旅，除尹、黃兩夫人的結合是皇命、父命、媒妁之言外，其他三人都是隨緣、真誠的契合，與江南紅、碧城仙的邂逅、定情，大概經歷詩酒相會、月夜談心、笛聲傳情，逐漸成為知己，永結同心。他們欣賞彼此的人格特質，談情說愛是詩情畫意的，為才子佳人小說提供一種範例。

《玉樓夢》內涵豐繁，主題多元，這裡針對文本，尋繹若干訊息。

《玉樓夢》序曾開宗明義的指出：

> 天上人間兩渺茫，無限精神界與物質界，交互錯綜，於玄而又玄之眾妙之門，遞相變遷，雖經過億千萬劫，仍自在而輪迴。自其變者而觀之，循環無窮，端睨莫測；自其不變者而觀之，純一不雜，恆久不息。操璿機之懸幹，排置此无量世

界之芸芸蕓蕓，果孰主張者是？以短期百年之人生，智淺識薄，不足以窺千萬分之一也。嗟嗟！苦海泊沒之無數眾生，試一洗滌爾心髓中堆積之塵垢，快讀我玉蓮子之《玉樓夢》一篇。苟非物欲之寡之又寡，終至於無，無以看破此機運，又非清淨之凤根，早結於過去，又何以圖銳利快樂？愚者不解此義，但以現在眼前之窮通苦樂，或有歡欣者、或有憂感者、或有欽羨者、或有詆毀者。環顧塵寰，形形色色，種種物態，便成惡魔世界，不悟修鍊善根，積功成塔，枉費了隙駒光陰，可憐此誤擲一生。彼耿耿一點星茫茫，昇燦爛文華於世上之文昌曲，亦是塵塵之積，寓形於此宇内，無意無識，頑鈍之渺然一軀殼，亦是塵塵之積，同一塵塵之積，何者驚天動地，亙古今而長存？何者與草木而同朽，隨泡沫而同滅？念之，不禁於邑。嗚呼嘻噫！我知之矣！此果物質界變化歟？碧海桑田，轉移無停，莊周蝴蝶，變化不測，噫！此大地蠢蠢蜒蜒之億萬眾生，蛻卻五濁下界之慾臼，追蹓三清上人之仙分，細看来《玉樓夢》六十四回，則奇奇妙妙之神秘之訣，豈特楊昌曲之專有？世間多少血性男子，修鍊爾軀殼，陶冶爾性情，此間別有真個妙理❹。

作者認為：⑴天上人間，精神物質兩界，交互錯綜，輪迴往返；⑵人生苦海，需要滌除心靈塵垢；⑶以謫仙楊昌曲為借鑑，突破名罣韁利索，皈依人間仙境；⑷修鍊身軀，陶冶性情，蛻卻慾

---

❹　序文見於林明德編：《玉樓夢》。

望，體會妙理。

顯然的，其主題與唐人傳奇〈枕中記〉、〈南柯太守傳〉等所傳釋的「人生如夢」，頗為一致，而且與《紅樓夢》的主題也極為相似。

閔丙秀《韓國小說發達史》曾說：

> 標題有關「夢」的作品，在初期頗夥，例如：《元生夢遊錄》、《大觀齋夢遊錄》、《玉樓夢》、《九雲夢》、《玉麟夢》等等。有些人只要標題牽引到「夢」的，就被總括在一列，並從文學史來規定此類作品的性質。不過，《元生夢遊錄》、《大觀齋夢遊錄》屬於夢遊錄之系統，與《玉樓夢》、《九雲夢》為代表的小說大異其趣，「夢」只是方便敘述而已。這兩種在文學史上不能相提並論，因為它們沒有共同的特徵。由於作品的時代有先後，造成形式、內容的差異：初期夢遊錄系統的小說是以夢為主題，屬於非現實、幻想、白日夢的。《玉樓夢》則不然，它一貫的讚美當時封建貴族所追求的華麗的理想生活。因此，前者可稱為懷古、幻想的文學，後者則屬於現實、理想的文學。這些「夢」字的小說大部分深受《水滸傳》、《三國演義》的影響，而且背景的設定以廣闊的中國大陸為舞臺，因此規模極為龐大。

閔氏從夢小說群去歸納分析，指出夢小說的性質與類型，對《玉樓夢》的瞭解，有正面的意義。不過，作為主題詮釋，還有待深入的追蹤。

檢視《玉樓夢》,「夢」的出現,相當頻仍,依次如下:

⑴第二回許夫人覺夢玉蓮峰,楊賢夫妻同夢文昌星投胎。

⑵第六回楊昌曲似夢非夢中,見紅蓮花盛開,欲折一枝,忽然狂風一陣吹起波濤,花枝折落於江中,且惜且驚而覺之,乃南柯一夢。

⑶第八回楊翰林夢中得南海水月庵觀音菩薩奉玉帝聖旨,以武曲星官兵書(丹書一卷)的啓示。

　　仙娘夢「相公乘青雲而向北方」不久榮歸之兆。
　　楊翰林客館寒燈夢中逢仙娘,反襯昌曲的深情。

⑷第十二回楊元帥夢中拜謁臥龍先生,並得到「先擊獼猴洞」的啓示。

⑸第十三回紅娘驚夢猛獸欲咬楊公子,舉芙蓉劍擊猛獸。

⑹第十四回楊元帥枕兵書欲睡,神魂飄蕩,登天而欲入南天門,一個菩薩舉白玉如意而過路,元帥大怒,拔劍擊如意,其聲鏘然落地,爲一朵花,紅光奇香(暗示江南紅),震動天地,元帥大驚而覺,乃是南柯一夢。

⑺第二十一回仙娘依托散花庵,閑倚禪窗似夢非夢間,元帥垂下珊瑚鞭,娘執而欲騰空,落地驚覺,乃遽遽然南柯一夢。

⑻第三十回天子作行宮於海上,將會群仙。一日困睡於行宮,夢中因登上界,陪玉帝而聽勻天廣樂,偶然失足而墜於空中,一個少年奉而救之。顧視之:其少年以粉面紅妝,有女子氣象,手執樂器,絶似伶人,夢罷,知其爲不祥(暗示仙娘樂論諷諫)。

(9)第三十三回盧均倚床暫睡，似夢非夢間，一位仙官，頭戴通天冠，身著絳紗袍，一手奉天，一手舉七星劍，猛擊自己。忽然驚覺，乃南柯一夢。

(10)第三十六回紅嫖姚精神困乏，倚案而睡，似夢非夢間，一位老人葛巾野服，手執白羽扇而長楫。驚而視之，乃白雲道士。見元帥話夢兆，悟了「今日堅閉陣門，不與單于接戰似好。」

(11)第四十二回黃小姐思往事嘆身世，忽然似夢非夢間，到上漢宮謁上漢夫人，啓示「妒忌之心，謁亂家道」，並傳示人間女子「太凡婦人應柔順端正，專一而已」。

馬氏自腰間抽一小刀，剖衛氏之胃，刮其骨節，尖利劍聲，毛骨辣然。衛氏呼母親，大叫一聲而覺。原是南柯一夢！

(12)第五十三回燕王倚案而暫睡，不知何許美男子開門而入告曰：「我乃天上天機星，得罪於玉皇，謫降人間，與君有前生宿緣，欲依托而來。」說罷，化爲一道金光入於懷中，驚覺，乃一夢，心中疑訝。

(13)第六十四回白玉樓菩薩說夢，將醒玉樓醉夢。

出現於十三回目共十六次的夢意象，毫無疑問的，是小說主題的構成元素。作者安排進入夢境的步驟大概不外：精神困乏、倚床暫睡、倚窗、倚案，似夢非夢之際。這些夢當中，有的是啓示，有的是敘述，有的是潛意識流露，有的是南柯一夢或人生如夢的警悟，不過，就《玉樓夢》的文本來說，宣示「夢中之夢」（第二十四回）、「一場春夢」（第二十九回）、「黃梁枕上覺醉夢」（第五十四回）等訊息，是不爭的事實，因此，人生如夢，毋寧是該書的重要主題之一。

　　《玉樓夢》全書爲了因應「出將入相」，以中國大陸爲大舞臺，出現五次南征北討的戰爭，牽涉兩代，共有二十三回的篇幅，佔百分之三十六的比例，其中場面包括戰爭、神魔，往往有《三國演義》與《水滸傳》的影子，因此，使《玉夢樓》又多出「軍談」（戰爭）或神魔的主題。

　　這之外，從全書的結構上來看，六十四回開闔之際鋪陳情節，以夢開始以夢結束，演出一場兩代的謫降故事，其謫降人間，重返天上的謫降主題❺，尤其發人深省。

四、《玉樓夢》的花意象

　　《玉樓夢》六十四回，結構始卒若環，從天界開始，星精謫降人間，歷經塵緣，期滿之後，重返天界。這種謫仙主題，與《水滸傳》、《紅樓夢》的神格框架（謫降結構），如出一轍。

　　第一回〈文昌承帝命玩月，觀音持佛力散花〉，是全書的大綱，文昌星因眉宇間滿紫黃之氣，帶富貴氣象，玉帝暫爲謫降塵世以消滅其劫氣。玉帝安排奇異之因緣，讓文昌與五位仙女上白玉樓賞月，並進行一場酒宴，大家醉興陶陶，依欄而睡，與曹雪芹《紅樓夢》第五回〈遊幻境指迷十二釵，飲仙醪曲演紅樓夢〉的神話結構，異曲同工。第六十四回〈回鷥城府哪吒請謁，白玉樓菩薩說夢〉呼應第一回，一位仙官與五仙女大醉白玉樓，彷彿是天上一夜，人間百年，開闔之際，演出兩代塵緣的愛情之旅。

　　《玉樓夢》的人物眾多，大概有五十三人，身分或主要或次

---

❺　參考李豐楙：《誤入與謫降》，學生書局。

要，性格或扁平或圓形，無不栩栩如生，形象鮮明。

　　書中對主角楊昌曲的塑造，與五位女性角色的刻劃，精雕細琢，形神並重，正好說明了作者的人情練達，既入乎其中，又出乎其外。尤其是女性與花意象的經營，細推物理，巧妙結合，輝映成趣，可謂匠心獨運了。

　　在中國傳統文學裡，女人之於花，是極為獨特的母題，其關係之微妙，指向之繁複，早已見之於《詩經》與《楚辭》，而且不乏其他例。不過，品花的觀念，恐怕要到宋·張翊《花經》❻，才臻於具體、周延，至於民間的花神與十二月的花神故事，可視為人文的結晶，美學的觀照。

　　此一文學（或人文）傳統，被《玉樓夢》作者充分的運用著，例如，第四十五回〈太嬙看花賞春園，蓮娘倚瑟唱蠻歌〉太嬙說「世間百花，其美一也，然其愛各殊。諸婦諸娘最愛何花？各言其志。」藉著花意象透露各人的性格與美學觀照，相當有趣，茲對照於下：

　　　尹夫人—貞靜姿質，十分天然，少無雕飾，所愛者蓮花。
　　　黃夫人—牡丹乃花中之王，帶富貴繁華氣派，所愛者牡丹。
　　　紅鸞城—一枝窗外，壓頭春光，黃昏暗香，淡泊又極美麗，
　　　　　　　愛紅梅花。
　　　仙淑人—淡淡清香，脫盡俗累，一點紅塵，不敢侵犯，愛水
　　　　　　　仙花。

---

❻　見《古今圖書集成·草本典：花部》。

蓮　　娘—妾乃南蠻人，南方素多桃花，故愛桃花。

蓮　　玉—杏花最好。……喜歡尤爲分明也。

小　　晴—櫻花最好。……含蓄春光，精神在實也。

紫　　燕—鳳仙花最好。

桃　　花—粉花最好。……一樹各色尤佳。

孫夜叉—夜叉乃江南漁父，江上蘆花最好。

薛　　婆—有何所好？世事老去愈苦。

燕　　王—小子思之：世間百花皆好。願爲春風蝴蝶，遍看此
　　　　　　花彼花，無所不愛。雖然其中有優劣長短，小子更
　　　　　　爲評論矣。蓮花清弱，乃閨中婦人之本色；牡丹華
　　　　　　麗，氣象如富貴宰相之小嬌，爲富貴宰相之妻也；
　　　　　　紅梅花獨專一年春光，嬌態濃妝，低枝弄影於窗
　　　　　　前，要主人之愛，高枝窺視牆頭，使觀者消魂斷
　　　　　　腸；水仙花清高介潔，清香不泄於房閨之外。小子
　　　　　　愛水仙花之淡，惡梅花之窈窕。

太　　嬭—妾本鄉下佬，種匏於籬下，賞花而摘實，最愛匏
　　　　　　花。

太　　爺—我倆乃衰老之年，榮華極矣。率兒子及諸婦諸娘，
　　　　　　榮華滿於眼前。此是不易得之奇花。人間凡常百
　　　　　　花，何足道哉？

　　在《玉樓夢》裡以花喻人，依微擬義，最爲巧妙的，就算這一
回了。雖然第四十三回出現以芙蓉花喻尹夫人，以海棠花喻紅鸞
城，以桃花喻仙淑人，似乎針對妻妾三人清秀姿質，無一點塵埃的

形象的直覺反應。

二妻三妾心中的花意象，包括蓮花、牡丹、紅梅花、水仙花與桃花。宋代張翊「嘗戲造〈花經〉，以九品九命，升降次第之」：牡丹一品九命，蓮花三品七命，梅四品六命，桃花五品五命。後來《洛陽花木記・品花》❼，於一品九命列入牡丹、梅與水仙，三品七命列入蓮、桃，並且標示花中〈五十客〉，其中牡丹爲貴客，梅爲清客，桃爲妖客，蓮爲淨客，水仙爲雅客。

這些觀點，對草木美學的透視與花卉的品評，馴致花意象的經營，提供相當寶貴的人文經驗與智慧❽。

在中國民間傳說裡，十二月各有司花的花神：一月梅花，花神是宋武帝的女兒壽陽公主，或說梅妃；二月杏花，花神是楊貴妃；三月桃花，花神是楚國的息夫人；四月牡丹，花神包括：李白與漢武帝寵妃麗娟兩位；五月石榴花，花神是鍾道；六月蓮花，花神是西施；七月葵花，花神是漢武帝的寵妃李夫人；八月桂花，花神是唐太宗的妃子徐惠；九月菊花，花神是陶淵明；十月芙蓉花，花神是石曼卿；十一月山茶花，花神是湯顯祖，或說楊貴妃、石崇與白居易；十二月水仙，花神是舜妻娥皇女英❾。

從文人雅士的品花或民間的花神傳說，我們看到了五種花意象的品格與饒富情趣的象徵，可見《玉樓夢》作者對花卉的見識，他以花喻人，是才學的顯示，意匠經營的結果，絕非順手拈來的。

---

❼　同前揭書。

❽　見陳俊愉、程緒珂主編：《中國花經》，上海文化出版社。

❾　參考王孝廉：《花與花神》，洪範書店。

作者在第六十四回,透過冰、梅兩娘子的觀點,更加印證花意象的特質:

> 幽閒貞靜,如玉壺秋月—尹夫人。
>
> 驕貴而驕妖,真王侯夫人之像—黃夫人。
>
> 淡妝雅服……氣色英拔,容光絕代,桃煩凝才致風情—紅鸞城。
>
> 清秀姿質……容貌動作與楊學士彷彿—仙淑人。
>
> 倚欄而弄鸚鵡,容態似幼—蓮淑人。

言簡意賅,幾筆勾勒,幾近五人的肖像。

至於楊昌曲以愛花人評論「蓮花」清弱,「牡丹」華麗,「紅梅花」獨專一年春光,嬌態濃妝,「水仙花」清高介潔,更為我們提供一種美學的思考空間。當他作出結論:「小子愛水仙花之淡,惡梅花之窈窕。」似乎沒想到太嬭會一針見血的道出:「以吾觀之,兒子平生所愛者,紅梅花也!」

一部《玉樓夢》是楊昌曲的愛情之旅與生命史,江南紅是他的初戀情人,天定配偶,她嬌妖貞一,與楊昌曲生死與共,楊家的昌大,的確托江南紅之福。她當然是楊昌曲的最愛。他不明講,卻被楊母一語點破,真是有趣。

討論花意象就不能不注意太爺「不易得之奇花」,這句深具哲理的心聲,原來那是他倆老率兒子及諸婦諸娘,榮華滿於眼前的「奇花」,也是人生的全幅意義之所在,它存於色相之外,屬於形而上的認定,人間凡常百花,怎能跟它媲美。

五、結論

　　《玉樓夢》是一部著名的朝鮮古典長篇小說，大概完成於十九世紀中葉。是朝鮮多種小說的集大成，也是漢文化影響下的鉅著。全書六十四回四十萬字，處處表現作者過人的才氣、廣博的學識以及整合的本領，因此，是一部典型的才學小說。

　　長久以來，《玉樓夢》的魅力始終不減，但相關的論述卻寥寥可數，遑論揭開《玉樓夢》的奧秘。我們嘗試類型主題與花意象的歸納與分析，提供若干觀點，俾便斟酌。其實這些之間存在倚伏的關係，而且成為小說造詣的有機元素。

《紅白花傳》研究

江蘇省社科院文學所
蕭相愷

【摘要】

　　本文從《紅白花傳》韓國中央圖書館序抄本及日本東京大學東洋文化研究所抄本一些簡體、俗體字、生造字寫法的特殊性以及其中某些句子句式與「正宗」的中國古漢語的不同等方面入手，論證了《紅白花傳》一書確非中國的文言小說，旨在糾正論者在《中國通俗小說總目提要》、《稗海訪書錄》中將它著錄成中國小說的失誤；又將《紅白花傳》與中國才子佳人小說《宛如約》進行了比較，從而推測《紅白花傳》的成書時代當在《宛如約》之後，約當中國的雍正至乾隆年間，還對《紅白花傳》一書的漢文化情結進行了初步的探討。對兩個抄本的異文等作了比勘。

　　十年前在編《中國通俗小說總目提要》的時候，由於友人黃霖先生的幫助，獲得日本東京大學東洋文化研究所所藏抄本《紅白花傳》影印件。由此，想起原上海圖書館沈津先生發表於國內報端的一則短訊，短訊開列了一批他在美國國會圖書館中所見的中國古書

書目，其中也有《紅白花傳》，於是將其著錄於《中國通俗小說總目提要》之中，同時在寫《稗海訪書錄》時，也對此書作頗爲詳細的介紹。後來韓國的朴在淵先生在《中國小說研究會報》第九號（一九九二年三月）上發表了〈《紅白花傳》並不是中國小說〉一文，一則因爲不懂韓文，又未找到人將其譯出，未詳其將此書當韓國小說的理由；二則因爲沒有見到其他的《紅白花傳》版本，故一直在疑信之間。後來，陳慶浩先生談到了他對此書國籍的意見，這才引起我對此書進一步研究的興趣，因爲修正錯誤，堅持眞理乃是一個學人起碼的品格，承讀者的擡愛，《中國通俗小說總目提要》、《稗海訪書錄》都是流傳甚廣的書，對於《紅白花傳》的一些問題，自己總得有個說法。又稍後，得陳益源先生的幫助，我獲得了《紅白花傳》的另一個本子——韓國中央圖書館藏本。雖然研究的資料仍然奇缺，卻總算有了點基礎。而研究的第一步自然是《紅白花傳》的國籍。

《紅白花傳》的國籍問題

因爲工作的需要，我曾在國內的各大圖書館訪書，看過的刊本、抄本古小說近千種，但仔細地閱讀《紅白花傳》的文本，發現有兩個與其他中國古代小說很不相同的特點：

一，該書中許多字的寫法，與我在國內訪書所見過的古小說刊本、抄本中同一字的寫法大不相同。小說，尤其是通俗小說（含通俗文言傳奇小說等），本就是古代的一種通俗讀物，這使得它的讀者群，比起同時代的一些高雅作品來，要廣大得多，但整體的文化層次則無疑又要低得多。而且許許多多的小說，實際上是作爲一種文

化商品在市場上流通的，而創作了它們的作者、出版了它們的書坊主（甚至是有一些抄手）無疑也是把它們當作商品來製作的。出於成本的因素，抄寫、刻印自然是越快越好，而讀者群中的大多數對於這種商品的規範及精緻的程度是不會過分計較的。所以，在這些書中常常出現我們現在所謂的「俗體」、「簡體」（假借字實也有由俗體、簡體衍化而成者）字，還有許多錯字和生造字。別的不說，馬幼垣先生認爲是繆荃孫僞造的《京本通俗小說》中，這一類「俗體」、「簡體」字、錯字、生造字便十分多。《紅白花傳》中這類字更多，而且寫法特別，與我在國內訪書所見的刊本、抄本中的同一字的寫法完全不同。這裏只拈出第一、二回的這類字來作點分析。

第一回〈兩才子共詠兩色花　雙美人私結雙棲約〉

(1)「私結雙棲盟」寫作「私結嫂棲盟」。

(2)「射策」寫作「射策」。

(3)「忘歸」寫作「忘敀」。

(4)「竟〔受〕挫」寫作「竟〔受〕坐」。

(5)「未離襁褓」寫作「未雓襁褓」。

(6)「豐盈」寫作「豐盈」。

(7)「婉孌」寫「婉媷」。

(8)「聰慧」寫作「聰慧」。

(9)「奇材異器」寫作「奇村異器」。

(10)「密邇追遊」寫作「密迺追遊」

(11)「喉間」寫作「喉間」。

(12)「流光水駛」寫作「流光水馼」。

⒀「戴角巾」寫作「屵角巾」。

⒁「邈然阻隔」寫作「逯然阻隔」。

⒂「洛陽風俗,最尙花卉」寫作「洛陽風俗,寂尙花卉」。

⒃「牡丹」寫作「牧丹」。

⒄「緹紅」的「緹」不知係何字(橙?)。

⒅「喚取」寫作「嗅取」。

⒆「發於文思」寫作「岕於文思」。

⒇「一塵」寫作「一尘」。

㉑「低聲而對曰」寫作「低弅而對曰」。

㉒「瀗落」寫作「落護」。

㉓「發軔」寫作「發軔」。

㉔「名位顯赫(?)」寫作「名位燀燌」。

㉕「丫環進茶」寫作「丫環進茶」。

㉖「明月實照」寫作「明月㒱照」。

第二回〈兩媒婆各評春風面　老中丞不量兒女情〉

(1)「中丞」寫作「中丞」。

(2)「不肯」寫作「不肎」。

(3)「門庭煥赫」寫作「門庭熿燌」。

(4)「母」與「毋」一概不分。

(5)「總兵」寫作「捴兵」。

(6)「秦妙娘」寫作「桼妙娘」。

(7)「輻輳」寫作「輻輳」。

(8)「齞然而笑」,「齞」似係生造字。

(9)「孰優〔孰劣〕」寫作「訛優」。

(10)「其言尤切」寫作「其言尤功」，且「動」也寫作「功」。

(11)「爾」一律寫作「甬」。

(12)「桂生獨留舟中」寫「桂生狖留舟中」。

(13)「探幽選勝」寫作「探幽逆勝」。

(14)「抬首遠望」寫作「捹首遠望」。

(15)「登〔河〕岸」寫作「登屺」（「岸」與「戴」都作「屺」）。

(16)「哀乞」寫作「裒乞」。

(17)「邁（？）路而行」「寫作迳路而行」。

(18)「浙江」一律寫作「淛江」。

(19)「眞可嗤也」寫作「眞可呫也」。

(20)「商」一率寫作「啇」。

(21)「豪氣正傲兀（？）」寫作「豪氣傲兀」。

(22)「孔融北海」寫作「孔融北海」。

(23)「奏軍樂」寫作「癸軍樂」。

(24)「可與僧翱相頡頏」「僧」未知何字。日東洋所本此句爲「可與岑高相頡頏」。

(25)「一詠一贊」寫作「一詠一贇」。

(26)「晚生」寫作「晩生」。

(27)「東南夷探賮惟謹」，「賮」不知何字，日東洋所本作「琛賮帷勤」。

(28)「蓋嘗泛滄海而觀泰山」，「嘗」寫作「旹」。

(29)「非有廣平之腸」，「腸」寫作「膓」。

(30)「惡積禍盈」寫作「惡積裕盈」。

上面所舉的例字，皆見於韓國中央圖書館所藏序抄本。日本東京大學東洋文化研究所所藏抄本有些字的寫法與此不同。從上面所舉的一些例字看，便有許多是我看過的中國國內圖書館所藏刊本、抄本所未見過的。特別是：

(1)抄手習慣上將「寸」字、「才」字偏旁互用、混用，將「豐」字寫作「豊」，凡「豐」之偏旁也一概作「豊」，將「爾」寫作「甭」，將「貌」寫作「皃」，凡含「爾」之字一概作「甭」（再也寫作甭），含「貌」之字也一概作「皃」，至將「射」作「𨒅」，「材」作「村」，「邇」作「迊」，「艷」作「艶」，「邀」作「迉」，「稱」作「稱」等等。

(2)下列一些字，更是見所未見，像「嫂」（雙）；「皈」（歸）；「姃」（離）；「㜯」（變）；「駚」（駛）；「㞓」（戴）；「裺」（禍）；「嘎」（喚）；「夼」（發）；「𦫵」（聲）；「𥢞」（秦）；「茶」（茶）；「窠」（實）等等。

(3)有些字連同詞，似都是生造，如「緽紅」之「緽」；「燀㷔」；「煥（煥）㷔」；「麣然」等等。

(4)特別是有些字，東洋文化研究所本和韓國中央圖書館藏本的寫法完全相同，說明這種寫法在某個地方或某個圈子裏已是一種約定俗成的習慣寫法。像「坐」作「坐」、「貌」作「皃」、「豐」作「豊」、「變」作「㜯」、「聰」作「聡」、「邇」作「迊」、「豔」作「艶」、「實」作「窠」、「孔融」寫作「孔融」，「贄」寫作「贄」，「商」寫作「商」，「傲兀」寫作「傲兀」，「牡丹」作「牧丹」，也有「緽紅」的字樣，也有「（煥）煥」，「一動」寫作「一坊」（「切」也寫作「坊」），「岸」寫作

「毘」，「邁」寫作「迈」等等。

二，該書中不少句子，遣詞造句，甚至是句式也多有與「正宗」的古漢語不同之處。也從第一、第二回中拈出一些句子來說明。

第一回〈兩才子共詠兩色花　雙美人私結雙棲約〉

(1)苟夫人不忍同氣之至痛，且憐一枝之孤子，即率往家中膝置乳養。

按：「不忍同氣之至痛」，「同氣」一般指兄弟，任方〈為齊明帝讓宣城郡公表〉：「世祖武皇帝，情等布衣，寄深同氣。」姐妹固也可稱兄弟，而全句則習慣上說成「不忍同氣……之至痛」。而後面的「即率往家中膝置乳養」，「率往」習慣上應說「攜往」，「膝置」意似為置於膝下，然「膝下」一指幼年，以子女年幼時依於父母膝下，因又用作對父母的敬辭，宇文護〈報母書〉：「違離膝下，三十五年。」「膝置乳養」雖也通，但習慣上只需講「即攜往家中乳養」。

(2)兩兒日漸豐盈，鴉頭犀角，婉變岐嶷，聰慧天出，穎銳超倫。

按：「豐盈」，豐滿，形容體貌。宋玉〈神女賦〉：「貌豐盈以莊姝兮，包溫潤之玉顏。」因此用「豐盈」形容孩童的體貌不合習慣。

(3)苟公欲究其業，送兩兒於桂處士家專精受書，刻意做工。才華日進，文思潮湧，摛藻則燁燁之榮芝，心辭則噦噦之鳴鳳。

按：「專精受書，刻意做工」，顯然與「正宗」的古漢語用法

不同。

(4)使夫人有所盡傷於冥冥之中。

按：「有所盡傷」不合習慣用法。

(5)荀公時爲御史中臣，在於京師，而家屬皆在河南，故數請由往來焉。

按：「數請由往來」意似爲多次找理由告假回河南探親，因之往來於京師、河南之間。也非「正宗」古漢語的習慣用法。

(6)汝於山人曾有受學之恩，事一之義不可廢也。

按：「事一之義不可廢」，好像是講師生之義不可廢。

(7)小侄惡積禍盈，奄遭巨創，頑喘不滅，曾在草土。

按：「頑喘不滅，曾在草土」，按詞意，好像是說我雖然還活在世上，卻是曾經瀕臨死亡。但實際上織素的「奄遭巨創」乃是指母親亡故。而用「草土」來代指巨大的不幸、災難等好像也不合習慣。

(8)春寒尚峭，未及綻開，是日數三葩始吐。

按：「是日數三葩始吐」未知何意？是「是日，數三葩始吐」？果如此，習慣上應用「數四」，三、四個（朵）也。

(9)玉女催沾粉署香。

按：「玉女」，與上句「紫宸朝罷仙郎醉」相聯，當作仙女講。下面「催沾粉署香」頗費解。是說仙女粘上了紅白牡丹的香氣，使得居所也暗香浮動？

(10)喚取雲和伴玉眞。

按：「雲和」，古時爲樂器的代稱，《周禮·太司樂》：「雲和之琴瑟，冬日至於地上之圓丘奏之。」「玉眞」一指仙人；一是

道觀；一是人名，即《唐書・后妃傳》中的玉眞公主字持盈者。前一句是「應嫌獨擅東皇寵」，這後一句應該有共榮共沬之意，故桂夆榮評曰：「末句不惟煉思之工，幽閒之態，謙退之意，發於文思。」但按字面解釋，卻無法說通。

⑾若論其優劣，則伥女之詩當隔一塵矣。

按：「一塵」，道家謂一世爲一塵，沈汾《續仙傳》：「（丁約）謂子威曰：『郎君得道，尙隔兩塵。』子威問其故。答曰：『儒謂之世，釋謂之劫，道謂之塵。』」此處「一塵」不知何意。

⑿桂山人喜謂兩人曰：「汝輩才貌足以相敵，不害爲佳配賢匹，或者天有意而並一時乎？……老苟自是俗人，豈肯與寒素之家結婚乎？」終日浮白，醉倒不省。織素遂拜辭而歸。

按：「不害」、「並一時」、「終日浮白」皆不合「正宗」古漢語的習慣用法。習慣上似應作「不失」、「並一處」，而「終日浮白，醉倒不醒」，是說整天喝酒，醉倒不醒，跟上下文義不合。故「終日浮白」四字則應刪。

⒀織素徐答曰：「兄有何煩惱之心事，而必欲與小妹消遣耶？」

按：「消遣」，消磨排遣；戲弄捉弄。鄭谷〈中秋〉詩：「此際難消遣，從來未學禪。」《古今小說・陳御史巧勘金釵鈿》：「田氏道：『你幹了虧心的事，氣死了老娘，又來消遣我。』」此處之「消遣」無論用哪種解釋，似都不很貼切。

第二回〈兩媒婆各評春風面　老中丞不諒兒女情〉

⑴物之微者，莫草木之若也，而花草之有奇而麗者，則花草亦

有絕豔矣；物之賤者，莫禽鳥之若也，而毛羽之色有珍而異者，則禽鳥亦有絕豔矣。

按：「花草之有奇而麗者」與「花草亦有絕豔」並不構成因果關係。下「毛羽」句與「禽鳥」句也如此。

(2)呂生曰：「誠若爾言，反復勝耶。寤寐之求，幾年於此，而如玉之人同在一府，得之誠難，聞之亦晚甚矣，耳目不廣也。爾輩必有所聞桂家已納聘云耶。」張婆曰：「未能詳知，當問於侄女而仰白矣。」

按：「反復勝也」，應為「反較勝也」。此外，「寤寐之求，幾年於此」及「爾輩必有所聞桂家已納聘云」也不合表達習慣。

(3)太守答謝曰：「賤生每欲一陪行塵，穩承鐫誨，而公牒埋頭，末由抽身。今日為令愛婚事，撥忙而來矣。」

按：「賤生」、「行塵」、「末由」、「撥忙」都不甚妥貼。

(4)仄聞尚未捧幣，猶是路人，膠守前言，不亦固乎？況父母之心，慈愛是主，毋論彼此，擇配佳郎，使之富貴而榮華，豈不樂哉。欲求美郎，宜莫如呂家公子。富貴榮華，誰敢比大（丞）相之家乎。

按：「不亦固乎」、「毋論彼此」也非「正宗」古漢語的習慣用語。

(5)太守曰：「先生之教，亦有意見，賢娘設有一動（？）之意，惟在先生開導之如何耳。賤生亦欲以喜報速通於彼家。」

按：「亦有意見，賢娘設有一動（？）之意」皆不知何意。

(6)彼蒼之意，人皆可測，況夫人遺命，堅如金石，大小婢僕所共倚杖而屬望者也。以其情誼言之，則自在童年與共鉿，而自守禮

法，小無苟且之事。……。

按：「夫人遺命，堅如金石，大小婢僕所共倚杖而屬望」，皆不合中國古漢語之表達習慣。

(7)苟公曰：「王教授、馬知縣亦曾言此事，當即奉副矣，非但身有些事，婚姻大禮，不可輕定。……」

按：「奉副」、「非但身有些事」皆不合習慣的表達方式。

如果說，《紅白花傳》的兩個本子中有許多字在寫法上與中國人的習慣寫法不同，可能是韓國的抄手所致，其底本也許是某種中國小說的抄本或刊本，但句法上的許多不同，則與抄手無大關係，應該是外國人說中國話所致。因此，雖然直到現在，我們，包括韓國的學者在內，都還不知道這本書的作者是誰，更不了解他的生平，他的國籍還難於完全肯定，但根據上述兩方面的情況，再加上韓國最早出現的金臺俊所作《朝鮮小說史》中即已對此書作過詳細的介紹，在韓國又有很多的韓文譯本❶，而中國本土卻一本也沒有，且書中並沒有什麼違礙語，也無道德倫理方面的問題，不會因為遭禁而失傳等情況來看，《紅白花傳》的中國國籍的確值得懷疑。

三，我在《稗海訪書錄》中曾經提到，這書「書首謂『大明成化年間』，書中稱明孝宗朱祐樘、明武宗朱厚照也直曰弘治、正德而不加『明』字，說明作者可能是明人」，其前提是這書是中國小說；但書中還有「今天子不喜文章，宰相不薦賢才」這樣的話，如

❶ 崔溶澈：〈韓國漢文小說《紅白花傳》的版本流傳〉，韓國漢文小說學術研討會，臺北，東吳大學，一九九八年。

作者是中國的明代人，顯然是犯忌，也值得懷疑。而如果作者是韓國人，則無論其出於明還是出於清，這矛盾便不復存在了。

才子佳人小説模式及《紅白花傳》的成書年代的推測

《紅白花傳》的成書年代，我曾經推測在明代，但在《中國通俗小説總目提要》中，我又把它放到了《今古奇觀》的後面，《鴛鴦針》的前面，其前後順序是《剿闖通俗小説》、《混唐後傳》、《後水滸傳》、《今古奇觀》、《紅白花傳》、《鴛鴦針》、《一枕奇》，實際上是把它當作清代的小説，因爲從南明弘光元年之作《剿闖通俗小説》往後，我們以爲，便都是清代的小説了。這說明，關於這部小説的成書是在明末還是在清初，當時還在依違之間。韓國的學者，對於此書的成書年代這個問題，也沒有解決。崔溶澈就說過，「目前還沒有出現比較可靠的資料」，「目前大部分的書目上均說『年代未詳，作者未詳』而已」❷。當然也有人認爲是在十七世紀初（相當於中國的明末清初）❸，還有人認爲它產生的時代，約當中國的明代後期❹。爲了搞清此書大致的成書年代，這裏

---

❷ 同註❶。

❸ 金臺俊：《朝鮮小説史》，第四篇〈壬辰、丙子兩亂之間勃興的新文藝〉。見崔溶澈：〈韓國漢文小説《紅白花傳》的版本流傳〉。

❹ 申東益：〈《紅白花傳》小考──與〈女秀才移花接木〉比較爲中心〉，《第二十六屆全國國語國文學研究發表大會鈔》，國語國文學會，一九八三年，頁二一三～二一九。見崔溶澈：〈韓國漢文小説《紅白花傳》的版本流傳〉。

我也來作一點推測。

在《稗海訪書錄》中，我曾說：《紅白花傳》「也屬才子佳人小說一類」。我的這個觀點，亦得到韓國一些學者的認同❺。至於什麼樣的小說是「才子佳人小說」，這便要追溯到魯迅先生的《中國小說史略》了。《史略》在論及「明之人情小說」發展史時指出：《金瓶梅》及其續書「既爲世所豔稱，學步者紛起，而一面又生異流，……如《玉嬌梨》、《平山冷燕》等皆是」，這一「異流」就是後來所謂「才子佳人小說」的統稱。對於這一「異流」的特點、範圍，魯迅先生也作了概括和界說：「至所敘述，則大率才子佳人之事，而以文雅風流綴其間，功名遇合爲之主，始或乖違，終多如意」❻。「敘才子佳人」之事是就小說的題材而言。「文雅風流綴其間，功名遇合爲之主」是指小說的內容。「始或乖違，終多如意」、「功名遇合」言其格局。如果拿《紅白花傳》與魯迅先生關於才子佳人小說的有關論述相比照，肯定會發現我上述觀點的不誤。

爲了說明問題，我先把《紅白花傳》的內容簡單作一介紹：

河南府某地桂一枝與荀織素，乃姨表兄妹。一枝母先逝，織素母將其移置家中撫養。及長，皆從一枝父桂多榮學。二人均貌美才高，又青梅竹馬，情義相孚。桂家上下，都戲呼織素爲「桂娘子」。無何，織素母亦病重，臨終時，囑咐其夫荀景華將織素配一

---

❺ 同註❶。

❻ 魯迅：《中國小説史略》，第二十篇〈明之人情小說（下）〉，魯迅全集出版社，中華民國三十五年十二月。

枝，以繼兩家之好。一枝、織素也嘗私訂「雙棲」之盟。荀家婢僕，則皆以一枝爲「吾家郎」矣。同府有當朝宰相之子呂邦彥，知織素美豔，倩媒作伐。荀景華本嫌桂家家貧，又羨、懼呂家權勢，欲將織素許予呂家。惟織素寧甘當壚賣酒之困，不願背盟。一枝聞信，心悶悶焉不樂。適桂多榮摯友——浙江督府魏公辟多榮爲參謀，多榮見其子鬱懣，乃攜往浙江。

桂一枝隨父桂山人前往浙江，途經開封。山人爲友人所邀，入開封城中，一枝亦上岸漫遊。入一女觀，見觀內堂中懸一美女圖，觸動情懷，乃題詩於上。適金轎一乘，呼擁而入，一枝匆匆離去。

荀織素之父升任兵部侍郎，接織素進京。經開封，織素染疾，也寓於女觀中，亦得見此美女圖及一枝的題畫詩，又見畫上的另一和詩，因問觀中女尼，知畫中美人名薛幽蘭，父親薛儀賓已然故去，母親乃梁王之二女。那日幽蘭至觀中燒香，適於轎中見一枝，又見一枝之題畫詩，情爲所繫，遂和詩其畫上，令女尼仍將畫懸於堂中。且不時令人至觀中打探消息。

織素忽得父因邊事失利下獄，蒙呂丞相相救，正赴邊關帶罪從軍，已將其許配呂丞相之子呂邦彥的消息，於是萬慮紛集，遂決定設法促成一枝與幽蘭的婚事。恰郡主爲幽蘭招才擇婿，織素乃假一枝之名，作文以進，深得郡主和小姐稱揚。織素又男裝入郡主府中，更得郡主和小姐歡心，於是納聘、成婚，惟藉故不與幽蘭同榻。後又藉口赴試，離開薛府。而一枝得浙江「督府」魏公之助，入監於南京，鄉試高居榜首，時入京會試，又高中第三名。郡主派人打探，卻發現此一枝並非那一枝。後方知織素入府應徵之詳情。薛小姐爲其所感，決定與織素同事一枝，於是進京活動，讓貴妃之

女與呂家聯姻。其時，一枝之父因隨魏公征胡，累建奇功；呂丞相亦奏織素之父征戰有功，拜光祿寺卿，遂接織素來京與呂生完婚。織素決定殉情，至開封欲與薛小姐訣別，方知皇上已然下旨，呂生與公主成婚。最後，荀、薛二人同嫁桂生云。

對上述故事人物和故事情節作一點分析，我們可以發現，作為書中主人公的男女青年——桂一枝、荀織素、薛幽蘭正是典型的才子佳人，書中所敘則正是所謂的「才子佳人之事」；男女主人公亦有吟詩作文的韻事，還有私訂終生、女扮男裝代意中人訂親、成婚這樣的風流佳話；桂一枝與荀織素的婚事也是「始則乖違」——受到權貴之子呂邦彥的干擾和荀景華嫌貧愛富心態的影響，但最後一枝不僅得到了織素，還獲得了另一個美人薛幽蘭，正是如願以償；而且一枝亦得金榜題名。舉凡魯迅先生所說的「才子佳人小說」的諸要素，《紅白花傳》無不具備，可以說，這部小說正是按照才子佳人小說的模式結構成篇的。

《紅白花傳》是一部深受中國文化影響的小說。關於漢文化的其他方面對這部小說的影響，我在下面還將詳談，這裏先來分析一下中國的才子佳人小說對它的直接影響。

首先我們來看看它的故事框架受中國小說影響的痕跡。關於這一點，韓國學者申東益的論文〈《紅白花傳》小考——與〈女秀才移花接木〉比較為中心〉❼，曾經指出它與《二刻拍案驚奇》中卷

---

❼　申東益：《第二十六屆全國國語國文學研究發表大會鈔》，國語國文學會，一九八三年，頁二一三～二一九。見崔溶澈：〈韓國漢文小說《紅白花傳》的版本流傳〉。

十七〈同窗友認假作眞　女秀才移花接木〉內容上的相似；崔溶澈則以爲，這種影響不是由《二刻拍案驚奇》所載的〈女秀才〉小說傳給它的，而是由《今古奇觀》中的該篇小說傳給它的❽。《紅白花傳》寫荀織素奉父命進京，冒桂一枝之名，作文應薛府徵婚，並男裝入薛府代一枝與薛小姐訂婚、成婚的情節與〈女秀才移花接木〉寫蚩娥之父陷於京師獄中，蚩娥男裝進京營救，途中遇到景小姐，於是代杜子中訂下婚約那一部分，確有某些相像處，說前者有可能影響到後者也不爲無因。但若要從內容上看它受中國小說的影響，則清初的才子佳人小說《宛如約》對它的影響無疑更大。第一，從小說的題材性質而言，兩書都屬於才子佳人小說的範疇。第二，將兩書的故事內容作一比勘，我們會發現它們之間的密合點，比〈女秀才〉與《紅白花傳》之間的密合點更多。我們先將兩書的故事內容相似的地方簡述如次：

　　《宛如約》：

> ……司空約鄉試聯捷，得中經魁，入京赴考，途經曲阜。曲阜有趙宛子者，中極殿大學士之遺女也。美而慧，工詩詞，時年十七，正垂簾考詩擇婿。其家人見約一年青貌美舉子，因投帖相邀，遂與宛子唱和。宛子甚屬意於約，約亦深慕其才，雖以已與如子盟而辭，然終因兩美不能兼得而略感遺憾，至臨去而留詩寓中以抒懷。約赴會試，如子乃更名白，亦男裝後隨。至曲阜，見約所留寓中詩，知約與宛子唱和

❽　同註❶。

事，遞至宛子府中，與之唱和，以探心跡。乃假稱己爲趙如
子之弟，央宛子與姐同事司空約，宛子欣然應諾。當朝吏部
尚書之子，知宛子美而多才，欲娶爲繼室，尚書因請旨讓王
府臺爲媒。司空約高中二甲第一選，兵部尚書有女，欲得其
爲婿，亦倩媒通好。如子暗中設謀，讓吏部尚書之子與兵部
尚書之女成婚，自己則與趙宛子同嫁司空約云。

《紅白花傳》：（內容見上所述，略）

從兩書的故事看，先是途中遇美（一是見畫；一是隔簾）題詩（一
是於畫上唱和；一是隔簾唱和）因而伏下姻緣；次是女子男裝代意中人
考詩作文並代其定下婚約；而後婚事遇挫，又都由一女子（一是趙
如子；一是薛小姐）設計挽回，最後又同事意中之人，大情節完全相
似。不僅大情節如此，一些細節也多密合。比如，兩書設計的人物
主人公都是一男兩女，與其相對應的次要人物也都是一男一女；
《紅白花傳》中薛幽蘭的身份爲郡馬的遺女；《宛如約》中的趙宛
子則係中極殿大學士之遺女；前者有情人婚好的阻礙者呂邦彥是當
朝宰相之子；後者的婚好阻礙者李最貴是吏部尙書之子。李最貴文
墨不通；呂邦彥徒有虛名。《宛如約》中的趙如子富有才學，擅長
吟詩作文；《紅白花傳》中的荀織素也是才不讓鬚眉。《宛如約》
中的女主角趙如子因爲意中人忠於自己，又佩服趙宛子的才學，於
是撮合了她與司空約的婚事，實現了所謂的雙棲；《紅白花傳》中
的薛幽蘭則是爲男方桂一枝的意中人荀織素對一枝的深情所感動，
促成了他們的婚姻，同樣以「雙棲」爲結局；《紅白花傳》只是將
《宛如約》中趙如子幹的挽回婚好的事移到了身份相當於趙宛子的

薛小姐身上。就連其活動的背景也都有個浙江。看來，這決不可能是一種偶合。

在中國，才子佳人小說的產生，若要溯源，雖然可以說是很早，《紅白花傳》中提到的司馬相如與卓文君的故事就是這一類故事的濫觴。唐人傳奇中的〈會眞記〉、〈步飛煙〉、〈柳氏傳〉等也有才子佳人小說的因素。至宋，市人小說化了的傳奇〈宿香亭張浩遇鶯鶯〉、〈流紅記〉等等，已基本上是才子佳人小說了。然而才子佳人小說眞正成爲一個有影響的小說流派，卻是清代初年的事，其高峰在順治後期至康熙年間。而《宛如約》的成書，據我的考證，當在康熙年間❾。

如果《紅白花傳》確是受了《宛如約》一書的直接影響，除去《宛如約》一書的刻印，再加上其傳入韓國並爲《紅白花傳》的作者及韓國讀者所接受的時間，則《紅白花傳》的成書，可能要到雍正及其以後的時代。再加上今存此書抄本所署的年代最早也不可能超過一七八三年（乾隆四十八年）❿，上述結論應該不會大錯。書的第六回說：「王子安一千年後始見此人，雖不能高出於王子安之上，可以雁行矣。」王子安即王勃，卒於公元六七六年，至清康熙十五年（一六七六年）始千年，「一千年後」一語，似也透露《紅白花傳》的成書應在相當於清康熙或其後的時代，與上面的推測也不

❾　參拙作〈《宛如約》校點後記〉，《宛如約》，春風文藝出版社，一九八七年七月，後收入《中國古典通俗小說史論》，南京人民出版社，一九九四年五月。

❿　同註❶。

矛盾。認爲此書成於明的觀點可以放棄了。

《紅白花傳》的漢文化情結

《紅白花傳》雖不是中國小說，但其中充滿著漢文化的情結。

首先，《紅白花傳》體現了深厚的漢文化底蘊。對於中國的文史，作者十分熟悉，對於儒、釋、道三家都有一定的瞭解。

先拿書中寫到的中國小說、戲劇說，其中提到的便有「溫太眞玉鏡臺」（「俾結溫太眞玉鏡臺之緣」），記唐明皇與貴妃在沉香殿憑欄賞花，命李白作〈清平樂〉詞的小說或戲劇；寫西施的小說戲劇、寫綠珠的小說戲劇（「苧蘿月冷，金谷花殘。浣紗之女何處可求；墮樓之人已矣莫睹」）；寫「柳毅傳書」的小說戲劇（「相公無柳秀才傳簡之術」）；寫孫悟空的小說戲曲（「老身未學孫大聖開水之符」）；寫崔鶯鶯與張生故事、寫劉晨與阮肇故事、寫裴郎遇仙故事的小說或戲曲；寫到曹孟德與江東二喬的小說、戲曲（「昔曹孟德欲娶江東二喬，而爲孫策、周瑜所奪，大起百萬雄兵以死爭之而終未能得之」）、提到《嬌紅記》中的申生和王喬（嬌）娘等等。

書中用到的文史典故也非常多，比如其中寫到彌子瑕、董賢這樣的同性戀者（「昔彌子瑕不必爲衛公之夫人，董賢亦未封漢宮之王后」）；寫到梁鴻、孟光，寫到司馬相如與卓文君（「則孟光耘田、文君賣酒，實所甘心」，「到今以梁鴻、孟光爲淑人君子，以相如、文君爲佳人才子，爭相稱譽，動欲慕效。余嘗見古人書，孟光面黑體壯，其力能運石臼，故與梁鴻或耕耘於野，或傭於人，能堪許多辛苦……可笑卓文君牽於一時之私情，許身於相如，而終不免當壚賣酒之困。相如適值好文之武帝得意之薦而騁辭賦之才，得高官，積黃金，赤車駟馬，翔翔鄉里，至今以爲美談。若不

遇武帝,則必行乞於西蜀市上,終至於餓死矣,夫孰知世上有卓文君哉」);寫到司馬遷、謝靈運、蘇子瞻、白樂天(「浙中山水我每欲一遊而未得者也,且觀汝近來心事不佳,與我同遊〔浙中〕,追司馬遷、謝靈運之壯觀,撫蘇子瞻、白樂天之遺跡,以恢胸襟,以瀉幽情可也。」);還寫到上元夫人、寫到班淑妃。又比如此書第三回的詩中就有「孔融北海邀佳賓」、「庾亮南樓有明月」、「忽憶臨江射潮日」、「須訪他時峴山碣」等用典用史的句子。

　　作者對於中國文化的熟悉,還可以書中所寫的「弘福寺壁上吳道子所畫南海觀音」、「孟津渡口龍王廟泥塑第三龍女」以及所寫洛陽賞牡丹等風習窺見。其中所寫洛陽牡丹云:

> 洛陽風俗,最尚花卉。而百花之中,以牡丹爲第一。大而園林,小而階砌,無不栽種,誇多鬥靡。每到春時,香聞十里。初,唐明皇取各種牡丹,列植於沉香殿前,與貴妃憑欄同賞,命學士李白作《清平詞》,其詩以名花比國也,所謂「名花傾國兩相歡,長得君王帶笑看」者也。以此,騷人墨客以牡丹爲花中之王。至宋時,奇種異品日益繁盛。色黃者以姚黃爲最,色紫者以魏紫爲宗。橙(?)紅冠於紅色,玉溜甲於白色,此外小小不可殫記。韶華未謝,花事已闌。三月將暮,千林淨潔。賞春之遊人,惜花之詞客,歎芳菲之已衰,感年華之不留。驅騎並鑣,挈盍提壺,蔭密葉而開宴,騎嫩枝而傳杯。笙歌闐咽,觥籌交錯,其繁華之景、富貴之像,豔一時而傾千古矣。

小說中最深層的漢文化內涵，則更表現在作者對於中國禮教的熟知和心儀。作者著力塑造的女主人公織素，便是一個十分守禮的人。前面曾經論證《紅白花傳》深受中國小說《宛如約》的影響，有比較方有鑒別，因此，關於這一點，我們只要拿荀織素與《宛如約》中的趙如子作一比較便十分清楚。趙如子爲了自己的幸福，男裝外出覓婿，爾後又男裝暗中跟隨進京赴考的意中人，怕他另有所遇而忘了自己，在當時的社會裏，這確實有點駭世驚俗。鄭振鐸先生在評介這部書時說：「在我們的許多小說中……以女子爲中心人物的極少，而寫女子自動的去尋求夫婿，一如男子的去尋求妻室者，則恐怕只此一書而已。」因又稱它是「別開了一個生面」的小說⓫。在織素的身上，雖也有與心上人私定終身的事情發生，但她與一枝本就是青梅竹馬，而且是母親許婚在先，與中國一般才子佳人小說裏的才子、佳人一見鍾情式的戀愛頗不一樣。當一枝要與她「指青天以結生死之盟」時，她竟說「小妹聞：『大信不約』，自古貞女有爲丈夫而死者，未聞丈夫爲兒女而死。成誓之後，事若不諧，則守之者誠爲大信；背之者當作何如人耶？小妹則將爲兄一死以酬知遇之恩，即職分內事，兄亦將爲小妹而死乎？大丈夫行事不可苟也。」父親要將她另許呂邦彥時，她固然表示了她的不樂意但表達得十分委婉，說：「此事小兒何可干預，然母親遺言尙在於耳，其餘非小女之所知也。」又曰：「父親之命小女何敢不從？然此則小女莫大之事，願父親三思而定，愼勿輕許。」說完便「回身

⓫　鄭振鐸：〈巴黎國家圖書館中之中國小說與戲曲〉，《小說月報》第十八號卷十一號。

入寢室」之中。直到後來,她爲一枝定下了薛小姐這門親事,而自己已被父親許給呂邦彥,要她進京完婚,她雖然也下定決心,以死殉情,卻還是聽從父親的安排,收拾行裝進京。對於織素的品行,作者是十分讚賞的,在書中,他曾借桂山人之口,由衷地稱她「婦德壺範,必將垂輝於後世」!《紅白花傳》中的另一個與《宛如約》中趙宛子相對應的人物薛幽蘭,從所謂思想解放的角度而言,也明顯比趙宛子保守。她雖然也如趙宛子那樣有追求自己幸福的思想和舉措,像在觀中掛上自己的畫像,見了畫上的題詩,又於轎中看到了桂一枝,因之動情,常讓女觀打聽其下落;後來也有招才擇婿的舉措,但這一切都是在她母親的主持下進行的,與趙宛子的自主考詩擇婿,和「考生」隔著一張薄簾吟對還稍遜一籌。顯然,作者在受《宛如約》影響的同時,在精神層面上是另有自己的看法的。換句話說,《紅白花傳》的作者比起《宛如約》的作者來更守中國的傳統。

說《紅白花傳》中充滿了漢文化的情結,大約一點也不爲過。

兩種《紅白花傳》抄本的比勘

韓國中央圖書館序抄本與日本東京大學東洋文化研究所本《紅白花傳》有不少的異文,我們拿兩種本子作一點比勘,可以發現,小處的異文很多。就拿前兩回的第一段來說:

韓國中央圖書館序抄本	日本東京大學東洋文化研究所抄本
大明成化年間，河南府洛陽縣聚星村有一個書生，姓桂，冬榮其名也。自少時學問宏偉，文章卓越，七子以下，皆渺視也。自謂取青雲如拾地芥，而命道奇岬，鬼神揶揄，屈首就試，終不成名，乃喟然嘆曰：「貴賤，命也，非人也：窮通，數也，非我也。東堂射策，白髮非時，北關上書；青雲難期，吾寧超脫於十丈狂塵當中，擺落世緣，脫略俗務，以山水爲廬，風月爲伴，優游曼衍，以終餘年，豈不樂哉。」於是命小奚策蹇驢，跌宕於嵩山小室之間，嘯傲於伊關龍門之上，或竟日忘歸，或終歲不返，足跡所遍，不啻三十六名區而已。或在家之時，則靖處一室，杜門謝客，觀書獵史，寓興忘憂，鄰里不得見其面，賓從不得尋其蹤，以此人或稱之以處士，或呼之以山人。	大明成化年間，河南府洛陽縣聚星村有一【介】書生，姓桂，冬榮其名也。自少時【文學】宏偉，文章卓越，七子以下，皆渺視也。自謂取青雲如【捨】地芥，而命道【崎】岬，鬼神揶揄，屈首就試，終不成名，乃喟然嘆曰：「貴賤，命也，非人也：窮【達】，數也，非我也。東堂射策，白髮非時，北關上書，青雲難期，吾寧超【蛻】於十丈狂塵當中，擺落世緣，【略脫】俗務，以山水爲廬，【以】風月爲伴，優游曼衍，以【送】餘年，豈不樂哉。」於是命小【僕】策蹇驢，跌宕於嵩山【石】室之間，嘯傲於伊關龍門之上，或【經】日忘歸，或終歲不返，足跡所遍，不啻三十六名區而已。或在家之時，則【精】處一室，杜門謝客，觀【詩】獵史，寓興忘憂，鄰里不得見其面，賓從不【能】尋其蹤，以此人或稱之以處士，或呼之【　】山人。

　　其間互有正誤，類似這樣的異文，全書隨處都是。異文處，有時韓國國立圖書館抄本正確的多，而有時日本東京大學東洋文化研究所抄本正確的多。根據這一現象，看不出他們之間有直接的傳承關係。

書中也有幾處較大的異文：

㈠回目：

⑴韓國中央圖書館序抄本第五回為：開封府俠女莊（藏）跡秋（翠）香閣貴女擇婿；

同回，日本東京大學東洋文化研究所抄本作：翠香閣擇婿　大板橋作媒。

⑵韓國中央圖書館序抄本第六回為：女子安千年復生　雌相知一琴相挑；

同回，日本東京大學東洋文化研究所抄本作：女子安展作序手　才相如弄求風詞。

㈡正文：

⑴在呂邦彥列舉了所求女子的容貌一要如觀音，一要如龍女，一要如桂一枝後，媒婆說：

韓國中央圖書館序抄本：「……而相公絕無柳秀才傳簡之術，老身未學孫大聖開水之符，龍女【亦】言之無益矣。男子之身而稟美女之色，相公若使桂相公如去年【秋間】王小心家老雞之變換雌雄，則相公可娶美【婦】人，而此非人所及，不必為無益之言也。……」

日本東京大學東洋文化研究所藏抄本：「……老身未學孫大聖開水之符，龍女言之無益矣。【桂相公造物戲劇，假】男子之身而稟美女之色，相公若使桂相公如去年王小心家老雞之變換雌雄，則相公可娶美人，而此非人所及……」

⑵

韓國中央圖書館序抄本：「……秀才題詩之日，貧道等未及問

名，且其詩意未有如小姐之能解者，誰能見其詩而知其人乎？荀小姐聽畢，默念曰：『下一首末句蓋有題詩之人不須愛畫，或尋媒妁，或因女冠求婚之意，而故不明言耳。』問於貞玄曰：『其秀才何以知之？』又問曰：『薛小姐見其秀才乎？』……」

日本東京大學東洋文化研究所藏抄本：「……秀才題詩之日，貧道未及問名，且詩意未有如小姐之能解者，誰能見其詩而知【其意，推其意而知】其人乎？薛小姐聽畢，默然思曰：『下一首末句，蓋有題詩之人不須愛畫，或尋媒妁，或因女冠求婚之意，姑不明言爾。』問貞玄曰：【『秀才作詩之時，或知其薛小姐之畫像乎？』貞玄曰：】『其秀才何以知之？』又問曰：『薛小姐見其秀才乎？』……」

(3)

韓國中央圖書館序抄本：「……誠得此人爲桂兄之匹，則庶幾敢爲桂生志誠之一端。」

日本東京大學東洋文化研究所藏抄本：「…………誠得此人爲桂兄之匹，則庶堪爲桂生【之配，而報我】志誠之一端。」

從這幾處大的的異文看，都是日本東京大學文化所藏抄本正，而韓國中央圖書館序抄本誤。造成錯誤的原因，則似皆爲漏抄。比如例二，韓國中央圖書館序抄本漏抄【「秀才作詩之時，或知其薛小姐之畫像乎？」貞玄曰：】，上下文的文意便銜接不起來；例三，韓國中央圖書館序抄本漏「之配，而報我」數字，變作「則庶幾敢（堪）爲桂生志誠之一端」，句子便不通。如果沒有上面所說的情況，我們也許可以推測韓國中央圖書館序抄本是據日本東京大學文化所藏抄本轉抄，但有了上面的事實存在，這一觀點也難完全

成立。審愼一點說，兩個本子各有自己的的底本，而兩個底本又是
同一系統的本子⓬，因之大同而小異。

⓬　金東旭、鄭明基：〈《紅白花傳》題解〉，《藏書閣典籍解題》第四十
　　號，一九八一年七月，轉引自崔溶澈〈韓國漢文小說《紅白花傳》的版本
　　流傳〉。金文認爲，《紅白花傳》有兩個系統。

《九雲記》與才子佳人小說

韓國大真大學中文系
趙冬梅

【摘要】

　　本文主要從兩個方面對《九雲記》進行了探討。一是《九雲記》的作者問題；二是《九雲記》與才子佳人小說的關係。

　　《九雲記》究為韓國人所作還是中國人所作，學界一直存在爭議。筆者從本文內容入手，對書中表意模糊、語法錯誤的句子，混亂的親屬稱謂，抄用中國小說時對原作內容的誤會，以及韓國特有的語言現象等方面加以分析，認定它不可能出於以母語創作的中國文人之手。

　　本文的第二部分是本文的重要部分，主要探討了《九雲記》與才子佳人小說的關係。才子佳人小說對《九雲記》的影響不僅表現在結構形式上，也表現在人物形象的設置及情節的展開上。很多作品如《平山冷燕》、《玉嬌梨》、《好逑傳》、《英雲夢》等，原書內容更被《九雲記》連篇累牘地抄用，甚至連人物姓名都不做改變。筆者對於上述內容作了較為詳細的論述說明，指出了才子佳人小說對於《九雲記》成書的重要影響。

一

《九雲記》究爲韓國人所作還是中國人所作，學界已有三種看法。一是以中國學者劉世德教授爲代表，認爲《九雲記》的作者爲中國人❶；再是以旅法華人學者陳慶浩爲代表，視《九雲記》爲朝鮮人所作的漢文小說❷。第三種看法則認爲，先有中國文人改朝鮮小說《九雲夢》爲《九雲樓》，又有朝鮮文人改《九雲樓》爲《九雲記》❸。

劉世德教授以其爲中國小說的論據主要有二，一是金進洙（一七九七～一八六五）《碧蘆集》〈燕京雜詠〉中的一首詩及附注，二是《九雲記》的行文。劉文認爲，《九雲記》不可能是運用白話文水平很低的朝鮮文人創作的。但我們閱讀全文便會發現，《九雲記》並非純然白話，而是一部文白夾雜的小說。這種創作形式，在韓國漢文小說中並不罕見。《廣寒樓記》（漢文本《春香傳》）即屬這種形式。雖然與《廣寒樓記》相比，《九雲記》的白話文成分占有更大比重，但這部分的句子，往往生硬彆扭，語意不通，說明作者並不具備熟練運用白話文的能力。金進洙的詩及注是劉文最重要的論據，詩爲：

---

❶ 詳見劉文〈《九雲記》是中國小說還是朝鮮小說？〉，《文藝報》，一九九四年一月二十二日。

❷ 見陳文〈《九雲記》之研究及其作者問題〉，《中華文化與世界漢文學研討會論文集》，臺北，一九九八年七月。

❸ 見陸宰用：〈《九雲記》的研究概況以及幾點問題的商榷〉，《嶺南語文學》第二八輯，大邱，一九九五年十二月。

墨鳶裴虎迄無休，篇什叢殘盡刻舟。豈但梅花空集句，九雲
夢幻九雲樓。

詩下有注，關於末兩句云：

> 「梅花」，康熙時人羅景星集梅花句，七律七絕各一百首，
> 書模《聖教序》字開刊。其聯一句「臘盡山中三尺雪，月斜
> 樓上五更鍾」，我東小說《九雲夢》增演己意，如楊少游系
> 楊震，賈春雲系以賈充，他皆仿此，皆寫像於卷首，如聖嘆
> 四大書，著爲十冊，改名爲《九雲樓》。自序曰：「余官西
> 省也，於舟中得見《九雲夢》，即朝鮮人所撰也。事有可
> 採，而朝鮮不嫻於稗官野史之書，故改撰」云。

金進洙的詩注後面，收錄黃鍾顯的評語。曰：

> 集句之法，蓋始於石曼卿。而一題集二百句，可謂古今奇
> 才。若稗史演義，半屬烏有。而以至楊少游系出楊震，八仙
> 女皆有系派，寫影於篇首，以無爲有，反虛成實，有關傷風
> 敗俗。康熙時，毀破聖嘆《水滸傳》刻版，亦由是也。

寫像評點十卷本《九雲樓》可能確曾存在。另一則資料也可以證明
這一點，那便是朝鮮學者李樹廷（一八四二～一八八六）的《金鰲新
話跋》，文云：

> 朝鮮固多小說，然皆有根據，蓋野史之類，其傳奇之作甚
> 稀，……《九雲夢》向爲清人某所評點成十卷，印行于
> 世，……。

雖然如此，然此寫像評點本至今未被發現。在此，是否能像劉世德教授那樣以金進洙《碧蘆集》中的相關資料爲據，來斷言《九雲記》就是《九雲樓》，故而《九雲記》是一部中國小說，卻仍大可商榷。從下面對文本內容的介紹分析中，我們會發現，此書更像是不諳白話的朝鮮文人所作。

　　據金進洙詩注，《九雲樓》的作者當爲清朝一位官員。但我們閱讀《九雲記》時卻無法得出這樣的結論。因爲既登仕途，至少是粗通文墨，而《九雲記》中，不成話的句子俯拾皆是，如第三回，衛夫人責八仙娥不守仙家規範：

> 夫人道：「……今也，你們怎麼樣的，也不怕上界受罪起
> 來，又不害臊了，不老老實實的麼。你們容不得仙家清
> 範，……。

八仙娥懇請花仙姑說情：

> 八仙娥復嘈嘈啜啜的向百花仙道：「花姑娘娘，十分主持
> 了，我們冷活一般的，救一救則個。」

楊父向連襟謝少傅談及楊少游：

孝廉道：「迷豚今十二齡，讀的是索性隨手抽簽，眼到看過。雖是記性不甚鹵莽，難道竟不知定讀習熟。有時做得些詞賦，或五六七言，只得解解夢呢。

再如第六回，鄭夫人問女兒病情：

娘，老們一時連忙答道：「太太不用慮可的。姑娘已痊癒好了，剛才用過食膳，比前的多大了。」夫人喜道：「知是些乏的了。」

第九回，鄭夫人向鄭司徒論及以春娘爲楊少游妾一事：

（夫人）告於司徒道：「女兒之言雖如此，春娘之才貌，出於等第。少年相遇，倘或有什麼三心四意，不但非女兒之長策，倒也難道是遠慮的，不妨鬆了呢。

這種生硬彆扭的句子舉不勝舉。可以說，除了抄來的句子以外，大多表意模糊。也有很多用詞不當之處，如第八回，鄭小姐得知父母選定之婿便是假作女冠，進府私相自己的楊少游時，有這樣的描寫：

春雲遞將鴛鴦，馮奶娘言語，自己假意之話，一一說了。小姐老著臉飛紅了。

在此，作者的本意大概是想說鄭小姐很尷尬，很不好意思。而「老著臉」是「厚著臉皮」的意思，用在這裡顯然很不恰當。

總之，由於《九雲記》的作者不能很好地運用白話來表意，加之此書又從不同時代的多部小說中轉抄，不能融會貫通，是以語言面貌十分蕪雜，實在不像是以漢語爲母語的作者所作。

我們知道，《九雲記》的作者熟知《紅樓夢》、《鏡花緣》、《水滸傳》、《平山冷燕》、《玉嬌梨》等諸多中國古典白話小說。他把上述中國小說的部分內容搬用到《九雲記》中，大大地擴大了後者的內容。但在搬用中，由於錯會了原文的意思，不當之處極多。如第六回：

> 煉師忙拉了起來，道：「賢侄……身上大好麼呢？」
>
> 煉師道：「尊堂妹丈暨妹妹俱大好麼？」
>
> 煉師先問：「司徒，夫人俱大好麼？」

第二十回：

> （煉師）說道：「我的姑娘，頭一次到庵，太勞了，太早了。姑娘大好麼？」

「大好」這個詞在《紅樓夢》中曾多次出現。如：

> 寶玉道：「正是這話。我昨夜就要叫你去，偏又忘了。我已經大好了，你就去吧。」（第五十七回）

代儒道：「寶玉，我聽見説你前兒有病，如今可大好了？」

寶玉站起來道：「大好了。」（第八十一回）

襲人也忙迎上來問：「姑娘這幾天可大好了？」黛玉道：「那裡能夠，不過略硬朗些……。」（第八十二回）

類似的話還有「大安」，如第五十五回：

> （平兒）説看，又向門外説道：「你們只管撒野，等奶奶大安了，咱們再説。」

很顯然，它的意思是問病人的身體是否完全恢復。而《九雲記》的作者卻把它當成常人見面的問候語來使用了。再如《九雲記》第二十八回錦衣衛查抄張修河家的描寫，搬用了《紅樓夢》一百五回「錦衣軍查抄寧國府」的情節。照抄字句時，並沒意識到原文的話外之音：

> 只見夏太監道：……又喝命：「不許羅嗦，待本監自行查看。」説著，便慢慢的站起來，分付跟來的：「一個不許動，都給我站在這裡候著，回來一起瞧著。」

這段話在《紅樓夢》中是描寫迴護賈府的西平王的。因他不願使賈府吃大虧，才「慢慢的」一味拖延，又不准自己手下的人動手肥己，故而命他們「給我站在這裡候著」。而把這樣的描寫用到樂於大抄特抄的夏太監身上就有些不倫不類了。《紅樓夢》第六十二回

有「猜拳」的情節，《九雲記》第三十二回中也出現了這一場面：

> 淑人……乃道：「我就馮奶娘猜拳罷。」……「眾人看見，
> 馮奶娘出的是無名指，秦淑人出的是中指。眾人都笑道：
> 「奶娘輸了。」……奶娘便笑道：「我只估量著淑人姐姐一
> 定要出小指，所以我才出了個無名指。誰知道反倒上了當
> 了。」

這裡，顯然錯會了「猜拳」這種酒令的意思。猜拳本是兩人相對同時出手，各猜所伸出手指之合計數，而在此似乎成了哪個手指壓哪個手指的問題了。

《九雲記》的親屬稱謂也頗混亂，楊少游稱出家的姨母杜煉師忽爾為「嬸太太」，忽爾又為「姨太太」，這顯然是生硬搬用《紅樓夢》中「李嬸太太」、「薛姨太太」之稱謂的結果。而且，《九雲記》中下人的名字，如鄭府的丫環鴛鴦、鸚鵡，僕婦周瑞家的，均來自《紅樓夢》，這可能也是由於作者對此類人物命名不甚了解造成的。

《九雲記》寫的是明朝萬曆年間的事，由於作者對明代官吏制度並不了解，因此出現了許多錯亂現象。如第二十七回：

> 復使端公差使盡心扶護。雖然鬼神在旁，其能揣測。
> 忽有太監一員，率領許多端公屬員，如虎似狼的。
> 節級們道：「相公隨我罷。」
> 那孔目，節級們咸道：「至宜。」

劊子大驚，一面將金開了鐵鏈，一面走告節級，差撥，出來迎接，打恭了侍立。

第二十八回：

　　盧鎮笑道：「……那官長不有捕快，端公？」

「端公」是宋代官府公人之稱，《水滸傳》第八回：

　　只見巷口酒店裡酒保來說道：「董端公，一位官人在小店中請說話。」……原來宋時的公人都稱呼端公。

宋元時地方獄吏有節級，《水滸傳》中的神行太保戴宗便為兩院押牢節級。而孔目為掌管文書之官，宋時各級衙門多設。《水滸傳》中也有鐵面孔目裴宣。但是明朝除翰林外都不置孔目，清朝因之。《九雲記》的作者顯然是不了解這些情況，而從《水滸傳》中取用的。

　　在這一方面，還有一個明顯的錯誤就是知府、太守和知縣不分。如第三回：

　　一日，按武昌府知縣湖（胡）文卿進見，……乃打發胡知府出去。

若說此處為抄寫筆誤，我們再看第二十三回：

家僮忙的三步做一步，報道：「本縣太守老爺，賚奉詔旨到
門。……」

很顯然，這部作品不可能出於「西省爲官」的中國人之手。

在第一回中，楊少游的前身，即所謂六觀大師的徒弟性眞，奉
師命於路問候諸仙人，往往自稱「貧道」：

性眞道：「……貧道剛才的來了。……」
性眞謙讓道：「酒者，伐性之狂藥，佛家之大戒。貧道不敢
承賜了。」
性眞起身，頂禮拜謝道：「……貧道斷乎不敢拜領，惟王爺
曲恕罷。」
性眞道：「一道溪水，迥隔南北，難道貧道從何飛越過的好
些兒？」
性眞一笑道：「……貧道有數顆明珠，願獻諸位菩
薩。……」

「貧道」原是魏晉南北朝時僧人自稱，但在唐以後，它已逐漸專用
於道士。中國古典小說中，僧尼的自稱多爲「貧僧」、「貧尼」；
「老僧」、「老尼」；「小僧」、「小尼」等等。但在朝鮮，並無
道士的存在，僧尼常常自稱「貧道」，這一點我們在其他朝鮮漢文
小說中也能找到例證。如《玉麟夢》中翳雲庵女尼靈遠，一直自稱
「貧道」：

靈遠曰：「此無乃今榜之狀元郎耶？貧道曾爲其生產祝
願，……」（《玉麟夢》第四回）
靈遠對曰：「小姐緣何問之乎？貧道王侯貴宅，無處不
見，……」（同上）

這種現象幾乎不見於中國通俗小説中，這應該說也是《九雲記》作
者國屬的一個例證。再有第五回，楊母庚夫人囑咐楊少游去找杜煉
師：

再說庚夫人道：「……盛京正陽門外，有名靈佑觀，是我表
兄杜煉師出家修行處。……」
春雲斂衽道：「妾身偏蒙姑娘之眷愛，涓埃之報，未由自
效。名雖侍娥，情同兄弟。……」

稱姊爲兄，姊妹爲兄弟，當然並無不可，但在近代漢語口語中卻並
不多見，而在朝鮮小説中這是一種常用的稱呼。《玉麟夢》中女子
對稱都呼兄呼弟，在今日的韓國語中，對女性年長者仍然可以稱
兄，這或許也能提供我們一點旁證。
　　綜上所述，我們認爲，如果說一個「西省爲官」的中國人，確
曾作過《九雲樓》，那麼，這部「印行於世」的寫像評點十卷本
《九雲樓》，與我們今天看到的題爲「無名子添删」的九卷手寫本
《九雲記》也不會是同一本書。然而，兩書之間或者也存在某種聯
繫。這一點我們從金詩的末聯「豈但梅花空集句，九雲夢幻九雲
樓」中可以窺見一二。我們知道，《九雲記》的確是一部轉抄多本

中國小說的「集書之書」，金進洙如果正是從這一方面看眼，把集
梅花詩與《九雲樓》相對，可以推想《九雲樓》的內容可能與《九
雲記》有很多相似之處。因此，我們上文談到的第三種觀點不無道
理，也就是說，可能先有中國文人改朝鮮小說《九雲夢》爲《九雲
樓》，而《九雲記》的作者，朝鮮文人無名子受到《九雲樓》創作
的影響，對其加以添刪，便產生了我們今天看到的這本《九雲
記》。

　　詳讀《九雲記》，我們覺得，這部書不大可能出於已登仕途，
「知書識禮」的上層文人之手。楊少游把內宅之正殿命名爲「群芳
院」已顯輕薄，更讓自己的母親入住做群芳之主（在《九雲夢》中楊
母所居正堂名慶福堂），則跡近荒唐了。其他如楊少游鄉試得中，答
宗師問話之時自稱「解元」（《九雲記》中此處文字本抄自《平山冷
燕》，而在《平山冷燕》中，燕白頷答話自稱「生員」），還有我們下文
論到的張善直稱父親名諱等等。這都表明這部書極有可能是下層文
人所作。

二

　　《九雲記》以《九雲夢》爲框架，加入了許多內容。這些內容
基本來自《女仙外史》❹、《水滸傳》、《紅樓夢》以及《鏡花
緣》等諸書，可以說沒有這四部書，也就沒有《九雲記》，因爲後

---

❹　有論者認爲，《九雲記》第一回的創作受到了《西遊記》的影響，而事實
上《九雲記》第一回、第二回的創作完全抄自《女仙外史》第一回、第二
回，文字大體相同，基本上沒有出入。

者從此四部書中抄錄了太多的內容。關於這方面,我們另文討論,不多贅述。在此,主要探討的是《九雲記》與才子佳人小說的關係問題。

《九雲夢》顯然受到了唐傳奇《無雙傳》、《柳毅傳》、《紅線》等作品的影響,而《九雲記》的創作則大大得益於才子佳人小說。才子佳人小說曾經大量流入朝鮮,其中很多還被譯成韓文,在朝鮮時代產生了較大的影響。李延綽(一六七八~一七五八)《玉麟夢》的後半部分可以說就是一部才子佳人小說。《九雲記》一般說來,也稱得上是一部才子佳人小說。其最特出的表現首先是情節結構的安排。

我們都知道,明末清初氾濫一時的才子佳人小說,是一種程式化的的文學樣式,「至所敘述,則大率才子佳人之事,而以文雅風流綴其間,功名遇合為之主,始或乖違,終多如意,故當時或亦稱為『佳話』。」❺才子佳人小說多寫能詩的才子與佳人一見鍾情,而腹無點墨的貴公子(其父官居要津,奸惡異常)假冒斯文,依仗勢要,在趨勢附炎的小人的幫助下,橫刀奪愛。他們屢施詭計,甚至在天子面前陷害才子,然而,天子終究是英明的。文武兼備,風采流動的才子終於得到了天子的賞識,與佳人喜結良緣。《九雲記》也正是如此。

《九雲夢》的情節結構較為簡單,除了太后奪婚這一波折外,並無什麼複雜的矛盾衝突,也看不到撥亂其間的小人。而在《九雲記》中,則加入了張善這條線索。他依仗父親吏部尚書張修河的勢

---

❺ 魯迅:《中國小說史略·明之人情小說(下)》。

要，妄充才子，始欲奪桂蟾月，繼欲奪鄭瓊貝，最後又圖與公主結
婚，可說是與楊少游做定了對頭。小說中，楊少游與張善矛盾衝突
的場面與才子佳人小說的常見場面相同，都為一些即席賦詩，對詩
的描寫。楊少游文思滾滾，佳作連篇，張善則瞠目結舌，不是一無
所成，就是滿紙胡言，又加入兩個幫閒文人，即盧鎮與王古頡插足
其間，於中取利等等，種種描寫皆如才子佳人小說。然而，「撥亂
其間」的惡人、小人，總勝不過風采流動的才子，所有作為都不過
是搬起石頭砸了自己的腳，因為上有英明君主洞悉一切。結果和大
部分的才子一樣，楊少游功成名就，奉旨成婚，皆大歡喜。

　　《九雲記》不僅借鑒了才子佳人小說的結構形式，在內容的描
寫上，也套用了《平山冷燕》、《玉嬌梨》、《好逑傳》、《英雲
夢》等多部小說。其中對它產生最大影響的作品是《平山冷燕》。

　　《平山冷燕》是才子佳人小說的壓卷之作，在朝鮮也產生了很
大影響。曾被譯成朝文，目前尚有兩種抄本保存在韓國精神文化研
究院樂善齋文庫及國立中央圖書館中。漢文本存有更多，計六種，
分別保存在漢城大學奎章閣，成均館大學圖書館，及東亞大學石堂
傳統文化研究院中。我們也可以在史書中找到有關此書的相關記
錄：

> 先時丁未年間，相璜與金祖淳伴直翰院，取唐宋百家小說及
> 《平山冷燕》等書，以遣閒。上偶使入侍注書，視相璜所
> 事，相璜方閱是書，命取入焚之❻。

---

❻　《朝鮮王朝實錄》卷三十六，正祖十六年（一七九二年）壬子十月條著錄。

在金春澤《北軒居士集論詩文》卷十六中對此書也有記載❼，可見，《平山冷燕》在朝鮮得到了一定範圍的傳播。《九雲記》便抄用了《平山冷燕》的很多篇幅，如《九雲記》第三回：

> 話說時神宗皇帝登寶位多年，……（天子）諭道：「朕以菲功涼德，獲居民上，實是幸致。才爲國寶，國制素重科甲，每以詞賦詞章爲准。文章豈在科臼。必采奇才，不負朕眷眷至意。倘得其人，常（應是「當」之誤）爲不次之賞。如其怠玩，循私忌公，遺珠，罪在不赦。」聖旨一下，宗師學憲各各叩頭，領旨謝恩，不敢怠慢。因是年底，就在家過了年新正，不敢久延，不日辭朝廷，各自赴任去了。
>
> 且說王宗師，就將諸生卷文次第批閱。聖諭在心，便加意細覽，指望一兩個奇才高品，逢迎天子之旨。不期考來考去，總是肩上肩下的文，並不見一卷出類拔眾之才，心下憂悶不平。
>
> 一日，按武昌府知縣胡文卿進見，乃呈上一封書說道：吏部張尚書托他代送的，要將他公子張善考出崇陽縣案首。王宗師看畢遞與一個門子，道：「填案上稟我。」說完，乃打發胡知府出去。心下想到：「別個書不聽，也不多緊。一個吏部，自己之升薦榮辱，都在他手裡。這些小小事，難道

---

❼ 金春澤：《北軒居士集論詩文》卷十六，第二十五葉著錄：「小說無論《廣記》之雅麗，《西遊》、《水滸》之奇變，宏博如《平山冷燕》，又下等風致。」

不聽聽？」又想到：「聖諭諄諄，要得眞才。張善這廝若是
眞才，固是兩得。他是紈絝中養得的，又有此私托，當可諒
其所抱。若取了這些人情貨兒，又如何繳旨呢？且待考過，
再處不妨。」更將一府考完，閉門閱卷。

看到一卷，眞是珠璣滿前，錦心繡口，脫乎窠臼，十分
奇特。王宗師拍案稱賞道：「今日方遇著一個奇才。」便提
起筆來，寫了一等一名。寫完，只見門子稟道：「張尚書有
書在此，老爺前日分付，叫填案時稟的。小人不敢不稟。」
宗師道：「是也。這卻不是如之奈何？你便再查出張秀才的
卷子來。」門子答應了，就將一個卷文在前，道：「此便是
了。」王宗師一看，卻又不甚通，心下沒法，只得勉強填出
第二名罷。一面掛出牌來，限了日期，當面發放。

至期，王宗師自坐在上，兩邊列了各學教官，諸生都立在下
面。考填的卷子，都發出來，當面開拆唱名。先拆完府學，
拆到咸寧縣第一名楊少游，只見人叢中走出一個少年秀才。
宗師定睛細看，那秀才生得：

　　垂髻初斂正青年，弱不勝冠長及肩。

　　凝眸山水皆添色，倚笑花枝不敢妍。

王宗師見他儀容清秀，年紀又輕，萬心歡喜，乃問道：「尊
銜就是楊少游嗎？」楊公子道：「解元正是。」王衰又問
道：「今年十幾歲了？」少游應道：「十三歲。」王衰又
道：「本院只認各府甲科之才，固自不乏，又奉聖諭，必也
求得拔萃之才。今見尊卷，果然是天姿高曠，奇想不群，墨
跡縱橫，如神龍不可拘束。眞高才也。老師宿儒尚患不克，

不意尊庚如是青年，尤可賀喜。本院且可承聖諭，竊自幸
甚。」楊少游便起身再坐，恭敬答道：「學生庸陋下儒，素
淺才識，僥倖得中，誠出望外。今又蒙大人諭獎，多恐有負
所舉」。王衮道：「無自過謙，本院非是過詡，誠恐不能道
其眞才呢。」復唱到第二名，是張善。只見走出一個矮黑秀
才，肥頭胖肩，一臉麻黑，到了面前坐下。宗師問道：「賢
是張善麼？」張善答道：「現任吏部尚書修河，便是吾家大
人呢。」王衮見他出口不雅，全無文字氣，便不再問。連唱
第三名，次第發落，畢了考試，別了知府，回京復命去了不
題。

此一大段落全文照抄《平山冷燕》第九回「誤相逢才傲張寅」，只
是把才子燕白頷換成了楊少游；張善仍爲吏部之子，只是名字由
「寅」而「善」；提學仍名王衮。原詩爲一首七律：

> 垂髫初斂正青年，弱不勝冠長及肩。
> 望去風流非色美，行來落拓是文顚。
> 凝眸山水皆添秀，倚笑花枝不敢妍。
> 莫作尋常珠玉看，前身應是李青蓮。

　　大概是因爲楊少游的前身是和尚性眞的緣故吧，《九雲記》去
掉了頷聯和尾聯，七律便成了一首七絕。其他部分的整段文字幾乎
完全相同，只有個別字句稍有差異，或由於抄時筆誤，或由於著意
改動，改動部分並不見佳，如張善回答王衮的話，原文爲「現任吏

部尙書張，就是家父。」而改動後竟讓張善人前直稱父親名諱，殊不合情理，張善無論如何不通，也不會犯這種常識性錯誤。這也證明《九雲記》不會出於「西省爲官」的中國人之手。

《九雲記》第五回有楊少游贈桂蟾月詩一首：

> 可憐不世艷，嬌美可人心。秋色畫雙黛，月痕垂一簪。
> 白墮梨花影，香拖楊柳蔭。情深不肯淺，欲語又沉吟。

這首詩在《平山冷燕》中爲燕白頷所作❽。其中「嬌美可人心」原作「嬌弄可憐心」；「香拖楊柳蔭」作「青拖楊柳蔭」。以「青」對「白」，對仗更爲工整。

我們再看《九雲記》第七回關於春景的描寫：

> 一路上，早有一帶柳林，青青在望，少游頓覺歡喜。原來這柳林，約有里餘，也有疏處，也有密處；也有幾株近水垂橋的；也有幾株依山拂石的。中間最疏茂處，蓋了一座大亭子，供人游賞。到春深時，鶯聲如織，時時人多來登玩。

我們再看《平山冷燕》第十回對遷柳莊景色的描寫：

> ……不多時，便見一帶柳林，青青在望。
> 原來這帶柳林約有里餘，也有疏處，也有密處。也有幾株近

---

❽　見《平山冷燕》第十回〈巧作合詩驕平子〉。

水，也有幾株依山；也有幾株拂石，也有幾株垂橋。最深茂
處蓋了一座大亭子，供人游賞。到春深時，鶯聲如織，時時
有游人來玩耍。

至於此回楊少游與張善對詩的部分，也完全抄自《平山冷燕》第九
回。因爲篇幅過長，我們仍只引《九雲記》：

> 楊少游陪笑道：「豈敢，豈敢。但天已向晚，今日之遇，直
> 是邂逅也，非是結社爲約的，不過任意潦草。各人不必各做
> 一篇。不如同兩兄聯句，互相照應頑惡，便覺有情。個中到
> 置一令，如遲慢不工，罰依金谷酒數，到也有趣。」張善正
> 擬誦他前人記游應接，今聞聯詩設令，心下著急，到想：
> 「聯句也是一般捏合來，有何不可？」正躊躇思量之際，盧
> 鎮道：「小弟本無倚馬之才，又是疏於工詩。情願罰一杯
> 罷。」仍自酌一杯，飲盡了。張善強笑道：「盧兄眞個膽
> 小，只可做的做，不做的不做。」復勉強道：「詩當隨興而
> 發，楊兄且請起句罷。弟可臨時看興，若是興發時，便不打
> 緊。」楊少游道：「如此僭了。」遂提起筆來，蘸蘸墨，先
> 將詩題寫在粉壁上，道：「春日城西訪柳留飲，偶爾聯
> 句。」寫完，便題一句道：
>
> 　　不記花蹊與柳溪，
> 題了，便將筆遞與張善道：「該兄了。」張善只指望前人的
> 詩湊合全句的，那裡合他只句來？推辭道：「起頭須一貫而
> 下，若兩手湊成，詞意參差，到中聯，小弟續罷。」只自肚

裡暗誦誦，自己誦他的句，以望捏合的。少游道：「這也使
得。」又寫第二句道：

城南訪柳又城西。酒逢量大何容小，

寫罷，仍遞與張善道：「這卻該兄對了。」張善接了筆，又
並無借合之前人詩，只自臉上發紅，左顧右盼，倒也不知所
措。少游催促道：「太遲了，該罰。」張善聽見個「罰」
字，便說道：「若是花鳥山水之句，便容易對。這『大』，
『小』二字，要對實難。小弟情願依盧兄例，罰一杯罷。」
楊少游道：「該罰三杯。」張善道：「便是三杯。看兄怎生
對的？」就拿杯自倒了三杯來。少游取回筆，又寫兩句道：

才遇高人不敢低。客筆似花爭起舞，

張善看完，不待少游開口，便先贊道：「對得妙，對得妙。
小弟想了半晌，想不出的。」少游笑道：「偶爾適情之句，
有甚麼妙處？兄方才說『花鳥』之句便容易，這一聯卻是花
了，且請對來。」張善道：「花便是花，卻有『客筆』二字
在上面，卻見個假借之花，越發難了。到不如照舊，還是三
杯罷。楊兄一發完了。」少游道：「既要小弟完，也自從
教。」就提起筆，辛完三句道：

主情如鳥倦於啼。三章有約聯成詠，依舊詩人獨自題。

少游題罷，大笑，提筆而起，道：「多擾了。」遂往外便
走。張善挽道：「酒尚有餘，何不再為？」少游道：「張兄
既不以杜陵詩人自居，小弟安可以高陽酒徒相待。」乃將手
一拱，往外徑走。張善思：「吾惹他歪纏，一來沒有執跡，
二則已去遠了。」只獨自憤憤，咬牙切齒，免不得計給酒

錢，下樓還歸。

在《平山冷燕》中，該情節發生在另一才子平如衡和張寅之間，僅有個別語句不同。不同之處往往語意模糊，或是由於抄時筆誤，而結尾處加入張善「吾惹他歪纏」一句，則完全是不知所云，從此中亦可看出，作者很難用白話進行表達。《九雲記》第十二回楊少游辭婚時，天子的一番話語也來自《平山冷燕》，我們先看《九雲記》：

> 天子復道：「卿言差矣。守凡庶之約，謂之小節。承君父之旨，謂之大義。孰輕孰重？大凡事有經權，從禮爲經，從義爲權；事有虛實，娶之爲實，聘之爲虛。卿不可固執，以傷事體。鄭女無合巹之禮，那有夫婦之義？終身自守，便是無義。今不徒朕有定意，太后娘娘愛卿雅望，親自撿定。卿豈敢負太后一番盛意乎？」

我們再看《平山冷燕》第二十回，平如衡辭皇帝賜婚：

> 王衰道：「探花差矣。守庶民之義，謂之小節，從君父之制，謂之大命。孰輕孰重，誰敢妄辭。」
> 王衰道：「事有經，亦有權。從禮爲經，從君爲權。事有實，亦有虛。娶則爲實，聘尚屬虛，賢契亦不可固執。」
> 王衰道：「探花苦辭，固自不妨，只可惜辜負聖上一段憐才盛意。」

《九雲記》不僅大抄《平山冷燕》，才子佳人小說的開山之作《玉
嬌梨》的部分內容也為其所用。《玉嬌梨》向來與《平山冷燕》並
稱，清乾隆年間吳航野客的《駐春園小史》開篇即說：

> 歷覽諸種傳奇，除《醒世》、《覺世》，總不外才子佳人。
> 獨讓《平山冷燕》，《玉嬌梨》出一頭地，由其用筆不俗，
> 尚見大雅典型。

《玉嬌梨》也傳入朝鮮，目前有木刻四卷四冊本藏於成均館大學三
讓堂。朝文譯本多見於著錄，有三種傳世，其中兩種藏於日本東京
大學，一種藏於高麗大學圖書館。《九雲記》主要抄用了《玉嬌
梨》中的一些詩章，如第四回楊少游趕考途中過秦府，於粉牆外盤
石上題楊柳詩一首，詩云：

> 淺綠深黃二月時，傍帘流水一枝枝。舞風無力纖纖掛，帶月
> 留情細細垂。
> 裊娜未堪持贈別，參次已是好相思。東皇若識儂清眼，不負
> 春天幾尺絲。

又有秦彩鳳和詩：

> 風最輕柔雨最時，根芽長就六朝枝。傍橋煙淺詩魂瘦，隨院
> 春憐畫影垂。
> 拖地黃金應自惜，漫天白雪為誰思。流鶯若問情長短，試驗

青青一樹綠。

楊少游詩正是《玉嬌梨》中佳人白紅玉的《新柳詩》，有幾個字的差異。「淺綠深黃」，「傍帘流水」，《玉嬌梨》中作「綠淺黃深」，「傍檐臨水」；「帶月留情」，《玉嬌梨》中作「待月多情」；末句中「春天」，《玉嬌梨》中爲「春添」，他皆相同。而秦彩鳳和詩在《玉嬌梨》中，則爲才子蘇友白和白紅玉之詩，也有幾字之差，「傍橋」，《玉嬌梨》中爲「畫橋」；「隨院春憐畫影垂」，《玉嬌梨》中作「隋苑春憐舞影垂」；末句中「一樹綠」在《玉嬌梨》中爲「一樹絲」。異文處或由於抄時筆誤，或由於著意修改，如原文的「畫橋煙淺」化用柳永的名篇《望海潮》中「煙柳畫橋」一句，隋苑則是詠楊柳的熟典，《九雲記》把它改作「傍橋」、「隨院」，雖說失去了原文的浪漫艷麗，倒也對仗工整，且增加了幾分野意。

第五回楊少游逢桂蟾月，遇張善諸人吟詩，其中王古頡的歪詩見於《玉嬌梨》第六回，是假才子張軌如所作。原詩如下：

> 楊柳遇了春之時，生出一枝又一枝。好似綠草樹上掛，恰如金線條下垂。
> 穿魚正好魚翁喜，打馬不動奴僕思。有朝一日乾枯了，一擔柴挑幾萬絲。

王古頡之詩與此只有一字之差，「好似綠草樹上掛」，王詩爲「況似綠草樹上掛」，大概是抄時筆誤所致。

　　《好逑傳》（又名《俠義風月傳》）是一部極具特色的才子佳人
小說。它在明清之際就已風行，在十八世紀流入西歐，被譯成英、
法、德文出版。《好逑傳》也傳入朝鮮，漢城大學奎章閣現藏有兩
種，東亞大學石堂傳統文化研究院藏有一種，慶北大學圖書館藏有
一種❾，也有朝文譯本的存在，現藏於漢城大學奎章閣。本書對
《九雲記》的創作也產生了影響，《九雲記》第七回有張善對其父
張修河的一段話：

> 張善答應了幾個「是」，又道：「孩兒素性不喜不中意的。
> 若是朋友，合則好，不合則去，可也。若是夫婦，乃五倫之
> 始，一諧伉儷，便爲白頭相守。倘造次成婚，苟非艷色，勉
> 強周旋，乃是傷性。失了和氣，去而擲之傷倫，又惹人說。
> 不可輕議。是故孩兒年已及冠，未定室家。必得才容出眾之
> 一佳配，庶遂終身之事。」

這一段話本於《好逑傳》第一回鐵中玉語：

> 他（鐵中玉）因而說道：「孩兒素性不喜俗偶，若是朋友，合
> 則留，不合則去，可也。夫婦乃五倫之首，一諧伉儷，便是
> 白頭相守。倘造次成婚，苟非淑女，勉強周旋則傷性；去之
> 擲之又傷倫。安可輕議？萬望二大人少寬其期，以圖選
> 擇。」

---

❾　慶北大學藏本名《俠義風月傳》。

《九雲記》將「淑女」改爲「艷色」，與張善之品性相符，但結末添加部分中，張善竟向父親解釋自己爲什麼還沒定婚，在婚姻要由父母做主的情形下，這種描寫有些不合人物身份。《英雲夢》與《九雲記》的原型《九雲夢》只有一字之差，係才子佳人小說的後期作品，可能成書於乾隆初年。目前有八卷八冊的木刻本收藏於漢城大學奎章閣。它在才子佳人小說中不屬一流作品，但卻別具特色，對《九雲記》的創作可以說產生了非常大的影響。與《玉嬌梨》，《平山冷燕》等大部分才子佳人小說不同，《英雲夢》不是在才子佳人奉旨成婚的情況下收場，而是把情節擴展到對子孫際遇的細緻描寫，最後也有三位主人公升仙的敘述。這種結構形式與《九雲記》大體相同，王雲出將入相的經歷也同於楊少游，所差只在僅有兩妻三子，更未能妻以公主，是以富貴稍有不敵。然而也完全令那些希圖「學成文武藝，貨與帝王家」的士子們艷羨不已了。它對《九雲記》的影響首先表現在結構情節的處理上。在《九雲夢》中，對於楊少游後代子孫的敘述，只是一筆帶過，而《九雲記》卻有較爲詳細的描寫。不僅如此，在《九雲記》中，我們也能找到《英雲夢》中的部分內容，如第四回楊少游遇秦彩鳳，有兩首詩，一首形容秦彩鳳：

　　　　杏臉光含玉，春山眉戴青。秋波留淑意，隔帘環佩聲。

再一首形容楊少游：

　　　　皎皎龐兒俊俏，宛然玉樹臨風。滿目端明秀色，正是齒白脣

紅。

這兩首詩都見於《英雲夢》第十五回，原爲描寫錢府兩女，與王雲兩子的。《九雲記》做了少許改動，原詩其一爲：

> 杏臉光金玉，春山眉黛清。纖纖花褪色，戾戾月羞明。
> 綠鬢雲堆翠，紅衣彩□生，秋波留淑意，隔苑佩環聲。

其二爲：

> 皎皎龐兒瀟灑，宛然玉樹臨風。滿面才華秀色，一般齒白脣紅。

《九雲記》採用《英雲夢》詩作的情況尙見第二十三回，楊少游與兩公主成親，有詩曰：

> 多情多愛兩風流，夙夕姻緣今夕酬。錦帳鳳鸞連理樹，遺紅猩點耐嬌羞。

此詩見於《英雲夢》第十三回，是描寫才子王雲與佳人夢雲成婚的。除「鳳鸞」兩字在《英雲夢》中爲「鸞鳳」外，他皆相同。《九雲記》第二十三回，桂蟾月入楊府，奏《月宮春》一闋，歌云：

舞衣不勝蕊珠香，霓雲護群芳。留情笑獻紫霞觴，芙蓉星斗光。月色花叢人意軟，瑤池會上我伴伴。風到花廳景物，君且有容光。

這首詞也見於《英雲夢》第十四回，只有一個字的不同，「風到花廳景物」在《英雲夢》中爲「風列花廳景物」。

《九雲夢》不僅借用了《英雲夢》的諸多詩詞，也借用了其他的部分內容。如第十四回「日本國潛師犯青州」，楊少游布告軍中之文，曰：

欽差兵部尚書兼文華殿太學士，征倭大元帥楊，爲禁約告示事：

蓋聞兵貴神速，取乘勝之良機，令務嚴威，得隊伍之整齊。

凡在將佐隊伍，俱宜效力，各奏膚功，無爲自速重律。有犯者，軍法無私事。

聞鼓不進，鳴金不退者，斬。遇敵不先，畏怯退後者，斬。

搶掠民財，淫人妻女者，斬。有慢軍令，擅闖轅門者，斬。

兵器不利，旗幟不鮮者，斬。捏做妖言，惑亂軍心者，斬。

竊他人之功爲自己有之者，斬。

各依遵守機律，無敢或息。如違者，罪在不赦。

大概大小兵將在營不端，妄自喧嘩者，定照軍法施行。特此告示。

我們再看《英雲夢》第十二回，王雲帶兵征南，布告全軍，文曰：

欽點新科探花，翰林院編修，特封平南大將軍王爲禁約事：
蓋聞兵貴神速，取勝敵之良機；將知意變，奪銳氣之先謀。
軍貴威嚴，不得懈怠；隊伍整齊，勿爲自亂，犯者斬。聞鼓
不進，鳴金不退者斬；遇敵不先，畏首退後者斬；搶掠民
財，淫人妻女者斬；交頭接耳，洩漏軍機者斬；持強凌弱，
攬擾地方者斬；有慢軍令，擅闖轅門者斬；兵器不利，旗幟
不鮮者斬；捏造妖言，惑亂軍心者斬；竊他人之功以爲己有
者斬。自古軍令不得不嚴，各宜遵守，如違令者罪在不赦。
一概大小軍兵在營不端者，定照軍法施行。特此告示。

《九雲記》第三十回楊少游生子：

司徒復次第抱來兩兒在膝上，道：「好一對寧馨兒！」歡喜
的很，看了半日，遞與乳媼，以黃金兩錠爲新兒見面之禮，
分與奶娘。席上諸公俱有賞賜。奶娘接兒，抱在懷裡還內。

我們再看《英雲夢》第十四回，英娘、夢雲雙誕兒：

吳斌同楊凌各抱一個在膝上道：「好一對寧馨兒！」喜歡的
了不得。看了半日，遞與乳娘，各出黃金兩錠爲見面之資。
乳娘就抱回內堂去訖。

兩相對比，不難看出其中的相似之處。

三

　　總之，《九雲記》的作者非常熟悉才子佳人小說，因而，無論在結構人物的設置安排上，還是在情節內容的展開描寫上，都受到了此類文學樣式的影響。可以看出，作者是酷愛這些稗官雜說的，因此，他以《九雲夢》爲藍本，以所讀、所愛之書爲素材，構建了一個新的藝術天地。與《九雲夢》相比，這部改撰本雖然篇幅大大增加，但由於抄摹多書，又不能很好地融匯，因而結構鬆散，情節游離，更不要說其中那些生硬彆扭，語意不通的句子了。也就是說，《九雲記》的藝術價值並不很高。雖然如此，我們仍要看到，《九雲記》是出於不諳白話文的朝鮮文人之手，他是在用第二國的口頭語言進行創作，在此情況下，本書作者能夠對那麼多的中國白話小說如此了解，嫺熟於心，並能靈活地加以運用，應該說是難能可貴的，而且它的創作也能使我們進一步了解到中國小說在朝鮮的流傳狀況。從這個角度上說，《九雲記》的意義不容忽視，因而，對它的作者等諸問題的深入考察，有待我們做繼續的努力，力爭得出一個明確的答案。

【參考文獻】

1. 嶺南大學汶波文庫所藏九卷筆寫本《九雲記》。
2. 江琪校點：《九雲記》，江蘇古籍出版社，一九九四年。
3. 《紅樓夢》，黃山書社，一九九四年。
4. 《鏡花緣》，人民文學出版社，一九五五年。
5. 《女仙外史》，百花文藝出版社，一九八五年。

6. 《水滸傳》，黃山書社，一九九四年。

7. 《平山冷燕》（《中國古典才子佳人小說選》），哈爾濱出版
   社，一九九四年。

8. 《玉嬌梨》，同上。

9. 《俠義風月傳》（《好逑傳》），廣西人民出版社，一九八○
   年。

10. 《英雲夢》，春風文藝出版社，一九八七年。

11. 崔溶澈：〈九雲夢幻九雲樓──韓中小說史上共受注目的《九雲
    記》成書過程〉見《中華文化與世界漢文學論文集》，臺北，世
    界華文作家協會編，一九九八年七月。

12. 陳慶浩：〈《九雲記》之研究及其作者問題〉，同上。

13. 劉世德：〈論《九雲記》〉，《中國古代小說國際研討會論
    文》，一九九三年。

14. 劉世德：〈《九雲記》是中國小說還是朝鮮小說〉，《文藝
    報》，一九九四年一月。

15. 陸宰用：〈《九雲記》的研究概況以及幾點問題的商榷〉，《嶺
    南語文學》二八輯，一九九五年十二月。

漢文小說《包閻羅演義》與《三俠五義》之比較研究

北京大學圖書館
侯忠義

【摘要】

《包閻羅演義》是清末民初朝鮮人鷲溪生創作的漢文章回小說，是改寫《三俠五義》前二十回而成的。作者通過調整回目、修訂文字、增刪情節等手法，將一部描寫俠客義士言行的「群英譜」，改成一部單純歌誦和讚揚包公的「包公傳」。改寫本語言典雅流暢，描寫生動細膩，包公形象突出豐滿，是一部成功之作。

一、域外漢文小說的流傳形式

域外漢文小說，遍布世界許多國家和地區，但以日本、韓國、越南等周邊國家爲最。❶至於它們的流傳形式，今據韓國所藏漢文

---

❶　這樣説，並不排斥英、法等國也藏有較多的漢文小說。

小說進行考查，❷大致有如下五種情況：一為珍稀本。如明代文言小說集《花影集》四卷二十篇（陶輔）、明代短篇話本小說集《型世言》（陸人龍）、清代小說《紅風傳》十五回（不題撰人）、晚清小說《英雄淚》二十六回（冷血生）等。此類漢文小說價值最大，可以彌補我們若干研究資料的不足。二為注釋本。如朝鮮人林芑句解的《剪燈新話句解》等。三為選編本。如朝鮮人編的選本《刪補文苑楂橘》，共選收了傳奇小說二十篇。其中唐前的一篇，唐代的五篇，宋代的一篇，明代的三篇。明人的《韋十一娘傳》，國內已失傳，其他各篇，亦有研究價值。四為改寫本。如《啖蔗》二十八篇（無名氏），係據明代抱甕老人選輯的話本小說集《今古奇觀》改編，以及改寫《三俠五義》的章回小說《包閻羅演義》二十三回（鶯溪叟）等。五為外創本。即指外國人創作的漢文小說。《啖蔗》、《包閻羅演義》從這個視角來看，也屬於此類。可謂品種繁夥，形式多樣，足見朝鮮人民對中國古典小說的喜愛。

下面，從改寫本的角度，介紹《包閻羅演義》的情況以及與《三俠五義》的關係。

二、改寫本《包閻羅演義》

《包閻羅演義》二十三回，係據《三俠五義》前二十回改寫而成。這從兩書的回目、情節、語言即可判定。或云改寫本出自《龍

---

❷ 韓國鮮文大學朴正淵教授多年來不斷惠寄他整理出版的漢文小說，得以草成此文，特致謝意。

圖耳錄》。這不可能。《龍圖耳錄》係同治間抄本，❸是說話人的底本。說話人不肯輕易將底本示人，至今猶然，故一般人很難見到。就具體情節與藝術風格來說，《包閻羅演義》亦近於《三俠五義》而非《龍圖耳錄》。

　　漢語白話文《包閻羅演義》，一九一五年朝鮮京城府五車書廠出版，鵞溪叟著。具體改編時間不詳，當在《三俠五義》首刊本的光緒五年（一八七九）至一九一五年之間，以清末民初爲最大。改寫者鵞溪叟，生平待考，但當屬朝鮮人無疑。如書中首回即以外國人口吻敘中國宋朝歷史說：「話說支那五季之間，國無正統，民無寧日。」❹所謂「支那五季」即指唐五代時期。另，書中二十二回、二十三回屢屢提及「高麗人參」，亦是佐證。書中亦不乏高麗俚語，文辭使用上多有文理欠通之處，且把小說裡的早期白話，用眉批的形式，加以朝鮮文注解。據此可以斷定作者必爲朝鮮人。

　　本書有作者朋友吳剛《打缺壺口》一文❺，透露了本書《包閻羅演義》的創作過程：

　　　　鵞溪先生馳書謂余曰：「我著說部一部，請子一□。」❻不
　　　　敢孤命，詣至衙門。有童子引入書房。看見先生披髮跣足，
　　　　手執金剛牌，朝向屏桌。屏上所畫，皆陰雲慘霧，十府鬼

---

❸　《龍圖耳錄》今有鉛印本。上海，上海古籍出版社，一九八一年。

❹　北京中國大百科全書出版社本，一九九七年，正文頁一。

❺　《包閻羅演義》正文前有《讀法》、《詞》、《打缺壺口》三文，見北京大百科全書出版社本，一九九七年，頁一～二。

❻　原本缺一字。

王、羅刹、力士；桌上列香爐寶劍，檢命薄錄之類，心甚怪之。童子曰：「客宮，愼無作聲，待先生功畢，攀話未遲。」須史，先生撤去屏桌，整了衣冠，執手敍闊，勸酒相樂。余問道：「先生道力甚富，平生不言鬼神事矣，這般作怪，甚惑劣意。」先生笑曰：「我豈作怪？我閱《包閻羅龍圖公案》，足爲千古奇絕，聊欲演爲一部，不欲勸近世稗家，務多飾虛，演不補正，故此繪列形象，馳神觀聽，然後可以文不虛發。」言畢，出示若干表稿。剛讀之寇宮人志願超度，郭奸閹係戀陽壽，擧腕一拍，壺觴盡缺，繼吟一絕曰：

悲從劇處難爲淚，喜事齊天笑莫開。

打破壺觴起自舞，閻羅稗史鬼神才。

文中所言作者欲著「說部一部」，當即爲《包閻羅演義》；至於言「閱《包閻羅龍圖公案》」一語，其實指的就是《三俠五義》。《三俠五義》又名《龍圖公案》，兩者本是一書，這更證明《包閻羅演義》改編自《三俠五義》的事實。另外，從文中也可以看出作者對包公（拯）非常崇敬和熟悉。如《宋史・包拯傳》言：「拯立朝剛毅，貴戚宦官爲之斂手，聞者皆憚之。人以包拯笑比黃河清，童稚婦女亦知其名，呼曰『包待制』。京師爲之語曰：『關節不到，有閻羅包老。』」❼因此作者直書其書名爲《包閻羅演義》，其意義也在於此。

---

❼ 見上海古籍出版社、上海書店影印《二十五史》本，一九八六年，頁六三三四。

在具體的改寫上，《包閻羅演義》有以下幾個特點：

調整回目。根據內容均衡的原則，既有分多者，也有合少者。如將原書第一回就分成了本書的前三回，且將原書第一回回末敘包拯出生經過，挪作本書第四回的開頭。原書第十三、第十四回，由於內容的變動，合成本書第十八回（只作一回）。由於內容的調整和增刪，回目也有所不同。如本書第十回「到縣廳曹吉服奸狀」、第十七回「項刺客力斬牝牡獅」，就屬於新增的；不錄原書第七、八、九回目，就屬於刪除的。那些內容相同的回目，亦進行了改寫或重寫，沒有完全照錄的。本書仍採用八字雙回目。

修訂文字。因原書係說書人的底本，故語言俚俗，口語化極強，且頗多重複與繁瑣。本書經作者的改寫，語言更爲精煉，文字更加典雅，但又頗富文學色彩。如說包公之母，原書只作：「院君周氏。夫妻二人皆四旬以外。」本書改爲：「其安人周氏，勤儉溫和，家庭萬事，著手生春，琴瑟和樂，自不必說。夫妻年紀，俱是四旬以上。」敘述周密完整，文彩斐然。

增刪情節。在原書大框架不變的前提下，作者對情節的增刪，體現了他對原作的理解和認識。他企圖將原作中的內涵挖掘出來，使之表面化；或將作者自己希望的內容敷演出來，表現改編者心中的塊壘。這是很有價值的部分。如第三回寫劉妃換了太子，除了李妃，燒了冷宮後，作者直接評論道：「如今敘了仁宗皇帝落地辛苦，這是帝王家未有的厄難；又有一個並世賢良包文正，自離母胎，遭遇厄難，較仁宗皇帝，更加百倍。」❽表現了對仁宗、包拯

---

❽　見北京中國大百科全書出版社，一九九七年，頁一四。

遭受磨難的同情和擁愛之情。作者刪掉與表現包公無關的情節，又在改寫本第七回增寫了「項刺客力斬牝牡獅」半回，言龐昱考查刺客項福技藝，命其入後花園鐵欄內劍劈青黃二獅情節，以及夫人為包公性命擔憂，都增加了懸念。改寫本第三回、第十九回、第二十回增加了一個人物彩嬪余琰。她因貌似李妃，構成罪過，而被趕出皇宮，回到陳州，入齊天廟出家為尼；又因盲目婆婆李妃告狀，流落齊天廟，兩人得以相遇，並在包公安排下，將李妃護送京師。對這個人物，作者議論道：「我道，一個余忠雖是秉心忠善，若非這姊，做不得殺身成仁。」❾既表示了這個人物存在的合理性，又表現了作者對李妃冤案的不盡情結。都是成功的例子。

描繪細節。改寫本比原書多增細節，這些細節描寫生動細膩，極富感染力。如首回寫劉妃心術不正、妖冶惑主，在她接到御賜玉環後寫道：「那劉妃嬌嬌噓噓，摩摩挲挲，道：『昔唐明皇賜貴妃玉環，環光照人肌骨，這又是西域產來的。彼好西域，信多美寶。』天子撫髯，笑曰：『比我明皇，芳卿自居金環妃子麼？』劉妃便低眉不語。這是閒話。」❿此為劉妃陷害李妃張本。

三、包公形象的異同

《包閻羅演義》將描寫眾多俠客義士扶危濟困、助弱鋤暴行為的《三俠五義》，改寫成一部單純的《包公傳》，描寫和反映了包公的主要生平事跡，形象突出鮮明，生動細膩，具有較高文學價值。

---

❾　同上，頁一〇。
❿　同上，頁二～三。

　　《包閻羅演義》二十三回，相當於《三俠五義》前二十回的內容。二十三回回末有「未知後事如何，且看下文分解」字樣，似未足篇，顯然原來是想繼續改編下去的。但是，客觀地說，作者想實現自己的願望，困難也是很大的。大家知道，《三俠五義》係由入迷道人加工整理《龍圖耳錄》而成，並將《龍圖耳錄》改成現名，就說明加工者已意識到，一百二十回的《龍圖耳錄》，三分之二以上的篇幅不是包公審案斷獄之事，而是俠客義士扶危濟困、行俠仗義故事，因此已不能用包公做書名了。這是完全正確的。那麼朝鮮的鷲溪叟是否認識到這種「名不副實」不得而知，但他既署《包閻羅演義》卻無相關的內容可供改編，這是無法迴避的事實。我想這大約也就是作者只改寫了二十回的原因。

　　《三俠五義》前二十回，包括包拯出生、應舉、初仕、任相等全過程；審斷了狸貓換太子案、吳良圖財殺死僧人案、皮熊華氏通姦殺人案、張別古烏盆案、陳應傑劉氏通姦殺人案、鍘龐昱案、鄭屠殺死妓女案、白熊謀殺李克明案、葉阡盜竊案、劉四訛詐被殺案、白安與白熊妾通姦案、楊氏女婚姻爭訟案、龐吉用魘魔法謀害包公案，約佔全書（一百二十回）案件的二分之一。《包閻羅演義》據此改寫成二十三回，恰好包含了包拯的生平與主要政績，內容的選取是恰當的。

　　對包公這個人物的刻畫，與原書相比，內容集中豐滿，形象生動鮮明，在原書的基礎上有所提高。如作者刪掉佔原書三回篇幅的「陳應傑劉氏通姦殺人案」，是因此案為主簿公孫策所破，不能顯示包拯的聰明和智慧，且結構顯得拖沓散漫，不夠集中，故這種刪除是應該的。《宋史・包拯傳》中尚記有包公所斷唯一一樁「斷牛

舌」的案子。在任天長知縣時，有人耕牛的舌頭被割去了，那人到縣衙上告，包拯讓他回去把牛殺掉。幾天後，有人揭發某人私宰耕牛。按當時法律，私殺耕畜要治罪。包拯劈頭便問告發人：「你爲何割人牛舌又來告狀？」告狀人只得承認，因與牛主有仇，故割其舌又逼其宰殺從而受罰。包公巧斷此案傳爲佳話。《三俠五義》未收此案，作者卻把它寫進改寫本第十回，就等於他的創新，突出了包公的俊睿才智，且寫得生動活潑，意趣盎然。

通過改寫，包公形象更加生動鮮明。如包公初官審斷烏盆案，杖斃趙大，例應革職，本書改寫了這一段文字，既表明了作者對此事的態度，又顯示了作者的文字修養：「且說包公斷了烏盆獄事，只因上司妒賢嫉明，把個獄案批道：『憑鬼飾誕，濫刑致斃』八個字，遂革罷了官職。」⓫更有將敘述改爲對話形式等，增加了形象的生動性。又如包公二兄嫂對包公之算計及不能容納，皆出於對財產的貪婪，本書對李氏有細緻的刻畫：「李氏道：『今有金錢百萬於此，折那一半得來，其數爲幾何？』包海應口道：『五十萬。』又問道：『折那三分得來，爲幾何？』答言：『三十萬之零。』李氏道：『我當明告你：此土之人，把包員外家貲，概稱百萬，假說將來拆睃（即分財）之日，把折半歸你，便不過五十萬。今院君添生一丁，這便是二一添五的，弄成了三一三十一。』包海聽此，如夢方醒，只是點頭無語。」⓬通過這段描寫，進一步說明了二兄嫂對包公迫害的根由，增強了包公出生的神異和幼年的傳奇性。

⓫　北京大百科全書出版社本，一九九七年，頁五七。
⓬　北京大百科全書出版社本，一九九七年，頁一七。

四、《包閻羅演義》的藝術特色

改寫本《包閻羅演義》的藝術風格與《三俠五義》不同，因作者鶯溪叟有較高的文學素養，因此使得改寫本有較濃厚的文學色彩，把一部話本體長篇小說，改寫得簡約委婉、文雅流暢，十分難得。這具體表現在語言由口語變成書面語言，符合閱讀要求；描寫由「粗」變「細」，結構更加合理。這一點在上面已舉的例子中，即可得到證明。但改寫本這種「雅化」傾向，也同時將原書中生動、活潑的歇後語、口語以及市民式的形象描寫，在改寫本書中消失了，這不能不說是改寫本的一大缺欠。如原書形象的歇後語「『整簍灑油，滿地撿芝麻』，大處不算小處算」（第二回）、形容會算計：「長處掏，短處捏」（第五回）、嫌講話囉唆：「什麼枝兒葉兒，鬧一大郎當」（第十五回）等，都被作者刪節或改寫了。

人物描寫，也因語言的「雅化」，而失去了光彩。如原書寫包公的面貌：「見包公方面大耳，闊口微顏，黑漆漆滿面生光，閃灼灼雙睛暴露，生成福相，長成威嚴，跪在地下，還有人高，真乃是丹心耿耿衝霄漢，黑面沉沉鎮鬼神。」⑬形象與人物行為相映生輝，而改寫本卻失去了這樣的神韻。又如原書寫太監總管楊忠引包公入宮鎮邪，開始一路擺譜，瞧不上包公，稱包公為「老黑」，後因未弄明真相，無法覆旨，又哀求包公透露一二，完全是一副市民的勢利嘴臉：

---

⑬ 《三俠五義》第十七回，廣州，廣東人民出版社，一九八〇年，頁一二三。

嗳呀！包，包先生，包老爺，我的親親的包，包大哥，你這
不把我毀透了嗎？可是你說的，聖上命我同你進宮；歸齊我
不知道，睡著了，這是什麼差使眼兒呢？怎的了，可見你老
人家就不疼人了！過後就真沒有用我們的地方了？瞧你老爺
們這個勁兒，立刻給我個眼裡插棒鎚，也要我們攔的住呀！
好包先生，你告訴我，我明日送你個小巴狗兒，這麼短的小
嘴兒。❹

前後對比鮮明，足見其市儈意識。改寫本已失掉了這種口語化的活
靈活現的描寫。但這並不等於說改寫本語言枯燥，沒有文彩，恰恰
相反，書中亦不乏描寫較好的例子。第二十三回言包公受魘魔法所
困，尚未脫災，魯莽憨直的趙虎有一段表現，十分風趣：

正是霜露滿天，衣衿正濕，已過了四更天氣。將近府門，無
數更人紛紛繞哨，只見趙虎坐在地上，擊劍作歌，聲甚悲
壯，歌曰：「包公用我壯士兮，壯士得以飲酒食肉，包公不
久人世兮，壯士安得不哭？」❺

描寫亦莊亦諧，妙趣橫生，具有較高水平。

---

❹　第六回，同上，頁五五。
❺　北京大百科全書出版社本，頁一二一。

有關江戶時代明治時代的漢文人物逸話集
——世說系和叢談系——

日本筑波大學
內山知也

【摘要】

本文針對日本江戶時代、明治時代的人物逸話集，包括「世說」系的《大東世語》（服部南郭）、《本朝世説》（林榴岡）、《近世叢語》（角田九華），和「談叢」系的《先哲叢談》（原念齋）、《先哲叢談後編》（東條琴臺）、《近世先哲叢談》（松村操）、《續近世先哲叢談》（松村操）、《先哲叢談續編》（岡本行敏校訂）、《新編先哲叢談》（谷壯太郎）、《漢學者傳記集成》（竹林貫一）等十部日本漢文著作，詳細介紹其內容與相關研究情形，並肯定「世說」系和「談叢」系的編輯著作有關聯性與共通性，都對人類的生存方式作了極鮮明的掌握。

一、關於服部南郭的《大東世語》

根據《日本國見在書目錄》（八九一年抄寫），平安時代《世說新語》早已傳至日本，因爲菅原道眞自己的詩中也已經引用了《世說新語》中的句子，可見在九世紀末，它已擁有相當多的讀者。這本書，在進入江戶時期以後，就開始有翻印刻本，元祿七年（一六九四），已刊行萬曆十三年刊的《世說新語》（王世貞序、李卓吾評點、張文柱刻本）。也因此而使得讀者的人數直躍而起。因應這樣的氣勢，模仿這樣的編輯，由日本人所做的日本人的《世說新語》，幾乎是同時在二個地方展開了。一個是荻生徂徠門下的服部南郭，另一個則是當時的大學頭林榴岡。南郭雖可謂士族，但已是退官之身；榴岡則是位居學界最高地位的大學頭旗本三千五百石的身世。也因爲這樣，如果榴岡能先完成該作付梓出版的話，其名必能留於文學史上，很教人惋惜的是竟讓南郭搶先了一步，而更糟的是，由於內容實乏善可陳，以至仍無法出版。

首先，對於服部南郭（一六八二～一七五八）的《大東世語》，已有不少相關的研究，也就沒有必要在此贅述。此書計爲上下二冊，收錄有三百五十四則故事。內容方面則是模仿《世說新語》的項目：

卷之一　德行、言語、政事

卷之二　文學、方正、雅量、識鑑

卷之三　賞譽、品藻、規箴、捷悟、夙慧、豪爽、容止

卷之四　企羨、傷逝、捷逸、賢媛、術解、巧藝、寵禮、任誕

卷之五　簡傲、排調、輕詆、假譎、黜免、忿狷、尤悔、紕

漏、仇隙

分爲三十一目。所用的項目即是從《世說新語》去除了〈自新〉、
〈儉嗇〉、〈汰侈〉、〈讒險〉、〈惑溺〉等五項而成。

　　《大東世語》中附有鵜殿士寧（一七一○～一七七四）的序和服
部南郭的自序。寬延三年（一七五○）庚午春三月，由江都（江戶）
的嵩山房刊行。嵩山房乃江戶極大的出版商，出版了相當多的和刻
本。鵜殿士寧名孟一，通稱左膳，字士寧，號本莊、桃花園。江戶
人。身爲幕府儒員，是一位朱子學者。之後成爲南郭的門人。但因
是幕府儒員，所以也是林榴岡的下屬，因而不僅能一覽幕府的藏
書，也很有可能是協助榴岡編輯《續國史》十八卷的一員，當然與
榴岡的《本朝世說》刊行，應該是或多或少有些關連的。但畢竟還
是由士寧捷足先登，早一步發行了《大東世語》。依我個人的猜
測，他恐怕是代替了詩人南郭，完成了基本作業後刊行的。

二、林榴岡的《本朝世說》

　　慢了一步完成的《本朝世說》是由上下二卷所構成，我所看到
的是內閣文庫藏筆寫本。第一頁開頭的地方所蓋的藏書印有林氏藏
書、淺草文庫、述齋衡新收記、日本政府圖書等共計四個。由這些
藏書印，不難想見這是大學頭家和幕府的藏書。關於它的成立年
代，林榴岡在序文中明記著：

　　　寶曆二年（一七五二）壬申仲春下旬，書成立後，龍洞林祭酒
　　　信充把筆于斜好館中之夕佳樓下而序。

同時還有關松窗的序，其中也敘述了編輯者的意圖：

> 神武以來至于保元之佳事清言，於既朽之骨而聲絕之，令其
> 色動，後死者幸得與於斯文。……寶曆壬申之春。

　　到底關松窗（一七二六～一八○一）和林榴岡（一六八一～一七五
八）之間有什麼關係呢？調查了一下後發現，對已經四十五歲，年
長且爲大學頭的榴岡來說，松窗寫下《本朝世說》的序的時候，才
只是個二十六歲的年輕人。爲什麼賜予松窗這樣年輕的晚輩寫序的
殊榮呢？首先來看看松窗的傳記吧！松窗名修齡，字君長，通稱永
二郎，號松窗，武藏川越人氏。先學於井上蘭臺，後又學於昌平
黌，而成爲林家學頭。專攻程朱之學，後來則主張折衷學。從其遺
著《史料》二十卷的傳世，得知松窗乃以榴岡的年輕書記的身分，
隨侍於榴岡左右。此外，他還有遺稿《韓客問答集》和《韓館贈答
集》各兩卷。這是他在擔任接待韓國使者的工作時，所完成的應酬
詩文，其中充分的顯示了他優異的詩文才能。
　　《本朝世說》上下二卷的內容是：
　　上卷　德性（十件）言語（五件）政事（十一件）文學（十三件）
　　　　　方正（十四件）
　　下卷　品藻（二十四件）巧藝（二十一件）方術（十一件）惡逆
　　　　　（六件）賢媛（十二件）
以上共計十項目一百二十六則（作者乃以件作爲逸話的計量詞），份量
上，大約是《大東世語》的三分之一。此外在「本朝世說援用書

目」中，更列舉了三十八種的原據書❶。並有「不拘次第、任記憶而書」的注記，頗給人草率之感。看來很可能是爲了不讓南郭的出版專美於前，而努力創作，卻未能臻於成熟的作品吧！

這個原稿的書寫方法十分粗糙雜亂，甚至還有訂正錯誤的部分。連同內容，今後都有必要做更精確的調查和證實。

與這同時期，彷彿是要爭放光彩似的，以《世說新語》爲範本，從日本的古典文學中選出逸話經分類並加上註解的書籍也因而問世，這正是因應時代背景的需求所產生的。當時居於學術最高地位的大學頭也企圖從事這類書籍的出版一事便是最好的證明。

三、有關角田九華的《近世叢語》

《本朝世說》頂著大學頭林榴岡的名聲，卻依然輸給了文壇巨頭服部南郭的實力，這正象徵著爾後林家的衰退。林家在榴岡（寶曆八年，一七五八年歿）之後，除了第五代鳳谷（安永二年，一七七三歿，享年五十三歲）之外，第六代的鳳潭（天明七年，一七八七年歿，享年二十七歲）、第七代的錦峰（寬政四年，一七九二年歿，享年二十六

---

❶　《本朝世說援用書目》中有以下的書籍：《日本紀》、《續日本後紀》、《文德實錄》、《三代實錄》、《類聚國史》、《大鏡》、《續世繼》、《世繼陰言》、《今昔物語》、《宇治拾遺》、《翁鏡》、《江談》、《東齋隨筆》、《十訓抄》、《菅家文章》、《本朝文粹》、《藤氏系圖》、《平氏系》、《源氏系》、《和氣氏系》、《圍太曆》、《賴長記》、《續本朝文粹》、《河海抄》、《花鳥餘情》、《岷江入楚》、《將門記略》、《保元物語》、《平治物語》、《寢覺記》、《拾芥抄》、《撰集抄》、《蒲生系譜》、《萬葉集》、《元亨釋書》、《古事記》、《續古事談》、《著聞集》。

歲）當主都是早逝的。也因此，美濃岩村藩主之次男松平衡就成了
林家第八代的大學頭，而稱爲林述齋（一七六八～一八四一）。時爲
寬政五年（一七九三），述齋年僅二十五歲。但是稍後，小他四歲
的岩村藩儒佐藤一齋（一七七二～一八五九）以補佐役的身分進入林
家的私塾。兩人從此共同鑽研，留下了龐大的著述。其中述齋所編
著的《朝野舊聞》一千九百十三卷，現在已無法一窺其內容，而看
看戶田氏受等所編的《朝野舊聞裒藁》一千零八十三冊的目錄，就
會發現德川家康以後的史料是以將軍的順序整理編輯出來的。透過
這樣的編輯作業，當然有可能看見先儒的行狀、碑碣文和詩文集等
等。大多數先人逸話的來源，就是透過這樣的管道，將歷史的資料
讓下級的儒員或在私塾中學習並協助編輯的年輕儒者們詳讀而萃取
精華所完成的。也因此，逸話集的作者也就無須假借大學頭或文壇
巨頭之名了。

文化十三年（一八一六年）角田九華（一七八四～一八五五）以三
十二歲這樣年輕的年紀，寫完了超越《大東世語》的作品，《近世
叢語》四冊八卷，全文共計四百十九則的逸話集。其後加一部修
正，文政十一年（一八二八年）出版了。原版爲大阪加賀屋善藏。

至於成書的時間，編者角田九華在自序中做了這樣的敘述：

> 余嘗罹病屏處書室。俯仰寂寞，門無來人。於是湯藥之
> 暇，自近時文集，旁及稗乘，一一頌讀，尚論其人。諸名家
> 而至於旁枝委流，標望雅尚，風韻氣象，各有精神面目矣。
> 嗚呼，邈焉斯人，謦欬不可聞，顰眉不可見，獨至於尚友之
> 熟，則恍然或見焉，若或聞焉。旦暮遭遇，妙諦奇晤，使人

不覺抃躍。

　　竊謂余獨樂之，不若與眾。且也今不排纂而摽著之，則天下後世，孰得窺名賢堂奧者乎。乃值奇蹤勝踐，一言一行，瑰偉奇特可愕之事，意味雋永可喜之狀，則假《世說新語》目以類彙集。又詳註人人履歷，綱目互發，自後塵事牽掣，或作或輟，不得整理也。

　　今兹丙子春日，幸有餘暇，乃欲畢前業。自念歲月電光，塵海渺茫，半時片刻不可虛擲也。於是擺撥世事，復抽諸書，窮搜軼事，欲沙揚金，琢石求玉，聚翠為鈿，獵狐為裘，僅就一首，名以《近世叢語》。（中略）

　　或曰：「子之舉，勤則勤矣。然古人有言：「『《世說》害於名教，不可使子弟讀之。』子無乃效尤與。」余應曰：「予所著者，所謂說鈴耳。言之與行，不論美惡，舉置之度外，而獨供於尚友之玩耳。故作者無犁舌罪，而讀者含笑絕倒。是乃臨川氏之意，而予所望於神領頷解人也。雖然，至夫假譎、汰侈、讒險等害名教者，則予既芟薙不存，且也國家無清談曠蕩之弊，而有聖學隆興之美矣，庸奚傷。」

　　文化十三年歲次丙子冬十月朔，岡藩角田簡撰於九華山房

　　角田九華在療養中，閱讀了個人的詩文集和稗史野乘，也就是小說逸話集。他從其中將相當於《世說新語》項目的說話選取出來，而註記了登場人物的傳記。他自己把這些作品稱為「所謂說鈴耳」。總而言之就是「小說」。他還說他的意圖和劉義慶相同。也因此，《近世叢語》可說是《世說新語》、《大東世語》的後裔。

《近世叢語》的內容如下。

第一冊　卷之一　德行（四十章）

　　　　卷之二　言語（十九章）　政事（八章）

第二冊　卷之三　文學（二十二章）　方正（二十章）

　　　　卷之四　雅量（十九章）識鑒（二章）賞譽（三十六章）

第三冊　卷之五　品藻（三十章）　規箴（二十三章）　捷悟（三章）　夙慧（十一章）

　　　　卷之六　豪爽（十六章）　自新（三章）　企羨（七章）　傷逝（六章）　捷逸（十五章）

第四冊　卷之七　賢媛（十八章）　術解（六章）　巧藝（四章）　寵禮（十五章）

　　　　卷之八　任誕（二十五章）　簡傲（十四章）　排調（十三章）輕詆（五章）　忿狷（二章）　紕漏（五章）　惑溺（七章）　仇隙（一章）

以上計二十九項目、四百一十三章（則）。作者說他是刻意的刪除了不太符合儒教道德的〈假譎〉、〈汰侈〉、〈讒險〉等篇，而且連〈容止〉、〈黜免〉、〈儉嗇〉、〈尤悔〉也刪除了。

此外，對其他出場人物的傳記，則添加了詳細的小字說明。這些註記的材料，是從伴蒿蹊（文化三年歿，名資芳，字蒿蹊，號閑日盧、閑因子，近江八幡人氏，居京都）的《近世畸人傳》中選出隱者傳記，從原念齋的《先哲叢談》中選出儒家傳記多則，彙編而成的。

至於本書的特色，乃因不滿《大東世語》未將近世（江戶時代以後）的事情收錄其中，因而收錄了元和年間幕府創建以來的逸話。

作者曾經閱讀過李紹文的《明世說》和王丹麓的《今世說》。在王丹麓（名睅）的《今世說》中，有康熙癸亥仲春（康熙二十二年，一六八三）所刊自序。當時乃將軍綱吉的天和三年，而文化十三年乃《今世說》刊後之一百三十三年。

對小說中出場人物的傳記作簡單註記的方式乃始於《世說新語》的梁劉孝標註，而在《今世說》中也看得見，這是自古流傳下來的一種方式。《今世說》的項目有德行／言語、政事／文學、方正／雅量、識鑒、賞譽／品藻、規箴、捷悟、夙惠／豪爽、容止、企羨、傷逝／捷逸、賢媛、術解、巧藝、寵禮、任誕／簡傲、排調、輕詆、假譎、汰侈、忿狷、尤悔、惑溺／以上共分爲八卷三十項目（根據《叢書集成新編》）。而《近世叢語》的八卷二十九項目的分類方式，也和這個非常相似。

角田九華向賴山陽（一七八〇～一八三二）和佐藤一齋（一七二二～一八五九）乞序。一齋的序中說到：「友人角田大可」，讚揚了小他十二歲的同門晚輩。

角田九華名簡，字大可、廉夫，通稱才次郎，號九華，豐後岡藩人氏。乃仲島休治之子，角田東水之養子。在大阪懷德書院學於中井竹山，而後出江戶，入林家之門（《漢學者傳記及著述集覽》）。他和一齋的關係也是從這個時候開始的。在他到了大阪的時候，或者是在江戶的時候，大概就和賴山陽有了極密切的關係。

四、有關原念齋的《先哲叢談》

原念齋（一七七四～一八二〇）的《先哲叢談》，乃是文化十三年（一八一六）九月，由武阪府書林、慶元書堂、玉巖書堂、群玉

書堂等所刊行。而其中的傳記資料爲角田九華的《近世叢語》（文政十一年刊）所引用一事，在前章中也已經敘述過了。如果說直至現在，念齋之名所以能流傳後世，全因《先哲叢談》一書之故，也絕不過言。

原念齋的《先哲叢談》能得到極高的評價，從後世襲用其名的同類書籍相繼刊行一事，也就不難想像了。繼念齋之後有東條琴臺的《先哲叢談後編》，以及明治時才刊行的《先哲叢談續編》、明治松村操的《近世先哲叢談》、《續近世先哲叢談》、谷壯太郎的《新編近世先哲叢談》（袖珍本）等書。讓我們來看看這些後繼書和《先哲叢談》的時代間隔吧！

原念齋《先哲叢談》文化十二年，一八一六。

東條琴臺《先哲叢談後編》文政十二年，一八二九（文政十年自序）

松村操《近世先哲叢談》明治十三年，一八八〇。

松村操《續近世先哲叢談》明治十五年，一八八二，明治三十一年再版。

東條琴臺《先哲叢談續編》明治十六年，一八八三。

谷壯太郎《新編先哲叢談》明治十七年，一八八四。

從它刊行的順序可發現，從明治十年到二十年間，突然有增多的狀況，這點讓人覺得有些不可思議。

所謂「叢談」，就是蒐集諸多記事之意，「先哲」則是古昔儒者的意思。叢談是將浩瀚的小說叢集，依一定的分野加以區隔限制後匯集而成的。讓我們來參考一下商務印書館《辭源》中對「叢談」一項的解說：

〔叢談〕　雜說、雜談、筆記之類多取此名。如唐馮翊有
《桂苑叢談》，宋蔡絛有《鐵圍山叢談》，清徐釚《詞苑叢
談》等。

然而，《先哲叢談》的形式，卻和這裡所列舉的《桂苑叢談》、
《鐵圍山叢談》、《詞苑叢談》的形式截然不同。李劍國的《唐五
代志怪傳奇敘錄》下冊，對《桂苑叢談》做了這樣的解說：

叢談之作，本在採擷逸聞，非如《傳奇》、《玄怪》專事述
異，故而人事爲多，然亦頗有不根之談，出神入鬼，近於
《齊諧》，是故《四庫》收入異聞之屬。

誠如上述，「蒐集逸聞而成」也就成了李氏對叢談所下的定義。而
《桂苑叢談》、《鐵圍山叢談》、《詞苑叢談》都同樣適用於這個
定義。現在讓我們來看看《詞苑叢談》十二卷的構成：卷一體制、
卷二音韻、卷三至卷五品藻、卷六至卷九記事、卷十辨證、卷十一
諧謔、卷十二外編。這分明像是把《世說新語》的項目另作採集似
的。這個和《先哲叢談》將其中每一位儒者的傳記逸話資料加以收
集後，再依照年代的先後次序編排的情況，極爲不同。

　　也因此，將儒者的傳記逸話資料加以羅列的《先哲叢談》和其
後繼續刊行的書籍，其實是比較接近《先哲列傳》的。但是它又沒
有《史記列傳》那樣刻意而有計劃性的構成，也並未事先構想將人
物個性化，更沒有利用論贊來作總結的構成。只是很單純的羅列片
面的史料，這一點，倒是和宋的樂史《楊太眞外傳》，利用一個人

的「傳記」來敘述表現一個小小的結構集合體的方法很相似。

南宋蔡絛的《鐵圍山叢談》，詳細而具體的記載並敘述了從北宋太祖建隆年間到南宋高宗紹興年間，約二百年來朝廷的掌故和瑣聞軼事（《唐宋史料筆記叢刊》中華書局本點校說明），這一點，與《先哲叢談》的構成卻又是完全不同的。因此，正如前面也敘述過的，這一些《叢談》，並非《先哲叢談》之始祖。

在《先哲叢談》之前，還有原念齋的《史氏備考》一百卷早已寫成。其中已有將儒林類歸納總合做成的作品，這一點在佐藤一齋的《先哲叢談序》中已有記載如下：

> （前略）友人原君公道有感於此，嘗纂集天文已降，文臣武將，暨名一技藝者，行狀碑誌，家乘譜牒凡一百卷，名曰《史氏備考》，以俟他日修史者採掇焉。別撮其要，成若干卷，名之曰《先哲叢談》。間者又校訂其儒林一類，自永祿訖享保，釐為八卷，以鏤梓板。蓋當時儒流固未止此。然於國家崇文之化，彌隆彌溥，猶將有所就考焉。況乎公道揄揚昭代，歡抃盛際，固臣子之情所宜然也。吾亦樂敘而道之。
> 文化十四年歲次疆圉赤奮若孟春月下浣。

《史氏備考》現在已無從一觀究竟，但想必是一本具有原始「叢談」風格的紀錄集吧！

從編纂《史氏備考》到《先哲叢談》的念齋，向大學頭林述齋提示了這些書物，並獲得出版的許可，井上四明則在序文中特別對他未偏向程朱之學的事加以讚揚，念齋的這種精神，可以說是從祖

父原雙桂以來的家學淵源。也就是說：

> （前略）原君公道，憂永天以來，至今世之遺逸，久無贊
> 述者。略舉識之，勿論於古學與道學，總得若干人，欲以煩
> 梨棗尚矣。一日得間示祭酒林公，公曰：君子成人之美，公
> 之於世，何爲不可。於是乎公於世云。
>
> 公道王父雙桂翁，京師人。初學伊藤東涯，後以醫仕唐
> 津侯，遷爲儒學教授。其學博洽無所不涉，嘗著《非朱》、
> 《詰物》、《疑藤》諸書，可知其所見不偏也，晚唐津侯移
> 封於古河，遂從移焉。公道此舉可謂繼乃祖之志，不墜家學
> 者矣。（下略）

四明在這一段記載中提到，無論是對朱子學、古義學或是古學，都
試圖很公平的採用，正是祖父以來的家學所宗。也就是說這正是折
衷學派的態度。

　　井上四明（一七二三～一八一九），名潛，字仲龍，號四明、佩
弦齋、蘇蕪園，越後人。成爲高田藩儒、岡山藩儒。是井上蘭臺的
養子。又由於蘭臺是林鳳岡的門人，因此處於朱子學系統之下，但
他卻以折衷學者而聞名。

　　朝川善庵（一七八一～一八四九）也一樣在序文中對念齋的謙虛
篤實、好學自立的性格極力讚美，並預期這本書所能帶給讀者正面
的影響，而這影響的層面，也將念齋本身考量在內，於是撇開了輕
薄才子不說，善庵這麼記載著：

（前略）公道平生攻實學，修篤行，又景仰古人，以自勉
勵。凡其德可仰，其事可法，學足以明道，言足以垂教者。
載籍所傳，口碑所存，窮搜博訪，薈萃成編。乃所謂多識前
言往行，以畜其德，於是乎可見。（下略）

朝川善庵是少念齋七歲的年輕折衷學儒者，原爲片山兼山之子。他
對念齋的博學和採錄時的公平態度極力讚揚，這一點的確不愧是折
衷學者的風範。念齋本林家近親，但卻未展現出偏好程朱之學的狹
小肚量，反能廣泛採錄自江戶時代以來的陽明學、古學、古義學等
直到當時的諸家儒者的逸話。

《先哲叢談》八卷四冊中所採錄的儒者共七十二人，逸話五百
五十條，若依目錄的順序來表示，其內容如下：

卷之一　藤原惺窩（十條）　林羅山（十五條）　林春齋（八條）
　　　　林鳳岡（八條）　菅得菴（三條）

卷之二　石川丈山（九條）　堀杏菴（六條）　陳元贇（三條）　朝
　　　　山井林菴（二條）　松永尺五（五條）　那波活所（五
　　　　條）　朱舜水（十三條）　中江藤樹（十條）　野中兼山
　　　　（七條）

卷之三　山崎闇齋（十三條）　熊澤蕃山（十三條）　後藤松軒
　　　　（五條）　木下順菴（八條）　安東省菴（五條）　二山伯
　　　　養（七條）　谷一齋（四條）

卷之四　伊藤仁齋（十七條）　伊藤東涯（十四條）　伊藤蘭嵎
　　　　（三條）　米山操軒（三條）　藤井懶齋（十條）　仲邨惕
　　　　齋（八條）　貝原益軒（十一條）　宇都宮遯菴（五條）

　　　　五井持軒（三條）　五井蘭洲（五條）　大高坂芝山（四條）

卷之五　高天漪（六條）　佐藤直方（九條）　淺見絅齋（六條）
　　　　森儼塾（二條）　安積澹泊（八條）　源白石（十八條）
　　　　室鳩巢（七條）　三宅石菴（三條）　三宅觀瀾（四條）
　　　　佐藤周軒（八條）

卷之六　物徂徠（二十二條）　雨森芳洲（九條）　三輪執齋（九
　　　　條）　梁田蛻巖（五條）　祇園南海（六條）　並河天民
　　　　（七條）　太宰春臺（十三條）　服部南郭（十六條）　服
　　　　仲英（三條）

卷之七　藤東野（七條）　山縣周南（七條）　平金華（九條）　鳴
　　　　錦江（七條）　岡龍洲（八條）　餘熊耳（四條）　藤原蘭
　　　　林（六條）　宇士新（十條）　宇士朗（三條）

卷之八　秋玉山（七條）　青木昆陽（五條）　奧田三角（七條）
　　　　高蘭亭（七條）　井蘭臺（九條）　石川麟洲（二條）　湯
　　　　常山（六條）　瀧鶴臺（五條）　宇瀼水（六條）　武梅龍
　　　　（三條）　原雙桂（二十條）

合七十二人，五百五十條

　　上述的七十二位儒者，在當時的知名度如何，只要看看他們的
逸話的數量就大約可以知道了。多達十則以上的有藤原惺窩、林羅
山、朱舜水、山崎闇齋、熊澤蕃山、伊藤仁齋、伊藤東涯、貝原益
軒、源（新井）白石、物（荻生）徂徠、太宰春臺、服部南郭、原雙
桂（編者之父）等人。撇開原雙桂不說，其餘所有人也都是至今依
然著名，且具有無可動搖的儒者地位的人物。雙桂乃念齋之祖父，

因此自當受到格外的尊崇，但是否宜列入先哲之列，則尚有可疑之
處。對編者而言，這畢竟是一個過於親近，而於當時也現在評價上
卻相當低的人物。

原念齋的祖父原雙桂（一七一八～一七六七），乃戰國時代武田
氏的武將原美濃守虎胤的後裔。主家滅亡之後便來到京都開業為
醫。不久因聲名大噪，而成為唐津藩土井侯的侍醫。之後又因他立
志學習漢學，而成為唐津藩儒。後又因在京都從伊藤東涯學習，而
為古學派。當藩主移封古河後，他的學問也因而更為廣博，最後不
只是對朱子、徂徠之學，甚至連批判仁齋的論文也著手書寫，而成
為站在折衷學立場的學者。他在古河藩是一位薪領二百五十石的藩
儒。對於做學問，因越做越深感資料之不足，於是告假欲前往江戶
蒐集資料。當他來到蠣殼町的宅邸寓居時，卻不幸因疫病而身亡，
享年五十歲。

雙桂的遺著《桂館野乘》、《過庭紀談》、《桂館漫筆》，在
內閣文庫中可以見到，全屬筆記之類。其中的《過庭紀談》四冊筆
寫本，有明和戊子（五年，一七六八）芥川丹邱的「雙桂墓碑銘」。
全五卷，共計由一百零八條的和文筆記所形成。就內容而言，一之
卷（卷一）是有關詩賦的聲韻的自敘。二之卷是有關文字、制度、
風俗。三之卷是有關姓氏。四之卷是有關墓碑題署之法。五之卷是
有關葬儀、尺度、廟、祭祀等。從整體上來說，應屬於考據、辯證
之類，其中也收錄了對諸家學說的批判。繼承這些雙桂的研究成
果，並視之為家學，等候適當的時機全力進行出版工作，正是兒子
恭胤（仲敬）、孫子善胤（念齋）和曾孫處仁（得齋）的最大心願。

原念齋的養嗣子得齋（義胤）的〈題過庭紀談後〉中有：

此編余曾祖考雙桂先生所筆也。先生之削學也，博涉群籍，
求徵於古。務在實踐，不貴浮華。而此則其結餘耳。然其持
論立説，亦可以裨益後學者多矣。先考念齋先生嘗告義曰：
「祖君有言曰：『名必有所託而後傳，物必有所待而後著。
吾苟繼箕裘，則將梓此書，而傳家説於後，然遂未果。汝其
勿忘之。』」嗚呼先考，墓木已拱，其言在耳，義也不肖，
既受訓過庭，則此舉不可惰廢。因謀之父執，校訂上木，聊
酬先志云爾。

　　天保甲午初夏上澣原義正道謹撰

從這一段記載，可看出似乎已做好了一八三四年出版的準備。但我
所看到的，則是在前面提過的內閣文庫中的大版和文三冊筆寫本。

　　祖父雙桂可説是一位田舍儒者，他的兒子仲敬來到江戶，成爲
隸屬幕府步兵隊的御家人。仲敬之子念齋繼父親之後，時年未過十
九。此後約有三十年的時間，他的人生完全投注在著述，並首先讓
《先哲叢談》這種新的儒者的傳説逸話集付梓。這本書就因容易使
用，編者的個人意見不會太強烈而成爲極受歡迎的參考書，在介紹
儒者傳記的時候被使用的頻率相當高。

五、有關東條琴臺的《先哲叢談後編》

　　東條琴臺（一七九五～一八七八）的《先哲叢談後編》由八卷四
冊所構成，此外還附有一冊《序目年表》。所載儒者計七十二人，
模仿念齋的先例，逸話共六百七十九條，較正編增加一百二十四
則。讓我們先來看看它的目錄。

卷之八　蘆東山（八條）　石王塞軒（六條）　新井白蛾（十條）
　　　　龍草廬（二十條）　安清河（十條）　石作駒石（五條）
　　　　源東江（九條）　那波魯堂（八條）　紀平洲（十九條）

　　《先哲叢談後編》的原得齋序文中，記載著爲什麼得齋沒有繼養父念齋之後，完成這後編的原因。對得齋而言，他持有父親所遺留下來的補續的原稿，並心懷繼父親完成此作的心意，進行校對的工作。但是，就在戊子年（文政十一年，一八二八）冬，東條琴臺透過出版商慶元堂，造訪了得齋，並向他提出要求說：「我以前曾編輯先哲的遺事，完成大作，所以請您務必讓我模仿令尊的體例，再以《先哲叢談後編》爲名付梓出版。」對於這整件事，琴臺更是在一旁樂觀其成。但是這畢竟是出版商的一種策略，到底琴臺對工作的完成度是比較高的，可以藉此來彌補念齋的遺漏不足之處，並使資料的價值遽增。此外，得齋這方面當時正忙於四處蒐集有關醫林（醫生）桑門（僧侶）的叢談，以集大成，而有關義士的資料，也由得齋親身在書寫。有關先哲方面的作業，得齋幾乎是呈現完全停頓的狀況，因而還不如委託琴臺，因此就將遺稿交給了琴臺。得齋心想，如果將來醫林桑門也相繼出版，先人的功績也將永垂不朽。

　　然而在龜田綾瀨（一七七八～一八五三）的序文中，提到琴臺從《閑散分宜史》三十卷這個群集中採集了異聞，記載了朝廷和地方人物及有道德功業的人的事蹟。在《先哲叢談》中只有七十二位文人的逸話，這是無法滿足讀者的。因此在這裡又增加載入了七十二名儒者。

　　編者自己寫的《先哲叢談後編凡例》中明白的表示出本書的製作態度。比起念齋他們，似乎更理解當時作者的意識，具有相當重

要的價值。現在讓我們來看看其中的一部份：

> ─斯書所載各家事蹟，所考援書，三百餘種。通編採纂，不
> 　妄一事，皆有根據。而參互錯裒，不堪瑣屑，故效前編
> 　例，每條不復記其出典。
>
> ─志士自晦，無蹟之可搜，無書之可考者，多出於諸老先輩
> 　之所提耳面命，而不能必無流傳之異同也。編纂之意，固
> 　在于捃掇散逸，發越幽沉，則其涉疑似者，不得不併存，
> 　以備參考，故不盡合於多聞闕疑之訓。屬辭比事，雖不安
> 　其無紕謬，不忍棄之。意在雞肋，寔爲羊存。
>
> ─斯書雖以儒家爲主，不敢專泥之。若山鹿素行、味立軒，
> 　本儒以精於韜略，後以兵家而被稱。細井廣澤、源東江，
> 　始以儒起家，晚以善書而被稱。越雲夢、山東洋、永富獨
> 　嘯菴、伊藤冠峰，以方技著，自以儒而居。新井白娥、片
> 　岡如圭，以占筮聞，又自以儒而居之類，皆悉收之。蓋以
> 　其有所原也。（以下四條省略）

從這種採錄的態度來看，第一條雖說琴臺對出典不作省略，所有的
東西都是有典據的，但事實上借用傳聞的部分也是有的。此外也爲
所收錄人物不只是儒學專攻者，還更包括了兵家、書家、醫生、占
師等有名人物一事加以辯解。總之，讀者們的要求已經從狹小的儒
家的分野，慢慢的擴展到較廣泛的偉大人物的分野。因此他試著從
廣泛的範圍中找到具有儒學修養的人物放進到這個範疇裡來。這種
傾向正可以說是明治以後人名辭典製作方向的萌芽。而琴臺對姓氏

的混亂、生卒的不詳、以及國家的忌諱等等導致無法記述的事實，還有借覽著作的困難等缺點都坦白做了承認，這相當表現了他的良知。

原念齋的《先哲叢談》因東條琴臺《後編》的出版，到寬政年間爲止主要的儒者的傳記資料，大致上搜羅完成了。但是有關寬政以後的文化、文政期輩出的新時代學者們的資料，卻又要讓後世等待一段時間了。

東條琴臺（一七九五～一八七八），是江戶的鎭上醫生東條享哲的三男，名信耕、耕，幼名爲義藏，字子藏，號琴臺，又有無得志齋、吞海堂、掃葉山房之稱。儒學以朱子學和折衷學爲主，師于徂徠學的伊東藍田（一七三四～一八〇六）、古學派的倉成龍渚（一七四八～一八一二）、幕府儒官的尾藤二洲（一七四五～一八一三）、折衷學的山本北山（一七五二～一八一二），這些都是十幾歲時受教之師，二十歲以後則學于折衷學派的太田錦城（一七六五～一八二五）及龜田鵬齋（一七五二～一八二六）。從謹愼耿直的學者到自由闊達的行動者，可能就是他方向變化的原因。《先哲叢談後編》是他三十二歲時的作品，也是他的老師們都已經過世後不久所完成的作品。從傳記上來看的話，琴臺是在文政七年（一八二四），三十歲的時候入門林家，並於昌平黌講學。當時大學頭林述齋，還有佐藤一齋都尙健在。而昌平黌（昌平坂學問所）中約有六名御儒者眾（二百俵高、御役扶持十五人扶持）執勤。教授所的御儒者則是從其中挑選一名，進入殿中山吹間。學問所的勤番（百俵高、七人扶持、御目見得）則位於其下，定員三名，在聖堂的學問所執勤務。其下又有學問所勤番眾（五十俵、三人扶持）二十三人。其中一名爲肝煎、譜代

席。其下更有學問所下番（二十俵、二人扶持、御抱席）。而說琴臺是
勤番眾，更正確的說法應該是最下位的下番吧！或者根本就是爲定
員之外的稽古人（學習者指導員），作各種服務的臨時職員。已經三
十歲的林家門人，但既非旗本御家人的琴臺，可能的就職位階大概
就是這樣而已吧！琴臺利用這個職務，蒐集了儒者的傳記資料，而
後終於得到了出版《先哲叢談後編》的好機會。三年後，也就是文
政十年（一八二七）則辭去職務，築居于下谷三味線堀，號稱掃葉
山房。然而因這本書的出版而著名的琴臺，受到越後高田藩主榊原
政令之召，爾後他的文筆更爲精練，開始了七十種四百七十二卷餘
的龐大著述工作。

　　琴臺的頂盛期，卻因遭林家破門之大挫折（因爲他在遊里舉辦盛
大書畫會），嘉永元年（一八四八）更因刊行了《伊豆七島圖考》，
而被視爲毀謗幕府的海防政策，於是在嘉永三年（一八五〇）遭幽
禁上野池之端高田藩邸的處分。翌年獲赦，居住於高田。居住在高
田這段期間，還能遊旅信州，比較上是比較自由的。慶應二年（一
八六六）高田藩好不容易成立了藩校修道館，琴臺成爲這裡的教
授。過了不久，就發生了明治維新。藩政一旦結束，他也在明治元
年（一八六八）回到東京，擔任新政府的宣教少博士、龜戶神社祠
官、教部省十等出仕職務。晚年失明，以和文書寫文章。

　　《先哲叢談後編》正是爲補足《先哲叢談》的遺漏點，將念齋
未能收錄的有名儒者，像南宮大湫、澀井太室、蘆東山、龍草蘆、
井上金峨、細井平洲等人列入，當然是件好事，但卻也不能否認他
的確放進了許多二流的人物。此外，對像細井廣澤這樣的書法家給
予高度評價，也只是他個人對書畫有相當強烈的興趣而已。至於收

集了文化年間以前江戶時代儒者相當豐富的傳記資料，倒是提供了後來的研究者極佳的研究資料。

《先哲叢談後編》的刊行年月日，因爲沒有刊記，也就不得而知。但根據第一卷作者自己寫的〈先哲叢談後編凡例〉，寫明了是文政十年丁亥之春（一八二七），而原德齋（得齋）的序是文政已丑十二月（一八二九），龜田綾賴的序是文政庚寅五月（一八三〇）。從這些記載，可推測刊行應是天保元年（一八三〇），因爲文政庚寅十三年正是改號天保元年之時。

六、松村操的《近世先哲叢談》 及《續近世先哲叢談》

明治維新的動亂平定後，開始實施學制改革，在新的小學教育下，變得無法學習儒學，許多儒者，別說是私塾，就是小學的教職工作都得不到，因而面臨了改業的困境。只有極少數有名的儒者，以課外學習活動的方式來教漢學和指導漢詩文。在這樣的一個時期中，江戶時代儒者的傳記逸話資料，是以什麼樣的理由得以繼續刊行，對這個問題恐怕還有待更進一步的研究。根據漢文來書寫文章的習慣，到了明治初年還依然相當盛行，直到三十年左右還繼續維持，這種情況，透過漢文小說盛行的事實也不難理解。

松村操（一八四三？～一八八四）於明治十三年（一八八〇）由文永堂刊行《近世先哲叢談》正編二冊，明治十五年（一八八二）由巖巖堂刊行了《續近世先哲叢談》二冊。正編乃《先哲叢談後編》刊行五十年後才完成的。

阪谷朗廬（一八二二～一八八一）是松村操的老師原脩齋（一八一

四～一八七七）在昌平黌以古賀侗庵門下共同切磋學問的夥伴。於是操利用了這一層的關係，出現在當時身任私塾興讓館館長這份政府官職的朗廬跟前，呈現了他的文稿，並向他乞序。

阪谷朗廬在序文中解說了本書的意義，他說從江戶時代元和到慶應二百數十年間先賢們的事蹟，原念齋、東條琴臺等人已對其中三分之二的時期作了相關的紀錄，但是對其餘三分之一時代的儒者們，則尚無人作任何紀錄，因此他說這個作品是非常值得期待的。他敘述道：

> （前略）頃者，越後松村春風纂輯是編，問余以序。余一閱稱善。夫霸府末年，歐學大開，文物一轉，以入明治。而來人物學術，將有大異前代者矣。蓋自源君美（新井白石）啓其緒，以至明治之今日，變化亦大矣。
>
> 而所謂三分之一者，適當其轉換之樞節，人物之關文運，以此時為甚。則是編之為不可缺，亦大矣。

總而言之，新井白石（一六五七～一七二五）的享保年間，可說是一個時代文化的轉換期，此後儒學者輩出，藩校也相繼興建，於是針對士族的儒學教育開始興盛起來，針對庶民而在私塾中教授的基礎教育，也相繼的實行。在這樣的時代下，也理所當然的出現了許多漢詩文的作者，他們也寫作漢文小說。如果無視於這一個時代，是根本無法掌握文化傳承的一貫流脈的，因此他更進一步的說：

春風曰：「僕淺學寡聞，加以多事，豈獲能完備？姑以供他日大方編纂之資料而已。」其言謙矣！然而事頗重大，不可驟責備。余願有力之士，更續擴是編，網羅增益。不拘和漢歐學術文字之異同，苟關文運而可稱先哲者，列舉叢揭，昭明所謂樞節之所重，以及方今諸哲。

在序文中，對操謙虛的告白自己的力量完全不足之餘，又似乎想更進一步的祖護他，而強調和漢洋的學者傳記是非作不可的，因而寫下了這篇序文。在念齋的時候，還是一個只有儒學才是學問主流的思考時代，而接下來卻漸次的向醫學、佛學開拓開來，現在如果不更延伸到國學、洋學，就無法把握「文運」的大變動，這正是朗廬的想法。

有關《近世先哲叢談》的內容如下：

正編上卷

中井竹山（十四則） 古賀精里（十九則） 柴野栗山（十三則）
山本北山（十二則） 西山拙齋（十九則） 藪孤山（十則） 菅茶山（十四則） 尾藤二洲（十三則） 賴春水附春風杏坪（二十七則） 中井履軒（十六則） 市河寬齋（十一則）

正編下卷

太田錦城（十二則） 藤田幽谷（十三則） 賴山陽（二十四則）
田能村竹田（七則） 青山雲龍（十八則） 松崎慊堂（十二則）
齋藤竹堂（十則） 藤田東湖（十八則） 會澤正志（十三則）
鹽谷宕陰（十七則）安井息軒（十二則）

續編上卷

皆川淇園（十八則）　西依成齋（十五則）　村瀨栲亭（十五則）
立原東里（十七則）　蒲生靜修（十四則）　辛島鹽井（十三則）
大槻磐水（十八則「附磐里一則」）　桂川月池（十一則）　箕作
紫川（十六則）　村田春海（十一則）　小野蘭山（十三則）　林
述齋（二十則）

續編下卷

佐藤一齋（四十六則）　安積艮齋（二十三則）　竹村悔齋（十八
則）　葛西因是（七則）　寺門靜軒（十九則）　豐田天功（十
則）　藤森弘庵（十二則）　大槻磐溪（六則）

合計四十五名，共收錄了六百九十六則。所採錄的儒者們又多集合
了一流的人物，每個人的逸話比起先前的叢談，數量也來得多些。
不過只選四十五名實在是有些過度嚴格。

　　當時以漢文刊行了《近世偉人傳》十卷，而獲得極大的評價及
利益的蒲生重章，在續編中放入了下面的序文。序文中仍未忘記宣
傳自己的著作，這一部份其實呈現了新時代寵兒的風貌。

　　曩昔，越後人松村節卿著《近世先哲叢談》二卷。大行
于世。頃復著《續編》二卷，介書林嚴嚴堂，謁序于余。余
一閱拊掌曰：「何其見之與余同也！」余已著《近世偉人
傳》十卷，傳其言行，與《叢談》名雖異，而其實相同。且
余亦越後人也，可謂奇矣。但節卿專取於道德文章，舉儒學
之士嘉言善行，不過二十餘人耳。余則勿論於文武技藝，苟
有偉跡奇行者，盡傳之。自知其涉雜駁，然性多愛，不忍使
其埋沒也。今節卿之專取於道德文章，其意最善，可以諷世

矣。夫儒學之士見用，則邪說暴行不興，泰平之化可致。昔
者歐陽修論時弊曰：「臣竊見方今取士之失，患在先材能而
後儒學，貴吏事而賤文章。」大儒之所見蓋如此。

　　嗚呼！憂世道者，執節卿是編，及賤著《偉人傳》讀
之，則於守文施治之術、修身處世之方，豈鮮乎哉？

寫下這序文的蒲生重章（一八三三～一九〇三），字子闇，號精葺、
裘亭、絅亭、蠖居潛夫，越後村松藩醫之子。自幼失去雙親，由伯
父撫育成人。弱冠則至江戶學習，十年後得藩主之召，但因忤逆當
時之執政，而遭追放。之後歷遊諸國，在江戶開授私塾，自號青天
白日樓主人。明治元年受醫學館之召，而後成為議政官吏官。《近
世偉人傳》的資料，正是在史館任職中所得到東西。他歷任過大學
校三等教授和小史之職。對松村操而言，是同鄉中相當輝煌的成功
者。

　　松村操是越後柏崎的陶器商之子。學於鎮內漢學塾十六堂的原
修齋，而有修齋門下四才子之稱。在明治四年的學制改革中，成為
柏崎縣小學的助教，等縣校廢止後，又成為柏崎削小學的教師。因
有感於在新時代中的學力不足，故而又上京進入中村敬宇的同人社
學習英文。二年後歸來，成為柏崎削小學的教務主任。但因與伯父
松村文次郎（鎮上的教育委員、後來的眾議院議員）在教育問題上形成
對立，於是再度來到東京成為文筆業。著作有《山陽象山言行
錄》、《原本譯解醉菩提全傳》、《明治外史》、《日本水滸傳》、
《東洋立志傳》、《敬于先生詩文偶抄》、《實事談》、《補曲亭
遺稿付馬琴行狀記》一冊以及《近世先哲叢談正續》四冊等。

松村操從柏崎上京，住在下谷三筋町，由於在短短的一、二年內即編輯刊行了這些作品，因此他究竟是從哪裡得到這些資料，又以什麼樣的方法使它們能順利出版，實在無法得知。比蒲生重章還要更快速的刊行方法，恐非平凡，而且他也必須設法獲得生活所需的費用，因此他到底是如何獲得這些所需經費的，到現在還沒人知道，這一部份的疑問就有待以後的考證來釐清了。

七、岡本行敏校訂之東條琴臺的《先哲叢談續編》

東條琴臺在出版了《先哲叢談後編》之後，就立刻再製作原稿準備《續編》的出版，但卻不幸於明治十一年（一八七八）去世。至於他晚年失明一事，前面也已敘述過。而岡本行敏就居住在東條家的對門，從很早以前他們之間就有極密切的關係。《續編》的凡例中說道：

> 予先人名行重，字士德，號素亭，與先生爲莫逆之交。先生後獲罪，謫在越之高田，歲一來遊信中，留數日。居常與先人詩酒徵逐，余幼時亦數得侍佐歡。先人已沒，無幾王室中興，先生嘗得列官于朝，比之先人，其幸不幸如何也。（下略）

記載中說明了在過去朝夕相處的對話中，這本書就已存在，但因尚未完成，因此話題就成爲如果能由你來出版，那就太好了。於是岡本就和二三同好，訂正錯字後把原稿交給了出版社。

　　《先哲叢談續編》共三冊，爲東京千鍾房藏版，鐵研學人齋藤謙（拙堂）的明治十六年九月序、雍谷岡松辰的明治癸未（十六年）十月序、岡本行敏子訥的校正凡例都刊載在第一卷裡。其內容如下：

　　卷之一　　吉田了以（十一條）　吉田素菴（十一條）　戴曼公（二十五條）　鵜飼石齋（八條）　鵜飼鍊齋（十條）鵜飼稱齋（六條）

　　卷之二　　三宅道乙（十五條）　向井靈蘭（十一條）　菊池耕齋（九條）　田中止邱（十一條）　劉東閣（九條）　佐佐十竹（八條）　柳川震澤（十三條）

　　卷之三　　松下西峰（十四條）　松下眞山（八條）　羽黑養潛（九條）　栗山潛鋒（十五條）　國思靖（九條）　鳥山芝軒（九條）　原雲溪（九條）

　　卷之四　　林道榮（十四條）　稻若水（二十二條）　阿部將翁（二十條）

　　卷之五　　松浦霞沼（十六條）　土肥默翁（六條）　土肥霞洲（七條）　田中邱愚（十條）　陶山鈍翁（六條）　向井滄洲（十條）　松崎蘭谷（九條）

　　卷之六　　伊藤梅宇（九條）　伊藤介亭（八條）　伊藤竹里（九條）　平東海（十八條）　桑原空洞（十條）　關口黃山（七條）　田大觀（十條）　若林寬齋（十四條）

　　卷之七　　木蘭皐（六條）　田臨川（十二條）　松崎白圭（二十二條）　松崎觀海（十七條）　服部梅園（六條）　服部栗齋（十四條）

卷之八　　石筑波（二十三條）　多湖栢山（十條）　多湖松江
　　　　　（九條）　富永滄浪（六條）

卷之九　　多田東溪（十二條）　滕鳳湫（十一條）　根武夷（十
　　　　　條）　福松江（九條）　服蘇門（十條）　滕水晶（十八
　　　　　條）　河野恕齋（十四條）

卷之十　　後滕芝山（十一條）　山兼山（十八條）　高芙蓉（十四
　　　　　條）　宇井默齋（八條）　平賀鳩溪（二十九條）

卷之十一　片北海（二十三條）　立松東蒙（九條）　千葉芸閣
　　　　　（九條）　內田頑石（十一條）　原狂齋（十三條）　赤
　　　　　松滄洲（十三條）

卷之十二　吉簹墩（十一條）　吉雨岡（九條）　坂本天山（十九
　　　　　條）　西山拙齋（二十二條）　源琴臺（十九條）

合計有七十二名，八百七十二條。仔細看看所收錄的人選，則發現
寬政三博士以後的大儒者們都未列入，而且還混雜著二流人物。畢
竟松村操的《近世先哲叢談》收錄了重要人物這一點，的確是相當
優秀的，而且刊行上也搶先了一步。

　　接下來，一定要介紹這一本明治十七年（一八八四）刊行的
《新編先哲叢談》。這本書雖以小型的袖珍本出現，但並不是作者
隨便以玩物的心態所作成的。他的內容和編輯都相當的切實，至於
全用漢文一事已經踏襲了前面說過的所有書籍。特別是收錄了尊皇
的志士和維新的元勳以及西南戰役的人物等等，相當具有現代性。

八、關於谷壯太郎的《新編先哲叢談》

　　谷壯太郎的《新編先哲叢談》共四冊四卷。明治十四年（一八

八一）獲准版權，十七年（一八八四）一月出版，定價四十五錢。編輯人爲東京神田區皆川町五番地東京府平民谷壯太郎。出版人爲日本橋區本石町江島喜兵衛和其他共四名。帙入線裝袖珍本，5.8cm×8.8cm。題署柳潭石浩。無序跋。目錄如下：

條） 平野國臣（七條） 賴久太郎（十三條） 佐藤隆岷
（二條） 古川翁（一條） 柳公美（三條） 無腸翁（一
條） 林子平（一條） 粟屋良臣（五條） 渡部登（七
條） 賴三樹（五條） 狂狂（十二條） 杉浦利貞（四
條） 守山順成（七條） 半牧方士（二條） 沖剛介（三
條）

卷之四　大久保親春（八條） 僧月性（十一條） 僧月照（八條）
浮田一蕙（五條） 齋藤三平（七條） 川瀨太宰（五
條） 大鹽平八郎（七條） 駒井躋庵（六條） 御堀耕助
（三條） 小倉所平（四條） 江藤新平（七條） 前原一
誠（五條） 西鄉隆盛（二十四條） 木戶孝允（二十二
條） 大久保利通（二十二條） 三好監物（四條） 桐野
利秋（九條） 篠原國幹（四條） 大山綱良（五條） 川
路利行（五條）

以上共計九十人，收錄五百七十六條。

就像這樣，原念齋的《先哲叢談》與時代共同得到補充，他的
目的在喚醒儒學精神，同時也以儒學史的資料而得到讀者們的青
睞。但是在明治三十年（一八九七）以後，根據森鷗外等近代小說
家所作的歷史小說，預期成為材料提供的來源，但卻因出版部數很
少，特別是因為漢文學力低落的關係，造成讀解上越來越困難，而
改為訓讀文，重新把全體整合，刪掉重複的部分，然後再搜尋遺漏
的人物，最後將近一千四百頁的竹林貫一的《漢學者傳記集成》終
於在昭和三年（一九二八）刊行。

九、有關竹林貫一的《漢學者傳記集成》

竹林貫一以《先哲叢談》、《先哲叢談後編》、《先哲叢談續編》、《近世先哲叢談》正續編二百五十九名，先後以訓讀翻譯，加以順序排列。此外，還將遺漏的一百二十二名添加在末尾的部分。因此本著作全部收錄合計多達三百八十一名。雖然未能一睹谷壯太郎的《新編先哲叢談》，但其重複的可能性卻也是可想而知的。而在此僅將增加的部分（本書一〇六八頁以後）記述如下：

松平君山	三浦梅園	原　念齋	龜井南冥	市野迷庵
丸川松隱	狩谷掖齋	龜井昭陽	古賀穀堂	大鹽中齋
長野豐山	豬飼敬所	櫻田虎門	增島蘭畹	古賀侗菴
仁井田南陽	朝川善菴	大槻平泉	篠崎小竹	西島蘭溪
角田九華	廣瀨淡窗	東條一堂	昌谷精溪	梁川星巖
羽倉簡堂	大橋訥菴	廣瀨旭莊	阪井虎山	龜田鵬齋
帆足愚亭	藤澤東畡	齋藤拙堂	金子霜山	松林飯山
藤井竹外	海保漁村	吉村秋陽	河野鐵兜	木下犀潭
草場佩川	森田節齋	橫井小楠	廣瀨林外	鹽谷簣山
關藤藤陰	山田方谷	芳野金陵	林　鶴梁	春日潛庵
東條琴臺	池田草庵	那珂梧樓	村上佛山	村上韋軒
土井聱牙	阪谷朗廬	照井一宅	江木鰐水	坂本葵園
中村栗園	鷲津毅堂	楠本端山	木原老谷	成島柳北
廣瀨青村	藤野海南	小永井小舟	元田東野	中村敬宇
隈　靜齋	岡松甕谷	長　三洲	井上梧陰	川田甕江
中沼葵園	向山黃村	萩原西疇	島田篁村	阪田警軒

倉田幽谷	蒲生聚亭	西村泊翁	森　春濤	森　槐南
大沼枕山	菊池三溪	谷口藍田	岡本韋庵	副島蒼海
川北梅山	林　學齋	根本羽嶽	山井清溪	島田南村
那河通世	澁谷㳬山	南摩羽峰	植松果堂	依田學海
小野湖山	服部愛軒	重野成齋	信夫怒軒	龜谷省軒
岡　鹿門	本城問亭	三島中洲	楠本碩水	星野豐城
藤澤南岳	中村櫻溪	林　進齋	小牧櫻泉	細川十洲
黑木欽堂	西村碩園	鹽谷青山	土屋鳳洲	竹添井井
日下勺水	岡田劍西			

　　看過竹林的補遺，終於明白原來有這麼多重要的學者，在各種書籍中遭到遺漏。竹林聽取了三十三名前輩的意見，又有共同協力者關隆治負責協助蒐集各項資料。

　　昭和三年（一九二八），也就是在松村操出版之後又歷經了四十多年的歲月，再一次進入了研究日本儒學史的升起高潮的年代。這中間曾經過了日清、日俄二大戰爭。在經過第一次世界大戰之後，針對國家意識高昂的型態，自由主義、社會主義的思想，更是掌握了作者們的心，於是堅持守舊的儒家思想一轉而被視爲反動惡思想的風氣也變得非常強烈。但是到了大正十二年（一九二三），由於關東大地震使國家再度遭遇到極大災害，因此再度回復到樸素儉約、勤勞努力的國家復興口號，儒教的精神也再度取回了生機。在這樣的氣運中，《漢學者傳記集成》應運刊行了。

十、結論

　　將先人的逸話、傳記加以編輯問世的這種行爲，首先我們應該

以什麼樣的觀點來解讀，而他們又企圖給予什麼樣的影響呢？我們
非得從這兩點來作考量不可。然而儘管這麼說，如果讀後的感想文
沒有流傳下來，是根本無法猜測得知的，但唯一可以掌握的應該說
不管是二百年前的讀者或現代的讀者，他們的感想事實上是不可能
有什麼太特別的大差異的。只是在資訊比較少的時代裡，古人們都
希望能以稀少的費用來獲得更多的資訊，此外對自己的生活方式、
行為的規範都希望能向古人們作更多的學習，而這些書籍也就對這
種要求發生了極大的作用。再不然，就算未能真的擴展讀書的份
量，但至少讀了這類的書籍能登博識之堂，談話的種類、內容也能
更寬廣更深入，而對增高自己的見識寄予期望。從編輯者的言語也
看見了他們對自己的作品如果可以成為今後的歷史資料，那將是一
種至高的喜悅的說辭，感覺到這些逸話真相就是真實存在的事實，
而內容方面也相當有趣，我想他們就是以這樣的想法來閱讀的吧。
而且如果讀了一個人的單獨項目，就會很想多知道一些和這個人有
關的其他人的資料，而叢談本身就是為了對應讀者的這種興趣並加
以滿足，所產生出來的一種形式。此外因為是一個人一個項目的劃
分方法，所以無論從哪裡讀起，都不會有問題。甚至只選擇認為有
必要的人物來閱讀，也是可以的。相信在閱讀這些各式各樣不同的
生存型態和生活方式而深受感動的例子也不在少數才對。因為不一
定需要從一開始讀到最後，作通篇的閱讀，因此把它想成是現在的
人物事典的開山祖，就錯不了了。

　　本稿的第一章到第三章，是在《世說新語》的影響下所成立的
集子，因而具有共通性。從第四章到第九章，是繼承了人物逸話集
的《叢談》形式所編輯而成的集子，所以也有其共通性。至於前者

和後者的關聯性，則是以共同對人類的生存方式作了極鮮明的掌握，這一點正是他們的共通點。就居於歷史和文學之間的「小說」來看，也存在其共通性。這意思也就是說，我將這兩者作了相同的看待。

然而，本論文中並未舉出的，尚有以「世說」為名的作品。《世說海談》十二冊三十七卷，全為和文筆寫，是記錄了將軍吉宗就任以來的逸聞珍談，其中還包含了和歌和漢詩。例如享保十六年辛亥（一七三一），記錄了林家歲旦的詩。也就是三代大學頭林鳳岡詩道：「五夜漏殘曙色晴，熙熙初日映金城。春風八百治多福，家慶比於我老彭」。（治字以朱筆改為洽）。百助（林退省，鳳岡之三男）則詩道：「金門春樹曉無風，冠劍先趨白玉宮。地近鈞天疑聽樂，漏聲遙動士雲□」。大內記（四代大學頭林榴岡）則詩道：「八十八翁形氣殘，蓬衡迎歲對椒盤，米粳粒粒知齡數，壽域無障北□單」。「世說」的意義就以這樣的時代記得到理解。

對於儒者的列傳體叢集，元祿二年（一六九〇）刊行，巨勢卓軒著的《本朝儒宗傳》❷有上中下三冊。以漢文體書寫，始於應神

---

❷　《本朝儒宗傳》的援用書目〈所考之書目錄〉中如以下的書名：《六史》、《日本儒林》、《帝王本紀》、《雜氏本記》、《神別雜氏》、《本朝世紀》、《扶桑略記》、《朝野群載》、《朝野僉載》、《菅蒙傳》、《大織官傳》、《攝關傳》、《大臣傳》、《大將軍傳》、《淡海公傳》、《吉備傳》、《和氣傳》、《百川傳》、《善相公傳》、《良納言傳》、《續理平傳》、《野相公傳》、《音人傳》、《道風傳》、《嵯峨皇子傳》、《橘氏傳》、《南納言傳》、《故賢傳》、《紀家傳》、《滋貞主傳》、《橘廣相傳》、《宗公方傳》、《江帥傳》、《巨文雄傳》、《武智麿傳》、《葛井王傳》、《著聞集》、《東齋隨筆》、《今

天皇，而分類爲天皇、大臣、王子、姬媛、庶姓等，約一百六十名
的傳記列述其中。記錄了從上古到室町末期的儒者傳記。此外《皇
朝儒臣傳》前編共四冊四卷，岡白駒撰，文化丁卯（四年，一八○
七）刊行，始於竹內宿禰，止於藤原濱成，共收錄了一百零三名。
以漢文體書寫，爲京都竹村甚兵衛版。

　　就像這樣，希望以介紹這些在元祿時代以後陸續出版的儒者逸
話傳記集類作一個結束。

昔物語》、《江談》、《續古事談》、《十訓抄》、《懷風藻》、《經國
集》、《凌雲集》、《文華秀麗》、《無題詩》、《續本朝文粹》、《續
本朝麗藻》、《本朝策林》、《進士登科記》、《勸策》、《本朝編年
錄》、《王氏一覽》、《神社考》、《本朝稽古編》、《將軍家譜》、
《翁問答》、《神社啓蒙》、《本朝蒙求》、《遯史》、《本朝諫諍
錄》、《膾餘雜錄》、《武將傳》、《本朝孝子傳》、《古老物語》、
《本朝醫考》、《一人一詩》、《史館茗話》、《職原大全》、《日本事
跡考》、《惺窩文集》、《羅山文集》、《歷史略評註》、《春齋文
集》、《集義和書》、《本朝列女傳》、《人鑑》。
以上，例舉這些的目的只是希望能讓大家一窺當時編者們廣博蒐集的態
度。

漢文笑話集《奇談新編》初探

東吳大學中文系
王國良

【摘要】

日本淡山先生與紀洋子，合撰漢文笑話集《奇談新編》一卷，於仁孝天皇天保十三年（西元一八四二年）正式出版問世。全書共有四十九節正文，外加作者附論、友人評點，形成一組有趣的共生關係。其取材來源，包括了中國古典笑話改編、日本傳統民間故事，以及作者本人見聞雜錄等，洋洋大觀。

著者有意揉合了莊周、東方朔一流的滑稽戲謔特質，運用語言誇強、情境乖訛等手法，企圖造成詼詭奇譎之效果。原書涵蓋的主題內容，以卑陋類的迂腐、貪吝、荒謬、不學無術、弄巧成拙諸事例，佔大多數；至於淫褻類與機智類，則聊備一格而已。

自形式體裁而論，本書包含篇幅長短不一的作品，通常用敘事、對白做主體，記錄刻畫各種人物樣相，不慍不火，卻能達成嘲諷勸戒之目的，十分難得。

一、引言

從十七世紀末到十八世紀初（清聖祖康熙年間，即日本江戶時代中期），隨著中、日貿易往來與文化交流的發展，中國白話小說、笑話集、戲曲等通俗文學作品陸續傳進日本。這些讀物在儒者和新興町人階級中廣泛流傳，獲得熱烈反響，並有不少被改寫或改編成各種翻案文學體裁；同時，也有一部份學者選取原作，予以訓譯，便利讀者吸收了解。當然，採擷中國文學作品的題材，借鏡創作經驗，直接利用漢文進行小說、笑話寫作的，也大有人在。

根據目前所能掌握的文獻資料來看，在江戶時代主要流行於京都、大阪及江戶（東京）等地，一方面選錄改編中國笑話書，一方面取材日本古來流傳於民間的口傳故事，然後以漢文撰寫訓點而成的笑話集，當推岡白駒（字千里）的《譯準開口新語》爲第一部❶。此書於寬延四年（西元一七五一年）正式印行。之後，一百數十年間，有乾篤軒編《笑話出思錄》、口木子輯《巷談奇叢》、河邑玄佑輯《前戲錄》……等，大約十餘種相繼問世，逐漸成爲日本漢文小說中的一個支流。淡山子與紀洋子合撰《奇談新編》，完成於十九世紀中葉，算是漢文笑話輯印風氣尾聲之作，無論從形式到內容，仍然保持傳統的特色，值得加以深入考察和探討。

二、撰者與編纂相關問題

《奇談新編》，現存江戶松濤館藏板，須原屋等書房發行舊

---

❶ 參考李進益：〈《譯準開口新語》初探〉，《域外漢文小說國際學術研討會論文集》，臺北，東吳大學中文系，一九九九年九月，頁八一～九一。

本。其卷前有浪華三橋子在仁孝天皇天保壬寅（清宣宗道光廿二年，西元一八四二年）所書〈題《奇談新編》首〉一篇，謂該書乃淡山子所著。又原書卷末附載幹齋高村貞撰〈淡山子傳〉一文，亦云淡山子「著有《奇談新編》行於世」。不過我們細閱全書四十九則故事，就會發現卷中第廿五則至第四十六則，乃淡山子友人紀洋子所譯著。因此，比較符合事實的說法，本書係二人合著。另外，在卷內共有二十八則故事的天頭上，出現詳略不一題為「良曰」的評語數十條，雖其人不可考，也應列為撰者之一，不宜忽略。❷

高村貞氏云：「淡山子，不知何許人也，來住大阪。為人簡易迭宕，不修邊幅。好讀書，不務博覽。……旁精于醫藥。時而醫，時而儒，而不屑儒、醫自命。不求譽，不顧毀，憂喜不與人同，蓋其志在于經世也。」❸

根據石崎又造、武藤禎夫的推求考證，淡山子就是高村貞（一八〇三～？）本人。高村氏，號幹齋，淡路出身，是一位活躍於大阪的儒醫，在天保三年（一八三二年）曾撰有《扁鵲志志》；《奇談新編》一書，則是他四十歲的著作❹。至於紀洋子，僅知是高村氏的好友，其詳不得而知矣。

淡山子對於當時京都、大阪地區的儒士與醫生，既多所接觸，

---

❷ 署名「良」者，曾在全書之中廿八則上頭添加長短不一評語，總計有五十七條。由行文語氣，頗疑評點者即淡山子本人。
❸ 見松濤館藏板《奇談新編》，附載〈淡山子傳〉，葉一上。
❹ 石崎又造：《近世日本に於ける支那俗語文學史》，東京，清水弘文堂書房，一九六九年九月，頁三四五；武藤禎夫：《噺本大系（第二十卷）》，東京，東京堂，一九七九年七月，頁三六四。

更對他們食古不化、酸腐錮蔽的心態與行為，深不以為然。而冷眼旁觀，上自達官貴人、僧侶，下及販夫走卒、妓女乞丐，芸芸眾生的虛偽、醜陋和無知，也不禁要發出長嘆。既然「經世」之志沒有著落，且發憤著書吧！

三橋子〈題《奇談新編》首〉謂：「淡山子……運漆園之筆，以述曼倩之諧，使讀者不覺發轟笑。」又云：「世之著書家，多以涉獵剽竊為種子。是以非有鄴架惠車，則不能下筆，是豈得其種子者乎哉？蓋淡山子以無種子為種子者也。夫以無種子為種子，則道頓港之演劇、新街之妓樓、天保山之茶船、難波新地之觀物場，奇談珍說，所見所聞，皆可載我筆也。雖然，奇談珍說，徒以悅人，其意無所寓，則千言萬語亦無益也。今此書，其意之所寓者，在讀者人人會之耳。」

誠如三橋子所述，《奇談新編》之中搜羅了不少淡山子個人所見所聞的奇談珍說，但是中國販售到東洋各種典籍裡的笑話，以及日本歷代流傳之詼諧戲談，仍然在作者腦子裡盤旋不去，因而一再出現於書上。今就手中掌握的資訊，列出一份故事出處或相似點的對照表，提供閱讀者參考。

《奇談新編》素材出處對照表

	篇名	日本相關典籍	中國相關典籍
1	儒者講學	《困談·讀左傳右傳》	
2	源義經凱旋	未詳	
3	逆旅相誇	《解頤談·好事》、《花間笑語》	

4	二匠移居		《笑府》卷六〈好靜〉、《精選雅笑·遷居》、《笑林廣記》卷五〈浣匠遷居〉
5	丐子披苫	未詳	
6	南島群狙	未詳	
7	措大傷飽	《譯準開口新語·羨化子》	《笑府》卷五〈傷飽〉
8	化子環臥	未詳	
9	剝面皮		《笑府》卷十〈老面皮〉、《笑林廣記》卷四〈老面皮〉
10	醫生把脈	未詳	
11	士人戲狐	未詳	
12	老叟認屎	未詳	
13	小童足痛		《雪濤小說·任事》、《笑得好初集·瘡痛》
14	田舍婦無脈	未詳	
15	老叟失言	《醒睡笑》卷一、《花間笑語》	《笑得好二集·壽字令》、《笑林廣記》卷十二〈壽氣〉
16	儒者講《論語》	未詳	
17	少年虛誕	未詳	
18	鬼號聲喑喑	未詳	
19	僧人詐術	《狂歌諸國今昔物語》卷上	
20	綠毛龜萬歲	《醒睡笑》卷二、《花間笑語》、《笑堂福聚》	

21	狐狸相較伎	未詳	
22	僧人烹章魚	未詳	
23	惡少譎計	未詳	
24	禮煩與讓過	未詳	
25	東方朔善對	未詳	
26	吝人沽酒賽神	未詳	
27	博徒騙閻王	未詳	
28	婦鑷姑黑髮		《笑林廣記》卷四〈拔鬚去黑〉
29	主僧兄不識妹	未詳	
30	主人誠奴	未詳	
31	夢引地上遺金	未詳	
32	盜騙取人蔘	未詳	
33	禿頭有毒	《花間笑語》	
34	酒客誓戒酒	《譯準笑語》、《花間笑語》	
35	東北國隻眼人	未詳	
36	戴笠掛念珠	《醒睡笑》卷二、《雪珠酒》卷二、《笑話出思錄》、《如是我聞》卷一	
37	花子誇身世	未詳	
38	庸醫治眼疾	未詳	
39	狐化為銀錠	未詳	
40	罵淫婦畜生	未詳	
41	賜嬰醫偃月刀	未詳	
42	垣梧溪營故人後事	未詳	
43	澣衣媼賣黃金	未詳	

44	卜者筮受糞穢	未詳	
45	村人烹鞠毯	《醒睡笑》卷五、《雪珠酒》卷五、《輕口居合刀》卷一、《鹿子餅·朝鮮人》	
46	士人遇女魅怪	未詳	
47	樗君樂謟詞	未詳	
48	荷蘭舶來壺	未詳	
49	是空子騎木鶴飛翔	未詳	

（各則原無標題，篇名由筆者代擬。日本相關典籍出處，大抵參考石崎又造撰《日本近世に於ける支那俗語文學史》❺。）

　　在全書四十九則，目前可以查出取材來源的有十四則。其中，第四〈二匠移居〉、第七〈措大傷飽〉、第九〈撥面皮〉、第十三〈小童足痛〉、第十五〈老叟失言〉、第廿八〈婦鑷姑黑髮〉等六則，很可能直接自中國明、清笑話翻案改編。不過，第七、第十五兩則，在日本漢文笑話集上已見到相似的情節，也有機會成為被取用的對象。此外，八則笑話大概源自日本歷代流傳的昔話或其他漢文笑話書。當然，出處無考（即「未詳」）的部分，有可能是筆者資訊不足而造成漏失，也有可能是作者記錄其聞見所得，屬於自撰部分，如四七、四八、四九等三則，蓋是矣❻。

---

❺　同註❹。
❻　詳參《奇談新編》一書淡山子附論暨「良」之評點，可確認卷末三則係作者自撰無疑。

總之，這是一部由編譯跟撰著相互結合成的笑話集，不妨視為中、日混血的結晶作品。

三、本書的主題內容析論

笑話集通常是藉由嘲弄戲謔的筆調，將一些名流軼聞、閭里笑談、滑稽故事、詼諧寓言等編輯成書。它既可能帶有嘲諷勸誡的意圖，也可以不涉說教義理，純為諧趣逗笑，而人性的貪痴愚懦，或人生的嚴肅艱澀，都在這些要而不煩，幽默雋永的語言文字間，受到相當程度的批判與調侃。中國歷朝流傳的各種笑書，甚或日本江戶時代以來所出現的漢文笑話集，莫不具有上述的質性和特色。

完成於江戶末期的《奇談新編》，屬於一部「運漆園之筆，以述曼倩之謔，使讀者不覺發轟笑」（三橋子語）的漢文小說。它集合了莊周、東方朔一流的滑稽戲謔特質，與乎誇張譏諷等手法，企圖達到詼詭譎奇之效果。為了進一步掌握其內容旨趣，以下是依作品主題暨表達手法加以分類引述，並略做析論。

㈠虛誇掩飾

為了獲得大眾的讚美與尊重，而儘量誇飾自己之長處；為了避免他人的批評和鄙視，而多方掩遮自己之缺點，原是大家共同的心理。不少人在虛誇與掩飾之間，每每地流露出愛慕虛榮，往臉上貼金，不務實際的言行舉止。例如：

> ①一丐子披苫，別得一新苫，襲之以當外套。塗遇其友，顏有驕色。友曰：「子外套美則美矣。然尺太長，恐人見以為醫人也。」（第五則）

這是描述某位乞丐，獲得另一件新茅草衣，就很得意地加在舊草衣上，露出驕傲的神態，結果被其他乞丐揶揄了一頓。原文上有評語曰：「『有驕色』三字，描出丐子之心裏（理）。」實在一針見血。而末句將「丐子」與「醫人」相提並論，恐怕也有諷刺的意味。

②有一少年，虛誕自喜。一日，於稠人中語於人曰：「吾嘗夏日如某所，塗中大雨暴至。將還，至某川，則水大來已漂橋矣。奔流如矢，怒濤掊岸，人不得涉，舟不能濟。吾幸裸，即入于水，一出一沒，須臾得登前岸。時有鯽魚蝟集來，予捕之宛如拾芥，隨來隨捕，袖數百頭而歸。」眾皆哂之。少年曰：「眾哂何也？」曰：「汝裸體投水，彼袖何處得之？」少年辭窮，無復可諉，乃笑曰：「吾腹唯虛誕是滿，是偶相混耳。」（第十七則）

按：此一吹牛撑破了的例子，有點像《笑府》卷八〈說謊〉，以及《笑林廣記》卷十二〈圓謊〉的故事。比較特別的地方，在本篇故事結尾，少年辭窮之後，乾脆承認自己肚子裡「虛誕是滿」，這一次偶不小心穿幫而已，坦白得可愛。

③花子數人，俱臥橋上，相誇以姓氏之所出。有一人先臥於傍，若寐而不聞者，忽駭起而啼，其聲甚悲。眾問其故，乃揮淚曰：「我今夢吾遠祖楠河內窘于湊川之役，遂乃自殺焉。夫將略忠誠如吾祖，猶且不能免身于白刃，而其子

孫終降爲乞人,豈非天歟?」眾花子皆爲感泣。(第卅七則)

　　這一段文字,以叫化子相誇姓氏起始,以眾化子聽完同儕揮淚述其夢境後因而感泣做結,頗具戲劇效果。原文上頭有評語云:「世之不能安貧賤者,動言:『我祖出於某某氏』,蓋學此花子者也。」不只明白點出撰者諷世之意,同時也達到相輔相成的作用。

　　在同書之中,〈逆旅相誇〉一則,寫加(賀)、攝(津)、紀(伊)三國人相誇其國土之物產豐饒。〈狐狸相較伎〉一則,描述老狸自誇,遂被某狐設計陷害而身亡。〈士人遇女魅怪〉一則,記錄一位以膽力聞名之士人,在東郊叢祠碰見年輕女鬼而被作弄得團團轉的怪譚。以上三則,皆屬於虛誇好面子之類,有的故事主角被奚落一頓了帳,有的大言不慚而還,更有無知斃命者,結局大不相同。如果讀者能從其間獲得一些啟示,也算不空費作者的筆墨與苦心了。

(二)撒謊行騙

　　好說大話者,往往隨意編造不合事實的謊言,在吹噓播弄之中釋出個人的想像力,甚或獲致快感,固然無傷大雅。至於行騙之流,假借謊話以混淆對方的判斷,滿足自己的私慾,比較具有強烈的目的性,也就不足爲訓矣。例如:

①一富翁冀壽無量,常曰:「龜壽鶴算。」有商捕一龜,以毛裝其尾,染以黛,持去詣翁許曰:「此是所謂綠毛龜。龜而綠毛,其壽必萬歲,實翁之侶也。」翁大喜,以數百

金買之，畜之池，愛養甚厚。其心謂與之偕老矣，經二三
日，龜死。翁大怒曰：「猾商欺我。」急召商責之。商低
思頃之，忽拍掌曰：「宜哉！龜之死也。顧彼今歲齡已滿
萬。」翁益大怒。　（第二十則）

　　這是一個痴想萬壽無疆的富翁，受到狡詐商人欺騙的事例。文
末，商人低思後拍掌所說的話，眞是火上加油，難怪老翁更生氣
了。本則天頭有評語云：「昔秦始皇帝爲徐福欺，皆自招也。欲在
于內，欺自易入。」頗能點出問題癥結所在。

　②一博徒死，至於冥府，適會鬼卒之不在。閻王從容問曰：
　「娑婆近有何事？」博徒曰：「唯米價倍貴耳。」閻王
　曰：「豈唯爾而已？今日我幸閒暇，汝詳語我。」博徒
　曰：「他則獨浪花道頓堀之演劇，可爲大王稱焉耳。」閻
　王曰：「寡人生而長乎幽僻之鄉，加之萬機之政，唯日不
　足，是以未得寓目所謂演劇者。女其試爲寡人爲之。」博
　徒曰：「敬諾。」因請閻王曰：「願假大王之衣冠。」閻
　王許之。博徒曰：「凡演劇者，觀者必自下，願大王姑避
　位焉。」閻王從之。博徒乃服其衣冠，漫扮國姓爺，閻王
　仰而觀焉。頃之，鬼卒皆至。於是博徒大叱閻王曰：「汝
　博徒！汝在娑婆，以賭博爲生，以譎詐爲事，罪當等活
　矣。」鬼卒乃縛閻王而行，博徒遂爲閻王。　（第廿七則）

　　博徒兼懷譎詐，到了陰間，居然逮住機會在閻羅王身上下手，

而且賭贏，妙哉！閻王既長於「幽僻之鄉」，加以對人性完全不瞭解，淪爲可欺之以方的「君子」，後悔不及矣。

另外，書上第十一則〈士人戲狐〉，描述一隻會變化的老狐被士人設計陷害。第十九則〈僧人詐術〉，鋪敘貪心的旗亭主人掉進惡和尚之圈套，血本無歸。第三十二則〈盜騙取人參〉，詳載歹徒向藥鋪騙購人參，卻讓某邑廟祝償值的過程。第四十三則〈澣衣媼賣黃金〉，記錄了古董商想要向村婦低價收購黃金不成的趣事。它們有的屬於戲弄性質，有的卻是惡意詐欺。至於第廿二則〈僧人烹章魚〉，側寫僧人犯清規曝光，訛稱欲熬章魚汁以治腰痛，魚肉遂被明眼人取走，撒謊掩遮的結果，當然是得不償失。

㈢癡妄愚昧

人世間多的是不明事理，自作聰明，本末倒置而又自以爲是之輩，他們不知輕重，出醜丟臉；還有一些人，則是癡心妄想，逃避現實，到頭來卻於事無補，往往成爲笑柄而已。例如：

> ①一叟早起步于門，大屎一所不止。叟大罵曰：「何物暴人，狠屎人戶外？」旁人笑曰：「是犬屎耳！豈有人而便犬屎者乎？」叟曰：「否不然。至點行者，不可測也。」
> （第十二則）

老叟連人屎犬屎都辨認不清楚，硬是高聲詈罵，嗔怪那個壞蛋癇屎人家門外？卻無法接受旁人指出是狗大便的事實，仍然強辯不休。無知自負，莫此爲甚！

②小童以火傷其足，痛不可忍。家人為敷藥，痛猶不已。小
　童熟視其足曰：「足若他人之足，我豈知痛乎？」（第十
　三則）

　　按：明代江盈科《雪濤小說・任事》：「里中有病腳瘡者，痛
不可忍，謂家人曰：『爾為我鑿壁為穴。』穴成，伸腳穴中，入鄰
家尺許。家人曰：『此何意？』答曰：『恁他去鄰家痛，無與我
事。』」這情節到清朝石成金《笑得好初集・瘡痛》稍有變異，並
附評語云：「己害思欲脫人，殊不知害仍在己，喪心何益？」三個
故事，有異曲同工之妙。

③有人被笠，掛頸念珠而行。一野父見之，曰：「吾願有問
　焉。念珠小於笠，子將何術以脫之耶？」其人脫笠，次脫
　念珠，曰：「此其術已。」野父舉手，喜曰：「我幸受賜
　矣。」（第卅六則）

　　此一段情節，十七世紀初葉，策傳和尚編日文笑話集《醒睡
笑》，以及十八世紀中期乾篤軒撰漢文本《笑話出思錄》等書，一
再出現。文字固有詳略之殊，原意不變，幾百年來，野父拙樸癡愚
之形象仍栩栩如生。

　　書中第十四則〈田舍婦無脈〉，記田舍婦自以為無脈搏，生病
當然不宜診脈，凸顯了鄉下人的閉塞無知。第三十則描述一位迂腐
主人告誡家奴，如何安穩攜回沽酒的趣聞。第四十九則〈是空子騎
木鶴飛翔〉，極寫主角是空子乘騎可升空而無法降落的機械木鳥出

遊，最後不得返回人間的悲劇。故事似從《列子‧湯問》偃師製機器人獲得靈感，主旨則在批評「知進而不知退」的芸芸眾生。

㈣紕謬錯誤

在日常生活之中，我們可能因為一時的疏忽而犯下錯誤，可能隨意敷衍而導致損人不利己，當然也會因為資訊不足或缺乏溝通而惹出是非。明馮夢龍《笑府》、《古今譚概》兩書，都立有「謬誤」類，大約蒐羅了一百多個相關故事，比起淡山子所收錄的，簡直是大巫照小巫呢。例如：

> ①姑使婦鑷其白髮，婦特拔其黑者。姑怒，婦曰：「白髮稠矣，不如拔黑髮之捷也。」（第廿八則）

拔黑髮事件中的媳婦，假使不是存心敷衍了事，就是腦筋有點短路。清代遊戲主人編《笑林廣記》卷四〈拔鬚去黑〉，情節非常類似，相信應該是紀洋子撰寫上文的張本才對。

> ②一僧赴齋，謂梵嫂曰：「如有客來，乃云：『我主僧之妹也。』」有間，一叟負杖而來，問曰：「子為誰？」曰：「妾主僧之妹也。」叟曰：「異哉！我主僧之兄也，然吾末知有妹也。」（第廿九則）

按：「妹」與「弟妹」，雖只一字之差，關係可是大不相同。僧既迎婦入門，卻未攜新人回老家行拜見父母兄長之禮，難怪要會面不相知。至於僧人是否該有梵嫂，那是另外一個問題了。

③原黃裳疾病時，垣梧溪往問之。曰：「吾命在旦夕，草木
同朽，可嘆已！」垣慰之曰：「子以文稿屬我，一旦有不
諱，我庶使子不朽。」黃裳喜曰：「敢不賴故人之惠？」
乃舉稿授之，無幾而死。池某之病也，垣又得其稿而歸，
無幾亦死，因併上木焉。他日，垣偶詣僧琴溪許，求觀其
詩。時琴溪有小恙，俄起厲聲曰：「余病幾已，女乃欲營
後事歟？」（第四十二則）

　　從整個故事的始末來看，垣梧溪是一個關心朋友，同時講義氣
重言諾的讀書人。但兩次攜回友人文稿之後，對方都「無幾而
死」，似乎成了催命勾魂的煞星，也害得僧琴溪小恙時，對「求觀
其詩」的動作十分敏感。一切的一切，真是不知從何說起？原文
「併上木焉」上頭，曾有眉批云：「後世編《世說》者，可收之
『紕繆』中。」怕是感慨系之吧！

　　另外，第四十八則〈荷蘭舶來壺〉，作者用了大約六百三十個
字，詳細鋪敘浪華某位暴發戶破費數百金購置「魔術壺」，將道頓
堀劇場一次演出全都錄。翌日，招來親朋好友一起在樓上欣賞貯存
壺中資料的影音重現奇觀。結果後錄入者先播出，迸出一位盛裝之
演員，稽首謝幕，遂惹得觀者失笑，而主人尷尬不已。篇末乃引出
淡山子一大段「順逆先後」的議論，以及天頭不少評語。若使作
者、評者生在今日，影視聲光科技進展一日千里，又不知將作何感
想？

伍鄙陋寡聞

　　在傳統社會，胸無點墨，不學無術，往往無法獲得尊重。至若

不識文明產品，闇於地域風俗，也常舉措失態，橫生笑柄。例如：

> ①有儒先生講《春秋左氏傳》曰：「左氏之説，自古未有明
> 解；或以爲左丘明之所作，大非也。按：傳每在經之左，
> 故人呼謂之左氏。《大學》曰：『右傳第幾章』，傳在于
> 右也，可以證焉。」滿坐絕倒。（第一則）

這是一個望文生義，胡亂解書的可笑事例。第十六則〈儒者講
《論語》〉中的士人臆說〈女子與小人難養〉一章，也有異曲同工
之妙。原書評語云：「爲今士人者，『腰無兩刃，腹無一字』，以
諧諷之。」腐儒充斥的情況，中國所在多有，江戶時代的日本也不
遑多讓。

> ②某生業醫，不售。東鄰之婦暴患腹痛，求醫四方不得，因
> 延某生。生至，則婢爲按其腹，生遽然把婢手脈之。婢
> 曰：「内君之手在于彼，此妾之手耳！」生曰：「方此急
> 卒之際，豈暇擇彼此乎？」（第十則）

按：醫生疏於脈理藥劑，已經讓專業招牌蒙塵無光；弄錯對象
把錯脈，更是荒唐。再如第卅八則〈庸醫治眼疾〉，眼科醫師把左
眼患白內障的病患，誤認成右眼有病。事後還以「據我而言」之遁
詞，企圖狡辯，也是一絕。類似的例子，在我國明、清時印行之
《笑府》、《笑林廣記》中，不勝枚舉，古代醫療水準低落，可想
而知。

③一村人有通家在京師。通家遺以鞠毬曰：「聊供消閒之
具。」村人謂是珍味，乃漬水一宿，鑲而烹之。請客羞
之，韌而不可食，客主大失望。後如京師，見人蹴之，乃
喟然曰：「惜乎向之韌也，不得其製也。今而吾知此物之
蹴而令柔也。」（第四十五則）

　　這是一個從江戶初期的狂言記《昨日是今日的故事》、《醒睡
笑》等書，即已傳開的笑譚❼。出糗的人物可以改變，鄉野之民不
識新鮮事物的情節卻不用更換。中國自漢魏以下流傳「不識鏡」一
系列的故事，可謂其原型矣❽。

　　跟不學無術、孤陋寡聞之主題扯上關係的，還有第十八則〈鬼
號聲唔唔〉。它記載兩位書生爲形容鬼號泣之聲而傷透腦筋，最後
以保留「其聲唔唔」文字作結，眞是自尋煩惱。

㈥貪欲作祟

　　明呂坤《呻吟語·修身》云：「只一個貪愛心，第一可賤可
恥。羊馬之於水草，蠅蟻之於腥羶，蜣螂之於積糞，都是這個念
頭。是以君子制欲。」❾新吾先生的看法，大家都懂也都同意，但

---

❼　參見石崎又造：《近世日本に於ける支那俗語文學史》，頁三四六。

❽　例如：《百喻經·妒影》、《雜譬喻經》卷下第廿九則、《啓顏錄·董子
　　尚村》、《笑府·看鏡》、《笑林廣記·看鏡》等，丁乃通編著《中國民
　　間故事類型索引》，瀋陽，春風文藝出版社，一九八三年十一月，頁一三
　　二，列爲一三三六B型。

❾　吳承學、李光摩校註《呻吟語》，上海，上海古籍出版社，二〇〇〇年五
　　月，頁一〇八。

是真正能自我克制，擺脫名利和口腹之慾的人，其實不多見。例
如：

> ①一揩大太飽，煩悶殊甚。友人曰：「吾有一丸方，能消
> 食，以與汝乎？」其人指腹曰：「滿如此，願惠就中最小
> 者，唯一粒耳。」（第七則）

　　按：《笑府・傷飽》描繪作醮道士吃撑了，難過得只想趕快撒
出以求爽利的模樣，更形誇張。江戶中晚期，岡白駒撰《譯準開口
新語》，也記載一個飽腹欲裂者，羨慕叫花子飢餓不得食的例子。
三事頗相類似，可以參看。

> ②有酒客將三年禁酒，乃誓之某神。居數月，身體骨立，而
> 有菜色。友人過訪曰：「子之於酒，天性也。若強斷之，
> 必損身命。」主人曰：「雖然，我已誓於神矣。」友人
> 曰：「有一計焉。唯夜飲之，期以六年，豈爲欺神哉？」
> 主人曰；「善。」乃如此者，又數月矣。時春夏之交，不
> 堪一日之長，因謀友人曰：「前日受教，我謹奉之矣。今
> 我有一計。吾欲日夜縱飲，期以十二年，如何？」（第卅
> 四則）

　　晉朝劉伶戒酒之掌故，在後代流傳甚廣；張華《博物志》載劉
玄石飲醇酒，一醉千日的軼事，也是名聞遐邇。本則敘寫酒客誓神
戒斷，一再改變方式，名存實亡的景況，不禁令人莞爾。酒之難

戒，也不言可喻。

③一貧人與狐親善，嘗請僧追福亡親，而無貨以可饋，於是
　謀諸狐。狐曰：「此易易耳！」乃化為一錠銀，即紙封以
　施僧。僧懷之而去。後又請狐，狐固辭，貧人問其故。
　曰：「前日我入僧之懷中也。彼度其多少，且捋且捫，我
　幾死矣。今辭者，恐復然。」（第卅九則）

　　在常人的觀念中，和尚應該對於身外之物比較不看重，甚至是
清心寡慾的。不過在中國或日本的筆記或通俗讀物裡，卻頻頻出現
凡僧貪財好利，奸詐淫慾的案例。本則假借善於幻化之狐狸，道出
僧徒酷愛金銀的心理及動作，令人發噱。
　　書中第卅一則〈夢引地上遺金〉，寫出專想撿拾遺金者，睡夢
中扯引自己陰囊的窘態。第卅五則〈東北國隻眼人〉，記載了雙眼
的西南國人，懷著發財夢航海抵東北國，反而被一群獨眼龍拘賣於
市，真是「奇貨可居」啊！

(七)其他

　　淡山子等撰寫的書總共只有四十九則，內容卻是牽涉層面甚
廣，歷代笑話常見的主題也幾乎都涵蓋其中了。此處不妨選錄幾個
較為零星的事例，略做介紹，庶幾可以呈現出多元面貌，減少挂漏
之虞。

①有姓禮名煩者，與讓過和尚相善。一日同行，過小橋上，
　俱誤墜於水。起而相揖曰：「卿先上岸。」遜讓移時。

（第廿四則）

按：此一則意在譏評當世君子禮儀之煩瑣，故而篇末淡山子附論云；「所惡於禮者，煩也。」並舉其時茶道「一點十揖，一吃百拜」的儀節，與正文相比類。同時，天頭加上兩段評語，累累一二百言。凡此皆可見作者、評者對於繁文縟節不能苟同的態度。

②吝人沽酒而還，橋下有捕魚者，俯欄而觀焉。忽失手，墜樽於中流。水勢急迅，無由取得，因遽西向再拜，告金毘羅權現曰：「維昔有誓約，當賽以清酌。遭生之落魄，大恩久不醋。清流於所託，杳其屆大壑。尚神襟之綽，不以緩見卻。」（第廿六則）

這是一個精打細算的吝嗇者，不小心連瓶帶酒掉入河中，只得趁勢禱祝以還清賽神誓約，做了個「順水人情」的故事。原書評語云：「奇甚。」又曰：「祝文每句押韻，是祭文之變體者。」挖苦式地肯定主角隨機應變的能力。

③深山之阿，有大蛇居焉。夏日一僧過之，蔭于樹而憩。涼風方至，遂乃剷睡，蛇來吞之。僧到腹中始覺，適懷中有巴豆丸藥，因周傅之腸胃之間。蛇忽撩亂，大吐下，僧得從出，乃逃還。後又有僧，憩于樹下，蛇遙望見，逡巡曰：「禿頭有毒。」（第卅三則）

　　看完了這段文字，不禁讓人想起童話中漁人連小船被鯨魚吞入，在魚肚內就地取材炊煮三餐，最後穿洞而出的情節。同時，也聯想到《西遊記》孫行者在獅駝老魔肚裡豎蜻蜓、翻跟斗，後來從鼻孔逃出的精彩場面❿。當然淡山子在書中多處挖苦嘲弄僧人，本篇僅是其一而已。

　　④一孿醫賜爵，從偃月刀。偃月刀者，本婦人及道士之衛。
　　　醫素惡其室之彎然，因請官曰：「槍則吾嘗學之矣，偃月
　　　刀者則吾未之學也。即有緩急，從之無益，願以槍代
　　　之。」一執政曰：「女請實然。然國不以服章猥假下。自
　　　今宜加槍以偃月刀之室，是無妨也。」（第四十一則）

　　按：《三國演義》所稱關羽使用青龍偃月刀，顯然與日本婦人及道士所佩帶者，形式和功用大不相同。孿醫因恩遇賜爵暨佩刀，形制理當與正式官員有別。執政者不從其以槍代替的請求，聲稱：「不以服章猥假下」，十分正確可取。

　　⑤卜者宿逆旅，瞽者先在焉。中夜，瞽者如廁，迷惑而不能
　　　到。內已急，適摸得卜者之油傘，因竊屎於其中，而復摺
　　　如故。翌朝，卜者負傘而發。行數十步，忽覺惡臭，因閱
　　　衣巾。衣巾無恙，事甚可異，乃立路上筮之。繇曰：「天

❿　見《西遊記》第七十五回〈心猿鑽透陰陽體　魔主還歸大道真〉，臺北：華正書局，一九七八年五月，頁八六五。

　　　雨人糞，羈人受其穢，往凶。」卜者大驚，急披傘備之，
　　　糞迸撲頭面。卜者慨然曰：「吁！晚矣。」（第四十四則）

　　天有不測風雲，人有旦夕禍福。善於卜筮者，或許能掌握先
機，卻未必無往不利。《譯準開口新語》第七則：「算卦先生，臨
歧問路農夫。農夫曰：『子非賣卜先生耶？臨歧不能斷從，何以爲
人卜筮爲？』算卦先生曰：『吾既筮之，繇云：「當問農夫。」是
以問爾爾。』」同樣是對占卜家採取質疑和調侃的態度。

四、餘論

　　淡山子、紀洋子合撰《奇談新編》，大抵上是以敘事、對白爲
主體，它們通常篇幅短小，人物及背景單純，情節也不太複雜。其
中的人物，有歷史上確實存在者，更多的是儒者、和尙、醫生、相
士、庶民；當然，妓女、乞丐一類所謂賤民之流，以及狐狸、狙
猴、莽蛇，洎至鬼神等，也都是嘲弄刻畫的對象，可謂眞實與虛構
兩類並存，洋洋大觀。

　　在涵蓋的主題內容上，卑陋類中有關迂腐、貪吝、荒謬、穿
鑿、不學無術、弄巧成拙的事例佔了多數；淫褻類頗少見，假如不
是作者有意淡化，就是覺得描摹猥褻、性行爲等色情之屬，由浮世
繪、浮世草子等❶專案處理比較恰當吧！至於以論難、嘲戲方式，
表現出機智能力者，乃僅有二三則，聊備一格而已。

---

❶　參見劉崇稜：《日本文學概論》，臺北，水牛出版社，一九七三年五月，
　　頁一六八～一八一。

　　從體裁形式而論，本書包含篇幅長短不一的四十九節，通常以記錄人物片段的言談舉止為主，然後配合了簡單的故事情節，頗具有傳統志人筆記小說的特色。不過日本漢文笑話集，自岡白駒《譯準開口新語》起始，已經在卷末保留三篇情節比較繁複，寫作手法細緻的「大塊」文章❷。大約晚了九十年出現的《奇談新編》，其第四十七至四十九則，即〈樗君樂諂詞〉、〈荷蘭舶來壺〉、是〈空子騎木鶴飛翔〉，分別用了五百六十字、六百三十字、七百六十七字的篇幅賣力經營；前兩則末尾還都加上淡山子本人二、三百字的議論；另外，它們的天頭又有密密麻麻的評語。凡此，皆足以反映出作者及評者用心用力所在。卷末最後一則評語云：「以上三編，皆傑作也。此篇（按：即〈是空子騎木鶴飛翔〉）最為妙，筆力雄渾，不恥古人。非但文之巧，結末數語❸，大關于世教，可傳。」是讚許，同時點出作者的自負處。

　　由於個人的見聞未廣，對日本漢文小說暨笑話集涉獵不夠全面深刻，想要客觀而恰當評騭《奇談新編》的價值及影響，頗感力有未逮。往後條件許可的話，希望能有機會再進一步加以論述探討。

---

❷　參見註❶，頁八五。

❸　按原文云：「可往而不往，可止而不止；當默而言，當言而默。進退出處，常誤其機者，比之是空子騎機不備之鶴，特不能歸家者，其癡不亦甚乎！」

試論《近世佳人傳》所表述的時代精神

日本東洋大學文學部
有澤晶子

【摘要】

本稿列舉了蒲生重章的漢文小說《近世佳人傳》，就作者何以在這個時期將以娼妓爲題材的漢文小說推出問世，探討了在謳歌西洋過程中價值觀發生變換的明治時期的社會意義，同時通過作品中登場人物的形象和其人世觀，考察了寄託在其中的精神樣式。

《佳人傳》倡導在價值觀的變動中遭到遺棄的娼妓階層的婦權，重新襯托出孕育在女性形象當中的精神上之戀愛和時代特有的俠義精神。同時，通過女性形象，重新建立由於歐化而日益衰退的儒教精神之價值，挖掘並振作其後世所強調之和魂精神。

另外，顯示了正是在娼妓本身存在著更加赤誠、深刻的精神之愛的表現。這樣，在《佳人傳》當中蘊藏了一個多種精神的復合整體。

序 篇

由蒲生重章（一八三三～一九〇三）所著的《近世佳人傳》（以下
簡稱《佳人傳》）❶之第一篇在明治十二年出版，第二篇在明治十四
年出版，第三篇在明治二十二年出版，其間共歷時十年。就此我們
可以對當時這部小說為社會所接受的情況略見一斑。

在這部著作裡所描寫的所謂佳人是娼妓。在第一篇中許多漢學
者加以序文，大多予以贊揚，但是玉魷生則主張自己曾確信稱謂佳
人傳，則不會是娼妓，而是描寫當今的優秀女性吧。與此相應，作
為蒲生重章弟子的高島伸在〈例言〉中指出「有嫌於指斥，是不得
已而然，讀者諒之」。可見以娼妓為題材，擾起複雜的議論。

本稿就蒲生重章何以在這個時期使以娼妓為題材的漢文小說推
出於世，探討價值觀變換的明治時期的社會意義，同時通過作品中
登場人物的形象和其人世觀，考察寄託其中的精神樣式。

一、佳人傳問世的社會背景

在明治時期，出現了強調女性的社會地位和人道精神的主張，
對娼妓的看法嚴峻起來。

明治五年頒布了「娼妓解放令」，明面上，是在女性解放的名
義之下，對娼妓的存在加以否定，而暗地裡，在其中包含了對娼妓
的蔑視。在這個法令中甚至提到「娼妓藝妓已經失去人身權利，無
異牛馬」（第二條）。❷

---

❶　內閣文庫所藏。
❷　《明治新聞事典》第六卷，每日通信，一九八五年一月，頁二九七。

　　以下我想探討一下在上述環境下，以娼妓爲題材且是漢文體的作品何以能夠被社會所接受的理由。

　　首先，涉及漢文體的理由之一，可以列舉當時圍繞漢學的社會背景。

　　蒲生重章生於江戶天寶四年（一八三三年），三十五歲時經歷了明治維新(一八六八年)，明治三十四年(一九〇一年)六十九歲時故去。

　　這一期間，正是漢學的發展史的變換時代，蒲生重章一系列作品的出版亦不能忽視漢學的社會性演變。

　　町田三郎將明治時期的漢學分爲四期。明治最初的十幾年爲「漢學的衰退和啓蒙思想的興隆」❸時期；接下來的十年即至明治二十二年、二十三年爲止爲「古典講習科和斯文會的活動」時期。

　　在漢學被視爲落後於時代，歐美的學術作爲時代的先驅得到謳歌的最初十年，如同下列說法所述，「當時漢學如同廢物一樣被拋棄，有的漢學者不堪鬱悶，在極度不公平的待遇之下，甚至投海自盡」❹，漢學全面衰退。

　　其後，漢學的轉機到來。明治十一年四月二日的讀賣新聞以「漢學再次流行的徵兆」爲題，指出「荒廢的漢學最近再次開始流行，三島中洲先生門下有三百多人參加學習，日前在堀端一番町開設了外私塾，盛況空前」❺。

　　在其後的十年中，明治十年在東京大學設立了和漢文學科，明

---

❸　《明治漢學者》，研文出版，一九九八年一月，頁三。

❹　《明治漢學者》，明治十六年，中村正直在東京大學講習科乙部開業講演，頁一一。

❺　《明治新聞事典》第三卷，一九八四年，頁一五一。

治十五年設立了古典講習科，漢文學講習科，出現了將閑散的漢學者召集起來，使之擔任教職的動向。另外，明治十三年在右大臣岩倉具視的支持下，旨在復興漢學和道德的斯文學會成立，一時漢學威風大振。

《佳人傳》的撰寫時期恰好是與這一復興復古時期一致，上述圍繞漢學的社會狀況亦爲其作品的問世創造了有利的環境。這樣，盡管頒布了有關娼妓的禁令，作者還是能夠在十年內得以三次執筆。當然在此之前，作者出版了《近世偉人傳》，盛贊空前，《北越詩話》稱贊之爲「世爭購」❻作者的這種影響力亦不可忽視。

另外一點是與對娼妓的看法，進一步說是與對女性和戀愛的看法有關。這是一種對於謳歌西歐的思惟方式，甚至連戀愛和男女之間的交涉都以西歐方式爲標準的社會狀態的逆反心理。在位於戀愛之中的所謂近代，「出現了把肉體和精神，外界與內心分解，並將後者視爲價值高於前者的思考方式」。（佐伯順子）❼，因而，過去一直意味著男女情愛的「色」受到厭惡。但是正如她指出的那樣：「色與『風雅之道』同樣而論」，而且又是了解「對人世的傷感和人間之情感的微妙之處的重要因素」❽。從前蘊藏的戀愛觀念和男女情愛儘管由於外在因素的緣故而受到影響，但是在根本上是不可能輕易發生變化的。也許是出於對外來因素不相容的感覺，而重新

---

❻　阪口五峰：《北越詩話》下卷，國書刊行會，昭和四十九年（一九七四），頁五一三。

❼　佐伯順子：《「色」與「愛」的比較文化史》，岩波書店，一九九九年六月，頁三四五。

❽　《「色」與「愛」的比較文化史》，頁三〇～三一。

認識到男女之間的真面貌。

另外，娼妓解放令頒布之根源是由於外在的原因❾，日本處於不得不向世界表明人道主義的狀態之下的緣故，並不是出於內在的緣故。現實情況是在此之後娼妓依然長期存在。

觀看一下這個時期的文壇，可以發現《佳人傳》的特殊位置。近代的象徵坪內消遙的「當世書生氣質」問世的時間為明治十八年，尾崎紅葉的成名作〈二人比丘尼色懺悔〉問世的時間為明治二十二年。在上述作品中西歐的愛的方式依然得到肯定，在男女間的交涉和戀愛的表現上出現了顯著的變化。

而在另一方面，對於漢文小說如成島柳北的《柳橋新誌》（明治七年）等描寫柳橋藝妓之風俗的作品，佐佐城豐壽指出「贊賞醜業女人是出於怎樣一種心態呢，我不可理解」（〈應打破陳年舊習〉明治二十年）❿，猛烈地批判了以藝妓娼妓為題材的觀點。這亦是驅於那個時代之先鋒的論點。

但是，在《佳人傳》能夠為社會所接受的背景中，就有這部小說中所描寫的男女情愛包含了以外來的偏重精神的「愛」的論理無法解釋的內涵，並喚起讀者的共感。

---

❾ 事情發端是明治五年的瑪麗亞魯斯號事件。被載上秘魯船的二九〇名清朝人被迫作為礦山工人雇用，這些人在停靠的橫濱港逃到英國船上求救。日本進行了調查，於英國協調，要求馬上釋放，但是秘魯拒絕。最後要求俄國為中介人人道主義地解決了這一問題。但是，秘魯向日本提出抗議，即日本亦有女奴，但是日本政府一直默認。這樣日本為了保持信用不得不頒布解放令。

❿ 《女學雜誌》，《明治文學全集》三十二卷，筑摩書房，一九七三年九月，頁一四七～一四八。

二、《佳人傳》與其他花街柳巷文學的異同點

在江戶時代出現了許多以藝妓娼妓爲題材的作品。至寬永期爲止這類作品作爲當代讀物編進了假名草子⓫；其後單獨出版的評判記據說共有一百六十部抄本。其內容爲亦可稱爲花街柳巷介紹，藝妓名冊的地名，人名一覽，評定和各分秘傳即藝妓的技巧手法之記載。有關地名，人名一覽一類的作品，在明末清初的中國曾經有稱之爲「花案」「花榜」的帶有體態畫像的妓女評，日本的一些諸侯亦曾收藏此類作品，所以也許其對評判記產了生直接的影響。

作爲其初期的代表作，在江戶初期有一六八〇年（延寶八年）問世的《難波鉦》（作者眞名不詳，西水庵無底居士著）⓬。共六卷六冊共一百章，無論在數量上，內容上以及其文章亦被稱爲將到此爲止出現的二百多種有關藝妓的評判記集大成的明珠之作。該書是以大坂新町的花街柳巷爲舞臺，由會話體構成。

緊接其後，成爲了井原西鶴的浮世草子⓭和近松門左衛門的人形淨琉璃⓮的恰好題材。江戶後期滑稽書流行。後期首屈一指的爲山東京傳（一七六一～一八六一）。其代表作《傾城買四十八》以會話體深入描寫了在當作僞裝戀愛場所的花街柳巷中的男女心理。

在內容上，《佳人傳》雖然與介紹性要素、藝妓的技巧或者花街柳巷的悲慘遭遇等情形無關，但是在題材上借用這種花街柳巷文

⓫ 江戶初期興起的一種假名字體的民間短篇小説。

⓬ 岩波文庫，一九九一年十月。

⓭ 江戶中期主要在京都一帶興起的一種民間小説，以西鶴爲創始者。

⓮ 採用説唱形式的一種日本傳統傀儡戲，近松爲它寫了腳本。

學之處時隱時現。

從蒲生重章出生前一年的天寶三年（一八三二年）至天寶六年，漢文體的《江戶繁昌記》（寺門靜軒，五卷五冊）問世。在此表現中比如以「有愚而溺色，有達而喜情」爲例，引用了上述作品「吉原」段中的詞語⑮，憤慨當時的世態（第二編下卷〈三紫合傳〉），可見其作品對蒲生重章的影響。

另外，大概是亦受到中國才子佳人小說的影響。在評論文中甚至有與《鴛鴦傳》相比較的內容。但是，《佳人傳》並不限於於才子的戀情，男子不登場的情況較多。與其說是在描寫戀愛，不如說是將佳人的孝順、貞節、仁慈、俠義、才氣、雅興、風流等正面要素加以特寫，而不描寫負的要素。這種選擇明顯意識到了當時的社會風潮，包含了偏袒娼妓和批判社會的內容。

在內容傾向上，區別於已往的花街柳巷文學。蒲生重章在〈例言〉中指出「文雖有豪壯艷嚴之別，其寓規諷勸懲則一也」，明確表明了對社會批判的一面。就是說，蒲生重章所描寫的內容既不是特定人物戀愛的實現和悲劇，亦不是對特定場所的娼妓的聞名記。而可以說是通過娼妓來批判當時的社會，並刻畫了作人的精神。

三、佳人中的題材

在花街柳巷文學當中，有的從歷代四十多部文學作品中抽出有關描寫娼妓的部分進行整理，又其大部分所列舉的娼妓活躍之中心

---

⑮ 《江戶繁昌記》第一卷，東洋文庫，平凡社，昭和四十九年（一九七四）十月，頁二六。

區域是固定的。另外，在《佳人傳》中，由於前述的整體傾向的緣故，其所列舉的場所並不需要特定，包括歷代高尾之六十九位佳人⑩的青樓所在地如下所述：

九州：熊本 1，長崎 2，別府 1；

近畿：浪花 1，大坂 2，西京 3，島原 2；

關東：橫濱 1，北里吉原 34，根津 3，深川 1，兩國 1，柳橋
　　　1，下谷 1，東京 4，麴町 1，品川 1，赤坂 1，淺草 1，
　　　足利 1；

東北：仙臺 1；

北陸：北越 4，越前三國 1。

如上所述，所列舉的範圍涉及從西到東廣闊的區域。北里的人數之所以突出的多，是如下所述，那裡是與蒲生重章自身直接有關的地方的緣故。

另外，作為佳人所列舉的女性亦是涉及各個階層，境遇亦不盡相同。

有關記載的順序，並沒有感覺到對時代或者對內容的顧慮。作為題材大概可以列舉三種。第一種：是將時代稍微上溯，在其他文學作品中亦經常被列舉的女性，在其他作品中亦有記載。其現實性，岔曲的真實性當然是有相當部分的虛構，但是，蒲生重章似乎是在像描寫現實人物一樣進行描寫。第二種：蒲生重章身邊實際存在，他親自接觸過的女性。第三種：是與蒲生重章同時代的女性，

---

⑩　所謂歷代高尾，是從第一代到第十一代一共十一個人，現把她們算成一個
　　人，其他還有六十八個人，那可以說一共六十九個人。

他借鑒於某種見聞，並以此爲素材而塑造的女性。對於上述女性，蒲生重章從她們的生活狀態中受到某種感動，而把這些女性的生活撰寫成文字，形成文學作品。這樣，蒲生重章在作品中之所以列舉的女性形象如此眾多，首先是與他所主張的精神有關，而且他並力圖通過女性的形象的描寫來表現他的主張的緣故。

四、蒲生重章的女性觀

根據《北越詩話》，描寫北里娼妓的〈縞衣傳〉是作者青年時代的眞實寫眞。其記載作者是一個粗魯之人（原文爲「木強之人」），所以才發生了這種情事。因而，可以認爲在〈縞衣傳〉（第一編上卷）中表現了蒲生重章自身對女性的看法。

幕末安政年間（一八五四～一八五九），蒲生重章渡過了二十二歲至二十七歲的時期。縞衣通曉多種技藝，女紅（指針線活），絲竹（音樂），歌舞自不待言，並有繪畫之才能，茶道，插花，圍棋等樣樣精通，亦通曉文字。其姿態被形容爲「嬋妍，動止周旋，楚楚動人，才色一時冠於北里」。

作品中蒲生重章自身以「學生」身分登場。在最初邂逅之時，學生就感嘆「人間復有若麗人」，所以可以說是他戀愛的開頭是以一見鍾情之非常傳統的形式來開始的。而且典當財產換得十五日圓去見縞衣，並在一個晚上就傾囊而盡。對此縞衣撫摸著學生的脊背，說到「快人也，必成名於天下，好自愛」。學生爲這種親切的話語所打動，其後多次籌款拜訪，而且每次都作詩贈送縞衣。學生的行動打動了縞衣，縞衣開始思念學生，並提出希望做學生的妻子。但是，學生一貧如洗，無法再來拜訪縞衣。這樣縞衣就自己破費，安排

了一夜的幽會。有一句行話叫「揚身」指的就是這種娼妓為了情人，不惜自己破費而招待客人之意。縞衣的這一行為本身並不特別。

然而，值得特別重視的是縞衣「誓勿復訪妾」這句話。她叮囑學生我苦思三年一定要實現終身結合的約定，所以你要格外自愛，不要忘記妾身。這樣她從始至終不忘為對方所想。最後學生灑淚而別。

其後，學生遊歷各地，籌款五十日圓。這情景與蒲生重章小傳中所記載的東遊十年相符合，大概是他東遊途中發生的事情吧。學生回到故鄉後，再次拜訪縞衣。然而，縞衣已經抱病在床。縞衣病危後，學生親自煎藥相護，但是，縞衣終於年僅十九歲而夭折。

談到娼妓，人們的腦海裡不禁都會浮現出那種想方設法賺客人的錢，為此不惜使用任何手段的女人之形象。然而，縞衣卻完全採取的是相反的行動。在這裡作品並沒有直接使用色、戀、愛等字眼。但是，這種體驗卻比一般的戀愛還要深刻，使蒲生重章認識到娼妓的為人，蘊藏了對她們的基本信賴和對其人格的尊重。雖然對於蒲生重章本身的私生活狀況並不清楚，但是，可以想像蒲生重章的創作和其實際生活並無矛盾之處。

作者在《近世佳人傳》的題詞處使用了「雪泥鴻爪」一詞，形容自己的著作，但是，並沒有表明著作的意圖。

這與通常使用技巧手腕，甚至採用「心中立」即「顯示男女之間竊竊私語親密無間之標志」（《色道大鏡》）[17]的花街柳巷的常情

---

[17] 野間光辰編著：《完本色道大鏡》卷第六「心中部」，友山文庫藏版，昭和三十六年十二月，頁二〇七。原著者藤原箕山：《色道大鏡》全十卷十四冊，延寶六年（一六七八）。

截然相反。

在縞衣傳的末尾，活水子（真名不詳）稱其態度爲婦女之楷模，其「罵盡天下無眼輩」一語表示了對當時蔑視娼妓之風潮的感慨之情。

在三篇上卷中，山縣昌藏加以跋文，對蒲生重章所塑造的佳人形象予以解釋。據此所謂「一代佳人」，儘管爲「花顏柳腰的藝妓娼妓」，但是指有「節操」的女性；所謂「絕世佳人」是引自出於《詩經》的「關雎之教」「柏松之範」，特指夫婦和睦，不侍二夫的女性。並且評價爲「以清麗之筆，傳孝娼義妓事」。

五、佳人傳的女性形象

我們探討一下蒲生重章所列舉的女性之生存方式或者通過這些女性所要主張的精神樣式，可以發現一些傾向。

在其寫作方法上，正象作品結尾的評論贊賞的那樣，蒲生重章善長從細小瑣事襯託出女性之整個形象（「從小處看出大關係」〈小菊八十次合傳〉第二編下卷）。

㈠對於批判娼妓風潮的抗議

一般認爲，由於基督教的影響而使精神和肉體相分割的精神偏重主義之所以在明治時期的知識分子當中抬頭，是因爲他們期待實現男女平等的文明社會，而並非以往的男女關係的緣故。

於是，就出現了對於與江戶時代的文化主流以及浮世繪和歌舞妓等文化互相影響，並大放異彩的花街柳巷文學的批判，以及對於花街柳巷、娼妓本身的批判。

相反地，《佳人傳》中的一個基調就是對於娼妓的贊歌，這亦

是對於江戶文化的贊頌。同時這裡亦可以看到這種主張明確意識到
了西洋文化的侵入。也就是針對認為娼妓文化不是愛而是色，層次
低下的謳歌主義的主張，蒲生重章主張正是在娼妓文化當中，才有
精神，才有愛。在這層意義上其作品具有區別於江戶花街柳巷文學
的特殊性。

(1)自我犧牲之精神

這雖然在形式上於作者自身經歷的愛情相近似，但是，可以肯
定通過所描寫的女性形象，作者謳歌了為娼妓的犧牲精神所支承的
赤誠之心，而並非男女間的情愛。

〈小島小松合傳〉（第三編下卷）均描寫了無欲之赤誠。

小島是西京的藝妓，三弦出眾歌喉美麗（原文為「絃歌絕
倫」）。書生島田熱衷於小島，並將學費用盡。小島告知書生：
「情郎發奮而榜上有名，則妾身為情郎之惟一。若不聽妾身之言，
沉浸酒色而落榜，則妾身以死而悔恨。」（原文為：「郎君青年今而困
學及第為博士，則妾身惟郎君之命。若不用妾言沈溺酒色而勉學，則妾自裁而
恨。」）書生聽罷，感慨落淚，奮發苦讀。

小松原是長崎商家之女，父親在生意上失敗，將家裡的土地變
賣仍然無法維持生計。小松捨身扶養雙親。小松的性格被形容為
「天性溫厚」，對於沈溺於酒色的青年，她規勸「妾不忍視君之誤
青年之身也」，關切其切不可荒廢青年之身。

作者贊賞道：通常娼妓是想方設法欺騙青年，企圖將錢騙到
手，然而上述兩位女性則是「不攫黃金而戒育青年其言惻惻動
人」。

在作品末尾的評論中，孫君異分析論述小島以「情」；小松以

「孝」勉勵青年。另外，南摩羽牵認爲小島小松「身陷於泥海，而心清潔猶蓮花不染於污泥」，評價二人皆爲「爲客盡忠」。這些評論都試圖改變社會上已經成爲定論的娼妓形象。

(2)娼妓的教養

作者在序文中感嘆「說是文明開化，卻將文雅風流一掃而除」之狀況，認爲伴隨著專門從事「娼妓之賤」之女性的減少，身懷「文雅風流」之藝妓亦逐漸稀少。可以說作品面對上述風潮，回顧了藝妓的風流和情趣。「以世間之事，諷社會之潮」這是作者慣用的創作手法（〈粧子傳〉），其淋漓盡致地表現了娼妓的人性和其教養的高貴，這一點亦成爲整個作品的基調之一。

下面讓我們具體地進行觀察。〈小悅傳〉（第一編上卷）中的藝妓小悅「清歌妙舞行雲遏」，善長琴瑟、鼓樂、三弦，書畫、點茶、插花亦頗具「風流文雅」。另外在〈歌川傳〉（第一編下卷）中也顯示了娼妓教養之高貴，表現爲「善諧歌，工筆札」「通吹竹彈絲」「品香點茶插花諸藝」，將所有應該具有之愛好教養置於一身。

在作品末尾的批評文中，芝房子列舉當時青樓主人修建女學校之情形，指出「狹斜亦一佳較場。若使歌川在於今，必爲其女教師」。

在〈小春傳〉（第三編上卷）中，以才色兼備的東京赤坂的藝妓小春爲題材。

自古以來，在傳送名妓之名的方式上，比起歌頌其色和情突出的方式，還是謳歌其才氣出眾的方式能於歲月相伴，流芳百世。作品指出諸如小春這樣吟歌賦詩巧妙，艷麗文才兼備的名妓實屬罕

見，可以與唐朝的才女薛濤相媲美，不辱藝妓之名。

此外，作品還描寫了為數眾多的娼妓女性，諸如掌握「富貴之手法」（筆勢），善長書法的藝妓（〈豐岡傳〉第三編下卷）；經常與以漢詩作者而聞名的梁川星巖（一七八九～一八五八）偕同遊覽山水，精通文字、口吟論語的小絹姑娘（〈小絹傳〉第二編上卷）等等。

(3)作為志士的女性形象

通過這一時代的特殊性和蒲生重章的思想傾向，可以顯示出獨特的女性形象。蒲生重章於尊皇攘夷的志士交往頻煩，是一位慷慨之士，在小傳裡記載了他曾經將志士隱藏在私塾之經歷。作品在這裡塑造了勝於男性、魄力充沛的女性形象。

〈小三傳〉（第一編上卷）描寫的是幕末安政年間深川的娼妓，據傳說能歌善畫。

幕末志士竹田耕雲（竹田耕雲一八○四～一八六五，水戶藩士，侍奉德川齊昭，擔任家臣之長。一八六四年率領全軍上洛途中投降加賀藩，被斬首）愛戀她。二人同舟遊覽時，聞聽竹田耕雲高談天下之事，頗為感動，留下筆記。據傳說其文章「慷慨之氣鬱勃」，字裡行間滲透著「和魂之字」。欄外注釋著：「今日男兒不解和魂之字」，作品將其評價為具有具備了「大和魂」（《廣詞苑》：以日本民族固有的精神、勇猛純潔為特性）的「豪傑之餘韻」之娼妓。

在這裡作品中仍然含有對謳歌西洋之風潮的批判。

在〈瀧本傳〉（第二編上卷）中，儘管是名妓，仍然不惜將其稱讚為具有「報國之志」的「義婦」。其內容達七頁之多，為作品中篇幅之最長。在評論文中亦視為「佳人傳之中心傑作」。

嘉永、安政年間，攘夷論盛行，對此的取締亦很嚴厲，被投入

獄中者絡繹不絕。這樣在這一時期花街柳巷就成了志士們的秘密聚會的場所。由於在花街柳巷舉行密議，娼妓亦為之所感，慷慨憂國之娼妓亦不在少數。瀧本就是其中之一。

北里的名妓瀧本與攘夷志士岩谷生情投意合，瀧本表示在舉兵時自己將女扮男裝參加，向岩谷懇求告訴她舉兵之秘密。岩谷向她介紹了中國女郎花木蘭女扮男裝，征戰十二載的故事，表示自己希望瀧本加入，但是，同伴可能不會贊同。幾年之後，志士在筑波山舉兵，岩谷潛入地下。

岩谷的好友鐵之助與瀧本產生感情，並將其贖身納為妾，二人生活在芝蒲。鐵之助因與櫻田門事件有關，而逃往北越。幕府官吏對瀧本進行拷問，打算查明鐵之助的去向。然而，瀧本寧死不吐真言，官吏們為其俠義所感，停止了拷問。鐵之助在北越被捕問斬，瀧本亦被害，葬於小塚原，年僅二十歲。岩谷被囚薩摩藩邸，後獲特赦，歸途中途徑小塚原，路遇「義婦瀧本」之墓。

作者有機會詳聽岩谷之敘述，得以將瀧本的故事仔細地記錄下來。作品在這裡於男女之間的情愛相比，更加強調作為志士之精神世界。

「我邦正氣鬱勃，為國為君，忍於死成仁者，千載不衰」（〈阿縫傳〉末尾），在芝房子這段話語中，我們可以發現與撰寫上述故事的作者的共同思念。

(二)儒教精神之體現

在這部作品中，塑造了為數眾多的以貞節、孝順為首任，勇於自我犧牲的女性形象。這可以說是受到明治維新後的復古風潮的影響。

在後篇的序文中，金洞山樵加之以序，其認爲「大有足爲訓戒勸懲者」這亦可以說是受到上述內容的影響之緣故。

⑴貞節勝於純情

〈佐香保傳〉（第三編下卷），在江戶時代中期的享保五年（一七二〇年）出版的庄司勝富《異本洞房語圈》中，雖然被以佐香穗的名字所描寫，男性同伴變成了使用梅這樣的假名字的壯士，但是，兩部作品的大體內容一致。

其情節的展開，根據《佳人傳》具體如下：

西國諸侯的某家臣來到江戶，與佐香保暗通幽情，並許諾要將佐香保贖出。但是，家臣的主公病倒，家臣匆匆伴隨主公回國。回國後主公故去，家臣亦剖腹殉死。殉死前家臣把書信和遺物託付佐香保，嘆惜世態無常，並吟歌「且結且消，歸如泡沫，悲哀無常，世之因緣」。佐香保讀此歌後，看破紅塵，痛哭落髮。她趁著暗夜來到官府衙門，哭著敘述自己希望出家爲尼，乞求青天大老爺說服青樓之主。

當時作爲娼妓，無論金盆洗手還是脫身青樓都不是自身可以作主之事，因而可見佐香保的行動是毅然而決然。

官吏憐憫佐香保姑娘，招呼青樓之主予以說服。主人念佐香保入青樓以來無任何差錯，願遂其願，同意了佐香保的要求，並要爲之建一座草庵。佐香保以其尚年輕，不可自誤爲由，謝絕了草庵，入身佛門。晚年親自在鐮倉的玉繩編織草庵，八十歲有餘而圓寂。

在《佳人傳》中，這一題材的年代間隔非常特別。此題材有人在一世紀前已寫過，而且故事發生得更早。作者特意選擇了這種遙遠的題材，其理由在其後的言論中闡述得非常明了。即「忠貞一

也，某之割腹即佐香保之剪髮也。故能使佐香保剪髮耳」。男人破腹以示忠誠，佐香保剪髮意為棄女兒之身，貫穿以貞節。

在一九七〇年代，就此題材加以「對思念之人之純情，出家為尼」⑱之標題。但是，在蒲生重章所著的此傳當中，連「愛」的字眼都沒有出現。可見，對蒲生重章來說，佐香保的行為並不是純情之愛，而是對於男性忠誠之貞節。

(2)期望和魂

〈喜游傳〉（初編下卷）中的「喜游」在其他記載中多作「喜遊」。喜遊是以大東義人的《幕末血史岩龜樓烈女喜遊》而聞名，在加藤藤吉的《日本花街志》（第一卷第十五話）中所載「橫濱開港的悲劇烈女喜遊之憤死」等列舉了喜遊的作品亦不在少數，甚至喜遊其人是否是實在人物的爭論一直持續到昭和時代。日本畫畫家上村松園亦以繪製「遊女龜遊之圖」，這「龜遊」也就是喜游。

首先，我們觀察一下蒲生重章筆下的喜游。

喜游是橫濱的名妓，乳名為知惠，父親是醫師太田正庵，但是，遭受震災，家景貧困，而且父母雙雙病倒，臥床三載。十一歲的喜游賣豆等換米充飢，但是，債臺高築，逼債上門，喜游懇求父母，賣身入青樓。

然而，喜游十五歲時父母雙亡。主人開始讓知惠接客。知惠改名為喜游，與主人約定不接西洋客人。一天，美國人伊魯斯偶然目睹喜游，極為心動，提出要買下喜游。主人無法拒絕而承諾，並懇求喜游，但是，喜游固辭，且出於無奈而稱病拒絕。可是伊魯斯暴

---

⑱ 西山松之助：《遊女》，東京堂出版，一九七九年，頁一九〇。

怒，要求支付二百金的違約金。據說主人向喜游訴說，如果拒絕，
則成爲笑柄，而青樓將一蹶不振。喜游回答，既然如此，妾身只好
認命了。但是，喜游卻留下遺書，申明「欲守我義則主難方急，妾
不知所錯身，只有一死焉耳」，詠歌「厭惡野露之大和女子，豈容
美異污雨染指」，迎刃而亡。美國人伊魯斯悄然離去。喜游以死而
馳名。

作爲題外之言，在文久年間美國公使企圖納北里名妓櫻木爲
妾，然而，櫻木固辭而絕命。加之這一史實，可認爲喜游之事是
「確有其事」。就《佳人傳》的喜游和《日本花街志》的喜遊而
論，雖說作品中美國人的名字和具體情節不盡相同，但是，大意和
結局是一致的。

在作品結尾，芝房子引用元寇之例，記載爲「欲降婦女貫索於
其掌曳之，竟無一人降賊始懼。今喜游之死亦使外人懼矣」。

可以說這一精神反映了蒲生重張等漢學家對歐美的反感。

在〈網子阿芳合傳〉（第三編下卷）中的登場人物阿芳身上亦可
以汲取同樣之精神。

阿芳是麴坊某商人的女兒，年僅十七歲。由於家景貧困，父母
決定把她賣於青樓。阿芳得知這一消息後，悲感萬分，採取了斷然
行動。她訴說「我雖女子乎亦生於神州，豈受爲髯虜所污乎」，亦
剪斷髮。在這裡神州是指日本，髯虜則爲異邦人。阿芳儘管深知違
背父母之言甚爲不孝，但是仍然哭泣懇求「寧死不忍爲髯虜所污，
除則入水入火亦惟大人之命」。

實際上，橫濱在萬延元年（一八六○年）開港，次年在港崎町青
樓開業，由於地點關係似乎外國客人較多。

作品對那些面似順從柔弱的女性，贊之爲「志不可奪，可以勵薄俗」。

在作品結尾，村山拙軒感嘆「終能全其清操」，並對此作品評爲作者費「衛道之苦心」的結果。

同時，芝房子亦在作品結尾，論述「新聞紙上，深閨貴女與外人私，生碧眼兒，其姦輒顯」。充分表現了以蒲生重章爲代表的漢學家們對日益歐化之世態的反感。

(3)滅私孝行

具有自我犧牲精神的女性，賣身爲娼，解救貧困之家人。這種主題在作品中亦多次出現。

在〈阿花傳〉（第二編上卷）中，歌頌了爲家人而毅然賣身爲娼之胸懷。

仙臺甚吉有一位二十二歲的阿花姑娘，阿花家景貧寒，兄長亦身患腳疾，飢寒交迫，瀕於死神。阿花決意賣身而懇求雙親，然而雙親不忍，斷然不許。但是，阿花力說強與飢餓而亡，終於得以許可。阿花竭盡身心侍奉客人，某客人贖阿花爲妻。這位客人懷有慈悲之心，允許阿花收養她的父母和兄長，阿花照顧無微不至。阿花的孝順之心和客人的慈悲之懷值得稱贊。

另外，在〈小蝶小秀傳〉（第三編上卷）中，是以兩個孝順姑娘爲題材。

小蝶爲鐵匠堀治兵之女，名叫富佐。明治五年廢刀令頒布後，富佐的父親失業，家境逐漸貧窮，父親又染上病魔。女兒爲了父親的藥費，以小蝶之藝名十六歲就投身青樓，從此不計客人之妍媸，竭盡娼妓之義務。

小秀的家境與小蝶同樣，要扶養患眼疾而失明的父親。爲了補貼家用，小秀十二歲投身青樓。作者稱讚這二位女性爲孝行者之百行之楷模。

再有，在〈阿弓傳〉（第三編下卷）中，塑造了一位爲了父兄而捨身爲娼，賣身盡孝的女性形象。阿弓爲了扶養父母賣身之後，甚至把自己的積蓄都交給了貧困的父親。其後爲了幫助生意失敗，抵押了土地的兄長，阿弓當掉了衣物，並將娼妓合同的年限延長，預先領下報酬，解救了兄長的貧苦之急。明治八年建學令頒布之後，阿弓又率先捐款。作者把這種竭盡情於義之女性喻爲出污泥而不染之荷花。在作品末尾，作者加以評論，指出諸如娼妓這樣的所謂下賤之人都能夠對孝行和情義採取斷然之態度，那麼，出身豪門而寄生與父母兄長的浪蕩子弟們理應感到無地自容。這種以自我犧牲做孝行爲題材的作品，反映了百姓生計窘迫的情況。比如像小蝶之父由於廢刀令而失業等，直接受到明治維新的影響，迫不得已要改變生活方式。在此可以看到擁護娼妓，批判社會風潮的意圖。

㈢傳統意識的陰影

到此爲止，在本文中一直原封不動地使用作品中所使用的娼妓、名妓之詞語，然而娼妓一詞多是在下列意思之下使用。即天保二年（一六一七年）江戶公娼制度確立，相對私娼，以得到公認的「遊女」（藝妓或者娼妓）爲公娼。而在文學作品中，更多更經常使用的還是日本式復合詞「遊女」這一詞語。這個詞語是有歷史淵源的。一般認爲原本施展鎮魂咒術的遊部，到了中世分爲遊行女婦和遊行女巫，這就是遊女和巫女的起源。在遊女一詞之中具有與來世交感之神遊之意，同時所謂「遊」一詞中含有安慰魂靈之本來的含意。

這裡所列舉的是，作者在無意識當中把這種心靈的安慰和憧憬寄託往日的遊女身上，並加以提煉的。

(1)憧憬之女性形象

〈吉野傳〉（第一編下卷），在主要情節方面承襲了江戶後期寬政十年（一七九八年）出版的伴蒿蹊的《續近世畸人傳》中所載〈傾城吉野〉一文。吉野的故事在此之前，在江戶前期藤本箕山的《色道大鏡》卷第十七〈扶桑烈女傳〉⑲中已經有詳細描寫，即吉野之名在中國明朝亦有傳聞，李湘山曾經爲此賦詩，並有崇拜者謀求吉野之肖像。再者，井原西鶴在《好色一代男》（天和二年，一六八二年刊）中，盛贊「亡後留名之名妓，前代未聞之遊女」⑳。

蒲生重章何以承襲已經成爲佳作的吉野的故事情節，甚至在作品結尾敘述「無一不奇，嗚呼奇奇相會，成此一段奇話。余惟恨我文之不奇耳」呢？這裡所說之奇，大概是爲奇絕之意吧。

蒲生重章在形容吉野這一女性時，描寫如下：「才色絕世，氣韻甚高，而仁慈有俠骨，性豪奢」。恰似兼備了所有之一切。而且蒲生重章還以下列事例表現了吉野這一女性形象。有一位鐵匠爲了面會吉野，花費數載而籌款。吉野成全了這位鐵匠，讓其如願以償。鐵匠實現了多年宿願，無所依戀，投水自盡。

另外，巨商灰尾三郎兵衛贖下吉野，但是，其父榮庵暴怒，與之斷絕了父子關係。可是，一天榮庵在一家屋簷下躲雨，被請進了

---

⑲ 《完本色道大鏡》，頁五六一、五六二。

⑳ 《好色一代男》卷五，暉峻康隆校注、譯：《完譯日本古典》第五十卷，小學館，昭和六十一年四月，頁一二二。

家門，並被以茶款待。結果榮庵深爲那家女子安靜幽雅的舉止談吐所打動。後來從本阿彌光悅處得知那女子就是吉野，榮庵萬分震驚，允許兒郎與吉野結親。

通過圍繞吉野的事例和作者傾注的熱情，令人感到吉野這一人物所具有的特殊性。這不正是再現了遊女本來所具備的「神聖之性」的憧憬之所在嗎？

在〈歷代高尾傳〉（第二編下卷），列舉了從初代生活在寬永年間至十一代的高尾的消息。

名妓高尾在歷代文學作品中頻頻登場，在歌舞伎中屢屢現身，諸如神話傳說一般。作者在結尾敘述了如下之意。高尾雖然爲女兒之身，然而後人爲其撰寫年譜，其內涵醒世驚人，相比之下，男人如同朽木敗草。在這裡作爲永生之巫女的遊女眞實姿態的影響在無意識當中依然餘音縈繞。

綜上所述，在漢文小說《佳人傳》當中，大約表現了三個大方面的精神內涵。第一，倡導在價值觀的變動中遭到遺棄的娼妓階層的婦權，在此過程中，襯托出孕育在以往沒有得到明確認識的女性當中的精神上之戀愛和時代特有的志士精神。第二，通過女性形象，重新建立由於歐化而日益衰退的儒教精神之價值，振作其後所強調之和魂精神。第三，使社會回想蘊藏於已經開始被忘卻的遊女之中的另一個層次的嚮往憧憬，即安慰魂靈的女神要素。

總而言之，在這部作品當中蘊藏了多種精神的復合，可以認爲其眞實地反映了當事的時代。

六、結尾

以上，我們通過出現在《佳人傳》裡的眾多女性形象，探討了蒲生重章在這部作品中所寄託的精神之樣式。然而，蒲生重章並不是一個個人，而是直到幕末明治時期的眾多漢學家精神的代言人。有關這一點，讀閱各個傳記的結尾就可一目瞭然。另外，撰寫《通夜物語》（明治三十三年）《註文帳》（明治三十四年）《婦系圖》（明治四十年）等作品，完全以娼妓為主人公，在浪漫主義文學領域獨樹一幟的泉鏡花（一八七三～一九三九）雖然從師於尾崎紅葉，但是，在其作品內容上呈現與《佳人傳》一脈相承之趨勢。

另外，曾任《女學雜誌》總編的嚴本善治，擔任該雜誌的「理想之佳人」欄目的撰稿人。對與在小說中列舉藝妓娼妓一事，抱有異議，加以批判「污泥中故意插以荷花，黑夜裡勉強照以明月，藝妓娼妓強加以赤誠，暗中令人愛慕這些女性，到底何所其義？」㉑並且指出，如果不得已在作品中出現娼妓登場，應該透析其實際生活的下賤真實，激起厭惡之情。

至於嚴本是否直接閱讀過《佳人傳》與否，這一點尚不明確，但是，該作品屬於其批判的範圍。《佳人傳》正是將娼妓喻為出污泥而不染之荷花，而且偏重美化娼妓，不暴露其陰暗面。這與嚴本的批判一致。從當時社會的趨勢角度來觀察，對於這部作品的評價，也是大體一分為二。

有關蒲生重章在《佳人傳》之前所撰寫的《近世偉人傳》，明

㉑　《女學雜誌》第百六號，明治二十一年四月二十一日發刊，頁二。

治日報的總編宗榮次郎曾經在該報散記欄目中刊登了蒲生重章的
《近世偉人傳表》，這種作法與報刊條例第十五條、十六條相牴
觸，經過酌情處理，被判定罰款五十日圓。此事被公開報導（明治
十六年三月十日東京日日新聞）㉒。

　　對照該報刊條例，雖然屬于推測，很可能與治安形勢有關，
《偉人傳表》屬於止刊登範圍，然而該報卻故意刊登，因而受到處
罰。有關這一點，有必要對當時偉人傳處理情況再次進行調查，但
是，由此亦可以看出對於蒲生重章的思想和其著作有著正反兩種評
論。

　　觀察《佳人傳》的創作方法，大約是以眞實事實爲根本，進行
了分析而改編。由此力圖看準時代的去向和人的精神面貌。它已超
越了花街柳巷文學的範疇。在從江戶到明治這一動盪時代，在價值
觀錯綜變化的過程中，《佳人傳》看起來似乎是落後於時代的產
物，但實際上貫注了對社會風潮的批判。但其觀點有點偏頗，他不
敢正視娼妓以及其制度的黑暗面。這意味著蒲生重章的界限。另一
方面，在蒲生重章塑造的女性形象之上，雖然有古典道德觀念的一
面，但是在很大程度上也受到近代思潮的影響。正是在由謳歌西洋
所帶來偏重精神之愛的環境下，成爲眾矢之的之娼妓本身，存在著
更加赤誠、深刻的精神之愛的表現，蒲生重章正是發現並抓住了這
一點。在此處我們可以尋找到《佳人傳》的時代定位和意義。

㉒　《明治新聞事典》第五卷，一九八五年一月，頁七五四。

日本漢文小說《譚海》論略

上海師大人文學院

孫　遜

【摘要】

　　《譚海》，日本依田百川著。作者爲明治時代著名漢學家、小説家和劇作家。其好友川田甕江、菊池三溪也都是同時代著名作家，他們共同形成了一個創作群體。

　　《譚海》首次出版爲明治十七年（一八八四）鳳文館本，共兩卷。明治二十六年（一八九三）博文館又出版了四卷本。全書所記，皆「畸人寒士，才女名妓，一言一行，一技一能，可喜可悲，可笑可泣之事……」，這種表現對象重心的下移，是明治維新的時代使然，全書在許多方面體現了新的時代精神和價值觀念。作爲一部漢語文言小説，其藝術風格則體現了漢魏小説觀念的回歸，與清代《四庫》編纂者所倡導的小説觀念和紀昀的《閱微草堂筆記》相近。由於作者深厚的古文功底，本書在藝術上也有諸多可取之處。

　　受漢文字圈的地理和文化環境影響，在我國周邊國家和地區，歷史上出現過大量用漢文寫就的文言小説，我們今天稱之爲「域外

漢文小說」。這些作品既是該地區和國家文學與文化不可分割的一
部分，同時又因爲是用漢文寫成，和我國漢文學和漢文化又有著千
絲萬縷的聯繫。研究這部分作品，對於我們了解漢文學的傳播和影
響，了解周邊地區和國家的社會風俗和民族風格，特別是東亞地區
的文學與文化交流，有著十分獨特的價值和意義。本文僅就日本漢
文小說《譚海》作一個案的解剖和分析。

一

　　《譚海》，亦作《談海》，日本依田百川著。作者生於天保四
年（一八三三年），卒於明治四十二年（一九〇九年），爲日本明治時
代著名的漢學家、小說家、劇作家和隨筆作家。生於江戶八丁堀佐
倉藩藩邸，父貞剛是佐倉的藩士，食祿高達二百石，母名千重，娘
家姓齋藤。小名幸造、信造，最初字百川，後以此爲本名，號柳
蔭、學海。他初於佐倉藩藩校學文習武，以後因立志成爲書法家而
寄居筑地的牧野天嶺書塾求學，又因不滿於塾生的見識低下，不久
進入藤森天山的書塾。其時正值嘉永五年，他年滿二十，同門的友
人有川田甕江、岸田吟香等，特別是甕江，成爲他終身的密友。安
政五年，被任爲佐倉藩的中小姓，才幹得到賞識，因到藩校溫古館
服務，歷任□木付、郡代官、藩邸留守居役等。慶應四年，於鳥
羽、伏見戰役之際奔走於國事，如爲救前將軍慶喜赴京請願等。明
治維新後，任佐倉藩大參事，被公認爲盡力於藩政，結束廢藩置縣
的掃尾工作後，他辭職回到佐倉。明治五年，任東京會議所書記
官，始正式踏上仕途，並一度在《郵便報知新聞》社工作。明治八
年，出任太政官，在修史局任職。明治十四年，任文部省權少書記

官，致力於指定小學音樂教材。明治十八年，官至文部省少書記官，隨後退出仕途，專注於戲劇、小說創作。

《譚海》即爲其官宦時代寫作的小說，明治十七年鳳文館首次出版。此前，明治十一年，依田百川與依藤博文及當時的內務大書記官松田道之等，發起改良歌舞伎劇，主張歷史劇需基於嚴密的考證，並對當時演出的《松榮千代田神德》提供了建議和指導，這是知識份子參與歌舞伎界的最初嘗試。明治十九年，依田百川參加了演劇改良會，決意將脫離宦海後的餘生貢獻於演劇改良運動。他與川尻寶岑合作的《吉野拾遺名歌譽》（明治二十一年一月鳳文館）、《文覺上人勸進帳》（明治二十一年九月金港堂），其對史實的重視和高雅的風格，爲日本近代歷史劇的形成規定了基本框架。明治二十二年以後，他主要向壯士劇社提供劇本，由其上演的劇目有：《拾遺後日連枝楠》（明治二十四年八月上演）、《政黨美談淑女の操》（明治二十四年九月上演）等。其間除劇作之外，還創作有《俠美人》（明治二十四年金港堂）等小說。由於其激進的演劇改良主張，每每招來墨守成規的演劇界的白眼，在劇壇陷於孤立狀態。明治三十年以後，因健康每況愈下，對演劇改良的熱情減弱，常在家作詩自娛。明治四十二年十二月二十七日，祝壽活動之後不久，他便與世長辭。其藏於無窮會的四十四冊日記，是反映明治時代文壇歷史的珍貴資料❶。

---

❶ 關於作者依田百川的生平資料，本文參閱日本近代文學館小田切進：《日本近代文學大事典》，東京，株式會社講談社，一九七七年，卷三，頁四九二～四九三。

關於依田百川之性格愛好，其好友川田甕江在〈譚海敘〉中曾敘及：「百川讀書五行並下，能文雄辯，罵經生迂儒，不抵半文錢。其談藝苑盛衰，閭巷風俗，旁及院本雜劇、婦女妝飾、衣履鈿釵、玩好之細，由俗入雅，□委討源，鑿鑿可聽。」❷此外伊勢矢土勝之的〈後序〉中也謂「先生當今通儒，以能文鳴」，「曾參藩政，職掌兵農，奮激淬勵，欲一洗舊弊，顧與俗吏齟齬，不能展其才」，「亡幾，遷文部書記官，又不得逞其所長。」❸可見是個知識淵博，興趣廣泛，著意改革舊弊，但仕途不甚得意的知識份子，和傳統的經生迂儒不是一條道上的人。他所交往的，也都是一些志同道合的朋友，其中有歌舞伎界演員團十郎、菊五郎、角藤定憲、川上音二郎等，也有很多著名的文學家和漢學家，如為《譚海》作序的終生好友川田甕江，為明治時代文章三大家之一；❹或為《譚海》作序並寫評的另一位好友菊池三溪，與依田百川、信夫恕軒並列，被稱為明治時代充分發揮了小說趣味的別具特色的漢學家❺。

《譚海》首次出版為明治十七年（一八八四年）鳳文館本（參見附錄一），該本版式寬鬆，天地闊大，字體秀麗，刻工精美（參見附錄二）。上海師範大學圖書館藏有此本。但該本僅有兩卷，卷二終

---

❷ 川田甕江：〈談海錄〉，日本，鳳文館，一八八四年，卷首，頁二。

❸ 伊勢矢土勝之：〈譚海後序〉，日本，鳳文館，一八八四年，卷二末，頁一。

❹ 關於川田甕江的材料，參見日本近代文學館小田切進：《日本近代文學大事典》，東京，株式會社講談社，一九七七年，卷三，頁四四三。

❺ 關於菊池三溪的材料，參見日本近代文學館小田切進：《日本近代文學大事典》，東京，株式會社講談社，一九七七年，卷三，頁四七一。

後即爲辱知生伊勢矢土勝之所撰〈後序〉（參見附錄三），再後就是版權頁，看來不是殘本，而是當時只出了兩卷。明治二十五年，博文館購買了業已倒閉的鳳文館鏤版，又出版了此書，也是卷二終後爲辱知生伊勢矢土勝之所撰〈後序〉，再後即爲「明治二十五」版權頁（參見附錄四）。但後面又有兩卷，卷三之前另有一序文，爲鴻齋石川英所撰，序文中講到「斯書一出，彼（此指書中所寫「逸人奇士」）湮沒不彰者，得傳名於後世，亦應揚眉於九泉之下矣。今又著二編，愈見言談之多，腹笥之大，顧世之湮沒不彰者，皆將藉君之彩筆而不朽於世。」❻其卷四終後又有一版權頁，寫明爲「明治二十六年」博文館本（參見附錄五）。可見三、四兩卷爲後編和後出。東京大學圖書館藏有此本。該本版式、天地、字體和印工都明顯不如鳳文館本（參見附錄六），博文館主人在識語中云：「本書曩日鳳文館刻而公於世，然爾後同館閉鎖，而本書亦隨不多行於世，令人憾焉。仍今茲本館買其鏤版，而謀讀者之便，改爲活字小冊印行焉。」❼當年此書由鳳文館刊行時，一時「遠近傳觀，洛陽紙貴」❽，而八年之後，博文館再度印行，可見其受歡迎的程度。

二

《譚海》所記，皆爲「畸人寒士，才女名妓，一言一行，一技一能，可喜可悲，可笑可泣之事」，這在日本也是所謂「正史不

---

❻　鴻齋石川英：〈談海敍〉，日本，博文館，一八九三年，卷三，頁五。

❼　博文館主人：〈談海識語〉，日本，博文館，一八九三年，卷一，頁三。

❽　川田甕江：〈談海敍〉，日本，鳳文館，一八八四年，卷首，頁二。

載，大人不語」的內容❾。但本書作者不僅平時注意採擷近世奇人逸事，而且，常常訪問調查，親質其人，隨得隨錄，裒然成冊，先出兩卷，又續兩編，最終完成了《譚海》四卷。

綜觀全書，確如序中所說，《譚海》所記大致為兩類人：一類為畸人寒士，一類為才女名妓。前者如〈芭蕉〉、〈其角〉、〈太田南畝〉、〈小知〉、〈俳優團十〉等，記當時被視為鄙俗的俳歌與民歌作者的經歷；〈近松門左〉、〈其碩〉、〈西鶴〉、〈鬼貫〉、〈京傳〉、〈馬琴〉、〈三馬〉、〈一九〉、〈種彥〉諸篇，記同被歧視的小說家的逸事；〈祥蕊子〉、〈僧兆溪〉、〈光悅〉、〈風外〉、〈心學〉、〈志道軒〉等篇，記高僧逸士的故事；其他〈巨杯〉、〈豐年糝〉、〈俠客曉雨〉、〈女盜〉、〈騙盜〉、〈吉田空疊〉、〈吉田雨岡〉、〈田中丘隅〉、〈賣酒郎〉、〈鑷工〉、〈熊本廉士〉、〈宛丘〉、〈賣菜翁〉、〈孝丐〉、〈俠盜忠二〉、〈老僕清吉〉、〈二丐〉、〈車夫喜右〉、〈奇士甘死〉、〈畫師〉、〈啞丐〉等篇，則記述了士、農、工、商、隸、俠、盜、丐等各行各業中畸人寒士的所言所行。後者如〈妙海尼〉、〈正傳尼〉、〈妙喜尼〉，記女尼之奇節；〈名妓瀨川〉、〈奇妓首信〉、〈俠妓小柳〉、〈貞妓〉，記風塵女子之慧眼英骨；〈譯鶯君〉、〈小君〉、〈小萬〉，記諸才女之多才與多情。諸如此類，不一而足。

很顯然，《譚海》所記，已經由「王公相將」的「盛世偉業」

---

❾　川田甕江：〈談海敍〉，日本，鳳文館，一八八四年，卷首，頁一～二。

向市井人物的「一言一行，一技一能」轉移❿，這種文學表現對象
的重心下移，無疑是一種歷史的進步。因爲當時正是日本明治維新
時期，正在進行著一場資產階級的改革運動，新的價值觀念必然要
反映到文學創作中來，因此重下層畸人寒士、輕傳統王公將相便成
爲時代使然。當時正如依田百川在《譚海》卷一〈名妓瀨川〉篇中
所形容的：「幕府之盛，人材輩出，上自執政大臣、文武百僚，下
至巧藝伎術、巨商良賈、俳優倡伎，莫不有曠世之英傑，絕代之奇
才焉。」⓫《譚海》所記，正是「巧藝伎術、巨商良賈、俳優倡
伎」中「曠世之英傑，絕代之奇才」。其實不只是依田氏，其他小
說家也莫不如此，如與依田百川齊名並爲其《譚海》作序的菊池三
溪，其所著《本朝虞初新志》，也是以記述市井人物爲其特色；其
他如《譚海》中敘及的諸多小說家，也都烙有大致相同的時代印
記。

　　當然，重要的還不在於寫了誰，而在於通過對這些市井人物的
描寫，表現了新的市民階級的思想趣味和價值觀念，並由此折射出
那個時代的時代精神和社會風尚。例如不分貴賤，自食其力，靠自
己的勞動所得養活自己，進而發家致富，這是《譚海》多次出現的
主題。卷一〈豐年糝〉，寫一個「擲金如土，負債山積」的富家子
弟，窮到了「赤身孑立，乞食道路」的地步，有一天突然自我振奮
曰：「吾猶有身在，豈無衣飯！」最後終以沿街賣糝（一種米飯圑）

---

❿　川田甕江：〈談海敍〉，日本，鳳文館，一八八四年，卷首，頁一。
⓫　本文所引《譚海》原文，均引自日本一八八四年鳳文館本，茲後不再出
　　註。

而「買宅居貨，儼然紳商」；卷二〈志道軒〉，寫一位「放浪江湖，饑渴殆死」的僧人，也是有一天遊淺草寺見香客如市，忽然仰天大笑說：「予舌尚在，窮餓自取焉，非天也。」於是「憑几說書」，名聲「遍於一都」；卷二〈賣菜翁〉，寫一自幼失去雙親者，「日鬻菜蔬爲業」，所得錢除供一日飯之外，餘皆買書，後做了授書先生，仍「藍縷百結，擔菜出售，毫無恥色」，學生請求他「勿事賤業」，他回答說：「予藉以此活，猶不勝乞貸爲富乎？」像這樣依靠自己的身體、舌頭和雙手自食其力，不以賣糝、說書和賣菜爲「賤業」的思想，從一個側面反映了明治維新時代市民階級的一種新的價值觀念。

即使寫的是一些官吏，也重在描寫他們的「精練吏務」和「富國濟民之術」，如卷二〈吉田雨岡〉，寫雨岡善動腦筋，爲民架橋淺草川，架成後「課人橋稅二文錢」，借助這筆收費支付造橋費，「不費官庫一錢，公私便之」；同卷〈田中丘隅〉，寫丘隅初爲驛長，置「義田」，賑救困窮，後又「治荒川有功」，「從庶人擢至民牧者」，並通過親身經歷，教育百姓神鬼妖巫不可信；同卷〈那珂宗助〉，寫宗助精通水利，受命浚一河道，他「開角力場於水上」，募村民子弟爭來角力，乃命制浚通河道需要的藤索竹籠，勝者賞布一匹，工費減半，而工效倍之；諸如此類，都強調官吏要用自己的聰明才智，通過諸如建立稅制、破除迷信、激勵競爭等公私兩便、事半功倍的方法來爲地方和百姓造福，這也從一個側面折射出明治時代的務實精神和效益原則。

除去表現新的價值觀念和務實精神外，《譚海》中有相當的篇幅，旨在表現市人一種類似我國魏晉風度的精神風貌，這些精神風

貌表現各異，但在本質上都不同程度地具有張揚個性的意義。《譚海》所寫的諸俳歌者和小說家，諸如芭蕉的「飄逸絕塵」，其角的「嘯傲自若」，太田南畝的「滑稽詼諧」，小知的「不失童心」，京傳的「中夜」「狂呼」，馬琴的「不與世俯仰」，一九的「率性任性」，都可視作是這種精神的外化表現。其中突出者如京傳，常常「中夜躍起，挑燈疾書。或繞屋狂呼，或仰天大笑；或列食器於前，任手啖食；或不上廁，溺器與書冊同陳。家人驚以為狂發」；又如一九，室中「書籍雜陳，筆硯並列，杯盤枕衾，縱橫狼籍，不餘寸隙」，一天「夏曉早起，殘月如畫，步到日本橋下，遊興遽動，單身上程，遊京師浪輿三月餘而還」；還有小知，火災起時，眾人忙亂不迭，他卻「箕踞松下，抽筆批俳句百韻，絕如不知火者」，好像沒事人一般；凡此種種，頗有點我國《世說新語》中人物與豬共食、雪夜訪戴、臨火不亂的氣概。

當然不只是俳歌者和小說家，其他人物也有狂放不羈者，如志道軒本是僧人，卻慨然曰：「戒律者，桎梏耳。聲色酒肉，豈足溺我？且將脫桎梏，為大快活人矣。」乃鬻袈裟佛經，以買酒肉，數日而盡。放浪江湖，饑渴殆死，人皆笑為狂。後雖找到了「憑几說書」這條生路，但得錢數百，即飲酒啖肉，不留一文，並在自己畫像上題詩曰：「談史談軍數十春，大悲閣下得名新。曾夫木叩床頭日，白眼總看世上人。」不僅公然以阮籍自居，而且其掙脫「桎梏」為「大快活人」的言語行為，確有著張揚個性和追求自由的精神內核。

此外，《譚海》中還有相當部分，意在表彰忠、孝、節、義等傳統美德，這些美德無疑是封建道德的重要組成部分，其中有著糟

粗的成分，但本書在描寫上卻頗有特色和可取之處。

　　和本書整個描寫對象的中心下移相吻合，本書表彰忠、孝、節、義的部分，被表彰者也多為低層百姓和市井人物。如〈小出氏僕〉、〈蝦夷三孝子二貞婦〉、〈橫濱貞婦〉、〈長門二孝子〉、〈孝丐〉、〈孝義復仇〉諸篇中所寫及的義僕、孝子和貞婦，都是一些下層百姓；再有一些寫見義勇為的篇章，如〈義兄弟〉、〈俠妓小柳〉、〈俠客曉雨〉等，其中人物也是妓女俠客一流；還有一些寫重義輕財的篇章，如〈熊本廉士〉、〈義齋〉、〈三組街與三〉等，所寫的也都是一些「職卑秩賤」的醫生和手工業者。這些人物雖讀書不多，但樸實好義，其言其行令人感動。熊本廉士撿得黃金三十兩，千方百計找到失主，失主又復贈一磁碗，殊不知磁碗是一古物，值百金，於是又復往還其金，二人為此相讓爭辯不止。義齋作為醫生，「見貧而病者，為給藥不求謝儀，且以薪來賑之，或授以本錢，令營業」，而麻田侯要他長期侍奉看病，並「諭以厚俸」，他先是稱病，既而又裝死，最後逃之夭夭。像這類美德，實已逸出了封建道德的範疇，而具有一種新的品格內涵。

　　尤其難能可貴的是，本書作者還把傳統美德和「情」溝通起來，賦予了傳統美德以新的理解。如〈澤鶯君〉篇末議論說：「余嘗謂厚於情者，莫過忠臣孝子焉。不憚艱難，不避死生，非厚於情者不能也。」〈小君〉一篇篇首又說：「嘗謂篤於忠孝者，其情必摯；勵於節義者，其思必深。何則？篤至人倫者，出乎情而合乎道，蓋不知其然而然爾。」這就是說，重於感情的人，才會是忠臣孝子，才能具有忠、孝、節、義等人倫美德，因為人的這些美德都是出於內心感情，自然而然表現出來的。這樣就把傳統美德從

「道」的教條返回到「情」的本源，應該說是很有見地的，也是具有新的時代色彩的。

三

　　《譚海》作爲一部用漢文寫就的文言小說，繼承和借鑒了我國傳統筆記體小說的格局和手法。書中各篇一般都採用史傳寫法，先交代所寫對象的姓名籍貫、家庭身世、性格嗜好（當然也間有議論開頭的）；然後進入具體描寫，抓住一些典型事件，展示人物的性格風采；最後多用議論作結，有時採用「野史氏曰」的形式。這些都和由我國史傳文學發軔而來的筆記小說相彷彿。

　　在具體藝術風格上，本書體現的是一種「據實結撰」的特點。作者無論是寫畸人寒士，抑或才女名妓，都把人物的身世來歷交代得一清二楚，有時還寫明訪問調查了何處何人，給人的印象是決非杜撰而有。敘述人物事跡時，也文筆平實，有根有據，眞實可信，決無架空憑虛之談。作者所遵循的，是漢魏和清代《四庫》編纂者所倡導的小說概念，在風格上更接近《閱微草堂筆記》而與《聊齋志異》相異趣。作者好友多愛把此書與《聊齋志異》等書做比較，指出：「近世所傳《聊齋志異》、《夜談隨錄》、《如是我聞》、《子不語》諸書，率皆鄙猥荒誕，徒亂耳目，而吾友依田君百川著《譚海》，頗有異其撰者。蓋彼架空，此據實；彼外名教，此寓勸戒；彼主諧謔，此廣見聞。」⑫「蓋擬諸西人所著《如是我聞》、《聊齋志異》、《夜談隨錄》等諸書，別出一家手眼者。但彼率說

---

⑫　　川田甕江：〈談海敍〉，日本，鳳文館，一八八四年，卷首，頁一。

鬼狐，是以多架空憑虛之談；是則據實結撰，其行文之妙，意匠之新，可以備修史之料，可以為作文之標準也。」❸雖然這些序文的褒貶未必恰當，但所總結的《譚海》「據實結撰」的特點是符合實際情況的。《四庫》編纂者提倡的小說應「寓勸戒，廣見聞」，反對「誣漫失真，妖妄熒聽者」❹，本書正是這一主張的贊同者和實踐者。

但也正是由於本書作者恪守的是「據實結撰」的原則，因而又使小說缺少像唐傳奇那樣翻空造奇、委婉曲折的風致，缺少像《聊齋志異》那樣虛擬幻設、奇特瑰麗的藝術魅力，在文學性方面不免要稍遜一籌。只是由於作者有較深厚的文化底蘊和古文功底，因而本書在藝術上仍有諸多可取之處。

作者駕馭漢文字的能力很強，他交代有序，敘事有方，不僅敘述語言簡潔生動，人物對話也頗能傳神。在情節提取和結構安排上，他善於抓住典型事件，剪裁得當，不支不蔓，而且注意布設關眼和伏線，以使前後照應。有不少地方，描寫不乏生動之筆，文學性頗不弱。

如〈名妓瀨川〉，寫一個叫文字的善時曲者，想以數十金求一夕歡，瀨川笑許之。於是這傢伙「鮮衣美帶，故自修飾，夜抵松樓」：

---

❸　菊池三溪：〈談海序〉，日本，鳳文館，一八八四年，卷首，頁三。

❹　永瑢等：《四庫全書總目》，北京，中華書局，一九六五年，頁一一八二。

瀨川盛裝而出，光豔四射。酒三行，瀨川曰：「聞大夫善歌，請為妾度一曲。」文字大喜，歌喉宛轉，盡其絕伎。曲罷，瀨川顧侍婢曰：「取彼物來。」至則白金千錠也。瀨川笑曰：「聊以勞大夫。」一揖而入。文字嗒然失色去。

這裏，寥寥數十字，有色：「盛裝而出，光豔四射」，有聲：「取彼物來」、「聊以勞大夫」，有形：「顧侍婢」、「一揖而入」，從而把一個氣度不凡的名妓形象勾畫得如見如聞，而那位善度時曲者從「歌喉宛轉」到「嗒然失色」，其表情變化也頗富戲劇性。

又如〈俠客曉雨〉寫一個住穢多坊無賴熊八，自恃力大勢眾，兇橫跋扈。俠客曉雨欲收拾他，一次中元節遇到了機會：

曉雨與客飲中街蔫屋，紅粉滿座，弦歌競興。熊率徒過其前，曉雨見之，遽掩鼻曰：「臭來，臭來！」熊怒，目光如炬，撫刀曰：「何臭氣？」一座失驚，弦聲忽止。曉雨自若笑曰：「殆是穢多臭氣。」熊益怒，欲斬之。刀未脫室，曉雨蹶起，左手過其腕，右手執所穿木屐，一擊踣之，騎其背，雙拳亂擊。徒皆瞠視無敢近者。熊負痛而逃，曉雨反座復飲。

這段文字，不僅兩個主要人物「聲態並作」，被描繪得栩栩如生：曉雨的「掩鼻」、「自若」、「蹶起」、「以屐相擊」、「雙拳亂擊」，熊八的「目光如炬」、「撫刀」及「負痛而逃」，都可謂是繪聲繪色的傳神之筆；而且周圍環境氣氛的渲染也非常出色：從

「紅粉滿座，弦歌競興」到「一座失驚，弦聲忽止」，氣氛的緊張
令觀眾屏住了呼吸；曉雨痛打熊八之時，眾徒「皆瞠視無敢近
者」，也從側面襯托了曉雨的神威；一場激戰之後，曉雨若無其事
地「反座復飲」；凡此等等，都顯示了作者高超的藝術手段。如果
把這段描寫訴諸於視覺形象，當更覺精彩生動。

　　同樣的例子我們還可以舉出〈俠盜忠二〉一篇，此篇寫一盜而
俠者忠二，驍勇狠暴，遠近畏之如虎，後因病被縛之床，磔殺於大
度關前：

> 其檻車至大度，動止自若，不異平時。行刑前夕，謂吏曰：
> 「大度有加部氏善釀，請飲一碗。」飲畢而寢，鼾聲如雷。
> 將就刑，又勸一碗，曰：「飲此酒，死此土，亦一快事！」
> 更使飲一碗，笑不受，曰：「臨刑而醉，吾豈畏死者耶？」
> 兩腋貫槍者凡十四，即絕。

先後三次請酒或勸酒，忠二所言雖不同，但都凸現了一個俠盜的豪
氣和膽量；三層層層遞進，令觀者如見如聞，正如評語在此所點明
的：「臨終從容，寫得如生。」

　　綜上所述，《譚海》在反映新的時代精神和價值觀念，在張揚
個性和傳統美德等方面，都具有鮮明的時代特色。依田百川作爲一
位明治維新時代的小說家，他的作品必然會烙有時代的印記。

　　和依田百川遙相呼應，我國同時代的小說家當推王韜。王韜生
於一八二八年，卒於一八九七年，也是一位文言小說家。無獨有
偶，他的《淞隱漫錄》自序於光緒十年，《淞隱瑣話》自序於光緒

十三年，和依田百川《譚海》刊行時間（明治十七年，我國光緒十年）
正好差不多同時。王韜是一位遊歷過英、法、俄諸國的文人，並辦
過報紙，主持過書院，是一位受過西化薰陶、學貫中西的知識份
子。他的小說雖爲效法《聊齋志異》之作，「然所記載，則已孤鬼
漸稀，而煙花粉黛之事盛矣」⓯，它們也是作者「追憶三十年來所
見所聞，可驚可愕之事」⓰。在這一點上，和《譚海》應有相通之
處。然而由於國情不同（特別是兩國推行維新的結果不同），文體不同
（《譚海》爲筆記體；《淞隱漫錄》等爲傳奇體），作者不同（畢竟一爲日
本人，一爲中國人），他們同是用漢文寫成的小說也呈現出各自不同
的特點。本文無意比較它們之間的高下優劣，但在論及我國古代小
說發展的相應歷史時期時，引入域外漢文小說作爲參照座標不僅是
必要的，而且是有益的。

⓯　魯迅：《中國小說史略》，北京，人民文學出版社，一九七九年，頁三〇
七。
⓰　王韜：《淞隱漫錄·自序》，北京，人民文學出版社，一九八三年，頁
三。

【書影１】

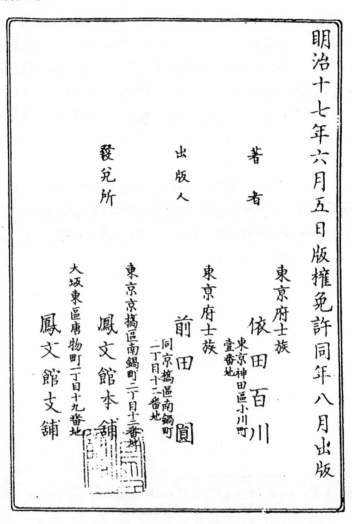

明治十七年六月五日版權免許同年八月出版

著者　東京府士族

依田百川
東京神田區小川町
壹番地

出版人　東京府士族

前田　圓
同京橋區南鍋町
二丁目十二番地

發兌所

東京橋區南鍋町二丁目十二番地
鳳文館本舖

大坂東區席物町一丁目十九番地
鳳文館支舖

【書影2】

譚海卷之一

東京　依田百川學海著

美濃　杉山令　三郊

北總　依田貞繼耕雨　合評

巨盃

井伊直孝爲德川氏勳臣好飲。○勳臣及好飲宇引起後段。

亂諸將迎宴必作巨觴進之。直孝大喜內藤忠興請

直孝其箪亦以一巨觴容一斗者進之。直孝喜曰請

主人先飲直孝雖二一百觴可也。忠興辭曰其無消滴

之量敢辭。撝池三溪云。撝弓不見痕跡。直孝笑曰主人不能請陪

【書影 3】

逞俗輩乎何有。

明治甲申七月中浣

辱知生伊勢矢土勝之撰

松本義之敬書

【書影4】

（五）

明治廿五年十二月廿五日印刷

明治廿五年十二月廿六日出版

版權所有

正價金拾錢

編輯兼發行者 大橋新太郎
日本橋區本町三丁目八番地

印刷者 近藤圭造
麴町區飯田町五丁目廿六番地

發兌書林 博文館
東京日本橋區本町三丁目

【書影 5】

明治廿六年一月廿三日印刷

明治廿六年一月廿四日出版

版權所有

正価金拾錢

編輯兼發行者　大橋新太郎
日本橋區本町三丁目八番地

印刷者　宮本敦
神田區小川町壹番地

發兌書椿　博文館
東京日本橋區本町三丁目

【書影6】

譚海卷之一

東京　依田百川學海著
美濃　杉山令三郎
北總　依田貞繼耕雨　合評

— 之卷·海譚 —　　（一）

巨盃

井伊直孝爲德川氏勳臣，好飲。〇勳臣及好飲字引起後段 一斗不亂。諸將迎宴，必作巨觴進之。直孝大喜。內藤忠興請直孝其第，亦以一巨觴容一斗者進之。直孝喜曰。請主人先飲，直孝雖一百觴可也。忠興。

日本漢文小說《夜窗鬼談》的
寫作特色及其淵源

中正大學中文系
黃錦珠

【摘要】

日本漢文小說《夜窗鬼談》是石川鴻齋的漢文小說作品，要以談鬼說怪爲主，文字簡明流暢，內容生動引人。據石川氏自序云，他編撰這本書的用意在於「爲童蒙綴字之一助」。他又在自序中援引蘇東坡等好說鬼的典故，並提及蒲松齡、袁枚編撰《聊齋誌異》、《新齊諧》等的故實，作者對於中國境內同類題材的小說，似乎相當熟悉。王三慶先生〈日本域外漢文小說研究初稿〉一文認爲「此書受蒲留仙《志異》談鬼之影響，繫以傳聞古談，而加裝飾省略，徒使童蒙學漢文，識熟語，作文綴字之助，唯亦不強用漢例。」本論文擬從《夜窗鬼談》的寫作特色及淵源兩個方面著眼，一方面探討此書的藝術特徵，包括思想取向、結構及行文特色等，另一方面藉助上述分析，與中國境內同類題材的小說，特別是石川氏自序及書中提及的作品，如《聊齋誌異》、《閱微草堂筆記》、《新齊諧》（原名

《子不語》）等書略作比較，以觀察此書接受中國小說影響的部分狀況。藉由這部作品的具體分析，希冀可以窺見日本漢文小說寫作的部分特色，及其接受中國古典小說影響的情形。

一、前言

日本漢文小說《夜窗鬼談》是石川鴻齋的作品，內容以談鬼說怪爲主，體製近於中國的筆記小說。據石川氏自序云，他編撰這本書的用意在於勸懲戒世，因爲鬼神怪談乃人情之所好，投其所好，循循善誘，是教育民眾的有效方式，收效的速度也會比較快。此外，由於書中加入詼諧的成分，讀來有趣，不致令人厭倦，也可以做爲孩童識字讀書的輔助讀本。❶熟悉中國小說的讀者在這樣的編撰旨意說明中，應該很容易產生一種親切感──中國許多小說作品不也都號稱以教化、勸懲爲宗旨嗎？〈夜窗鬼談序〉中還引用了蘇東坡、顏魯公、李鄴侯、韓昌黎諸人，以及蒲松齡《聊齋誌異》、袁枚《新齊諧》等書的典故，更顯示出《夜窗鬼談》這本書與中國同類小說之間前後相承、血緣交融的密切關係。《夜窗鬼談》一書

---

❶ 〈夜窗鬼談序〉云：「遊戲之筆，固爲描風鏤影，不可以正理論也。然亦自有勸懲誠意，聊足以警戒世」。又云：「余壯年環遊四方，每聞一奇事，一怪談，必書以貯之。間有關世教者，非復可棄也。夫教誨人，自有方，從其所好導之，其感亦速。若以所不好誘之，徒費辭而終無益爾。余修斯編，欲投其所好，循循然導之正路，且雜以詼諧，欲使讀者不倦，且爲童蒙綴字之一助」。本文採用之《夜窗鬼談》爲明治二十二年東陽堂印刷之刊本，《東齊諧》爲明治二十七年刊本，乃本校（國立中正大學）語言與文學研究中心所提供，謹此誌謝。

所記，雖以日本鬼怪傳說為主，其中部分篇章所述，其實也有模仿甚至取材於中國小說者，本文擬從《夜窗鬼談》的寫作特色及淵源兩方面著眼，一方面探討此書的藝術特徵，包括思想取向、結構及行文特色等，另一方面藉助上述分析，與中國境內同類小說，特別是石川氏自序及書中曾經提及的作品略作比較，以觀察此書接受中國小說影響的狀況。藉由這部作品的具體分析，希冀可以窺見日本漢文小說寫作的部分特色，及其接受中國古典小說影響的情形。

二、《夜窗鬼談》與《東齊諧》、
石川鴻齋與寵仙子

現存《夜窗鬼談》有兩種，其一名《夜窗鬼談》，前有石川鴻齋自序一篇及題辭一首，另一名《東齊諧》，前有雪泥居士序文一篇，書名之下以小字標註：「一名夜窗鬼談」。其中《夜窗鬼談》刊於明治二十二年（一八八九），《東齊諧》則刊於明治二十七年（一八九四）。二書雖然分別刊行，前後相距達五年之久，且有異名，而論者多以《夜窗鬼談》上、下冊稱之。❷此書為何分別為兩

---

❷ 王三慶〈日本漢文小說研究初稿〉謂：「《夜窗鬼談》：鉛印本，二冊，石川鴻齋編。」並以「上冊」、「下冊」分別之。參中國古典文學會主編《域外漢文小說論究》，頁一四。臺北，臺灣學生書局，民國七十八年。又，關義直編：《近代漢學者傳記著作大事典》（東京，琳琅閣，一九七一年三版）所列石川鴻齋的著述中，也有「《夜窗鬼談》二卷（刊）」的記載，（轉引自黑島千代：〈石川鴻齋的《夜窗鬼談》與蒲松齡的《聊齋誌異》〉，國立清華大學人文社會學院中國語文學系主編《小說戲曲研究》第五集，頁一八一，臺北，聯經出版公司，民國八十四年）可見一般大都認定《夜窗鬼談》與《東齊諧》是同一種著作。

冊印行，目前並無資料可考，但它其實應同屬一書，殆無疑義。因
為：一、就寫作體例而言，《夜窗鬼談》於正文篇末往往有案語或
「寵仙子曰」等評論，《東齊諧》亦沿此例，二書前後一致，並無
參差。二、就內容而言，《東齊諧》〈瀧藏〉篇末有云：「寵仙子
曰：前業論天狗事，……」，考此中所謂「論天狗事」，其實是指
《夜窗鬼談》〈天狗說〉，寵仙子在〈天狗說〉篇末亦有評語。由
這條評語可以推知，《夜窗鬼談》和《東齊諧》的內容應該是前後
相連的，至少，在寵仙子作評語的時候，很可能根本就是一本書而
已。後來刻印出版之時，不知何故才分別為兩冊出版。既然《夜窗
鬼談》和《東齊諧》應該視為同一著作，本文以下論述，也不再區
分彼此，將兼容並包，一律視為研究對象。不過為了指稱、引用方
便，前者仍以《夜窗鬼談》為名，後者則以《東齊諧》稱之，以免
混淆不清。

　　作者石川鴻齋生於江戶時代末年，卒於大正時代初年（天保四
年至大正七年；一八三三～一九一八），是一位通才多藝的漢學者。
《夜窗鬼談》及《東齊諧》二書中提到的中國典籍就有：《易
經》、《左傳》、《莊子》、賈誼《新書》、東方朔《神異經》、
劉義慶《幽冥錄》、《永嘉記》、《玄中記》、《酉陽雜俎》、
《荊楚歲時記》、韓愈〈祭鱷魚文〉、《聊齋誌異》、《子不
語》、紀曉嵐筆記等著作，❸可見他是一位博讀勤學的漢學者。著

---

❸　分別見於《夜窗鬼談》〈哭鬼〉、〈蛇妖〉、〈祈得金〉、〈毛腳〉、
　　〈源九郎〉、〈冥府〉、〈大入道〉，以及《東齊諧》〈神卜先生〉、
　　〈象〉、〈靈魂再來〉等篇。

述也相當多，有《精註唐宋八大家文》、《史記評林》、《點註五代史》等。❹明治十年（清光緒三年，一八七七），中國派何如璋爲出使日本國欽差大臣，張斯桂爲副使。次年（明治十一年；一八七八），石川鴻齋與他們相偕出遊，參觀都城西郊驪鄉的「比翼冢」，何如璋當場占詩吟詠，張斯桂與石川氏也接著和詩步韻，其事其詩都收錄在《東齊諧》〈比翼冢〉一篇中。由這件小事可以知道，石川氏的漢文學根柢相當不錯。看完比翼冢的歸途中，石川氏巧遇一舊門生及其妻，於路旁交談後別之。稍後，何、張詢問二者何人，石川氏乘興騙他們說，那就是比翼冢的鬼魂。張斯桂也湊趣的說：「今又見百年之鬼，無復遺憾矣。」然後「相共一笑，駕車而歸」。（《東齊諧》〈比翼冢〉）由此也可以看到，石川氏還是一個相當詼諧幽默的人。這樣的性情，或許是他之所以有興趣編撰鬼怪奇談的因緣之一吧！

《夜窗鬼談》和《東齊諧》的篇末，往往有案語或寵仙子的評語，黑島千代認爲「寵仙子亦即石川的另一名號」。❺除了未署名的案語及「寵仙子曰」以外，還有一篇「石子曰」的評語，在《夜窗鬼談》〈冥府〉一篇之末。而無論案語或「寵仙子曰」或「石子曰」，都不約而同提到了《聊齋誌異》、《子不語》、紀曉嵐筆記等書，也經常引用中國文人、著作的典故，如《夜窗鬼談》〈哭鬼〉、〈蛇妖〉、〈祈得金〉、〈冥府〉及《東齊諧》〈靈魂再

---

❹ 有關石川氏的生平及著述，可參同註❷黑島千代：〈石川鴻齋的《夜窗鬼談》與蒲松齡的《聊齋誌異》〉，頁一八○～一八一。

❺ 參同註❷黑島千代：〈石川鴻齋的《夜窗鬼談》與蒲松齡的《聊齋誌異》〉，頁一八二，註八。

來〉等皆是，顯示評者雖有不同署名，其實似爲同一人。《夜窗鬼談》〈凡例〉亦稱「篇中又載自論，或補原文，或繩疑惑」，並未提及有他人參與書中評論。因此，未署名的案語或署名爲「寵仙子」、「石子」的評語，很可能都是作者自己所加。石川氏另著有一章回小說，名《再生奇緣花神譚》，署「石川鴻齋戲編，寵仙子評」，❻亦將石川氏與寵仙子分別列名。自己撰作，自己加評，卻又故意列出別名，似是石川氏常用的一個方式，只不知何以要採用這種方式。不過，《夜窗鬼談》和《東齊諧》二書中的案語與寵仙子評論，有時是有區別的。未署名的案語中往往可以見到以「余」自稱，說明故事來源，也經常講述「余」的見聞或相似事蹟，做爲正文的補充或說明，❼「寵仙子曰」的評語中則罕見故事來源的說明或相類事蹟的補充，多只針對正文內容加以評述。❽再者，《夜

---

❻　參同註❷黑島千代：〈石川鴻齋的《夜窗鬼談》與蒲松齡的《聊齋誌異》〉，頁一八二，註八。

❼　以案語說明故事來源者，如《夜窗鬼談》〈興福寺僧〉（筆者案：此篇目錄有之，書中則篇名闕漏，正文仍依目次順序，接於〈仲俊斃怪〉一文之後）篇末案語云：「一禪僧爲余話，但《沙石集》載此事，而二爲一，不知孰是。佛徒之談，往往如此類多，以涉猥瑣不錄之。」以案語補充見聞或同類事蹟且加以評論者，如《夜窗鬼談》〈祈得金〉篇末案語云：「嘗讀《聊齋誌異》，有與此相似事。濱州一秀才，曾與狐仙親，乞給金錢，乃與入密室。錢從梁間下，廣大之舍，約積三四尺，欲取用之，皆爲烏有。秀才失望，頗懟其誑。狐仙曰：『我本與君文字交，不謀與君作賊，便如秀才，只合尋梁上君子交，我不能承命。』遂拂衣去。夫金錢者，本人造之物，非神仙所有，而不求諸人，反欲求於神，神豈與奪人間金錢者哉！」

❽　例如《夜窗鬼談》〈哭鬼〉篇末：「寵仙子曰：『藉鬼以述自己感慨，言本漆園，文學昌黎，雄麗奇恣，所謂空中造樓閣手段。』」寵仙子的評語是針對篇中行文的技巧與寓意而發。

窗鬼談》〈花神〉篇末,並列有案語及寵仙子評語:

> 是友人松濤生爲余談。二詩本國歌也,譯爲七絕,勿咎其
> 拙,若以是等詩,不能使花神感也。花神若喜是等詩,厚遇
> 焉,三春之月,將不暇應接。
> 寵仙子曰:「以假爲眞,神憑人而遂情。末段以觀世音爲
> 媒,示生與花神有久宿緣也。」

這兩條評語,一則說明故事來源,以及文中經作者改寫過的詩歌作
品,還謙虛的表示詩歌改寫得不好,無法眞正感動花神。很明顯是
作者自己所加的案語。另一則只針對故事內容作評論,似是旁觀的
第三者所提出的讀後感或心得。由於《夜窗鬼談》有明顯模仿《聊
齋》的痕跡,論者以爲「寵仙子曰」乃模仿《聊齋》「野史氏曰」
而來。又由於《聊齋》「野史氏曰」其實即作者蒲松齡的自評,故
認爲「寵仙子曰」亦即作者自評。「寵仙子曰」的體例固然是模仿
《聊齋》「野史氏曰」而來,寵仙子其人也未必不是作者本人。由
書中隨處可見的案語,可知作者經常於篇末直接發揮己見,針對故
事予以評論。❾作者本人既然已經可以隨時爲正文加評加贊,又何
必另創一寵仙子之虛名?更不必在同一篇故事的評語中並列兩種署
名。由於〈花神〉篇末將案語及寵仙子評語並列,似乎有意彰顯二
者的區別,這種評贊方式在中國小說倒屬罕見,是否可以視爲日本
漢文小說模仿中國小說的一種「發展」或「變相」,值得進一步細

---

❾　例如註❼所引《夜窗鬼談》〈祈得金〉篇末案語。

探。從另一個角度看，「寵仙子」也很可能是石川氏的好友，爲石川氏的小說作品撰寫評語，如《紅樓夢》「脂硯齋」一般。但因僅此一條孤證，缺乏其他資料佐證，姑且暫置於此，以俟來者。至於本文，目前仍採信寵仙子即石川氏之說，而作者並用不同別名及其評語並置的現象，則因資料不足，暫時未能深入詮析。。

三、《夜窗鬼談》的寫作特色

㈠道德思想與科學精神並重

石川鴻齋是一位飽學的漢學者，熟讀中國典籍，深受中國儒家思想的薰陶，乃至文學觀念也深受中國傳統的影響。〈夜窗鬼談序〉稱小說爲「鄙史小說」，又稱小說之作爲「遊戲之筆，固爲描風鏤影，不可以正理論也。然亦自有勸懲誠意，聊足以警戒世」，在在顯示他和中國傳統文人一樣，把小說視爲寫作餘事，非大雅之文。小說的價值則在於「有關世教」，對於教化人心，有迅速感人的功效，爲其他文類所不及。他的作品也因爲具有「欲投其所好，循循然導之正路」的宗旨，因而找到了堂而皇之的寫作理由與價值。〈凡例〉又再次申明：「雖出於遊戲，以勸懲爲主，請勿蔑視。」凡此種種，都可以看到中國傳統文學觀念對石川氏的影響，而這些傳統觀念也都已經成爲石川氏自己的文學觀與創作觀。

由於秉持著教化勸懲的宗旨，《夜窗鬼談》二書中隨時可見藉鬼神之說闡發道德教訓的情節與言論，例如《夜窗鬼談》〈七福神〉述一酒商供奉七福神的畫像以求財，夜夢福神告之曰：

汝祈神徵財甚切，福神主財，不吝與人，人不能得之也。孔

子不言乎！「富與貴，是人之所欲也，不以其道得之，不處也。」所謂「其道」者，無他術，以仁義忠孝爲行，以勉強耐忍爲務，以廉直恭謙修之，以質責儉約守之，而敬上恤下，厚親族朋友，憐貧民惸獨，薄利欲，不爲欺；宗正路，不行僞，財神常守護，可以與多福矣。世人不知修斯道，奢恣暴行，飽肆貪慾，欲奪羈客之囊橐，拔奔馬之眸子，而自懼其窮困，陰奉財神，欲以獲奇福，吁！亦何其愚也。孟軻所謂緣木而求魚者，安有得之之理哉！夫福神者，常貯福不妄與人，故得爲福神。……人能以其道求之，雖欲不授，不能也。

這一番福神所說的話，教人以仁義忠孝、敬上恤下、勤務儉約等道德修養，爲立身行事、求財致富的準則，分明是儒者口吻，其中更引孔、孟之說爲據，莫非流行於日本民間的商賈喜神，也都是飽讀中國典籍的漢學者？此中「藉神道設教」的用意，昭然若揭。後文又云：

某夢覺，有恍然而悟，自是奉夢裡示教，大饒其產，爲大福長者云。

除了長篇大論，闡述藉修身行德以致財富的道理外，最後還藉著這位酒商奉行夢中神示的道德教訓，果然因而致富的事蹟，再次加強說理的力量及其可信度。這樣的神鬼故事，除了提供神幻事蹟供讀者閱讀消閒外，更重要的是傳達了以道德爲本的思想教訓。原來奉

神祈福或求財，不是以虔誠的祭祀或豐富的祭品為重，而是以自身
修德行善的行為表現為主。如此一來，便將立身處世的人道與幽冥
渺茫的神道結合為一，從而達到勸懲教化的目的。這種濃厚的道德
思想瀰漫全書，幾乎隨處可稽。再舉《東齊諧》〈神卜先生〉為
例。

「神卜先生」在東京墨江堤畔一座小廟旁的大樹下賣卜為生。
三春之時，堤畔櫻花盛開，遊人極多，賣卜的生意也不錯，有各色
人等來求卜。有一位落魄書生來卜問是否能青雲得意，神卜先生的
回答是：

> 若能金玉其身，求官干祿，易於拾芥。子今沙礫其身，欲金
> 玉其望，其亦不思而已矣。古人曰：「安命養性者，不待委
> 積而富；名聲傳乎世者，不待勢位而顯。」德義暢乎中，無
> 外求也。子其少省焉。

先生號稱神卜，談話的內容卻不是神蹟，也非天機，而是合情合理
的人道。他點醒落魄書生的，也不是別的，而是做為一個讀書人應
盡的本分，應作的努力，及應追求的修為而已。所謂「德義暢乎
中，無外求也」，正是儒家思想道德人格的展現。接著有一位少婦
因為丈夫流連花柳而來求卜，神卜先生告訴她：

> 凡婦有六德：一曰柔順，二曰清潔，三曰不妒，四曰儉約，
> 五曰恭謹，六曰勤勞，……宜柔順不妒，竭為婦之道。若欲
> 諫而止之，彼益亂行，不如任其所為，靜待時也。暴風駛

雨，不久而止。世之溺聲色者，以財盡產亡爲度。物窮必
變，既至其極，不必不變。唯不挾妒心，不思怨恨，柔順恭
謹，不憚勤勞，誰復惡之？古語云：「精誠所在，神爲之
輔。」請其思之。

這裡所說的婦德，與中國傳統的婦德，具體內容雖不完全相同，其
中精神卻是一致的。相信德行可以感化浪子的心，相信德行可以挽
救丈夫的行爲，也是以道德爲人生準繩的思想所致。神卜先生的回
答，「精誠所在，神爲之輔」，不僅安慰了徬徨無主的少婦之心，
「宜柔順不妒，竭爲婦之道」的說法，多少也啓示了少婦，可能讓
她設法消弭心中的怨懟，並且繼續努力於修德慎行，至少保持端正
的爲人處事之道，不致受到丈夫的不良影響。又有一位絹商，因爲
投機米價導致破產，最後向親戚借了一點錢，想東山再起，又怕虧
本，從此萬劫不復，所以來請求神卜指示。神卜先生的反應是「掉
頭曰」：

古人曰：「君子行德以全其身，小人行貪以亡其身。」若欲
全其身，莫若去貪心，絕賭念，積毫爲釐，積釐爲分，久
之，可以積山。唯夙夜黽勉，宜營本業，此其所以取勝復讎
也。若米價高低，余所不知也。

「掉頭」的動作顯示神卜先生對於商人行爲的不贊同，他根本反對
投機取巧，因而開示了一番正當經營的方針。除了開導商人應勤勞
努力，回復本業外，也強調要「去貪心，絕賭念」，把心裡面不正

確的想法除去，並以「君子行德」、「小人行貪」的對比結果「全其身」、「亡其身」來告誡絹商。也就是說，即便經商，也不能忽視「德」行。絹商之後又有一貴族來爲女兒問親事。這位貴族的隨從說明，向小姐求親的有四家，並一一詳述這四家的方位所在與產業、財富。神卜先生聽了以後，「蹙頞曰」：

> 子嘗說其家富產，不說其子才能，擇其方而不擇其人，積財萬億，資產如山，其子不肖，不能永保存，遂爲他人有，乞食於路頭者，往往不爲尠。或雖無產無田，飢寒逼軀者，有才能而識力軼於眾者，是必有爲之人，不長居人之下也。……子亦盍擇其婿才能，……。

他以「蹙頞」表示不滿貴族選婿的觀念，並強調人的才能比家產、財富更重要，也更可靠。這種重視「選賢與能」，而不重視家世、產業的說法，實際上是超越了一般世俗的觀念。之所以能超越世俗觀念，正因有道德理想爲其後盾，爲其理想。不知讀者有沒有注意到，以上諸人求神問卜之時，神卜先生並沒有揲筮畫卦，而是直接回答。既然賣卜爲生，爲何不必根據揲筮畫卦，就能決疑惑，斷吉凶？由神卜先生的回答內容可知，他決斷吉凶禍福的根據，其實就是道德修爲的然否。他指示問者的前途方針，也是依循道德修爲而論。這些故事除了在內容中明顯張揚道德的重要性外，似乎還藉神卜先生「鐵口直斷」的開導，隱隱約約的暗示：依賴求神問卜而判斷吉凶泰否，不如依據個人道德修爲來決斷前途禍福。〈神卜先生〉一文中總計寫了八位求神問卜的人，其中只有一位「某黨壯

士」的問題，讓神卜先生動用到卜具。「某黨壯士」請教：他應該投身於「自由黨」或「改進黨」？神卜先生替他卜得一卦，乃是：「拂經，居貞吉，不可涉大川。」神卜先生解釋說，現在國家政體統一完善，已經設有議員，「足下若爲眾所選，中其任，鞠躬盡瘁，可以竭其事。其任自有人，宜在舊里，務自家本業也。《易》所謂拂經者，則違戾經常也，謂棄本務末也。若能守故業，爲修身齊家，則居貞而吉者。奔走四方，跋涉山川，則非吉也。孔子曰：『不在其位，不謀其政。』余於諸黨不知其可否，唯爲足下筮得之，故略述其意耳。」說來說去，還是以務本守常、修身齊家爲尚！私結黨派，妄議國政，乃聖人所不許。即使透過揲筮卜卦，最後的解說仍回歸道德倫常之理。這不但反映作者自己具有濃厚的儒家道德思想，也顯現作者著意以道德教化民心，用心可謂良苦。此中除了濃厚的道德主張與理想外，也可以看到，石川氏雖然撰編鬼談神說，他對於神鬼的態度，與其說是肯定而崇信，不如說是懷疑而否定。[10]因爲他在鬼怪故事中，屢屢用理性的態度、道德的堅

---

[10] 石川鴻齋的鬼神觀一方面具有懷疑的精神、理性的態度，另一方面，有時也顯得不無矛盾。他經常表示鬼神顯形其實都是人的心理作怪，鬼神其實都是人造出來的，卻也曾經表示他自己沒有親眼見過，不知「鬼情」究竟，只是把故事記錄下來而已（這種說法，以不知爲不知，既不肯定，也不否定）。他表示不相信鬼神的存在，卻又引經據典，說明鬼神的由來（見〈鬼字解〉、〈鬼神論〉、〈天狗說〉）。因此，他在理性、以道德爲重的態度之外，似乎也不免陷入自己論述的迷障裡，並未能真正釐清自己的鬼神觀念。不過，他重視道德，以理性看待鬼神，欲藉神道設教的用心相當明顯，因此，本文暫且不論他的矛盾之處，而著重於彰顯他的道德思想與理性態度。

持，來爲各種神怪事蹟作詮釋，並經常將神鬼的行跡引導到合情合理且以道德爲理想、準繩的人事道理上去。只因爲神鬼之說向來爲人情之所好，即使是解《春秋經》而作的《左傳》，也屢屢記載神怪事蹟，⓫因此他並不排斥神說怪談的存在。但他也絕不崇神而迷信，反而因勢利導，藉神道設教，意欲導正人心，教化民眾。這也可以說是諄諄儒者展現道德理想的另一種方式。

石川鴻齋深受儒家思想影響，以致《夜窗鬼談》二書也富含濃厚的道德思想，已如上述。由於石川氏壯年以後恰逢日本明治維新時代（一八六八年起，時石川氏三十六歲），國內西學興起。西方學術，包括科學新知、技術及思想大量輸入。國內學制、士子風氣的改變，曾使石川氏慨嘆頗深。⓬不過他也因西學輸入而吸收了一些西方的科學知識。在《夜窗鬼談》和《東齊諧》這兩本書中，都可以看到他引用西方的知識、學理來說明神鬼現象或予以引申發揮。例如《東齊諧》〈友雅〉述友雅與才助二人被根岸（地名）婦人及其同夥謀害。婦人屢經事故後，不但生了病，容貌也變醜。後來遇見一位僧人，指點她削髮爲尼，以消罪障。友雅與才助二人遭害後獲救，未死，婦人不知。有一次，友雅與才助詣善光寺拜佛，恰遇那位削髮爲尼的婦人。婦人看到他們兩人，以爲是鬼魂顯形，大爲驚嚇，只想逃跑。友雅與才助告訴她，他們還活在世上。婦人還不太相信：

⓫ 〈夜窗鬼談序〉云：「蓋說怪亂，古亦不少，獨孔子不語焉。左氏傳經，屢載神怪，後之修史者，莫不說神述怪，使人疑且惑，而如鄙史小說，莫不一涉神怪，顧緣人情所好而然乎！」。
⓬ 《夜窗鬼談》〈哭鬼〉一篇便曾藉鬼來抒發自己的感慨。

> 尼曰：「然則二君在世之人耶？何屢顯形惱妾，恐非人
> 也。」友雅笑曰：「此自惱神經，瞀眼所見也，我曹何惱人
> 爲？……」
> 寵仙子曰：「世之見鬼者，大率皆由於神經。其人不死，鬼
> 豈安得別爲形哉！鬼而有形，且眾人現見之者，優人戲爾。
> 余未爲見鬼之罪，故未知鬼情，又不知鬼計也。」

婦人誤認友雅二人爲鬼，友雅笑她是「自惱神經」。此中「神經」
一詞即爲西學輸入而後得之之名詞。「寵仙子」也在評語中論斷，
世人之所謂見到鬼魂，其實都是神經的作用，可以說是一種錯覺罷
了。人人都看得見的鬼魂，其實是演員（真實的人）扮演出來的而
已。前面已經說過，石川氏本人對於鬼神的態度，其實是理性的，
他並不相信鬼神的存在，但是不排斥鬼神之說，因爲「藉神道以設
教」，有助於教化人心。這裡，透過西方科學知識的引用、解說，
更可以明確看到石川氏的鬼神觀念。

以神經錯覺來解釋見怪見神之舉，《夜窗鬼談》中還不只一
處，茲再舉一例。《夜窗鬼談》〈貍怪〉記藩士某夜路中遇到貍
怪，抬轎的轎夫們，不是嚇得逃跑，就是嚇得癱軟在地。某卻悠哉
悠哉，取火點煙，一點也不把妖怪放在心上。不一會兒，妖怪不見
了，只看到樹上有一隻老貍，某便拔刀斬貍，再把轎夫叫回來，繼
續趕路。故事之後評語說：

> 寵仙子曰：「狐貍之惑人，遇豪傑之士，則不能施其術，怯
> 夫之見怪，皆是神經之病，自作之，自見之耳。」

評語一則讚揚豪傑之士可以破除妖術，其實也就是說，只要具有正人君子的豪俠正氣，便不會遇上妖怪鬼異之事。再則嘲諷怯夫自己心理作祟，神經錯覺，才會有遇怪見妖的情形。這條評語再次表明作者石川氏的理性、科學態度，他的作品雖然談鬼說怪，他卻不是迷信神怪妖異之人。

更明顯反映作者接受西方知識、學理的作品，要數〈混沌子〉一篇。〈混沌子〉又名〈大地球未來記〉，藉「無極道人」與「混沌子」的對話，說明地球演進的歷史，並預測將來地球的發展、生滅。其中運用到科學知識的地方，如：

> 夫一年三百六十有餘日，地球晝夜一轉，三百六十餘轉，週太陽而爲歲；月圍地球，一歲十二週餘，隨地而環太陽，是地月運轉之數也。……當太陽將滅之際，寒氣漸逼，河海盡閉，空氣爲霜雪，凝而黏著地上，遂爲一大冰丸。至是之時，地球上無有一生物矣。而地心尚有許多火氣，……日輪欲滅之時，亦如此。太陽本燃質物，燃質既焚亡，則變爲焦土，所謂火生土也。既爲焦土，無復有光燄矣。火氣既去，失光燄，則爲冷物。既爲冷物，空中水氣，黏著彼焦土，又爲一大冰丸，而中心火氣噴發，以破裂冰丸，水土混雜，又爲一大熱丸。於是多年之所噴吐煤炭之氣，再爲泥丸所吸引，又釀成新燃質。水氣已去，初發火光，是爲新日輪也。

文中提到地球的「自轉」，環繞太陽而運行的「公轉」，地心的「火氣」，太陽的燃燒現象以及內部的「火氣」等等，都是西方

科學所帶來的新知。這些知識的熟悉與運用,顯示石川氏絕非墨守
成規的漢學者。他過去飽讀漢學之時,所秉持的就是理性態度以及
廣博鴻通的寬闊視野,如今在面對新興的西方科學時,並未退守故
紙堆,而是積極汲取,融合新舊,兼容並包。其實,西方的科學精
神,也在無形中與石川氏固有的道德理性相通。科學植根於理性,
而石川氏在《夜窗鬼談》二書中所顯示的道德思想與理性態度,與
科學理性精神實不無相通之處。由此,也再次驗證石川氏的鬼神
觀。他雖然談鬼說怪,卻不代表他就相信鬼怪的存在。他往往藉鬼
怪故事來破除鬼怪迷信,更經常藉鬼怪事蹟來傳達道德教訓。這或
許也是儒學者企冀張揚道德思想的一種使命感的表現吧!

㈡嚴謹質實與浪漫談奇交融

　　《夜窗鬼談》二書既然有張揚道德思想,教誨人心的嚴正意蘊
在,許多地方的行文結撰,便顯現出一種敘述與論證都持以嚴謹態
度的表現。這與石川氏本人的治學態度,應該也有很深的關係。石
川氏是一位著述等身的儒學者,「究諸氏百家之書,馳古騁今,闡
幽顯微」(《夜窗鬼談》〈哭鬼〉),考其所著書,有字典、文法、
詩法、書法、畫法、經書史籍的評註等多種類別。⓭他治學嚴謹,

⓭　關義直編:《近代漢學者傳記著作大事典》(東京,琳琅閣,一九七一年
　　三版)所列石川鴻齋的著述有:《正文文章軌範》正續二冊(刊)、《支
　　那文學全書》、《和漢合璧文章軌範》四冊(刊)、《中等教育漢文軌
　　範》二冊(刊)、《日本八大家文讀本》八卷(刊)、《精註唐宋八大家
　　文》十六冊(刊)、《新撰日本字典》二冊(刊)、《明治字林玉篇大
　　全》一冊(刊)、《增訂篆文詳註日本大玉篇》三卷(刊)、《鰲頭音釋
　　康熙字典》四十卷刊(校訂)、《篆文詳註鳳文會玉篇大全》六卷
　　(刊)、《日本外史纂論》十二卷(刊)、《三讀詩講義》三卷(刊)、

用功極深，即使在明治維新時代，西學興起，時人嚮往的學門乃至
求學的態度與風氣已然改變，⓮他也吸收了不少西學新知，卻仍固
守崗位，繼續且堅持儒學的研習。他曾藉〈哭鬼〉一文自我解嘲
說：

> 如余輩，既後於恆人者，剽竊陳編，徒甘糟粕，固知無用乎
> 世，尚守舊株，汩沒古書者，以無所用於他也。

他長年浸淫於儒學之中，遇上維新時代，社會時尚所追求的是西洋
學門和知識，他對自己所學不逢於世，也只能自嘲「無用」。不過
他真正想要表達的，是透過「哭鬼」說出來的那些話：

《清國五不知論》一冊（刊）、《朝鮮支那外征錄》二卷（刊）、《易林
神占》（刊）、《文法詳論正續》四冊（刊）、《詩法詳論》二冊
（刊）、《書法詳論》二冊（刊）、《畫法詳論》三冊（刊）、《點註十
八史略》七冊（刊）、《聖代實錄》四卷（刊）、《夜窗鬼談》二卷
（刊）、《芝山一笑》一冊（刊）、《花神譚》（一名《再生奇緣》）一
冊（刊）、《鴻齋文鈔》三冊（刊）、《點註五代史》八冊、《史記評
林》二十五冊抄錄八十篇等二十八種。轉引自同註❷黑島千代：〈石川鴻
齋的《夜窗鬼談》與蒲松齡的《聊齋誌異》〉，頁一八一。

⓮ 石川氏認為讀書治學是一種終身事業，學問的境界更是無窮無盡，沒有所
謂畢業之期，而明治維新，西學興起，學校制度仿照西方之例，分門設
科，並規定結業年限。學生只要遵照學校要求，便可以在數年內得到某校
某科的畢業文憑，年輕學子也往往以畢業於某學門自誇自滿。石川氏對於
這種制度以及影響所及而產生的求學態度與風氣，均大為不滿。可參《夜
窗鬼談》〈哭鬼〉、〈高秀才〉等文所述。

先生以多年所蘊蓄，欲傾囊授諸後進，而後進所志，皆涉多端，不有如先生偏且固株守一方者也。此亦所以爲先生悲泣流涕也。

他找不到願意像他一樣，把時間精力用在儒學研修上的後進學子，畢生所學，後繼無人，這才是他感慨之所在。由這一番話可以看出，他對於儒學，不但沒有放棄之心，還有一份使命感，希望有傳人可以接棒。這份堅持委實可敬。他的治學方式也與堅持態度相表裡。即便是撰作一般人視爲無稽之談的「鬼談」，他也認眞而翔實的考察「鬼」字意涵及鬼神之由來。不憚於引經據典，⑮而且務力作種種合理而可能的推論與申說，似乎不願讓鬼神之說只表現爲一味神秘荒唐的說法而已。《夜窗鬼談》〈鬼神論〉云：

> 蓋鬼神亦人也已矣。聖人君子豪傑之士，精魂不死，永留兩間，守護國家，憫恤子孫，勸善懲惡，幽行賞罰，此之謂鬼神。然則聖人君子通乎鬼神者歟！曰：有形於明者不能通於幽。鬼神本無形者，故不能爲人事。鬼與人同道，而異其所主，故聖人不語鬼神也。蓋上世之人，草衣木處，採而茹，掬而飲，智識未開，僞詐不行，全純然天秉之智，是以不識

---

⑮ 《夜窗鬼談》〈鬼字解〉一文闡釋「鬼」字的意義及由來，引用到的經籍、典故計有《易》、《禮》、《論語》、《左傳》、《山海經》、王充《說符》、《述異記》、東方朔《神異經》以及列禦寇之說、宋儒之說、唐明皇故事，乃至日本本國的故實等。旁徵博引，似乎將他所見過的各種「鬼」字的記載都列錄出來了。

> 不知，與天地神明相通，我神代之民是也。人智漸開，而神
> 智漸衰，機智愈巧，而秉智愈滅，於是神人之間爲一大關
> 隔，不復得通，是爲人世矣。……嗚呼！神與人既爲關隔
> 矣，欲強知之則惑也。朱子曰：「不惑於鬼神之不可知」，
> 知者之事也，先賢所不道，後世可得而論哉！……嗚呼！鬼
> 神之理爲不知，是知也。君子行道，不愧於屋漏，何媚鬼神
> 爲？若又欲強知其理，不如爲鬼。未能爲鬼，而徒說鬼理，
> 惑亦甚矣。

這段論述，既運用儒家思想，把鬼神道德化，又利用上古史的推
論，把鬼神合理化，最後回歸現實，強調鬼神與人事已經關隔不
通，人不應該強以不知爲知，而把鬼神客觀化，中立化。在以不知
爲不知的客觀立場上，人所應追求的是修身無愧，以君子之德自期
自許，既不必強說鬼理，也不必取媚於鬼神。由此可以明顯感受
到，石川氏試圖以合乎理性的說法，一來破除有關鬼神的盲目迷
信，二來希望人們回歸道德立場，以修身行善爲處世正道。如果
「守護國家，憫恤子孫，勸善懲惡」眞是鬼神所執行的事務，那麼
世俗一般禱神祀鬼的方法，包括焚香膜拜，供奉犧牲祭品，就不一
定能討好鬼神。祈福而眞能得福的作法，就是盡量去作鬼神所獎勸
的事，少作鬼神所懲罰的事，也就是〈七福神〉篇中所謂「以仁義
忠孝爲行」云云。這一類論理嚴正，敘述質實的作品，除了〈鬼字
解〉、〈天狗說〉、〈鬼神論〉等論說性的文章外，還可見於〈哭
鬼〉、〈瞰鬼〉、〈七福神〉、〈高秀才〉、〈神卜先生〉等故事
性的篇章。這些篇章，雖講述鬼神故事，卻不著重於想像變幻的情

節經營，更無意釀造神秘奇詭的氣氛，而是藉助於情節的進展，乃
至神鬼的現身說法，明白教示處世爲人的正道。〈七福神〉與〈神
卜先生〉的部分內容已如上引述，茲再節錄〈高秀才〉一篇爲例：

> 昇平校友高秀才者，鎭西藩士某氏次男，以鄉黨有神童之
> 稱，父特寵愛焉。……雕章鏤句，好用險韻，自以爲雖李杜
> 韓柳，無以間然矣。汗漫半月，歸途，……忽有一老人，身
> 纏襤褸，首戴破笠，草鞋藜杖，傴僂徐徐而來。生近問前
> 路，語稍不遜，老人不顧而去。生以爲聾也，疾行大聲問
> 之。老人瞪目曰：「子誤入邪徑，今欲求正路，盍厚辭修禮
> 而問，反倨傲鮮腆，奴僕視行人，此所以余不對也。」生服
> 其有理，乍謝過，懇請教。……老人謂生曰：「子遊于名山
> 勝地，有所得詩文，請示之。」生竊以爲「田野卑夫，雖少
> 有口才，安得解余作？」乃解囊，出平素所作數篇示之。老
> 人眼光炯炯，通讀甚疾，卷而拋地曰：「吁！穢我眼矣。」
> 以巾拭面曰：「輕佻纖靡之詩，摸（模）擬剿竊之文，見聞
> 不博，考據不精，乖誤龐雜，使人厭惡。子以是等之作，欲
> 售名求譽，以誇於世耶？本邦幸不以詩文取人，設如漢土，
> 入場遇試，若子者，不第必矣。」仍一一舉其誤謬，且正引
> 據不精者。生驚駭，滿面來紅，兩腋流汗，如醉如醒，思穿
> 地而入。老人又嗤曰：「子以有些學才，妄輕侮俗輩，動輒
> 罵古人，若此病不除，終身不能進道達志，猶今宵迷途，入
> 於草莽荊棘之中爾。自今已後，斷憍慢之心，去邪思之念，
> 謙遜屈抑，以勤修身之學，如空詩浮文，徒費貴重光陰已；

雕蟲篆刻,丈夫所不爲。子盍思之,但學成業遂,有餘力則爲之,亦無害耳。凡卒學問之業,以蓋棺之時爲期,世間無限之書,以有限之壽,焉得卒業哉!聞西洋教人,有課課卒業之制。是尋常之學,固非爐冶博識多通之材也;以不卒其業通其學,不能與常人齒列也。今子未通一課之學,未得爲恆人,反欲以微藝誇於人,誤之甚者。夫旅人誤途,誤之尤小者;如子誤修學之道,誤之殊大者也。退而不省其私,其或陷無底之壑,子請熟思焉。」生唯俯伏,如以巨石壓一身,不能仰視面。……於是熟思老人警語,盡鍼砭心腸,慚羞赧顏,悔心始生。……自是,生益研精。又積數年,遂爲其藩教官云。

這一篇故事,情節相當單純,寫狂妄傲人的高秀才因問路於老人,得到老人一番訓誡,於是痛改前非,從此虛心向學,精心攻研,最後終於有所成就。此中老人究竟爲誰,終亦不甚了了。**⓰**故事中描繪高秀才的情緒反應、表情變化,細膩傳神,鮮活生動,相當吸引人。但其中除了老人的身份帶有那麼一點神秘氣息外,情節的發展演變,並不具備任何怪幻奇蹟,老人所做的事、所說的一番話,也只顯示出他是一位博學宏通,見識深遠的人,不一定就是神靈現身。倒是由老人的訓誡中,可以看到作者石川氏重視考據、博學,

---

⓰ 〈高秀才〉述「生」與老人分手後,「乃詣孔廟,拜先聖及左右十哲像,復無一肖老人者。生以爲疇昔之夜警我者,得非小野公神靈,假化老人教戒我歟!」秀才找不到和老人相貌相似的神明,文章最後也沒有揭露老人身份,高秀才只是逕自解釋爲「小野公」顯靈罷了。

並認爲學問乃終身事業的爲學態度。在生動的人物描繪中，傳達了治學理念，也批評了當時西學風氣的浮躁。❶這一類的作品風格表現爲平淡樸實，嚴肅厚重。不但教人感受不到一般神說鬼談所具有的變幻莫測、神奇詭異的氛圍，文中深沈的論理內容，反而教人只覺得要正襟危坐，肅然起敬。這是《夜窗鬼談》與《東齊諧》所表現的寫作面向之一。

這一類作品的故事結構樸素質實，沒有太多神奇詭異的人物或情節，也不見得有幻化想像的神蹟鬼事，且往往藉助於對話來說教或闡發義理，最後更常常歸向以道德修身爲處世之道，除以上引述，又如〈貧乏神〉、〈雷公〉、〈蛇妖〉、〈縊鬼〉、〈小人〉、〈靈魂再來〉、〈象〉、〈義貓〉等篇亦是，說起來數量並不算少，這應當是作者刻意藉鬼神教化警世的成果。

《夜窗鬼談》與《東齊諧》中還有另一類作品，變幻莫名，浪漫詼奇，是道道地地的神蹟鬼談，例如〈花神〉。〈花神〉敍述一位瀟灑逸雅，才學超眾的書生，名叫平春香。他到東京小金井觀賞櫻花，賞花後寫了兩首詩繫在樹枝上。欲返回客店時，卻迷了路。「忽有丫鬟，丰姿綽約，年可十二三，殷懃對生曰：『主公待君久矣，請枉步來。』生怪之曰：『余始來此，未有知己也，不知主公何人？』曰：『君去自知。主公曰：「平君今迷途，汝邀之。」』生以爲塾中之人，或寓此地，遂從丫鬟往。」這位丫鬟的出現、言語均相當離奇，容貌也出奇的好。平君跟著丫鬟進入的，是一所「幽致閑雅，櫻花殊多」的大宅院，院中「室宇清潔，畫以櫻花，

---

❶　〈高秀才〉一文所論爲學之道，恰可與〈哭鬼〉一文所述相互印證。

銀燭輝煌，華毯奪目，銅鉼金爐，芬馥滿室」。這樣的居所，不但美輪美奐，提供不少賞心悅目的美感，而且出其不意，恍如人間仙境，也帶來迷離惝悅的浪漫情氛。接著平君看到了「婀娜豔麗」的「宮樣婦人」，「生視而茫然，以為非月中姮娥，則巫山神女」。這是一段如夢似幻的遭遇，丫鬟口中的「主公」，原來是一位舉世無倫的美婦人。主角出場，使情節的張力越來越強，也使浪漫的氣息越來越濃。接著，美婦人向生拜謝道：「適辱嘉惠，欣喜曷勝」，而且在豐盛豪美的晚宴上，吟出生所作、繫在櫻花樹上的那兩首詩。二人飲酒彈曲，直到頹然將醉。生在就寢前，對美婦人說了一句調戲的話：「君久守孤枕，得無隻鴛之嘆耶？」結果，美婦人果真自薦枕席而來，「遂相擁，備極繾綣」，這是全篇情節的第一個高潮，也是浪漫情氛的第一個高峰。這位人間罕見的美女，這段奇異卻又愜意的遭遇，以及居所環境所烘托出的氛圍，把讀者帶進幽美浪漫的仙鄉神境，絕非庸俗的人間塵世可擬想。

其後的發展直轉急下，生一覺醒來，竟睡臥於櫻花樹下。此後，生悵然不能忘懷於當夜奇遇，年年候花季時前往，卻再也無所見。過了數年，其父病重，生於返家前夕才又夢見那所大宅院，但是，「苔封路埋」，人去樓空，只見到「蜘蛛結網，蟋蟀鳴床」，床頭上掛了一幅杜牧的詩（這首詩則暗示了生與夢中之女未來相遇之地）。生歸家後，父病逝，於是繼家業，襲父職。次年三月，「與友人賞花東山，花下拾一金環，上雕『華』字」。因為這枚指環，生結識了「豔麗嬝娜，丰采亦似夢裏佳人」的娘子（結識之地恰應夢中所見杜牧詩句），並締結姻緣。這位娘子，幼時曾蒙一僧人救治急症，並指示將來尋覓夫婿的憑據。憑據赫然就是生所書的兩首櫻花

舊作。娘子遇僧之日，恰也是生於櫻花下夢女之年。這個故事的後半段，異峰突起，另外營造了一段奇妙神異的情節，也締造了第二個高潮。生在不可思議的幻蹟與巧合之下，重逢夢中美女。但這位美女又非原來的夢中之女。夢中之女或爲仙，或爲神，後來巧遇之女，則爲現實界活生生的實人。但這位實人卻又具有夢中之女的容貌（「豔麗孃娜，丰采亦似夢裏佳人」）、特徵（「不粧，常有香氣」）。此中情節變化，離奇曲折，幻妙莫測，眞正寫活了一篇浪漫旖旎的人神戀情。

這一類的篇章，無論寫神、寫鬼或寫怪，大都故事離奇，情節曲折，有的是浪漫奇幻，有的則驚怪駭異，常常匪夷所思，也相當引人入勝。超現實而幻化無端的人物情節，不僅展現豐富的想像空間，奇妙怪異的主角遭遇，也散發出詼奇恣肆的浪漫情氛。這是《夜窗鬼談》二書的另一寫作面向。這一類的作品爲數也不算少，如〈奇緣〉、〈狐誑酒肆〉、〈怨魂借體〉、〈牡丹燈〉、〈續黃梁〉、〈安倍晴明〉、〈葛葉〉、〈阿娟蘇生〉、〈友雅〉、〈累女〉、〈茨城智雄〉等均是。此外還有一些或雋永有餘，或趣味橫生的短則故事或笑話，如〈秦吉了〉、〈千葉某〉、〈狸陰囊〉等。不過，若以數量計，曲折詼奇的這一類作品，是比較少的。也就是說，上述一類嚴謹質實的作品，構成了《夜窗鬼談》敘事風格的主旋律，浪漫曲折的篇章，則是穿插其間的華麗樂音罷了。因此《夜窗鬼談》的整體特色，是比較偏向雍容而謹嚴的。

㈢日本熟語與中國漢例兼用[18]

〈夜窗鬼談序〉提到作者編撰此書的用意,除了教化導世之外,還有一個就是輔助孩童學習漢文。〈凡例〉再次提到這一作用,云:

> 古談或改更原文,今事稍潤色之,欲使童蒙學漢文者僅識熟語耳。但熟語無古例者,有自創之,或非俗稱不通者,不強用漢例,爲易曉易解也。

作者爲了幫助孩童學習漢文,讓他們「易曉易解」,行文中除了沿用漢例之外,也曾經自創或襲用日本舊有的熟語,不完全依照中國漢文的例式。今天,筆者以中國人的立場來讀《夜窗鬼談》二書,的確感覺其中部分語詞與句型的結構,與中國本土的文章不太一樣。如上引「今事稍潤色之」一句,中國古籍中常見的句型應該是:「今稍事潤色」。「之」這個代稱詞經常承上省略。「稍事」一語中的「事」屬於動詞,「稍」屬於副詞,爲「事」之修飾語,應置於「事」字之前。[19]又如〈夜窗鬼談序〉提到的「聊足以警戒

---

[18] 本小節所能找到的參考資料非常少,加上筆者又不是語言學領域的研究者,所學不精,很難有周延嚴謹的論述,原本有刪除不論之意,但又覺得把這種行文造句、文法結構的問題一概摒除,不能彰顯域外、域內漢文小說的行文差異,實在有點不負責任,而且也想把閱讀過程中的想法與疑點提出來,藉以拋磚引玉,所以還是列出本小節。

[19] 此一小節所運用的文法觀念主要來自許世瑛:《中國文法講話》,臺北,臺灣開明書店,民國六十七年。由於此中引證瑣碎,一一註明出處將過於冗贅,因此謹在此總括說明,以下將不再一一標註。

世」一句，其中「警戒世」一語也不太合乎漢文語感。比較道地的中國說法，可能是「警世」或「戒世」。「警戒世」爲動賓結構，而中國文字雖是單音節結構，每一個字代表一個音節，但在實際造句行文之時，卻經常使用雙音詞或保持雙音節的式樣。中國駢文的「四六」行文，皆以偶數字構句，可以說是雙音節結構的極致表現。像「警戒世」這樣的動賓結構，動詞「警戒」爲雙音詞，賓語「世」爲單音詞，構成奇數字的句型，實在有些不合中文慣例。序文中其他語詞，如「弄幻酣假」、「描風鏤影」等，也都是動賓結構，而且都是以雙音節結構（偶數字）組成的句子，讀起來就覺得很合乎中文語感。

　　這一類與中文語感不甚相符的語句結構，在《夜窗鬼談》二書中並不算少，但是由於中文相關參考書籍貧乏，筆者又缺乏日文素養，不知道這種語句的產生是受到日本本國語言的影響，或是石川氏本人的行文習慣如此，只能就目前所知所感，淺論於此。

　　以上所述，比較偏向句法問題，此外還有一些字義用法上的特殊現象，例如「些」字。「些」字通常用以表示少量或輕微的程度，如《夜窗鬼談》〈高秀才〉「子以有些學才，妄輕侮俗輩」一句，其中「有些」的「些」就是表示不多、少量之意。但書中部分「些」字的用法，其實很特別，如《東齊諧》〈比翼冢〉：「道左有人佇立，……些談而別。」《東齊諧》〈靄厓花卉〉：「一人揖余……與稱秋花，些談而別。」其中的「些談」都是指：談了一些話。「些」字在此字義仍是：不多、少量，但位置、詞性卻與中文習慣不同。一般「些」字當作修飾語時，多放在名詞之前，屬於形容詞。此處「些」字卻放在動詞之前，屬於副詞的位置，這種用

法，中國的文言文、白話文都不多見。

再如「了」字。「了」有完畢、結束之意。《夜窗鬼談》〈畫美人〉：「書了一笑」；《夜窗鬼談》〈怨魂借體〉：「書了，焚之壇前」；《東齊諧》〈染女〉：「言了潸然」；《東齊諧》〈葛葉〉：「言了，書歌於障而去」；《東齊諧》〈秦吉了〉：「浴了，上牆乾羽」等句，「了」即爲完畢、結束之意。但中文習慣一般是將「了」字放在名詞之後，如「春花秋月何時了」、「官事已了」等句，「了」字放在「春花秋月」、「官事」等主語（名詞）的後面，當作謂語（形容詞）來使用。「書了」、「言了」、「浴了」的「了」是放在動詞「書」、「言」、「浴」之後，這種情形，經查閱《漢語大詞典》⑳發現，可見於漢王褒〈僮約〉：「晨起早掃，食了洗滌。」㉑然而這種用法在歷代文言文中其實並不常見，王褒用之於〈僮約〉，可能是當時較爲口語化的說法。此外的其他典籍，包括石川氏曾提及的明清小說，都很少再看到這種用法。影響《夜窗鬼談》頗深的《聊齋誌異》一書中，曾出現類似語句，可資對照。如〈雛鴿〉篇：「食已」、「浴已」㉒，在動詞「食」、「浴」之後，用的是「已」字。石川氏在《夜窗鬼談》二

⑳ 見《漢語大詞典》，上海，漢語大詞典出版社，一九九三年，第一卷，頁七二一。

㉑ 漢王褒之著作，今僅見《王諫議集》一卷，清光緒十八年南雅書局校刊本，線裝，久保文庫《漢魏六朝百三名家集》第一函，藏於臺灣大學。目前限於地域、時間因素，一時未能查閱，深感抱憾。

㉒ 參《聊齋誌異》會校會註會評本，臺北，里仁書局，民國八十年，頁三九七。

書中屢屢使用「了」字,是根據漢朝出現過的較古用法,還是根據「不強用漢例」的自創或日本熟語而來,值得再進一步考察。

另外又有「打破飯鍋」一語。例如《東齊諧》〈友雅〉:「打破飯鍋」;《東齊諧》〈茨城智雄〉:「以酒癖破飯鍋,遂以奕爲業」;《東齊諧》〈熊人〉:「梅打破飯鍋,不能餬口」等均是。現今國語口語有「丟掉飯碗」、「砸破飯碗」的說法,意義與「打破飯鍋」相似,都是指失業的意思。但是中國古代的文言、白話著述中,還很少看到這個語詞。「丟掉飯碗」是不是中國古來早已存在的口語,而「打破飯鍋」是不是日本本土的「熟語」,這些問題都有待進一步釐清。

四、《夜窗鬼談》的寫作淵源

㈠《夜窗鬼談》與《聊齋誌異》

《夜窗鬼談》與《聊齋誌異》的關係,很早就受到研究者的關注,藤田佑賢、王三慶、黑島千代等都曾論及。㉓黑島千代〈石川鴻齋的《夜窗鬼談》與蒲松齡的《聊齋誌異》〉一文,從創作背景、創作手法、創作素材的搜集方式以及題材的描寫方式等,多方面論述《夜窗鬼談》受到《聊齋誌異》的影響情形,舉證詳細,已經足以說明《夜窗鬼談》受到《聊齋誌異》深刻影響的狀況,本文

㉓ 參藤田佑賢著,王孝廉譯:〈蒲松齡與聊齋誌異〉,收入王孝廉編譯:《哲學・文學・藝術──日本漢學研究論集》,臺北,時報文化出版公司,民國七十五年,頁一四三。又可參同註❷王三慶:〈日本漢文小說研究初稿〉,頁一四。同註❷黑島千代:〈石川鴻齋的《夜窗鬼談》與蒲松齡的《聊齋誌異》〉,頁一七五~二一四。

不擬在此重複論述，僅補充一條黑島氏之文沒有提到的資料。

　　《夜窗鬼談》部分篇章的素材曾直接取資於《聊齋》，黑島氏之文舉證已多，除了黑島已經舉證的以外，《夜窗鬼談》還有〈秦吉了〉一篇與《聊齋誌異》〈雛鴿〉一文頗為相像。《夜窗鬼談》〈秦吉了〉云：

> 嘗呼僕乞浴，乃供水盤，出籠浴之。浴了，上牆乾羽，僕思其逸，屢促入籠，不顧，忽逸林中，不知所之也。

《聊齋誌異》卷三〈雛鴿〉云：

> 王與鳥言，應對便捷。呼肉啖之，食已，鳥曰：「臣要浴。」王命金盆貯水，開籠令浴。浴已，飛簷間，梳翎抖羽，尚與王喋喋不休。頃之，羽燥，翩翻而起。操晉聲曰：「臣去呀！」顧盼已失所在。

兩篇作品皆描述秦吉了在水盆中洗澡，洗後飛到屋牆上晾乾羽毛，然後便趁機飛走，不知蹤跡去向。情節幾乎如出一轍。所不同的是，《聊齋誌異》的描述較為細膩生動，將過程中的每一細節，包括鳥所說的話，都詳盡的摹繪出來，動作、形象逼真鮮活。《夜窗鬼談》的描述較為簡略，但也不失明快生動。其實，「秦吉了」一詞，也在《聊齋》其他篇章出現過。《聊齋誌異》卷七〈阿英〉所寫的「秦娘子阿英」，❷就是秦吉了變化而成的動物精怪。

---

❷　參同註❷《聊齋誌異》會校會註會評本，頁九二二。

㈡《夜窗鬼談》與《閱微草堂筆記》

《夜窗鬼談》深受《聊齋誌異》之影響，固然無可疑，但二書之著書宗旨與行文風格其實存在相當大的差異。〈聊齋自誌〉嘗云：

> 集腋為裘，妄續幽冥之錄；浮白載筆，僅成孤憤之書：寄託如此，亦足悲矣！㉕

作者自己明白表示，《聊齋》是「孤憤」之書，寄託了個人生平不得意的種種牢騷、感慨。雖然《聊齋》書中也充滿勸善懲惡的義理教訓，但是作者的創作本意，顯然並不在此。《夜窗鬼談》則在〈自序〉與〈凡例〉中一再提及，編撰此書是以教化、勸懲為宗旨。這種意旨，與〈聊齋自誌〉的說法不同，而倒比較接近《閱微草堂筆記》。

《閱微草堂筆記》是紀昀（一七二四～一八〇五）晚年之作。紀昀五十歲受詔總纂四庫全書，前後歷時十三年，一生事功的頂點也在這裡。他博學多才，是學問文章，名滿天下的大學者，畢生精力用于校理典籍，纂定《四庫全書總目提要》。㉖他之撰寫《閱微草

㉕　參同註㉒《聊齋誌異》會校會註會評本，頁三。

㉖　紀昀晚年追錄舊聞，消遣歲月，因而有《閱微草堂筆記》之作。大抵上，從六十六歲（一七八九）開始，至七十五歲（一七九八）完成，逐次編寫《灤陽消夏錄》、《如是我聞》、《槐西雜志》、《姑妄聽之》、《灤陽續錄》等五種。嘉慶五年（一八〇〇），由門人盛時彥合刊印行，並題總書名為《閱微草堂筆記》。參賴芳伶：《閱微草堂筆記研究》，臺北，國

堂筆記》，雖多記異聞怪談，仍不改儒者本色，殷殷以「勸懲」、「風教」為說。〈灤陽消夏錄序〉云：

> 小說稗官，知無關於著述；街談巷議，或有益於勸懲。❷⑦

〈姑妄聽之序〉云：

> 余性耽孤寂，而不能自閒，卷軸筆硯，自束髮至今，無數十日相離也。三十以前，講考證之學，所坐之處，典籍環繞如獺祭。三十以後，以文章與天下相馳驟，抽黃對白，恒徹夜構思。五十以後，領修秘籍，復折而講考證。今老矣，無復當年之意興，惟時拈筆墨，追錄舊聞，姑以消遣歲月而已。……誠不敢妄擬前修，然大旨期不乖於風教。❷⑧

立臺灣大學出版，臺大文史叢刊之六十，民國七十一年，頁一～五。吳禮權：《中國筆記小說史》，北京，商務印書館，一九九七年，頁二五一。苗壯：《筆記小說史》，杭州，浙江古籍出版社，一九九八年，頁三六八～三六九。

❷⑦ 參《繪圖閱微草堂筆記》，臺北，廣文書局，筆記七編，民國八十年，卷一，頁一。

❷⑧ 參同上註，《繪圖閱微草堂筆記》，卷十五，頁一。另外，盛時彥〈閱微草堂筆記序〉云：「先生以學問文章，負天下眾望，而天性孤直，不喜以心性空談，標榜門戶，亦不喜才人放誕，詩壇酒社，誇名士風流，是以退食之餘，惟耽懷典籍。老而懶於考索，乃採掇異聞，特作筆記，以寄所欲言。《灤陽消夏錄》等五書，侏詭奇譎，無所不載；洸洋恣肆，無所不言，而大旨要歸於醇正，欲使人知所勸懲。」（參同註❷⑦，《繪圖閱微草

小說稗官，在中國傳統文學中，一向被視爲不入大雅之流的小道，紀昀寫《閱微草堂筆記》，也自稱「無關於著述」，但因「有益於勸懲」，所以有存在的價值。在這裡，正好可以與石川氏《夜窗鬼談》書中數次提及的「鄙史小說」、「勸懲」、「世教」等說法㉔比並齊觀。他們都是一方面謙虛（或輕視）的說，撰寫小說不是什麼文章正業，卻又強調小說對於世道風教的作用，而且表明撰寫小說的宗旨，就在於勸懲教化。石川氏在〈自序〉及〈凡例〉中所闡述的著書態度與旨意，和蒲松齡〈聊齋自誌〉中悲情溢於言表的「孤憤」之說，差異比較大，而和紀昀比較接近。可能由於石川氏長年浸淫於儒學，治學又重視博學考據，與紀昀的治學態度較爲接近，因此他們著書立說的用意，也較爲接近。

《夜窗鬼談》藉鬼神宣導道德勸說的寫作方式，也與紀昀《閱微草堂筆記》接近。《閱微草堂筆記》卷三「有扶乩者，自江南來」一則云：

> 有扶乩者，自江南來。其仙自稱臥虎山人，不言休咎，惟與人唱和詩詞，亦能作畫。……一日，乙焚符，仙竟不降。越數日再召，仍不降。後乃降於甲家，甲叩乙召不降之故，仙判曰：「人生以孝弟爲本，二者有慚，則不可以爲人。此君近與兄析產，隱匿千金，又詭言父有宿逋，當兄弟共償，實

堂筆記》，頁一。）盛時彥也強調《閱微草堂筆記》的撰作，宗旨醇正，意在勸善懲惡。

㉔ 參〈夜窗鬼談序〉、〈凡例〉、〈葛葉〉寵仙子評語以及本文前一小節的論述。

掩兄所償爲己有。吾雖方外閒身，不預人事，然義不與此等
人作緣。煩轉道意，後勿相瀆。」又判示甲曰：「君近得新
果，遍食兒女，而獨忘孤姪，使啜泣竟夕。雖是無心，要由
於意有歧視。後若再爾，吾亦不來矣。」

扶乩所降的仙人，本來是不論人事吉凶的，但因爲甲、乙二人各自
作了違背道德禮義的行爲，結果仙人竟有降臨與不降臨的「抗議」
（或懲罰）表現，還對「罪行」較輕的「甲」提出警告。這正是藉
神道設教，勸善懲惡的寫作手法。紀昀往往藉鬼神世界來影射人事
的善惡美醜，並於批判之餘，努力規劃出一套忠孝節義的人生準
則，以達到教化人心，裨益世道的目的。對照《夜窗鬼談》經常出
現的道德勸說、修身行善的祀神之法，眞有聲應氣求，如影隨形之
感。
　　《夜窗鬼談》經常發表議論，或趁機闡述自己的學術見解的手
法，很可能也是受到《閱微草堂筆記》的啓發。《閱微草堂筆記》
卷六「朱公晦庵嘗與五公山人散步城南」一則云：

> 朱公晦庵嘗與五公山人散步城南，因坐樹下談《易》。忽聞
> 背後語曰：「二君所論，乃術家《易》，非儒家《易》
> 也。」怪其適自何來，曰：「已先坐此，二君未見耳。」問
> 其姓名，曰：「江南崔寅。今日宿城外旅舍，天尚未暮，偶
> 散悶閒行。」山人愛其文雅，因與接膝究術家儒家之說。崔
> 曰：「聖人作《易》，言人事也，非言天道也；爲眾人言
> 也，非爲聖人言也。聖人從心不踰矩，本無疑惑，何待於

占。惟眾人昧於事幾，每兩歧罔決，故聖人以陰陽之消長，示人事之進退，俾知趨避而已。此儒家之本旨也。顧萬事萬物，不出陰陽，後人推而廣之，各明一義。楊簡王宗傳闡發心學，此禪家之《易》，源出王弼者也。陳摶邵康節推論先天，此道家之《易》，源出魏伯陽者也。術家之《易》，衍於管郭，源於焦京，即二君所言是矣。《易》道廣大，無所不包，見仁見智，理原一貫，後人忘其本始，反以旁義為正宗，是聖人作《易》但為一二上智設，非千萬世垂教之書，千萬人共喻之理矣。經者常也，言常道也。經者徑也，言人所共由也。曾是六經之首，而詭秘其說，使人不可解乎？」❸⓪

文中的「崔寅」，其實不是人，雖不知其來歷，很有可能是儒者的鬼魂。這裡透過他的說詞，批評朱熹等人談《易》失當，其實是反映了紀昀自己的學識觀點。紀昀躬逢乾嘉樸學大盛之際，對於侈談心性的宋儒之學大為不滿，他曾說：「唐以前之儒，語語有實用；宋以後之儒，事事皆空談。」❸① 他也曾致力於批斥宋學。❸② 此篇藉「崔寅」之口，強調聖人著書立說，都是為了垂教萬世，把立身行事的常道、正道教導給眾人，絕非故作神秘，為空疏悠渺之辭。藉助於鬼神故事來發抒自己的學術見解，是《閱微草堂筆記》的特色

---

❸⓪ 參同註❷⑦，《繪圖閱微草堂筆記》卷六，頁三。

❸① 參同註❷⑦，《繪圖閱微草堂筆記》卷十八，頁九。

❸② 參同註❷⑥，賴芳伶：《閱微草堂筆記研究》，頁七八～八三。

之一，也是紀昀「寓教於趣」的技巧表現，❸而這與石川氏在《夜窗鬼談》〈哭鬼〉、〈高秀才〉等篇中闡揚自己的治學理念與學術見解，實有異曲同工之妙。在故事體的篇章中，發表洋洋灑灑的長篇大論，是這兩位中、日學者的共通之處，石川氏稱引《閱微草堂筆記》一書不只一處，其接受影響的痕跡也昭然可辨。

　　《夜窗鬼談》的素材也有取自《閱微草堂筆記》者。除了〈靈魂再來〉篇末寵仙子的評語曾提及「紀曉嵐《雜誌》等所載幽冥之事」以外，《閱微草堂筆記》卷三曾記述一位「待替」的「縊鬼」。此鬼因輕生自縊，違背「天地生物之心」，必須「待替」，作為懲罰。但是他自己經過上吊的痛苦，認為上吊的死法是一種「楚毒」，因此凡是見到有人上吊自殺，他不但不等人死以便頂替自己，反而設法阻止人上吊，，文中說他存此善念，將來必能重獲生天。❹這個故事所闡揚的觀念與內容，和《東齊諧》〈縊鬼〉頗為相似。〈縊鬼〉中的女鬼死後也不得轉生。所不同的是，〈縊鬼〉中的女鬼急於尋覓一人代替，故事中的蒲生君平勸她，即使在幽冥世界，也應行善救人，遇到自縊之人，應「全其壽，救其命」，將來才能轉生於好地方。以冥間行善積德的觀念，取代一般世俗認定的縊鬼「待替」之說，非常符合《閱微草堂筆記》與《夜

---

❸　參同註❷，賴芳伶：《閱微草堂筆記研究》，頁八三。又，魯迅：《中國小說史略》（《魯迅全集》第九卷，頁二一三。北京，人民文學出版社，一九九六年）、吳禮權：《中國筆記小說史》（同註❷，頁二五四）、苗壯：《筆記小說史》（同註❷，頁三七五）等書也都認為「長於議論」是紀昀《筆記》的一項特色。

❹　參同註❷，《繪圖閱微草堂筆記》卷三，頁一一～一二。

窗鬼談》的著書宗旨，也難怪石川氏樂於取用這樣的觀念和材料。

　　就整體的敘事風格來說，《夜窗鬼談》雖有不少曲折浪漫的篇章，更多的卻是嚴謹質實的作品。㉟在《聊齋誌異》與《閱微草堂筆記》二書之間，《聊齋》以細緻曲折，摹繪如生見長，《筆記》則以尚質黜華，雍容雅淡取勝。㊱因此，在敘事風格上，與其說《夜窗鬼談》接受《聊齋》的影響較深，不如說它受到《筆記》的影響更深。黑島千代〈石川鴻齋的《夜窗鬼談》與蒲松齡的《聊齋誌異》〉一文認爲：《夜窗鬼談》愛情故事的行文構思，欠缺《聊齋》的婉轉曲折，情節處理，也不如《聊齋》之恍惚迷離，撩人遐思。筆者以爲，這正是《夜窗鬼談》的敘事風格較近於《閱微草堂筆記》的緣故。㊲

㈢《夜窗鬼談》與《子不語》

　　〈夜窗鬼談序〉提到蘇東坡喜歡說鬼的典故，黑島千代認爲是直接引用蒲松齡〈聊齋自誌〉而來。㊳這沒有疑問。不過石川氏〈自序〉援引故實的對象，不僅僅是《聊齋》一書，還包括上文所述的《閱微草堂筆記》，和此處即將論及的《子不語》。

　　《子不語》，袁枚（一七一六～一七九七）撰。其書初名《子不

㉟　參本文上一小節「《夜窗鬼談》的寫作特色」所述。
㊱　參同註㉝魯迅：《中國小說史略》（《魯迅全集》第九卷，頁二一二～二一三。
㊲　參同註❷黑島千代：〈石川鴻齋的《夜窗鬼談》與蒲松齡的《聊齋誌異》〉，頁二〇八。
㊳　參同註❷黑島千代：〈石川鴻齋的《夜窗鬼談》與蒲松齡的《聊齋誌異》〉，頁一八四～一八五。

語》，後來袁枚發現元朝人的小說著作中，也有一部名叫《子不語》的，於是改名為《新齊諧》。石川鴻齋援引此書之時，都稱之為《新齊諧》。不過，由於元人所著的《子不語》一書久已亡佚，今人仍逕以《子不語》為袁枚書名。❸

石川氏〈自序〉所謂的勸懲教化之說，可以在《閱微草堂筆記》的紀昀自序中找到淵源，已如上述。石川氏〈自序〉所提到的「顏魯公、李鄴侯、韓昌黎諸子，皆好談神怪」，以及「蓋說怪亂，古亦不少，獨孔子不語焉。左氏傳經，屢載神怪」等語，則明顯源自〈子不語序〉。〈子不語序〉云：

> 怪力亂神，子所不語也。……左邱明親受業於聖人，而內外傳語此四者尤詳，……昔顏魯公、李鄴侯功在社稷，而好談神怪；韓昌黎以道自任，而喜馺雜無稽之談……。❹

兩相對照，可以發現：〈夜窗鬼談序〉所提到的「顏魯公、李鄴侯、韓昌黎」以及孔子、左氏，都在〈子不語序〉出現過，甚至「好談神怪」一句，用語也採自〈子不語序〉。〈夜窗鬼談序〉曾同時提到《聊齋誌異》與《子不語》二書，謂：「蒲留仙書《志異》，其徒聞之，四方寄奇談；袁隨園編《新齊諧》，知己朋友，

---

❸ 參〈子不語序〉（《子不語》卷首，《筆記小說大觀》二編，臺北，新興書局，民國七十七年第九冊，頁五一○三，）、苗壯：《筆記小說史》（同註❷，頁三六三）。

❹ 參同上註《子不語》卷首，《筆記小說大觀》二編，第九冊，頁五一○三。

爭貽怪聞」，可見石川氏在編寫《夜窗鬼談》之時，對於《聊齋誌異》與《子不語》應該是同樣熟悉，他會在序文中採用〈子不語序〉的說法與故實，也不是什麼特殊的事。

除了典故的引用之外，《夜窗鬼談》用「遊戲」的說法來稱述鬼怪故事的寫作，把編纂鬼怪神異之文稱爲「遊戲之筆」、「出於遊戲」**❹**，卷首題署作者姓名時，也題作「石川鴻齋戲編」，這應該都得自《子不語》。《子不語》作者題署即作「隨園戲編」，〈子不語序〉把編撰神說怪談的舉動，拿來和「飲酒、度曲、撂蒱」等娛樂行爲相比，並且說是因爲「無以自娛」，才會採集這些「游心駭耳」的怪異故事。這些故事，好比是吃慣山珍海味的人，也要配些醬菜、野荽等小吃；聽慣雅音正樂的人，也要配些俚俗小曲來聽一樣，「亦裨諶適野之一樂也」，都具有一種娛樂穿插的作用。袁枚是一個詼諧幽默的文人，石川鴻齋也具有幽默詼諧的性情，**❹**這或許是石川氏取資相近的內在原因吧！袁枚不但以游心自娛的態度來編寫《子不語》，書中不少篇章的故事情節，也往往好爲揶揄，妙趣橫生。例如卷三〈水仙殿〉寫杭州應考書生遇鬼，險些溺死，幸得救歸家，他的妻子對鬼魂喜歡迷惑人，深爲不滿：

---

❹ 「遊戲之筆」一語出自〈夜窗鬼談序〉，「出於遊戲」一語出自《夜窗鬼談》〈凡例〉。

❹ 參本文第二小節「《夜窗鬼談》與《東齊諧》、石川鴻齋與寵仙子」所述石川氏生平部分。又，袁枚其人與《子不語》其書的詼諧表現，可參閻志堅：《袁枚與〈子不語〉》，頁一～四九、八九～九三，瀋陽，遼寧教育出版社，一九九三年。同註**㉖**苗壯：《筆記小說史》，頁三六四。

其妻曰：「人乃未死之鬼也，鬼乃已死之人也。人不強鬼以
爲人，而鬼好強人以爲鬼，何耶？」忽空中應聲曰：「我亦
生員讀書者也。書云：『夫仁者，己欲立而立人，己欲達而
達人。』我等爲鬼者，己欲溺而溺人，己欲縊而縊人，有何
不可耶？」言畢大笑而去。

這一位當過生員、讀過書的溺死鬼，惑人不成，還會逞口舌之爭，
並引用《論語》文句，再更動其中一二字，製造出揶揄嘲弄的效
果。這是《聊齋誌異》與《閱微草堂筆記》兩部著作中不太容易看
到的幽默表現。《夜窗鬼談》部分篇章的詼諧成分，乃至「詼話」
（即笑話）的纂錄，可以在《子不語》的這類故事中找到淵源。

　　另外，《夜窗鬼談》編纂故事時，經常會忠實記錄故事題材的
來源，這點與《聊齋誌異》、《閱微草堂筆記》、《子不語》三部
著作相同，《聊齋》等書也都會在部分篇章，翔實記述素材根據。
❸不過，記錄題材來源所使用的語句，《夜窗鬼談》很明顯是學習
自《子不語》。試比較四書之用語可知。《聊齋誌異》記錄故事來
源，說的是：「畢載積先生記」或「翁弟婦傭於畢刺史之家，言之
甚悉」；❹《閱微草堂筆記》說的是：「曹司農竹虛言」或「李又

---

❸　這一點黑島千代：〈石川鴻齋的《夜窗鬼談》與蒲松齡的《聊齋誌異》〉
　　一文亦曾論及，參同註❷，頁一九〇～二〇一。
❹　參〈祝翁〉、〈雛鵷〉等篇，同註❷《聊齋誌異》會校會註會評本，卷
　　二、卷三，頁二〇六、三九八。

聊先生曰」；❹《子不語》說的是：「周蘭坡學士爲余言」或「此事彭芸楣少司馬爲余言」。❹《夜窗鬼談》用的則是：「僧日觀爲余言」或「是友人松濤生爲余話」。❹從用語的句型來看，《夜窗鬼談》無疑是仿自《子不語》的。

五、結語

綜合以上所述，《夜窗鬼談》的內容雖多是怪力亂神之說，作者的著書宗旨，卻在於人心世道，創作的用心其實相當嚴肅。作品風格兼具嚴謹質實與浪漫詼奇，但以嚴謹質重的篇章較多，且好發議論，長篇大論者往往有之。也經常藉助人物對話及情節設計，宣揚修身行善的道德義理，以修己立德爲人生之正宗大道，反對媚神諂鬼的愚昧迷信行爲。又吸收西方科學之說，以「神經變動」的說法，理性解釋世俗所傳的「見鬼」之事。作者石川鴻齋是一位深受儒家思想陶冶，認眞、理性、重視道德修養，又不失詼諧幽默的漢學者。由於他廣閱中國書籍，對於清代的《聊齋誌異》、《閱微草堂筆記》、《子不語》等鬼怪小說相當熟悉，編撰《夜窗鬼談》時取資亦博，分別受到這三部中國小說的不同影響。不過，《夜窗鬼談》仍具有自己的特色，書中所展現的道德意識，遠遠強過上述三部中國小說，書中所表現的理性論述、科學推理，更是上述三部作

---

❹ 參同註❷《閱微草堂筆記》卷一「曹司農竹虛言：其族兄自歙往楊州」（頁七）、卷五「李又聃先生曰：昔有寒士下第者」（頁五）二則。

❹ 參同註❸《子不語》卷一〈獄中石匣〉（頁五一四六）、卷四〈奉新奇事〉（頁五一九九）。

❹ 參《夜窗鬼談》〈蛇妖〉、〈花神〉。

品所罕見。《夜窗鬼談》的行文語句，往往出現中國小說所罕見的
句法與詞語，這應該也是「域外」作品融合本邦語言的結果，這一
部分還有待進一步探析。

越南漢文傳奇體裁之若干特點

越南漢喃研究院
鄭克孟

【摘要】

　　本文作者根據古人對體裁特徵的理解，認爲越南漢文傳奇
共有十六部作品，包括「含有志怪要素之傳奇小説」者《古怪
卜師傳》等九部，以及「有志怪小説裡之傳奇要素」者《野
史》等七部。這些作品，有的寫越南歷史名人和文化名人的傳
説，有的寫社會中的統治、知識、市民、婦女等階層，有的通
過不同的故事討論儒、佛、老等宗教的政治、社會之地位，體
現作者之世界觀和人生觀，有的寫越南在封建社會時期之男女
愛情，内容主題廣泛，而且還具有塑造人物形象、賦予人物神
聖化、言詞藝術精煉淵博等藝術特點，很值得展開有效的理論
研究並充分地介紹和出版。

　　越南像日本、朝鮮及韓國一樣，在交流之過程中，也受中國漢
文化之影響，並且，在相當長的時間内使用過漢字。在越南，漢字
出現極早，可以從公元若干世紀開始。以後，從公元初到「北屬」
時期結束——即受中國封建主義奴役之時期（從公元一世紀至十世

紀），漢文繼續發展。從十世紀以後，越南雖然已擺脫中國封建主義之統治，但是，漢文依然盛行並在越南人之政治、文化、社會生活中肯定其重要地位。此時期，漢文是提高民智、組織科舉、培養人才、進行創作以發展越南文化之重要工具。

從漢字，越南以創造喃字。喃字出現之最早遺跡，屬於十一世紀。以後，從十二至二十世紀初，喃字在越南人之文化生活中繼續被使用和發展，且曾有發展極盛之時期，並在文學創作中，壓倒漢字。

從其地位看，漢字被越南許多封建朝代重視，看作國家正統之文字。至於喃字，它只在文學創作中大力發展，也有些封建朝代重視喃字，如西山朝（一七七八～一八○二）。

這樣，在成千年之歷史，越南人曾使用漢字和喃字以便進行創作著述記載各種公文、材料、書籍，銘刻在石碑、銅鐘、木牌及其他類型原料上，那些用漢字及喃字所寫的書籍、材料，現在越南人稱作「漢喃遺產」。

從二十世紀初，越南人換用拉丁字母即今所謂「國語字」。有個史實：二十世紀之越南人，以前各個世紀在文字上有一種隔閡。今天，大多數越南人不會漢字和喃字，不能理解祖先以前遺留下來的成文文化遺產。為了解決此重要問題，越南的漢喃學這一專門科學問世，而漢喃研院是承蒙越南政府授予搜尋、保管、翻譯、開拓漢喃遺產和培養從事漢喃研究之隊伍等任務的正式的專門機關。

眾所周知，越南人很早以前已使用漢字以創作文學作品，以後在越南文學中代時期之若干世紀，又更為輝煌發展。其中，有很多富有價值的漢文散文作品，如：李濟川（十四世紀）的《粵甸幽

靈》，陳世法（十四世紀）著而後又爲武瓊（一四五三～一五一六）和喬富（一四四六～？）所加工的《嶺南摭怪》，相傳黎聖宗著的《聖宗遺草》，阮嶼（十六世紀）的《傳奇漫錄》，段氏點（一七〇五～一七四八）的《傳奇新譜》，黎有卓（一七二四～一七九一）的《上京記事》，武方提（一六九八～？）的《公餘捷記》，范廷琥（一七六八～一八三九）的《雨中隨筆》，諸葛氏（十八世紀）的《新訂校評越甸幽靈集》……等。

越南漢文散文作品屬於筆記、志怪、傳奇、章回等不同的文學體裁。在此論文中我集中討論越南漢文傳奇體裁之特點。

一、關於傳奇體裁

從體裁角度看，在越南，「傳奇」現有很多不同的理解。有的以爲這些傳奇作品總稱爲「傳奇小說」❶，有的以爲只應稱作「短篇」❷，也有的主張總稱爲「傳奇傳」❸，甚至有的只單說「傳奇作品」而不列爲哪一種文學體裁❹。依我看，在越南中代時期，文學理論尚未發展，而且，當儒學文人寫出散文傑作的時候，他們在

---

❶ 陳義：《越南漢文小說總集》，河內，世界出版社，一九九三年，第一集，頁一四。

❷ 阮登那：《越南中代時期之敘事散文》，河內，教育出版社，一九九七年，第一集，頁一五。

❸ 陳氏冰清：〈越南傳奇流派中之武貞及其《蘭池見聞錄》〉，《文學雜誌》，四期，一九八九年。武玉慶：《越南傳奇倉庫》，河內，通訊出版社，一九九五年。

❹ 范文深：《越南漢文傳奇作品之版本研究及評價》，語文博士論文，河內，漢喃研究院藏，一九一六年。

理論上和創作實際中對文學體裁特別是像短篇、中篇、長篇小說等體裁的藝術散文尚沒有明確的理解，此時期的散文作品的作者尚未意識到自己的作品屬於哪種文體裁，而只認爲寫作之主旨「一以揚前人之片善，一以資君子之異聞，雖則區區於小說，亦將少助於燕談」❺。很明顯，作者寫小說而沒有意識到體裁之特徵。據我所知，越南漢文傳奇作品也存在相似之情況。今天，文學理論已發展，如果，我們運用當代時期之體裁學說去觀察、剖析、照耀距離我們約二百至五百年間之古典作品，並按照今時代的文學體裁觀點來安排分類，則似乎未有具體歷史觀點。正由於未有具體歷史觀點，以致對越南中代時期之漢文傳奇體裁，在過去時間人人持有不同意見之現象。

同樣，有一個事實是：越南漢喃作品往往具備著越南研究者常用以指出越南漢喃遺產特點之一的「文史哲不分」一語的所謂「多科學門類性」。如果根據今天科學的分門別類去給越南漢喃作品分類也很尷尬。當然有的作品可以分類，但亦有的作品無法分類。

這樣，越南漢文傳奇作品應該屬於哪種體裁？我認爲應該稱之爲「小說」。因爲：志怪主要是記載，爲後代留下帶有教育意義之異事。傳奇則是創作，體現作者在作品中之觀點。越南傳奇在志怪之基礎上發生和發展，但已通過作者的有意識的虛構筆法而使用之。可是我們這裡所稱的傳奇小說，是根據古人對體裁特徵之理解，而不是按照今天的小說體裁特徵之理解去劃分。

---

❺　胡元澄：《南翁夢錄》，《越南漢文小說叢刊》，第一輯，第六冊，巴黎，法國遠東學院出版。臺北，臺灣學生書局印行，一九八七年，頁九。

二、關於傳奇作品之數量

關於越南漢文傳奇小說作品之數量，現有許多不同之意見。有的以爲作品之數爲七**❻**，有的以爲是十一**❼**，也有的認爲是十四**❽**。爲了確定越南漢文傳奇小說作品之數量，首先要根據此種體裁之標誌。根據文學研究者之意見，則中國傳奇小說以及越南傳奇小說有如下特徵：一是作品內容特點方面之「奇」要素，二是作品藝術特徵之虛構要素。再說，在越南，傳奇小說在志怪小說之基礎上形成和發展。因此，傳奇小說有志怪之要素，志怪小說有傳奇之要素。這是越南志怪小說與傳奇小說之關係。因此，當對越南傳奇小說作統計之時候，應該根據此特點，以便對越南漢文傳奇小說有概括之看法。據我看，越南漢文傳奇小說共有十六篇作品，並可以分成兩類：一是含有志怪要素之傳奇小說，二是有志怪小說裡之傳奇要素。其具體作品數字如下：

㈠**含有志怪要素之傳奇小說，共有九篇作品：**

1.《古怪卜師傳》：無名氏，現有一本（A1130）。通過號「古怪」之文字卜師給官吏占卜之故事，以間接地批判黎鄭時期之衰落政治、社會。

2.《南天珍異集》：無名氏，現有一本（A1517）。越南之野史故事。

---

❻ 喬收獲：《民間文學——研究之若干問題》，河內，社會科學出版社，一九八九年。

❼ 范文深：《越南漢文傳奇作品之版本研究及評價》，上引材料。

❽ 陳義：《越南漢文小說總集》，上引書。

3.《新傳奇錄》：范貴廷（一七五九～一八二四）著，現有兩本（A2190，A2315）。家畜相對話，相爭高下之故事。

4.《聖宗遺草》：相傳黎聖宗皇帝（一四四二～一四九七）著，現有一本（VHv202）。搜集一些奇異之故事。

5.《傳奇漫錄》：阮嶼（十六世紀）著，現有一本（VHv1840）。搜集一些奇異之故事。

6.《傳奇新譜》，或名《續傳奇錄》：段氏點（一七〇五～一七四八）著。現有三本（A48，VHv2959，VHv1487）。搜集一些奇異之故事。

7.《傳記摘錄》：無名氏，現有一本（A2895）。搜集一些奇異故事。

8.《雲葛神女古錄》：無名氏，現有一本（A1927）。柳杏女神之傳。

9.《雲囊小史》：范廷煜（十九世紀）著，現有兩本（A872，A1178）。搜集一些奇異故事。

㈡有志怪小說裡之傳奇要素，共有七篇作品：

1.《野史》：無名氏，現有一本（A1303）。共有二百個民間故事。

2.《蘭池見聞錄》：武貞（一七三九～一八二八）著，現有一本（VHv1401）。搜集一些奇異故事。

3.《嶺南摭怪》：陳世法（十四世紀）著，武瓊（一四五三～一五一六）和喬富（一四四六～？）加工，現有九本（A1200，A2914，A2107，VHv1473，A33，A1300，A1752，VHv1266，A1516）。搜集歷史人物及山、水、廟、殿等文化名勝故事。

4.《桑滄偶錄》：范廷琥（一七六八～一八三九）著，現有三本（A218，VHv1798，VHv1413）。搜集有關歷史人物和文化遺跡之奇異故事。

5.《聽聞異錄》：無名氏，現有一本（A1954）。搜集有關歷史人物、文化遺跡、魔鬼、神靈……之故事。

6.《公餘捷記》：武方提（一六九八～？）著，現有四本（A44，A1839，VHv1324，VHv14）。搜集流行於十八世紀初之傳說和佳話。

7.《越南奇逢事錄》：無名氏，現有一本（A1006）。搜集整理一些奇異的相逢故事。

這種分類帶有技術操作之性質，其目的是對傳奇小說有更概括性的認識，而完全沒有與志怪小說之數量去爭高低。

三、關於傳奇小說的內容特點

從內容看，越南漢文傳奇小說包括越南中代時期政治文化生活和風俗習慣的許多主題，可以指出如下之若干主題：

㈠寫越南歷史名人和文化名人之傳說。那時候傳奇小說作家之目的在於歌誦和尊崇代表越南人智慧的國家人才，以便鞏固一個具有文化傳統之民族的民族自豪感。

㈡寫社會中的統治、知識、市民、婦女等階層。對於社會中各階層，傳奇小說作家之態度始終持有兩面：一是歌誦和表揚具有優美品質、才德兼備之人以及為國為民之好事；二是批判和控訴貪污弄權、欺辱別人、貪生畏死、荒淫無恥之壞人。反映善與惡之間之鬥爭，善無論如何也要戰勝惡，創造越南人的美好健康之社會環

境。

(三)通過傳奇作品中的不同故事，討論儒、佛、老等宗教的政治、社會之地位，體現作者之世界觀和人生觀。那是儒家「三綱、五常」之哲理，佛教「輪迴」之說，道家「無爲」思想，及儒、佛、老三教同源之觀點。此外，風水、卜算、陰陽五行等信仰，對越南漢文傳奇小說也起支配和推動作用。

(四)寫越南在封建社會時期之男女愛情。傳奇小說作家一方面涉及男女關係中之自由傾向，讓他們自動相愛，跨越封建禮教，另一方面，批判自私自利，傷害女人身份之愛。

四、關於傳奇小說之藝術特點

從藝術形式看，越南漢文傳奇小說具有越南中代漢文小說一般的藝術特徵，但是也有其特有的如下基本特點：

(一)塑造人物形象之藝術。在塑造人物形象的過程中，生動直觀之特點和作者思維之特點緊密地結合。在自己的作品裡，作者已使用人格化之方法以創造奇異之東西，如魔鬼變成人，死人復活，神佛、禽獸、草木甚至物體變成人……，這一切，給讀者造成好奇心。傳奇小說所塑造之人物形象一般說來不是現實之簡單相片，而包含主觀因素在裡邊，即作者在塑造人物形象時之態度。

(二)神聖化藝術。即作者賦予人物一種神奇之力量，一種超然之能力。儘管傳奇小說中之人物不是眞人眞事，但完全可以在讀者中大大發生作用，使讀者喜愛並相信文學之美。這裡要肯定地說，傳奇小說作家之神聖化藝術是相當成功，在一定程度上已經滿足人們嚮往越來越美好發展之社會之願望。

㈢傳奇小說作者之言詞藝術相當精煉淵博,創造一些「千古奇筆」之作品。作者不僅使用隱喻之修辭辦法,而且還使用帶有高度形象性之語言,以刻畫人物之性格特徵。

五、若干結語

越南漢文傳奇小說在越南文學之共同發展中形成和發展。儘管用漢文撰寫,但是此一文學體裁已經真實而生動地反映越南社會之生活及越南人之幻想和願望。

在交流及接受漢文化區域之文學影響之過程中,越南漢文傳奇小說在故事梗概、藝術等方面接受中國傳奇小說之許多影響,但,在民族文學之發展進程中,外來要素已被越南化以便符合於越南人之心思、願望、情感,歷史條件以及文化、社會之生活。

越南漢文傳奇小說如今為大家所重視,許多作品已被拼音,譯成越語並出版,甚至,曾在外國之一部叢刊——《越南漢文小說叢刊》❾中發表。但,對此文學體裁之理論研究,則尚缺乏,尚未予以適當之關心。我以為,在與漢文化區域傳奇小說之共同關係中,應該對越南漢文小說展開有效的理論研究並充分地介紹和出版。

---

❾ 　陳慶浩和王三慶等主編:《越南漢文小說叢刊》,巴黎,法國遠東學院出版。臺北,臺灣學生書局印行,一九八六年第一輯,一九九二年第二輯。

越南漢文短篇小說情愛樣式及其描述的情況

越南文學院
范秀珠

【摘要】

本文作者根據臺北《越南漢文小說叢刊》和河內《越南漢文小說總集》的分類，考察神怪小說、筆記小說、傳奇小說裡的情愛樣式及其描寫的情況，發現由於越南特殊歷史條件（連年戰爭、經濟衰退、都市文化生活不發達等）的影響，漢文小說中以軼事傳記小說最多，次之是神怪靈異小說，情愛小說不但最少，而其寫法上也有明顯的退步。但儘管如此，漢文短篇情愛小說也初步讓讀者知道當時人的情愛、婚姻觀，初步提出當時門戶觀念，反對父母之命，有權自由選擇情人的要求。在這樣的情愛、婚姻進步思想基礎上，後來大量越南喃字韻文的愛情小說才得以順利開展。

在越南漢文小說過程中，不知爲什麼小說中情愛描寫很少人提及。是情愛描寫的情況沒有什麼可說的，還是這一情感是私人的，

沒有愛國、愛民等那麼高貴？都不是。雖然漢文小說中情愛描寫只占次要的地位，但它還是被作者看重的，它反映人物祈愛的情感也是作者和當時人對情愛的觀念，因此筆者認爲考察它被描寫的情況還是有意義的。

爲便於考察越南漢文短篇小說中情愛描寫的情況，筆者根據《越南漢文小說叢刊》和《越南漢文小說總集》❶兩書所分類的神怪小說（志怪小說與神話傳說）、筆記小說與傳奇小說來進行考察。

一、神怪情愛小說

代表這一類的小說是《越甸幽靈集錄》與《嶺南摭怪列傳》兩書。它們形成過程有不同之處：按編寫《越甸幽靈》第一人李濟川之序，編者認爲「筆札於幽部……或山川精粹，或人物傑靈……若不紀實，朱紫難明」❷，而按《嶺南摭怪》校正人武瓊之序，此書「不知作於何時，成於何人，意其草創於李、陳之鴻生碩儒，而潤色於今日好古博雅之君子」❸，因此該書不但是「傳中之史」❹，而且早就成爲富於民間性、「碑于人口」❺流傳很廣的故事。後來，當《越甸幽靈集錄》也經過多人的旁搜和補綴，上述兩書對情愛的描寫就差不多一樣詳細，不怎麼「紀實」了。

---

❶ 陳慶浩、王三慶主編：臺北，臺灣學生書局印行，一九八七～一九九二年，第一、二輯。陳義主編，越南世界出版社，一九九七年。

❷ 《叢刊》第二輯，神話傳說類，第二冊，頁一六五。

❸ 《叢刊》第二輯，神話傳說類，第一冊，頁二五～二六。

❹ 《叢刊》第二輯，神話傳說類，第二冊，頁一六五。

❺ 《叢刊》第二輯，神話傳說類，第一冊，頁二五～二六。

《越甸幽靈集錄》很重視夫婦之情義，歌頌或「因其夫被交州刺史蘇定設法陷之……與其妹舉兵逐走蘇定……自立爲越王」的徵側，或因其夫占城國王乍斗戰死而被俘的媚醯。發生在蔗仁江上的事被描寫得頗生動：「至蔗仁江，上聞媚醯之美（傳末「僭評」形象化爲「沉魚落鴈之容」），遂密令中使召侍御舸，夫人不勝憤郁，辭曰：『蠻妾俚婦，惡衣惡食，言語醜陋，不類中華妃嬪，恨今國破夫亡，自分一死。若押強合歡，恐污龍體。』乃密以白氈氈自纏，付性命于江流，澎湃一聲，已失美人蹤影」❻。

《越甸幽靈》有《求婚爲名，併國爲實》一傳，其中「情好既密，琴瑟交諧」的雅郎、呆娘一對恩愛年青夫妻成爲其父——李南帝吞併鄰國陰謀的犧牲者❼。天眞的呆娘與一心爲父潛謀易爪的雅郎的明顯對照，成爲有現代性色采的愛情悲劇故事。這一故事到《嶺南摭怪列傳·金龜傳》❽就成爲仲水與媚珠的故事，但對媚珠，仲水只有陰謀，沒有愛情。《嶺南摭怪外傳·金龜傳》❾也相似，傳中寫：「陀……使其子仲始入質求婚，王不意，許之。仲水誘其妻窺觀神弩，潛易其機，遂詐爲省父，謂媚娘曰：『夫婦之情，不能相忘；父母之恩，寧可偏廢？吾且歸省。萬一兩國失和，北南隔別，我來相尋，何爲表我？』媚娘曰：『妾爲兒女，遇此睽離，情難勝矣。妾有鵝毛錦褥，常附於身，到處拔毛其後，以示所在』……及陀軍逼近，王舉神弩，而機已失……（王）坐媚珠於馬

---

❻　《叢刊》第二輯，第二冊《越甸幽靈集錄全編》，頁一八三。

❼　同註❻，《趙越王·李南帝》，頁一七九。

❽　《叢刊》，第二輯，第一冊《嶺南摭怪列傳》，頁六五。

❾　同註❽，《嶺南摭怪外傳》，頁一五二。

後……仲水認鵝毛追之……王拔劍斬之。媚珠祝曰：『妾爲女子，有叛逆之心，害其君父，死爲微塵，若忠信一節，爲人所欺，則化爲珠玉，雪此仇恥。』遂死於海濱，血流水上，蚌蛤吸之，化爲明珠……仲水抱媚娘屍歸葬螺城……」❿傳在此結束，就合乎情節發展的論理，可編者偏又違背「爲人所欺」的媚珠對仲水的憎恨，補寫了一段頗富於戲劇性的結尾：「仲水痛惜不已，於沐浴處想見媚珠身體，遂投井死。後人謂東海明珠，以井水洗之，色愈明潔。」❶《嶺南摭怪外傳》裡還有豐富多采的愛情與姻緣。有山精、水精同欲「娶雄王之女曰媚娘，王（山精）備聘禮先至，雄王嫁之，王迎歸傘圓山，水精後至，乃唧怨，率水族擊傘圓」的故事（《傘圓傳》）；有兄弟貌酷相似，不能辨，劉家十七、八歲姑娘「欲爲夫婦……以粥一盌、箸一雙與二人食，以觀其兄弟，見弟讓其兄而辨之，乃……嫁其兄，夫婦情愛日密。至後，待弟或不如初。弟自生羞愧，謂兄愛妻而忘弟，乃不告兄而去……慟哭而死，化爲一榔」的故事（《檳榔傳》）。此傳到《天南雲錄·檳榔傳》就有些改變：留家女見兄弟倆都悅之，欲得相配，用一碗粥以辨伯仲後就嫁其兄，因爲只能選兄弟中一人。《天南雲錄》編者還補加詩一首以敘夫妻歡愛之情：

兩儀開判後，萬世起姻淵；相對冰人語，俱題紅葉言。

慌慌驚白璧，愕愕駭痕肩；金屋嬌娥貯，紅絲繡幌牽。

---

❿　同註❽，《嶺南摭怪外傳》，頁一五二。
❶　同註❽，《嶺南摭怪外傳》，頁一五二。

婚成稽鳳卜，事竟駕魚軒；鶯鶯呈千戶，麒麟降自天。

弧懸期志大，鞭著破樓烟；蚌口生珠美，鳳毛肖體全。

竹叢森挺挺，瓜瓞益綿綿；萬事俱前定，方知是合緣。⑫

　　這一首「蛇足」之詩說明當時人不滿於「夫婦情愛日密」之類的簡捷描寫，如說編者很想讓人知道，盡管是遠古雄王世之人，夫婦情愛之歡不異乎後世之人，不如說當時的編者不只深受中國《搜神記》中愛情故事的描寫⑬，而且還受越南《傳奇漫錄》「詩文小說」的影響。他也想「揚才露己」⑭，同時也流露自己對表現情愛的意向。

　　《嶺南摭怪》也有「萬事俱前定」的奇遇姻緣：褚童子父子因家遇大災，財物罄盡，惟餘一布袴；及父卒，童子以袴斂葬，自己裸身就江邊釣魚為生存。適雄王四世孫女仙容公主駐船于此，童子驚怖，爬沙成穴以藏身，仙容不意，命以幔圍穴上蘆葦為沐浴之處，「仙容入幔櫥中解衣沐浴，灌水而沙自散，露出童子身。仙容知其為男子，……曰：『我不樂嫁夫，今相……露居同穴，是天使之然也，汝當亟起沐浴！』。賜之衣服……命為夫婦」。

　　有趣的是，《嶺南摭怪》第一次記述一個刈草奴何烏雷挑逗其女主人——一位孀居的顏色艷麗、絕美無雙、年青的郡主婀金。更有趣的是，烏雷不是自作主張挑逗貴夫人，而是受命于陳朝皇帝。

---

⑫　《叢刊》第二輯，第一冊、續類，卷三，頁二〇五。

⑬　請看武瓊：〈嶺南摭怪列傳·序〉，同註⑫，頁二五。

⑭　陳益源：《剪燈新話與傳奇漫錄之比較研究》的用語，臺北，臺灣學生書局，一九九〇年，頁一五三。

裕宗帝「悅之，求行不得，帝常恨之。謂烏雷曰：『汝行何計以得之？』烏雷曰：『臣願以一年爲期，如不見臣來，是謀不成，臣已死矣！』拜辭而去」⑮。烏雷是越南神人之子，雖不識字而敏捷過人，詞章詩賦、歌謠吟唱等才卻是中國仙翁呂洞賓給與。但他征服婦女，包括貴夫人婀金在內，不是他的詞章詩賦之才，而是他歌吟之聲音。且看傳中寫述：「其歌吟之聲，柳楊之調，鷗爲之扶搖，魚爲之沖貫。主因感動，遂成幽閉之疾，經三、四月，其疾愈加。主眞情逼切難禁，因謂烏雷曰：『爾之聲音麋我精神，勞我相慕以至斯。原汝於庭中歌聲一唱，秋風飄飄而來，白雲徐徐而遏，物尚且爾，況於人乎？近來爲爾使我成疾，吾不以高下介意，爾實能同我琴瑟，言鬱蘭苷，則不煩他醫下手而自癒矣。』烏雷辭，主曰：『噫！爾誤矣！以絕世之音，配絕世之色，有何不可，而反至於再疑？爾若過於拘泥，則疾不可爲矣！』烏雷唯唯，遂與郡主通焉，忘其妍醜之態，無所顧惜！」⑯這一段富有艷情味之描寫眞是細膩精彩，連再次刻意揚才露己而改寫、補充的《天南雲錄·何烏雷傳》也比之遜色⑰。武瓊在《嶺南摭怪列傳·序》裡說：「烏雷之傳，戒淫行也」，但盡管傳末，烏雷終因私通王侯家女而爲杵搗殺，傳中主要部分，也是寫得有血有肉、生氣勃勃的部分，就是描寫烏雷「用計以得之」的過程。由此，這與其說「戒淫」，毋寧說「誨淫」更恰當了。

---

⑮　《叢刊》第二輯，第一冊，《嶺南摭怪外傳》，頁九八。

⑯　同註⑮，《嶺南摭怪外傳》，頁一七七～一七八。

⑰　同註⑮，頁二三七。

二、筆記情愛小說

　　筆記小說是屬於紀實的小說，諸多作者和編者都拘泥於眞人眞事，又偏重於陰德、科舉、功名、宦路、功臣、節婦等的記述，但其中也有小量精釆的情愛小說。至於傳記小說集中的人妖、人神、人鬼、還魂等情愛小說，筆者在下一節「傳奇情愛小說」裡再考察。

　　《傳記摘錄》❶中的《名妓傳》是漢文短篇小說有關妓女、文人一夜「同上巫山」的故文。通過這一故事，今日的讀者才知道古代之升龍（即現在的河内）曾有數不盡的名妓，但黎中興時（一五三三～一七八八）以後，名妓漸少，甚至很少。那時的名妓只和名士交游、唱和。傳中的名妓秀仙能口占一連十首漢詩，並不只一次。下面是二十首中的一首：

> 風流悔我誤青年，不斷情爲萬縷牽。
> 次第穿花作蝴蝶，疑心倒醉牡丹前。

　　對秀仙敏捷的詩才，文人也感到好奇，問她是否她自作的詩，她說這些詩都不流傳，不必弄清誰作的詩，並說：「草褥子寬，暫享今宵佳會，且妾常與文人客同床。遂相攜手同上巫山。佳會未滿意，東方的太陽已升……秀仙握文人之手，依依難捨。」❶

　　《傳記摘錄》還有《書痴傳》，是一個描寫性行爲極其微妙的

---

❶　書藏河内漢喃研究院圖書館，編號 A2895。
❶　按越譯《越南漢文小說總集》第二集，《名妓傳》，頁三二〇。

小說。它和《聊齋志異》中的《書痴》有關，但似乎只是借題，以便有機會發揮越南文人想說的主題：性趣。傳記陳朝末年古長安鄉紳子黎海學讀書甚勤，經史默誦無錯，卻不甚諳書義，常被人取笑。父母不得已，委求人為子擇偶，但海學終不知「為人」，使得他妻子要親誨其夫的故事。特別之處是《聊齋志異·書痴》中，給郎玉柱上「枕席功夫」課之女是書精顏如玉，而越南《書痴傳》中之女就是海學之妻：婚後「黎某…卻未諳巫山之風景，二、三月，隙處未嘗一試，新人訝異，難于啓齒。一日，新人身無寸縷，仰臥床上，意欲動其心。……頃之，入房見之，曰：『吾妻何將父母遺體暴露如此，如見其肺肝然？』遂曳褥掩之。新人計久不成。……月餘，仍如是。一夜，新人情不自禁，……心已動，……靄時疊然盈握。黎某曰：『此物未嘗蛙怒如此，賴吾妻法手使然，吾又不知以此何為？』妻遂膓啓其交，發硎新試，其快可知。黎某狂笑曰：『吾不解夫婦果有此樂境也，信乎夫婦之道可以能行焉。及其至也，雖聖人亦有所不知焉。日前吾常作文賀人，茲更作此戲乎？嗚呼奇矣，人莫不飲食，鮮能知味也。』床櫺搖曳，斷斷雲雨之聲，家僮盡聆狎，既竟，丹流染褥。某曰：『異哉此物，吾未曉得。吾未哇痰，胡為乎來哉？請詳言之。』妻曰：『郎君書痴，世未之有。前歐陽公《秋聲賦》中非必有搖其精之句乎？此郎人之精也！』」

《山居雜述》[20]也是一個有不少特殊情愛故事的集子。集中《安子山寺僧》講陳朝皇帝明宗宮女阮氏碧受帝命用自己肉身對玄

---

[20]　河內漢南研究院圖書館，編號A822，卷一頁四七，作者未詳。

光和尙（即李道載，一二五四～一三三四）進行「考驗」並成功的故事。「女如言，薄暮就僧房求宿。僧不知是宮人，拒之甚嚴。女以婉辭再三懇求，僧不得已宿之僧房外。宵及三更，月色如晝，松風響簷間，僧寢不成寐，散步四廊，見女微脫羅裙，雪膚半露。僧不忍見而去。已而殘月漸低，竹影遮戶，僧復就其寢處，至則女之紅裙卸矣。於是禪關震蕩，不能復禁，乃占國語一絶，有釋迦未能斷情之句，就而挑之。女堅拒不許，僧欲火熾，盡以賜金爲贈而通之」㉑。

記述陳朝明宗皇帝時（一三一四～一三二九）元使黄常與奉帝命陪接使者的美麗越南姑娘氏紅一夜交歡之情的故事，是《山居雜述·北使》。這也是用女色「考驗」有名剛毅男人的故事。起初黄常讓她住館外，十天後才許她到裡面的房子。「一天半夜，紅姑愁吟一詩曰：

　　孤館蕭條夜似年，半輪殘月挂秋天。

　　當時自恨知音少，不及郵庭一佐眠。

黄常是敏感的青年，自抑制多時，這時欲心震動，情愛洋溢，便入紅姑之房，從此親情日益深切」㉒。

《雲囊小史》㉓的《野占鴛鴦》記述了眞人眞事，但卻是詩人

㉑　河内漢南研究院圖書館，編號 A822，卷一頁四七。作者未詳。

㉒　按越譯《總集》第二集，《北使》，頁三四一。

㉓　同註㉒，編號 A872、A1178，作者是范廷煜，書成於一八八六年。

阮公著（一七七八～一八五八）與一名歌妓風流情愛的故事。未顯達時，總督阮公著是一位性格放縱、有「好色」病的青年。那時地方有「某校書，國色也，性太矜莊，人罕得見神雞枕者。公以寒士，吃閉門羹爲恥，陰念欲得名花入手，必通狡獪神通。乃詭托庸流，授身作僕，雅善控拍。校書往則公擔而童琴。一日公故遺琴絃於家，行二里許，至曠野，忽作錯愕聲，校書逼詰之，曰：『絃忘帶矣，奈何？』仍請童返。公伺其遠也，置擔強嬲。校書婉轉掙拒，弗能脫，遂肆所爲，當事辰作『咄嗒』聲，蓋半就半推之意也。事已，公尋逸去，某亦不解何許人。及公貴，開府海東，誕日徵集名歌，某校書在焉。竊窺之堂上橫金，則向年僕也」㉔，後阮公著也認出她，便用千銀迎她歸，做自己妾。

《見聞錄》㉕有九個出色的愛情故事，傳中的人物是個性極強的男子和「貞心豪氣、眼力亦明且大」的女子，有帶喜劇和悲劇的色彩，有民間故事的和小說的藝術筆法相間而成的故事。

《阮狀元》中的阮登道年青時是個狂放的書生。元宵日，遇一彩輿入寺門，輿中美人是吳侯之女。阮愛之，夜深越墙入吳侯府第，直抵女所，穿壁而入，上女床共臥。女驚醒，問是誰。生以「欲與小姐定百年約」對。「女且羞且懼，低聲曰：『我父性如火烈，汝如此堂突，看汝立成齏粉矣！』生搥床而笑，女不知所爲，以絹二尺與之……生雖不犯女，然攔路，女不能走。婢僕聞笑聲，舉燭出來，見生在小姐床上，執杖圍之，且馳告侯。侯提劍而下，

㉔　漢喃研究所圖書館，編號 A872，卷二《野占鴛鴦》。
㉕　《叢刊》第一輯，第七冊，頁二二七～二六四。

生伏地施禮⋯⋯吳侯乃赦生⋯⋯次年，生比於鄉，第一名，侯乃備禮贄于家」㉖。

《蘭郡公夫人》裡的譚尙書三小姐有高明的眼力。傳中記述有趣的一次擇偶：尙書「有三女未字，蘭夫人其季也。公入告之曰：『外舍小學生，後日必成大器，汝等誰能暫安藜藿，久後將受用不盡也。』即命就簾內窺之。二姊先往窺而入，且行且笑，曰：『頂長偉岸，好一兵丁也。』公不悅，復命夫人往視之。對曰：『女子何敢自擇配？父以爲可即可耳，何須竊窺男子。』公大悅⋯⋯（夫人）入門被服布素，躬自提汲，夫讀婦織，夜深未寢。」㉗不過孝女、賢妻、良母之蘭郡公夫人只能讓人起敬，沒能打動人的心。《見聞錄・阮歌姑》中尙書武欽璘（一七○二～？）與阮歌妓「有情人終不成眷屬」的悲劇愛情，才是使古今讀者深深感動的故事。「春祭，窗友邀（武）與同玩。鄉中士女冶服遊觀，公則敝衣舊服，倚柱竊玩，惟恐人知。有一歌妓，聲色俱好，人爭看之，賞錢滿案。妓舞燈過亭隅，瞥見公，注視良久，如有所失，不能終曲。觀者謂妓感疾，不樂而散，公亦隨歸。次日午後，妓詣公所，撫公曰：『英雄流落，至此極乎？』以錢與衣服贈之，珍重而別。自此，三五月間，妓輒詣公所，或留宿，縫補炊粥，無異爲婦。公初遇妓，感而敬之，日久相慣，遂萌邪念，妓正色拒之，曰：『妾若淫蕩，天下豈少美男子？妾自分唱流，非其偶匹，塵埃色幸遇英雄。如他日不負，遂我終身之托；若淫污相待，妾從此請辭。』公

㉖　同註㉕，頁二六○。
㉗　《叢刊》第一輯，第七冊，頁二五四。

愧謝。年餘，公束裝歸，將應秋試。妓來相送，厚有所贈。別時，公執妓手，曰：『隻身流落，偶爾遭逢，改衣授餐，貺我厚矣。向來不感唐突，今相別，願得鄉貫姓名，爲後會相尋之地。』妓曰：『君不負妾，妾自相求。倘事參差，亦是口頭話耳，何必盤詰？』❷之後，果然「事參差」，武公不得已尊父命，議婚於世族。爲了老母，女同意讓武公「別館給廩」，但一年餘，葬母後，女辭去，公固強授厚贈，也不受。這「無論裙釵中難得，即鬚眉中亦不多」之歌妓使編輯者感嘆不已。

　　《見聞錄》裡跟《阮歌妓》一樣洋溢情感的小說，還有《青池情債》與《報恩塔》，但都帶有傳奇色彩，筆者在「傳奇情愛小說」一節裡再提。

三、傳奇情愛小說

　　綜觀越南短篇傳奇小說，筆者認爲除了傳神靈仙鬼世界之奇，它們還有一個目的是傳男女情愛之奇。在眞實故事裡難說的和在現實社會難實現的情愛與願望，作者、編者就寄託於傳奇，同時奇因素也被他們視爲藝術技巧來使用，其目的是借奇使愛情故事內容更有傳感力、吸引力。

　　最優秀的傳奇情愛小說集中在阮嶼的《傳奇漫錄》一書裡，其中有節婦蕊卿被自己丈夫當賭資並輸給商人杜三的《快州義婦傳》；有士子何仁與桃、柳花精奇遇的《西垣奇遇記》；有名妓寒漢與寺僧無己勾搭，後被高僧法雲降服的《陶氏業冤記》；有與瞿

---

❷　同註❷，頁二四八。

佑《剪燈新話・牡丹燈記》出入的《木棉樹傳》；有歌妓翠綃與書生余潤之堅貞不屈愛情的《翠綃傳》；有徐式與仙女絳香一段姻緣的《徐式仙婚錄》；有武氏設被多疑丈夫逼死的《南昌女子錄》；有不甘受明將辱而自殺的李佛生妻還魂並與丈夫共度一夜之歡的《麗娘傳》。陳益源教授在《剪燈新話與傳奇漫錄之比較研究》一書裡已對《傳奇漫錄》做了詳細研究，筆者不用贅述了。

續《傳奇漫錄》創作意向的是段氏點《傳奇新譜》。書裡主要的故事如《海口靈祠錄》、《雲葛神女傳》、《安邑列女傳》、《碧溝奇遇記》❷。雖書寫四個愛情故事，但從傳名，讀者就可以知道那些是列女、神女、仙女堅貞報國或靈異的夫妻情義，愛情味很淡，加之如同陳益源教授在上述書裡所說：「《傳奇新譜》內容大量穿插……冗長詩賦」，因此雖「文辭華贍但氣格差弱」❸。

其他的傳奇情愛故事選有《聖宗遺草》的《花國奇緣》、《一書取神女》、《羊夫傳》、《鼠精傳》、《漁家誌異》；《傳記摘錄》的《謫仙傳》、《菊花精傳》、《薄倖子傳》；《見聞錄》的《青池情債》與《報恩塔》等，其中一些人神、人妖、人與花精的故事大都著重寫人緣之異，它要通過天曹地府、仙境、夢幻和異乎常人的對象來實現。有濃厚社會內容和能打動世人心絃的愛情故事是《薄倖子傳》、《青池情債》與《報恩塔》。

《薄倖子傳》是越南傳記小說第一次寫負情男子被女子冤魂報

---

❷　一說認爲《碧溝奇遇》不是段氏點的作品。

❸　越南潘輝注：《歷朝憲章類誌・文籍誌》，漢喃研究院圖書館，編號A1551/7。

仇的故事。傳寫黎朝寶泰年間（一七二○～一七二八）山南周生游學於升龍城東，鄰家美貌及笄女子氏英常從閨房漏洞裡窺視周生，周生知之，也窺視并用話挑逗她。一夜，周生開氏英閨房窗戶而入，女子半推半就。這一次歡愛之後，女子懷胎，周生入試；中舉後，他另娶豪家女子。氏英坦白與其父，父女同找到周家，讓一家人跟周生講理；周生否認一切。家人回報，氏英在歸舟上懷恨沉河而死。三年後，周生赴鄉試入場時，忽見氏英，知是鬼，駭極。氏英命他收葬自己的骸骨，周生答應但幾次都忘。又三年後，周生與其友阮生同赴試，氏英想報前年薄倖之仇，阮生願代周生爲她收骨，但她說女骸骨已被河水沖散。周生終於吐血而死㉛。

《青池情債》寫一對相愛男女但因門戶不對終不能結合的愛情悲劇，女恨死火葬後留下斗大的一塊石，「中有舟子倚棹而臥……生持而泣，淚滴石上，忽然冰裂淋灕，生衣袖間斑斑鮮血。生感女情，誓不再娶」㉜。這篇小說可能是依據民間故事《張之傳》改寫而成，改寫之處是舟子發憤當賈，幾年後帶三百餘金而歸，抵家訪女已死。

《報恩塔》寫阮翁瘋女死後請求考官怜取不黜試卷多舛錯的應試舉人某以謝他一夜歡會之情的故事㉝。

㉛　按越譯《總集》第二集，《傳記摘錄》，頁二七五～二七七。
㉜　《叢刊》第一輯，第七冊《見聞錄》，頁二五○～二五一。
㉝　同註㉜，頁二五九～二六○。

四、結語

由於越南特殊歷史條件:連年戰爭,經濟衰退,都市文化生活不發達等,漢文小說中,只歷史小說有顯著的發展。漢文短篇小說中,有歷史性的軼事傳記小說,數量最多,次之是神怪靈異小說。情愛小說不但最少,而其寫法上也有明顯的退步。比起十六世紀的《傳奇漫錄》,成書於二百年後的如《見聞錄》,不但沒有很好地繼承,反而情節還簡單,敘述還平板,人物形象缺少生動,刻畫不夠細膩。一些比較曲折的故事如《阮歌妓》,《青池情債》,《報恩塔》,以及《傳記摘錄》的《薄倖子傳》等,本來可以寫成有更豐富、深刻現實意義的小說,只因作者的想像力起不了飛,使得它們停步在粗陳梗概程度。盡管如此,漢文短篇情愛小說也初步讓讀者知道當時人的情愛、婚姻觀,初步提出當時門戶觀念,反對父母之命,有權自由選擇情人的要求。在這樣的情愛、婚姻進步思想基礎上,喃字韻文的愛情小說才能發展,也就是說中國的才子佳人小說才能在越南再生。

在情愛細節描寫上,《傳奇漫錄》比其他漢文短篇情愛小說寫得更具體,更形象化,但它卻遜於《書癡傳》。在這篇小說裡,作者借癡因素,把夫妻枕席間的恩愛盡情暴露㉞。另外,越南漢文短篇情愛小說裡還有才子佳人小說味的韻文《香襪行》,它和漢文中篇情愛小說《越南奇逢事錄》當然不在拙文範圍內。

㉞ 詳見范秀珠:〈《貪歡報》與越南漢文性小說〉,附錄在陳益源:《小說與豔情》一書,上海,學林出版社,二○○○年,頁七八~八五。越南《書癡傳》中黎海學夫妻枕席間對話引用《詩經》和諸子書中的句子是受《聊齋志異·仙人島》的影響。

・外遇中國・

漢喃研究院所藏越南漢文小說
《傳記摘錄》研究

中正大學中文系
陳益源

【摘要】

本文乃國科會專題研究計畫「漢喃研究院所藏越南漢文小說及其與中國小說之關係」（NSC 89-2411-H-194-026）成果系列論文之一。該計畫係作者針對越南社會科學與人文國家中心漢喃研究院所珍藏的越南漢文小說，進行的一項調查與研究工作，調查越南漢文小說在已出版的《越南漢文小說叢刊》第一輯、第二輯之外，究竟還有哪些越南漢文小說？並研究這些越南漢文作品，到底跟中國小說存在什麼樣的關係？

本文於陳述研究背景之後，專以漢喃研究院所藏越南漢文小說《傳記摘錄》（A.2895）爲對象，介紹其版本、書名與内容等基本狀況，初探其成書過程與寫作風格，並特別針對這部越南漢文小說與中國蒲松齡《聊齋誌異》的關係，提出若干具體的線索，以證明越南漢文小說與中國古典小說之密不可分，並且呼籲中國古典小說研究者宜多重視域外漢文小說的調查與研究。

一、前言

越南漢文小說是越南漢文學的重要內容，也是探討中國域外漢文學、漢文化不可或缺的一環，相信無論是關心越南文學或中國文學的研究者，都會希望對它的發展與演變有一清晰而完整的認識。

一九八七年四月，陳慶浩、王三慶主編《越南漢文小說叢刊》第一輯七冊出版，一九九二年十一月，由陳慶浩、鄭阿財、陳義主編的《越南漢文小說叢刊》第二輯五冊再度推出，這二輯、十二冊的《越南漢文小說叢刊》，合計收書三十七種，涵蓋越南神話傳說、傳奇小說、歷史演義、筆記小說等類作品，內容豐富多采，令人耳目一新❶。它們既是建立越南漢文小說史的第一手材料，也是研究中、越文化交流與比較文學的寶貴之資，例如拙著《剪燈新話與傳奇漫錄之比較研究》❷、林翠萍《搜神記與嶺南摭怪之比較研

---

❶ 第一輯第一冊是《傳奇漫錄》，第二冊有《傳奇新譜》、《聖宗遺草》、《越南奇逢事錄》（以上為傳奇類）；第三冊是《皇越春秋》，第四冊是《越南開國志傳》，第五冊是《皇黎一統志》（以上為歷史小說類）；第六冊有《南翁夢錄》、《南天忠義實錄》、《人物志》，第七冊有《科榜傳奇》、《南國偉人傳》、《大南行義列女傳》、《南國佳事》、《桑滄偶錄》、《見聞錄》、《大南顯應傳》（以上為筆記小說類）；第二輯第一冊有《嶺南摭怪》三種、《天南雲錄》，第二冊是《粵甸幽靈集》四種（以上為神話傳說類），第三冊有《皇越龍興志》、《驩州記》、《後陳逸史》（歷史小說類），第四冊有《南天珍異集》、《聽聞異錄》、《喝東書異》、《安南國古跡列傳》、《南國異人事跡錄》，第五冊有《雨中隨筆》、《敏軒說類》、《會真編》、《新傳奇錄》（以上為筆記、傳奇小說類）。均由法國遠東學院出版，臺灣學生書局印行。

❷ 中國文化大學中文研究所一九八八年碩士論文，中文修訂版由臺灣學生書局印行，臺北，一九九○年七月；越文增訂版由文學出版社印行，河內，二○○○年二月。

究》❸，便是拜《叢刊》資料所賜，始得順利完成。

不過，現存的越南漢文小說，並非只有《叢刊》一、二輯的三十七種而已。根據了解，位於河內、隸屬於越南社會與人文科學國家中心的漢喃研究院，是世界上珍藏最多越南漢文小說的處所，《叢刊》一、二輯內的作品除了《南翁夢錄》、《南國偉人傳》、《大南行義列女傳》、《南國佳事》、《安南國古跡列傳》、《南國異人事跡錄》、《會眞編》等七種之外，其餘都是使用漢喃研究院直接或間接的藏書。那麼，在該院藏書中，究竟還有多少不爲人知的越南漢文小說？它們又到底會跟中國小說存在什麼樣的關係？實在令人好奇。

因此，筆者繼《剪燈新話與傳奇漫錄之比較研究》之後，曾主持「中越金雲翹傳之比較研究」的專題研究計畫❹，並在其基礎之上，接著進行一項名爲「漢喃研究院所藏越南漢文小說及其與中國小說之關係」的調查與研究❺，發現漢喃研究院至少還藏有《公餘捷記》(A.44，A.1839，VHv.14，VHv.1324)、《歷代名臣事狀》(A.264)、《山居雜述》(A.822)、《雲囊小史》(A.872，A.1179)、《上京記事》(A.902/10 附於《海上懶翁醫宗心領》卷六十四)、《再生事跡》(A.1022)、《古怪卜師傳》(A.1130)、《野史》(A.1303)、《名臣名儒傳記》(A.1309)、《神怪顯靈錄》

---

❸　國立成功大學中文研究所一九九六年碩士論文。

❹　國科會專題研究計畫，編號：NSC 88-2411-H-194-007，執行期限：一九九八年八月～一九九九年七月。

❺　國科會專題研究計畫，編號：NSC 89-2411-H-194-026，執行期限：一九九九年八月～二〇〇〇年七月。

（A.1648）、《陳黎外傳》（A.1669）、《異人略記》（A.1710）、《雲葛女神古錄》（A.1927）、《婆心懸鏡錄》（A.2027）、《鳥探奇案》（A.2191）、《歷代名賢譜》（A.2245）、《松竹蓮梅四友》（A.2524）、《黎郡公別傳》（A.2619）、《花園奇遇集》（A.2889）、《傳記摘錄》（A.2895）、《天本雲鄉黎朝聖母玉譜》（A.2978）、《桑滄淚史》（VHv.280）、《邯江名將列傳》（VHv.1346）等二十餘種未收入《越南漢文小說叢刊》的漢文小說作品❻。

這些新見的越南漢文小說，它們的存在不但可以補充《越南漢文小說叢刊》第一、二輯的不足，以呈現越南漢文小說發展的完整面貌，也有助於我們了解越南漢文小說與中國古典小說更爲密切的關係。例如，越南《傳奇漫錄》等傳奇小說深受明朝瞿佑《剪燈新話》的影響，這已是眾所周知的事實；但這次調查研究還發現：越南十八世紀末佚名的《花園奇遇集》，也頗受《剪燈新話》中的〈聯芳樓記〉和另一部明代中篇傳奇小說《劉生覓蓮記》的啓迪❼。又如，《傳記摘錄》收錄有〈謫仙傳〉等十三篇文言短篇小說，其中也有明顯改寫自清初蒲松齡（一六四〇～一七一五）《聊齋誌異》者。關於此類中、越小說關係的新線索，預估尚有不小的發

---

❻ 另外，漢喃研究院所藏《潘佩珠年表》（VHv.2138），載錄越南革命家潘佩珠（一八六七～一九四二）現代漢文小說著作目錄，當中有部《再生傳》，則是在中國大陸軍事刊物上尋獲。

❼ 《花園奇遇集》被越南學者視爲「豔情小說」或「性小說」，可參潘文閣：〈越南漢文小說中的女性形象初探〉，收入《域外漢文小說國際學術研討會論文集》，臺北，東吳大學中文系，一九九九年九月，頁一三三～一四四；范秀珠：〈《貪歡報》與越南漢文性小說〉，收入陳益源：《小說與豔情》，上海，學林出版社，二〇〇〇年八月，頁七八～八六。

掘空間。

以下我們先專就《傳記摘錄》一書來做進一步的介紹。

二、漢喃研究院所藏《傳記摘錄》的版本、書名與內容

漢喃研究院所藏《傳記摘錄》，編號爲 A.2895，抄本，一冊，26×14 公分。首封面，上書「傳記摘錄」；次正文，七十九面，每面七行，行二十二字，凡約一萬二千言。無目錄、序跋，存十三篇文言傳記，長短不一；最長的是〈漁樵狂子傳〉近二千字，最短的是〈人與龍交傳〉僅二五五字。

此書書名名曰「摘錄」，似有摘抄他書以彙錄成冊的可能。然而，持與現存各種越南漢文小說集比對，並未發現有任何一篇雷同者，亦絕無類似《天南雲籙》、《南天珍異集》、《聽聞異錄》、《安南國古跡列傳》、《南國異人事跡錄》慣常摘抄、改寫名著《嶺南摭怪》、《粵甸幽靈集》內同一故事的情形。因此，我們仍宜將它歸爲作者原創之作。至於作者爲誰，今已佚名，惟書中故事常以「昇龍城」及其鄰近地區爲背景，他的籍貫很可能就在今天的河內；又書中〈龜戲蜃傳〉、〈名妓傳〉有言「黎中興後」，〈戒色傳〉亦言「黎末」，則其成書年代當在越南後黎朝（一五三三～一七八八）之後，估計不會早於十八世紀末。

十八世紀末、十九世紀初河內佚名作者撰述的這部《傳記摘錄》，共有十三篇文言短篇小說，依序是〈謫仙傳〉、〈薄倖子傳〉、〈人與龍交傳〉、〈節孝傳〉、〈惡媼傳〉、〈漁樵狂子傳〉、〈好棋成癖傳〉、〈棋仙傳〉、〈龜戲蜃傳〉、〈菊花精

傳〉、〈名妓傳〉、〈書癡傳〉、〈戒色傳〉，茲簡述其內容如下：

1.〈謫仙傳〉

黎朝正和（一六八〇～一七〇四）年間，有個好義愛潔的小商人，從小每見河浮穢物，便持竿挑盡，方才安心。他長達二十年維護河川清潔的義行，令天上一仙女動了凡心，被罰入塵世，助他生財致富。謫仙相夫教子，半世勤勞，直到緣滿，化作一陣清風而去。

2.〈薄倖子傳〉

黎朝保泰（一七二〇～一七二八）年間，山南道有紳家朱某，年少風流，寓學於昇龍城（即今河內）之東，與鄰家美女氏英私訂終身。不料氏英有孕，朱某卻負心另娶，逼得她投江自盡。三年後，朱某赴昇龍城參加鄉試，氏英冤魂不散，現身乞求薄倖子替自己收葬屍骸。朱某貪玩無情，竟然給忘了。又三年，朱某再度赴試，終遭氏英鬼魂報復，吐血而死。

3.〈人與龍交傳〉

在珥河之三岐江合流處白鶴洲津，有一異想天開的漁夫，貪求富貴，因夏日屢見掛龍在天，竟慫恿漁婦赤身仰臥江津，冀生龍子。一年後，漁婦果真產下一「只知有母而不知他人」的男嬰，五、六歲就很會游泳，常取水中寶物呈給母親。漁婦死後，龍子入水，不復再見。

4.〈節孝傳〉

陳朝末年，京北扶董有一范姓人家，范翁曾與寡居媳婦王氏、十歲孫子同眠草榻，以禦苦寒，里人以為亂倫。一日，王氏與里人

共詣佛跡寺焚香，意外暴斃，里人買棺收屍，越加堅信王氏不正。孰料將她送回去時，王氏卻無恙在家。里人啓棺驗看，只見棺內有兩支巨燭，寫著「精明無倦，節孝可嘉」，於是相信天佑善人，王氏亂倫謠言遂息。

5. 〈惡媼傳〉

京北嘉林有一寡婦潘氏，性情奸滑險惡，又愛道人長短。一日，里人何某發現潘媼偷漢，率眾捉姦。潘媼不堪羞辱，抑鬱而死，死後心有未甘，向地府投訴，拘何某應訊。城隍怪他多管閒事，施以尖刃刺鼻的懲罰。何某返家後，如夢初醒，鼻猶酸痛，衣襟上沾滿鮮血。

6. 〈漁樵狂子傳〉

陳時永祐（一七三五～一七三九）年間，有姓氏不詳的漁、樵二子，到山裡結草爲庵，以魚、樵爲業。兩人吟詩作對，雅俗不拘；彼此作詞塡曲，互不相讓。鬥嘴爭勝，狂歌不已。後來里人不聞狂歌酬唱，詣庵察看，二子已不知去向，現場只留下一箱含有隱逸之意的詩集。

7. 〈好棋成癖傳〉

海陽道清河縣有一富商，生平癖好下棋，巧遇「因棋爲盜，又因棋而不盜」的好棋者范草，二人結爲莫逆，並一同泛舟，飲酒對弈。偶然至一海島，二人捨舟登岸，牽蘿攀棘而上，遇二弈棋仙叟。二人於仙島盤桓數日，重返人間時，已經過了百餘年，風景殊異，人事全非了。

8. 〈棋仙傳〉

安邦道文振州有一人姓麻名吉，十五歲開始學下棋，二十餘歲

已儼然成爲州中國手。他曾聽聞古墓之鬼弈棋,又有機會與化身瘋丐的仙翁對弈,棋藝精進,年至三十,爲天下第一人。麻吉不願結婚,獨愛雲遊名山,至傘圓山頂,竟與老猿弈棋,不食人間煙火,昇爲棋仙。

9.〈龜戲蜃傳〉

黎中興後,昇龍城爲繁華之地。城中妓女雪香,豔名遠播。名士金點,亦是風流人物。兩人此唱彼和,恣意狎戲。某日,金點偕友泛遊西湖,與一妙善才邂逅,突然同時消失。眾友忽見水面上有一巨龜與蜃浮戲,浮珠耀彩,相映空明。雪香後來聽說那與蜃浮戲的巨龜正是愛人金點,嘆息不已。

10.〈菊花精傳〉

山南世家子杜生,偏愛菊花,娶妻黃氏,伉儷情深,可惜兩年後黃氏就死了。杜生鰥居苦寂,有菊花精自名阿芳者,委身相伴,以答其「護我根株,日加灌溉」的高情。同居期間,一度風雨倏來,多虧杜生找到「東籬下第三株開黃花者」,持帷幙護之,始倖免於難。阿芳雖曾勸生納妾,然杜生乃癡情種子,在她死後,終身不再娶,護花以終天年。

11.〈名妓傳〉

古來昇龍城乃名勝之地,名妓甚多,黎中興後,十存八九,貌皆平庸,惟獨繡仙者,才藝出眾。繡仙曾檢不傳之詩二十絕,與某友賞玩。某友問詩來歷,繡仙笑而不答;自言「慣與文人睡」,與之徹夜纏綿,「巫山未遊畢,曙日已紅」。某友起身告辭,繡仙握手送別,戀戀不捨,珠淚雙垂,惹人愛憐。

12. 〈書癡傳〉

陳末古長安鄉有一縉紳之子黎海學，愛掉書袋，卻常「音是意非」，鬧出不少笑話，人皆稱之書癡。這個書癡雖慕溫柔之鄉，卻未諳巫山之風景，最後還是勞煩新婚妻子諄諄善誘，才茅塞頓開，卻又感慨：「我二十餘年處子，與我妻輕薄盡矣！」家僮常把書癡的糗事外傳，邑人聽了，視爲奇聞。

13. 〈戒色傳〉

黎末國威富豪阮峰，不愛讀書，偏好漁色，風流數十年，弄得家資漸乏，猶不知悔改。他的表兄想到了個好主意，要讓他戒除惡習。有一天，表兄對他說有一名妓正住在自己家裡，邀他鑒賞一番。他興沖沖依約前來，直到最後關頭，才驚覺那女孩其實是他女兒，再聽到表兄「爾女爲女，他人之女非女乎」的議論以後，自愧不已，終於痛改前非。

以上，是《傳記摘錄》各篇故事內容提要。從這些提要看來，大家可以發現這部《傳記摘錄》裡，有靈異志怪，也有愛情傳奇，有發生在仙界地府裡的神鬼幻想，也有建立在現實生活上的道德教訓，其實它還是延續著越南漢文小說《嶺南摭怪》、《傳奇漫錄》的志怪傳奇傳統而來的。差別在於，《嶺南摭怪》、《傳奇漫錄》較常以越南歷史名人、事件爲對象，而《傳記摘錄》的故事主角則以庶民百姓爲主，民間地方軼聞的性質更加濃郁。它的文字雖然沒有《嶺南摭怪》古樸，不如《傳奇漫錄》典雅，但細看原文，仍不失自然流暢。它的情節雖然比不上《嶺南摭怪》、《傳奇漫錄》的繁複曲折，但閱讀起來，還是有其迷人之處的。

三、越南《傳記摘錄》與
中國《聊齋誌異》的關係

截至目前爲止，越南文學界對《傳記摘錄》的接觸恐怕有限。一般讀者是可以透過陳義主編的《越南漢文小說總集》，讀到該書的拉丁越語譯本❽，但研究者能利用漢文原書的機會大概不多，相關的研究仍是比較缺乏的。因此，《傳記摘錄》在越南漢文小說史、越南文學史應有的地位與價值，還有待確立。

不過，從中越文化交流與比較文學的角度來說，《傳記摘錄》倒無疑是一部難得的作品。道理在於，越南《傳記摘錄》與中國《聊齋誌異》有著密切的關係，這項事實是值得中國古典小說研究者加以留意的。

筆者注意到《傳記摘錄》與《聊齋誌異》的關係，是從拜讀越南文學院范秀珠教授的文章開始。她在〈《貪歡報》與越南漢文性小說〉一文中，提到越南漢文性小說極少，只有一本《花園奇遇集》，勉強加上一篇〈書癡傳〉：

> 它和《聊齋誌異》中的〈書癡〉有關，可以說是改寫而成。……不同之處是《聊齋誌異》的〈書癡〉中，給郎玉柱上「枕席功夫」課之女是書精顏如玉，而越南〈書癡傳〉中之女就是海學之妻：婚後，……。上述之描寫不但超過原作〈書癡〉與《聊齋誌異》有關之描寫，連豔情小說《花園奇

遇集》有關的描寫也遜之。作者以「書癡」爲名，以詼諧爲表，眞正之意或是借此來表現夫妻恩愛也是男女行春之樂趣吧！⑨

　　《傳記摘錄》第十二篇〈書癡傳〉，與《聊齋誌異》卷十一的〈書癡〉，篇目雷同，故事情節亦有相似之處，尤其是在書癡的性無知，端賴女性主動加以啓蒙的這一點上，確實是若合符節的。例如《聊齋誌異·書癡》說郎玉柱不明白自己何以婚後無子：

　　　　女笑曰：「君日讀書，妾固謂無益。今即夫婦一章，尚未了悟，枕席二字有工夫。」郎驚問：「何工夫？」女笑不言。少間，潛迎就之。郎樂極，曰：「我不意夫婦之樂，有不可言傳者。」⑩

而《傳記摘錄·書癡傳》在相關段落則寫道：

　　　　新人曰：「郎君讀書，而於夫妻一章，尚未了悟，《易》不有『男女搆精』之句乎？」黎某曰：「《易》固有之，吾未解得。吾惜不能進，於是願吾妻輔吾志，明以教我。我雖不敏，請常試之。」妻心已動，任羞纖手，探其臍下，其始闕

---

⑨　范文原載於河內《漢喃雜誌》一九九九年第三號，中譯本收入陳益源：《小說與豔情》，同註❼，本段引文見頁八三～八四。

⑩　引自張友鶴編：《聊齋誌異會校會注會評本》，臺北，里仁書局，一九八○年十二月，頁一四五五～一四五六。

然，煞辰（時）疊（疉）然盈握。黎某曰：「此物未常蛙怒如此，賴吾妻法手使然。吾又不知以此爲何？」妻遂牖啓其交，發硎新試，其快可知。黎某狂笑曰：「吾不解夫婦果有此樂境也，信乎……。」**⓫**

兩相比較，上面二段引文首尾極其類似，范教授說二者有關，存在著改寫的關係，這樣的說法應是可信的。同時，范教授還發現到越南《傳記摘錄·書癡傳》「枕席功夫」的描寫超過中國《聊齋誌異·書癡》原作，我們初步比較的結果，也似乎不能否定她的意見。

然而，有趣的是，《傳記摘錄·書癡傳》上述引文中的露骨性描寫，果真是越南作者的匠心獨運嗎？現在，請看下面這段見於《聊齋》卷二〈巧娘〉的原文：

生挽就寢榻，偎向之。女戲掬臍下，曰：「惜可兒此處闃然。」語未竟，觸手盈握。驚曰：「何前之渺渺，而遽累然！」生笑曰：「前羞見客，故縮；今以誚謗難堪，聊作蛙怒耳。」遂相綢繆。**⓬**

原來，《傳記摘錄·書癡傳》的這段性描寫，其實是把《聊齋誌異》裡〈巧娘〉、〈書癡〉兩個不同故事中的文字給揉合在一起

⓫ 引自漢喃研究院所藏《傳記摘錄》抄本，A.2895，第七十二～七十三面。
⓬ 同註⓾，頁二六〇～二六一。

了。

這麼一看，《傳記摘錄·書癡傳》性描寫是否「超過原作」
《聊齋誌異·書癡》？並非完全沒有討論的餘地。而更重要的是，
透過兩書文字的進一步的比勘，越發證實越南《傳記摘錄》與中國
《聊齋誌異》的關係深厚，彼此之間恐怕還不只是一對一的直接改
寫而已呢。

實際上，越南《傳記摘錄》作者的確是熟悉蒲松齡《聊齋誌
異》的，所以《傳記摘錄》與《聊齋誌異》的關係，也並不僅止於
〈書癡傳〉與〈書癡〉、〈巧娘〉。下面，我們可以多舉幾個例
子。

例如，《傳記摘錄》第三篇〈人與龍交傳〉，傳中有漁婦產龍
子的情節；《聊齋誌異》卷四也有一篇〈產龍〉，記載村婦生下龍
女的傳說。

再如，《傳記摘錄》第十篇〈菊花精傳〉，傳中記愛菊者杜生
與菊花精阿芳的一段情緣；《聊齋誌異》卷十一也有〈黃英〉講好
菊者馬子才，以及同卷〈香玉〉講牡丹花精香玉、絳雪與膠州黃生
的用情至深。

三如，《傳記摘錄》第十三篇〈戒色傳〉，傳中敘富豪阮峰的
表兄設計讓他差點姦淫自己的女兒，因而頓改前非；《聊齋誌異》
卷十一也有一篇〈韋公子〉，鋪敘放縱好淫的咸陽世家子意外姦淫
親生子女，頗悔前行的報應故事。

又如，《傳記摘錄》第七篇〈好棋成癖傳〉，傳中寫一富商巧
遇一好棋盜賊范草，那范草博弈好酒，「囊資因酒棋蕩盡」，結果
淪落爲宵小竊賊，本來只是想偷東西，不料因觀棋技癢，出聲被

逮，所以富商讚嘆他：

> 因棋爲盜，又因棋而不盜也。奇哉，可謂風雅盜矣。⓭

此段情節與文字，實乃仿自《聊齋誌異》卷四〈碁鬼〉一篇。故事中有一名「癖嗜弈，產蕩盡」的鬼書生，技癢難耐，現身與揚州督同將軍梁公對局。〈碁鬼〉篇末異史氏曰：

> 見弈遂忘其死；及其死也，見弈又忘其生。其非所欲有甚於生者哉？⓮

四、結語

總之，十八世紀末、十九世紀初越南河內佚名作者撰述的這部漢文短篇小說集《傳記摘錄》，觀其書名與內容，都頗有模仿其前賢阮嶼成書於十六世紀三十年代的《傳奇漫錄》的意味⓯。《傳奇漫錄》雖然受到明初瞿佑（一三四七～一四三三）《剪燈新話》影響，但它也有越南神話志怪的改寫，和民間地方傳說的記錄，在成

⓭　同註⓫，第三十五面。

⓮　同註⓾，頁五三三。

⓯　關於《傳奇漫錄》的成書年代，可參陳益源：《剪燈新話與傳奇漫錄之比較研究》第三章第二節，臺灣學生書局，一九九○年七月，頁六三～六四。

書的歸類上仍屬阮嶼個人的創作⑯；《傳記摘錄》的文學成就固然無法與《傳奇漫錄》相媲美，但是它作品的原創性，還是應該加以肯定的。

我之所以肯定《傳記摘錄》的作品的原創性，乃是根據兩方面的理由。一方面是《傳記摘錄》裡的十三篇文言短篇小說，沒有一篇是摘抄、改寫自越南前代既有之作（如影響頗大的《嶺南摭怪》、《粵甸幽靈集》、《傳奇漫錄》等志怪傳奇名著）；另一方面是《傳記摘錄》雖然跟中國《聊齋誌異》有著密切的關係，而且密切的程度可能遠比眼前所認知的還要高（除了極明顯的〈書癡〉之外，至少還有〈巧娘〉、〈產龍〉、〈碁鬼〉、〈黃英〉、〈香玉〉、〈韋公子〉等篇），不過，我們並未看到其中有任何一篇是單純抄襲《聊齋》的。

就越南漢文小說史、越南文學史的立場論，《傳記摘錄》這部越南漢文小說集的意義與價值，我想未來一定會有更多的越南學者繼續深入發掘。

從中國小說研究與中越文化交流、中越比較文學的角度看，由於《傳記摘錄》與《聊齋誌異》密切關係的實際存在，這可以使得我們對於《聊齋誌異》在越南的流傳及其影響有了新的了解，而這些新的了解，相信不僅有助於中國古典小說的學術研究，它必然也有助於中、越兩國關係的再認識。

這麼說來，繼續調查漢喃研究院所藏越南漢文小說的整體情況（以準確反映越南漢文小說與漢文學的發展情形），加強越南漢文小說與

---

⑯　關於《傳奇漫錄》的作品淵源，可參《剪燈新話與傳奇漫錄之比較研究》第五章第二節，同註⑮，頁一二六～一五〇。

中國小說之關係的比較研究（以真實反映中、越文化交流的歷史現象），往後還是應該做爲我們致力研究的重要學術課題，好爲域外漢文學及漢文化整體研究奠下更紮實的根基，供新漢文化圈未來合作的參考。

　　《傳記摘錄》的初步研究，讓我們更加篤信上述的學術理念。

　　〔附記〕關於越南《傳記摘錄》與中國《聊齋誌異》二書的直接關係，越南范秀珠教授、余生彭美菁小姐續有發現，當請其另撰專文加以補充。

【書影1】

【書影 2】

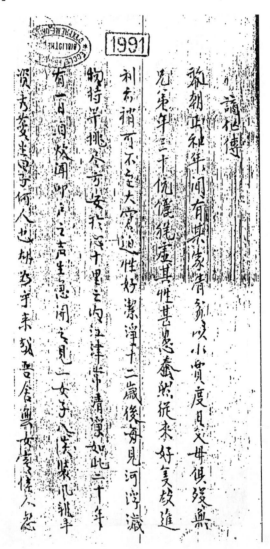

關於越南漢文歷史章回小說《皇黎一統志》之史料價值

越南漢喃研究院
黃文樓

【摘要】

　　《皇黎一統志》作者成謎，但該書以其高超的表達藝術得到文學界的肯定，又以其豐富的歷史材料吸引史學界的重視。本文作者以西山時期及玉回—棟多戰役歷史眞相恢復之不易，提醒讀者注意《皇黎一統志》有其重要的史料價值，但它既然是一部歷史小說，自然也有小說的虛構成分存在，若欲做爲史料來使用它時，要作愼重之審定。

　　在越南文學史以及史學史上，《皇黎一統志》占有特殊之地位。在文學方面，越南《文學辭典》肯定：「《皇黎一統志》是按照中國古典章回小說方式所撰寫的一部歷史記事。其內容極生動地描繪十八世紀末三十年和十九世紀初若干年越南社會廣泛畫圖。」……「《皇黎一統志》之成功在於歷史眞理和藝術眞理之相

當和諧的結合」❶。此書用漢文書寫，曾屢次被譯成越文並出版
❷。歷來越南文學總集、選集無一部不給它一席珍重的地位。

在歷史方面，從《越南歷史》至研究西山時期之歷史專著無不
摘引《皇黎一統志》之資料。《越南歷史》之〈抵抗滿清侵略軍〉
一目共有九個注釋，則摘引《皇黎一統志》已達五個❸。越南軍事
歷史專著《阮惠軍事天才探索》的第三章〈阮惠勇敢抵抗外侵打敗
二十萬清軍保衛祖國之獨立〉❹共引十二部漢文著作的一百六十六
處，僅《皇黎一統志》一書已引六十五處❺。

《皇黎一統志》以它的表達藝術吸引文學界，又以它的歷史資
料感染史學界，因爲它是包括越南許多第一等的文學家、史學家、

---

❶ 《文學辭典》，河內，社會科學出版社，一九八三年，第一集，頁三〇
  四。

❷ 據《越南漢文小說總集》（第三集，河內，世界出版社，一九九七年，頁
  五二〇），按時間順序則有下列幾種越譯本：一九一二年出版之吉成譯
  本；一九四二年初版，一九五八年再版之吳必做譯本；一九五〇年出版，
  以《後黎統志》爲標題之阮登普、阮公連譯本；一九六四年初版，一九七
  〇年、一九八四年再版的阮德雲、喬收獲的譯本。

❸ 越南社會科學委員會：《越南歷史》，河內，社會科學出版社，一九七六
  年，第一集，頁三四七～三五八。

❹ 阮良璧、范玉鳳：《阮惠軍事天才探索》，河內，人民軍隊出版社，一九
  七一年，頁一七一～二五二。

❺ 十二部漢文著作如下（單引號裡的數字爲摘引數字）：吳家文派：《皇黎
  一統志》（65）；阮朝國史館：《欽定越史通鑑綱目》（24）；魏元：
  《聖武記》（22）；《大南正編列傳》（18）；阮收：《黎季紀事》
  （14）；陳元轟：《安南軍營紀略》（12）；《大南實錄》（3）；《西
  山邦交集》（3）；《黎史補》（2）；《黎朝野史》（2）；《北行略
  記》（1）；《越南詩文合選》（1）。

思想家，延長將近一個世紀的所謂「吳家文派」之精神遺產。它之所以成為史學界必不可少的參考資料，尚因為越南十九世紀末三十年，尤其是「西山時代」史料缺乏之情況。可是一直到現在，此部「按中國古典章回小說之方式所撰寫的歷史記事」的來歷尚有值得討論之處。連它之作者，到現在還是一件疑案：《文學辭典》說：「作者是一個姓吳的人……但未知確實為誰。或言是吳時志，或言吳時志是正編部分之作者，續編部分由吳時攸和吳時倩所撰，或言作者是西山時期出色文學家吳時任……」❻。

另一方面，從史料角度看，此部作品之史料出處亦尚未明確。如果吳時志（一七三三～一七八八），一個直接參與當時歷史事件的歷史人物，是頭七回之作者，則他所記載之內容在某程度上尚可靠。至於吳時攸（一七七二～一八四○），後十回之作者，在此段歷史變動期間，只是一個避亂之書生，則他的記載，在用以驗證史實之前亦應該加以審定。可惜，到現在，還沒有對此部作品史料上之鑑定的專著，以至於一論到此一歷史時期，人人都引用《皇黎一統志》❼，甚至用其中之資料以反駁正史❽。

---

❻　陳慶浩和王三慶主編：《越南漢文小說叢刊》，第一輯，第五冊，《皇黎一統志》，巴黎，法國遠東學院出版。臺北，臺灣學生書局印行，一九八七年。在〈出版說明〉裡說：「《皇黎一統志》原名《安南一統志》，全書十七回。吳俣著，吳悠續，吳任輯編……」。其實，吳任死於嘉隆二年（公元一八○三年），而《皇黎一統志》所敘述之歷史事件卻直到嘉隆三年甲子（公元一八○四年），即吳任死後一年。吳任豈能編輯？

❼　如：杜程：〈一七八九年抵抗外侵戰爭中之玉回－棟多勝利之位置〉，《歷史研究》二四四期，河內，一九八九年一月，頁二～四。又看黎文蘭：〈有一個一七八九年之升隆戰役〉，上引雜誌，頁六～八。

　　儘管十八世紀末三十年的史料受嚴重損失，但，如果對現存的材料進行詳細的對照分析，也可以找到一些歷史事實。下面就黎侗一個歷史人物和所謂玉回—棟多這個戰役，將《皇黎一統志》之記載和《北行略記》、《歷朝雜紀》、《欽定越史通鑑綱目》等書之敘述試作對照分析。

　　《北行略記》是越南昭統帝逋臣黎侗的一種「自傳」，反映一七八七年西山將武文任率兵北進，昭統帝出奔，阮輝宿、黎侗等護送太后及元子如清求援，清兩廣總督孔士毅領兵過關，直指升龍城，一七八八年十二月阮惠即位，紀元光中，率軍北戰。己酉年（一七八九）春正月初五日，光中直搗升龍城，清軍大敗，昭統帝跟隨孫士毅奔往中國，清朝接待光中使部，封光中為「安南國王」。一八○二年阮映滅西山，即皇帝位。一八○四年，清帝允許將黎帝遺骨帶回本國等歷史事件。

　　《北行略記》載：「余（黎侗）姓黎，名侗，江北順安府之超類縣人。家世本儒。年二十一補昭文館儒生，以父蔭為顯恭大夫。二十三丁父憂，當國中多故，遂家居養親……」❾《北行略記》告知：一七八六年，西山兵直犯升龍城，黎侗以民丁三百人入京護駕。昭統帝即位，黎侗撫諭江北有功，奉封伯爵。一七八七年，武文任犯關，黎侗隨平寇將軍丁逿衡將奇兵御之。「時，諸道兵皆

---

❽　如：《阮惠軍事天才探索》（上引書）頁二三六註云：「……但《欽定越史通鑑綱目》敘述得很錯亂，使讀者誤會阮惠滅玉回屯後才攻打南同屯……」。按：《皇黎一統志》以為都督龍攻打棟多、南同等屯後先進入升龍。

❾　黎侗：《北行略記》，漢喃研究院手抄本，書號 A1353，頁三。

潰，惟奇兵一支堅屯於山南之武州，據孤壘閱月，大小三十餘戰，西山兵不敢近……」❿升龍城陷，黎侗率家丁護駕，奉封爲長派侯。清兵入境，黎侗獻謀用奇兵襲擊西山兵，進破市梀營。受封禮後，昭統帝頒黎侗總兵頂帶職。《北行略記》云：「黎王命黎侗總督兵餉克期追勦。奈孫大人（即總督孫士毅）主招徠之議，促國王追取劍印，改授同平章事。時，黎侗瘧疾大作，遂告假回家服藥……」⓫直到乾隆五十四年（一七八九）二月，病稍癒，黎侗才知道孫士毅班師，黎昭統北奔。同年五月，黎輝珵從中國回來，催促黎侗北行。至七月，黎侗起程，往南關竛命……。

　　《皇黎一統志》將黎侗刻畫成如下之形象：「黎侗超類大卯人，本是風流公子，少年只以飲博爲事，文事武備，非所素講，向因貴近入爲家臣。迨西賊來侵，京城失守，帝令從太后駕之高平，……緣他稍識文字，故與此人答問，弄出許多大言。孫總督亦不之察，爲之題達，清帝准允，幸得復國，自以爲功。既還升龍，便私報恩仇，公私貨賄，國中豪傑皆心不喜他。帝以其有功，委之兵柄。目徒眩旌旗之色，耳未聞金鼓之聲，矧能作何注措，因托以不欲遠離左右，請帝敕山西鎮守先將本道兵屯于澗口，以塞西山來路，冀己免於臨戎，而戰之勝敗，國之安危不恤也。」⓬

---

❿　《北行略記》，上引書，頁三～四。

⓫　《北行略記》，上引書，頁七～八。

⓬　陳慶浩、王三慶主編：《越南漢文小說叢刊——歷史小說類》，《皇黎一統志》，巴黎，法國遠東學院出版。臺北，臺灣學生書局印行，一九八七年，頁二三〇。

「黎侗日事酒色，絲恩髮怨無不報之……」⓭

又「侗聞阮貴裔始自高平回，金銀盈載，使人索取黃金二十兩，明言於帝。帝笑曰：『哀多益寡，惟爾所爲，無妨也。』」⓮

又「帝自還都後，文武諸臣之播越者，陸續皆來拜賀，乃賞從亡翊戴功，加……黎侗軍中尉督……」⓯當吳蔣燾勸昭統立即進軍，廷臣皆以爲然，只有黎侗一個人反對說：「我力弗敵，至於請援，督部行營在兵，事不先稟白，而輒行之事，濟則已，萬一蹉跌，恐以誤軍機誘我，還師關上，坐觀所爲，則大事去矣。」⓰

如上之寫法，不像是寫史，而是描繪一個典型之流氓。

所謂「玉回—棟多」戰役，描寫得最爲細緻，直到現在，還要推《皇黎一統志》。可能因爲如此，史學研究者當研究此戰役時，都以《皇黎一統志》爲主要史料，幾乎沒有與它相反的看法。但《皇黎一統志》中有關此戰役之細節，是史實，抑或章回小說的一種虛構？

玉回—棟多之戰被描寫在第十三和第十四兩回。戰役以孫士毅帶四路之兵進入越南，防守北城之西山軍退據三疊—汴山防線，士毅打入升龍城爲開始，接著，敘述阮惠登皇帝位，帶領水陸兵北進，分兵五道攻破士毅兵，直到清軍潰敗，士毅奔回中國……爲結束。其演變如下：

一、阮惠自將大軍水陸齊進，至義安命揀義安兵得勝兵一萬千

⓭ 《皇黎一統志》，上引書，頁二二四。

⓮ 《皇黎一統志》，上引書，頁二二五。

⓯ 《皇黎一統志》，上引書，頁二二三。

⓰ 《皇黎一統志》，上引書，頁二二四。

餘人「大閱于鎮營，凡順廣親軍，分爲前後左右四營，而義安新兵爲中軍」❶。

二、至三疊，「乃命大饗軍士，分隸五軍」❸……「中軍聽屬御營差派，大司馬楚、內侯璘將前軍爲先鋒，噉虎侯將後軍爲督戰，大都督祿、都督雪將左軍，水師屬焉。越海入六頭江，雪仍於海陽經略，爲東道之應，祿取道疾趁諒山鳳眼安世等地方，以截清師歸路。大都督保、都督龍將右軍❶，象馬屬焉。龍穿出彰德，取路直趨清池之仁睦，以橫擊滇州軍屯，保專統象馬，由山明出清池之大盎，爲右支之應。」❷

三、澗水，到月厥江，以至富川，清兵被「俘獲殆盡，無一人得脫者，是以絕無兵報……」❸。

四、阮惠直接督戰，下玉回屯，進兵至升龍。

五、阮惠方與清師戰於玉回，都督龍已攻滇州太守於廣德姜上寨（名棟多），清師潰走，龍先入城。❷

同樣的歷史事件，《歷朝雜紀》❸作如下陳述：

一、阮惠師至清化，「駐師在東山壽鶴州，徵兵，籌辦糧餉，

---

❶　《皇黎一統志》，上引書，頁二三一。

❸　《皇黎一統志》，上引書，頁二三二。

❶　《皇黎一統志》，上引書，錯寫成「左軍」，頁二三二。

❷　《皇黎一統志》，上引書，頁二三二。

❸　《皇黎一統志》，上引書，頁二三二。

❷　《皇黎一統志》，上引書，頁二三三。

❸　《歷朝雜紀》六卷，清化弘化縣月圓社吳高朗（原姓黎）著。高朗字令府，號圓齋，一八〇七年舉鄉貢，官至知府。著有《國朝處置萬象事宜錄》、《黎朝歷科進士題名碑記》、《清化輿圖事跡記》等書。

先馳書于總督孫士毅，陽爲卑辭冒罪……，遂整肅兵象，誓師於壽鶴。」㉔

二、孫士毅「乃命提督許世亨率四翼兵先行，分屯於上福清池諸要路以捍升龍……。」㉕

三、「惠兵進至平望市（上福縣平望社）與清兵遇，每戰輒敗。時，昭統帝臣屬黎維祇、潘啓德、陳光珠各引所部兵接戰，亦有斬獲惠兵者。孫士毅以爲敵不足慮。」㉖

四、阮惠身自督戰，大破清兵。「乘虛直進，入升龍城畿內。人人驚擾走避……。」㉗

五、「田州知府岑宜棟猶率所部兵據守孤壘，在城西棟多處舊武舉場所，未知其事，未肯棄走……。惠聞清兵猶留在棟多屯相抗，即遣一支將卒與之鏖戰。清兵死傷過半。岑宜棟自料途窮援絕，乃引繩自縊于螺山……。」㉘

阮朝國史館所編《欽定越史通鑑綱目》則云：

一、阮惠率兵渡河北進。過義安與清化，徵兵得八萬人，駐師於壽鶴，馳書於士毅請降……。㉙

二、「文惠兵至三壘山，帝（昭統帝）聞之憂懼，問計於士毅。士毅曰：『吾以逸待勞，無須急戰。』揚揚不以爲意。……既

㉔　參看《歷朝雜紀》抄寫本，書號 A15/6，卷六，頁一、二、三。

㉕　《歷朝雜紀》，上引書，頁一、二、三。

㉖　《歷朝雜紀》，上引書，頁一、二、三。

㉗　《歷朝雜紀》，上引書，頁一、二、三。

㉘　《歷朝雜紀》，上引書，頁一、二、三。

㉙　《欽定越史通鑑綱目》木刻印本，書號 A1/9，卷四七，頁七九～八〇。

至山南，士毅令提督許世亨率四翼兵先行分屯河回、玉回以拒之。」㉚

三、「賊遊兵先至，屢戰輒敗，士毅頗異之。」㉛

四、「文惠驅軍大進，……諸壘同時潰走。賊追至南同屯，乘勝掩殺……。」㉜

五、「岑宜棟屯於螺山（俗號棟多）。賊別將攻之。援絕，宜棟自縊，親兵從縊者數百……。」㉝

從上所述，可看：

一、《歷朝雜紀》和《欽定越史通鑑綱目》都一致記載：阮惠率軍北進，駐兵清化、壽鶴並誓師於此，而不是像《皇黎一統志》所說的「大閱（兵）於（義安）鎮營」。因為阮惠此次趕路行軍，要急速與退據壽鶴附近之三壘—汴山防禦線的全部北部軍隊聯繫，以策畫大破清兵之計。義安離此防禦線太遠，不能冒險退到此鎮營以「大閱兵馬」。

二、《歷朝雜紀》和《欽定越史通鑑綱目》都明載：阮惠至三壘山，致書於孫士毅。士毅和黎昭統都知道，並已有防備，而不是像《皇黎一統志》所說的從潤水到月厥江以至富川，清兵被「俘獲殆盡，無一人得脫者，是以絕無兵報」。西山軍不下十萬，其行軍作戰，而對方「絕無兵報」是無可想像的。

三、《歷朝雜紀》和《欽定越史通鑑綱目》都以為阮惠在身自

㉚　《欽定越史通鑑綱目》，上引書，頁八〇、八一。

㉛　《欽定越史通鑑綱目》，上引書，頁八〇、八一。

㉜　《欽定越史通鑑綱目》，上引書，頁八一、八二。

㉝　《欽定越史通鑑綱目》，上引書，頁八一、八二。

督戰、大破清兵於玉回後，就「乘虛直進，入升龍城畿內」，而不是像《皇黎一統志》所說的，在阮惠進入升龍城之前已有個都督龍先入城。岑宜棟和數百將士要自縊，是由於「途窮援絕」，如果此時阮惠尚未進城，則孫士毅和黎昭統之兵力絕不置之不理。

　　恢復西山時期及玉回一棟多戰役之歷史眞相不是一件簡單事情。上面所談的只是此時期之片段，不能據此以否定《皇黎一統志》之史料價值。但，可以說：《皇黎一統志》既然是一部歷史小說，它一面包含歷史，一面像其他小說一樣，有虛構成分。做爲史料而使用它，則要作愼重之審定。

越南《皇黎一統志》與中國 《三國演義》之比較

廣西民族學院

徐杰舜、陸凌霄

【摘要】

越南漢文歷史小說深受中國文化的影響。通過越南歷史小說《皇黎一統志》與中國歷史小說《三國演義》的比較，不難看出，越南歷史小說除了內容之外，它的創作思想和語言形式與中國古代歷史小說基本上是同源的。

一、歷史小說《皇黎一統志》內容及作者

越南歷史小說《皇黎一統志》又名《安南一統志》，大約寫於十八世紀末十九世紀初，相當於中國清朝乾隆末到嘉慶年間。在越南的歷史演義《皇越春秋》、《越南開國志傳》、《皇黎一統志》、《皇越龍興志》中，它是比較有代表性的一部。全書十七回，約十二萬字。從內容上看，這部歷史演義反映的是公元十八世紀末期黎鄭王朝內部的鬥爭史。小說始於鄭王森寵鄧妃，廢嫡立

少，致驕兵爲變，卒招西山之兵，滅鄭扶黎，朝廷空虛，鄭氏諸王再次向皇帝要權，黎氏少主重用權臣阮整，與南方軍發生衝突，阮整被殺。少主昭統帝逃離京城，沿途招募義勇與北平王阮平對抗，屢爲南軍所敗。最後不得不向清政府求救，乾隆皇帝命兩廣總督孫士毅率清軍南下以扶黎氏，由於孫總督驕傲輕敵而爲北平王所敗，只得撤離升龍城，退保南寧。昭統帝黎維祁亦逃到南寧、桂林，最後與皇太后及皇妃被召到燕京，而清政府亦已承認阮氏政權，故將昭統帝軟禁於燕京（今北京），最後於乾隆五十八年冬十月（一七九四年）在燕京鬱鬱而死，時年二十八歲。不久，越南國內另一阮氏打敗了阮平之子，越南自此南北統一。小說以黎昭統帝歸葬越南作結，其間歷史經驗教訓，頗發人深思。

《皇黎一統志》的作者及編者，爲越南漢文作家吳氏三兄弟。小說的前七回作者是吳俗，又名吳時志，字學遜，號淵密，越南山南青威人（今屬西河省），爲吳任之弟，領鄉薦亞元，官歷僉書平章事，西山兵入京時，與文臣陳名案、武楨等，從昭統帝奔到至靈，上《中興策》，並受命到諒山招諭藩臣入衛皇帝，因中途病發而卒於嘉平。據小說第十一回他所上的《中興策》，則知他頗有才略，且熟悉中國故事。《中興策》說：「臣竊惟撥亂宜相其機，用武必有其地。少康得綸邑而後奮發中興；先主據益州而能抗衡外侮。本朝地勢，高平、諒山界在東北，與內地相鄰，其山川之險，足以固守；兵馬之強，足以進取。若陛下駕幸其地，遣一介使奔告於清，令之提兵壓境，爲我聲援，而密旨四鎮豪傑，使之響應，人心激勵，何敢不從？百官未及從者，誰敢不至？外倚上國之勢，內集勤王之師，將使賊勢日孤，我勢日大，由是措置方略，進復京城，中

興之功，可指日成矣！」❶其中興方略中退守高平、諒山，因吳俶
病篤而未行，請求清政府出兵一策，後來經過一番周折是實施了，
並收復過升龍城，只是清兵因驕致敗，而南軍亦用兵如神。從《中
興策》來看，吳俶所寫的前七回，是他親歷的當朝故事，可惜未及
終篇，只寫到昭統帝焚燒了鄭王府，晏都王鄭橞被迫逃離京都一事
爲止。從第八回至第十四回，爲其從弟吳悠所續。吳悠又名吳時
悠，字征甫，號文博，舉茂蘊，官歷海陽學政，生平爲學精苦，壽
六十九歲，有詩文集傳世。這部小說後經吳任編輯。吳任又名吳時
任，字希尹，號達軒。十六歲撰《十七史撮要》，二十歲與劉熙載
合訂《四書說譜》，二十七歲因病辭官，成《海陽志略》，三十歲
中進士，授戶部都給事中，三十三歲兼太原督同行參政，後爲鄭王
世子棕日講，世子廢，擢任爲工部右侍郎。一七八二年，三府驕兵
擁立棕爲端南王，任避居山南，一七八六年西山阮平扶黎滅鄭，翊
扶懿宗一統，吳任復出。昭統帝時授任戶部都給事中，尋升校討兼
修纂。一七八八年十二月，阮平即帝位於富春，昭統帝入燕，清兵
南伐，阮平授任工部侍郎，封晴派侯，命其出使，與清議和，次年
和成，升兵部尚書，又次年升侍中大學士，後兼國史署總裁。一七
九七年奉監刊修國史。一八〇二年，阮朝代興，任與潘輝益以通籍
閏朝爲鄧陳所劾。一八〇三年卒，壽五十八歲。吳任經歷了黎鄭王
朝的鬥爭過程，也熟悉南方阮平的興起與滅亡，因此他將吳俶、吳
悠所寫的《皇黎一統志》加以編輯，使之前後貫串，理所當然。書

---

❶　《皇黎一統志》，臺北，臺灣學生書局印行，一九八七年，頁一八七～一
　　八八。

中最後三回，未注作者，是否爲吳任所補，不得而知。總而言之，
吳氏三兄弟爲當朝官員，熟悉情況，又都具有很好的漢文化修養，
故這部歷史演義，娓娓敘來，於中國的歷史演義，並不顯得遜色。
此書同時具有歷史與文學兩重價值，但因藏於法國巴黎遠東學院，
一九八〇年代中期臺灣學者陳慶浩、王三慶等方予整理印行，加上
越南國內推行拉丁化已有半個多世紀，對於漢語特別是文言文的閱
讀已有許多障礙，所以對像《皇黎一統志》這部用漢語文言文寫成
的歷史演義小說，在越南國內尚未引起足夠的重視並進行深入的研
究。研究這部小說，對於瞭解漢文化尤其是漢歷史文化和小說文化
對越南歷史小說創作的影響，具有一定的意義。

二、《皇黎一統志》和《三國演義》
在創作思想上的比較

　　《皇黎一統志》在創作思想上受中國歷史演義的影響頗深，尤
其是明顯地受《三國演義》的影響。書中一些地方直接引用了《三
國演義》的故事，如第五回敘懿宗「常按三國圖，使宮人被戎服執
戈矛，分蜀、魏、吳三陣，教之坐作擊刺，以供閑興」，可知小說
作者頗熟悉《三國志》和《三國演義》。從小說的創作思想來看，
與《三國演義》比較相似，表現在以下兩個方面：

　㈠**強調天命觀**

　　傳統的天命觀認爲皇權及治亂受命於天，應順天而行。在《三
國演義》和《皇黎一統志》中，都反映出一種天命已定，人力難於
抗爭的宿命思想。這種思想左右著小說的創作，使書中人物和歷史
都帶著一種較濃重的宿命色彩。在《三國演義》中，開頭一回便寫

漢桓帝建寧二年以來所發生的許多災異，暗示漢室將頹，天下將亂。以後又屢借書中人物之口，表明這種「天意」。如第三十七回寫劉備三顧茅廬，即借司馬徽之口，說：「臥龍雖得其主，不得其時，惜哉！」暗示諸葛亮雖才比管仲、樂毅，但天命難違，扶漢之功難建。又借崔州平之口，分析漢朝之興亡，指出當時正是「由治入亂之時，未可猝定」，說：「將軍欲使孔明斡旋天地，補綴乾坤，恐不易爲，徒費心力耳。豈不聞『順天者逸，逆天者勞』，『數之所在，理不得而奪之；命之所在，人不得而強之』乎？」這裏明白地表示了命數已定，人力難以挽回，應順應天命，不宜逆天而行的觀念。所謂「數」是指既定的運數，即天意；「理」指人類的情理，人類認爲合理與否，並不能改變既定的天意。如劉皇叔想恢復漢室，這是人之情理，而書中認爲上天已定下漢室將亡之運數，人力是難以改變的，這就預告劉備、諸葛亮的種種努力，都將以悲劇告終。這一點，號稱「臥龍」的諸葛亮也早已心中明白。第三十八回「定三分隆中決策」，寫玄德第三次到草廬，在孔明臥榻前立了一個時辰，孔明才醒，口吟詩曰：「大夢誰見覺，平生我自知。草堂春睡足，窗外日遲遲。」這詩借助佛理，表明孔明對天下大勢已瞭如指掌，他知道即使盡自己畢生的智慮，也挽救不了漢室傾覆的命運。他在「隆中對」中分析天下大勢，指出「天時」與「人謀」的關係，又指出「北讓曹操占天時，南讓孫權占地利，將軍可占人和。先取荊州爲家，後取西川建基業，以成鼎足之勢，然後可圖中原也」。諸葛亮已知天時與地利均不在劉備，只能通過人謀，占人和這一條件，三分天下而有其一。統一的事，只能努力去做，其結果是明白的了。孔明本不願出山，但爲報劉備的知遇之

思，只能勉力爲之。他雖遇明主而不逢其時，竭忠盡智，六出祁山，最後死於五丈原，北伐終歸失敗，而司馬氏利用了曹家積聚的力量，最後一統天下，正應了「順天者逸，逆天者勞」的道理。小說的結尾，以《古風》一首作結，歷敘兩漢三國的歷史，最後寫道：「紛紛世事無窮盡，天數茫茫不可逃；鼎足三分已成夢，後人憑弔空牢騷。」這「天數茫茫不可逃」一句，正是貫穿於全書的天命觀。這種天命觀，自「天生玄鳥，降而生商」和后稷的誕生的傳說起，加上《河圖》、《洛書》、陰陽五行學說，以及歷代史家小說家的渲染，已深入人心，故歷代的興替，皆被認爲是天意，順天者昌，逆天者亡，天命所在，人力難爲，已成爲一種歷史觀，反映在歷史小說創作，則成爲一種創作的指導思想。在《三國演義》、《說唐》、《隋唐演義》、《說岳》等歷史小說中，無不浸潤著濃厚的天命色彩。

越南民族使用漢字有上千年的歷史，因而受漢歷史文化的影響很深。這種天命觀也貫串在《皇黎一統志》的創作中。這一部帶有悲劇色彩的歷史小說，從始到終都染上了濃重的宿命色彩。黎鄭王朝的滅亡，作者認爲是「天數」而非人力。小說一開始，即敘鄭王森（盛王）因寵鄧宣妃而廢世子棕，以鄧妃所生之子檊爲世子，這廢長立幼，乃亂之所由生。而述世子棕的出生，即帶有宿命色彩：世子之母楊太妃自入宮後，寂寥度日，忽夢神人賜彩緞一匹，畫著龍頭，不知是什麼兆頭。溪忠侯心知其生聖子之兆，正好次日盛王召宮嬪名叫玉寬的進御，溪忠故爲錯謬，召太妃進御，王見而不悅，但已召見，不忍斥之，召讓溪忠，溪忠叩頭謝罪，以太妃之夢告之。後太妃生男子，盛王自念龍頭有君像，但畫龍非眞龍，且有

頭而無尾，亦非全吉之兆。因想起前朝鄭檜王弟鄭棣亦龍福所出，皆謀逆而無成，心頗不懌。故世子年十五時尚虛東宮之位，及鄧妃生樷而王愛少子，自此朝內人心不一，「凡屬世子者附世子，黨于鄧氏者附王子樷，漸生彼子之形」，這時暉郡公黃素履有重望，又文武全才，與鄧妃結成一黨，而世人因有「一豕逐群羊」之讖語，以爲王和世子皆未應命，只有暉郡公應命，鄭氏之禍，自此開始。因暉郡公手握重兵而黨鄧妃，世子棕欲奪位而潛招勇士，要殺暉郡與鄧妃母子，事泄，盛王怒，溪忠侯、遵生侯皆賜死，世子棕廢，受人監視，自此鄧氏之黨益強。此書第一回末尾有評楊太妃之夢與廢立之事，說：「廢嫡立少之事，人皆謂由於鄧氏，我獨謂不由於鄧氏，而由於王。又不由於王，而由於太妃之夢矣。何也？召至之時，溪忠錯謬，王已有不悅之心，廢立之漸一也。及世子之生而不受拜賀，則廢立之事十分已半矣。當是時，鄧氏未寵，子樷未立，果孰爲而孰是？故曰：王心自是如此，縱誰是生得少子來，亦必有廢立之事，況鄧氏既有寵，子樷又聰明。」❷可見，這夢是帶有宿命色彩的了。後來小說所敘的一系列事件，皆應了這個夢，盛王廢世子後，一年多便死了，幼子樷立而暉郡專權，群臣唯唯而已，而世人傳言暉郡與鄧妃通，暉郡施以威壓，道路以目，而鄭棕因得聖母（祖母）的支援，引三軍爲變，殺了暉郡公，而後驕兵難制，暉郡手下人阮整爲報師仇，「以扶黎滅鄭」爲名，引來西山阮平之兵，世子棕不敵而自殺，應了畫龍之兆。小說第四回，寫阮整引西山兵之前，他的妹夫曾奉王命招阮整，阮整詳細地詢問了鄭王棕奪

---

❷　《皇黎一統志》，臺北，臺灣學生書局印行，一九八七年，頁二二。

位後的許多災異，暗示了鄭棕將亡，與《三國演義》的開頭彷彿。
第十回，則借已做了和尚的晏都王鄭橰之口，宣揚了天命觀，說：
「天下誰帝誰王，自有眞命。」又泣下而對生員武虔說：「《黍
離》、《麥秀》，觸目皆感，我非木石，安得不悲，然盡吾之力，
不可與天爭，故隱忍以自存，安敢妄圖而再誤？」❸書中接著評述
道：「鄭自太王檢受封，傳至盛王森，凡八葉而肇亂，又端南王
楷、晏都王橰而王祀絕，前後合二百四十一年。按發跡祖地記曰：
『非帝非霸，權傾天下，八代傳家，蕭牆起禍。』興亡之理，雖屬
人事，而自有數云。」❹這種運數說，與《三國演義》同出一源，
都出自中國古代的天命觀。但觀鄭氏之亡，原出於專權與兄弟爭
權，黎家雖爲天子，垂拱而己，故阮整得以滅鄭扶黎爲名，導致國
內大亂。黎氏之亡，小說第五回已有暗示，懿宗曾對宮人說：「及
吾之身，必見一統之事，然非吾所樂。」懿宗駕崩，內憂外患，集
於嗣孫黎維祁這個少年天子身上。但因盛王森殺了故太子，而皇嗣
孫「好恩仇」，與王家勢不兩立，即位後先是不給鄭橰封王，後不
得已而封之，又重用權臣阮整，燒掉鄭王府，失去民心與王家的支
援，而南兵入侵，阮整兵敗被殺，黎帝逃離京都，沿途收集義兵，
與北平王對抗，屢爲所敗，最後求救於清廷，雖一度光復升龍，終
因兩廣總督孫士毅驕傲輕敵，被北平王所敗，一起逃至南寧，最後
死在燕京。觀黎氏之亡，原因之一在於昭統帝年輕氣盛，缺乏御人
之術，沒能推誠待下，多次舉措失宜，雖曰天命，實屬人爲。小說

---

❸　《皇黎一統志》，臺北，臺灣學生書局印行，一九八七年，頁一七五。
❹　《皇黎一統志》，臺北，臺灣學生書局印行，一九八七年，頁一七五。

一方面強調了天命的不可抗拒，另一方面又敘述了黎維祁這個年輕皇帝為挽救覆亡所作的種種努力，這種人力與天命的抗爭，由於其不可為而為之，更顯得動人心魄，悲壯激越。其悲劇結局，也就更加耐人尋味。它較為深刻地揭示了造成這一結局的許多人為的因素，包含著深刻的歷史教訓。這與《三國演義》中諸葛亮鞠躬盡瘁，謹慎從事，恢復漢室，而大廈已傾，獨木難支的情況不同，蜀漢之亡，在於不得其時，力量對比懸殊，黎氏之亡，在於帝家與王室不協，黎昭統帝年少氣盛，缺乏政治經驗所致。《皇黎一統志》在強調天命的同時，更多地揭示了黎鄭王朝滅亡的人為因素。

㈡宣揚正統觀

《皇黎一統志》與《三國演志》在小說中的另一相同之點是都宣揚了儒家和史家一貫強調的正統觀念。所謂正統，即君權神授，應符命而得人心者，為帝為王。《三國演義》中以蜀漢為正統，曹魏為篡逆的歷史觀，無疑對《皇黎一統志》的創作思想有直接的影響。《皇》以黎氏為正統，並且是以嫡長子承嗣為正統，其他的皆為篡逆，為偽，為賊。小說中敘黎家為帝，鄭家為王。黎家天子，只有名義，並不綜理朝政，政事皆由鄭家所掌，是為王室。帝與王的關係，就像當今的國王與總理大臣的關係一樣。這是自黎朝莊宗皇帝以來的定例。小說第一回開頭寫道：「話說皇黎朝莊宗裕皇帝中興于漆馬江，時世祖明康、太王鄭檢為輔，誅勦逆莫，還於故都。鄭氏世襲王爵，掌握大權，皇家漸見衰弱。傳至顯宗永皇帝景興年間，聖祖盛王專行威福，帝惟垂拱而已。……」黎家雖不掌大權，卻是國家的象徵，人心所向，繫於黎家。黎氏至懿宗時，已有天下四百年。黎氏傳位，仿照中國制度，以嫡長子繼承帝位。故太

子被盛王森逼死之後，朝廷即以其子黎維祁爲嗣孫。北平王滅鄭扶黎時，懿宗年已七十，在位已四十七年，這時已病危，召皇嗣孫以囑大事。在朝議立皇嗣孫時，因玉炘公主偏心於其兄崇讓公黎維禔，因此北平王亦不喜嗣孫，而朝議未決，皇親旺郡公即大呼曰：「嗣孫不立，天下必亂，黎氏必亡，咎在公主。公主實誤社稷大計，當去其屬籍，任公主歸西山安享富貴，吾族中不乏此一人。」公主懼，歸請于北平王，許之。及帝崩，百官乃扶嗣孫即位。❺在旺郡公眼中，皇嗣孫是名正言順的繼立者，不立他，天下就會大亂，黎氏就要滅亡。後來，黎維祁在西山兵再次入侵後過著流亡生活，但因黎家仍得人心，因此他仍能以天子的名義招集各地義兵，以抗擊西山兵，並且以安南國的名義，向清政府（書中稱爲上國）求救，並通過多方活動，終於搬來了清廷五十萬救兵，並一度收復過升龍城。這都是因爲他代表了安南的正統皇權。書中第十一回稱武文任所扶立的崇讓公黎維禔（皇帝的叔父）爲僞朝，因爲天子尚在，而崇讓公又爲叛賊南兵所立，故立之後，武文任自己也稱他爲傀儡，謀立之人陳廷魁因友人說他不過「因板蕩以圖富貴，然崇讓非奇貨可居，文任又野心難信，一旦北平王來，禍且不測，他日昭統帝返駕，公亦無所有容其身」，魁乃畏懼逃去，「崇讓乃孤立宮中，獨有皇親一二人及武弁四人，與之朝夕耳，事事全不關掌。每日步至府堂聽候文任所，任亦不知所以處之，京中呼爲監國吏目。」明確地表達了國人的正統觀念。後來北平王破清師，即位於

---

❺ 《皇黎一統志》，臺北：臺灣學生書局印行，一九八七年，頁八五～八六。

富春，派吳任修書與清廷議和，清廷封北平王爲安南國王，後其子阮光纘繼立，第十六回末卻稱其爲「本國西僞王光纘」，則明言北平王雖得清廷冊封，而實爲非正統之國君，再次表達了作者的正統觀念。這與《三國演義》中曹魏政權雖然是北方並且是中國的實際統治者，已爲統一打下了基礎，卻始終被視爲篡逆，而蜀漢弱國，偏居巴蜀，卻因劉備爲東漢中山靖王之後而被視爲正統，都同出於中國傳統的史家正統觀念。

三、《皇黎一統志》與《三國演義》在藝術上的比較

《皇黎一統志》在藝術上也受到了《三國演義》的影響，這首先表現在結構形式與《三國演義》有一些相似之處。

第一，《皇黎一統志》採用了《三國演義》的章回小說的結構形式。全書十七回，回目每回兩句，成整齊的對偶句式，除第十二回爲六言外，皆爲七言句式，並且也和《三國演義》一樣，回目皆揭出該回主要內容。此書爲臺灣再版，國內不易見到，回目不多，抄錄於下，既便於讀者瞭解回目形式，也可幫助瞭解小說梗概。

第一回　鄭宣妃寵冠後宮　王世子慶居幽室
第二回　立鄭都七輔受遺　殺暉郡三軍扶主
第三回　楊元舅議斬驕兵　阮國師謀清內難
第四回　復師仇阮整援兵　赴國難李公殉主
第五回　扶正統上公覲闕　締鄰婚公主出車
第六回　西山主潛師返國　東洋侯倡義扶王
第七回　翊皇家武成出師　焚鄭府晏都去國

小說所採用的回目形式，與《三國演義》等中國章回歷史小說一樣，回目標示內容，對仗工整，有一種韻律美，如果拋開內容不說，僅從回目上看，就是一種典型的中國章回歷史小說形式，只是回數較少，不像中國歷史演義那樣動輒一百回或一百二十回罷了。

　　第二，與《三國演義》一樣，《皇黎一統志》在全書的開頭，都以說書人的身分來進行簡要的敘述，為故事的展開交代背景並拉開序幕。試看第一回開頭：

　　話說皇帝朝莊宗裕皇帝中興于馬漆江，時世祖明康、太王鄭檢為輔，誅鋤逆莫，還于故都。鄭氏世襲王位，掌握大權，皇家漸見衰弱，傳至顯宗永皇帝景興年間，聖祖盛王專行威福，帝惟垂拱而已。盛王為人剛明英斷，智慧過人，有文武才略，博覽經史，好為詩文。既襲位，狹小累朝制度，國政朝綱，一番整頓，凶渠道黨，取次削平。有獨運逼宇之志，

> 滅質平寧，王師所至，無不克捷。時四方寧謐，府庫充實，
> 王漸有驕侈之心，妃嬪侍女，肆意娛樂。……

開頭便以說書人的身分，概述了鄭氏的興盛與黎氏的衰微，揭開了鄭（王家）黎（帝家）的矛盾，也揭示了鄭氏因驕而肇禍端，引起了讀者對黎鄭兩家未來命運的關注，這是比較典型的中國歷史演義的開頭形式，試比較《三國演義》的開頭：

> 話說天下大勢，分久必合，合久必分；周末七國分爭，並入
> 於秦；及秦滅之後，楚漢分爭，又並入於漢；漢朝自高祖斬
> 白蛇而起義，一統天下，後來光武中興，傳至獻帝，遂分三
> 國，推其致亂之由，殆始於桓、靈二帝，桓帝禁錮善類，崇
> 信宦官。及桓帝崩，靈帝即位，大將軍竇武，太傅陳蕃，共
> 相輔佐；時有宦官曹節等弄權，竇武、陳蕃謀誅之，機事不
> 密，反爲所害，中宵自此愈橫。

《三國演義》的開頭，一是揭示「分久必合，合久必分」的歷史發展規律，爲全書定下基調，一是揭示三國紛爭的起因，引起讀者的關注。顯然，《皇黎一統志》的開頭，是從《三國演義》的開篇中得到了啓示，故能提綱挈領，寥寥數語便拎起全書，揭開了黎、鄭二氏矛盾鬥爭的序幕，這是二書在開篇上的共同點。

第三，兩書在各章回的開頭和結尾也有共同之處。每一回的開頭，都以說書人的身分進行敘述，「話說……」，「且說……」，「卻說……」等等，大同小異。回末都在高潮處或緊要處打住，吊

起讀者胃口，並用兩句詩來小結，如《三國演義》第二回末，寫何
進等人謀誅宦官，袁紹主張召四方英雄進京，而主簿陳琳認為應速
發雷霆，行權立斷，以免授人以兵，反生禍亂，而何進笑陳琳為懦
夫之見，這時旁一人鼓掌大笑，說「此事易如反掌，何必多議」，
視之乃是曹操。小說就此打住，引出兩句詩來：「正是：欲除君側
宵人亂，須聽朝中智士謀。不知曹操說出甚話來，且聽下文分
解。」再看《皇黎一統志》第二回末，敘阮整在乂安，得邑人阮日
選告知京中鄭棕引三軍為援，殺了暉郡公黃素履、奪了王位，「整
愴惶駭愕，不知所為。正是：冰山見日還難倚，平地生波孰不驚。
未知區畫如何，且聽下回分解。」這種回末結尾方法，與《三國演
義》相仿。從中可以看到中國歷史章回小說對越南歷史章回小說在
結構形式和敘述方法上的影響。

　　第四，兩書在全書結構線索上也是相似的。《三國演義》以
魏、蜀、吳三國的矛盾鬥爭為基本線索，《皇黎一統志》先是圍繞
著黎、鄭兩家的矛盾，滅鄭之後則圍繞著北方的黎氏政權與南方的
阮氏軍事集團的矛盾來展開敘述。總之，兩書都是圍繞著國家政權
即皇權鬥爭這一線索進行結構的。國家的統一或分裂，其標誌是能
否有一個統一的象徵——皇權。各派政治力量的鬥爭通常是圍繞著
維護或奪取皇權這個統一的象徵物而展開的。《三國演義》的主線
是維護漢室，反對謀逆，《皇黎一統志》先是圍繞著扶黎滅鄭，而
後是反對南方勢力，挽救黎氏的滅亡，興滅繼絕成為後期鬥爭的主
線，因為黎氏是越南國家統一的象徵，它受到挑戰就意味著國家的
統一受到了威脅。所以，儘管書中對南方新崛起的政治力量的代表
——北平王的軍事才幹頗為讚賞，對黎維祁這個黎家的末代皇帝有

所不滿，但仍以他的興滅繼絕的種種努力爲主線來展開敘述，這與諸葛亮竭盡全力對抗曹魏政權相似，而二者最終都不免於失敗，結局亦相似。二書在全書結構線索上的相似點，除了爲兩國各自當時的史實所規定外，創作指導思想的相似即強調正統的思想形成了相似的立足點，即作者都站在他們所維護的那個正統的皇權展開結構，而不是站在力量強大的一方去展開敘述，因而結構的主線相類似，結局也大致相同。

如果說《皇黎一統志》與《三國演義》在藝術上有什麼不同之處，那麼我們可以說兩書在人物塑造的方法和小說的語言兩方面有明顯的不同。

讀過《三國演義》的讀者對書中的人物一般都有較深刻的印象。如劉備的仁慈，曹操奸詐與多疑，孫權的英斷，孔明的神機妙算，司馬懿的深謀遠慮，呂布的無敵與反復，關羽的神勇與義氣，張飛的粗中有細，趙雲的忠勇，楊修的聰敏過人，周瑜多謀而器量狹小，魯肅老實而近於愚，許褚、典韋的勇力，黃忠的不服老，羊祜的用兵而講友誼等，都給讀者留下深刻的印象。而《皇黎一統志》在一讀之後，還不能馬上形成一個鮮明的印象，必須得慢慢回味，人物才漸漸豐滿起來。例如小說中的三個主要人物——昭統帝黎維祁、權臣阮整和北平王阮平（一名阮文惠），都不是一見面就給讀者以極深刻印象的人。必須逐步接觸，人物的本質才漸漸地顯露出來。昭統帝是因他的父親故太子被盛王森害死而痛恨鄭氏的專權，因他生得「龍顏鳳眼，聲如洪鐘」，故在三軍作亂時，見他而咸稱「眞天子也」，即因外貌和聲音受到擁戴，被立爲皇嗣孫，當西山兵以滅鄭扶黎爲名攻入升龍城，他的祖父懿宗皇帝病逝，他被

立為皇帝，這時他大約只有十七八歲，是個不諳世事的少年天子。他的頭一個失誤是沒有請當時扶黎有大功的北平王阮平——他的新姑父，給懿宗皇帝守靈，北平王作為新女婿受到怠慢，再加上公主也不怎麼喜歡這個侄皇帝，因為他奪去了哥哥崇讓公的皇位，因而北平王決定留下一座空城給他，一夜之間把軍隊全調走了。不久鄭氏王族馬上趁虛而入，捲土重來，逼他封王，交還權力，因此他不得不重用權臣阮整。阮整得志，也是個專權之人，得罪了很多人。這是昭統帝的第二個失誤，不懂得任用相對可靠的鄭橒而任用阮整。緊接著他犯了第三個錯誤，因仇恨鄭氏而燒了鄭王府，使得新封王的晏都王鄭橒離他而去，從而徹底地失去了鄭氏集團的支援。後來由於南兵武文任痛恨阮整而興兵北侵，阮整被殺而黎帝北逃，途中不聽吳俧的建議，退保高平、諒山這地勢險要的多山地帶，而聽地方上一些人的建議，泛洋出海，被北平王追剿，因而一敗塗地，這是他的第四次重大失誤。後來不得不向清政府求救，這是他一生中的一次算起來是正確的決策，但由於孫士毅總督在佔領升龍城後麻痺輕敵，為北平王所敗，逃到南寧，而清政府亦與北平王議和，昭統帝最終被軟禁於燕京，成為構和的犧牲品。他的失敗，在於缺乏政治經驗和少年氣盛，不善用人，而他可貴的地方，則在於他在逆境中始終不甘失敗，堅持鬥爭，以復國為己任。以至死後埋於燕京多年，遷葬時仍心臟不壞，精誠所至，感動神明。在這人物身上，既可悟出政治鬥爭的許多經驗教訓，亦可感受到越南民族的不屈的意志和精神。這個人物形象是逐漸地豐滿起來的。

再看阮整，這是這部小說中一個至為關鍵的人物。他本是暉郡公黃素履手下的人，暉郡被擁立鄭世子棕的三軍所殺，阮整跑到西

山投靠阮文岳，鼓動阮文岳以滅鄭扶黎爲名，派阮平和武文任入侵
升龍，逼死了鄭王棕，替暉郡公報了仇，又揣測北平王阮平的心
理，自作主張說皇帝願將公主嫁給北平王，並到懿宗皇帝那兒，讓
皇帝將最心愛的小女兒玉炘公主嫁與阮平，作爲滅鄭扶黎的封賞。
因他這次借西山兵報仇，與國人結怨，故西山兵撤退時他也逃離了
京城，後來得知昭統帝與鄭氏不協，又借擁護皇帝名義，招兵入
衛，並掌握了朝廷大權，發號施令，驕奢淫逸，爲所欲爲，人們恨
之入骨。然而先前借西山兵滅鄭時，武文任本是西山兵之大將，功
勞甚大，入京後，人們只知有阮整，不知有武文任，故武文任與阮
整有隙，後來武氏以恢復舊疆爲名，再次興兵犯闕，殺了阮整，扶
立崇讓公爲傀儡皇帝，因武文任野心大，不久即被北平王殺了。阮
整是這部小說重點刻劃的一個人物，因爲黎鄭王朝的滅亡，實與阮
整有關。在小說中，阮整被描寫成一個善於權變的人。小說第二回
寫暉郡公黃素履被諸軍所殺之後，順勢帶出阮整，寫道：

> 卻說暉郡手下阮整，眞福東海人，其父以商賈致富，家貲巨
> 萬，嘗居暉郡門下。那人丰體秀麗，智慧過人。少時從事儒
> 學，涉獵經史，十六歲領鄉解，隨其父居暉郡門下，長於國
> 語詩文，嘗慕郭公勳業，撰《郭令公賦》，用國音，天下傳
> 誦，性又豪俠，交遊滿天下，座上賓客常數十人，吟詩飲
> 酒，隨興酬答。家畜歌兒舞女十餘人，自撰歌詞，播之管
> 絃，日夜調歌爲樂，爲長安第一風流。又善詼諧奮語，居暉
> 郡門，十餘年始出身，管善小隊。或曰：「何小也？」應
> 曰：「勿以善小而不爲。」舉座皆笑。其戲語類如此。及平

南之役，以筆硯從軍，暉郡以其有才，最愛之。暉郡卒，後
有人告整偷官銀以百萬計，辭連暉郡，下獄拷打，抵死不
招，旋得無事，暉郡益加重愛。暉郡鎮義安時，以整爲右參
軍，嘗使調治水軍，禦寇於海面，水戰無敵，海外呼爲「水
鷿鳥」。……整祖墓在鷗鵬山，地法云：「千萬龍飛千萬
虎，稱霸稱王無不如意。」整因自號爲鵬嶺侯❻。

這段文字交代了阮整的既往史，可見不是個一般的讀書人，而是出
身富家，志向不小，能文能武，善於應時，相當自負的人，並且是
個被懷疑偷官銀數額巨大的大竊賊，而在這個關鍵問題上，他抵死
不招，自身逃過一關，也免於牽連他的上司，這就是一個很不一般
的人。然而他有時也變得膽怯，第二回末和第三回開始，當他聽說
暉郡被殺，先是「驚惶駭愕，不知所爲」，但他畢竟是個善於應變
的人，既而「矯情鎭定，秘其事不露，但密告其妻」云云，後詣營
球鎭所，告瑤忠侯與之商議，分析形勢，瑤忠侯膽小怕事，阮整見
話不投機，立即領三百奇兵，攜家口老小，揚帆出海，投靠佔據南
方自稱天王的西山主阮文岳去了，此則顯示其果斷本色。阮整到西
山後，爲消除阮文岳的疑慮，先是以妻子爲人質，次盡心爲文岳畫
計，取占城、暹羅、盆蠻諸國，身自執兵前驅，衝冒矢石，諸國取
次削平，於是文岳與之「情分日密」。後朝廷派他的妹夫前往西山
潛召阮整，整亦思歸國，以報師仇。他從妹夫那裏瞭解到國內災異

---

❻　《皇黎一統志》，臺北，臺灣學生書局印行，一九八七年，頁三七～三
　　八。

迭起，便勸說阮文岳出兵取順化，文岳則派其弟阮平和大將武文任出兵。先撥富春，再取了順化，阮整乘機勸阮平取北河，說：「明公受命取順化，一舉而定，威鎮天下，用兵之道，一曰時，二曰勢，三曰機。三者可乘，往無不勝。今北河將惰兵驕，朝廷無復綱領，我乘勢而取之。所謂兼弱攻昧，取亂侮亡，此時與機不可失也。」阮平說：「北河大國，許多人才，古語蜂猶有毒，豈可輕易。」阮整說：「北河人才惟臣一人耳！臣身已去，便爲空國，公請勿疑。」自視如此，足見其驕。阮平說：「四百年之國，吾一旦攘而取之，人之稱斯師也，謂何？」整曰：「臣國有帝有王，乃古今變逆之事，鄭王名曰扶黎，其實脅制天子，國人素所不悅，從前英雄每舉事，未嘗不以借名尊黎，但鄭數未終，故事不成。今徵之地記云：不王不伯，權傾天下，傳二百年，蕭牆起禍。計自太王至靖王已周二百年之數，明公誠能以滅鄭扶黎爲名，天下莫不嚮服，此不世奇功也。」南兵本無意於取北河，而阮整爲報暉郡之仇，不惜引用傳聞，作爲傾覆鄭氏之理由，於是北平王始進兵升龍城。故鄭氏之亡，禍不在蕭牆，黎氏失國，實由阮整，後世人罵阮整爲「賊整」，其慕郭子儀之爲人，無非是想顯示自己將有一番作爲，其後來的爲人實與郭令公相悖。阮整引兵入京城後，有一事可顯出他的殘忍本性。有個在押犯叫杜世龍，爲人狡猾，當年阮整與他一起被關押，作詩往還，算是老相識。阮整借西山兵攻進京城時，杜世龍還在被關押中，阮整把他放了出來，向他詢問國中事，杜知無不言，整亦言無不從。當阮整說到鄭王棕自盡一事時，表示了曾有寬大鄭王的意思，杜世龍對阮整引兵滅鄭一事發表評論說：「公所行雖仁義，而其跡則殘賊也。公今日回山倒海之勢，誠得助於貴

國，而公出身之始，典兵封侯，疇非王家之恩。公此舉以滅鄭扶黎
爲名，則甚矣！倘以王家脅制皇家爲有過，何不念二百年尊扶之
功？懷新而背舊，不義；悖過而掩功，不仁，不義不仁謂之殘賊。
大丈夫立身而可以殘賊自居耶！」整面色如土，徐答曰：「封殖
者，一己之私恩；綱常者，天下之大義，吾爲尊扶而舉，所以扶植
綱常，自是至仁大義，而君反以爲殘賊，無乃太甚耶！非吾見之
差，則公言之過也。」龍曰：「君本自尊，何待尊扶？不過假此以
遂其攘奪之謀耳！然國家如金甌無缺，一旦公無故引別人來，戕其
主帥，賊其人民，天下之人且以公爲豺狼梟獍，殘賊未爲甚也！公
今倚外國，如狐托虎威，恐人心思鄭，其事且變，彼一旦舍公而
去，公以渺然之身，負通天之罪，何以自立於天下？」整此時雖怒
至切齒而猶改顏色，說是讓他再好好想一想，但當杜世龍出門時，
整使人「要截門外，反縛送至珥河中流沉之。」小說是借杜世龍之
口，把阮整扶黎的實質兜出來。而這段話也是這部小說中極有份量
的對話，一方面反映了阮整公報私仇，置社稷於不顧，又反映了黎
鄭之亡，禍在阮整，因爲滅鄭扶黎，造成了更大的內亂，黎、鄭二
氏自此勢同水火，矛盾公開激化，內憂外患，集於一時。阮整爲報
私仇，毀了一個王室，也留下了許多隱患，一是他本人與鄭氏和驕
兵結了仇，故西山兵一撤走，他也倉惶逃離升龍城，後來黎昭統皇
帝陷於孤立，招回阮整入衛，委以重任，而阮整因仇人多，專行威
福，皇帝無人依靠，只好聽之任之。二是阮整引西山兵入京時，武
文任因有大功，而時人只知有阮整而不知有武文任，故與武氏種下
了不睦的種子，後來武氏以誅阮整爲名，再度攻入升龍，阮整被
殺，皇帝逃離升龍，開始了流亡生涯，以致搬來清廷五十萬救兵，

也被北平王阮平所敗，而南兵覬覦北河，輕視皇室，則源於阮整。所以說，鄭氏滅亡，直接的原因是阮整借兵報仇。阮整平生所畏懼的，只有北平王阮平一人。但阮平原先並不想取北河，只想攻下順化為止，但阮整既已引狼入室，顛覆社稷，後來阮平野心膨脹，再次引兵北上，佔據升龍，打敗清兵之後，又與清廷議和，得清政府的冊封，而昭統帝只得被軟禁於燕京，死在異國，這一結局的直接的原因，也是出自是阮整的借兵報仇。所以說，是阮整斷送了黎鄭王朝。阮整是小說中重點刻劃的一個關鍵人物，其特徵是善於權謀，狠毒、貪婪，並且頗為自負，為達到自己的目的而不擇手段。他是與《三國演義》中的曹操相類似的人。這個人物也是通過一系列事件逐漸豐滿起來的。

綜觀兩書塑造人物的手法，有著較大的不同。《三國演義》採用的是典型化的手法，賦以書中人物以類型品格，劉備的仁，曹操的奸，孔明之智，關羽之義，周瑜之妒，都被類型化，故書中的許多情節，是為塑造人物而虛構，如過五關斬六將，三氣周瑜，大半是史載所無。人說《三國演義》「七實三虛」，其實應該倒過來說，是「三實七虛」，即虛構的內容占多數，歷史不過是一些線索而已。因為不受歷史局限，作者完全可以按自己的意願塑造人物形象，故《三國演義》中的人物形象極為鮮明。我們把它叫做用小說的手法來表現歷史。《皇黎一統志》則不同，是用寫歷史的筆法來做小說，書中的人物，如昭統皇帝、阮整、北平王阮平、晏都王鄭槰、暉郡公黃素履、陳公燦等，都是作者同時代的人物，其事跡在越南史中都有記載，作者又是朝廷中的官員，所寫的都是當朝故事和人物，所以基本上用紀實的手法，以小說的形式記下這一段歷

史，以引起廣大讀者對這一段歷史的興趣，所以作者採用的不是類型化的方法去塑造典型形象，而是採用中國史家通用的寓褒貶於事實的方法，注重敘述人物的語言和活動，而很少用外貌描寫和心理描寫。因此，書中人物形象不是一下子就能讓讀者把握，只有終卷才能論定，這一點與《左傳》、《史記》、《漢書》等史書中的歷史人物相類似。《皇黎一統志》中的作者似乎更像歷史學家而不太像小說家，小說中的人物更像史傳中人而不像小說中人，這應該是《皇帝一統志》與《三國演義》在人物形象塑造方面的根本區別。

　　至於兩書的語言，《三國演義》採用的雖是文言，但已經是元明時期口語化的文言，一般讀者也容易讀下去，《皇黎一統志》所採用的，是較典範的文言文，是屬於《史記》或稍接近於《左傳》那樣的史家語言，但也有一些越南的方言和諺語。一般讀者，特別是當今的年輕讀者，一般難於卒讀。但書中語言，與中國古代史家相比亦無遜色。前面已多有引述，限於篇幅，這裏從略。總之，兩書的語言，由於作家修養，國別和個人風格不同，有一定的差異。

四、結語

　　我們將《皇黎一統志》和《三國演義》作了一些比較，儘管這一比較還不是系統的和深入的，但不難看出，作為當時以漢文字為書寫的工具的地區——即所謂的「漢文化區」，越南歷史小說受中國歷史演義特別是《三國演義》的影響是比較明顯的，除了創作思想如「天命觀」，「正統觀念」等的影響外，在小說的結構形式方面也多有承繼關係，但更深層的影響，則是儒家與史家這一中國古代思想和文化的影響，從這一點看，中國歷史演義和越南歷史演義

所反映出來的思想文化是同源而異流的。

【參考文獻】

1. 陳慶浩：《〈越南漢文小說叢刊〉總序》，臺北，臺灣學生書局印行，越南漢文小說叢刊第五冊，一九八七年。

2. 鄭阿財、朱鳳玉：《皇黎一統志》出版說明，臺北，臺灣學生書局，《皇黎一統志》，一九八七年。

3. 羅貫中：《三國演義》，北京，人民文學出版社，一九八五年。

4. 北京大學比較文學研究所：《中國比較文學研究資料》，北京，北京大學出版社，一九八九年。

5. （越）陶維英：《越南古代史》，北京，商務印書館，一九七六年。

・外遇中國・

韓國漢文小說研究的
成果和現況

韓國高麗大學國文系
張孝鉉

一、韓國短篇小說研究

　　韓國文學史上古代說話的發達，十世紀傳奇文學的繁榮，十三、十四世紀傳體文學和雜錄的高度發展，都爲小說的產生提供了豐厚的土壤。朝鮮初期十五世紀金時習《金鰲新話》的出現，標誌著小說這種文學形式的正式確立。

　　新羅末期創作的傳奇作品〈調信〉，描寫僧侶調信在一夜夢中終於與自己平素思慕的女子結緣，但愛慾滿足後，隨之而來卻是極度貧窮與痛苦的生活，通過這些內容，表現了佛者人生的懷疑。

　　更具備完整的傳奇面貌的作品當屬高麗初葉創作的〈崔致遠〉。作品描寫新羅末葉的文人崔致遠在唐朝任官期間，向兩位長眠在一個叫做雙女墳的墓地中的女人獻出自己的詩作，從而獲得兩女的愛情，與之一夜繾綣的故事。

　　新羅末高麗初的傳奇是否屬於小說這一藝術範疇，學界目前有兩種說法，一種是視爲小說，另一種則把他看作小說之前敘事文學

的一個階段❶。

　　高麗時代，敘事文學的發展較爲微弱。到高麗後期，文人們對
於敘事文學的慾求，通過假傳這一形式表現出來。林椿的〈麴醇
傳〉，李奎報的〈清江使者玄夫傳〉，釋息影庵的〈丁侍者傳〉等
作品，借助事物和動物世界來隱喻人間。在這種假傳中，形象化和
主題意識都得到了極好的表現。對這種作品的體裁性質進行探討，
有助於研究和理解高麗後期性理學的流入及新興士大夫階層的形成
❷。

　　小說本格的發展是從十五世紀朝鮮初期金時習的《金鰲新話》
最爲成熟。《金鰲新話》包括五篇小說，即〈李生窺牆傳〉、〈萬
福寺樗蒲記〉、〈龍宮赴宴錄〉、〈南炎浮洲志〉、〈醉遊浮碧亭

---

❶　林熒澤、朴熙秉、金鍾澈、尹在敏認爲小說，張孝鉉認爲敘事文學一種階
　　段。
　　林熒澤：〈羅末麗初의傳奇文學〉，《韓國漢文學研究》五，韓國漢文學
　　研究會，一九八一年。
　　金鍾澈：〈高麗傳奇小說의發生과그行方에대한再論〉，《語文研究》二
　　六，忠南大，一九九五年。
　　朴熙秉：〈韓國傳奇小說의美學〉，돌베개，一九九七年。
　　尹在敏：〈傳奇小說의性格〉，《韓國漢文學研究》，二十주년特輯號，
　　韓國漢文學會，一九九六年。
　　張孝鉉：〈傳奇小說研究의成果와課題〉，《民族文化研究》二八，高麗
　　大，一九九五年。
❷　安秉烈：《韓國假傳研究》，二友出版社，一九八六年。
　　金昌龍：《韓中假傳文學의研究》，開文社，一九八五年。
　　趙東一：〈假傳體의장르規定〉，《韓國文學의갈래理論》，集文堂，一
　　九九二年。

記〉。〈李生窺牆傳〉、〈萬福寺樗蒲記〉都描寫男主人公與冥界女人的愛情故事。〈龍宮赴宴錄〉、〈南炎浮洲志〉通過主人公在龍宮和炎浮洲所經歷的奇異見聞,很好地表現了作家的思想寓意。

對《金鰲新話》方方面面的研究較多。如《金鰲新話》與明瞿佑《剪燈新話》的比較研究❸,《金鰲新話》與道教思想的關係❹,從傳奇小說的脈絡中糾明《金鰲新話》的特性❺。最近,崔溶澈對於朝鮮刊本的發現❻,使《金鰲新話》的版本研究得以更深入地進行。

十六、十七世紀,短篇漢文小說大量出現,這些小說大致可以分爲三個部分,即傳奇小說、夢遊錄、寓言小說。

蔡壽 (一四四九~一五一五) 的〈薛公瓚傳〉,申光漢 (一四八四

---

❸ 李相翊:《韓中小說의比較文學的研究》,三英社,一九八三年。
　 한영환:《剪燈新話와金鰲新話의構成比較研究》,開文社,一九七五年。
　 한영환:《韓中日小說의比較研究——剪燈新話、金鰲新話도끼보오꼬를中心으로》,正音社,一九八五年。
　 全惠卿:《韓中越傳奇小說의比較研究》,崇實大博士學位論文,一九九四年。
　 李學周:《東아시아傳奇小說의藝術的特性》,成均館大博士學位論文,二○○○年。
❹ 崔三龍:《韓國初期小說의道仙思想》,螢雪出版社,一九八二年。
❺ 朴熙秉:《韓國傳奇小說의美學》,돌배개,一九九七年。
　 蘇仁鎬:《韓國傳奇文學研究》,國學資料館,一九九八年。
　 尹采根:《小說的主體,그誕生과轉變——韓國傳奇小說史》,月印,一九九九年。
❻ 崔溶澈:〈金鰲新話朝鮮刻本發掘과版本에關한考察〉,《民族文化研究》三二,高麗大,一九九九年。

～一五五五）的短篇小說集《企齋紀異》中的〈崔生遇眞記〉和〈何
生奇遇傳〉，作者未詳的〈雲英傳〉，趙緯韓（一五五八～一六四
九）的〈崔陟傳〉，權韠（一五六九～一六一二）的〈周生傳〉等作品
都屬於傳奇小說這一範疇。

很久以來，〈薛公瓚傳〉一直以已逸失的小說而爲人所知。最
近，作品的一部分被發現❼，以死去的靈魂附在他人身上述說在冥
府經歷爲內容。

申光漢的《企齋記異》收錄了四篇短篇小說。〈崔生遇眞記〉
以朝鮮三陟頭陀洞天爲背景，是一部講述崔生神仙體驗的虛構化作
品，〈何生奇遇傳〉以何生和女人的愛情爲素材。根據蘇在英收集
的資料介紹❽，對於它在傳奇小說脈絡中的意義的研究進行。

〈雲英傳〉、〈崔陟傳〉、〈周生傳〉產生於十七世紀前半，
是以愛情糾葛爲素材的傳奇小說，篇幅較長，它們對十七世紀後葉
長篇小說的形成起到了橋梁的作用。〈雲英傳〉以聽魂靈轉述故事
作爲敘述的基本形式，寫主人公柳泳在壬辰倭亂所造成的廢墟壽聖
宮遺墟徘徊，於夢中與雲英和金進士相遇，從而了解了安平大君的
宮女雲英與金進士的悽挽愛情，兩人眞誠相愛，卻以自殺告終。故
事反映了作者對人間平等自由的追究，對於本能愛情的同情，同時
批判了身分秩序對人性的桎梏，揭露了封建制度的矛盾。趙緯韓
（一五五八～一六四九）的〈崔陟傳〉，權韠（一五六九～一六一二）的

---

❼　李福揆：《初期朝鮮韓文，韓文本小說研究》，博而精，一九九八年。

❽　蘇在英：《企齋記異研究》，高麗大民族文化研究所，一九九〇年。

　　柳奇玉：《申光漢의企齋記異研究》，韓國文化社，一九九九年。

〈周生傳〉以壬丙兩亂爲背景，敘述男女主人公所經歷千辛萬苦，悲歡離合，以及男女主人公之間哀婉感人的愛情。這些作品現實主義的發展成果，得到了很高的評價❾。

此外，以愛情糾紛爲素材的傳奇小說還有〈洞仙記〉、〈韋敬天傳〉、〈崔娘傳〉、〈憑虛子訪花錄〉、〈白雲仙酛春結緣錄〉等，對於這些作品的研究，尚未能深入地進行❿。

在十六、十七世紀的小說史上，出現了一種特別的夢遊錄類型的作品，它對夢幻世界的奇異體驗作了特別迫眞的刻畫。沈義（一四七五～？）的〈大觀齋記夢〉，描寫了主人公沈義在夢中，來到了文章王國，在享受了榮華後又回到了人間世界。作者沈義在作品中形象化地展現了官僚文人的理想。〈安憑夢遊錄〉對於後園花草作了擬人化的描寫，主人公安憑在夢中來到花園王國，與花草的精

---

❾　慎慶淑：〈雲英傳의反省的檢討〉，《漢城語文學》，漢城大，一九九○年。

　　鄭出憲：〈雲英傳의愛情葛藤과그悲劇的性格〉，《韓國古小說史의視角》，國學資料館，一九九六年。

　　朴熙秉：〈崔陟傳〉，《韓國古典小說作品論》，集文堂，一九九○年。

　　鄭珉：《穆陵文壇과石洲權邑》，太學社，一九九九年。

　　閔泳大：《趙緯韓의삶과文學》，國學資料院，二○○○年。

　　朴逸勇：《朝鮮時代의愛情小說》，集文堂，一九九三年。

❿　林熒澤：〈傳奇小說의戀愛主題와韋敬天傳〉，《東洋學》二十，檀國大，一九九二年。

　　鄭學城：〈傳奇小說崔娘傳研究〉，《古小說研究論叢》，景印文化社，一九八八年。

　　朴魯春：〈憑虛子訪花錄·白雲仙酛春結緣錄略考〉，《한메金永驥先生古稀紀念論文集》，螢雪出版社，一九七一年。

靈設宴，這些精靈化作中國歷史上的人物，構成了二重意味。安憑被引入一個叫做「朝元殿」宮殿中參加詩宴，了解到花園王國存在著以女王爲中心的浮華勢力和以節操爲中心的三個人物之間對立。小說表達了作者自身的信念，也可以看到不理想的政治環境中，儒家知識份子當如何立身處世的暗示。林悌（一五四九～一五八七）的〈元生夢遊錄〉以懷才不遇的慷慨之士元子虛在夢中與端宗及死六臣相會，傾聽他們飽合怨憤之情的詩作爲內容展開，因爲作者的理想與官僚社會現實不一致，反映了身爲士大夫的作者的絕望。崔晛（一五六三～一六四○）的〈琴生異聞錄〉追慕以善山爲中心的嶺南出身儒林，具現了儒家理念的作品。對於十六世紀夢遊錄作品的歷史的寓意和作家意識研究，學家們已經做了很多工作❶。

十七世紀戰亂體驗爲背景的夢遊錄類作品和以前作品不一樣，直面當代黑暗現實，對之可以暴露批判的作品也不乏存在。壬辰倭亂之後，山野露出著朽骨的收藏問題爲背景，批判不道德的官吏，展示由於身分矛盾而產生的愛情糾葛〈皮生冥夢錄〉，描寫壬辰倭亂敗北的慘狀，罵倒將帥的無能，以及追慕殉國勇士的尹繼善（一五七七～一六○四）的〈㺚川夢遊錄〉，揭發壬辰倭亂後社會不道德的黃中允（一五七七～一六四八）的〈㺚川夢遊錄〉，批判丁酉亂時，卑怯的將帥反而收到褒揚的錯誤現象的愼言卓（一五八一～一六

---

❶　徐大錫：〈夢遊錄의강르의性格과文學史의意義〉，《韓國學論集》三，啓明大，一九七五年。

鄭學成：〈夢遊錄의歷史意識과類型的特質〉，《冠岳語文研究》二，서울大，一九七七年。

車溶柱：《夢遊錄係構造의分析的研究》，創學社，一九七九年。

五〇)〈龍門夢遊錄〉,丙子胡亂時,因無能的臣下的非理,導致女人們死亡的行爲進行控訴的〈江都夢遊錄〉等等。對於十七世紀夢遊錄類作品的研究,主要在奇遇歷史現狀的關係中進行⓬。

申光漢的〈書齋夜會錄〉把筆墨紙硯可以擬人化的描寫,作品裡面吐露作者的人生觀。林悌的〈花史〉中的花,〈愁城誌〉中人的心性的擬人化處理,都有著深入的教諭意義,是寓言小説的代表作。〈四代春秋〉延續了〈花史〉的傳統,〈天君演義〉、〈天君實錄〉、〈天君本紀〉延續了〈愁城誌〉的傳統。對於這些作品的研究主要揭示寓言所蘊涵的本質⓭。

另一方面,許筠(一五六九～一六一八)的〈蓀谷山人傳〉、〈嚴處士傳〉、〈南宮先生傳〉、〈蔣生傳〉等作品,都是借「傳」的形式創作的漢文短篇小説。這些作品,都是描寫一些有才而無法兼濟天下的逸士們的生活⓮。以後出現了以傳這一形式創作的,介於傳和小説之間的眾多作品,目前,存在觀察探究這類作用

⓬　신재홍:《韓國夢遊小説研究》,啓明文化社,一九九四年。
　　張孝鉉:〈十七世紀夢遊錄의歷史性格〉,《韓國古小説의再照明》,亞細亞文化社,一九九五年。
　　金貞女:《夢遊錄의現實對應樣相과그意味》,高麗大碩士學位論文,一九九七年。
　　申海鎮:《朝鮮中期夢遊錄의研究》,博而精,一九九八年。
⓭　金光淳:《天君小説研究》,螢雪出版社,一九八〇年。
　　鄭學成:《林白湖文學研究》,서울大博士學位論文,一九八五年。
　　尹柱弼:《韓國의方外人文學》,集文堂,一九九九年。
⓮　趙東一:《韓國小説의理論》,知識産業社,一九七七年。

體裁性質的研究⓯。

十七世紀以及壬丙兩亂的歷史現實，使得描寫戰爭勝利和民眾英雄的歷史軍談小說大量出現。〈壬辰錄〉、〈林慶業傳〉等便屬這一類，作品有韓文本和漢文本共存。〈姜虜傳〉則是對投降的奸賊姜弘立進行批判的作品。依據朴熙秉所藏異本的檢討，取得了顯著的研究成果，確認了該書為權佌（一五九九～一六六七）所作⓰。

十八世紀後半葉，隨著坊刻本的出現，產生了大量單卷分量的英雄小說，這類作品主要以平民為讀者層，因而大部分以韓文寫成。但同時也出現了如〈蓬萊新說〉這樣擁有漢譯本存在的作品，並且也出現了首次用漢文創作的〈金銓傳〉、〈雲香傳〉等小說。

另一方面，十八世紀小說史中，以「傳」和「野談」的形態創作的漢文短篇小說作品眾多，其中，最具代表性的燕巖朴趾源（一七三七～一六六七）和文無子李鈺（一六七〇～一八一二）的作品。朴趾源的〈許生〉、〈虎叱〉、〈兩班傳〉等，是以野談和傳的形式創作的，對當時社會現實進行諷刺的作品。李鈺的〈沈生傳〉、〈浮穆漢傳〉等作品，也是借用傳的形態創作小說⓱。

以十八、十九世紀當代社會現實為背景的短篇小說形態的野談

⓯　朴熙秉：《朝鮮後期傳의小說的性向研究》成均館大大東文化研究院，一九九五年。

⓰　朴熙秉：〈十七世紀初의崇明排胡論과否定的小說主人公의登場── 姜虜傳에대한考察〉，《韓國古典小說과敍事文學》，集文堂，一九九八年。

⓱　李家源：《燕巖小說研究》，乙酉文化社，一九六二年。

　　朴箕錫：《朴趾源文學研究》，三知院，一九八四年。

　　金均泰：《李鈺의文學理論과作品世界의研究》，創學社，一九八六年。

有成就。從《青邱野談》、《溪西野談》、《東野彙輯》等三大野
談集開始，數十種野談集相繼產生。這些野談集中收錄了數十或數
百種短篇野談，對於這些野談系漢文短篇小說的研究，資料的發
掘、解釋、翻譯等工作，研究者們正在努力進行⑱。

　　朝鮮後期小說史中，注目現狀，包含民眾意職的盤騷里（판소
리），逐漸走上小說化的道路。盤騷里是一種說唱體的民間文學樣
式。柳振漢（一七一一～一七九一）在去湖南旅遊的過程中，觀看了
盤騷里〈春香歌〉。後來，他將其轉譯爲漢詩晚華本〈春香歌〉，
他成於一七五四年。以後變成了〈廣寒樓記〉數種漢譯本也相繼出
現⑲，其他作品如以諷刺偽善的貞男爲內容的〈鍾玉傳〉、〈烏有
蘭傳〉，描寫才子佳人愛情故事的〈折花奇談〉、〈布衣交集〉一
類的世態小說⑳，以訟事問題爲內容的〈鼠獄記〉、〈蛙蛇獄案〉
等寓言小說也都出現了漢文本。這些盤騷里及其漢文譯作㉑，在很

---

⑱　李佑成、林熒澤共編：《李朝漢文短篇集》，一潮閣，一九七三年。
　　李康沃：《朝鮮後期野譚集研究》，서울大碩士學位論文，一九八二年。
　　鄭明基：《韓國野談文學研究》，寶庫社，一九九六年。
⑲　成賢慶外，《廣寒樓記譯註研究》，博而精，一九九六年。
　　金貞淑：〈廣寒樓記異本考〉，《語文論集》三九，安巖語文學會，一九
　　九九年。
⑳　金庚美：〈折花奇談研究〉，《韓國古典研究》一，啓明文化社，一九九
　　五年。
　　鄭秀吉：《折花奇談研究》，서울大碩士學位論文，一九九九年。
　　尹在敏：〈朝鮮後期傳奇小說의方向〉，《民族文學史研究》十五，一九
　　九九年。
㉑　鄭學成：《林白湖文學研究》，서울大博士學位論文，一九八五年。
　　鄭善姬：〈蛙蛇獄案作者考〉，《韓國古典研究》六，韓國古典研究學
　　會，二〇〇〇年。

大程度上表現了平民的世界觀。

二、漢文長篇小說研究

十七世紀後半葉，金萬重（一六三七～一六九二）《九雲夢》、《謝氏南征記》的創作，標志著長篇漢文小說的成熟。《謝氏南征記》最初是以漢文創作的，後來，借助於金春澤（一六七○～一七一七）的《翻諺南征記》漢譯本，使得智識階層得以廣泛閱讀。《九雲夢》也是如此，雖然漢文本廣泛流傳，但它同樣是從韓文本轉譯的。

《九雲夢》是一部章回體長篇小說，共十六回，以獨特的幻夢方式構造全篇。高僧六觀大師的弟子性眞奉師命去見洞庭龍王，途遇八仙女，相互嘲戲，因爲修煉未達至境，由此而生人間煩惱。六觀大師以法力使其墮入人間輪迴，投胎轉生而爲楊少游，與八仙女轉生的八美人結緣，受享人間的榮華富貴。晚年悟覺人生無常，憑依六觀大師法力，得歸眞身，方知一生富貴不過是在道場參禪的性眞之一夜幻夢。性眞與同樣歸於佛道的八仙女一起修煉，道行精進，領會眞諦，而共往極樂世界。這便是《九雲夢》的全部內容。

《九雲夢》的原作究爲韓文還是漢文，存有異說。韓文原作說是學界通行的說法，丁奎福是漢文原作說的主張者。根據他的研究結果，漢文本的系統可以設定爲 B 型老尊本（姜銓燮本）→A 型老尊本→乙巳本→癸亥本❷，針對於此，再倡韓文原作說的是 D. Bouchez

---

❷ 丁奎福：《九雲夢研究》，高麗大出版部，一九七四年。
丁奎福：《九雲夢原典의研究》，一志社，一九七七年。

❷。他通過對於文面的比較，提出了從韓文原作說到姜銓變本（老尊本 B 本）和老尊本 A 本，各種版本經由不同的道路，各自形成漢譯本的可能性。

在《九雲夢》研究中，最具爭議性的問題是作品的中心思想。起初，學界存在儒道佛三教合一說❷和佛教思想說的對立。後來，丁奎福提出，該書的中心思想應是《金剛經》的空思想❷。與之相反，金一烈和趙東一則認爲，《九雲夢》中表現的並非是單純的佛教思想，其中也有濃厚的儒教因素❷。張孝鉉認爲，在《九雲夢》的構造中，通過登場人物認識的轉換，我們連續三次看到書中人物對於自己人生狀態的否定，裡面顯示了《金剛經》的空思想❷。

《謝氏南征記》以主人公劉延壽的正妻謝氏及妾喬氏的矛盾爲中心展開，主要喻示如何處理家族制度的矛盾，妻妾紛爭等問題。對這一作品的研究，主要在它對後世家庭小說的影響以及它的歷史

---

❷ D. Bouchez：〈九雲夢著作言語辨證〉，《韓國學報》六八輯，一九九二年。

❷ 朴晟義：《九雲夢의思想的背景研究》，高麗大博士學位論文，一九六九年。

❷ 丁奎福：《九雲夢研究》，高麗大出版部，一九七四年。
   丁奎福：〈九雲夢의「空」觀是非〉，《韓國古小說史의研究》，韓國文學院，一九九二年。

❷ 金一烈：〈九雲夢新考〉，《韓國古典散文研究》，동화출판사，一九八一年。
   趙東一：〈九雲夢과金剛經，무엇이問題인가〉，《金萬重研究》，새문社，一九八三年。

❷ 張孝鉉：〈九雲夢의主題와그受容史에關한研究〉，《金萬重文學研究》，國學資料院，一九九三年。

事實的關係中展開。作品中的妻妾紛爭影射了仁顯王后和張嬉嬪的宮闈鬥爭這一歷史事實,從這一角度來對作品進行討論的研究也有很多❷。《謝氏南征記》最初以漢文創作,直接在金萬重原作基礎上形成的異本尚未發現,金春澤的《翻諺南征記》爲目前存在的最早的異本❷。

被認爲是趙聖期(一六三八～一六八九)所作的長篇小說《彰善感義錄》的出現,形成了後來的所謂「家門小說」的傳統。它以十六世紀中葉的中國社會爲舞臺,描寫「世世名門巨族」的花氏家族的興亡盛衰,故事情節波瀾起伏。

關於《彰善感義錄》原作所用文字也有爭議,漢文原作說、韓文原作說同時並存。從現在的流布本來看,韓文本都是漢文本的翻譯,但是,林熒澤提出,《彰善感義錄》與《九雲夢》、《謝氏南征記》一樣,都屬於十七世紀的閨房小說,以韓文創作的可能性應該是存在的❸。這一作品隨著門閥世族的內部矛盾的發展和政局的變化,來展現家門的興亡,此內容的處理,與十七世紀後半朝鮮政局激變,家門浮沉的社會現實緊密相關。林熒澤、秦京煥對於小說歷史意義進行了深入的解析❸。

---

❷ 禹快濟:《韓國家庭小說研究》,高麗大民族文化研究所,一九八八年。
이원수:《家庭小說作品世界의時代的變貌》,慶南大出版部,一九九七年。

❷ 李金喜:《謝氏南征記研究》,半島出版社,一九九一年。

❸ 林熒澤:〈十七世紀閨房小說의成立과彰善感義錄〉,《東方學志》五七,延世大,一九八八年。

❸ 秦京煥:〈彰善感義錄의作品構造와小說史의位相〉,高麗大博士學位論文,一九九二年。

安昌壽對李庭綽（一六七八～一七五八）於十八世紀前半創作的
長篇小説《玉麟夢》作了仔細的分析，認爲其受到了《謝氏南征
記》的很大影響，也是一部家庭小説，有關《玉麟夢》的性格，安
昌壽的結論是「世代記小説」❸。張孝鉉認爲《玉麟夢》延續了
《九雲夢》、《謝氏南征紀》、《彰善感義錄》以來的家門小説的
傳統，它既有兩門錄的特性，也有世代錄的特點❸。在故事情節的
展開中，柳、范兩大家族基本上是對等處理的，這一點與《河陳兩
門錄》、《劉李兩門錄》、《林花鄭延》等一樣，都是描寫幾個家
族的「家門小説」的類型；而對於一家三代連續描寫，這一點又與
《林門三代錄》、《曹氏三代錄》、《李氏世代錄》等描寫一個家
門中幾代人構成的連續事件作品的敘述類型相同。崔皓晳的研究補
充了有關作家李庭綽的資料，使得對於《玉麟夢》的研究進一步深
化，他又針對於漢文原作説，提出了韓文原作説的意見❸。

十九世紀產生了幾部士大夫文人創作的漢文長篇小説。其中有
推定爲李頤淳（一七五四～一八三二）所作的《一樂亭記》，金紹行
（一七六五～一八五九）的《三韓拾遺》，沈能淑（一七八二～一八四
〇）的《玉樹記》，南永魯的《玉樓夢》，朴泰錫（一八三五～？）
的《漢唐遺事》，徐有英（一八〇一～一八七四）的《六美堂記》，
鄭泰運（一八四九～一九〇九）的《鸞鶴夢》，宕岩翁的《玉仙夢》
等等。

---

❸ 安昌壽：〈玉麟夢의構造意味〉，嶺南大碩士學位論文，一九七九年。
❸ 張孝鉉：〈韓文長篇小説의形成과家門小説의發展〉，《民族文學史講
　座》，民族文學史研究所，一九九五年。
❸ 崔皓晳：〈玉麟夢研究〉，高麗大博士學位論文，一九九九年。

　　有關《一樂亭記》的作者，張孝鉉❸的研究表明，可能爲晚窩
李頤淳。申東益對李頤淳進行了深入的研究❸，但尚未找到確切的
證據。鄭宗大認爲，從《一樂亭記》的內容上看，它是對《謝氏南
征記》的模仿之作❸。秦京煥則認爲，《一樂亭記》接受了《彰善
感義錄》的基本模式，而在內容上則借用了《謝氏南征記》和《九
雲夢》的內容❸。而탁원정在研究中，對作品的內容作了極爲詳盡
的分析❸。

　　金紹行的《三韓拾遺》借用了香娘的故事爲素材。該故事產生
於朝鮮肅宗年間的慶尙道山一帶，而金紹行則把故事的背景設置在
新羅時代。小說的前半部份主要寫香娘在夫家受盡婆婆和丈夫的欺
凌虐待，回到娘家又被驅逐，後來因拒絕周圍對她的改嫁勸諭而自
殺身亡；後半部分則寫到，香娘因得到玉皇上帝的許諾而還生，再
嫁與孝廉，後來高句麗和百濟侵入新羅，在危機中，香娘發揮了神
異的能力，爲新羅立下了統一三國的功勞，化爲神仙升天而去。對
《三韓拾遺》的研究表明，該作品受容了香娘狄成義傳等幾位文人
作品的素材，這些素材的演變過程深受學界注目。接近於素材論的

❸　張孝鉉：〈朝鮮後期의小說論〉，《語文論集》二三，高麗大，一九九二
　　年。

❸　申東益：〈一樂亭記作者小考〉，《國語國文學》九九，國語國文學會，
　　一九八八年。

❸　鄭宗大：〈一樂亭記에對한考察〉，《國語教育》，六九〜七〇，韓國國
　　語教育研究會，一九九〇年。

❸　秦京煥：《彰善感義錄의作品構造와小說史的位相》，高麗大博士學位論
　　文，一九九二年。

❸　탁원정：《一樂亭記研究》，梨花女大碩士學位論文，一九九六年。

研究已經做了很多❹，朴逸勇、趙惠蘭的論文重視對作品的分析。
其中趙逸勇側重與論證作家的創作思想，對於悲劇性與義烈性統一
的作家的倫理觀做了較爲深入的論述。作者對人的生存境遇甚爲關
心，以人情人性爲基礎，試圖樹立現實的倫理觀❹。趙惠蘭從諸多
角度對作品做了細密的分析，尤爲關注有關上界爭論的意義❹。張
孝鉉主要通過對香娘形象的分析來闡明作家的思想意識，作者使香
娘還生，改嫁優秀的男子，發揮英雄的能力，表明作者積極的願
望。在香娘形象的創作中，作者並非強調屈從於中世的理念和制
度，而是追求超越中世的理念和制度的眞正的愛，眞正的烈的實
現❹。

《玉樹記》也是具有家門小說性質的作品。金鍾澈考證此書的
作者爲沈能淑（一七八二~一八四〇），他也對作品進行了分析，特
別指摘了作家的保守世界觀。《玉樹記》反映了作者對已經喪失方
向性的中世的理念和秩序的再樹立。田城芸對作品的分析較爲深

---

❹ 朴玉嬪：《香娘故事의文學的淵變》，成均館大碩士學位論文，一九八二
年。
이춘기：〈香娘說話의小說化過程과變異〉，《漢陽語文研究》四輯，漢
陽大，一九八六年。
박교선：《香娘傳記의三韓拾遺로의定著》，高麗大教育大學院碩士學位
論文，一九八七年。
❹ 朴逸勇：〈三韓拾遺를통해서본金紹行의作家意識〉，《韓國學報》四二
輯，一志社，一九八六年。
❹ 趙惠蘭：《三韓拾遺研究》，梨花女大博士學位論文，一九九四年。
❹ 張孝鉉：〈三韓拾遺에나타난烈女의形象〉，《韓國古典女性文學研究》
二輯，韓國古典女性文學會，二〇〇一年。

入❹。

《玉樓夢》是南永魯（一八一○～一八五七）創作的漢文長篇小說。作者站在處於政治權利之外的破落士大夫文人的立場，創作了這部長達六十四回，規模宏大的作品，表現了他豐富的文學才能，書中到處都暗示出南永魯的治國經綸，和他對人倫規範的理想。作品的基本情節如下：天上白玉樓的文昌星君與五仙女相會，賦詩飲酒，大醉而歸，因而玉皇上帝、釋迦世尊以法力使他們謫降人間輪迴。文昌轉世爲楊昌曲，五仙女爲與之結緣的五美人。小說以愛情爲線索，又寫了黨爭、戰亂等內容，情節波瀾起伏，想像豐富。

《玉樓夢》的作者究竟爲哪一人，歷來有很多說法。如南益熏說，洪進士某氏說，許蘭雪軒說等等。車溶柱和成賢慶的考證，最終確立了南永魯的作者地位。原作以何種文字作也存有爭議，成賢慶持韓文說❺，車溶柱和張孝鉉持漢文說❻，張孝鉉的研究結果表明，《玉樓夢》後半部份有相當的分量與另一作品《玉蓮夢》相同，也就是說，作家在《玉蓮夢》這部作品出現了一段時間後，對其進行改作，使其內容更爲完備豐富，這便形成了這部卷帙浩繁的

---

❹　金鍾澈：《玉樹記研究》，서울大碩士學位論文，一九八五年。

張孝鉉：《沈能淑論》，《朝鮮後期漢文學作家論》，集文堂，一九九四年。

田成芸：《玉樹記의作品構造와創作動因》，高麗大碩士學位論文，一九九六年。

❺　成賢慶：《玉蓮夢研究》，서울大碩士學位論文，一九六九年。

❻　車溶柱：《玉樓夢研究》，螢雪出版社，一九八一年。

張孝鉉：《玉樓夢의文獻學的研究》，高麗大碩士學位論文，一九八一年。

《玉樓夢》。這兩部作品都是用漢文創作的，後來，爲了適應不同讀者層的需要，出現了各自的漢文譯本。一九一〇年代活字本時代到來後，出現了以《江南紅傳》、《碧城仙》爲名的拔粹本。

徐大錫以封建性與近代性並存的二元性來評價作品的內容，認爲二者自然渾融地結合在一起。金鍾澈認爲《玉樓夢》具有大眾性和眞摯性兩個側面。신재흥對《玉蓮夢》和《玉樓夢》加以比較，認爲《玉蓮夢》以家族爲中心來展開情節，而《玉樓夢》則對社會政治問題進行了深入的刻畫，作者把《玉蓮夢》改寫爲《玉樓夢》，其意圖正在於直面社會政治問題，對其進行批判❹。

《六美堂記》是十六回的章回體長篇小說。小說主要寫新羅昭聖王的兒簫仙太子，爲了救治父王的病，去凶險的大海找回了靈筍，邪惡的異腹兄世徵搶走了靈筍，毒瞎了弟弟的眼睛，並把他趕走，在貴人的幫助下，簫仙太子來到唐朝，結束了再次的苦難，仕宦得意，享受榮華，最後回到新羅，爲了根絕倭患而征伐日本，降服了日本王。

關於《六美堂記》的作者，金臺俊、金起東提出金在堉創作說，經張孝鉉的考證，則認爲應當是徐有英（一八〇一～一八七

---

❹ 徐大錫，〈玉樓夢의兩面性〉，《古典文學研究》二輯，韓國古典文學研究會，一九七四年。
金鍾澈：〈玉樓夢의大眾性과眞摯性〉，《韓國學報》六一輯，一志社，一九九〇年。겨울。
신재흥：〈玉蓮夢과玉樓夢의比較檢討〉，《古典文學研究》七輯，韓國古典文學研究會，一九九一年。

四），此後，對作家的研究得到了進一步深化⑱。關於〈六美堂記〉的素材來源較為複雜，目前確認，它受到了梵語原典 Kalpa-Drumaavadana-mala，漢譯經典《生經》、《大智度論》、《四分律》、《賢愚經》、《大方便佛報恩經》和中國文獻《經律異相》，韓國文獻《釋迦如來十地行錄》中的〈善友太子〉和《釋迦如來十地行錄》中的〈善生太子經〉的影響，這些素材到達《狄成義傳》和《六美堂記》的系統已經被確認⑲。

《玉仙夢》目前推定為宕庵翁於十九世紀創作的作品。小說描寫到，書生許巨通出生在地異山下的小國朝鮮，怨恨之氣無法舒暢，他去青鶴洞時，在金剛佛前一時小睡，夢中投胎轉世，在中國錢塘錢處士家誕生，在那裡經受了人間的富貴榮辱，晚年與道僧會面，大悟生之無常及輪迴轉世之理，也是一個以描寫一枕黃粱為內容的夢中故事。《鸞鶴夢》是一部家門小說，鄭呂權對於作者鄭泰運的文集和漢文原典的發掘及研究工作較為深化⑳。

《晚河夢游錄》是晚河金光洙於一九○七年創作的作品，由六回構成。寫金光洙自己以夢遊者的身份在夢幻世界中漫遊，他遊覽了大韓半島和半島南面的島國理想國紫霞島，中國全域，仙界的武

⑱ 張孝鉉：〈六美堂記의作者再論〉，韓國古典文學研究會編，《古典小說文學의方向》，새문社，一九八五年。
張孝鉉：《徐有英文學의研究》，亞細亞文化社，一九八八年。
⑲ 印權煥：〈狄成義傳根據說話研究〉，《人文論集》八輯，高麗大，一九六七年。
李康沃：〈佛經系說話의小說化過程에대한考察〉，《古典文學研究》四輯，韓國古典文學研究會，一九八八年。
⑳ 鄭昌權：《鸞鶴夢研究》，高麗大碩士學位論文，一九九六年。

陵桃園，上界和地獄等等。主要表現作者在日本殖民統治下，對韓國現實的認識，痛切的關心。金起東、張孝鉉對此作品進行了深入的研究[51]。

---

[51] 金起東：〈晚河夢遊錄의研究〉，《韓國文學研究》十，東國大，一九八七年。

張孝鉉：〈愛國啓蒙期古典長篇小説의歷史現實對應—鄭氏福善錄과晚河夢遊錄—〉，《語文論集》三三輯，高麗大，一九九四年。

有關在日本的漢文小說
研究之情況

日本筑波大學
内山知也

　　在日本，目前仍只有極少數的人在致力於日本漢文小說之研究。看來，日本人對自己國家的漢文已經不具有太高的興趣了。但是就我個人來說，其實是很想以現在作一個開端，全心投注於這一項研究工作，並期待以個人微薄的力量來對日本漢文小說研究的發展盡一己之力。

　　為什麼日本漢文小說的研究會這麼落人之後呢？原因之一，應該是日本一般大學的圖書館裡，別說沒有收藏日本漢文小說的原書，甚至連後世的出版物也沒有。相較之下，這一次在臺灣發行日本漢文小說叢書一事，可以說是具有劃時代意義的壯舉。這一叢書的出版，無疑的將會對日本漢文小說研究發生很大的促進和推動的作用。

　　當然，不斷的介紹更多的漢文小說予世人，是一件該積極且必須去進行的工作，所以今後在著手於這一方面的努力，也就分外顯的重要了。

　　到現在為止，日本漢文小說的發行狀況以及研究歷史，都還沒

有作一個完備的規劃整理，所以我今天想在這裡介紹其中極少數的幾位研究者的研究成果。

首先是山敷和男（YAMASHIKI KAZUO──MEIJI UNIV.），他對明治初期的漢文小說進行了認眞的研究，並且發表了論文。

一九七三年以後，他對《柳橋新誌》、《東京繁昌記》、《東京柳巷新史》、《東京新繁昌記》、《東京銀街小誌》、《根津新繁昌記》等繁昌記類的作品進行了研究，並且提及花柳巷的紀錄，如《東都仙洞綺話》。

關於介紹明治初期都會風物變化的書，有一種是流行風俗誌。書裡記述著妓女風俗活傳記逸話；繼承了唐代《北里志》以來花柳煙巷學的傳統。這個傳統經余懷的《板橋雜記》而到了日本的成島柳北，文章得以更爲洗鍊，並具備著思想性，而變得具有社會批判意識。

有關山敷和男的研究，今後想必一定會有更深入的發展，我們滿懷期待樂觀其成。

其次是德田武（TOKOOA TAKESHI 一九四四～），他對江戶時代的和文小說和中國小說進行了比較研究。他的研究範圍甚至廣及日本近世小說、日本漢文詩、中國古典小說，其論文著述的層面極爲廣泛。他還曾獲得日本古典文學會獎（一九八〇年）和日本學士院獎（一九八七年）。

但是他的研究主題始終都放在日本和文小說上，更犀利的深入探討研究投影在日本和文小說中的中國小說所帶來的影響，以及反映在日本近世小說家創作技巧中的中國小說理論。

畢竟德田武最主要的成績，都不是以日本漢文小說爲中心，也

因此這次研究會與他的關聯也就較爲淡薄。

　　再者是賴惟勤（LAI TSUTOMU ？～二〇〇〇年），他是賴山陽的後代，也是知名的漢學家。他的論文《巡禮角田久華的續近世叢語》（《文學》33：10，昭和四十年）雖然發表在三十年之前，但卻成爲一個重要的文獻受到重視，無可置疑的它也將成爲今後研究的一個出發點。

　　「域外漢文小說研究」的開辦，促使了我對日本漢文小說近一步的發生了興趣，並開始閱讀一些日本漢文小說。同時也因這個開端，讓我在二〇〇〇年五月二十日在東京創辦了「日本漢文小說研究會」。當天，王三慶教授出席了研究會。這個研究會，以月會的方式每月在東京文京區湯島聖堂斯文會中聚會研討。透過該會先後發表的論文有：內山知也和佐藤浩一《大東世語》，直井文子《齋藤拙堂與海外異傳》、高橋未來《東京新繁昌記》、藤森馨《小說版本》。如果將來有機會，我們還準備創刊研究會會報。目前尚計劃於今年三月的《斯文》109 號中，刊載內山知也的論文和有澤晶子的論文。

　　以上是我的簡單報告。謝謝各位。

日本漢文小說論文資料

區分	題目	著者	誌名	發行	出版	備考
論文	《柳橋新誌》之無賴派性格	山敷 和男	早大中國古典研究 19	1973		
論文	明治初期漢文 1《華盛頓小傳》	山敷 和男	早大中國古典研究 20	1975		
論文	明治初期漢文 2《東京新繁昌記》之魅力	山敷 和男	早大中國古典研究 21	1976		
論文	關於明治初期漢文 3《東京柳巷新史》——附：其自序與《小說神髓》	山敷 和男	早大中國古典研究 22	1977		
論文	漢文戲作之展開	中野 三敏	江戶文學與中國	1977/2	每日新聞社	
論文	明治初期漢文 4 有關《單行本第二世夢想兵衛蝴蝶物語》——與初出誌比較	山敷 和男	早大中國古典研究 23	1978		
論文	明治初期漢文 5《東京新誌》中的撫松著名漢文——紹介與略評、及《小說神髓》的關係	山敷 和男	早大中國古典研究 24	1979		
論文	明治初期漢文 6《新編東京新繁昌記》——附：《東京新繁昌記》未翻刻資料	山敷 和男	早大中國古典研究 25	1980		
論文	明治初期漢文 7《東京新繁昌記》後編之研究	山敷 和男	早大中國古典研究 26	1981		
論文	關於明治初期漢文 8《東京銀街小誌》——其中的世界與《東京新繁昌記》影響	山敷 和男	早大中國古典研究 27	1982		
論文	靈異記與冥報記	近澤 敬一	福岡大學人文論叢	1982		

論文	明治初期漢文 9《改正增補東京新繁昌記》之研究(一)——附：與自筆稿本的比較	山敷 和男	早大中國古典研究 28	1983		
論文	明治初期漢文 10《根津新繁昌記》及其作者——《東京新繁昌記》的影響(二)	山敷 和男	早大中國古典研究 29	1984		
論文	《第二世夢想兵衛蝴蝶物語》補注補	山敷 和男	早大中國古典研究 30	1985		
著書	《第二世夢想兵衛蝴蝶物語》	山敷 和男		1985		
論文	明治初期漢文 11 關于《東都仙洞餘譚》(一)	山敷 和男	早大中國古典研究 31	1986	現代思想社	考注
論文	《東都仙洞綺話》概觀(一)	山敷 和男	早大中國古典研究 33	1988		
論文	《日本靈異記》中的〈行基說話〉及中國的「免索債譚」——以中卷第 30 話爲中心	矢作 武	相模國文 17	1990		
論文	「前期通俗物」小考——有關《通俗三國志》、《通俗漢楚軍談》	長尾 直茂	國文學論集 24	1990		
論文	《東都仙洞綺話》概觀(二)	山敷 和男	早大中國古典研究 35	1990		
論文	《東都仙洞綺話》概觀(三)	山敷 和男	早大中國古典研究 37	1992		
論文	本朝法善源記之語彙與表記——有關靈驗記往生傳之文體(一)	藤井 俊博	京都橋女子大學紀要 21	1994		
論文	關于江戶漢文戲作《含餳記事》中的〈紀桃奴事〉	內之崎 有里子	學藝國語國文學	1994		△

著書	《先哲叢談》	原 念齋		1994/2	平凡社	原了圓、前野勉譯注
論文	《中外抄》的言談──通過久安年間的言談	田村 憲治	中京國文學	1994/3		△
論文	原作《阿麗思漫遊奇境記》改編的諷刺本《阿麗思中國遊記》	小島 久代	明海大學外國語學部論集第 8 號	1995		△
譯注	《柳橋新誌初編》譯	佐藤 明	大分縣立藝術文化短期大學研究紀要第 33 卷	1995		
譯注	《柳橋新誌二編》譯	佐藤 明	大分縣立藝術文化短期大學研究紀要第 34 卷	1996		
論文	明治的漢學控九傳記之書	三浦 葉	東洋文化復刊 80 號	1998/3		
論文	藍澤南城之漢文小說	內山 知也	斯文 107 號	1999		
論文	三木愛花《情天比翼緣》及其演義譯本:中村柳塢《芳春佳話百花魁》	山敷 和男	早大中國古典研究 44	1999		

日本漢文小説研究會
定例研究會

平成十二年(二〇〇〇)

　五月二十日(土)湯島聖堂
　　・研究會の發足、今後の活動と方針　　內山 知也

　六月二十五日(日)湯島聖堂
　　・臺灣出版予定の日本漢文小説資料
　　　について
　　・《近世佳人傳》について及び〈小　　內山 知也
　　　紫傳〉講讀

　七月二十三日(日)湯島聖堂
　　・《越柏新誌》について　　　　　　內山 知也

　九月二十四日(日)湯島聖堂
　　・《近世偉人傳》、《近世先哲叢談》　內山 知也
　　　について及〈息軒安井先生傳〉講讀

　十月十五日(日)湯島聖堂
　　・《大東世語》について　　　　　　佐藤 浩一(早大院)

　十一月二十六日(日)湯島聖堂
　　・齋藤拙堂と《海外異傳》について　直井 文子(中央大)

　十二月十七日(日)湯島聖堂
　　・《東京新繁昌記》について及び　　高橋 未來(東學大院)
　　　〈公園〉講讀

平成十三年(二〇〇一)

　一月二十一日(日)湯島聖堂
　　・書誌學最前線　　　　　　　　　　藤森 馨(國士館大)

二十年來越南漢文小說的
整理、翻譯與研究

越南文學院
范秀珠

二十年來，越南在改革開放的同時，也著重對民族漢文文學的整理、翻譯與推廣，加之文學院、漢喃研究院培養了一次次漢學專修、大學班，使得漢文小說的整理、翻譯、研究有長足的發展。

一、整理、翻譯方面

有兩部值得注意的書是：《越南漢文小說總集》，共四輯，世界出版社，一九九七年；《越南傳奇小說》，共三輯，一～二輯是漢文小說，教育出版社，一九九九年。它們給廣大讀者提供了越南漢文小說的全部面貌，讓不懂漢文的學者也能理解、研究它們，認識了越南小說史應包括兩部份：漢文的和拉丁越語的。它們之間有承接的關係，雖然中間要有起了連接兩頭作用的喃傳。在整理方面，因爲版本繁多、複雜，譯者只初步在譯篇前確定作者生卒年，提出選擇底本的理由。其他越譯小說如《傳奇漫錄》新譯版、《傳奇漫錄》法越對照版、《傳奇漫錄與剪燈新話》對照版、《皇黎一統志》新譯版、《聖宗遺草》、《越甸幽靈》、《嶺南摭怪》新譯

版、《皇越龍興誌》等,都接踵而出。

二、研究方面

㈠概括研究

漢文小說總體研究者是漢喃研究院陳義教授,他的論文提及六個問題:⑴小說觀念與越南漢文小說目錄;⑵從正史到稗官野史和越南小說之分類;⑶漢文小說之來源;⑷作者隊伍與其創作動機;⑸越南漢文小說的內容;⑹漢文小說的藝術。按他的意見,越南漢文小說內容包括:反映本國歷史的重要轉折,書寫本國歷史名人與越南傳統文化,書寫越南封建社會各階層,記述男女愛情和儒、佛、道、風水、巫卜、陰陽五行等思想對漢文小說的影響。在藝術方面,歷史、筆記、遊記小說以寫實為主,作者要很好地處理史實與虛構的關係,也就是說虛構要恰到火候的程度。在上述小說中,《皇黎一統志》是最善於處理「史」與「文」結合的一部歷史小說;在人物形象的創造,它也達到典型的藝術水平。至於傳奇、志怪、公案、豔情(他指的是才子佳人)小說,作者們已有意識「作意好奇」來吸引讀者(如《南天珍異集》中的〈阮壽春〉,評論者的評語已指出)。作者們也運用「幻化」、「談玄」和「取眾」的手法,把喃字六八詩、漢字六八詩插入故事之中,使之不單調(詳參《越南漢文小說總集》的〈引論〉,頁五~四九)。

傳奇小說總體研究的是范文琛一九九六年博士論文《越南中世紀漢文傳奇體類的評價與文本研究》(未出版),共五章:漢文傳奇標誌的確立;漢文傳奇書目的確立;文本問題;內容特點;藝術特點。在〈文本問題〉一章,他研究八個作品的文本:《聖宗遺

草》、《傳奇漫錄》、《傳奇新譜》、《公餘捷記》、《蘭池見聞
錄》、《越南奇逢事錄》、《傳奇新錄》與《雲囊小史》。他認為
在傳奇小說創作中,作者的想像力比較豐富,擬人化、神奇化手法
運用得比較順手。

(二)作者、作品研究

　　深入研究《皇黎一統志》的是范秀珠《皇黎一統志:文本、作
者與人物》一書,社會科學出版社,一九九七年,二五七頁。拙書
對文本、作者和主要人物作詳細的考查、分析,跟前輩學者、同輩
學者對話,得出重要結論之一是:《皇黎一統志》是越南第一部作
者同時是書中人物,所反映的現實是作者親眼看見、聽說或經歷過
的歷史小說;經過吳時俵、吳時攸、吳時倩等人的起草與續編,虛
構、有疑問、捏造的細節越來越多;再看全書的結構,詳簡不一。
筆者肯定它是小說而不是歷史,雖然它的歷史價值很高。針對上述
三方面的單篇論文也不少,其中有謝玉璉、喬收獲、阮祿、文新
等,形成一時的爭論。

　　第二部學者們集中研究的小說是《傳奇漫錄》。比較全面研究
的是裴惟新教授〈傳奇漫錄——越南漢文傳奇的成就〉(收在《越
南中世紀文學一部份作者、作品的考與論》,教育出版社,一九九九年,頁三
七二~四○八)。其他各方面的研究論文還有:阮登那〈傳奇漫錄包
括二十或二十二篇小說?〉、陳義〈試比較傳奇漫錄與剪燈新話〉
(詳看《漢喃雜誌》一九八八年第二號與一九八七年第一號)、范秀珠〈剪
燈新話與傳奇漫錄的關係〉(《文學雜誌》一九八七年第三號)、〈傳
奇漫錄與我國的比較研究〉(收在《在兩源流間行走》,社會科學出版
社,一九九九年,頁三一四~三二六)、阮氏驚〈伽婢子、雨月物語與

傳奇漫錄〉（《漢喃雜誌》一九九四年第四號）、阮范雄〈阮嶼傳奇漫
錄創作傾向的理解〉（《文學雜誌》一九九七年第二號）等。

第三部引起研究者注意的小說是《聖宗遺草》。其書的作者，
是個爭論不休而沒有得到最後定論的問題。學者們以爲有六點讓人
懷疑聖宗皇帝是這部小說集的作者：人物學位如「副榜舉人」，不
是聖宗時的稱呼；第一人稱的講述者常說「予潛邸時」、「予在東
宮時」，但實際上聖宗無此經歷；文章不是名家筆法；一些地名在
後黎和阮朝才有；傳中的事件和史書的事件頗有差異；小說的思路
（〈塵人居水府〉、〈浪泊逢仙〉）和聖宗思想不同。一般學者只好做
折衷的論斷：《聖宗遺草》的創作是個累積的過程，多人參加，其
中有黎聖宗，但其作品已被修改、加減。總之，它是「一個藝術結
構的整體」（陳冰清），「是越南中世紀短篇小說發展進程中的突
起現象」（武清），「是敘事小說中重要發展的里程碑」（裴惟新），
「奇幻要素運用得體，使人物品質完整露出」（黎日期）……（詳看
《出眾政治家、出色文化家、大詩人的黎聖宗皇帝》，社會科學出版社，一九
九八年）。

其他的小說也有人初步研究，如阮文環〈南天珍異集：編寫資
料基礎考〉、阮文玄〈新傳奇錄與范貴適〉、阮金鶯〈關於雲囊小
史〉、楊寶軍〈關於嶺南摭怪之跋〉、黃文樓〈敏軒說類文本與作
者〉等。（詳看《漢喃雜誌》一九八八年第二號、一九九一年第一號、一九
九七年第二號、一九九四年第二號、一九八九年第一號。）

總的來看，比起詩文研究論文、書籍來說，小說研究論文、書
籍還少得很，但總算已形成一個越來越年輕、可靠的隊伍，研究範
圍越來越擴大，研究質量也隨之提高。去年年底，阮登那教授編了

《越南中世紀小說》（三輯：短篇小說、記與章回小說），供中學、大
學師生使用。單單章回小說，他就寫了一二一頁介紹、研究章回小
說形成過程及其藝術特徵。這可說是越南漢文小說整理與研究向新
世紀邁進可喜的預報。

韓國漢文小說的搜集與整理

東吳大學中文系
王國良

一、緒言

以漢字做爲書寫工具的地區，我們稱之曰漢文化區。漢文化區，以中國漢文化爲主流，並包括韓國、日本、琉球、越南等地。這些國家曾長期以漢字爲表達工具，創作了大量的漢文作品，與中國相對而言，它們可稱爲域外漢文化區。

漢文化整體研究，不僅有助於瞭解中國漢文化在域外的傳播與發展，足以豐富中國文化的知識；而對韓國、日本、越南諸國之漢文化的認識，亦饒具意義。因爲唯有通過整體的研究，才能將諸國在漢文化的位置，以及它們對中國漢文化的吸收和發展等眞相全面顯示出來。同時，漢文化的整體研究，更可以開拓傳統漢學研究的領域。它將使素來被傳統漢學所棄置的域外漢文化資料，納入漢學研究的範疇，形成一個超越國界的文化區之綜合研究。採用新的資料，採取比較的研究方法，自然就能獲得新的研究成果。

域外漢文化涵蓋學術之各方面，需要種種專家通力合作，才能進行全面的研究。做爲文學研究者，我們選擇域外漢文學爲研究對象。域外漢文學以詩、文爲大宗，小說次之，戲劇則絕無僅有。在

傳統的漢文化觀念下，詩文才屬正統文學，小說向來受到輕視。因而各國漢文學研究，漢詩、漢文備受重視，漢文小說較鮮爲人知，亦較少做爲研究對象。但在域外漢文學中，最能表達自己民族特質的，非小說莫屬。各國的漢詩漢文，常是模仿中國漢詩漢文，而且又受到篇幅及創作規則的限制，難以將自己的民族精神作深刻的表現。因此，在域外漢文學中，我們選擇漢文小說做爲整體研究的起點。

二、韓國漢文小說之整治成績

不少域外漢文小說多年來僅以抄本形式流通；或雖曾刊刻出版，也未能引起一般人重視。其中，有的已在該國失傳，幸好尚保存於國外；有的則根本從天壤間消失，十分可惜。目前，域外漢文小說在各國收藏和整治的情況，極不一致。此次座談，因事先已做了初步任務區分，本人僅就數年來接觸比較多的韓國漢文小說的資料收集及整理方面，提出一些工作經驗及目前所面臨之問題的相關報告。

韓國漢文小說數量極多，歷來大都以抄本形式流傳，估計不下數百萬字。李氏王朝時期出版的木刻本，有《金鰲新話》、《九雲夢》、《林將軍傳》；舊活字本有《淑香傳》、《廣寒樓記》、《興武王演義》。本世紀以來，刊行的石印本有《倡善感義錄》、《春香傳》；鉛排本有《彰善感義錄》、《謝氏南征記》、《玉麟夢》、《興夫傳》等。目前這些抄本及印本，大抵庋藏在各公立圖書館或大學圖書館中；唯屬於個人收藏的，也不在少數。近二、三十年來，另出版有漢文短篇小說選多種，如：尹榮玉編著，《韓國

漢文小說》（漢城，榮文社，一九六三年）；國語國文學會編，《漢文小說選》（漢城，大提閣，一九七六年）；李家源編著，《麗韓傳奇》（漢城，友一出版社，一九八一年）；朴熙秉選注，《韓國漢文小說》（漢城，一九九五年）；黃淳九編，《漢國漢文小說選》（漢城，白山社，一九九七年）等。這些短篇小說選，大部分是爲韓國大學國文系或漢文系學子而編成。

一九七七年，高麗大學校國文系教授丁奎福博士完成了《九雲夢原典之研究》，由漢城一志社出版。丁教授出身於成均館大學及高麗大學國文科，六〇年代初期曾到臺北國立師範大學國文研究所進修兩年，在版本校勘學上有良好的訓練。他利用《九雲夢》老尊本、乙巳本、癸亥本及其他寫本，長時期做了詳細比對校正，完成韓國漢文小說出版史上第一部長篇定本，貢獻卓著。

一九八〇年五月，臺北中國文化大學韓文系林明德教授，將其留學韓國數載所搜集之漢文小說珍貴資料，整理編輯《漢國漢文小說全集》九冊，由中國文化大學出版部發行；另一卷補遺，則仍待補充續編。目前已印行的部分，長篇十餘部，短篇一百四十餘種，總字數已達二百四十萬字左右。雖未能將韓國漢文小說一網打盡，也算是工程浩大；而以個人力量完成此事，備極辛勞，其嘉惠中、韓學人之功，尤不可沒。

三、中、韓、法三方合作計畫

一九八七年七月，本人與法國國家科研中心陳慶浩博士首次抵達漢城，開始了「韓國漢文小說整理與研究」任務之旅。我們參觀了中央圖書館、韓國精神文化研究院藏書閣、漢城大學校奎章閣，

以及高麗大、延世大、成均館大的圖書館，對於各處漢籍收藏情況有一些概念。其間，也拜訪了車柱環、丁奎福幾位教授，並與韓國東方比較文學會成員晤談，初步交換了中、韓合作整理漢文小說的可能性。此外，我們也到漢城的大書店購買不少必備參考書。

八八年以後，幾乎每隔一兩年，我們或者聯袂，或者單獨前往韓國漢城、大邱等地，訪查漢文小說保存狀況，拜會重要古小說收藏家，如已故的檀國大金東旭教授，也陸續添購工作參考用書。其間，曾獲得韓國精神文化研究院和漢城中央圖書館慷慨提供它們所藏的全部韓國漢文小說資料，但得自其他單位（如各大學圖書館）或個人收藏則數量甚少，只能從幾套筆寫本韓國古小說叢書與古小說研究專著附錄中逐一尋找影印。整個工作幾乎完全是以私人自費的方式進行，績效不夠迅速顯著。

九五年下半年，陳慶浩教授與本人向臺北蔣經國國際學術交流基金會提出一份三年期的「朝鮮漢文小說之研究及出版計畫」申請案。次年獲得基金會通過自九六年七月至九九年六月的計畫補助。我們分別成立了「法國朝鮮小說整理及研究小組」、「臺灣朝鮮漢文小說整理與研究小組」，積極展開人員組織、資料搜集和選擇重要作品，如：《九雲夢》、《九雲記》、《六美堂記》、《謝氏南征記》、《壬辰錄》……等，分頭進行校勘標點的工作，並由東吳大學編出〈已收藏朝鮮漢文小說目錄〉，以利查核檢用。

九八年二月，韓國高麗大學校民族文化研究所所長金興圭教授、國文科張孝鉉教授及中文科崔溶澈教授到臺北訪問，與東吳大學中文系、法國法蘭西學院朝鮮研究中心簽訂合作協定。三方決議以五年的時間，合作整理及出版《韓國漢文小說叢刊》。韓方負責

韓國漢文小說資料之搜集、各書的審閱及撰寫出版說明，中、法雙
方則擔任匯集韓國以外有關資料與整理、標點、出版等工作。三方
並將定期召開學術研討會，溝通觀念，促進工作效率。截至目前為
止，已由東吳大學在九八年六月主辦了為期一天半的「韓國漢文小
說研討會」；九九年六月，更擴大舉辦「域外漢文小說國際學術研
討會」。有關韓國漢文小說的版本、校勘暨整理，往往是大家關注
的焦點。

　　除了「臺灣朝鮮漢文小說整理與研究小組」原來已擁有的韓國
漢文小說資料以外，高麗大學國文科張孝鉉教授、中文科崔溶澈教
授等人，非常努力地徵集韓國各學術單位和個人收藏的資料，進度
頗稱快速順利。目前已經分批寄到東吳大學中文研究所，予以分類
建檔，並物色合適校勘整理的對象，將相關資料彙整，送交當事人
負責處理。

　　關於《韓國漢文小說叢刊》第一輯，初步規劃將分成六冊
（卷）。卷一，傳奇小說，包括：《金鰲新話》、《企齋記異》、
《崔陟傳》、《周生傳》、《雲英傳》、《洞仙記》、《王慶龍
傳》、《憑虛子訪花錄》……等；卷二，寓言小說，包括：《愁城
誌》、《花史》、《天君紀》、《四代紀》、《玉皇記》、《天君
演義》、《天君本紀》、《天君實錄》、《鼠獄記》、《蛙蛇獄
案》……等；卷三，愛情・世態小說，包括：《淑香傳》、《紅白
花傳》、《鍾玉傳》、《烏有蘭傳》……等；卷四，幻夢小說，包
括：《大觀齋記夢》、《元生夢遊錄》、《達川夢遊錄》（兩
種）、《金華寺夢遊錄》、《奈城誌》、《何生夢遊錄》、《王會
傳》……等；卷五，家庭・家門小說，包含：《一樂亭記》、《寶

鶴夢》兩部；卷六，軍談·英雄小說，包含：《九雲夢》、《六美
堂記》兩部。

　　我們要求所有參與點校的同仁，確實遵從《韓國漢文小說叢
刊·編輯凡例》執行整理校錄工作。譬如：盡量選擇善本做爲底
本，再根據其他複本參校，其有異文，則擇善而從，並出校記說
明；然爲補足文義而臆加之文字，則以〔〕號標明；迻錄原文時，
均加標點分段，並加上書名號。假若遇到底本中有繁、簡兩種不同
系統，則分別點校處理，不勉強綴合。點校完成後，各本前面均附
〈出版說明〉，簡介撰者生平、撮述原書版本、源流、影響及校勘
等問題，並加內容提要。如果一切進行順利，在公元二〇〇一年，
將於臺北、漢城分別印行中國、韓國兩種大同小異的版本，提供全
世界學人參考使用。

四、結語

　　我們將全部漢文小說的整體研究做爲實現漢文學暨漢文化整體
研究的起點，在基礎上如何先完成域外漢文小說的整理點校工作勢
在必行。日本漢文小說大體上以刻本、印本爲主，校勘問題比較單
純；越南漢文小說刻本、抄本參半、參雜少數字喃問題，在中、越
學者通力合作下，不難解決；韓國漢文小說，長篇之屬於刻本、印
本居多，中、短篇作品則大抵爲抄寫本，版本情況比較複雜，在彙
整校點上困難度甚高，更需要中、韓雙方學者專家群策群力，做出
圓滿的結果。

臺灣對於越南、日本漢文小說 的整理與研究

中正大學語言與文學研究中心執行秘書 陳益源

一、前言

　　二十世紀末二十年，臺灣中文學界開始認真地探索日本、韓國、越南等國漢文小說的豐美世界，並累積了許多具體的成果。二十年後的今天，「中國域外漢文小說國際研討會」在國立中正大學召開，並舉辦本項以「二十年來域外漢文小說的整理與研究」為主題的綜合座談，目的是希望藉由各地的回顧、檢討與交流，以利於相關課題在二十一世紀的繼續推展。

　　關於臺灣「域外漢文小說的整理與研究」的情形，一九九一年，我曾以〈中國域外漢文小說在臺灣〉為題，回顧過臺灣學界在八〇年代的十年努力❶；二〇〇〇年，亦曾以〈域外漢文小說的探

---

❶　「第五屆臺港澳暨海外華文文學國際學術研討會」（一九九一年七月，廣東中山）論文，收入該會會議論文集，並載於《北京圖書館館刊》，一九九四年第三／四期，頁九八～一〇五。

索〉爲題，論及九〇年代的發展情形❷。這兩篇論文，都是就日、韓、越三國漢文小說一併敍述的。

現在，我打算繼王國良教授談論韓國漢文小說之後，專門針對越南、日本漢文小說，各分整理出版、研究討論兩部分，重新做一精要的介紹，並補充報告國立中正大學語言與文學研究中心最新的研究訊息，提供在場的海內外學者專家參考。

二、越南漢文小說在臺灣

㈠整理出版情形

臺灣對於越南漢文小說的整理出版，目前的成績可能是最爲耀眼的。一九八七年四月，陳慶浩、王三慶教授主編《越南漢文小說叢刊》第一輯七冊，由法國遠東學院出版、臺灣學生書局印行，這是越南漢文小說在國際間首度以此大規模的嶄新面貌亮相。

長期以來，越南漢文小說資料散藏越南、法國和日本的一些圖書館中，研究者不易接觸，故如《漢文文學在安南的興替》一書❸，堪稱小型的越南漢文學史，卻僅有隻字片語談及漢文小說。實際上，越南昔日漢化甚深，估計現存越南漢文小說，至少有三百萬字之多。依性質區分，包括神話傳說、傳奇小說、歷史演義、筆記小說與現代小說等五類❹，《越南漢文小說叢刊》第一輯涵蓋了前

---

❷ 收入龔鵬程主編之臺灣學生書局四十週年紀念專集，二〇〇〇年九月。

❸ 鄭永常撰，香港能仁書院中文研究所碩士論文，臺灣商務印書館出版，一九八七年四月，凡二三二頁。

❹ 所謂「現代小說」，陳慶浩先生說明：「這是本世紀以來，受西方文化和中國白話文學影響而創作的現代白話小說，數量不多，勉強算作一類，可

四類的重要內容。

《越南漢文小說叢刊》第一輯，出版七冊，第一冊是《傳奇漫錄》，第二冊有《傳奇新譜》、《聖宗遺草》、《越南奇逢事錄》（以上為傳奇類）；第三冊是《皇越春秋》，第四冊是《越南開國志傳》，第五冊是《皇黎一統志》（以上為歷史小說類）；第六冊有《南翁夢錄》、《南天忠義實錄》、《人物志》，第七冊有《科榜傳奇》、《南國偉人傳》、《大南行義列女傳》、《南國佳事》、《桑滄偶錄》、《見聞錄》、《大南顯應傳》（以上為筆記小說類）。收書凡十七部，約一百五十萬言，這批資料得來不易，尤可貴者，它網羅了各種異本，委託中國文化大學中文研究所「越南漢文小說校勘小組」詳加校點，並由主編於每部書前，就作者、版本源流、內容等撰述「出版說明」，符合學術要求。所以《叢刊》甫出，即榮獲臺灣新聞局頒發「金鼎獎」（圖書主編獎）；越南學者得知消息，也主動提供資料，加入後續的出版計畫。

一九九二年十一月，陳慶浩、鄭阿財、陳義主編的《越南漢文小說叢刊》第二輯，繼續由臺灣學生書局印行，內容包括《嶺南摭怪列傳》三種、《天南雲籙》、《粵甸幽靈集錄》四種（以上為神話傳說類），《皇越龍興志》、《驪州記》、《後陳逸史》（以上為歷史小說類），《南天珍異集》、《聽聞異錄》、《喝東書異》、《安南國古跡列傳》、《南國異人事跡錄》、《雨中隨筆》、《敏軒說類》、《會真編》、《新傳奇錄》（以上為筆記、傳奇小說類），

以視為上四類的附錄。」語見〈《越南漢文小說叢刊》總序〉一文，載於《中國書目季刊》第二十卷第二期，一九八六年九月，頁三～七。

共五冊。

截至目前爲止，越南漢文小說仍舊沒有停止搜集，在陳慶浩、陳益源與越南漢喃研究院黃文樓等人的通力合作下，已經掌握《南海四位聖娘譜錄》、《大南奇傳》、《陳朝上將事記》、《本國異聞錄》、《綴拾雜記》、《公餘捷記》、《山居雜述》、《花園奇遇集》、《古怪卜師傳》、《雲囊小史》、《鳥探奇案》、《婆心懸鏡錄》、《野史》、《上京記事》、《邨江名將列傳》、《雲葛女神古錄》、《異人略記》、《再生事蹟》、《傳記摘錄》、《黎郡公古傳始末》、《生生緣》等二十餘種新資料的相關線索，日後仍準備在臺整理出版《叢刊》第三輯，將越南漢文小說盡可能全部收齊。

㈡研究討論情形

關於越南漢文小說的研究討論，在臺灣亦有不錯的成果。《越南漢文小說叢刊》整理期間，陳慶浩先生曾在雜誌上談〈窮千里目，看漢文學史〉❺，並於會議中講〈簡介越南漢文小說的內容及其出版計劃〉❻；《叢刊》出版之後，他幾度重申「漢文化整體研究」的觀念，並撰有〈越南漢文歷史演義初探〉❼，分析《皇越春秋》、《越南開國志傳》、《皇黎一統志》、《皇越龍興志》四書的特點。後來，鄭阿財〈越南漢文小說的歷史演義〉、〈越南漢文

❺ 戴玉整理，載於《國文天地》第九期，一九八六年二月，頁一七～二一。
❻ 載於《第一屆中國域外漢籍國際學術會議論文集》，聯合報文化基金會國學文獻館，一九八七年十二月，頁一一三一～一一三七。
❼ 收入《第二屆中國域外漢籍國際學術會議論文集》，聯合報文化基金會國學文獻館，一九八九年二月，頁三九三～三九七。

小說中的歷史演義及其特色〉❽續作發揮。兩位先生一致肯定《叢刊》「歷史小說類」的作品，備載中越官方、民間交往之實，對我們了解兩國關係，很有幫助。

另外，關於「筆記小說類」的越南漢文小說，王三慶〈越南漢文筆記小說〉❾介紹其文學價值有四：可以輯出大量的越南文獻資料、可以發掘出大批的詩文、神話傳說的淵藪及比較文學的富礦、可以發掘越南漢文學的部分理論；史學價值亦有四：補充越南極重要的筆記叢書、制度史的重要參證、越南古今地名流變的參考、豐富中越兩國外交史料。

關於「傳奇類」的越南漢文小說，陳益源曾取阮嶼《傳奇漫錄》，與明初瞿佑《剪燈新話》進行比較研究，撰寫碩士論文❿，並發表〈越南漢文小說《傳奇漫話》的淵源與影響〉⓫。以往海內外學術界評述《剪燈新話》之作甚多，但始終充滿誤會⓬；固知其盛傳東亞，直接帶動韓國李朝小說和日本江戶文學的蓬勃發展，卻

---

❽ 前者收入《域外漢文小說論究》，臺灣學生書局，一九八九年二月，頁九三～一一二；後者載於《文學絲路——中華文化與世界漢文學論文集》，世界華文作家協會，一九九八年八月，頁一六二～一七七。

❾ 載於《國文天地》第三十三期「海外漢文學」專欄，一九八八年二月，頁九〇～九四。

❿ 名為《剪燈新話與傳奇漫錄之比較研究》，中國文化大學中文研究所一九八八年碩士論文，後來修訂出版，臺灣學生書局，一九九〇年七月，凡二四三頁；該書增訂版並已由越南文學院范秀珠、陳冰清與漢喃院阮氏銀譯成越文，由河內的文學出版社發行，二〇〇〇年二月，凡三七〇頁。

⓫ 收入《域外漢文小說論究》，同註❽，頁一一三～一五五。

⓬ 詳參陳益源：〈關於《剪燈新話》的幾個誤會〉，載於《中外文學》第十八卷第七期，一九九〇年二月，頁一三三～一七二。

對它南傳越南，強烈影響《傳奇漫錄》，掀起該國創作傳奇小說的風氣，所知有限。如今，《傳奇漫錄》諸作隨著《叢刊》的出版再現，提供了我們反省、重估《剪燈新話》成就及地位的新證。除此，曾永義〈從《項王祠記》的劉項論說起〉❸、黃啓方〈從《金華詩話記》看安南黎朝的漢詩發展〉❹，則都是運用《傳奇漫錄》的單篇故事，展開精闢的詮釋。

至於「神話傳說類」的越南漢文小說，林翠萍在王三慶教授指導下撰有《〈搜神記〉與〈嶺南摭怪〉之比較研究》一書❺，就《搜神記》與《嶺南摭怪》的問世與流傳、故事類型及其意涵、內容與情節、藝術成就與文學影響，進行比較研究，肯定《搜神記》「在中國小說史上的地位與貢獻，隨著域外漢文學的拓展，已有了跨國性的意義與價值」，而越南《嶺南摭怪》「則不僅只是越地志怪文學的殊榮，亦是中國志怪文學的傑出表現」。另外，鄭阿財教授也曾討論《嶺南摭怪》卷二的〈李翁仲傳〉，撰有〈越南漢文小說中的「翁仲」〉一文❻。

可喜的是，近幾年內，在陳益源執行「中越金雲翹傳之比較研究」、「漢喃研究院所藏越南漢文小說及其與中國小說之關係」等

---

❸ 收入《第三屆中國域外漢籍國際學術會議論文集》，聯合報文化基金會國學文獻館，一九九〇年十一月，頁二二七～二六一。

❹ 收入《第四屆中國域外漢籍國際學術會議論文集》，聯合報文化基金會國學文獻館，一九九一年八月，頁二四五～二五四。

❺ 國立成功大學中文研究所碩士論文，一九九六年一月。

❻ 《域外漢文小說國際學術研討會論文集》，東吳大學中文系，一九九九年九月，頁一四五～一六二。

國科會補助之專題計畫的調查研究基礎下，另一項大型的「中越法合作研究越南漢文小說之研究計畫」，已於二〇〇〇年下半年，由國立中正大學語言與文學研究中心正式和越南社會科學與人文國家中心漢喃研究院、法國國立科學研究中心中國文化研究所，達成中越法三方進行國際學術合作的共同協議。法國方面由著名漢學家陳慶浩博士直接參與，越南方面則有漢喃研究院鄭克孟院長的支持，並由該院副院長阮玉潤博士領導了一個特別工作小組，協同研究，陣容堅強。可以預期的是，此一合作研究計畫的成果，既可呈現越南漢文小說發展的完整面貌，亦能充分反映中國及中國域外漢文化的豐富多采。這對於中越文化的認知、東亞合作的拓展，以及國際學術的交流，相信都能做出具體的貢獻。

三、日本漢文小說在臺灣

㈠整理出版情形

日本因和文小說發達較早，漢文小說的數量不及韓國、越南豐富，各種《日本漢文學史》關於它的介紹，幾呈一片空白，與漢詩、漢文比較起來，根本不成比例。然而，一九八七年四月，王三慶先生前往日本天理大學講學，利用暇餘致力搜求，一年之間，便尋獲數十種，時代分佈奈良、平安、江戶、明治及以後諸朝，可見日本並非沒有漢文小說。這些漢文小說的質量，雖不足與和文小說相抗衡，但亦自有其創作的歷史和意義⑰。

---

⑰ 詳見王三慶：〈日本漢文小說研究初稿〉，收入《域外漢文小說論究》，同註⑧，頁一～二七。

　　一九九八年七月起，王三慶與中正大學莊雅州教授等人，共同主持了一項名爲「中日法合作研究日本漢文小說研究計畫」，這項計畫得到了蔣經國國際學術交流基金會的三年經費補助，在王三慶教授過去累積的基礎上，配合日本筑波大學內山知也教授的大力協助，第一年度已搜集菊池純《本朝虞初新志》、《西京傳新記》，磐溪大槻《奇文欣賞》、《刪修近古史談》，近藤元弘《日本虞初新志》，石津發士節《譯準綺語》，藍澤南城《啜茗談柄》，負山樵夫《寒燈夜話》，醉夢居士《鴨東新話》等，近七十種日本漢文小說，其中《本朝虞初新志》、《寒燈夜話》、《開口新語》等三十三種做了初步整理並交付打字，另又開列多種待收書目，繼續加強訪求。

　　第二年度則已順利完成二十種樣書的製作，並取得日本財團法人斯文會、法國國家科學研究中心與臺灣學生書局的同意，正向蔣經國國際學術交流基金會提出「中日法合作《日本漢文小說叢刊》第一輯之出版計畫」的申請，預定二○○二年六月正式在臺出版，屆時可望塡補眼前日本漢文小說的空白，開啓日本學研究的一個新天地。

(二)研究討論情形

　　《日本漢文小說叢刊》雖然尚未付梓，但是王三慶先生已撰〈日本漢文小說研究初稿〉一文❶，介紹他經眼的日本漢文小說，探討中日交通史、日本漢學和漢文小說間的對應問題；並就內容、文體、思想三方面，分析日本漢文小說的現象；且歸納其創作動機

---

❶　同註❶。

有「只是遊戲消閒之作」、「具有改造社會風氣的意圖」、「學習漢文的示範教科書」三點。這篇論文，對學界有突破盲點、振聾啓聵之功。後來，他還撰有〈明治時期的漢文小說〉、〈日本漢文小說詞彙用字之分析研究〉⑲諸作，並對〈日本漢文小說研究初稿〉做了精細的修訂與補充。另外，李進益先生也利用了大量的日本漢文小說資料，撰有《明清小說對日本漢文小說影響之研究》一書⑳，與〈日本漢文小說的藝術特色〉、〈《譯準開口新語》初探〉㉑等文。

特別值得推崇的是，中正大學語言與文學研究中心「中日法合作研究日本漢文小說研究計畫」的日本協同主持人內山知也教授，他在廣泛搜集資料之餘，有感於日本漢文小說深入研究之必要，因此在東京號召成立了「日本漢文小說研究會」（在座的有澤晶子教授便是該會的理事），定期舉辦會員讀書會，推動討論、研究的風氣。他這種積極而嚴謹的治學態度，深獲臺灣學者敬佩。

四、小結

在臺灣，早期專攻類似「漢文化整體研究」的學者，首推臺灣

---

⑲ 前者收入《文學絲路——中華文化與世界漢文學論文集》，同註❽，頁一二一～一三一；後者收入《域外漢文小說國際學術研討會論文集》，同註❻，頁一～六一。

⑳ 中國文化大學中文研究所博士論文，一九九三年六月。

㉑ 前者收入《文學絲路——中華文化與世界漢文學論文集》，同註❽，頁一一二～一二〇；後者收入《域外漢文小說國際學術研討會論文集》，同註❻，頁八一～九一。

師範大學的朱雲影教授。他窮數十年之力，爲文倡導「中國文化圈」的研究，結集《中國文化對日韓越的影響》一書。其中收錄〈中國文學對日韓越的影響〉一文，曾呼籲重視「日、韓、越各國過去的那些漢文作品」❷；偏偏在其大作中，找不到任域外漢文小說的蹤跡，這可能跟資料的不易取得有關。再者，臺灣各大學的中文研究所，歷來雖有外籍青年或華僑留學，可是即使他們在撰寫中外文學因緣之類的學位論文時，亦鮮能兼顧本國或域外各國的漢文小說，這想必也跟資料的不爲人知有關。因此，在相關資料未整理出版之前，臺灣地區關於越南、日本漢文小說的研究，可以說乏善可陳。不過，隨著《越南漢文小說叢刊》、《日本漢文小說叢刊》乃至《朝鮮漢文小說叢刊》的陸續整理出版，我們相信這種缺憾必將逐漸獲得改善。

　　近二十年來，臺灣除了整理出版域外漢文小說資料之外，研討討論的風氣也慢慢打開。自一九八六年九月起，聯合報文化基金會國學文獻館連續召開了八屆「中國域外漢籍國際學術會議」❷；一九八七年九月，龔鵬程先生主持過一場「域外漢文學的出版與研究」座談會❷；一九八八年十月，由中國古典文學研究會主辦的

---

❷　黎明文化事業有限公司，一九八一年四月，頁一〇五。朱雲影先生「中國文化圈的研究」，可參黃秀政：〈中國對於日韓越的影響──評介朱著《中國文化圈之歷史的研究》〉一文，載於臺灣《中央日報》副刊，一九七五年五月一～三日。

❷　先後結集之《中國域外漢籍國際學術會議論文集》，共七冊（第七、八屆合爲一冊），聯合報文化基金會國學文獻館印行。

❷　座談會記錄由陳益源整理，載於《中國書目季刊》第二十一卷第三期，一九八七年十二月，頁三～一二。

「第九屆中國古典文學會議」也曾以「域外漢文小說」爲會議專題之一❷。專門針對域外漢文小說舉辦的國際學術會議，是近兩三年才開始的，而且主要由東吳大學中文系王國良教授所策劃，包括一九九八年六月的「韓國漢文小說學術研討會」，同年八月的「中華文化與世界漢文學研討會」，和一九九九年六月的「域外漢文小說國際學術研討會」。這三項大型國際會議的密集召開，加上這次中正大學主辦「中國域外漢文小說國際學術研討會」，可以說是歷來域外漢文小說研究的一個新高潮。

　　未來，我們希望「越南漢文小說學術研討會」、「日本漢文小說學術研討會」和新的「中國域外漢文小說國際學術研討會」，也都能不斷地在臺灣舉辦，那麼展望二十一世紀至少前二十年，臺灣對於越南、日本（以及韓國）漢文小說的整理與研究，相信一定還會有更穩健的發展，也必能累積出更豐碩的成果。

---

❷　專題論文曾結集成書，即《域外漢文小說論究》，同註❸。

起步階段的中國大陸
域外漢文小說研究

上海師範大學文學所
李時人

由於地域和歷史原因，東亞地區歷史地存在著一個「漢字文化圈」。在相當長的歷史時間內，日本、朝鮮半島和根據現代地理劃分屬於東南亞地區的越南，曾大量輸入中國文化，特別是這些國家和地區的人們還長期使用漢字，並用漢字創作了大量著述。在千餘年的歷史時間內，日本、朝鮮半島和越南人所創作的漢文著述，不僅是所在國家和地區的寶貴文化、文學遺產，也是歷史上東方文化、東方文字的重要組成部分。如果否認這一點，東方文化史、文學史將會出現不少空白。但是，近世以來，由於複雜的原因，人們忽視了中國文化、中國文學對日本、朝鮮半島和越南的巨大影響，也忽視了這些國家和地區現存的大量漢文文學遺產。顯然，開展中國古代文字在這些國家和地區的傳播與影響的研究，開展對保存在這些國家和地區的漢文文學作品的研究，對於研究東亞的歷史文化是十分重要的。

最近二十年來，海內外不少學者注意到這個問題，也有不少學者介入了「中國域外漢籍」，包括中國「域外漢語文學作品」的研

究。其中「域外漢文小說」的整理與研究是其中一個重要方面。一
九八七年由旅法學者陳慶浩先生與中國臺灣學者、越南學者合作編
校，由臺灣學生書局印行的《越南漢文小說叢刊》一～二輯，以及
以後在中國臺灣陸續出版的一些研究著述和論文，都是值得稱道的
成果。最近中國臺灣和日本、韓國的學者又有合作整理、出版《日
本漢文小說全集》與《韓國漢文小說全集》的計劃。相比較而言，
在中國大陸，有不少學者從事日本、朝鮮半島的古代漢詩或其他漢
籍的研究，涉足研究域外漢文小說的人卻不多，或者說，中國大陸
在漢文小說的整理與研究尚處於起步階段。現僅就個人所知，將有
關情況介紹如下：

關於古代朝鮮半島的漢文小說研究情況

中國大陸於一九八六年出版了韋旭升《朝鮮文學史》（北京大
學出版社），其中也簡略介紹了一些朝鮮半島的古代漢文小說。一
九八六年出版了金萬重的《九雲夢》（韋旭升譯，北岳文藝出版社），
一九八七年出版了金萬重的《謝氏南征記》（金香澤譯，中州古籍出
版社）。《九雲夢》與《謝氏南征記》皆有韓文與漢文兩種不同的
本子，他們卻是根據韓文翻譯的。一九九一年出版了《玉樓夢》
（葉桂桐、葉蔚編譯，南海出版公司），則是漢文小說。

八十年代起大陸不少大學成立了韓國研究所，陸續出版了不少
有關研究著述和論文集，但其中幾乎沒有研究漢文小說的。不過，
一九九二年吉林教育出版社出版的《朝鮮文字藝術大辭典》（崔成
德主編）對古代朝鮮半島的漢文小說有較多的介紹。一九九六和一
九九八年社會科學文獻出版社出版了張璉瑰翻譯的《韓國文學史》

（趙潤濟著）和《朝鮮漢文學史》（金臺俊著）。可以幫助我們對韓國古代漢文小說有更多的了解。一九九八年上海學林出版社出版了（韓國）閔寬東的博士論文《中國古典小說在韓國之傳播》，介紹了中國古代小說在韓國的傳播。一九九八年延邊大學出版社出版了金寬雄著《韓國古代小說史稿》（上卷）。其中包括對古代朝鮮半島漢文小說的介紹和論述。

我請兩位學生檢索了一下近年來研究朝鮮半島古代漢文小說的論文，僅在北京大學出版社出版的《朝鮮學論文集》第一輯（一九九二）查到一篇〈朝鮮古典小說《九雲夢》和《謝氏南征記》〉（周有光），但仍以金萬重作爲韓國的「國語作家」來論述的。我本人曾在一九九八年第六期《復旦學報》發表了一篇《中國古代小說在韓國的傳播與影響》，其中包括對古代朝鮮漢文小說的介紹。

關於古代日本漢文小說研究情況

日本研究一直爲中國大陸學術界所重視。對日本古代人文方面的研究亦開展的比較充分，有大量有關日本歷史、日本文化史、日本文學史等方面的著作。關於中日文化交流、文學交流、文學比較方面的著作亦不少，甚至還出版過《日本漢詩史》等著作。但遍檢大量有關書目和著述，雖然在有關的日本文學史、文學辭典中有很少一些有關日本漢文小說的介紹，卻沒有查到有關古代日本漢文小說的專著。有關的論文亦未見。僅一九九〇年湖南人民出版社出版過一本題名《東洋聊齋》的讀本（依田百川著，孫菊園、孫遜編譯）。

關於古代越南漢文小説研究情況

中國大陸學術界對越南古代的研究一向不夠，僅一九五九年翻譯出版過（越南）陶維英著《越南古代史》（北京科學出版社），一九九二年翻譯出版了（越南）陳重金著《越南通史》（北京商務印書館）。關於越南古代文學北京大學東方學系顏保先生和他一些學生八十年代後曾有過一些論文，但很少涉及到古代越南的漢文小説。一九九一年中州古籍出版社出版了由戴可來、楊寶筠校注《〈嶺南摭怪〉等史料三種》，其中《嶺南摭怪》被陳慶浩等先生列入《越南漢文小説叢刊》，或可稱爲對越南古代漢文小説的整理。

臺灣學界同仁曾經贈送我一套《越南漢文小説叢刊》，我因此得以組織我的碩士、博士研究生閱讀，並請他們寫了七八篇文章，但總覺得材料掌握不夠，研究的也不夠，所以一直未同意他們發表，只是關四平在最近一期《北方論叢》上發表了一篇談《皇黎一統志》與《三國演義》比較的文章，王後法在一九九八年四期《零陵師專學報》上發表了一篇《越南漢文小説文化淵源論》。我本人有一篇《越南漢文古籍〈嶺南摭怪〉的成書與淵源》已在最近一輯中華書局出版的《文史》（五十三輯）刊出。

總的來說，中國大陸「域外漢文小説」的整理與研究工作還剛剛起步，甚至可以說尚處於準備階段，而且目前還存在著一定的困難。但我覺得，中國大陸有比較雄厚的學術力量，一旦這項工作引起注意，一定能很快開展起來。

【附錄一】

「中國域外漢文小說國際學術研討會」議程表-1

2001 年 2 月 23 日(星期五)

報到：國立中正大學國際會議廳(12：30－13：30)			
開幕式〈13：30－14：00〉	主持人	會議簡介	貴賓致詞
	莊雅州	莊雅州 (國立中正大學語言與文學研究中心)	王代理校長茂齡 (國立中正大學)
場次	主持人	發表人	題　目	特約討論人
第一場〈14：00－15：30〉	龔鵬程	陳慶浩 (法國國家科研中心)	古本漢文小說辨識初探	魏子雲 (臺灣藝術學院)
		侯忠義 (北京大學圖書館)	漢文小說《包閻羅演義》與《三俠五義》之比較研究	
		鄭阿財 (國立中正大學中文系)	佛教文學與韓國漢文小說──以「龜兔故事」為例	蔡榮婷 (中正大學)
		尹柱弼 (韓國檀國大學國文系)	試探出處論和寓言小說的關係	張孝鉉 (高麗大學)
茶敘(15：30－15：50)				

場次	主持人	發表人	題　目	特約討論人
第二場（15：50—17：00）	朱鳳玉	崔溶澈（韓國高麗大學）	新發現的《金鰲新話》朝鮮刻本	陳益源（中正大學）
		李時人（上海師大文學所）	新羅崔致遠生平著述及其漢文小說《雙女墳記》的創作與流傳	林明德（文化大學）
		李劍國（南開大學中文系）	《新羅殊異傳》考	
場次	主持人	發表人	題　目	特約討論人
第三場（17：00—18：30）	王秋桂	林明德（國立彰化師大國文系）	《玉樓夢》的主題與花意象	賴芳伶（中興大學）
		蕭相愷（江蘇省社科院文學所）	《紅白花傳》研究	
		趙冬梅（韓國大眞大學中文系）	《九雲記》與才子佳人小說	尹在敏（高麗大學）
		李進益（文化大學中文系）	《企齋記異》考略	謝明勳（東華大學）

「中國域外漢文小說國際學術研討會」議程表-2

2001 年 2 月 24 日(星期六)

場次	主持人	發表人	題　目	特約討論人
第四場（09：00｜10：10）.	康來新	孫　遜（上海師大人文學院）	日本漢文小說《譚海》論略	有澤晶子（東洋大學）
		內山知也（日本筑波大學）	有關江戶時代明治時代的漢文人物逸話集—世說系和叢談系—	王國良（東吳大學）
		黃錦珠（國立中正大學中文系）	日本漢文小說《夜窗鬼談》的寫作特色及其淵源	徐志平（嘉義大學）
茶敘(10：10－10：30)				
場次	主持人	發表人	題　目	特約討論人
第五場（10：30｜11：40）	胡萬川	王國良（東吳大學中文系）	漢文笑話集《奇談新編》初探	楊振良（花蓮師院）
		有澤晶子（日本東洋大學文學部）	試論《近世佳人傳》所表述的時代精神	魏仲佑（東海大學）
		鄭克孟（越南漢喃研究院）	越南漢文傳奇體裁之若干特點	謝海平（逢甲大學）
午餐(11：40－13：00)				

場次	主持人	發表人	題　目	特約討論人
第六場（13：00—14：30）	羅敬之	黃文樓（越南漢喃研究院）	關於越南漢文歷史章回小說《皇黎一統志》之史料價值	鄭阿財（中正大學）
		徐杰舜（廣西民族學院）	越南《皇黎一統志》與中國《三國演義》之比較	
		范秀珠（越南文學院）	越南漢文短篇小說情愛樣式及其描述的情況	龔顯宗（中山大學）
		陳益源（國立中正大學中文系）	漢喃研究院所藏越南漢文小說《傳記摘錄》研究	

茶敘(14：30—14：50)

綜合座談（14：50—16：30）	主持人				主　題
	陳慶浩	內山知也（日本）	張孝鉉（韓國）	范秀珠（越南）	二十年來域外漢文小說的整理與研究
		李時人（大陸）	王國良（臺灣）	陳益源（臺灣）	

閉幕式（16：30—17：20）	主持人				
	竺家寧	觀察報告	康來新（中央大學）	孫遜（上海師大）	崔溶澈（高麗大學）
		貴賓致詞	戴院長浩一(國立中正大學)		

【附錄二】

籌備委員會名單

顧　問　團：蔣經國國際學術交流基金會補助
　　　　　　「中日法合作研究日本漢文小說研究計畫」成員
　　　　　　（莊雅州、王三慶、王國良、鄭阿財、陳益源、
　　　　　　內山知也、陳慶浩）

第一召集人：竺家寧

第二召集人：莊雅州

總　幹　事：鄭阿財

副總幹事：陳益源

總務組組長：黃靜吟、謝麗娟
　　　組員：許明珠、施凱礎、施志諺、柯佩君、范秋衍、
　　　　　　王鈺文、洪欣辰、廖進興

秘書組組長：黃錦珠、蕭義玲
　　　組員：柯榮三、黃淑祺、楊植鈞、劉容辰、林佩筠、
　　　　　　楊心怡、陳怡樺、李志桓、唐湘雲、賴宛瑜、
　　　　　　劉冠伶

議事組組長：許東海、蔡榮婷
　　　組員：黃文車、顏靜馨、蔡秀敏、曾怡嘉、許劍橋、
　　　　　　解昆樺、龔　敏、楊欣宜、張雅裕、賴奕倫

招待組組長：陳益源、李麗娟

　　組員：王偉志、李昀瑾、彭美菁、胡長茵、鄭柏彰、
　　　　　曾孟雅、陳怡哲、龔　敏、魏豫杰、連展毅、
　　　　　張秀絹、莊映雪、邱緯芸、李雅鳳、王　申、
　　　　　劉筱薇、施雅秀、林涵琳、黃思敏、潘名慧、
　　　　　李品綸、許媛婷、吳培華、謝慧靜、吳宗烈、
　　　　　葉俊慶、楊德威、簡鳳昭、張怡婷、許純昌、
　　　　　鄭筑尹、吳玄妃、林曉筠、張瓊月、藍于焄、
　　　　　王韻柔、廖婉君、周欣宜、許維倫、孫淵玲、
　　　　　張雅惠、陳珮玥、張庭穎、曾詩蘋、許嘉眞、
　　　　　賴筱雯、趙宇珩、黃怡寧、李璟眞、劉宗樺、
　　　　　莊佳諭、鍾佳娟、王鞾爲、羅凱玟、才文月、
　　　　　周思瑋、陳姿蓉、何家裕、陳琇玲、賴雁蓉、
　　　　　黃毅潔

宣傳組組長：毛文芳

　　組員：許明珠、林雪鈴、謝嘉琪、蘇玲于、鍾佳娟、
　　　　　蕭妃伶、陳莉莉、林詩純、高世樺、顏莉玲、
　　　　　陳書琳

編後記

陳益源

由國立中正大學中文系、語言與文學研究中心主辦，行政院國家科學委員會、教育部顧問室、中華發展基金管理委員會、上海商銀文教基金會贊助的「中國域外漢文小說國際學術研討會」，於二〇〇一年二月廿三～廿四日，在國立中正大學國際會議廳順利召開，並圓滿落幕了。

會議期間，來自法國、日本、韓國、越南、大陸與國內各大學的發表人的精彩論文，乃至主持人、特約討論人的諸多風範（如王秋桂對學術論文的嚴格要求、胡萬川教授對會議名稱的強烈質疑、魏子雲教授臨去前的老淚縱橫……），都留給現場約二百位與會人員深刻的印象。

會議之後，在交通部觀光局日月潭國家風景區管理處王偉德處長、邵族文化發展協會石明和理事、九族文化村的熱情協助之下，我們曾經招待海外學者（包括七位高麗大學的博士生）到南投去走了一趟，也留給參加者不少美麗的回憶。

然而會議結束，日子久了以後，這些印象與回憶自然會逐漸模糊起來。因此，我們急於把論文集結集出版，藉以保存印象，留住回憶，並且好跟更多不在現場的朋友們分享這次盛會的成果。這些豐碩的研究成果，相信對於中國域外國家民族文化的深入研究有

利，對於我們自己中文系師生眼界的開拓也是很有幫助的。感謝臺灣學生書局一秉過去對中國域外漢文小說出版與研究的大力支持，同意出版研討會論文集，讓我們語言與文學研究中心，除了執行蔣經國國際學術交流基金會連續補助的「中日法合作研究日本漢文小說研究計畫」與「中日法合作《日本漢文小說叢刊》第一輯之出版計畫」之外，也能拿出這部論文集來，在推動中國域外漢文小說學術研討的事業上，略盡棉薄之力。

　　此次「中國域外漢文小說國際學術研討會」的舉辦與會後論文集的編纂要感謝很多人，研討會總幹事鄭阿財老師囑咐我代替會務組說幾句話；可是，要感謝的人實在是太多太多了，該從何說起呢？請容許我用簡省的方式表達我們衷心的感激吧！謝謝竺家寧、莊雅州兩位召集人的卓越領導，謝謝本系全體師生的群策群力（這是中正大學中文系舉辦任何一項活動的優良傳統），謝謝語言與文學研究中心助理（許明珠、柯榮三、龔敏）的不眠不休。

　　最後，應該聲明的是，論文集裡的論文及其摘要，所採用的都是發表人會後再次提供的修訂稿。只有少數幾篇摘要，是在久等不到的情況下，不得已由我代為草擬，以求體例的統一。這個部分若有錯誤，得怪我笨拙。

國家圖書館出版品預行編目資料

外遇中國—「中國域外漢文小說國際學術研討會」論文集

國立中正大學中文系，語言與文學研究中心主編.
－ 初版.－ 臺北市：臺灣學生，2001[民 90]

面；公分

ISBN 957-15-1100-5 (精裝)
ISBN 957-15-1101-3 (平裝)

1. 小說 － 評論 － 論文，講詞等

812.707   90016932

外 遇 中 國
——「中國域外漢文小說國際學術研討會」論文集 (全一冊)

主　編　者：國立中正大學中文系、語言與文學研究中心
出　版　者：臺　灣　學　生　書　局
發　行　人：孫　　　善　　　治
發　行　所：臺　灣　學　生　書　局
　　　　　　臺北市和平東路一段一九八號
　　　　　　郵 政 劃 撥 帳 號：00024668
　　　　　　電　話：(02)23634156
　　　　　　傳　眞：(02)23636334
本書局登
記證字號：行政院新聞局局版北市業字第玖捌壹號
印　刷　所：宏　輝　彩　色　印　刷　公　司
　　　　　　中和市永和路三六三巷四二號
　　　　　　電　話：(02)22268853

精裝新臺幣六四〇元
定價：平裝新臺幣五六〇元

西 元 二 〇 〇 一 年 十 月 初 版